青 鸟
The Blue Bird

[比利时] 莫里斯·梅特林克 ◎ 著
张琴 ◎ 译

版权专有　侵权必究

图书在版编目（CIP）数据

青鸟 /（比）莫里斯·梅特林克著；张琴译. —北京：北京理工大学出版社，2021.5
（诺奖少年：插图版）
ISBN 978-7-5682-9717-2

Ⅰ.①青… Ⅱ.①莫… ②张… Ⅲ.①童话－比利时－现代 Ⅳ.①I564.88

中国版本图书馆 CIP 数据核字（2021）第 062665 号

出版发行 / 北京理工大学出版社有限责任公司
社　　址 / 北京市海淀区中关村南大街 5 号
邮　　编 / 100081
电　　话 /（010）68914775（总编室）
　　　　　（010）82562903（教材售后服务热线）
　　　　　（010）68948351（其他图书服务热线）
网　　址 / http：//www.bitpress.com.cn
经　　销 / 全国各地新华书店
印　　刷 / 三河市华骏印务包装有限公司
开　　本 / 880 毫米 ×1230 毫米　1/32
彩　　插 / 6
印　　张 / 5.625　　　　　　　　　　　　　　责任编辑 / 朱　喜
字　　数 / 96 千字　　　　　　　　　　　　　　文案编辑 / 朱　喜
版　　次 / 2021 年 5 月第 1 版　2021 年 5 月第 1 次印刷　　责任校对 / 刘亚男
总 定 价 / 150.00 元（全 5 册）　　　　　　　　责任印制 / 李志强

图书出现印装质量问题，请拨打售后服务热线，本社负责调换

诺奖作家写给孩子们的书

很多家长都问我:该给孩子读一些什么样的外国作家的作品。阅读外国作家的作品,既能让孩子得到阅读的收获,又能让孩子增长一些世界的眼光。这是一个很重大的问题,所以我不得不想了很长时间。

因为我从小就喜欢阅读,可以说是从书籍的海洋当中吸取养分、遨游知识,这样成长起来的。所以我就有点冥思苦想,到底是哪些作品给了我的童年更多的欢乐、更多的灌溉,和带来了充满阳光的一片蓝天。

最后,我还是得出了一个结论,就是应给孩子阅读这样的作品,那就是要具备三个要素:伟大的作家,重要的作品,美的故事。如果用一句话来概括,就是伟大的作家专门写给孩子们的美好的故事。所以想来想去,我会给家长和孩子们推荐这一套《诺奖少年》。

首先说伟大的作家。关于伟大,每个人都有自己的衡量标准。但是毫无疑问,每年度的诺贝尔奖作家,就是伟大的作家,而且在诺贝尔文学奖的评选当中,一直秉承着一个原则,就是"颁发给文学领域创作具理想主义的最佳作品者",充满理想主义的作家、作品,真好。每一个孩子不都应该是理想主义者吗?这些理想主义,以后会照进他们的成长的天空。

然后是作品。世界上有很多作家写给孩子们的书。一种是儿童文学作家写的，这种书很符合儿童的趣味，但是往往缺少一点高瞻远瞩。一种是从文学大师的作品当中改写出来的，明明并不适合儿童的阅读，但是通过改写强行把这些成人知识提前灌输给孩子们。还有一种，就是文学大师专门写给孩子们的作品。这种书既有眼光，又不乏童趣，是最理想的阅读作品。我常常想，要是每一位文学大师都能给孩子们写一部作品，每一位科学家都能给孩子们写一本科普作品，那就太好了。

当然，最重要的还是故事优不优美。关于这一点，我现在不想说太多。就像看电影一样，不能提前说，否则的话就是"剧透"。但是稍微的一点评论是可以有的。就是这五本书每一本都有自己独特的润物无声的作用。《青鸟》讲了幸福的真谛，《小毛驴与我》讲了爱和温暖，《丛林故事》里面有太多的坚强和勇敢，《花的学校》充满了诗意的美感，《蜜蜂公主》让人懂得古情的重要。这些书这些品质，让无数孩子从中获得了熏陶。

说了这么多，其实与其说我给孩子们在推荐这些书，不如说我给孩子推荐这些品质。

至今很多年过去了，我还记得当时我在阅读这些书的时候沉浸在书中的那些时光，以及阅读完之后的久久回味。感谢这些伟大的诺奖作家们，是您帮助了我的成长。现在我再把这些诺奖作品，推荐给孩子们，我们共同成长。

加油！

目 录

第一章 伐木工人的小茅屋 / 001

第二章 神仙之家 / 023

第三章 记忆之乡 / 033

第四章 夜的宫殿 / 046

第五章 森林探险 / 065

第六章 幸福宫殿 / 089

第七章 墓地探秘 / 114

第八章 未来之国 / 122

第九章 离别 / 148

第十章 梦醒 / 160

第一章　伐木工人的小茅屋

很久以前，在一片树林的小河边，住着一家人，他们是蒂蒂、米蒂还有他们的爸爸妈妈。蒂蒂是个十岁的小男孩儿，上身穿着妈妈洗得干干净净的浅蓝色上衣，下身穿着深红色的灯笼状短裤，脚上穿着一双白色的长筒袜，还有一双黄褐色的小鞋子，像极了童话故事中的小矮人。可是蒂蒂一点儿也不矮，还很结实，和当伐木工人的爸爸一样结实，米蒂是蒂蒂六岁的妹妹，她是个漂亮的小姑娘。她大大的蓝眼睛忽闪忽闪的，有着浓密卷翘的睫毛、雪白的皮肤。她穿着妈妈做的粉色小裙子，戴着一顶红色小帽子，瘦小的个子，害怕的时候就喜欢躲在哥哥的身后。两个孩子的爸爸是个结实的伐木工人，妈妈是个非常温柔和蔼的主妇。

蒂蒂一家是贫穷的乡下人，住在爸爸盖的小茅屋里。屋子里的家具十分简陋，但是在妈妈的细心打理下，屋子非常干净。墙壁上凹进去的地方有一个炉子，此刻炉子里还有星星点点的火光，发出一点点余温。屋子里还有柜子、碗柜、锅碗瓢盆、老旧的钟、纺织车、水龙头等。桌上点着一盏灯，碗柜下面蜷缩着一只猫和一条狗。它们在碗柜的两端沉睡着，身子都缩进了尾巴里。一只笼子挂在墙上，里面关着一只鸽子——那是蒂蒂最心爱的鸟。再往里，是两扇关闭着的窗子，一扇窗子下面有张凳子。屋子里还有两张小孩子睡的床，那是蒂蒂和米蒂的小床。床头摆着两把椅子，上面叠放着整齐的衣服。这个时候，蒂蒂和米蒂正在睡觉。妈妈给两个孩子盖好被子，弓下身看了看，爸爸在门口探着脑袋，妈妈朝他做了个手势，用手指压着嘴唇，示意他安静点，随后把桌上的灯吹灭了，轻手轻脚地离开了房间。没过多久，一道光从窗户透进来，并越来越亮，桌子上的灯自己亮了。两个孩子从睡梦中醒来，起身坐在床上。

蒂蒂用手揉了揉眼睛，轻声地喊妹妹："米蒂，你醒了吗？"

米蒂也睁开了眼睛，有些迷茫地看着蒂蒂，问道："蒂蒂，你也醒了吗？"

"当然是醒的呀，不然怎么会跟你说话呢？"蒂蒂回答道。

"嗯，圣诞节已经到了吗？"

"还没有，明天才是圣诞节。不过，今年圣诞老爷爷不会给我们送礼物了……"

"为什么不送了？"米蒂睁着大眼睛问道。

"妈妈跟我说，她没办法去镇上告诉圣诞老爷爷……不过，明年的圣诞节，圣诞老爷爷就会来我们家啦。"

"明年有多久？"

"很久很久……不过，圣诞老爷爷今晚会去有钱人家的小孩儿那儿……"

"是吗？"

"咦……妈妈忘记熄灯了！我突然有个好办法……"

"什么好办法？"

"快，我们起来。"蒂蒂一把掀开被子，准备跳下床。

"可是，我们不能……"米蒂有些害怕地说道。

"怎么了？反正旁边也没有什么人……快看窗户……"蒂蒂手指着窗户。

"哇，窗户可真亮啊！"

"那些灯光是宴会上发出来的。"

"宴会？什么宴会呀？"米蒂眨着忽闪忽闪的大眼睛，天真地问道。

"那是对面有钱人家小孩儿的家。看，圣诞树！来，我们一起把窗户打开。"

"可以打开吗？"

"当然可以，没有谁会阻止我们呀……你听到了吗，有音乐声……快，我们快起床……"蒂蒂鼓励米蒂道。

两个孩子下了床，跑到一扇窗户前，踩着凳子，把窗户打开了。一道光照亮了房间，两个孩子趴在窗户上一个劲儿地朝外看。

"在这里我们可以看到一切!"蒂蒂站在凳子上踮着脚说道。

"可是我看不到。"米蒂几乎没有踩着凳子。

"屋外在下雪呢!还有两辆马车,每辆马车都由六匹马拉着……"

"马车里跑出来了十二个小男孩儿!"米蒂应和着。

"笨蛋!那是女孩子啊!"蒂蒂拍了拍米蒂的脑袋,纠正道。

"可是他们都穿着灯笼裤呀!"

"别瞎说,你什么都不懂!不要挤我啦!"

"我都没有碰到你。"米蒂嘟着嘴表示抗议。

"你霸占了整个凳子啦!"事实上,是蒂蒂把整个凳子都霸占了。

"瞎说,我的脚都快没地方踩了!"米蒂有些不满地嘟囔着。

"不要说话了,吵死了!树,我看到树啦!"

"什么树啊?"

"当然是圣诞树!你往哪儿看呢?"

"我什么都看不到,你霸占了整个位子……"米蒂有些委屈了。

"喏,这样总可以了吧?……看,你现在的位子可比我的好多啦!……哇,那灯光可真亮!"蒂蒂让出来一点点位子。

"那群吵吵闹闹的人都是干什么的呀?"

"那群人可都是音乐家。"蒂蒂像个小大人一样,给米蒂解释道。

"那他们不高兴了吗?"

"没有。"

"哇,又来了一辆马车,白马拉着的马车……"

"不要吵!快看!"

"那些都是什么东西?挂在树枝上的、金闪闪的东西?"米蒂白嫩的小手指向窗外的圣诞树。

"那些啊,当然是玩具啊!有大炮、手枪,还有宝剑、大兵……"蒂蒂兴奋极了。

"对,还有洋娃娃。哥哥,你说,会有洋娃娃的吧?"米蒂有些憧憬地看着那些树。

"洋娃娃?我的上帝啊,那多没意思啊!"

"那些摆在桌子上的都是些什么呀?"米蒂指着对面屋子里的大桌子问道。

"那些啊,是蛋糕,还有馅儿饼……"

"小的时候我吃过一点点。"米蒂一边说着一边咽了咽口水。

"我也是。跟面包比,那些可太好吃了,就是给得太少了。"

"哇,他们家的蛋糕和馅儿饼可真多啊!堆满了整个桌子……他们要吃吗?"看着那么多好吃的,米蒂羡慕极了。

"当然要吃啦!不吃的话放那儿干吗?"

"可是他们为什么不现在就吃呢?"

"因为他们现在一点儿都不饿啊！"

"不饿？怎么会不饿呢？"米蒂非常惊讶、疑惑。

"噢，因为他们什么时候想吃了就可以吃。"

"每天都是这样吗？"米蒂有些怀疑地问道。

"大家就是这么说的。"

"桌上那些吃的他们会全部吃完吗？他们会不会拿一些吃的送给别人呢？"

"送给别人？送给谁？"蒂蒂看着米蒂，问道。

"送给我们……"

"怎么可能，我们跟他们又不熟。"哥哥打断米蒂的话。

"可是如果我们找他们要些食物呢？"

"不行，我们绝不可以向他们要吃的。"蒂蒂立刻瞪大了眼睛，果断地说道。

"为什么不可以呢？"

"因为我们那样做很不好。"

"哇！那可真好看啊！"米蒂高兴地鼓起了掌。

"快看快看，他们都在笑呢！"蒂蒂也兴奋极了。

"还有那个小孩儿，他在跳舞！"

"是啊，是啊，来，我们也一起跳舞吧！"蒂蒂不禁提议道。

两个孩子高兴极了，踩着凳子跳着脚。

"啊，真好玩！真好玩！"米蒂开心极了。

"啊，他们拿起蛋糕啦！他们已经开始吃蛋糕啦！啊，他们在吃蛋糕，吃蛋糕了，吃蛋糕了！"

"那个小孩儿也拿起蛋糕啦！一、二、三、四，他们拿了四块蛋糕呢！"米蒂十分羡慕。

"哇，太棒了！太棒了，真是太棒了！"蒂蒂一副沉醉其中的样子。

"瞧，我有十二块蛋糕！"米蒂数着幻想中的蛋糕。

"我是你的四倍！不过我可以送一些给你。"

这时突然敲门声响起来了。两个孩子被敲门声吓着了，安静了下来。

"听，是什么声音？"蒂蒂警惕起来。

"啊，可能是爸爸！"小姑娘有些害怕了。

两个孩子有些犹豫，不敢去开门。可是门闩自己掉下来了，慢慢地门也自己打开了。一个老婆婆走了进来。她手里拄着一根拐杖，穿着绿色的衣服，戴着红色的方巾，有些驼背，步履蹒跚，眯缝着眼睛，仿佛看不清东西的样子，长长的鼻子直长到下巴，像极了邻居柏林考脱太太。

"你们这里有没有一种会唱歌的草，或是青色的鸟呀？"老婆婆问道。

"我们的确有一些草，可是它们不会唱歌。"蒂蒂回答道。

"蒂蒂的确有一只鸟。"米蒂回答道。

"不过我可不会把它送给别人。"蒂蒂立刻接着说。

"为什么不送?"老婆婆看向蒂蒂,问道。

"因为它是属于我的。"蒂蒂拍着胸脯说道。

"嗯,这个理由不错。你的鸟儿在哪里?"

"它在那个鸟笼里。"蒂蒂手指向墙上的鸟笼回答道。

老婆婆戴上眼镜,仔仔细细地看了看那只鸟,不太满意地说道:"这不是我要的那只鸟。这只鸟的颜色还不够青。你必须为我去寻找一只青鸟来,就是我要的那种青鸟。"

"可是我怎么知道去哪里可以找到它呢?"蒂蒂疑惑地问道。

"这个我也不清楚,所以才要你去给我找到它。在情况危急的时候,没有会唱歌的草倒是没关系,但是我必须要有青鸟。因为那是要给我的小女儿的,她正生着很严重的病。"

"她生病了?是什么病?"蒂蒂不禁有些担心。

"我也不知道是什么病。不过她非常需要幸福。"

"啊,是真的吗?"

"你们知道我是谁吗?"老婆婆问道。

"您看上去像极了我们的邻居,柏林考脱太太。"蒂蒂回答说。

老婆婆突然生气极了,大声喊道:"瞎说!我可不像她,一点儿都不像!对不起,我是蓓丽吕神仙。"

"啊,太棒啦!"蒂蒂欢呼道。

"孩子们,你们立刻就出发帮我去找青鸟。"老婆婆对两个孩子说道。

"亲爱的神仙婆婆,你会和我们一起去找青鸟吗?"蒂蒂看着神仙婆婆。

"哦不,我没办法和你们一起去,今天早上我煮了一锅汤,要是和你们一起走了的话,不到一个小时那些汤就会从锅里流出来了。"神仙婆婆一边说一边用手指了指天花板、烟囱还有窗户,问蒂蒂他们:"你们准备从哪里出去?这儿,这儿还是这儿?"

"我想我们还是走这儿比较好。"蒂蒂有些胆怯地指了指门。

"天哪!居然喜欢从门那儿走,这个坏习惯可真讨厌!"神仙婆婆突然生气了,用手指了指窗户说道,"我们就从这儿走!你们怎么了,还在磨磨蹭蹭地干什么?赶紧穿上衣服,我来帮米蒂穿。"

蒂蒂赶紧穿好衣服,过了一会儿,他遗憾地发现:"我们没有鞋子……"

"没关系,一会儿我会给你们一顶神奇的帽子。"神仙婆婆顿了顿又问道,"你们的爸爸妈妈、爷爷奶奶呢?"

"爸爸妈妈在那边睡觉。"蒂蒂指了指右边的房门说道,过了会儿有些难过地说,"爷爷奶奶已经去世了。"

"哦,真抱歉。"神仙蓓丽吕脸上露出难过的神情,又问道,"你们还有什么兄弟姐妹吗?"

"有的有的，我有三个弟弟。"蒂蒂忙回答道。

"对，还有四个小妹妹。"米蒂插了一句。

"哦，那他们呢？他们现在在哪儿？"

"他们……他们也死了……"蒂蒂有些伤心了。

"那你们想再看看他们吗？"神仙婆婆问道。

"我们还可以看到他们吗？真的吗？快让我们看看，让我们看看呀！"蒂蒂忙抬起头，有些激动地说道。

"现在可没办法，他们又不在我的口袋里。不过你们可以去'记忆之乡'，在那里你们就可以看到他们，而且你们要寻找青鸟也要经过那里，你们往左拐三个弯就能到达'记忆之乡'。"顿了顿，神仙蓓丽吕又说道："刚刚我在敲门的时候，你们在干什么？"

"啊，我们正在玩吃蛋糕的游戏。"蒂蒂回答说。

"可是你们这里并没有蛋糕……蛋糕在哪儿呢？"神仙蓓丽吕朝四周望了望，有些疑惑地问道。

"我们对面是一户有钱人家，他们家里有蛋糕。"蒂蒂一边拉着神仙蓓丽吕往窗边走，一边说，"瞧，就在那张桌子上，有好多蛋糕。真棒！"

"可是那些蛋糕是别人吃的呀，孩子。"神仙蓓丽吕站在窗户边说道。

"是的，那是别人的蛋糕，可是我们可以看他们吃呀！"蒂蒂说道。

第一章 伐木工人的小茅屋

"只能看,不能吃,你们不会感到生气吗?"

"生气?为什么生气?"蒂蒂有些不明白神仙蓓丽吕的话了。

"他们把所有的蛋糕都吃掉了,我想,他们应该留一些给你们吃才对。"

"噢,没什么,他们有钱,那些蛋糕是他们自己买的呀。快看,那边可真漂亮!"蒂蒂发出一声感叹。

"这儿可比那边好看多了。"神仙蓓丽吕说道。

"咦?为什么?这儿又小又黑,又没有好吃的蛋糕。"蒂蒂十分疑惑。

"不,你们这儿一样非常漂亮,只是你们看不到而已。"神仙蓓丽吕说道。

"怎么会看不到呢,我眼睛好着呢,能看到远远的教堂顶上的钟,爸爸就看不到那些钟。"蒂蒂得意地说道。

"我说看不见,你就看不见!"神仙蓓丽吕突然生气了,说道,"你看看我,你能看清楚我长什么样吗?"看到蒂蒂胆怯得不敢出声的样子,神仙蓓丽吕继续追问他,"回答我,我长得好看吗?你看得清楚我长什么样吗?"空气都仿佛凝固起来了,气氛也变得越来越让人尴尬,"我是个老太婆还是个漂亮的姑娘?你看着我的脸,是红彤彤的还是干瘪瘪的?你是不是还想说我是个驼子?"

"不不不,其实你没有那么驼。"仿佛为了安慰她,蒂蒂小声地回答说。

"是吗？不过在别人看来，我可是个老驼子。看我的鼻子，鹰钩鼻；看我的眼睛，有一只还是瞎的……"

"没有没有，我没有那么说。不过您的眼睛是谁弄瞎的呢？"蒂蒂连忙接着说。

"胡说！我的眼睛可没有瞎！你这个可恶的、没有礼貌的小家伙！跟另一只眼睛相比，这只眼睛更大更蓝更亮，就像美丽的天空一样。还有我的头发，你看看啊，它是那么的金黄，像田野里成熟的玉米，像闪闪发光的金子！那么多的金子长在我的头上，我的头都快抬不起来了。你看，我手里的是什么？你能看见吗？"神仙蓓丽吕显得有些激动，她用手抓了一把头发，摊开掌心，递给蒂蒂看，可是那只是一把干枯的、灰色的、毫无光泽的头发。

"能看见，我能看见一些……"蒂蒂犹犹豫豫地说道。

"不是一些！是大把的！成堆的！一箩筐一箩筐的！像大海一样成片的黄金！"神仙蓓丽吕更加生气了，"别人肯定会说什么也看不见，我希望你跟他们不一样，不是那种盲人！"

"啊，当然，我能看见的，只要那些东西没有被藏起来……"蒂蒂还是有些不敢相信。

"可是你还需要看看其他的东西。要知道自从许多神仙都死了之后，人类慢慢地就变得看不见了、变得不完整了。幸运的是，我总是随身带着一些好东西，它们能够照亮人类失明的双眼。"说着就从口袋里拿出来一样东西，"你们瞧，这是什么。"

"啊，帽子，绿色的小帽子，真漂亮啊！可是，那上面的东西是什么？闪闪发亮的，真好看！"蒂蒂不住地感叹。

"那是大钻石，它能让人看得见原来看不见的东西。"神仙蓓丽吕解释道。

"真的？"蒂蒂有些不可置信。

"当然是真的。你只需要戴上这顶帽子，用手转动这颗钻石，就像这样，从右往左转一下，再按一下这下面的按钮，这样你的眼睛就会打开了。"神仙蓓丽吕一边说，一边用手做示范。

"那样眼睛会痛吗？"蒂蒂小心地问道。

"当然不会痛，一点儿也不会，而且很好玩！有了这顶帽子，你可以看到很多东西的灵魂、比如胡椒的灵魂、酒的灵魂，还有面包的灵魂，很多很多东西的灵魂。"神仙蓓丽吕有些得意地说着。

"这么说，也可以看到糖的灵魂了？"蒂蒂非常好奇地说道。

"当然看得见！真是没必要的问题，我讨厌这种问题！"神仙蓓丽吕又生气了，"不过和胡椒的灵魂不一样，糖的灵魂更有意思。现在我会尽最大力量去帮你们寻找青鸟。飞毯和魔戒可能对你们更有用处，可是我把它们忘在柜子里了，而且钥匙也被我弄丢了。噢，对了，差点忘了，"神仙蓓丽吕用手指着帽子上面的钻石说道,"当你像这样握住钻石的时候,就像我这样,看清楚了吗?往这边轻轻一转,你就可以看见过去了,往另一边轻轻一转,你就可以看到未来。这非常容易,也没有一点声音。"

"可是,爸爸看到帽子会把它拿走的……"蒂蒂说道。

"不会,他看不见这顶帽子。只要这帽子戴在你的头上,别人是看不见它的。"神仙蓓丽吕一边说着一边将帽子戴在蒂蒂的头上,"来,你试试看,现在转动钻石,轻轻地,对,就是那样……"

蒂蒂的手刚一转动钻石,忽然之间,周围的东西就变了。原来还是老婆婆的蓓丽吕神仙顷刻间就变成了漂亮的仙女;小茅屋的墙壁原来冰冷僵硬,现在却温暖明亮,发出蓝宝石般的光芒,晶莹剔透得像世界上最珍贵的宝石;原来十分简陋的家具现在就像有了生命一般,发出灿烂的光辉;连木板做的桌子都变得富丽堂皇了,就像大理石做成的一般;墙上挂着的古老陈旧的钟此刻也眨着眼睛,温柔和蔼地朝孩子们笑了,那扇关着钟摆的门也打开了,一个个'时刻'变成了漂亮的姑娘,手拉手走了出来,高兴地跳啊笑啊,美妙的音乐响起来了,这些姑娘们跟着音乐翩翩起舞。

"她们是谁呀,真漂亮!"蒂蒂望着那些翩翩起舞的姑娘们,疑惑地问道。

"别害怕,她们就是你生命中的时刻。能这样自由自在地让人们看一看,她们可是非常高兴的呢!"

"那些墙壁怎么那么亮呢？是不是用糖果或者珍贵的宝石做的呢？"蒂蒂继续问道。

"世界上所有的石头都是非常珍贵的，只是人们的眼中只能看到其中很少的一部分。"

在蒂蒂和神仙蓓丽吕说话的时候，四周的景象一直像变魔术一般发生着奇异的变化。蒂蒂看到了面包的灵魂，他像个小矮人，穿着和面包一样颜色的紧身衣，上面沾满了白色的面粉，看上去有些狼狈不堪。那些小人不断地从面包盆里爬出来，在桌子上四处乱跳，在他们的招引下，火的灵魂也从炉子里跳出来了，追着面包四处跑。火的灵魂穿着红黄相间的紧身衣，一边欢笑一边追逐着面包。

"那些奇怪的小人是谁？"蒂蒂手指着面包的灵魂问道。

"他们啊，他们就是面包的灵魂，都趁着这个机会迫不及待地离开面包盆。"

"那那个红色的难闻的大个子又是谁呢？"蒂蒂的手指转向火的灵魂，又问道。

"嘘，小点儿声，别被他听到了，那是火的灵魂，他可是个危险分子。"

四周的景象继续发生着变化，原先蜷缩在橱柜两端的猫和狗此刻同时发出一声响亮的叫喊，接着就消失了。与此同时在原地出现了两个人，一个人长着一张狗的面孔，另一个人则长着公猫的脸。为了方便,长着狗脸的人我们称他为狗吧,长着猫脸的人我们就称呼他为猫吧。

狗欢快地向蒂蒂冲了过去,紧紧地拥抱着蒂蒂,不停地亲吻着蒂蒂,发出很大的响声。而猫则是先梳理一遍头发,捋了捋胡子,洗干净手,这才慢悠悠地向米蒂走去。

"早上好啊,早上好啊,我的小主人,我们终于可以交谈了,我可有好多事情想要告诉你呢,平时我对你又是摇尾巴又是叫的,你总是不明白我在说什么,可是现在,噢,我太高兴了。我爱你,我的小主人!让我给你表演些节目吧,喜欢我表演什么节目?前脚走路还是后脚跳舞呢?我还会说再见,噢,你想看什么?"狗又跳又叫,看上去高兴极了,身边的每一样东西他都要碰一下,敲一敲。

"这位长着狗脸的先生是谁呀?"蒂蒂有些闹不明白了,不由得问神仙蓓丽吕。

"你不知道吗?他就是小狗蒂鲁呀,是你让他自由了。"蓓丽吕回答道。

"早上好,亲爱的小姐,今天您看上去好极了!"猫一边说一边走向米蒂,向她殷勤地伸出手,然而他的礼貌与恭谨都显得有些虚伪。

"早上好,先生。"米蒂回应着猫,转向神仙蓓丽吕问道,"这位先生是谁呀?"

"你没看出来吗？他就是猫的灵魂蒂莱特呀，给他一个吻吧，瞧他都伸出手来了。"

"我也要！我也要！"狗一把推开猫，蹭到米蒂的身边，不停地吻着米蒂，"噢，我吻到了小公主！我吻到了小女孩！啊，我可真开心！我要去吓唬吓唬蒂莱特！汪！汪！汪！"

"不好意思，先生，我并不认识你。"猫没有搭理狗。

"都给我安静点，不然你们都得变回原来不能说话的样子！"神仙蓓丽吕用拐杖使劲戳了戳地板，吓唬猫和狗。

这个时候，四周奇幻的景象仍在继续：墙角的纺车飞快地转动，一根根明亮的光线从纺车中飞出来；另一个角落里的水龙头也开始高声地唱起了歌，一道道晶莹剔透的喷泉飞涌而出，落进水槽中，洒下一片片珍珠和翡翠，然后一个美丽的姑娘从中走了出来，那是水的灵魂。那个姑娘两眼泪汪汪的，蓬松的白色头发垂至脚跟，浑身散发着一种灵动的感觉。水刚出现就和火开始打架了。

"那个浑身湿漉漉的姑娘是谁呀？"蒂蒂好奇地问道。

"她呀，她是水的灵魂呀。"

这时，桌上的奶瓶突然摔倒了，碎了一地，牛奶流了出来，随后一位个子高高的、皮肤白嫩的小姑娘出现了。她好像有些害怕，又有些害羞，扣着手指，怯怯地望着四周。

"那个穿睡衣的小姑娘是谁呀？"蒂蒂问道。

"她是牛奶,奶瓶刚刚被她打碎啦。"

这时,碗柜下的糖块越变越大,最后终于撑开了糖纸,从里面走出来一个俗气的男人,他身穿蓝白相间的长褂,脸上带着虚伪的微笑,慢慢地朝米蒂走去。

"他要干什么?"米蒂吃惊地看着他。

"噢,他是糖果的灵魂。"

"那他有麦芽糖吗?"米蒂问道。

"当然,他的口袋里都是糖果,他的手指头可都是好吃的棒棒糖呢。"神仙蓓丽吕告诉米蒂。

没多久,桌上的灯也掉到地上了,一个浑身散发光芒的美丽女子从火焰中走了出来。她的头上戴着闪耀夺目的面纱,静静地站在地上,仿佛在思考着什么。

"啊,她是女王陛下!"蒂蒂惊叹道。

"不,我说她肯定是圣母玛利亚!"米蒂反驳说。

"呵呵,我的孩子们,她是光的灵魂。"

这时,连架子上的锅和盆都开始旋转起来了,像飞旋的陀螺。衣柜的门也打开了,那景象可真美啊!原先那些破旧的衣服此刻仿佛被覆上了一层光,灿烂夺目,华丽极了,衣服们开始从衣橱里走出来了。

突然,响起了咚咚咚的敲门声。

"啊,是爸爸,他肯定听见我们的声音了!"蒂蒂害怕地说。

"快，快转动那颗钻石，从左往右转动。"神仙蓓丽吕赶紧对蒂蒂说道，看到蒂蒂扭动钻石的动作，她又着急地说道，"哦，我的天哪，别转那么快。天哪，没时间了，你转得太快了，他们根本来不及回到原来的地方，这下我们可惹麻烦了。"

神仙蓓丽吕又变回了老婆婆的模样，小茅屋的墙壁又变回原来那种毫无光彩的样子了，时刻变成的小姑娘也都飞回了钟里面，墙角摇动的纺车也停止了转动……可是因为事情来得太突然了，火的灵魂在屋子里急得团团转，他找不到烟囱了。有块面包在号啕大哭，因为面包盆满了，他挤不进去。

"怎么回事？"神仙蓓丽吕问道。

"面包盆满了，我挤不进去……"面包着急地说道。

"快，这里有个位置，快挤进去。"神仙蓓丽吕弯下身把面包盆里的面包整理了一下，挪出了一个位置。

"咚咚咚！"敲门声又响了起来。

"噢，我挤不进去了，我肯定会第一个被他吃掉的。"面包越害怕就越挤不进去。

"我亲爱的小主人啊，我还可以和你说话，我还在这儿，我还可以吻你！来，再吻一个，再吻一个，再吻一个！"狗在蒂蒂的身边蹦来蹦去，欢快极了。

"怎么回事，你怎么还在这里？"蓓丽吕问道。

"地板上的门关得太快了，我都来不及变回去，这可是个好事情。"狗显得非常高兴。

"我也没来得及变回去,怎么会这样?会不会有什么危险?"猫也还在。

"好吧,跟你们说实话吧,你们所有陪着两个孩子去找青鸟的人,在旅途结束的时候,都会死去。"神仙蓓丽吕跟所有人说了实话。

"啊,会死去?那我们还是变回原来的样子吧。"猫对狗提议道。

"不不不,我不要变回去,我要跟着我的小主人,我要一直待在他身边,我要一直跟他说话。"狗一个劲儿地摇头,不愿意变回去。

"真是个笨蛋!"猫生气地说。

这时,敲门声越来越急促了,仿佛有人随时会推门进来。

"哦,不不,我不要死掉,我不要和他们一起去旅行,我要回去,回到面包盆里去!"面包哭喊着,抽泣得更厉害了。

"我的烟囱,我的烟囱在哪里?"火在屋子里急得团团转,四处寻找烟囱,不断地发出嘶嘶的响声。

"我进不去了,我进不去了,怎么办,噢,怎么办哪!"水试着爬进水龙头里面去,可是她试了好多次都没能成功。

"怎么办,包装纸都快要被我撑破了,怎么办哪?"糖手忙脚乱地撕扯着糖纸,试图再把自己包进去,可是糖纸都快被他撕破了。

"我的奶瓶碎了,我回不去了。"牛奶站在地上,手足无措,慌乱极了。

"天哪,这群胆小的笨蛋!难道你们情愿回到那丑陋的壳子里面,也不愿意和这两个孩子一起上路寻找青鸟吗?"神仙蓓丽吕生气地不停挥舞着手杖。

除了光和狗,所有人都表示不愿意去找青鸟,都想要变回原来的样子。屋子里顿时又变得吵吵嚷嚷了。"我的面包盆!""我的地板门!""我的水龙头!""我的烟囱!"所有没有变回去的灵魂都在慌头慌脑地找自己来时的地方。

"光,你打算怎么办?"神仙蓓丽吕转向光,询问道。光正望着躺在地上的灯的碎片,若有所思。

"我想和孩子们一起去寻找青鸟。"光回答说。

"我也去!我也去!"狗高兴地说。

"这样很好。"听到光和狗的话,神仙蓓丽吕有些高兴了,她转身对其他人说,"你们现在已经没办法再变回去了,只能跟着孩子们一起去寻找青鸟。不过,火,你得和大家保持一段距离,不能离得太近了;还有你,狗,不要总是跟猫开玩笑;还有你,水,走路时小心点,不要流得到处都是。"

"咚咚咚!"敲门声更响、更急促了。

"是爸爸,他又敲门了,他肯定起床了,我能听到他走路的声音。"蒂蒂提醒道。

"走,我们从窗户出去。你们全都跟着我去我家,我得给你们找些像样的衣服。"神仙蓓丽吕一边说一边取下墙上的鸟笼,递给面包,说,"好好拿着这个鸟笼,以后就由你负责了。大家快点,不要浪费时间了,快出去。"

神仙蓓丽吕一边说一边挥舞手杖,窗户神奇般地变大了,像一扇门一样,大家急急忙忙地穿过窗户离开了小茅屋。等所有人都离开屋子之后,窗户又变回了原来的样子,屋子里也暗下来了,爸爸妈妈推门走了进来。

"孩子们都在睡着呢,没什么,大概是些虫子的响声吧。"爸爸朝屋子里望了望。

"你看到孩子们了吗?"妈妈有些不放心。

"是的,他们睡得正香呢!"

"睡得真香,我都能听到他们的呼吸声。"妈妈放心地说道。随后便关上门,拉着爸爸一起离开了。

第二章　神仙之家

大家在神仙蓓丽吕的带领下来到了她的宫殿。宫殿非常富丽堂皇，有宽敞的大厅，高高的大理石柱子闪着光辉，柱子上镶嵌着金子和银子，回旋的楼梯一层层直达宫殿的顶端，宽阔的走廊两边挂满了各种美丽的画，连栏杆都是金银制作的。

神仙蓓丽吕把一群人带到了自己的试衣间，给他们都穿上了合适的衣服。猫穿着黑色的燕尾服，两撇小胡子梳理得黑亮。糖穿着丝绸做的衣服，一半是蓝色一半是白色。火的头上则戴着一个装饰着五颜六色羽毛的帽子，身上穿着用金丝绣着火焰花纹的红色大衣。三个人从试衣间出来后就在大厅右边的走廊下站开了。

猫四处张望了一遍，小心地说道："往这边来点儿，我很熟悉这个宫殿，这是蓝胡子①留给蓓丽吕的。孩子们还有光都跟着蓓丽吕去看她的小女儿了，现在可是我们获得自由的最后时刻了，我带你们来这里就是要同大家商量一下下一步该怎么办，我们应该很清楚我们目前的情况，你们明白吗？"

---

① 法国民间故事里的主人翁，曾先后杀害六个妻子。

"瞧,狗从试衣间出来了,正往这边走呢。"糖指着试衣间的方向说道。

"他怎么来这里了?"火望着狗走过来的方向问道。

"噢,他穿的衣服可真像灰姑娘的马夫,不过这倒是很适合他,他就是一个奴仆。快,我们最好躲起来,藏在栏杆后面,我可不相信他,上帝保佑,他最好没听到我们的谈话。"猫一边说一边打算藏起来。

"不行,来不及了,他已经发现我们了,噢,水也来了,天哪,她可真美!"糖呆呆地望着向他们走过来的狗和水。

狗和水加入了猫他们的队伍。

"瞧,这是我们的衣服,怎么样,好看吗?"狗欢蹦乱跳地说,"看看这花边,我敢打赌这绝对是金线做的!"

猫围着水转了个圈,仔细地看了看水的衣服,问道:"你这件衣服是用驴皮做的对吗?我认出来了,这是'时光颜色'的衣服。"

"是的,我觉得这件衣服非常适合我。"水摸摸身上的衣服,高兴地说。

"她忘了带伞……"火在一旁小声嘀咕。

"你说什么?"水望着火问道。

"没什么没什么,嘿嘿,我可没说什么……"火连忙说道。

"你是想说,有一天我看到了一只大红鼻子……"水略带讥讽地回应火。

"好了好了,别吵了,现在我们还有更重要的事情要做。"猫打断了水和火的争吵,"面包怎么还没来,他去哪儿了?"

"嘿嘿,他挑衣服总是没完没了的……"狗笑着说。

"那当然,瞧他那么大的肚子,又笨头笨脑的……"火说道。

"最后他挑中了一套衣服,是件土耳其的大外套,上面镶满了宝石,头上戴着头巾,腰上还佩了把弯刀呢。"狗跟大伙儿形容道。

"瞧,他来了,蓝胡子最好的衣服被他穿上啦!"猫说道。

面包走过来了,正像狗说的那样,土耳其的大外套紧紧地裹着他胖胖的圆肚子,一把闪闪发光的弯刀别在腰间。面包一手扶着刀柄,一手提着鸟笼,那是准备装青鸟的笼子,神气十足地走了过来。

"你们瞧我这身打扮,怎么样?"面包得意极了,大摇大摆地晃动肥胖的身体。

狗围着面包前前后后仔仔细细地端详了好一会儿,说道:"真是漂亮的蠢样啊!你这蠢样子可真好看哪!哈哈!"

猫转向面包,问他两个孩子衣服是否也穿好了。

"小主人蒂蒂穿上了小矮人的蓝外套还有红色的短裤,可神气啦。米蒂穿着小红帽的裙子还有灰姑娘的鞋子,漂亮极了。不过,最漂亮的还是光,真是美极了。"面包不住地感叹道,"神仙蓓丽吕说光太漂亮了,根本不用再穿什么了。可是我们都抗议了,如果光不穿什么的话,我们就拒绝和她走在一起。"

"神仙蓓丽吕起码应该让她戴个灯罩。"火打趣地说。

"对你们的抗议,神仙蓓丽吕怎么说的?"猫问道。

"她用拐杖打我头,还戳我的肚子了。"面包有些不好意思地说道。

"然后呢?"猫继续追问。

"然后我就认错了……不过最后光还是穿上了一件衣服,那是用月光制作而成的,胸前还有一块珍贵的猫皮做装饰呢。"面包说道。

"好了好了,不要再说这些乱七八糟的了,我们已经没多少时间了。神仙蓓丽吕说了,旅行一结束我们大家都会死去,我们的未来充满危险,这可是关乎我们每一个人的重大问题。我们要一起想想办法,怎样才能尽量拖延旅行的时间,还有,我们该想想两个孩子该怎么办,我们自己该怎么办。"猫说道。

"大家静一静,猫说得很有道理。"面包应和着猫的话。

看到大家都安静下来了,猫继续说道:"大家都听我说,我们每个人都有一个灵魂,这个灵魂是独立自主的,可是如果人类找到了青鸟,他们就能控制我们的灵魂了。这些都是我的老朋友夜刚刚告诉我的,他是生命奥秘的守卫者。幸好人类现在还不知道青鸟的秘密,这件事关乎我们每一个人的生命,所以我们必须

想尽一切办法阻止孩子们找到青鸟，即使会伤害到孩子们的生命也在所不惜！"

听到猫的话，狗愤怒极了，冲着猫吼道："你在胡说些什么！你这家伙，敢不敢再说一遍？最好是我听错了，否则我就要教训你了！"

"安静安静，我是这次大会的主席，现在还没轮到你说话。"面包抬头挺胸，指责狗的多嘴。

"谁说你是主席了。"火不满意地说道。

"闭嘴，多管闲事。"水针锋相对地对火说道。

"哼，我爱怎样就怎样，用不着你多嘴。"听到水的话，火更加不高兴了。

"好了好了，大家听我说一句，现在可是非常时期，目前最要紧的是得想个好办法。"糖把大家都安抚了一遍，提出了自己的看法。

"猫和糖说得对。"面包非常赞同二人的说法。

"胡说八道！人类才是至高无上的，我绝对服从人类的命令！服从人类，这是最高的真理！除了人类，我不会承认任何其他万物！我的生和死都是为了人类！人类就是上帝！人类万岁！人类永恒！"狗高唱了一首人类的赞歌。

"嗯嗯，没错，狗说得没错。"面包毫无立场地反过来赞同狗的看法了。

"你必须说出你的理由来。"猫对狗说。

"我就是热爱人类,不需要什么理由!假如你敢背叛人类,我第一个咬死你,再把你的阴谋全部告诉人类。"狗有些咬牙切齿地说道。

"大家听我说一句,争吵只会让我们的讨论无法进行下去。你们说的都有各自的道理,但是我们得从长计议。"糖语气温和地又出来调停了。

"是的是的,糖说得很有道理。"面包不住地点头,赞同糖的话。

"你们想想,我们大家——水、火、糖、面包和狗,想想我们被人类暴虐的行径伤害了多少吧。你们难道忘了吗?当世界上还没有人类这个暴君时,我们的生活是多么的自由自在啊。那时的世界是由水和火主宰的。可是你们看看现在水和火都变成什么样了?更别提我们这些弱小的野兽的后代了。"猫有些激动,声音不由得有些高了,突然,他看到神仙蓓丽吕向他们走了过来,"不好,神仙蓓丽吕和光仙女出来了。光可是一心帮着人类的,她是我们最大的敌人。他们走过来了,嘘,不要说话了,我们装作什么都没有发生的样子……"

说话间,神仙蓓丽吕几个人就走了过来,她还是老婆婆的样子,后面跟着光、蒂蒂还有米蒂。

神仙蓓丽吕看了看猫他们,眼睛里闪过一丝疑惑的光芒,问道:"你们在这里干什么?躲在角落里,像是在策划什么阴谋。现在该出发了,我已经把魔杖交给了光,以后她就是你们的领袖,你们要像服从我一样地服从光。今天晚上,孩子们会去'记忆之乡'看望他们去世的爷爷奶奶,你们几个最好留在这里等他们回来。明天就要开始漫长的旅行了,你们各自都做好准备。"

"正是这个意思,我刚刚就是这么跟他们说的,我鼓励他们要勇敢些,要尽职尽责,可是那只讨厌的狗总是妨碍我。"猫对着神仙蓓丽吕露出殷勤而虚伪的笑容说道。

"胡说,看我收拾你……"听到猫的话,狗急得要立刻扑上去,不过被蒂蒂拦住了,便只好露出锋利的牙齿吓唬猫。

"安静点蒂鲁,不然我可要把你重新关起来了。"蒂蒂拉住狗,吓唬他说道。

"不,小主人,您还不知道……"狗急着辩解。

"好了,安静点!"蒂蒂有些不耐烦了。

"好了好了,大家都靠过来点。"神仙蓓丽吕把大家都召集过来,说道,"就在今天晚上,蒂蒂和米蒂就要去'回忆之乡'见他们的爷爷奶奶,青鸟很可能就藏在那里。面包,把鸟笼给蒂蒂。"

面包挺了挺胸脯,将鸟笼高高提起到蒂蒂面前,仿佛要开始一段演讲似的:"尊敬的太太,请您为我作证,我郑重地宣布,这个笼子要委托给……"

"好了好了,快给他。"神仙蓓丽吕不耐烦地打断了面包的演说,"孩子们,你们从这边出去,其他人跟着我从那边出去。"

"就我和米蒂两个人去吗?"蒂蒂有点担心地问道。

"我饿了……"米蒂的肚子咕咕叫了,蒂蒂也不好意思地摸了摸饿瘪了的肚子。

神仙蓓丽吕看了看两个孩子,便对面包说:"解开你的衣服,给孩子们切点好面包。"只见面包敞开了土耳其的大袍子,从脖子上切下了两片上好的面包递给孩子们。一边的糖也表示要给孩子们尝尝好吃的棒棒糖。他走到孩子们的身边,掰断了几根手指递给孩子们。

"哎呀,他在干什么呢,怎么把手指头都折断了呀?"米蒂惊呼道。糖一脸满不在乎的样子,一边讨好地把棒棒糖递给米蒂,一边说道:"快尝尝吧,这可是用真正的大麦糖做的呢,味道好极了!"

"哇,真棒!你有很多这样的棒棒糖吗?"米蒂舔了一口棒棒糖问道。

"对呀,我有很多很多这样的棒棒糖。"

"可是你的手指会疼吗?"

"不会不会,一点儿也不疼,而且这对我还有好处呢。我的手指头一折断就能立刻长出新的来,这样我就能一直有新的、干净的手指头啦。"

看到两个孩子开心地吃着面包和棒棒糖，神仙蓓丽吕提醒道："孩子们，别吃太多了，你们还要和爷爷奶奶一起吃饭的。"

听了神仙蓓丽吕的话，蒂蒂开心地问道："爷爷奶奶也会来这里吗？"

"不，不过你们很快就可以见到他们了。"

"可是他们已经死了，我怎么见他们呢？蒂蒂有些伤心地问道。

"只要你们心中还记着他们，他们就不会死。人类从来都不知道这个秘密，因为他们什么都不知道。孩子，你是幸运的，因为你有那颗钻石，它可以带你去见那些去世的人，你可以看到那些你爱的人正像他们生前一样开心快乐地生活着。"

"那光会跟我们一起去吗？"蒂蒂问道。

"不会，你们自己去就行了。我会在这里等着你们，我可不能随便出现，因为你的爷爷奶奶并没有邀请我。"神仙蓓丽吕说道。

"可是我们要怎么去'记忆之乡'呢？"蒂蒂问道。

神仙蓓丽吕指了指前面说："你们往那边走，现在你们就站在'记忆之乡'的入口，你转动钻石就会看到一棵大树，树上挂着一个路牌，上面会告诉你怎么去的。不过，在九点差一刻的时候你们必须回来,千万不要忘了时间,否则一切就完了。记住回来的时间,千万记住。好了,我们待会儿见。"叮嘱完两个孩子,神仙蓓丽吕就带着猫他们离开了。

蒂蒂和米蒂也开始往"记忆之乡"出发了。

第三章　记忆之乡

穿过一片蒙蒙的白雾，蒂蒂和米蒂来到了一棵大树下，果然同神仙蓓丽吕说的一样，树上挂着一个路牌。

"看，树在这儿！"蒂蒂说道。

"我看见了，上面还挂着块路牌。"

"可是雾太大了，我看不清上面写了什么。你在树下等等我，我爬上去看看。"蒂蒂一边说一边就开始往树上爬。

"噢，我看见了，上面写着'记忆之乡'。"

"我们要从这里出发吗？"

"是的，这上面画了一个箭头。"

"可是爷爷奶奶在哪里呢？"

"等穿过这片浓雾我们就能看见他们啦。"

"可是雾太大了，我什么都看不见，连我的手和脚都看不见了。"米蒂缩着肩膀哭哭啼啼地说"好冷，我想回家，我不想往前走了……"

"乖，不要哭了，你怎么跟水一样喜欢哭啊。你已经不是小孩子了,这么哭不觉得害羞吗?快看,雾已经散了,我们可以看清楚这是哪里了。"蒂蒂一边安慰着米蒂,一边灵活地从树上下来。

四周白茫茫的浓雾慢慢地开始消散,起初像一层薄纱,最后终于消失不见了。呈现在两个孩子眼前的是一片茂密的树林,头顶上是湛蓝的天空,树林里还有一间小木屋,上面爬满了常青藤,看上去非常温馨。小木屋的门窗都是开着的,窗台上放着几盆美丽的鲜花,屋檐下挂着一只鸟笼,里面有只小鸟。小木屋一旁有个小小的仓库,里面养着一群小蜜蜂。小木屋的门前有张椅子,一个白胡子老爷爷和一个银发老奶奶坐在椅子上,眯着眼睛,仿佛已经睡着了——他们正是蒂蒂的爷爷和奶奶。

"看,那是爷爷和奶奶!"蒂蒂一眼就认出了他们。

"是呀是呀,那是爷爷奶奶!"米蒂高兴得直拍手。

"等等,我们还不知道他们能不能动,走,我们先到树后面躲起来看看。"说着,蒂蒂拉着米蒂的手躲到了大树的后面。

这时,蒂蒂的奶奶睁开了眼睛,抬起头,坐直了身体,叹了口气,转头看了看蒂蒂的爷爷,他也正从睡梦中醒来。

"我有种预感,我们还在人世的孙子和孙女今天会过来看我们。"蒂蒂奶奶说道。

"我想他们肯定正在想念我们,因为我的腿好像有根刺,身体也有种奇怪的感觉。"蒂蒂爷爷说道。

"他们肯定就在附近，因为我高兴得眼泪都快要流出来了。"奶奶用手抹了把眼睛。

"不，他们肯定还在很远的地方，因为我觉得一点力气都没有。"

"不，他们就在附近，因为我的身体感觉好极了。"奶奶很高兴地说。

这时蒂蒂和米蒂从橡树后面跑出来，高兴地喊着："爷爷奶奶，我们在这里！我们在这里！"

"噢，我的天呐，真是他们，瞧我刚才怎么说来着，我就知道他们会来看我们！"奶奶高兴极了。

奶奶望着向他们跑过来的蒂蒂和米蒂，宠溺地说道："我亲爱的蒂蒂，我的小宝贝米蒂，真的是你们，我真是太高兴了！可是我走不动，我的风湿病还没好。"一旁的爷爷勉强起身蹒跚地去迎接两个孩子，嘴里说道："我也走不动，自从我从那棵大橡树上摔下来之后，我就换上了这条木腿。"

两个孩子飞快地跑进了爷爷奶奶的怀抱，四个人拥抱在了一起。奶奶眼里闪着幸福的泪花："蒂蒂，看呐，你长得可真高真壮啊！"爷爷抚摸着米蒂的头发："看看我漂亮的小姑娘，多好看的头发，多好看的眼睛呐！"

"来，坐我腿上，吻吻我吧。"奶奶把两个孩子拉向自己的怀里。爷爷也争着把两个孩子拉向自己怀里。"不不，先吻吻我，快到我这儿坐。"奶奶争着说道，"孩子们，爸爸妈妈还好吗？"

"爸爸妈妈好极了，我们出来的时候，他们还在睡觉呢。"蒂蒂告诉奶奶说道。

奶奶拉着两个孩子，不停地上下打量他们，爱抚地摸着两个孩子的头："上帝啊，他们可真健康，又漂亮又干净。是妈妈每天帮你们洗澡吗？看呐，你们的袜子也没有破洞，以前我还给你们补过袜子。你们怎么不常常来看我们呢？你们来看我们，我们可高兴了。可是你们好久好久都没有想起我们，我们寂寞极了。"

"可是奶奶，我们没办法经常来看你们，这次能来还是神仙帮的忙……"蒂蒂解释道。

"我们一直都在这里，只是那些活着的人们很少想起我们。我想想，最后一次你们来看我还是万圣节的时候，就是教堂的钟声响起的时候。"奶奶说道。

"可是奶奶，我们万圣节没有出门呀，那天我和米蒂都感冒了。"蒂蒂听到奶奶的话非常吃惊。

"可是你们想念我们了对不对？"奶奶慈爱地说道。

"是的，我们可想你们了。"蒂蒂说道。

"就是这样，每当你们想念我们的时候，我们就会醒过来看看你们。"奶奶说道。

"真的吗？这是真的吗？"蒂蒂有些不敢相信了。

"当然是真的，我的孩子，你们不是知道吗？"奶奶说道。

"不，奶奶，我们不知道。"蒂蒂更加疑惑了。

"天哪，这可真让人吃惊！"奶奶转向爷爷说道，"他们那边的人好像还不知道这回事，他们好像还没有学到什么新的东西。"

"这跟我们还活着的时候不是一样的吗？那时候他们一谈到去世的人总是觉得愚蠢可笑。"爷爷说道。

"那你们一直都在睡觉吗？"蒂蒂问道。

"是的，我们睡了很长很长一段时间，我们在等，等活着的人们来叫醒我们。"爷爷说道，"当生命结束之后能这样睡一觉可真是舒服啊。不过偶尔能醒过来看看活着的人也是件非常愉快的事情。"

"这么说，你们并没有真正地死掉了。"蒂蒂终于明白了。

"什么？天哪，你们在说些什么？你用了一个非常新鲜的字眼，我完全不明白的一个字眼，这是你发明的吗？"听到蒂蒂的话，爷爷惊讶万分。

"您是说'死'这个字眼吗？"蒂蒂问道。

"对，就是这个字，它是什么意思？"爷爷问道。

"啊，它就是表示一个人不再活着了。"

"天哪，那边的人可真愚蠢。"

"您在这边好吗？"

"当然，好极了，不过如果能抽一斗烟就更好了。"

"您在这儿还可以抽烟？"

"当然，不过我的烟斗摔坏了。"

一旁的奶奶拉着蒂蒂的手轻轻抚摸着，笑着说："只要你们能经常来看我们，我们就好极了。蒂蒂，还记得吗，上次我烤了苹果派给你吃，你可喜欢了，吃了好多好多，最后都把肚子吃坏了。"

"记得记得，当然记得。可是今年我们还没吃到苹果派呢，连苹果都没有。"

"瞧，我们这儿有一堆苹果。"

"那可不一样。"

"有什么不一样？只要我们在一起，任何地方都是一样的。"

蒂蒂开始仔仔细细地打量爷爷奶奶，高兴地发现他们一点儿都没变，而且比以前更好了。

"这可真好啊，爷爷奶奶一点都没变，还比以前看起来更好了。"

"是啊，我们不会再变老了，可是你们变了好多，瞧你们现在长得多高啊！"爷爷一边说着一边把蒂蒂和米蒂拉到门旁边，"这里还是去年万圣节的时候做的记号。瞧，蒂蒂比去年长高了四根手指头，还有米蒂，比去年高了四根半手指头！天哪，你们长得可真快！"爷爷高兴极了。

蒂蒂从小木门离开,向四周望了望,发现四周的东西都没有变化,而且看上去比以前更漂亮了。

"看,那个老钟,我还把上面的指针弄坏了。"蒂蒂指着一个座钟说道。

"没错,还有这只盘子,你把它的一只角打碎了。"爷爷指着一个盘子说道。

"嘿嘿,还有那扇门,上面有个洞,是我用螺丝刀挖的。"蒂蒂指着门说道。

"没错,以前你可真调皮,总是破坏东西。还有那棵李子树,以前你总是趁我不注意就偷偷爬上去,摘那些又红又大的李子。"爷爷指着门前的李子树,回想起了从前的事情。

"现在树上的李子看上去比以前更好吃了。"蒂蒂望着树上的李子,有些嘴馋地说道。

米蒂发现了屋檐下的那只鸟,问奶奶:"瞧,那只鸟,它还会唱歌吗?"

"当然,只要有人想起它……"正说着,那只鸟就醒过来了,开始高声唱歌。蒂蒂看着那只鸟,发现它的羽毛是青色的,非常吃惊:"啊,那只鸟的羽毛是青色的,它就是我们要找的青鸟,我们要为神仙蓓丽吕带回去的青鸟,瞧它的羽毛多青啊,好像玻璃球!爷爷奶奶,这只青鸟给我好吗?"

"当然可以,蒂蒂奶奶,你说呢?"爷爷向奶奶问道。

"当然没问题,我们留着它也没什么用,它除了睡觉什么都不干,我从来没听到它唱过歌。"

"太好啦,我要把它装进笼子里。咦,我的笼子呢?噢,对了,我刚刚把它放到大橡树后面了。"蒂蒂跑向橡树的后面,取回鸟笼,把青鸟放进笼子里,"你们真的可以把青鸟送给我们吗?这下神仙蓓丽吕该多高兴啊!光肯定也乐坏了!"

"当然愿意送给你们,不过你们得知道,我不能为这只鸟担保,说不定它适应不了人间杂乱的生活,又会随着那阵吹向天国的风回来了。不过你们先把它带回去吧。你可以暂时把它放在这里,我们要去看看那群奶牛了。"爷爷说道。

蒂蒂看到了仓库里养的蜜蜂,问道:"爷爷,那些蜜蜂怎么样了?"

"噢,它们很好,现在它们又要开始辛勤工作了。"

"好香啊!我能闻到里面蜂蜜的甜味,这蜂巢都快装不下了。啊,还有这花儿,太漂亮了!"蒂蒂望着巨大的蜂窝说道,"爷爷,我们那些去世的姐姐妹妹们也都住在这里吗?"

"还有三个去世的小弟弟,他们在哪儿?我可想他们了。"米蒂问道。

话刚说完就见有七个年龄各异的小孩一个个从小茅屋里出来,排成一溜儿,像牧羊人的笛子。

"瞧,他们来了,只要你们一想到他们,他们就会出现的。

快去瞧瞧你们亲爱的小弟弟妹妹们吧。"奶奶说道。蒂蒂和米蒂迫不及待地向他们跑过去。蒂蒂一把抓住一个和他差不多年纪的小男孩儿,两个人互相扯着对方的头发,蒂蒂开心地说道:"哈,是皮洛!我们又可以像以前那样打架玩啦。瞧啊,还有罗伯和吉恩!可是你的头怎么了。噢,还有梅黛玲、派蕾娣、宝琳还有瑞格蒂!她还在地上爬呢!"

"是的,她已经不会再长大了。"奶奶说道。

这时,一只没有尾巴的小狗围着蒂蒂不停地打转,踮起后脚试图亲吻蒂蒂。蒂蒂发现了它,蹲下身握着它的前爪说:"看呐,这是奇奇,它的尾巴还被我用宝琳的剪子剪断了,可是它一点都没有变。"听到蒂蒂的话,爷爷在一旁意味深长地说道:"是啊,这里的一切都不会发生改变的。"

"咦,宝琳的鼻子上有个疙瘩。"蒂蒂摸着宝琳的鼻子说道。

"是的,不过没关系,不会影响什么的。"奶奶安慰道。

看着姐姐妹妹还有小弟弟们,蒂蒂和米蒂高兴极了,"他们看起来可真健康,脸蛋可真红润,真有精神,他们被照顾得可真好啊!"

"是啊,他们的生命已停止,他们就变得比活着的时候好多了。在这里没有疾病与痛苦,没有任何事情可以担忧,也不需要害怕任何事情。"奶奶说道。

这时,屋子里响起了钟声,正好八下。奶奶有些莫名其妙,因为这座老钟从来都没有响过。爷爷说，大概是有人想到这座钟了吧。

"是的，我在想现在几点了。"蒂蒂说。

"我们早就已经忘了时间，刚才它敲了八下，应该是那边人说的八点了吧。"爷爷说。

"哎呀，光要我们九点差一刻的时候就得回去，我们现在就得离开了，这是神仙的命令，非常重要。"蒂蒂有些着急了。

"好不容易来了，和我们一起吃过晚餐再走吧。我这里有好吃的卷心菜汤，还有葡萄派。快快，把桌子搬出来。"奶奶一边说，一边和孩子们把桌子搬了出来，上面放满了盘子，没一会儿就把晚餐准备好了。

"那好吧，反正我们已经找到青鸟了，而且我也好久没吃到奶奶做的卷心菜汤了，在旅行的路上肯定是吃不到了。"能和爷爷奶奶还有兄弟姐妹们一起共进晚餐，蒂蒂高兴极了。"不会花多少时间的。来，大家都坐好，不要浪费时间了，蒂蒂和米蒂很快就要赶路了。"

奶奶一边说，一边把孩子们都安顿好，端上了菜汤。孩子们围着桌子嬉笑打闹，时而你推我我推你，时而发出一阵高兴的笑声，互相抢对方的食物，狼吞虎咽，手里挥舞着小木勺，把盘子敲得叮当响，嘴里嚷着："我还要一点，还要更多。"

爷爷不得不提醒孩子们："都安静些，安静些，一个个都和从前一样，吃饭时的坏毛病都没改，别把盘子都敲碎了。"这时，蒂蒂已经站在凳子上了，嘴里喊着"多给我点儿，多给我点儿"，手已经把汤锅抓到自己面前了，可是他把汤洒了一桌子，汤顺着桌子又都流到大家身上，孩子们烫得不住地尖叫。

"你看，我早跟你说过了不要这样……"奶奶对蒂蒂说道。

"这是你该挨的。"爷爷冲蒂蒂的脑袋给了一巴掌。

"爷爷，你以前也是这么打我的，一点儿都没变，打得真舒服。嘿嘿，我可真高兴，爷爷，我要亲你一下。"挨打了的蒂蒂抚摸着脑袋，显得非常高兴。

"哈哈，要是你喜欢，我还可以多给你几巴掌。"

这时，钟声又响起来了，已经八点半了。听到钟声的蒂蒂马上站起来了，放下汤勺，催促米蒂赶紧起身："快，米蒂，我们要来不及了。"

"别急别急，又不是房子着火了，再多待一会儿吧，我们难得见到你们。"奶奶舍不得蒂蒂这么快就走，一个劲儿地挽留他。

"奶奶，对不起，我们答应了光，她是那么和蔼可亲，我们现在必须走了。快点，米蒂，快。"蒂蒂有些难过地对奶奶说道。

"那些活着的人真讨厌，总是这么来去匆匆的，总有那么多的事情要忙。"爷爷不满地说道。

蒂蒂一手拉着米蒂,一手提着鸟笼,匆匆忙忙地跟大家道别:"再见了,爷爷奶奶,再见了,我亲爱的姐姐妹妹们,再见了,我可爱的弟弟们,再见了,奇奇,我们走了,不要哭,奶奶,我会时常想你们的,我们会经常见面的。再见!"

"我亲爱的蒂蒂和米蒂,你们可要每天都来啊。"奶奶一边说,一边擦了擦眼角的眼泪,"只要你们能经常想起我们,来看看我们,我们就非常高兴了。"爷爷也跟着擦了擦眼泪说:"是啊,我们在这里也没有别的乐趣,只要你们能经常看看我们就好。"

"我们会的,我们一定经常来看你们。"蒂蒂十分不舍地对爷爷奶奶说道,"快,快,快把青鸟给我们。"

"给,不过我可不能保证它的颜色一直是青的……"爷爷把青鸟递给蒂蒂时说道。

蒂蒂和米蒂挥舞着手臂,向弟弟妹妹们挥手告别。弟弟妹妹们和爷爷奶奶一起挥舞着手帕,向他们喊着:"再见!一定要再来呀!"不一会儿四周又升起了白雾,慢慢地将周围的一切都掩盖起来了,最后四周的景象全都消失了,爷爷奶奶和弟弟妹妹们不见了,小木屋也不见了,只剩下蒂蒂和米蒂两个人孤零零地站在大橡树下。

"米蒂,我们往这边走。"蒂蒂伸手拉住米蒂的小手说道。

"光在哪里?"

"我也不知道。"蒂蒂看了一眼鸟笼,惊叫了一声,"啊,这只鸟不再是青色的了,它变成了黑色!"

"哥哥等等我,我的手好冷,我好怕……"米蒂偎着蒂蒂的手臂,跟着哥哥往迷雾的深处走去。

第四章　夜的宫殿

　　蒂蒂和米蒂在钻石光芒的指引下，顺利穿过了迷雾，回到了神仙蓓丽吕的宫殿，在那里，面包、狗、猫、糖都在等着他们。由于他们找回来的青鸟变成了黑色，所以他们必须重新寻找青鸟。幸好神仙蓓丽吕早已经告诉了狗，孩子们回来了就带着他们去夜的宫殿，因为青鸟就在夜那里。趁着两个孩子休息的时间，猫却先悄悄地来到了夜的宫殿。

　　夜的宫殿有个巨大的大厅，大厅的样式非常简单，都是用冰冷坚硬的石头做的，从里到外都透露着一股冷漠庄严的气息。大厅看上去非常像希腊的神庙，有高高的穹顶，四周有粗壮的圆柱子，上面镶嵌着大理石、纯金、乌檀木等宝贵的装饰物。整个大厅是个不太规则的四边形，中间有一条由玄武岩制作而成的螺旋状楼梯，盘旋向上，将大厅分成了三层。大厅的两侧有一些青铜制作的大门，就在那些高大的圆柱子之间，看上去十分阴暗。在大厅的最里面是一扇巨大无比的门，用黄铜制作而成，紧紧地关闭着。夜的宫殿只有昏暗的灯光，照在大理石和乌檀木上，发出阴冷的光。

第四章 夜的宫殿

在螺旋楼梯的第二层坐着一位老婆婆，穿着黑色的长袍。老婆婆的左边躺着一个全身裸露、没穿衣服的小男孩儿，像极了丘比特，此刻正在酣睡，睡容甜美；老婆婆的右边有一个小孩儿，笔直地站在一旁，浑身上下都被衣服包裹住了，分不出男女。

猫蹑手蹑脚地来到大厅的中央，夜被惊动了，低沉地问道："谁？"

"是我，夜之母，我累坏了。"猫一跃而起，跳上了第二层台阶，向夜鞠躬。

"怎么了我的孩子？"夜温柔地问道，"你的脸色非常苍白，疲惫不堪，胡子上还沾满了泥水。难道你又跟别人打架了吗？这回是在雪地里还是在雨地里打的？"

"都不是，我没有跟人打架。这是我们的秘密，我们现在十分危险，我们已经陷入了为难之中，旅行一结束，我们就完了。我好不容易才能先跑到这里来，就是要告诉你这件事，否则我们就只能一起玩儿完了……"猫害怕得话都说不清楚了。

"好好说话，告诉我到底发生了什么事。"夜完全没有听明白猫的话。

"是这样的，有个伐木工人的儿子叫蒂蒂，神仙蓓丽吕给了他一颗神奇的钻石，让他来向你要青鸟。啊，他来了。"猫惊慌地说道。

"怕什么，他还没有得到青鸟啊。"

"可是他很快就会得到青鸟的,除非我们能做点什么。让我说明一下到底是怎么回事吧。光受到神仙蓓丽吕的指示,出卖了我们,站到人类一边去了,她现在在保护着那个孩子。而且光知道,就在你这里有那只真正的青鸟,那只唯一能在阳光下活着的青鸟。她知道那只青鸟就藏在其他许多只能生存在月光下面、一见阳光就会死去的青鸟之中。光知道她自己无法飞越你的宫殿,就打算让两个孩子来要青鸟。只要你没办法对抗人类,只要你打开了宫殿中那扇神秘的大门,噢,我真不知道结果会是怎么样。万一不幸他们找到了青鸟,那我们就只能坐以待毙了,我们全都要完了……"猫哭丧着脸说道。

"我的天啊,我们这是什么样的生活啊,我没有一天是平静地度过的。这些年来人类越来越嚣张了,我真不明白他们到底想要干什么,他们一定要搞清楚每一件事情吗?这些年我好多秘密都已经被人类攻破了,'夜的精灵'们吓得再也不敢出去了,'鬼怪'们全都躲起来了,就连大部分的'疾病'都已经病倒了……"夜不满地控诉着人类。

"这些我都知道,夜夫人。日子的确越来越艰难了,在与人类抗争的这场战争中我们越来越不利了,就要陷入孤军奋战之中了。"猫应和着夜的话,突然,他竖起了耳朵,"啊,我听到他们的声音了,他们来了。夫人,现在只有一个办法可以阻止他们了。他们都只是小孩,我们只能吓唬吓唬他们,让他

第四章　夜的宫殿

们害怕得不敢去打开那扇最大的铜门,那里面可是关着'月之鸟'的。还有其他的门,那里面的秘密倒是可以吓唬住他们,让他们转移注意力。"

夜也仔细听着宫殿外面的动静,但是听不清是些什么,便问猫,他们人多不多。

"他们人不是很多,里面有糖和面包,他们两个是我的朋友,是站在我们这边的。水有些不舒服,没有来。火和光是亲戚,也没办法来。只有狗不是站在我们这边的,可是怎么撵也撵不走他。"

说话间,蒂蒂、米蒂、狗、面包还有糖已经来到了宫殿。猫连忙冲到蒂蒂的面前,说道:"我的小主人,往这边走,我已经通知过夜夫人了,能见到你她可高兴了。可是夜夫人有些不舒服,没办法亲自来迎接你,还请你原谅。"

蒂蒂来到大厅的中央,看到了二楼台阶上的夜,行了个礼:"早安,夜夫人。"

"早安?我可不喜欢这种问候。你应该说'晚安',或者也可以不说。"听到蒂蒂的问候,夜有些不高兴了。

"对不起,夜夫人,我不知道这些。"蒂蒂向夜道歉,看到夜身旁的两个孩子,很好奇地问道,"这是您的儿子吗?他们可真可爱!"

"这个叫'睡眠'。"夜指了指躺在她左边胖乎乎的小男孩儿说道。

"他可真胖!"

"因为他睡得好。"

"另外一个小孩叫什么?她怎么把自己都裹起来了呢?她是不是生病了?"

"她是'睡眠'的妹妹,不过我们最好不要提到她的名字。"

"这是为什么?"蒂蒂更加好奇了。

"因为她的名字听起来让人非常不舒服。"夜并不太想多说,"我们还是说些其他的吧。听猫说,你们来这里是要寻找青鸟……"

"是的,夫人,您能告诉我青鸟在哪儿吗?"蒂蒂有礼貌地问道。

"对不起,我不知道,青鸟并不在这里,我从来没有见过什么青鸟。"

"青鸟就在这里,它在这里的,光告诉过我,青鸟就在您的宫殿里,她可从来不说谎。您能把宫殿的钥匙给我吗?"蒂蒂听到夜的话有些着急了。

"可是,孩子,你说我怎么能随随便便地把钥匙交给一个陌生人呢?我掌管了大自然所有的秘密,我可不能让别人知道这里的秘密,更何况你还是个孩子。"夜拒绝把钥匙交给蒂蒂。

"可是你不能拒绝人类,你没有这个权利。"蒂蒂说道。

第四章 夜的宫殿

"谁告诉你这个的？"夜惊讶地问道。

"光！"

"又是光，怎么每次都是光！她就喜欢多管闲事！"夜愤怒了。

"需要我去把钥匙抢过来吗，我的小主人？"狗在一旁跃跃欲试。

"安静点，不要说话，不许你乱来。"蒂蒂低声呵斥狗，抬头面对夜说，"夫人，请您把钥匙交给我们吧。"

"可是你至少要向我证明，你有得到钥匙的权利。怎么样，你有这个权利吗？"夜有些得意地说。

蒂蒂没有多说什么，只是抬手指了指帽子上的钻石，说道："您看看这颗钻石。"夜看到了那颗钻石，知道她没有办法拒绝，只能服从，便十分不情愿地从身后拿出一串钥匙，扔给了蒂蒂："好吧，给你钥匙，这串钥匙可以打开大殿里所有的大门，不过我可要提醒你们，一定要小心，因为万一有什么不测，我可不会负责。"

听到夜的话，面包非常紧张，有些害怕地问："会有危险吗？"

"危险？哼，我再重申一遍，那些青铜大门都是通往地狱的深渊，一旦被你们打开了，我也不知道会发生什么，我也不知道该怎么应付。你们看看大厅四周的岩洞吧，那里面关着的可都是各种灾难，那些灾难是自从上帝创造了这个世界时就存在了的，它们是各种邪恶的灵魂、疾病、各种各样的自然灾害、无法抗拒的磨难……我也是在'命运'的帮助下才把他们关进去的,而且是费了九牛二虎之力才让他们各就各位的。一旦你们打开门,他们之中的某一个跑了出来,你们就有得受了。"

"咳咳,我以我的高龄、经验和热情,还有我保护两个孩子的光荣职责,向您提一个问题。"面包清了清嗓子问道,"假如有了危险,我们该如何逃走呢?"

"没有任何办法可以逃走。"夜回答道。

蒂蒂显然并没有被吓到,他拿着钥匙,爬上了第一层楼梯,那里有一扇门。

"我们就从这里开始。这扇门的里面关的是什么?"蒂蒂问道。

"如果我没有记错的话,那里面应该是鬼怪。我已经好久没打开过那扇门让他们出来了。"

"没关系,我很快就会知道了。"蒂蒂转身向面包问道,"鸟笼呢?"

"在这里。我可没有害怕,不过我认为最好不要打开那扇门,我们只要从钥匙孔里看一眼就好了。"面包牙齿不停地打战,一边说着,一边把鸟笼递给蒂蒂。

"不要多嘴!"蒂蒂呵斥了面包。

米蒂突然害怕起来,哭着喊:"我怕,我要回家,糖在哪里?"

听到米蒂的哭喊声,糖急忙跑到她面前,折下一根手指头,讨好地递给米蒂说:"我在这里,我在这里,来,别哭了,给你吃好吃的棒棒糖。"

"安静!"蒂蒂吼了一声。随即把钥匙插进钥匙孔里,轻轻转动,门开了。一瞬间,五六个奇形怪状的鬼就从门里面涌了出来,冲到大厅的各个角落,在大厅里四处乱窜。米蒂吓得不停地尖叫,面包吓得把鸟笼都弄丢了,连忙躲到大厅的后面去了。夜急忙下来用蛇做的长鞭子不停地驱赶着那些鬼怪,试图把那些鬼怪重新赶回牢笼,嘴里不停地向蒂蒂喊道:"赶紧把门关好,快,快,不然那些鬼可就全跑出来了,到时候想要再把他们赶回去就很难了。自从人类再也不把他们当回事之后,他们在那牢笼里肯定无聊死了。快过来帮帮忙,这边,这边,快!"

一时间,大厅里混乱至极。

"蒂鲁,蒂鲁,快帮忙把鬼怪赶回门里去。"

"遵命,我的小主人,汪!汪!汪!"

"还有面包,面包去哪里了?"

"我……我……我在这里,我堵住大门,不让他们出去……噢,我的上帝啊!"面包躲在门附近哆哆嗦嗦,一看到鬼怪朝他涌过来,一声尖叫,飞一般地跑开了。

在大家的努力下,夜终于抓住了三个鬼怪的头头,狗也抓住了两个鬼怪。夜吩咐蒂蒂把门打开一点,和狗一起把鬼怪都塞了进去。要知道，这些鬼怪只能在"鬼节"那天才能出来。

关上鬼之大门后，蒂蒂又走到了另一扇大门前面。

"这里面是什么？"蒂蒂问道。

"当然没有什么好东西，我早告诉过你了，这里面没有青鸟。你自己打开大门吧，我想你不会喜欢的，那里面关着的是疾病。"夜回答说。

"我打开的时候需要非常小心吗？"蒂蒂将钥匙插进了钥匙孔里。

"那倒不用。那些小东西安静极了，可怜的小家伙一点儿都不快乐，人类总是不停地和他们斗争，特别是发现了微生物之后，斗争更加激烈，现在他们已经十分虚弱了。把门打开吧，你可以看到它们。"

听了夜的话，蒂蒂将青铜大门打开了，可是什么也没有出现。

"他们不想出来吗？"蒂蒂好奇地问。

"我已经说过了，他们非常虚弱，没有一点精神，那些医生对他们可真残酷。你自己进去看看吧。"

蒂蒂走了进去，没多久就跑出来了："青鸟不在里面。可是那些'疾病'看上去虚弱极了，他们病得很厉害，连头都没办法抬起来。"话还没说完，有个小个子就从门后面走了出来，他穿着睡衣，戴着睡帽，穿着拖鞋，在大厅里走来走去。

"哎呀，出来了一个，他是谁呀？"蒂蒂问道。

"他是'感冒'，是'疾病'里面最小的一个，也是少数几个还没有被人类征服的一个，他看上去还挺健康。"夜一边说着一边招呼"感冒"："过来小东西，现在还太早，冬天的时候你才能出来。""感冒"打了个喷嚏，揉揉鼻子，咳了几声，就慢慢地回到洞里去了。蒂蒂便将大门关好，又来到了另一扇大门的前面："这里面又是什么呢？"

"小心！那里面是'战争'。他们比以前更可怕了，威力也更加巨大。上帝啊，要是他们之中的某一个跑出来，真不知道会发生什么事！好在他们十分笨重。你就在门口快速地瞧一眼，我们几个站在门口，一起用力把门推回去。"

蒂蒂小心地把门打开一条细缝，眯着一只眼睛往里面瞧。只一会儿他就飞快地退后一步，用身体将大门死死顶住，并向大伙儿喊道："快！快！快帮帮我！他们看到我了，他们全都要出来了，大家快一起把门推回去，他们要把门弄坏了！"

"大家一起来呀，使劲儿推。面包，你在干什么？每个人都快用力推，他们的力气好大！啊，好啦好啦，他们没再推门了。快，快，赶紧把门锁好。"夜和大家一起帮忙，终于把大门重新关好了，喘息了片刻后问蒂蒂："你看到了什么？"

"我看到他们了，他们好庞大、好可怕！"蒂蒂心有余悸，轻抚胸脯说道，"我想，青鸟肯定不在那里。"

"你说得没错,青鸟不会在那里的,不然他们早就把它吃掉了。你都看到了,这里什么都没有。"

"可是我要把这里所有的东西都看一遍,光是这么跟我说的。"蒂蒂坚持要把每一扇门都打开看看。

"光是这么说的?哼,她倒是打的好主意,让你来看,她自己倒害怕得躲起来了。"夜哼了哼鼻子,不屑地说道。

"让我看看这扇门里面是什么吧。"蒂蒂走到下一扇门前。

"里面关着的是'黑暗'和'恐怖'。"夜回答说。

"那我可以把它打开吗?"

"可以。他们和'疾病'一样,都很虚弱,也非常安静。"

蒂蒂走到第三扇大门前,小心地把门打开一半,伸出脑袋朝里面望了望,可是里面什么都没有。夜也来到门前,朝洞里望了望,大声喊道:"喂,'黑暗',你在干什么,出来活动活动吧,这对你的身体有好处。'恐怖'你也出来吧,没什么可怕的。"

听到夜的话,有几个女士出来了,都穿着白色的丧服,有的戴着黑色的面纱,那是'黑暗';有的戴着绿色的面纱,那是'恐怖'。她们看上去有些害怕,刚走出洞口没几步,看到蒂蒂挪动了一下,立马就逃回洞里去了。

"不要害怕,他只是个孩子,伤害不了你们的。"夜对她们喊道,转身对蒂蒂说,"她们越来越胆小了,只有最里面那几个大些的还有些胆子,她们还不怕人类。"

蒂蒂小心地朝里面望了望,看到了最里面的几个黑影:"她们看起来好可怕啊!""没关系,她们都用链子锁起来了。你还是把门关上吧,否则她们会生气的。"夜帮蒂蒂一起小心地把门关好。随后又跟蒂蒂一起来到了另一扇门前。

"这里面是什么?"蒂蒂说着就想打开大门。

"这里面藏着一些神秘的东西,当然,你可以打开看看,不过要像刚才看'战争'一样,要等我们大家准备好,可以随时把门推回去才行。"夜提醒着蒂蒂。

"没问题。"蒂蒂小心翼翼地把门推开了一条缝隙,朝里面只看了一眼就急急忙忙地缩了回来,"噢,好冷!我的眼睛真疼。快,快,把门关上,他们要出来了。我看到他们了。"

猫、糖还有狗合力把门推回去了,夜问蒂蒂都看到了什么。

"啊,他们太可怕了,全都像没长眼睛的魔鬼!他们就坐在那里,有个巨人还想抓住我,他是谁啊?"蒂蒂看上去有些狼狈,很显然,他被吓着了。

"他啊,可能是'寂静',这扇门就是由他掌管的。"夜看到蒂蒂脸色苍白,"孩子,你吓着了吗?你脸色苍白,身体也一直在颤抖。"

"是的,太可怕了,我从来没见过这个可怕的东西,我的手都冰冷僵硬了,简直不敢相信……"蒂蒂有些语无伦次地说道。

"孩子,接下去你还要看吗?下面的情况可能会更糟。"

"是的,我还要看。我一定要找到青鸟。"蒂蒂走到了另一扇门前,"这扇门里关着的是什么?也很可怕吗?"

"不,这里面的东西倒不可怕,里面关着的都是些小东西,有星星、香气,还有一些闪闪发光的东西,像鬼火、萤火虫、露珠,还有夜莺的歌声。"看到蒂蒂如此坚定地要继续看,夜只能无可奈何地告诉他。

"就只有这些吗?那肯定就是这扇门了,里面有星星,还有夜莺的歌声,那肯定也有青鸟。"蒂蒂高兴地打开大门,没一会儿,一群漂亮的小姑娘就出来了,她们身穿闪着七彩光芒的纱衣,欢快地跳着舞,一下子就分散到了大厅的各个角落,然后形成几个小群,优雅地跳舞。有的坐在台阶上,有的围着圆柱子,整个大厅都沉浸在一片美妙的气氛之中。不一会儿夜的香气也出来了,她几乎是透明的,鬼火、萤火虫、露珠也都陆续出来了。这时,洞里传来了夜莺的歌声,清脆婉转的歌声充盈着整个宫殿。蒂蒂和米蒂立刻叽叽喳喳地讨论开了。

"啊,这些女孩可真漂亮啊!"米蒂对大厅里的舞蹈赞叹不已,高兴得直拍手。

"是啊是啊,她们跳得真好看!"蒂蒂说道。

"她们闻起来好香!"

"她们唱得真好听!"

"那个看不见的人是谁?"米蒂问道。

"她啊,她是夜的香气。"夜回答说,"是我专用的,她可香了!"

"那些穿着透明纱衣的小姑娘是谁呢?"蒂蒂问道。

"她们是花草和林间的露珠啊。不过不能再让她们闹了。她们跳起来就没完没了,很难再把她们赶回洞里。"夜拍拍手掌,喊道,"喂,星星们,赶紧回到洞里去,现在还不是你们出来跳舞的时候,你们看看,天空都被你们搞得乌云密布了。快,大家动作都快点,不然我就喊日光过来了。"

一听到日光的名字,星星、夜的香气、露珠、鬼火全都惊慌地往洞里跑,夜莺的歌声也停止了。

蒂蒂走到最里面的那扇巨大的黄铜大门前面。

"中间的这扇大门里面是什么……"蒂蒂准备把钥匙插进钥匙孔。

"请别打开这扇门。"夜面容严肃地说道。

"为什么?"

"因为这扇门是不可以打开的。"

"可是光说了,青鸟一定在这里。"

"孩子,听我说!"夜像个母亲般,语气和蔼地对蒂蒂说,"都怪我对你太仁慈、太纵容了,我从没有像对待你这样对待过别人,我把所有的秘密都告诉你了,这是因为我喜欢你,我疼爱你,我像个母亲一样地对你。可是孩子,你得相信我,你真的不能再继续往下面看了，千万别去试探你的命运，千万别去开那扇门。"

"为什么呢？"听到夜的话，蒂蒂有些动摇了。

"因为我把你当成我的孩子，我不希望我的孩子误入歧途。从来没有一个人，听着，从来没有一个人在将这扇门打开后还能活着的，哪怕他只打开了一点点缝隙。在这扇门的后面，藏着这世界上最恐怖的东西，任何你所见过的令你闻风丧胆的东西都不足以与之相比。人们一看到这里面的东西就吓破了胆，甚至找不到一个合适的名字去形容他，因为他实在太恐怖了。如果你一定要打开那扇门，就等我先去那座没有窗户的楼塔上找个安全的地方躲起来。这些都是你应该知道的，要不要打开这扇门，你可要考虑清楚了。"夜像个慈爱的母亲一般劝导蒂蒂。

一旁的面包听到夜的话，吓得直哆嗦，扑通一声跪倒在地上，哀求道："噢，我的小主人，可怜可怜我们吧，我愿意跪下来求你，请求你不要打开这扇门，夜夫人的话是对的。"猫也在一旁帮着面包说话："是啊，主人，面包说得没错，你要是打开这扇门的话，那就是在拿我们大家的生命开玩笑啊！"可怜的小女孩米蒂早就吓得哇哇大哭了，不停地喊着："哥哥我怕，你不要打开，我不要你打开……"

可是无论众人如何请求，蒂蒂都没有动摇，他一定要打开这扇门，即使他也害怕门后面恐怖无比的东西，可是他答应了光，一定要找到青鸟，无论多么艰险都无所畏惧。

第四章 夜的宫殿

"糖,面包,你们快把米蒂带走,我要把门打开了!"蒂蒂一边吩咐道,一边抓紧钥匙,小心地转动,慢慢地把门打开。

"噢,天哪,大家赶紧逃命吧,他要把门打开啦!"夜一声惊呼,惊慌地往楼塔上跑。大厅里顿时又陷入慌乱之中,呼喊声一阵接着一阵。面包发疯般地往后跑,嘴里呼喊着:"等等啊,等我们跑到大厅的另一边啊!"猫也惊慌失措地喊道:"等一等啊,小主人,等一等啊!"

所有人都躲到了大厅另一端的柱子后面,只有蒂蒂和狗还留在黄铜大门前。"我不怕,我不怕……我要留下来,我要留下来……我要陪着我的小主人,我要陪着我的小主人……"可怜的狗不住地打着哆嗦,强忍着内心的恐惧,不停地自言自语。蒂蒂摸了摸狗的脑袋,拍拍他说道:"蒂鲁,好样儿的,亲亲我吧,有你陪着我,我就不是一个人了。现在我们都需要镇静一点。我就要开门了。"

蒂蒂把钥匙插进了钥匙孔内,大厅的另一端爆发出了一阵尖叫,那是胆小的逃难者们躲藏的地方,他们已经惊恐到了极点。蒂蒂拿着钥匙刚触碰到大门,两扇门就自动打开,消失进了两侧厚厚的墙壁里。一幅意想不到的景象瞬间呈现在了大家的眼前。那是一个美丽到了极点的花园:花园仿佛梦境一般,各色的鲜花发出朦胧的光芒,绿色的草地一望无际,美丽得难以形容,夜光还有闪闪的星光洒落下来,无数的青鸟在扑翅纷飞,从地平线飞往无尽的天空，在繁星中穿梭，在夜光里翱翔，相互追逐。整个花园都洋溢着生气，充满了最纯净的青色。蒂蒂呆呆地站在门前，望着眼前的花园，有些不知所措："啊，天哪，上帝啊！你们快看啊，青鸟就在那儿，我们要找的青鸟就在那儿，全都是青鸟，几百只，几千只，几万只，成千上万的青鸟啊！"蒂蒂急急忙忙地冲进成群的青鸟中，喊道："米蒂，蒂鲁，你们快点进来啊，快帮我抓青鸟。这些青鸟不怕人，一点儿都不怕我们，你们可以大把大把地抓。这里，这里，这里，到处都是青鸟啊！"

除了猫和夜，米蒂、面包、糖还有狗全都跑进来了，在这眼花缭乱的花园里，不停地挥舞着双手，胡乱地抓着。"你们看啊，这么多这么多的青鸟，它们都飞到我的手上啦。"蒂蒂高兴极了，冲米蒂他们一个劲儿地喊道，"它们在吃月光！它们在吃月光！米蒂，你在哪儿？哇，好多青鸟的羽毛掉下来啦，我都有些看不清它们了！蒂鲁，轻点儿，不要伤害它们！"

米蒂早已经被成群的青鸟团团围住了，她开心地说道："看呐，我抓到七只青鸟啦！它们不停地拍打翅膀，快帮帮我，我快抓不住它们了！""我也抓不住了，我抓得太多了，蒂鲁也抓了好多只。不好，这些鸟就要把我们拖上天了，快，快，我们快离开这里，光还在等着我们呢，我们抓了这么多青鸟，她该多高兴啊。蒂鲁，米蒂，快，跟着我，这边走，我们从这边出去。"

蒂蒂带着所有人离开了花园，除了面包和糖，所有人手里都

第四章 夜的宫殿

抓满了挣扎着的青鸟,青鸟的羽毛掉了一地,连大家的身上都沾满了羽毛。大家跟着蒂蒂高兴地离开了夜的宫殿。猫却悄悄地留了下来,和夜一起穿过大厅来到大门前,焦急地往花园里不住地张望。

"他们抓到那只青鸟了吗?"夜不安地问道。

"没有,我看到那只鸟还在那儿,在那片最高的月光之上,它飞得太高了,孩子们抓不到它。"猫说道。听到猫的话,夜放心地舒了口气。

蒂蒂带着大家一路兴高采烈,刚离开夜的宫殿,光就出现了。她急忙问道:"你们抓到青鸟了吗?"蒂蒂向她招了招手:"瞧,我们抓到了,而且是很多的青鸟,你要多少就有多少,那个花园里还有成千上万只呢。"就在这时,奇怪的事情发生了:所有的青鸟仿佛失去了生命一般,头垂了下来,两只翅膀也有气无力地摊开,似乎已经死了,又或者仅仅剩下最后一口气。

"啊,这是怎么回事?它们怎么死了?米蒂,你的也死了吗?蒂鲁,你的呢?"蒂蒂望着手里的青鸟,震惊极了,当发现它们的确死了之后,他生气地将那些鸟丢在地上,抱着头蹲在地上大哭了起来,"这是怎么回事?它们怎么都死了呢?是谁杀了它们?我好难过!我好难过!"

光走了过来,温柔地抱着蒂蒂,像个慈爱的母亲一般,给他擦去眼泪,安慰道:"别难过,孩子,这些青鸟都只能在月光下活着,那只唯一能在日光下生活的青鸟你们并没有抓到。它肯定飞到别的地方去了。我们会找到它的。别难过了。"

听到光的话,蒂蒂站了起来,已经没有那么伤心了,暗暗下定决心一定要找到青鸟。光带着所有人离开了。蒂鲁一边走,一边望着地上的青鸟,嘀咕着:"它们好吃吗?"

第五章　森林探险

　　光带着蒂蒂他们一群人回到了神仙蓓丽吕的宫殿,把他们都安顿好。她告诉蒂蒂,青鸟很可能就在森林里,森林里有一棵非常古老的老橡树,青鸟就在它那里。今晚好好睡一觉,明天就可以去森林寻找青鸟了。可是猫趁着光睡着了,怂恿蒂蒂趁着天黑到森林里去找青鸟。蒂蒂知道青鸟就在不远处的森林里之后,恨不得马上就能找到青鸟,便带着米蒂和狗去了森林,而猫借口要通知老橡树,提前来到了森林。

　　晚上,月光明亮皎洁,映照着森林里的各种树,有橡树、山毛榉、榆树、白杨、枞树、丝柏、莱姆树和西洋栗等。微风吹过,树叶发出沙沙沙的响声。

　　"向森林里的每一棵树致敬。"猫弯腰行礼。

　　"致敬!"树木们也应和着。

　　"今天是个非常特别的日子,应该载入史册。就在今天,就在这个晚上,我们的敌人要来这片树林了,他要来释放我们的灵魂,当然,他也把自己送到了我们的手中。他就是那个伐木工人的儿子,他叫蒂蒂。蒂蒂正在寻找青鸟,就是那只知道我们所有秘密的青鸟。早在上帝创造这个世界的时候,你们这群伟大的树就把青鸟从人类那里藏起来了。"

此时响起了一片沙沙声。

"什么?哦,是白杨树在说话。没错,蒂蒂有一颗钻石,那颗钻石可以暂时把我们的灵魂释放出来。有了这颗钻石,他就可以强迫我们交出青鸟。一旦他们获得了青鸟,我们就只能听人摆布了。"

又是一阵树叶的沙沙声,是老橡树在发出低低的响声。

"谁在说话?是您吗,老橡树?您的感冒还没好吗?甘草怎么没有好好照顾你。你的风湿病好了吗?我想,肯定是因为你的脚上长了太多的苔藓。那只青鸟还在你那里吗?"

老橡树又晃动了一下树枝,树叶沙沙作响。

"对不起,我听不太清楚,您说什么?噢,是的,我们不能再犹豫了。这次是个很好的机会,我们要趁此机会把那个可怕的小孩杀死。"

树群们仿佛是在响应猫的话,一起晃动树叶,沙沙声更加响了。

"什么?我听不清。啊,没错,他的妹妹也一起来了,我们必须连她一起杀死。是的是的,没错,他还带着狗,可是他总是黏着蒂蒂,根本没办法把他赶走。你们说什么?把他收买?那是不可能的,我早就试过了各种办法。那只狗是个忠诚的叛徒。"

枞树显得很激动，不停地晃动树枝。

"啊，枞树，是你吗？什么？你已经为他们准备好棺材了？很好。那群人中，火、糖、水还有面包都是站在我们这边的，嗯，面包好像有点问题，他总是摇摆不定。只有光是完全站在人类那一边的，不过她不会过来了。因为我让孩子们趁着光睡着的时候溜出来。这是个绝好的机会，错过了就再也没有了。"

山毛榉的树叶窸窸窣窣作响。

"啊，是山毛榉吗？没错，你说得没错，我们还要通知所有的动物。兔子在吗？你带着你的鼓了吗？很好，快敲响你的鼓，把动物们都召集过来。啊，他们来了。"

兔子敲着鼓向森林深处跑去，这时蒂蒂、米蒂和狗也已经来到森林了。猫连忙迎上前去，谄媚地笑着说："哎呀，我的小主人，你们来了！瞧，今晚上夜色多美啊，你们的脸色看上去多好啊！我提前来到这里，就是为了通知他们——你们要来了。他们已经做好了欢迎你们的准备，我想，今天晚上我们就能拿到青鸟了。刚刚我已经让兔子去通知附近所有的动物了，它们这会儿应该已经来了。听，它们都害羞地躲在树丛里呢。"

蒂蒂看了看四周，听到树林里传来了各种动物的声音，有猪、牛、马、驴等。猫瞄了一眼狗，把蒂蒂拉到一旁，悄悄地说："我的小主人，你怎么把狗也带过来了，他可是跟谁都不能相处，连好脾气的树都和他合不来。我怕他一来，事情就要被他搞砸了。"

"可是我没办法把他撵走。"蒂蒂看了一眼一旁的狗,那蠢样子的确让他有些讨厌,便不耐烦地恐吓,"滚开,你这蠢东西。"

"谁?我吗?噢,您这是怎么了,我的小主人,我做错什么事了吗?"狗有些惊慌失措地说道。

"没有,我只是讨厌你了,你这个蠢东西,你留在这里只会把事情搞砸了,你快给我滚回去。"

"噢,求求你不要赶我走,我保证不说话,我就在一旁看着,保证不会妨碍到你的,我的小主人。"狗哀求道。

猫在一旁怂恿蒂蒂用棍子把狗揍一顿,因为狗竟敢不服从主人,这种行为简直让人无法容忍。蒂蒂觉得猫说得很有道理,便拿出棍子一边打狗一边说道:"这样你才能听话。"狗被打得汪汪汪直叫唤,却并没有走,反而抱着蒂蒂不停地亲吻。

"哥哥,还是把他留下来吧,他不在,我会害怕的。"米蒂说道。听到米蒂的话,狗高兴得几乎要蹦到天上去了,扑向米蒂不停地亲吻她:"我的小主人啊,你可真仁慈、真美丽、真可爱,我要好好亲亲你,再亲一下,再亲一下,再亲一下……"

一旁的猫看没办法把狗赶走,只好暗暗骂了一句"白痴",便叫蒂蒂赶快转动头上的钻石:"就站在那片月光之中,这样你可以看得更清楚一些,好了,慢慢转动那颗钻石吧。"

蒂蒂开始慢慢转动钻石,周围的树开始摇晃,树影婆娑,

第五章 森林探险

树叶沙沙响，树干从当中裂开，从中走出了树的灵魂。这些树的灵魂都不一样：榆树是个胖胖的小矮人，浑身长满了褶子，挺着肥肥的大肚子，脾气非常古怪；莱姆树看上去非常随和，脸上是一副愉快的表情，站在地上显得十分沉着冷静；山毛榉则有一副高挑的身材，优雅的外表，行动十分灵敏；桦树有些害羞，脸色苍白，身体单薄，有些局促不安；柳树身材小巧，披散着长头发，神态有些哀愁忧郁；枞树的个子高高瘦瘦的，不爱说话；丝柏则是一副非常凄凉悲哀的神情；西洋栗昂头挺胸，衣着时髦，高傲无比；白杨树是个性格爽朗的男子，只是说话的时候有些啰唆。这些树的灵魂一个个都从树干里出来，有的慢悠悠地走着，缓缓地舒展着身体，仿佛已经被关了几千年，又仿佛沉睡了几万年；有的则纵身一跃，跳离了树干，仿佛早就等不及了。所有树的灵魂都慢慢地朝孩子们走过来，将他们围在中间，不过离树干并不远。

白杨树第一个跑出来，尖着嗓子叫喊着："啊，看呐，竟然是人类，我竟然可以跟人类交谈了，我们沉默了多少年了，现在终于可以发出声了。可是他们从哪里来的？他们都是谁呀？他们是做什么的？"这时莱姆树嘴里叼着烟斗，向白杨树走来，白杨树便对莱姆树说："莱姆树老爹，你认识他们吗？"

"咳咳，我不认识他们，也不记得在哪里见过他们。"莱姆树取下烟斗，咳嗽了两声说道。

"不,您一定认得他们,您见过这附近的所有人,您总在他们房子附近,您可以走近了瞧一瞧。"

"不,我不认得他们,他们实在太小了,我只记得那些在我的树下宿醉的酒鬼,还有那些踏着月光而来的恋人们。"

西洋栗戴着一副金边眼镜,他走近蒂蒂和米蒂,扶了扶镜架,说道:"让我来瞧瞧,这两个孩子是乡下过来的穷孩子吗?"

"啊,西洋栗先生,您自己只在大都市或者镇上待着,对您来说他们的确是穷孩子。"杨树露出谄媚的笑容,对西洋栗说道。

柳树也穿着一双木屐走了过来,惊呼道:"天呐,他们又砍掉了我的手臂和头发去当柴火了。"

"大家安静安静,老橡树来了,他离开他的宫殿了。今晚他看上去脸色有些憔悴,我觉得他实在太老了。枞树说老橡树已经四千岁了,可能有些夸张,不过他的确已经很老了。大家都注意听听,老橡树会给我们解释清楚目前的情况的。"杨树说道。

老橡树步履蹒跚地走了过来,他实在太老了,简直难以置信。他头上戴着高高的王冠,身上穿着由苔藓和地衣制作而成的长袍,雪白的长胡子被风吹着,双目已经看不见了,只能拄着一根拐杖,旁边还有一棵小橡树扶着他,给他引路。在他的肩膀上站着一只青鸟。老橡树一走近,大家都自动站成一列,向他鞠躬致敬。

"啊,我看到青鸟了,它就在那里,快,快,快把青鸟给我吧!"

蒂蒂看到老橡树肩膀上的青鸟，忍不住高兴地叫喊起来。

"安静，不要吵！"群树对蒂蒂的叫喊有些恼怒，斥责了他。

"快脱帽致敬，这可是万众敬仰的老橡树！"猫拉了拉蒂蒂的衣袖小声说道。

老橡树被群树簇拥着，缓缓地转向蒂蒂的方向，捋了捋雪白的长胡须，问道："你是谁？"蒂蒂弯腰向老橡树鞠了躬，回答道："您好，我叫蒂蒂，请问您什么时候可以把青鸟交给我？"老橡树略微沉吟了一会儿，这才想起些什么来，问道："蒂蒂，你是伐木工人的儿子吗？""是的。"

"你知道你的父亲给我们带来了多大的伤害吗？仅仅我橡树这一个家族，就被你父亲杀害了六百个儿子，四百一十五个叔婶，一千二百个表兄弟姐妹，三百八十个媳妇，还有一万二千个孙子！"老橡树的声音颤抖着，掩不住内心的悲伤和愤怒。

"对不起，先生，我并不知道这些……我爸爸不是故意这样做的……"蒂蒂向老橡树道歉。

"今晚你来这里到底要做什么？你为什么要让我们的灵魂从我们长眠的地方走出来？"老橡树问道。

"先生，打扰了您，我感到非常抱歉，可是猫告诉我您知道青鸟在哪里。"

"没错，我知道青鸟在哪里，也知道你们正在寻找青鸟。你们是在寻找幸福和万物的奥秘。可是这样一来，你们人类就可以完全地控制我们了，你们就可以更加为所欲为了，而我们的日子就会更加艰难了！"

"啊，先生，您误会了，我们寻找青鸟是为了救神仙蓓丽吕的女儿，她得了非常严重的病。"

"不用再说了！"老橡树挥了挥手，打断了蒂蒂的话，"动物们呢？我怎么没有听到他们的声音？这可不仅仅是我们树的事情，这件事也关系到他们的生存。万一有一天人类知道了我们今晚将要做的事情，他们肯定会做出非常可怕的事情来报复我们的。因此，我们必须团结起来，就算是沉默也要团结一致。"

枞树抬起头，朝树群的上空望了望，说道："啊，动物们来了。马、公牛、母牛、阉牛和猪都来了，狼、羊、雄鸡、山羊、驴和熊也来了！"

动物们向树群走来，坐在了树群的中间，等着老橡树的发言。只有山羊还在走来走去，猪还在低着头这里拱拱，那里嗅嗅，哼哼唧唧的。

"动物们全都到了吗？"老橡树缓缓问道。

"差不多都到齐了。母鸡不肯离开她的窝，她要孵蛋；野兔不在家，去外面旅行了；雄鹿的角受伤了，正疼得厉害；狐狸也生病了，这是医生开的证明书；鹅也没有来，不知道在干什么；火鸡正在发脾气，也没有来……"兔子放好他的鼓，一一向老橡树汇报出席情况。

第五章 森林探险

"他们没能出席,真是令人遗憾,不过没关系,现在到场的人数已经超过了法定人数,我们有权利作出决议了。各位,大自然的法则想必你们非常清楚。这两个孩子,他们凭借神力偷走了大自然的力量,他们现在要来夺取我们的青鸟了,而我们自世界开创之初的秘密也将被他们毫无保留地偷走了。一旦人类获得了青鸟,掌握了我们的秘密,我们的命运将会怎样?大家应该都非常清楚。所以,我们不能再犹豫了,在这关乎我们每一个人的命运的紧要关头,任何犹豫都是愚蠢的行为。趁着现在还有时间,我们必须想个办法,把这两个孩子解决掉。"

"他在说什么?"蒂蒂听不懂老橡树的话,人类是听不懂动物和树木的话的。可是狗听得懂,他走到老橡树的身边,围着他不停地转,露出锋利的牙齿,凶狠地说道:"你这个老东西,我可以把你撕碎!看见我的牙齿了吗,它们可锋利着呢!"

一旁的山毛榉听到狗的话,愤怒地说道:"这个家伙胆敢侮辱老橡树!"听到山毛榉的话,老橡树问道:"是狗在说话吗?快把他赶出去,他是我们的叛徒,不能容许他的存在!"狡猾的猫连忙对蒂蒂说:"我的小主人,你快点把狗赶出去吧,他快把事情搞砸了。这只是个误会,我会好好处理的,你还是赶紧把狗这个碍事的家伙赶走吧。"

蒂蒂相信了猫的话,用棍子不停地把狗往外赶:"快走,你这个讨厌的家伙!"

"我要咬碎这个老家伙的拖鞋!我要把他撕成碎片!那肯定痛快极了!"狗冲着老橡树不停地龇牙,嘴里发出恐吓的哼哼声。

"闭嘴,你这个畜生!滚开!"蒂蒂对着狗吼道。

"好,我走,我走,小主人,你需要我的时候,我立刻就会出现!"狗有些哀怨地对蒂蒂说道。

"我的小主人,你最好能把他绑起来,不然他又会回来闹事的。把那些树激怒了可不是闹着玩儿的。"猫怂恿蒂蒂把狗拴起来。

"可是我忘了带上狗链子了。"蒂蒂摊开两手说道。

"没关系,可以叫常春藤把狗绑起来。"猫看到常春藤走了过来,便对蒂蒂说道。

狗知道了那些树的阴谋,愤怒极了,不停地朝他们吠叫:"我还会回来的,你这个老家伙、老废物、老瘸子!你们这些孱弱的老东西!这都是那只猫搞的鬼,我会让他受到惩罚的!噢,你又在说什么悄悄话?你这个卑鄙的家伙!你这个阴险的犹大!汪!汪!汪!"

"我的小主人呐,您瞧,他把所有人都侮辱了一遍。"猫在一旁煽风点火。

"天呐,他大概不知道他自己在说些什么,我简直受不了了。常春藤先生,还是请你把他绑起来吧。"蒂蒂对走过来的常春藤说道。

"他会咬人吗?"常春藤有些害怕地问道。

"我肯定不咬你,我还要亲亲你呢。你等着看吧。过来呀,快过来呀,你这个老混蛋,可恶的家伙!"狗还在嘶吼着。

"蒂鲁,不许无礼!"蒂蒂用棍子打了狗,呵斥道。

"我该怎么办,我的小主人!"可怜的狗缩在蒂蒂的身边,不停地摇着尾巴。

"你要做的就是乖乖地躺下来,让常春藤把你绑起来,不然的话……"蒂蒂命令道。

常春藤走到了蒂蒂的身边,拿出早就准备好了的树藤,一点一点地将狗绑了起来。狗还在不停地冲着常春藤叫嚷着:"你这个老东西!你这个老怪物!你这个刽子手!噢,我的上帝,他把我的爪子都弄断了!噢,他勒得太紧了,我快要窒息了!"

"你这是自找的。别吵了,你可真烦人!你给我安静点!"蒂蒂在一旁不满地说道。

"我的小主人,你错怪我了,他们要伤害你,你不知道。你要小心一点,噢,他要把我的嘴巴封起来了,我就快说不了话了。"可怜的狗还在不停地喊着。

没多久狗就被常春藤捆成了一个小包袱,他问老橡树:"我该把他放哪儿?他的嘴已经被我堵住了,他已经不能说话了。"

"就把他绑到我身后的那棵树干上吧,找棵最粗的树干把他绑起来，我们待会儿再讨论如何处置他。"老橡树吩咐道。

白杨树也来帮忙，和常春藤一起把狗带到了老橡树后面，选了一棵最粗的树干，将他绑了起来。

老橡树看不见身后的情况，他问道："绑好了吗？"得到常春藤和白杨树的回答后，老橡树继续说道："现在已经没有这个叛徒的干扰，我们可以好好地讨论一下公平、正义和真理了。今天是我们头一次有机会能够对人类进行审判，也要让人类看看我们的力量。人类奴役了我们几万年，他们对我们如何残忍，大家都有切身体会。现在我们要对他们进行审判了，我想我们没必要有任何犹豫了。"

"说得对，说得对！要把他们判处死刑！把他们吊起来！这才是对他们最合适的判决！我们被人类虐待了这么久，人类实在太没道德了！我们要吃了他们！我们要把他们碾得粉碎！杀了他们！立刻把他们处决！就在这里行刑！"所有的树还有动物们听到老橡树的话后，变得激愤异常，不停地呼喊着要杀死这两个可怜的孩子。呼喊声一浪高过一浪。而可怜的蒂蒂对这一切还不十分清楚。

"他们怎么了？他们生气了吗？"蒂蒂向一旁的猫问道。

"不用怕，我的小主人。他们只不过不太高兴，因为春天来得太晚了。您不用担心这个，我会把事情都安排好的，您放心吧。"虚伪的猫欺骗着蒂蒂，还向他露出谄媚的笑。

那边的老橡树还在发言，他双手向下压了压，示意大家安静，接着说："看来大家对于处决这两个人类都没有什么异议，全票通过！现在我们就要讨论一下该用哪种方法来执行死刑了。为了不让人类发现是我们杀死了他们，我们必须想一个最安全有效、最方便快捷的行刑方法。"

看到那边老橡树还在说话，蒂蒂更加不解了，便说道："他们究竟在干什么？那个老橡树打算怎样？他怎么还不把青鸟交给我，我快没有耐心再等了。"可是蒂蒂没有办法，只能在一旁继续等着。

首先发言的是公牛，他走到树群的中间，挥舞着头顶上的两只巨大的角，得意地说道："我看最有效、最安全的方法就是用我坚实有力的大角朝他们胸脯上一戳，这样最有效了，要不要我现在就去行刑？"

"说话的是谁？"老橡树问道。

"是公牛。"一旁的猫回答说。

对于公牛的提议，大家七嘴八舌地说开了，首先说话的是母牛。她显得有些不耐烦，也有些心不在焉："安静点，安静点，我同意公牛的办法，我还有好多事情要做呢，我要吃一大片的牧草，就是那片白色月光下的碧绿的草地……"

"我也有好多事情要做。随便你们怎么安排，我都没意见。"阉牛也说道。

其他的树都在为处死两个孩子提出自己的办法。

"我有最坚固的树枝,足够把他们吊死了。"这是山毛榉在说话。

"我有最柔韧的藤条,足够打一个最好的活结。"这是常春藤在说话。

"我有最结实的木板,足够给他们做一个小棺材。"这是枞树在说话。

"我有最宽厚的树干,足够给他们立一个墓碑。"这是柏树在说话。

"我的枝条又细又长,可以绑住他们,把他们丢到河里淹死。"连一向温柔的柳树也说话了。

"我说,大家没必要想出这么残忍的手段。这两个孩子这么小,只要把他们关在篱笆院里,他们就跑不出去了。我可以担任看守,保证他们逃不了。"莱姆树企图调停大家的争论。

"谁在说话?是不是莱姆树?他一向喜欢说些甜言蜜语。"橡树问道。

"是的,是的,就是他。"枞树附和着说道。

"动物中出现了叛徒,我们树之中也出现了叛徒,我们遗憾莱姆树竟然会对树类不忠诚。不过他倒算不上真正的树。"老橡树说道。

此时,猫转动着小眼睛,发出贪婪的目光,盯着米蒂,自言自语道:"我认为,最好先吃了这个小姑娘,她长得白白嫩嫩的,肯定很鲜美……"

一旁的蒂蒂看到老橡树他们还在讨论着什么,便问猫:"他在说什么?"一转头就看到猫眼睛里贪婪的光芒,吃惊地说,"你怎么啦?"看到蒂蒂的神色,猫连忙正经起来,恭敬地回答道:"我也不知道他们发生了什么事,不过,情况看上去有些不妙。"

树群还在吵吵闹闹,讨论如何处死两个可怜的孩子。老橡树用拐杖敲了敲地面,说道:"肃静!肃静!接下来我们便要决定由哪一位首先动手打人类了。自从世界上有了人类,我们受了多少恐吓啊!在座的哪一位愿意代替我们首先出这口恶气?"

枞树一贯喜欢阿谀奉承,他马上弯腰谄媚地说道:"这项荣誉的壮举当然应该由您来完成!你可是我们的国王,我们的家长啊!"

"是枞树在说话吗?唉,我实在太老了,眼睛看不见了,身体也没有力气了,连两臂都因为风雨的吹打而变得僵硬,我是没办法去做这项义举了。我看还是由你来最好,这里的许多树木,都是你看着长大的,你也是他们的长辈,况且你年轻力壮、身材挺拔,还是由你代表我去完成这项争取自由的高贵行动吧。"

"十分感谢您如此看重我。不过,我已经有了一项荣幸,就是把两个孩子埋葬,如果还让我执行这项光荣的行动的话,大家可是会嫉妒的。况且要说到地位,硬朗的山毛榉可是仅次于您啊,我认为应该由山毛榉来完成这项高贵的行动。"枞树推辞了老橡树的提议。

"啊,我都快被虫子蛀空了,你们可都看到了,我的枝条也已经不像从前那么强壮有力了。我认为,榆树和丝柏比我更适合。"山毛榉摆摆手,也推辞了。

"被提议来完成这项高贵的行动,我感到万分荣幸,可是我是心有余而力不足啊。你们看看我佝偻的身子,还有我的大脚趾,昨天有只鼬鼠咬了它。"榆树伸出受伤的大脚趾给大家看。

"能为大家效劳,我是无比愿意的。可是我跟枞树兄弟一样,也有一项荣誉,虽然不是埋葬两个人类,但能够在他们的墓碑前哭一场也是一项无上的荣耀啊。再让我代表大家第一个去打人类,这么光荣的行动交给我,恐怕大家会不乐意啊。还是看看白杨树的意见吧。"丝柏把问题又抛给了白杨树。

"我?你开什么玩笑呢。我体质这么虚弱,都比不上小孩子强壮。况且你们看看我的树叶,我自己都不知道是怎么回事,我好像感冒了……"说着,他就抖动着自己的树叶,给大家看。

看到大家你推我、我让你,都不肯第一个打人类,老橡树愤怒了,气得胡子都在颤抖。他拄着拐棍,摸索着蒂蒂的方向,嘴里喊着:"你们全都惧怕人类!连两个毫无反抗能力的柔弱的小孩子都惧怕!就是因为这种对人类的恐惧才使得我们沦落如此,被人类奴役了几万年。如今可是个大好的机会,我再也不想忍受了,我看还是我来动手吧。让我这个老盲人、老瘸子去跟这两个势不两立的敌人战斗吧！他在哪里？"老橡树摸索到了蒂蒂的方向，高举着拐棍朝蒂蒂打去。

蒂蒂连忙从口袋里拿出小刀，说道："那个拿着棍子的老家伙，是冲着我来的吗？"群树看到蒂蒂拿出来的闪亮的刀子，吓得不得了，连忙把老橡树给拽了回来，嘴里呼喊着："刀！小心呐！他有刀！"

老橡树不停地挣扎着，挥舞着拐棍，哆嗦着嘴唇："别拦着我！管它是刀还是斧子，我都不怕！你们还站在这里干什么？"老橡树看群树没有一个人愿意出去，伤心地把拐棍扔到地上，悲愤地说："这可真是我们的奇耻大辱啊！唉，算了，还是让动物们代替我们去吧。"

"早就应该让我去了。让我看看该怎么进攻，嗨，我只要用我的角用力一戳就行了……"一旁的公牛已经用前蹄刨着地面，脑袋压得低低的，一副随时准备出击的样子。可是阉牛和母牛却把公牛的尾巴拉住了，将他拖了回来，小声地说："你这是干什么呀？这可是件苦差，没什么好结果的。杀了人类，我们可是要付出代价的。我们还是别管了，那不是有更大的野兽在吗？交给他们好了。"

"不行，不行，这就是我的事。你们就在这里看着我怎么处死他们吧。你们最好拉着我点儿，不然我可不敢保证会出什么大事。"

雄鸡对着公牛竖起了大拇指,直夸他有勇气、有胆量。

"你们真的打算把我们杀死吗?"看到动物们对自己展开了攻击的架势,蒂蒂终于明白要发生什么事了。

"当然,你不是在一旁看了很久了吗?"驴踢踏着蹄子,鼓动着鼻翼,喘着气回答道。

"你们死到临头了,你还可以向上帝祷告。不过那个小女孩可不能藏起来,我要好好看看她,我要吃了她!"猪也是一副要进攻的架势,尽管他身材肥胖,大腹便便。

"我不明白,我到底哪里伤害了你们?"蒂蒂不明白动物们为什么要向他进攻。

"你没有伤害我们,你只不过吃了我一个弟弟、两个妹妹、三个舅舅、四个婶婶还有我的爷爷奶奶而已。待会儿一旦你们倒在地上,你就会知道我们羊也是有牙齿的!"一向温顺的羊都开始眼露凶光,一副随时都要吃了蒂蒂的样子。

"哼,我的蹄子可是非常有力量的!"驴也不甘示弱,显示着自己的威力。

马已经在一旁刨了好一阵子地了,这时已经冲向了蒂蒂,嘴里神气地喊着:"马上你就会看到这一切了!你是想要被我咬碎,还是想要被我踩扁?"可是当他吃惊地看到蒂蒂手里举起的刀时,立马就害怕地往回跑了:"啊,这不公平,他有武器,这可违反了规定！"

"小家伙，够有胆子的啊！"雄鸡向着蒂蒂伸出了大拇指，情不自禁地称赞道。

看到马折了回来，猪提议大家一起上，他让狼从正面攻击蒂蒂，自己则从背后支援狼。狼不同意，他让猪在前面吸引蒂蒂的注意力，自己却绕到了蒂蒂的背后，出其不意地用力一扑，将蒂蒂推倒了。

"该死的畜生！"被狼偷袭之后的蒂蒂单膝跪地骂道，他手里挥舞着小刀，奋力把米蒂护在身下。

看到哥哥倒在了地上，还被所有的动物攻击，米蒂吓得不敢动，只剩下拼命地呼喊："救命！快来救救我们！蒂鲁，你在哪里？还有猫，你去哪儿了？蒂鲁！蒂鲁！你快来救我们呐！"听到米蒂的呼喊声，猫躲在远处，虚伪地喊着："我的小主人，我的爪子受伤了，我想救你的，可是我没办法走路了……"

蒂蒂还在同动物和树进行对抗，可是眼看着就要抵挡不住了。他只能拼命地喊着："蒂鲁！蒂鲁！快来救我啊！他们人数实在太多了，熊、猪、驴子，他们都在攻击我！还有枞树、山毛榉！蒂鲁！蒂鲁！快来帮帮我！我快要坚持不住了！"

听到蒂蒂的呼救声，蒂鲁拼命挣开了捆着他的常春藤，从老橡树后面跳了出来，杀出一条血路，冲到蒂蒂的身前，为蒂蒂挡住群树和野兽的攻击。

"我的小主人，我来了，我来了！别怕，只管对准他们杀过去！我的牙齿非常锋利，看我怎么对付他们！"蒂鲁一口咬住了狗熊的屁股，"哼，你们还有谁想试试？猪，你可别想跑，还有马，我要把你们撕成碎片！"说着，蒂鲁又一口咬住了公牛的尾巴，还把山毛榉和老橡树的裤子撕破了。"枞树你休想逃走！好戏还在后头呢！"蒂鲁扑向了企图逃跑的枞树。

可是敌人的数量实在太多了，蒂蒂渐渐地开始体力不支了，丝柏还朝蒂蒂的脑袋上用力打了一棒，蒂蒂举着刀子的手已经快力竭了："噢，蒂鲁，我坚持不住了！"

蒂鲁虽然勇猛，可是柳树把他的爪子给弄断了，只剩下牙齿可以攻击。那些被蒂鲁赶走的野兽们又重新回来了。

"啊，他们又回来了！这一次是狼先攻击，他们一起上了！"蒂蒂喊道。

"来吧，来吧，看我怎么收拾他们！"蒂鲁呲着锋利的牙齿，恨恨地说道。

为首的狼对狗说道："兄弟，你真是个傻瓜！你那七只小狗难道不是被这孩子的父亲给淹死的吗？"

"没错，的确是他淹死的。不过这可是件好事，因为那七只小崽子全都跟你一样！"蒂鲁回答道，丝毫不打算退让。

听到蒂鲁的话，所有的野兽还有群树都在骂蒂鲁："叛徒！走狗！笨蛋！犹大！快离开那个该死的人类，重新回到我们这边来吧！"

可是蒂鲁此刻完全沉浸在激烈的混战和为主人献身的热情之中，丝毫不为所动。他一边与敌人厮杀，一边高声喊道："我一个人就能对付你们全部！你们看着吧！我的忠诚是献给最伟大的人类的！他就是我的神！他就是我的王！啊，小心，我的小主人！熊来了！还有公牛也来了！让我去把他的脖子咬断！汪！谁？是谁踢了我一脚？该死的驴，他踢断了我两颗牙齿！"

一边的蒂蒂也被敌人团团围住，手已经流血了，连反击的力气都快没有了。他对蒂鲁说道："蒂鲁，我快没有力气了。啊，该死的榆树打了我一拳！噢，我的手流血了，大概是狼或者猪干的。"

"我的小主人，等等，让我亲一下，让我帮你把血舔干净，这样能帮你止血。"蒂鲁抓过蒂蒂的手，温热的舌头把手上的血都舔干净了，这时敌人又开始进攻了，"快，躲在我的后面，他们害怕了，他们不敢再进攻了！啊，他们又朝我们进攻了，看样子他们已经拼尽全力了！我们可要站稳了！"

可是蒂蒂已经倒在了地上，他的力气耗尽了。蒂鲁守在蒂蒂的身边，抵挡住了敌人的进攻。突然蒂鲁转了转耳朵，皱了皱鼻子，非常高兴地说道："他们来啦！我听见了，我闻到了，他们来啦！"

"你说谁来了？在哪里？"蒂蒂问道。

"是光，光来了，她们就在那儿！这下我们有救了！我的小主人，我的小国王！让我亲亲你！看，敌人都吓跑了，他们不敢再来了！"狗指着前方，激动地、不停地亲吻着蒂蒂的脸，还有手。

顺着蒂鲁指的方向，蒂蒂看到了，来的人正是光，高兴地大喊："光，光，我们在这里！你快来呀！这些人都造反了，居然敢攻击我们！"

闻声而来的光刚一走进树林，整个树林就变得通明透亮，野兽还有树群都惊慌失措地四处逃窜。看到蒂蒂还有蒂鲁，光关切地问道："发生什么事啦？你们怎么啦？可是，可怜的孩子，你不知道这个钻石的秘密吗？你只要再次转动那颗钻石，一切就会恢复原样，那些灵魂又会变得安静卑微，你也不会感受到他们隐藏起来的感情了。"

听到光的话，蒂蒂急忙再次转动钻石，一瞬间，所有的灵魂都回到了他们来的地方，裂开的树干重新合上了，动物的灵魂也都不见了，只有不远处的牛还有羊在安静地咀嚼着青草，整个森林又重新回到了原来平静的样子。看着这一切，蒂蒂疑惑地问道："咦，他们去哪儿了？他们为什么会攻击我们？难道他们疯了吗？"

光摇了摇头说："不，他们没有疯，他们从来就是那样的，我们不知道是因为我们看不见他们。孩子，我不是告诉过你，我不在的时候，千万不要随便把他们的灵魂唤醒吗？那是非常危险的。"

"幸亏我还有这把刀子,还有蒂鲁,真没想到他们竟然那么凶恶!"蒂蒂一边擦拭着刀子一边恨恨地说道。

"在这个世界上,人类可是非常孤独的。"光意味深长地说道。

"我的小主人,你伤得厉害吗?"蒂鲁跳过来询问着蒂蒂的伤势。

"没什么,还好他们没有伤到米蒂。亲爱的蒂鲁,你的嘴上都是血,还有你的爪子也断了。"蒂蒂关心地看着蒂鲁。

"没关系,这点伤过两天就会好的。这场战斗可真是激烈啊!"蒂鲁舔了舔爪子感叹道。

这时猫出现了,他一瘸一拐地从树林后面朝蒂蒂走来,听到狗的话,也应和着说道:"是啊,真是太激烈了!我的胸脯被那只阉牛的角戳了一下,你们可能看不到伤痕,可是真的很疼!还有我的爪子也被老橡树给弄断了……"猫捂着心窝,装出一副身受重伤的样子。

"哦?是吗?让我看看是哪只爪子弄断了。"狗恶狠狠地冲猫说道。

米蒂抚摸着猫,温柔地说道:"可怜的家伙,你的爪子真的被老橡树弄断了吗?你去哪儿了?我都没瞧见你。"

猫立刻扑进米蒂的怀里,矫揉造作地扭着脑袋,不停地蹭着米蒂的手,说道:"喵……战争一开始我就受伤了,那只猪想要吃你的时候,我攻击他了,后来我被老橡树重击了一下,然后就失去了知觉,昏死过去了……"

"是吗?告诉你,我可有办法治你!"蒂鲁听到猫的谎话,立刻警告他,冲他不停地吼叫。

"喵……他侮辱我!他还要伤害我!"猫连忙向米蒂告状,一副满受委屈的样子。

"你这个丑陋的家伙,不要靠近他了。"米蒂护着猫,狠狠地对狗说道。

第六章　幸福宫殿

在光的带领下,大家离开了森林,在神仙蓓丽吕的宫殿里休息了一晚上。第二天一早光便带着大家来到了另一座宫殿前,这座宫殿看上去十分迷人,非常雄壮宏伟,装饰得金碧辉煌。在殿门外,光对大家说:"这一次我们肯定能找到青鸟。我早该想到这一点的,可是直到今天早上,我恢复了精力的时候,这个想法才突然浮现在我的脑海,像一道阳光照射进来。现在我们所在的这个位置,是一座宫殿的入口,在这座宫殿里,住着人类的'快乐'和'幸福','命运'就掌管着这座宫殿。"

"'快乐'和'幸福'?他们人多不多?个子大吗?我们也能拥有快乐和幸福吗?"蒂蒂睁大了眼睛问道。

"他们啊,有的个子很大,有的个子很小,有的举止优雅,有的长相粗俗,有的看上去很美,有的却让人十分不舒服……不过,长得最丑的那一个前不久已经被赶出去了,听说'不幸'收留了他。'不幸'就住在这座宫殿的隔壁,那里有个山洞,他就住在那个山洞里。'幸福'的宫殿和'不幸'的山洞是连通的,之间只隔着一层薄纱般的烟雾。'正义'住在非常高的地方,'永恒的真理'则住在非常深的地方,每当他们俩刮起一阵风,那层薄纱般的烟雾就会被吹起。现在我们就要进入这座宫殿了,大家一定要小心。大部分'快乐'都是善良的,不过也有一部分'快乐'甚至比那最大的'不幸'还要危险呢!"光说道。

"我有个好主意!既然那些'快乐'那么危险,那我们最好在宫殿门口守着,万一孩子们进去后发生了什么危险,我们也好进去救他们。"面包说道。

"不行,绝对不行!我们应该紧跟着我的小主人!就让那些胆小鬼守在门口好了!"听到面包的话,狗非常愤怒,看着面包和猫,恶狠狠地说道,"我们不需要胆小鬼和叛徒!"

"我要去!听说那里的人整天都在跳舞,可好玩了!"火说道。

"我比较关心吃的问题。"面包摸摸肚子说道。

"我也要去,正好可以看看几个'幸福',因为我还不知道有什么幸福。"水吹了口气说道。

"你们就不要吵了,我可没有问你们的意见,谁去宫殿由我来决定。狗、面包还有糖就跟着孩子们进去吧,至于水和火就留在外面,因为水太冷淡了,火又太粗暴了。牛奶,我劝你还是不要跟着进去了,因为你太敏感了。猫,你自己决定要不要进去吧。"这样,光就把大家的任务都分配好了。

"我也一起去吧,顺便看看我的老朋友'不幸',他就住在'快

乐'的隔壁。"猫捋了捋胡子说道。

"也好。我也会进去，不过我要稍微打扮一下，这个样子进去，'快乐'他们会受不了我的。不过我可以穿上厚厚的衣服，就像去看一般的快乐的人一样。"光一边说着，一边拿出一块很长的布料，把自己全部包裹起来，"这样就好了，我的光芒不会让他们害怕了，因为很多'幸福'都非常胆小，也不快乐。好啦，这样就算是最丑陋、最恶俗的'快乐'都不会再惧怕我了。"

这样，在光的带领下，一群人向"幸福的宫殿"出发了。

穿过雄伟的大门，大家来到了宫殿的大厅，整个大厅漂亮极了！四周都是高高的大理石柱子，金丝制作而成的绳子连着大理石，上面挂着厚厚的紫色的帘幕，从穹顶一直垂到了地面。亮丽的地板都能照出人的影子来，四周的墙壁上镶嵌了各色的宝石，整个宫殿金碧辉煌，富丽堂皇，让人眼花缭乱。建筑的风格有点威尼斯或者法兰德斯的味道，还融合进了文艺复兴时期的风格。墙壁上的装饰画充满了花边和羊角，是典型的维罗纳和鲁本的绘画。还有非常多的用金粉装饰的雕像、花瓶、锦帛。在大厅的中间放着一张巨大的餐桌，坚厚的大理石桌面镶金镀银，还镶嵌着无数的翡翠宝玉。餐桌上放满了高脚蜡烛、金银酒杯，盘子里还有各种美味佳肴。好几个胖胖的绅士正围着桌子享用这些美食，并不停地欢笑、唱歌，摇头晃脑，慵懒地摆动身体。还有几个人面前已经杯盘狼藉，倒在了无数奇珍异果之中酣睡。那些人个个红光满面，肥胖臃肿，穿着天鹅绒的衣服和丝绸的外套，戴满了闪闪的金银还有无数珍珠和各色宝石。大厅里十几个女仆穿着漂亮的衣服正在不停地往餐桌上递食物还有饮料。音乐声喧闹无比，低俗而喧哗。那些绅士们都沉浸在这片靡靡之音中，脸上都是享受而满足的神情。

看着这样的景象，蒂蒂、米蒂、狗、面包还有糖有些害怕，都围着光不敢上前，而猫则悄悄地跑到大厅的后面，掀起帘幕消失了。

"那些绅士是谁呀？他们可真会享受，吃着那么多美味的食物。"蒂蒂无比羡慕地看着那些胖乎乎的绅士，向光问道。

"他们毕竟是'世俗享乐者'，对吃喝最讲究，不转动钻石我们也能看到他们。虽然青鸟不太可能会在这里，不过它偶尔会飞过这里，所以我们还是要象征性地搜寻一下这个大厅。"光说道。

"我们可以过去和他们说说话吗？"蒂蒂问道。

"当然可以，他们并不坏，只是比较低俗、缺乏教养罢了。"光说道。

"瞧，那些蛋糕可真漂亮！"米蒂看着餐桌上的美味感叹道。

"是啊，是啊，他们玩得可真开心呐！瞧，还有香肠、羊腿和牛肝。牛肝可是世界上最好吃、最可爱的食物！"狗也咽着口水说道。

"快看那些面包,那可是用最上等的面粉做的,它们看上去可真动人!"面包对那些面包赞不绝口。

"诸位,诸位,十分抱歉,请听我说一句,我并不是想伤害诸位,但是不得不说那些甜食才是餐桌上最美味的食物。请恕我直言,它们可比其他的食物更加出色、更加漂亮!就算在其他的地方,它们也是最美味的。"糖不无夸张地称赞着那些甜品。

"他们看上去可真幸福啊!他们可真快乐啊!瞧他们唱得多欢乐啊!我想他们应该已经看到我们了。"蒂蒂说道。

这时好几个享乐者已经站起来,手抚摸着圆滚滚的肚子,步履艰难地朝孩子们走来。

"不用害怕,他们非常和善的。他们可能会邀请你们和他们一起用餐,不过你们可千万不能去,不能接受任何东西,因为那样你们就会不记得自己的任务了。"光提醒道。

"为什么不可以?连一块小小的蛋糕也不可以吗?可是那些蛋糕看上去实在太漂亮、太鲜美了,上面还有那么多好吃的糖果,还有厚厚的一层奶油呢!"蒂蒂被那些漂亮的蛋糕吸引得不停地咽口水。

"那些食物可是最危险的东西,你们的意志会被它们给毁了。人类应该知道为了尽责,有些好东西是必须要舍弃的。如果他们邀请你,你应该委婉地拒绝,只是自己的意志一定要坚定。"光说道。

这时一个胖胖的绅士朝蒂蒂走过来，伸出手问候道："你好，蒂蒂！"

"啊，你认识我吗？你是谁？"蒂蒂非常吃惊地问道。

"我啊，我可是享乐者中的老大，我叫'富有的享乐者'。我代表我的兄弟们向您及您的家人发出诚挚的邀请，请您同我们共进午餐，我们将感到无上的荣幸。请容许我来为您做介绍，在您的周围可都是享乐者中最优秀的人。这位是我的女婿，他叫'地主享乐者'，他的肚子圆滚滚的，像个梨。"富有的享乐者又指了指旁边一个向大家点头致意、态度高傲的人说道："这位是'虚荣的享乐者'，他非常英俊有风度，只是有些自负。"接着又指了指两个长相一模一样的人说道："这两位是孪生兄弟，左边的是'暴饮享乐者'，右边的是'暴食享乐者'。他们俩就算不渴不饿，也能够吃下很多东西，瞧他们的腿，都是通心粉做的。"那一对孪生兄弟艰难地弯腰向大家鞠躬，摇摇欲坠的样子，仿佛随时都可能倒下。

接着，富有的享乐者又介绍了其他的人，有"无知的享乐者"，耳朵听不见，人长得像根柱子；有"不解事的享乐者"，眼睛看不见，长得像只蝙蝠；有"懒惰的享乐者"和"贪睡的享乐者"，软面包做成的双手，桃子果冻做成的眼睛；最后还有一位"微笑的享乐者"，他笑起来时嘴角都咧到耳朵根了，非常有魅力。在介绍到他时，他弯下腰向大家鞠躬，手却捧着肚子笑个不停。

蒂蒂看到有一个享乐者没有出来向大家问好，而是躲在一旁不敢出来，便问道："那一位是谁？他怎么都不敢出来跟我们见面？"

"他啊，您还是不要问了，他是我们之中最让人丢脸的，还是不要提了。"富有的享乐者说着就拉起了蒂蒂的手，"来吧，加入我们吧，瞧，又重新开了一桌酒宴，这已经是第十二桌了，我们一直在等你们。听啊，那些一边饮酒一边狂欢的人可都是在为你而歌唱呢！"富有的享乐者挽着蒂蒂的手臂，将他往餐桌上引，"走吧，我没办法将他们一一介绍给你，因为他们实在太多了。请允许我将您领到座位上去，这将是我至上的荣誉。"

"享乐先生，非常感谢您的邀请，我感到非常抱歉，现在我们正在寻找青鸟，已经没有多少时间了，所以不能参加你们的盛宴。请问您有没有看到过青鸟呢？"蒂蒂委婉地谢绝了富有的享乐者的盛情邀请。

"青鸟？让我想想……啊，对了，前些天我听别人说过，不过这种鸟应该不好吃吧，反正我没在餐桌上见过，所以对它没什么印象。不过你别担心，我们这里有比它更好的东西！你可以和我们一起享受生活，我们能见到的、能做到的一切，你都可以见到、做到！"

"那你们需要做什么吗？"蒂蒂问道。

"啊，我们不需要做什么，吃、喝、睡，这就是我们一贯的生活，而且会让你沉溺在这样的生活里。"

"可是那样的生活有意思吗？"

"当然有意思啊！生活本来就只有这些东西呀！"

"真是这样吗？"蒂蒂若有所思地说道。

富有的享乐者看到了一旁的光，便指着光问蒂蒂："那个年轻人是谁呀？真是没教养。"

蒂蒂刚准备回答，突然就看到其他的享乐者已经又开始了一场宴席了，狗、糖还有面包竟然也在餐桌上，他们已经开始大吃大喝了，像其他的享乐者一样粗俗地摇晃身子，并且正在和其他的享乐者拼酒呢！

"啊，光，快看啊！他们已经开始吃起来啦！"蒂蒂大喊道。

"快，把他们拉回来，不然后果会非常严重！"光大惊，急忙说道。

"蒂鲁！蒂鲁！快回来！立刻过来！听到了没有！还有糖、面包，是谁让你们跑过去的！没有我的允许，你们怎么敢去那里！"

"你说话就不能礼貌一些吗？"面包的嘴里塞满了东西，含含糊糊地说道。

"你说什么？你竟敢如此无礼！你们都怎么了？蒂鲁，蒂鲁！

难道这就是你服从主人的方式吗？赶紧给我滚回来！立刻！马上！"蒂蒂吃惊地说道。

"可是我现在正在吃东西呢！吃饭是最大的事情，我什么都听不见。"狗趴在桌子上一边吃一边嘟囔着。

"非常抱歉，我们现在不能离开餐桌，这样实在是太没礼貌了。主人们会不高兴的。"糖说道，他一贯善于甜言蜜语。

富有的享乐者脸上堆满笑容，趁机劝道："看，他们就是很好的例子，那些食物是多么美味，他们的表情是多么享受。来吧，我们都等着你的加入，从来还没有人拒绝我们的邀请呢。你们几个享乐者，快点过来帮忙，我们只需要一点力气，把他们推到美食桌上，他们就会忘掉一切，敞开肚皮来吃了！"

正在大吃大喝的享乐者听到后，都开心地叫起来，一窝蜂冲到蒂蒂、米蒂和光的面前，胡乱抓住他们的手，把他们往桌上拽。孩子们都惊恐地尖叫起来，拼命甩开他们。"微笑的享乐者"也赶紧跑过来帮忙，一手捉住光的手，一手牢牢地挽住光的腰，让她不能逃离。

光喘着气对蒂蒂大声说道："不能再等了，快，转动那钻石！"

蒂蒂听到光的命令，立刻挣扎着腾出一只手来，用最快的速度转动了它。刹那间，整个大厅被一种圣洁、庄严、祥和、安宁的柔光所笼罩着，宫殿里那些繁重复杂的装饰品和窗帘都像是接到了命令，自动打开，消失在这一片柔光中。一座雄伟庄严的殿堂拔地而起，犹如教堂般，散发着一种喜悦和幸福、安静与平和、一尘不染的光芒。整个殿堂，就好像帕拉迪欧①建造的教堂，或是像卡帕西欧②的名画"圣母像"里面那些数不清的圆柱：纤细修长、纯净的近乎透明；充满了喜悦与幸福的味道。那张堆满食物的巨大的餐桌也消失不见了，仿佛从来未曾有过一般。

享乐者们身上穿着的豪华绸缎和精致的装饰，都随着吹进殿堂的一阵清风，散落在地上，好像一张张瞪着大大眼睛的脸，嘲笑着惊恐无知的狂欢者。所有的狂欢者都呆呆地愣住了，仿佛被眼前的情景吓得不知所措，又仿佛是从眼前发生的一切得到了警醒，让他们看到了自己真实丑陋的面目，反省着自己的错误。他们不仅身体上赤身裸体，精神上的遮羞布也似乎被扯下来了，赤裸裸地展现出来，让人不堪入目。当他们意识到这一情况后，不禁因羞耻和恐惧尖叫起来，尤其是那个"微笑的享乐者"更是狼狈不堪。那些意识到自己丑陋的享乐者们都迫切地希望逃离现场，躲到黑暗的角落里，好让自己不那么狼狈，只有那些"不解事的享乐者"仍毫无反应地站在原地。但是，整个大厅都熠熠生辉，丝毫没有一处阴暗的地方，让这些享乐者无处可躲，只有在大厅右边的角落里，"不幸之窟"的穹窿旁边，有一道诡异的帷幕可让他们从那里逃离。享乐者们只好

---

① 意大利名建筑家。
② 文艺复兴时期，威尼斯画家。

第六章 幸福宫殿

抓住最后的希望，绝望地跑到那道帷幕前，打算从那里穿过，钻进穹窿处。但是，每当有一个享乐者准备掀起帷幕从那里穿过时，就从幽深的洞底传来阵阵异常愤怒的、粗鲁的叫骂声和诅咒声，让人毛骨悚然。蒂鲁、面包和糖都羞愧地低下了头，躲在了蒂蒂、米蒂和光的后面。

"天哪，看，他们是多么的丑陋啊！可是他们钻到那里是想要去哪呢？"蒂蒂看着跑向洞窟的享乐者惊讶又不解地说道。

"我想，他们肯定是被吓得失去理智了，居然躲到'不幸'那里去了，到了那里，恐怕就永远也出不来了。"光低声说道。

蒂蒂的视线又被周围的环境所吸引了，他惊讶地望着整座宫殿，连连感叹道："好美的宫殿啊！"又转头问光，"我们这到底是在什么地方啊？"

光耐心地向蒂蒂解释道："我们还是在原来的地方，只不过你看事情的方法变了。现在我们看到事物的本质，所以我们可以感受到'喜乐'的灵魂，正是他闪烁着这般耀眼的光芒。"

"多么漂亮啊！这么好的天气，真是惬意，好像七月的天气一般。咦？怎么好像有人和我们说话呢？"

蒂蒂正问着，突然大厅里出现了许许多多的天使，好像是刚刚从漫长的睡梦中醒过来。他们身上穿着舒适、光滑、亮丽的衣服，颜色有深有浅，在圆柱中轻盈地飞舞着，非常的梦幻迷人。好像初晓刚从睡梦中醒来的玫瑰花、欢声笑语的小溪，又好像琥珀色的、晶莹剔透的露珠，清晨天空破晓的那一抹微蓝……

光看着前方，说道："几个非常亲切而又细心的'喜乐'向我们飞过来了，他们可以帮我们指引方向。"

"怎么？难道你认识他们？"蒂蒂好奇地问道。

"是啊，他们我全部认识，因为我经常会过来找他们，但是他们并不清楚我是谁。"

"哇，好多人啊，每个地方都有人从那里飞过来又聚在一起。"蒂蒂看着空中的天使兴奋地说道。

光叹了一口气，说："这还不算多，以前比这多好几倍呢，但因为'享乐'的伤害，就少了好多。"

蒂蒂用手拍了拍光的肩膀，安慰她说："不要紧，现在也还有不少呢。"

"如果让这钻石般的光芒照射到大厅外面的世界，你还会看到更多更多的天使。其实世界上的'幸福'非常多，远远超过人们的想象，只不过他们没有发现而已。"光的声音略带沉重地说道。

"哇，光，快看，那里有几个天使长得好小、好可爱啊！我们去和他们打个招呼好不好？"蒂蒂兴奋地指着前方问光。

"算啦，时间有限，马上就会出现更多、更有趣的呢，我们还是去认识他们吧。"

光话还没说完，一队个子非常小的"幸福"从大厅后面嬉戏着跑出来了,他们手拉着手跳着舞,脸上洋溢着幸福的笑容,把孩子们围在中间。

蒂蒂看着眼前的"幸福",既开心又不解:"多么可爱让人喜欢啊!他们到底是谁呢?又来自哪里呢?"

光脸上也洋溢着幸福的表情,说:"这就是儿童们的幸福。"

"那,我可以和他们说说话吗?"蒂蒂问。

"他们能歌善舞,还特别爱笑,但就是不会说话。"光看着他们说道。

"哈哈,真好玩!你们好哇,你们好!你快看,那个胖乎乎的小家伙,笑成那个样子啦!他们的脸庞好可爱啊,衣服也好漂亮,难道他们都很有钱吗?"蒂蒂边跟着他们一起蹦蹦跳跳边问。

"不是这样的,这里的穷人也很多,富人只是少数,和其他地方一样。"光连忙解释。

"那,为什么我看不到这里的穷人呢?"蒂蒂睁大着眼睛问。

"无论哪里,'儿童的幸福'都是漂漂亮亮的,你是辨别不出来的。"

"好羡慕他们啊,真想和他们一起在这里欢快地跳舞。"蒂蒂脸上充满着艳羡。

"不行!时间已经来不及了,我已经看过了,这里并没有青鸟。而且,童年的时光总是短暂的,他们的时间也不多,你瞧,他们已经过去了。"

这时，一队比刚刚要大一些的"幸福"欢快地跑进殿堂，一边嘴里高唱着："他们在那儿！他们在那儿！他们看到我们了！他们看到我们了！"一边开心地围着他们欢快地跳着舞。有一个略大的孩子，似乎是他们的首领，走向蒂蒂，并把手伸向他。

"蒂蒂，你好吗？""幸福"问道。

蒂蒂惊讶地转过头对光说："你认识我？"然后又看着"幸福"说："无论我走到哪个地方，总会有人认识我。请问你是谁呢？"

"你不认识我吗？不过，我敢肯定，这里的人你肯定一个也不认识！""幸福"肯定地说。

蒂蒂搔了搔头，不好意思地说："是啊，我好像不认识你们，而且也没有印象见过你们。"

"幸福"对着其他的孩子说："你们听到了吧？我就肯定他从来都没看过我们。"

所有的"幸福"顿时哄然大笑起来，对蒂蒂说："天哪，蒂蒂，这里你认识的为数不多的人就是我们，我们一直伴随在你的左右啊，和你一起吃喝、睡觉、与你共呼吸，同生活呢！"

蒂蒂不好意思承认不认识他们，但又不好直接说出来，只好说："哦，对对，我记起来了。只是，我还不知道你们的名字呢，请问你们叫什么名字啊？"

"幸福"看着有点窘迫的蒂蒂，直言道："看得出来，其实

第六章 幸福宫殿

你什么也不清楚。我是你'家庭幸福'的首领,他们呢,都是住在你家的其他的'幸福'。"

蒂蒂惊讶地看着他们,问道:"难道他们都是住在我家的'幸福'?"

听着蒂蒂的问题,所有的"幸福"又都笑起来了。

"幸福"对着其他的孩子笑着说道:"你们听,蒂蒂说难道他们都是住在我家的'幸福'。哎……你啊,到处都洋溢着'幸福'啊,没有一个角落、一个缝隙里没有。我们一直都在这里欢声笑语、大声歌唱,给你带来巨大的欢乐。可是,尽管我们这样努力,你自己是这样幸福,但你自己却从未看到,也没听到。希望你以后能够更敏锐一点,在你家发现我们。现在,你和我们握个手吧,以后更加细心地注意我们,相信等你回到家里,一定可以很快地认出我们来的。这样,当你愉快的一天结束时,你就会知道该怎样用微笑来鼓励大家,也知道说高兴的话来谢谢大家,因为我们每个人都在尽全力让你的生活变得更加轻松愉快。请允许我先自我介绍一下,我叫'健康的幸福',请多多关照!当然,我并非最可爱的那个,但却是最重要。改天再见面,你会认识我吗?"

介绍完自己,他又一一介绍其他人:"他是'纯净空气的幸福',全身几乎是透明的;他是'敬爱双亲的幸福',喜欢穿着一身灰色的衣服,因为大家都不曾认真看过他一眼,他的脸上总是带着淡淡的忧伤;这位穿着一身蓝色衣服的是'蓝色天空的幸福'；这位是'森林的幸福'，自然一身绿装，不管什么时候，只要你走近窗户，就可以发现他；现在面前的这位是'阳光的幸福'，好像钻石般熠熠生辉；他是'春天的幸福'，穿着一身鲜绿的衣服。"

听完这些介绍，蒂蒂问他："那么，你每天都是像今天这样安好吗？"

"幸福"欢快地回答说："当然，每一天，每一个地方。黄昏来了，看，他就是'日落的幸福'，非常的庄严气派，胜过世上所有的帝王。接下来，就是'看星的幸福'，他装扮得好像古代的神祇。如果天气发生变化，你就能够看到'落雨的幸福'，他的身上都是串串晶莹透亮的珍珠。然后就是'冬天炉火的幸福'，他身上穿着红色的大外套，只要掀开它，就可以温暖你冰冷的双手。"

说着，"幸福"像突然想起了什么似的，说道："哦，对了，我还没有向你介绍我们的佼佼者呢，他几乎可以说是'喜乐'的兄弟，待会儿你们就能够看到他了，非常的伟大、纯净。这个，是'纯洁思想的幸福'，非常的聪明，没有人可以比得上他。还有这个，啊，实在是太多太多了，我永远也不可能向你介绍完他们了。"

"在我介绍完他们之前，我要先把这个消息告诉'大喜乐'，他在我们身后的天国的门旁边，却还不知道你们到来了呢！请稍等下，我马上叫'赤足在露珠上奔跑的幸福'去告诉他这个消息，他可是我们这里最机灵敏捷的呢！"

这时，刚好"赤足在露珠上奔跑的幸福"蹦蹦跳跳地跑向这边，

"健康的幸福"转头对他说:"你快点去啦!"

听完"健康的幸福"说的这一大段话,光依旧没有忘记他们的目的,便向蒂蒂说:"你可以问问他知不知道青鸟在哪里,他好像知道这回事呢!"

"健康的幸福"听完光的话,笑着对其他"幸福"说:"他竟然不知道青鸟在哪儿!"其他的"幸福"都哄然大笑起来。

看着他们,蒂蒂有点恼羞成怒,气愤地对他们说:"我不知道,我就不知道,这有什么值得你们笑的?"

这下,所有的"幸福"笑得更开心了。

"健康的幸福"停止了笑声,清了清嗓子对蒂蒂说道:"好啦,不要生我们的气了!"说完,又转过身来,对着其他"幸福"说:"我们严肃些吧,他不清楚青鸟的下落,这是非常正常的,他又没有比其他人更离谱,有什么值得笑呢?"

正说着,"大喜乐"和其他"幸福"一起向这边走来了,原来"赤足在露珠上奔跑的幸福"已经把这个消息告诉她们了。只见"大喜乐"脸如天使那样清纯迷人,加上修长的身材,稍稍闪着亮光的衣裳,大家不由自主地看着她们朝这边慢慢走来。

蒂蒂不禁赞叹道:"哇,她们是多么的美丽动人啊!可是为什么她们的脸上都没有笑容呢?难道她们有什么不开心的事吗?"

光意味深长地说:"并不是每一个笑着的人就是开心的,也并不是不笑的人就不开心。"

"那她们都是些什么人呢?"蒂蒂问道。

"她们就是'大喜乐'。"幸福介绍道。

"你认识她们?那你一定知道她们的名字了?"蒂蒂继续问着。

"那当然,""健康的幸福"自豪地说道,"我经常和她们在一起玩呢,看,走在前面的那个是'正义大喜乐',每当不公平的事情得到平反后,她都会开心地笑起来。只是我的年纪太小,还从来没有看到她笑呢!走在她身后的是'有德的喜乐',她是最快乐的,也是最忧愁的。因为她总是要去慰问'不幸',每当她一去那里,我们就似'不幸'那般不幸福了。右边的是'名誉的喜乐',旁边的是'思想的喜乐',接下来就是'了解的喜乐',她经常会想要去探望下她的兄弟'不解事的享乐者'。"

"哦,我看过她的兄弟,可是,他和'大享乐者'一起躲到'不幸'那儿了。"蒂蒂说道。

"健康的幸福"看着蒂蒂说:"嗯嗯,是啊,我相信你的话。他真是糟糕透了,就是因为结交了损友,让他堕落到这个地步。可是,请你千万不要和'了解的喜乐'提起这件事,不然,她想尽一切办法也会去看望他的。这样,我们就看不到最美丽的喜乐了。瞧,她们中间有一个是'见到美丽事物的喜乐',她长得那么的美丽迷人,给我们周围的柔光又增添了不少光彩。"

蒂蒂突然踮起脚尖,远远地指着一位问:"你快看那里,在遥远的金色的云那里也有一个人，可是我怎么也看不清楚她。"

"健康的幸福"笑着说："哈哈……她是'爱的喜乐'，你的年纪还太小了，任你踮起脚尖怎么看也是看不清楚的。"

蒂蒂又指着另外一位问道："那，那边那个呢？在那后面，若隐若现，却又不肯走到我们这里的，又是谁呢？"

"那是人们还不认识的'喜乐'。""幸福"解释道。

"那怎么有的'喜乐'就会跟随着我们呢？快看，她们都站到一边去了！"

"那是因为又有一个'喜乐'要出来了，或许，她就是当中最纯洁的那个。""幸福"带着些揣测的语气说道。

"那会是谁呢？"

"你不晓得吗？你再仔细看看，用你的双眼深入到你灵魂深处，检视你的良心！对，就是她，她看见你了，她看见你了，她正张开双手向你奔跑过来了，她就是你母亲的喜乐，是最最尊贵的'母爱的喜乐'。"

当"母爱的喜乐"奔跑出来的时候，所有的"喜乐"都跑过来，热烈地欢迎着她，之后又安静地退散开来。

"蒂蒂，米蒂，怎么你们会在这里，没想到会在这里碰到你们！以前，在家里的时候，我常常会感觉到孤单寂寞，不想，你们也一起到这母亲欢乐的天堂来了。""母爱的喜乐"伸开双手继续说道："快点过来这里，让我多多地亲亲你们、抱抱你们，这真是件幸福的事啊！"

蒂蒂和米蒂看着美丽又陌生的人，茫然得不知所措，只好任其抱着。

"母爱的喜乐"也感觉到他们的异样，问道："蒂蒂，你怎么不开心呢？还有米蒂，难道你们都不认识我吗？我是'母爱的喜乐'啊。你们认真看看，这不就是我的双眼、嘴巴和手臂吗？"

蒂蒂看着眼前的那个和妈妈很像的人说道："是，是，我知道。可是我不明白的是，为什么你和妈妈长得那么像，却比我妈妈漂亮多了。"

"母爱的喜乐"满脸慈爱地望着他说道："这是自然的，因为我不会再变老了。而且，每天的生活都能给我带来新鲜的活力、青春和快乐的气息。你们俩一个微笑就能让我年轻一岁，这些，在家里是看不出来的，但是却在这里看得清清楚楚，而且是那么真实。"

蒂蒂显然不明白为什么会这样，他惊异地凝视着"母爱的喜乐"，并深情地吻了吻她，手里指着她美丽的衣裳说："你这件衣服是用什么制作的啊？这么漂亮舒适，是用纯丝、银线还是美丽的珍珠做成的呢？"

"母爱的喜乐"连忙摆摆手，说："不是这样的。这是用你们俩的吻、拥抱和爱的凝视制作而成的。只要你们俩给我一个甜吻，就会让这件衣服上增添一道太阳或是月亮的光芒。"

"哇，这么有趣，真好玩！妈妈，我还从来不知道你这么富有，拥有一件这么贵重的衣服。那你平时把它放在哪里呢？为什么我从来没有见过呢？家里有一个爸爸掌管钥匙的小橱子，难道是放在那里吗？"

"不是的，其实我在家每天都穿着它啊，只是你们没有看到而已。当人们的双眼没有睁开时，他们是看不到任何东西的。一个母亲，只要她疼爱自己的孩子，那么她就是富裕的。所以，在这个世界上，母亲是从来不会贫穷、丑陋和老迈的。母亲的爱是最最美丽的，没有任何'喜乐'可以超越它的美丽。虽然有的时候她们可能会感到伤心难过，但只要有孩子们的一个吻，就可以让她们化伤心为幸福了，眼里含着的泪水也会变为美丽的星星，闪烁出美丽的光芒。""母爱的喜乐"边说边用温暖的双手抚摸着自己的两个孩子。

蒂蒂扑闪着大眼睛，仔细观察"母爱的喜乐"的双眼一会儿，然后拉着她的手兴奋地说道："哎呀，是啊是啊，我在你眼睛里看到了星星，真的好漂亮啊，比你原来的都要漂亮得多，这真的是你的眼睛吗？"

说着，蒂蒂的眼睛又转向了她的双手："咦？这双戴着枚小戒指的手我认得，也是你的。只是，有天晚上你帮我们点灯照明的时候，不小心被火烧伤了，留下了一处难看的伤痕，为什么这里看不出来呢？而且，疤痕的地方看起来更美丽了，好像还有一层柔光在上面慢慢地流动呢！应该是你在这里生活更舒适，不需要做那么多的工作了吧?"

"傻孩子,当然要工作了,只是你没发现。当我用手轻轻地抚摸你们的时候,它才会变得细腻白皙,很有光泽啊。"

"哇,妈妈,好奇怪啊!你的声音还是和原来一模一样,可是听起来,比在家里的好听多了!"

"原来在家里的时候,工作忙,没有时间和你们好好说话。但是呢,即使是同一个人,在不同的时候,他们的声音也是会不一样呢!在这里,你们看到的我是美丽的,那么,明天你们回到家后,可能我的衣服是非常的破旧,我的手也不会像现在这样柔软,那时,你们还会认得我吗?"

听完"母爱的喜乐"的话,蒂蒂非常担心立刻就要离开这里,便摇晃着妈妈的双手撒娇道:"不要嘛,妈妈,我不要回去。你在这里留多久,我也要跟着你在这里留多久。"

"母爱的喜乐"抚摸着他们俩的头,慈爱地说道:"这没有什么分别的,我们都不属于这里,我们是来自人类世界的。你们能来这里,是要你们懂得如何认识我,这样,等你们回去后,就可以认出我来了,知道吗?不过这样的机会不多,仅此一次,明白吗,我最亲爱的蒂蒂,你们都相信有天堂的存在,但天堂并不是另外一个世界,当我们彼此亲吻对方时,这就是天堂。世上任何一个孩子,都只有一个母亲,你们也是一样,而且她是唯一的永远最漂亮的母亲,你们要学会如何去看到她、认识她。哦,对了,你们俩是怎么跑到这里来的呢？这里可是人们一直就梦想来到的天堂呢？"

蒂蒂看了看身边的光，对"母爱的喜乐"说道："是她带我们来这里的呢！"

光在"母爱的喜乐"的注视下，谨慎地走到了一边。

"母爱的喜乐"用眼睛上下打量了她一会儿，问道："她是谁？她怎么知道来这里呢？"

"她叫光。"

"光？我从来没有见过她。""母爱的喜乐"又仔细看了看她接着说道："我听人家说，光是一位非常慈祥和蔼的人，而且和你们关系非常要好，为什么要躲着我们呢？难道，她从来不在别人面前露面吗？"

蒂蒂连忙解释道："妈妈，不是这样的，她只是一直担心'喜乐'们看到她会害怕。"

"啊？怎么会这样呢？难道她不知道，我们一直都在等她吗？姐妹们，快，快点过来看看，我们一直等着的光终于来看我们了，快过来瞧瞧！""母爱的喜乐"欣喜地叫道。

"母爱的喜乐"的话在"大喜乐"中引起了骚动，她们边急切地向这边走来，想看看她的模样，边招呼其他的姐妹们过来："光来了，她在这儿！"

"了解的喜乐"听到这一消息，猛地推开其他的姐妹们，跑到光面前，毫不犹豫地给了她一个大大的拥抱："光，你就是光，我们居然一直都不知道。这么多年来，我们一直都在盼望着你的到来。我是'了解的喜乐'，你还记得我吗？我找了你好久了！一直以来，虽然我们都很快乐，但却是建立在我们自己的基础上。"

"了解的喜乐"抱完光后，走到一旁，好让其他的姐妹也看看她。

站在"了解的喜乐"身后的是"正义的喜乐"，她走上前去，热烈地拥抱着光，问道："你认识我吗？我是'正义的喜乐'，也期盼你好久了。尽管我们是快乐的，却是建立在我们的阴影之上，没有这些阴影，我们就不能感受到快乐。"

紧接着，就是"见到美丽事物的喜乐"，她也一样上前抱了抱光，然后问道："我叫'见到美丽事物的喜乐'，我一直都在爱着你，但是，我们虽开心，却也是建立在自己的梦幻里。"

"了解的喜乐"激动地招呼周围的"喜乐"，自己也跪了下来："姐妹们，快来吧！光，不要再让我们苦苦等待了，请你摘下你脸上的面纱，让我们看看那最后的真理和快乐，请相信，我们足够坚强、足够纯洁。看吧，我们都跪在你的脚下，你就是我们的女王，我们所有的希望！"

其他的"喜乐"看到"了解的喜乐"跪下来，都纷纷地跟着跪下来了。

光见了这阵势，连忙用手把脸上的面纱遮盖得更紧了，说："我美丽的姐妹们,我,我也是按我主人的意思行事,现在还没有到时候,但我相信这一刻终究会到来的,到那个时候,我一定会回来的。那时,一切的恐惧、阴影都会消失不见的。姐妹们,再见了!来,起来,让我们最后再拥抱一次,就像离散已久又重逢的姐妹那样,紧紧地抱在一起。虽然再相逢很难,但我相信,它很快就会到来的。"

听了光的一番话,众"喜乐"纷纷从地上站起来,又涌到了她的面前。

"母爱的喜乐"走近光,紧紧地抱着光,说:"谢谢你,一直对我的孩子们那么好。"

光看着她柔声说道:"只要是具有爱心的人,我一直都会善待他们的。"

"了解的喜乐"从姐妹们身边走过去,来到了光的面前,对着她说:"请你将最后的一个吻吻在我的额头上,好吗?"

光连连点头,她们相互拥吻着,久久都不愿分开。分离的时间终于到来了,她们彼此都依依不舍,眼睛里都含满了亮晶晶的泪水,其他"喜乐"的眼眶里也情不自禁地溢出了泪花。

蒂蒂看到这场景,十分不解,惊讶地问道:"这么开心的时刻,你们为什么要哭呢?"说完,又望望其他的"喜乐",更惊奇了:"怎么你们也哭了?为什么啊?"

光看着年幼的蒂蒂,说道:"乖,不要说话。"

第七章　墓地探秘

蒂蒂、米蒂和光继续去寻找青鸟，狗、猫、面包、火、水、糖和牛奶跟在了后面。狗和猫边走边互相用爪子打闹着、嬉戏着。

走在前面的光说话了："刚刚听到神仙蓓丽吕说，青鸟可能就在这儿。"

"哪儿？"蒂蒂立刻问道。

"就在这里。"光用手指指着前方说，"那里不是有一片坟墓吗？很可能是有一个人死后，把青鸟藏到里面去了。我们要挨个检查一下，看看到底是藏在哪里了。"

"啊？挨个检查？那要怎么查啊？"蒂蒂惊讶地张大嘴巴问道。

"这个容易。"光信心十足地说道："我们可以在这等着，等到了晚上，就不容易惊动他们了。到时候，你只要转动一下钻石，就可以看到他们或跑或躺着的身影了。"

蒂蒂有点担心地问道："那我们这样做，他们不生气吗？"

"这个倒不会，因为他们根本就不会知道这一情况。虽然他们不喜欢被别人打搅，但晚上通常是他们活动的时间，所以我们这个时候活动，应该也不会打扰到他们。"

看着这一片墓地，想到了可怕的死人，牛奶担心极了，说："我还是往回走算了。"

光看了牛奶一眼，对蒂蒂说道："不要理他们，他们害怕死人不敢去。"

火听了，立刻跳出来不服气地说道："我才不怕呢，以前，我还烧过他们呢，那个时候多有趣啊，现在一点也不好玩。"火边说，边回忆他过去的"英雄"事迹。

蒂蒂看着瑟瑟发抖的狗，问光："蒂鲁也害怕吗？为什么他一直在抖呢？"

蒂鲁嘴硬道："说我吗？我还没怕过任何东西呢，怎么可能会吓得发抖。当然了，如果你想要离开这里的话，我是一定会跟着你的。"

听了蒂鲁的回答，蒂蒂又转向了猫："蒂莱特呢？你怕吗？要不要回去呢？"

猫神秘地眨了眨眼睛，低声说道："这个事情，我倒是清楚，我才不怕呢。"

"你呢，光？和我们一起去吗？"蒂蒂问光。

光连忙摆摆手说道："不行不行，他们都很胆小的，我怕他们会乱来，像火，我怕他会和从前那样，一下把死人给全烧了。所以，我还是和他们一起守在坟场外面吧，你和米蒂一起进去吧。"

"那蒂鲁呢？也不能留在这里？"蒂蒂问道。

"行的行的。我一定会和我的主人并肩奋战的。"狗连忙说道。

"不行！神仙已经嘱咐过我了，况且，其实也并没有那么恐怖。"光斩钉截铁地说道。

狗见光不让他去，心里终于松了一口气，连忙应道："这也可以的，反正都一样，如果他们对你们不利，你们就像上次那样，然后你们就会看到和森林里一样的情形了。"

狗边说，还不忘手脚比画着，嘴里还吹了几声口哨："汪，汪，汪！"

光见时间已经不多了，对蒂蒂、米蒂说道："好啦，我要走了，再见！不过你们放心，我也不会到很远的地方去。"她吻了吻蒂蒂和米蒂，继续说："凡是心中爱我的，我也爱着的人，是一定可以找到我的。"

说完，她用手指了一条路，对动物们说道："你们就从这里离开。"

光带着动物们都按照指定的方向走出去，同时还不放心地回头看了看蒂蒂和米蒂，原地只剩下蒂蒂和米蒂了，他们俩有点担心地抱在了一起。

在荒凉的晚上，一轮明月挂在天空中，照射在地上十分苍白，四周丝毫没有人烟，就连声音都没有，安静得可怕。周围到处都是破败的墓地，墓地上都树立着大小不一的墓碑、木质的十字架和一些石板，乱草长到膝盖那么深，看着十分吓人。

米蒂不由自主地向哥哥身边挪了挪，靠得更近了，小声说道："哥哥，我好害怕啊。"

蒂蒂内心里也十分害怕，小手攥得紧紧的，却仍故作无谓地说："这有什么好害怕的，我才不怕呢！"

"哥哥，这些死人，他们坏不坏啊？"米蒂问道。

"不会的，放心，他们又不是活人，不会害人的。"哥哥安慰道。

"你怎么知道的啊？你以前看过他们吗？"

"嗯，以前看过一次，那是好久以前的事了，在我很小很小的时候。"

"那他们长的什么模样呢？"

"脸色惨白，从来都不会动一动，而且很冷淡，不曾说过一句话。"

"那我们是不是就快要看到他们了啊？"米蒂继续追问道。

"对啊，之前光就是这么说的。"

"那你知不知道他们都藏在哪里啊？为什么这里一个也没有呢？"米蒂好奇地问道。

"就在这里。"蒂蒂指着这些墓堆说，"他们一般都在这些草丛下面，或者躺在大石板下面。"

米蒂顺着哥哥指着的方向，用脚拨了拨地上的草，问道："那他们是一直就住在下面吗?"

"是的。"

"如果出太阳的话,他们会不会出来呢?"米蒂歪着脑袋继续问道。

"不会的,只有晚上的时候,他们才会出来四处走动。"蒂蒂耐心地回答着米蒂的问题。

"为什么啊?"

"因为他们全身只穿着衬衫。"

"那下雨的时候呢?"

"如果下雨的话,他们一般都会安静地待在自己的家里。"

"他们的家是什么样子的呢?漂不漂亮啊?"

"不知道。"蒂蒂摇摇头,说,"据说他们的家又窄又小,一点也不舒服。"

"他们会有小孩子吗?"

"当然会有啦,不是有死去的小孩子吗,那就是他们的孩子啊。"

"他们平常吃什么呢?"

"就吃植物的根。"蒂蒂说道。

"我们能够看到他们吗?"被蒂蒂说得越发好奇的米蒂问道。

蒂蒂摸了摸口袋中的钻石,说:"当然可以了,只要转一下钻石,所有这里的东西我们都可以看到。"

"他们会讲些什么呢？"

"他们不会讲话呢，什么也说不了。"

"为什么不说话啊？"米蒂继续好奇地问道。

蒂蒂被米蒂的一连串问题问得十分不耐烦了，随便敷衍道："没什么话可说嘛！"

"为什么他们没什么话可说啊？"

"哎呀，你真是太啰唆了！"说完，蒂蒂望着远方，做出一副不愿再回答她的样子。

米蒂见哥哥不愿搭理她，也不再说话了。过了片刻，米蒂又开口了："要等到什么时候才能转它呢？"米蒂用手指了指哥哥的钻石。

"光不是说过了吗，为避免打扰到他们，要到半夜才可以呢，你又不是没听到。"蒂蒂继续没好气地说道。

"为什么要等到半夜才不会打扰他们啊？"米蒂既好奇又害怕，只好不停地问哥哥问题，于是不理会蒂蒂的不耐烦，继续问道。

"因为只有到了那个时候，他们才会出来活动。"

"现在几点了？还不到半夜吗？"

"你看那边，那个教堂，看到了吗？"蒂蒂指着远方的教堂问。

"啊，看到了，就连上面的指针我都看得清楚呢。"米蒂回答说。

"嗯，上面显示马上就要到十二点了，钟声就要敲响了。"

话刚说完，沉重的钟声连续响了十二下。

"听到了吗,米蒂?"蒂蒂问道。

听到远处传来的钟声,想到马上就有死人出来活动,米蒂内心十分害怕,她对蒂蒂说:"我好害怕啊,我要离开这里。"

"不,米蒂,我马上就要转动钻石了,你现在不能离开。"蒂蒂说。

"我不要,我不要,哥哥,你不要转了!"米蒂用双手遮住眼睛,哭丧着说道,"哥哥,我害怕极了!"

"可是,这里又没有什么危险的东西啊。"蒂蒂安慰道。

"我不要看到死人,我不想看到他们!"米蒂大声喊道。

"没事,只要你把眼睛闭上,你就看不到他们了。"

米蒂见蒂蒂一定要转动钻石,扯住他的衣角,哆嗦着说:"哥哥,我不要待在这儿,我不要啊,我害怕!那些人,他们就要从下面钻出来了。"

蒂蒂看着米蒂害怕的样子,自己心里也是怕极了,却故作镇定地安慰她:"别害怕,不要抖,他们只会出来活动一下子就好了。"

"可是哥哥,你为什么也一直在抖啊?这些死人肯定恐怖极了!"米蒂几乎快要哭出来了。

犹豫了一会儿,蒂蒂终于下定决心了,说道:"不能再犹豫了,时间已经不多了,我们要赶紧转动钻石啦!"

于是,他伸出手,颤抖着试了好几次才把它转动成功。可是,周围却没有一点儿动静,只是安静得让人觉得非常可怕,米蒂紧紧地攥着哥哥的衣服,眼睛却又一直盯着那群墓堆看。

第七章 墓地探秘

不一会儿,从地上传来阵阵窸窸窣窣的声响。坟墓上的十字架开始慢慢地摇动,整个坟墓也裂开一条缝隙,然后慢慢地打开来,上面的石板也随着坟墓的打开而缓慢地升起来。

米蒂显然还没做好心理准备接受这些,整个人紧紧地靠着蒂蒂,不由自主地高呼道:"快看,他们出来了,出来了!"

话音还没落,所有裂开的坟墓的缝隙里慢慢地探出了一朵朵娇弱的小花朵。每一朵小花都是羞怯怯的样子,好像是由水蒸气形成的一般,看起来如梦幻般不真实。慢慢地,小花朵变得越来越洁白无瑕,而且小花朵也越变越多了,非常的壮观美丽。渐渐地,整个坟场都发生了大变化,变成了一个大大的、美丽的花园,好像仙境一般。这个时候,天空中出现了清晨的第一道曙光,在它的照耀下,颗颗露珠显得非常晶莹剔透,花儿们也伸了伸懒腰,绽开自己美丽的花瓣。一阵阵微风轻抚着嫩绿的小草,蜜蜂也在花丛中嘤然作声,小鸟儿也都起床了,在树上清脆地唱着歌儿,歌颂着太阳和美好的生命,表达着它们的欢快之情。

蒂蒂和米蒂都被眼前发生的这一切惊呆了,呆呆地看着眼前的美景。蒂蒂牵着米蒂的手,在万花丛中小心翼翼地四处走动,想要找到那些坟墓的痕迹。

米蒂用眼睛扫视着芬芳的草地,问道:"那些死人呢?他们在哪里呢?"

"这儿根本什么都没有啊!"蒂蒂眼睛注视着草地说道。

第八章　未来之国

　　这一天，蒂蒂、米蒂和光还有动物们来到一座很大的淡青色的宫殿前，他们悄悄地从门里溜进来了，想要看一看里面到底有什么。

　　走进大门，只见一个很大很大的厅堂，那里有许许多多的小孩子聚集在一起。大厅里面有无数的天青色的圆柱梁，屋顶是蓝色的拱形状。整个大厅，无论从大到小的东西，还是石板、光线甚至最后一个拱门那里的模糊的、微亮的背景，都带着一种梦幻般蓝色的光彩。只有圆柱的两端、拱门的主石和桌椅板凳才是用白色的大理石或者方解石制作的。在大厅的右边，几个圆柱中间有几扇门，门是乳白色的，它们是通往真实的世界的。大厅里面的小孩，身上都穿着淡青色的长袍，他们成群聚在一起，有的在开心地耍闹，有的在来回走动，有的在高声地谈笑着，有的还在甜甜的睡梦中，也有许多小孩在工作。他们在廊柱之间，研究现在还没有的发明创造，但是他们使用的器具、仪器和培育的各种花草果木也都散发出一种神圣的青蓝色，和整个大殿的氛围相呼应。

第八章 未来之国

在所有的小孩子当中,有几个个头比较高的,身上穿着颜色更加淡的青衣,衣服非常薄,如蝉翼一般。他们身上有一种恬静的美,显得鹤立鸡群,看起来好像是天使。

尽管蒂蒂他们三个是蹑手蹑脚走进来的,却仍引起了青衣孩子们的注意和好奇,他们纷纷涌过来,把他们团团围住,睁着眼睛惊奇地看着他们。

"咦,糖、面包还有猫去哪儿了?"米蒂突然发现只剩下他们三个人进来了。

"哦,他们不可以进来,因为假如让他们了解了未来的机密,就不会再听从人类的召唤了。"光说道。

"那蒂鲁呢?"蒂蒂问道。

光解释道:"他也最好不要进来,因为接下来的几年会发生什么事情也不应让他知道。放心,他们都在教堂的地窖里头,我把他们拴在那里了。"

"这里是什么地方呢?"蒂蒂望着眼前的孩子问光。

"我们在'未来之国'里,这里的小孩都是还没有出生的呢,一般人是看不到这里的,但因为有钻石的帮助,让我们看到了这里,我猜青鸟可能会在这里。"

"对啊,这里所有的东西都是青色的,那么这里的鸟也一定是这个颜色!"蒂蒂又把整个大厅看了一遍,欣喜地赞叹道:"瞧,这里是多么的美丽啊!"

光指了指前方，说：“往这儿看，那群小孩子都往这边跑过来了呢！”

蒂蒂看着他们全都跑来了，惊恐地问道：“难道他们生我们的气啦？”

"不是呢，他们个个都是笑着跑过来的，只是对我们很好奇而已。"

一群又一群的青衣小孩跑到他们跟前，把他们围得严严实实，嘴里好奇地嘟囔道："哇，这是活的小孩呢，他们是活的呢！"

蒂蒂看着个个活蹦乱跳的青衣小孩，不解地问："他们为什么这样叫我们啊？"

"因为他们还没有出生呢，所以不是'活的'小孩。"

"那他们天天在这里干什么呢？"

"他们都在等着出生的时刻。"

"出生的时刻？"蒂蒂更不解。

"是啊，世上的任何一个孩子都是从这出去的，他们都在等待着那一刻的到来。每当世界上有爸爸妈妈想拥有小孩子的时候，靠右边的那一扇门就会自动打开，他们就会从那里出去。"

"哇，这里有好多好多的小孩子啊！"蒂蒂看着他们身边一大群小孩子激动地说道。

光说道："其实还不止这么些呢，只不过我们没有全部看到罢了。世界上这样的殿堂，大概有三万个，它们都像这里一样，住满了小孩子。你们想啊,到世界末日,那会有多少的小孩啊,是数也数不清的!"

蒂蒂问道:"他们又是什么人呢?个子高高的那些。"

这可把光难倒了,她皱了皱眉头,说:"其实,我也不知道。只是听说他们是小孩子的守护神,据说他们还会到世界上去守护人类呢!当然,这只是传言,具体情况是怎么样的,我们是不允许去探询的。"

"为什么呢?"这下可激起了蒂蒂的好奇心。

"因为它是尘世的秘密。"

蒂蒂看着眼前一个个可爱的小孩,好想和他们说说话,便问道:"我们可以过去和他们说话吗?"

"可以呀,你们也是应该要去交些朋友了。看,那个小孩,应该是最急着和你们说话的了。你们过去那边和他聊一聊吧。"

得到光的肯定,他反而迟疑了,说道:"可是,我不知道应该要和他说什么。"

"没有关系的,就像你平时一样,把他们当作普通的小朋友那样就好啦。"

"还可以和他握手吗?"

"当然啦,他又不会伤害人。不要扭扭捏捏的,快点过去吧。我就不过去了,我想去那边和那几个高个的小孩聊聊,而且你们两个单独聊天会感到更自在。"

蒂蒂害羞地走向那个青衣小孩,伸出小手,向他问好:"你好!"问候完,他好奇地把他从头到脚看了一遍,并用手轻轻地指着他的衣服问道:"这个是什么啊?"

在蒂蒂观察青衣小孩的时候,青衣小孩也对蒂蒂十分感兴趣,他用手认真地摸了摸蒂蒂的帽子,好奇地问:"这个是什么?"

"这个啊,我的帽子啊,你没有吗?"蒂蒂惊讶地问道。

青衣小孩摇摇头说:"我没有,帽子有什么用处啊?"

"帽子啊,当人们问好时要用它,当下雨的时候或者天气很冷的时候,人们也会用它。"

"天气很冷?这又是什么意思呢?"青衣小孩显然很不明白蒂蒂的话。

蒂蒂一时也不知道该如何向他解释,想了想,说:"假如说,你身上一直发抖,就像这样,嘘嘘……手臂这样环着,就是天气很冷。"边说,他还不忘双手交叉在胸前,上下搓着手臂。

看到蒂蒂这个样子,青衣小孩好像明白了一点,问道:"你们那个世界天气会很冷吗?"

"也不是,只有在冬天而且又没有火的时候才会很冷。"

"没有火?为什么啊?"小孩问道。

"因为人们要用好多钱去买它。"

小孩更不解了,问:"钱?钱是什么啊?"

蒂蒂笑了笑,说:"它就是买东西用的。"

"哦？"小孩还是不解。

蒂蒂继续解释道："每个人拥有的钱不一样，有的人多些，有的人少些。"

"为什么有人会没有钱呢？"

"因为他们太贫穷了。对了，你有钱吗？你多大啦？"

青衣小孩说："我啊，只要再过十二年，我就要出生啦！出生有趣吗？"

蒂蒂想起他碰到的一系列有趣的事情，开心地说道："当然好玩啦，有趣得很呢！"

青衣小孩一脸羡慕地看着蒂蒂，又问："那你是怎么出生的啊？"

这下，蒂蒂就不记得了，只好摇摇头说："这个我记不起来了。好像是很久很久以前的事了。"

青衣小孩继续饶有兴致地问道："听说你们那个世界很有趣，而且那里活着的人也非常好玩，是这样的吗？"

蒂蒂显然对他的这一说法表示赞同，说道："是啊，他们确实不错。而且，在那里还有鸟儿、美味的蛋糕和各种各样的玩具。当然，有的人要什么有什么，但是什么都没有的人也可以看到这些好玩的东西呢。"

"哦，对了，还有人说，那里的妈妈都很好，每天，孩子们的妈妈都会在门口等着自己的孩子回来，是吗？"

"那是自然的,妈妈们是世界上最美好的!哦,那里的奶奶也是非常好的喔,不过她们都很早就死了。"蒂蒂时而开心、时而略带伤心地说道。

"死?什么意思啊?"

"就是说,她们会在某天的晚上突然离开,再也不回来了。"

青衣小孩还是不明白,问:"为什么她们要离开呢?"

蒂蒂也表示不理解地说:"不知道呢,可能她们是伤心了。"

"你的呢?"青衣孩子问道。

"我的奶奶吗?"蒂蒂不明白青衣孩子问的是谁。

青衣小孩显然也被这一连串的新鲜事物弄糊涂了,说:"我也不太明白,应该是说你妈妈还是奶奶。"

"这区别可大着呢!是我奶奶先离开的,奶奶以前对我很好很好,可疼爱我了,她离开的时候,我真的好伤心啊!"

提起疼爱他的奶奶,蒂蒂心里非常难过,眼泪不由自主地掉了下来。

青衣小孩睁大着眼睛看着蒂蒂哭,惊讶地高声问道:"啊?你的眼睛在做什么啊?难道是在生产珍珠吗?"

蒂蒂用手背擦了擦脸上的泪珠,啜泣着:"不是的。"

青衣小孩既不明白蒂蒂在干什么,更不明白他为什么会这样,继续问道:"那这是些什么啊?"

蒂蒂一时心里难过,不知道该如何向他解释,更不好意思承认他自己哭了，只好说："没有什么，因为这里的颜色很刺眼，让我的眼睛有点受不了，变得有点昏花了。"

"那它叫什么呢？"

"什么叫什么？"蒂蒂抬头问道。

"这个，从你眼睛里钻出来奇怪的东西。"青衣小孩用手指轻轻点了点他脸上残留的眼泪。

"哦，没，没什么，就是水而已。"蒂蒂掩饰道，又迅速地用手摸下了脸上的泪水。

"它真的是从眼睛里流出来的吗？"青衣小孩看着蒂蒂的眼睛问。

"是啊，比如，有的人哭了，它就会从那里出来。"

"哭？这又是指什么啊？"

蒂蒂急忙辩解道："我才没有哭呢，都怪这青色太刺眼了！但是，如果我哭呢，也是这样的。"

"那人们经常会哭，是吗？"

"女孩子才会经常这样，但男孩子才不会呢！你不会从来没有哭过吧？"

青衣小孩害羞地答道："是，我连怎么哭都不知道呢。"

"没事的，以后你一定会明白的。"

看着青衣孩子站在廊柱边不停地摆弄着东西，蒂蒂好奇地问："这是什么啊？这个青色的翅膀。你又是在干什么呢？"

"它呀，以后我在人世间发明东西的时候，就要用上它。"

"发明东西？你发明过什么呢？"蒂蒂钦佩地问。

青衣小孩昂起头，满脸自豪地说："是啊，难道你不知道？等我来到人世间后，要发明好多好多的东西为人类造福。"

"你发明的东西能吃吗？还是会有声音？"

"不会的，它什么声音也没有。"

蒂蒂遗憾地说："太可惜了，要是可以发出声音来，应该会非常有趣！"

"我一直都在实验呢，马上就可以做好了，想要看吗？"

本来还觉得非常遗憾，听到青衣孩子这样说，蒂蒂又高兴起来，拍着手说："好啊好啊，在哪呢？"

青衣小孩指了个方向说："那里，那两根廊柱中间，从这儿你就能看到它了。"

围在他们身边的青衣小孩见蒂蒂对发明很感兴趣，纷纷走到他的身边，轻轻地拉着他的衣袖说："我也发明了东西，你想看看吗？"

蒂蒂对这些非常感兴趣，立刻答应了，说："想啊想啊，你们发明了什么呢？"

一个青衣小孩立刻抢着说："我发明的是三十三种药，吃了它们，就可以让人们长寿健康，就在那里，那些青瓶子里面。"说完，还用手给他指了指那些瓶子。

另一个青衣小孩从其他小孩中间挤过来,对蒂蒂说:"来,我发明了一种人们还不认识的光呢,你来看看。"正说着,突然,他身上散发出一片非常奇特的火焰,蒂蒂从来都没有见过这种火焰。

看到蒂蒂张大的嘴巴,他得意地说道:"怎么样,稀奇吧?"

另外一个青衣小孩为了引起蒂蒂的注意,走上前去,拉着他的手说:"我也发明了一种机器,它虽然没有翅膀,却可以在天上自由自在地飞翔,像小鸟那般,你一定要先过来看看哦!"

又有一个小孩抢说道:"先过来看我发明的吧,它可是能发现月亮上藏着的宝藏呢!"

其他的青衣小孩都迫切地想对蒂蒂和米蒂展示自己的成果,于是把他们俩团团围住,七嘴八舌地大声嚷嚷。这个说:"不,不要,先来瞧瞧我的吧!"那个又说:"我的,我的,我的发明是最棒的!"还有的高声叫道:"最稀奇的还是我的呢,看我的吧!"或是喊着:"我的是用糖果做的!"又被其他的人反驳道:"他的才不好呢,都是学我做的呢!"

青衣小孩们边大声叫喊,边把蒂蒂和米蒂拖到他们的工厂里面,工厂同样也是青色的。各个青衣小孩都纷纷走到自己的发明面前向他们展示自己的成果,顿时,各种圆盘、飞轮、传动轮飞速地转动,还有滑轮、环带和其他不认识的奇怪的东西,它们飞动在两个廊柱中间,或是穹形的屋顶下,擦出一片片青光。

青衣小孩们也在不停地忙碌着，有的在打开桌上的圈表，有的在打开书本，甚至还有的分开一尊青色的雕塑，像是变魔术般从里面掏出许许多多的蓝宝石或是土耳其玉做成的巨大的花果似的东西。

其中一个青衣小孩站在几朵非常非常大的青色的雏菊下面，顿时显示人更加娇小，花朵更硕大了。只见他弯腰鞠躬大声说道："看这边，这是我发明的！"

蒂蒂和米蒂被这叫声吸引走上前去，蒂蒂好奇地问道："这花好大啊！我还从来没有见过这种花呢，它叫什么名字啊？"

"雏菊。"青衣小孩自豪地说道。

蒂蒂立刻反驳道："怎么可能！雏菊我见过，小小的一朵，很漂亮，可是，它都快长成桌子那么大了，怎么可能是雏菊嘛！"

青衣小孩笑出了声来，继续说道："你闻闻看，它还特别香呢！"

蒂蒂踮起脚尖，凑近花瓣嗅了嗅，一阵清香扑鼻而来，于是大声地说道："是啊，好香好香哦，真的好神奇呀！"

"我到人世间以后，就会栽培它呢！"

"那要到什么时候呢？"蒂蒂好奇地问。

青衣小孩掐手指算了好一会儿，说："要再过五十三年四个月零九天才行呢！"

这时，只见另外两个小孩手上托着一大串色泽鲜艳诱人的葡萄走过来了，葡萄的个头非常大，比梨子还要大上好多。

其中一个小孩把葡萄端到蒂蒂和米蒂的面前，脸上写满得意地问道："你瞧，我的水果还不错吧？"

蒂蒂看着这个像葡萄又像梨子的东西，迟疑地说道："难道这是一串梨？"

这话把青衣小孩逗笑了，他大声纠正道："不是不是，它是葡萄！我新发明的一种培植的办法，等我长到三十岁，世间上所有的葡萄都会长成这样呢！"

这个青衣小孩还想说什么，又有一个青衣小孩费劲地驮着一大筐青苹果——青苹果个个有甜瓜那么大个，吃力地向蒂蒂走过来，气喘吁吁地说道："看，我栽种的苹果。"

蒂蒂吃惊地望着筐里的东西，说："苹果？分明是甜瓜啊！"

这个青衣小孩放下苹果，连忙摆手解释道："不是的，这就是苹果，我新栽种的，它们还不是个头最大的呢！等我来到人世间后，所有的苹果都是这样的呢！"

又有一个青衣小孩朝这边走来了，只见他咬紧牙关，使出吃奶的劲推着一大车形状长得像南瓜一样的甜瓜走过来了，说："我的小甜瓜呢，你觉得怎么样？"

蒂蒂张大了口指着一车的甜瓜说："这应该是南瓜吧？"

这个青衣小孩笑嘻嘻地说："我出生后，就是三星王的园丁，到那时，世界上的甜瓜都会长得像这些这样好呢！"

"三星王是什么啊？"蒂蒂问。

"他呀，他是一位伟大的国王，一共在位了三十五年，因为他不仅给地球，还给火星和月球带来了幸福和快乐，所以叫'三星王'。你要是想看他的话，可以从这儿看。"

"哪里啊？"

"呶，"这个青衣小孩用小手朝一个廊柱的方向指着，说，"那个廊柱下面不是有一个小男孩在睡觉吗，他就是'三星王'。"

蒂蒂朝着小孩指着的方向看了看，问："你是说左边那个吗？"

"哦，不，不，右边，他即将会给地球带去很多的幸福和快乐的。"

"幸福和快乐？他是怎么做到的呢？"

另一个青衣小孩终于忍不住了，插嘴说道："用一种世间上还没有的办法，这种办法人们还不知道呢！"

蒂蒂又往四周看了看，突然发现有一个胖乎乎的小男孩非常可爱，只见他正在那里用手指抠着鼻子呢，便问："那个小男孩以后是做什么啊？"

插嘴的那个青衣小孩说："他出生将会是好久以后的事情呢，那时，太阳散发出来的光非常微弱，他会发明一种火，温暖地球，让人们不再受冻了。"

"咦，对了，那里有两个小孩紧紧地抱在一起，又亲个不停

第八章 未来之国

的是什么人啊？他们是兄妹吗？还是姐弟？"蒂蒂问道。

"不是哦，他们很神奇的，是一对恋人呢！"

蒂蒂不明白什么叫恋人，便问道："什么叫恋人啊？"

那个青衣小孩也被难倒了，便吐了吐舌头说："我也不清楚哎，只'时间'经常这样拿他们开玩笑，所以我们也跟着这么认为了。而且他们整天都是这样呢，相互注视着、吻着，还互道再见。"

"他们为什么会这样做啊？"蒂蒂问道。

小孩抓了抓头发，用不太确定的语气说道："可能是因为他们两个不能一起离开这儿吧！"

蒂蒂又被旁边的一个粉嘟嘟的小孩吸引住了，便指着他问道："那个小孩子是谁啊？他看起来好严肃啊，可是嘴巴却红嘟嘟的，还吸着自己的手指头玩呢！"

"他呀，以后到了世上，主要是维护正义，铲除不公呢。"

蒂蒂点点头，说："哦，这样啊。"

"不过，听人说，他要做的事情很麻烦，不过也很伟大的。"

"这边，你看，还有个红头发的小孩呢！他走路好像都不看路的，他看不见吗？"

小孩顺着蒂蒂的视线看了一眼，说："看得到呢，不过也许以后就看不到了。你认真瞧下，好像他以后要与死亡斗争呢！"

"与死亡斗争？"

"对啊,不过我也不知道是什么意思,好像说是一件很棒的事情!"

蒂蒂的眼睛不停地滴溜溜地转着,好像每一个人对他来说都是非常新奇的事情,他看到一群小孩随地而睡,有的躺在廊柱上,有的舒适地靠在椅凳上,还有的趴在台阶上睡,便问:"怎么这么多小孩在睡觉啊?他们整天都无所事事吗?"

小孩回答道:"不是的,他们都在思考呢!"

"思考什么呢?"

"这个连他们自己也不清楚,不过,非得要等到他们想出一些能够带到世上的好东西,才能够离开这里,否则是不能离开的!我们也一样。"

"这个是谁告诉你们的啊?"蒂蒂好奇地问道。

"是'时间'。"提起他,小孩显然十分不满,皱了皱眉头,说,"他就在门口那边,只有当他开门时,你才可以看到他,不过,他可是非常啰唆呢!"

这时候,大厅后面突然跑出来了一个小孩,只见他拨开人群,跑到蒂蒂面前,开心地叫道:"蒂蒂,你好!"

"你好呀!"蒂蒂看着他,转头问刚刚那个小孩说:"他怎么知道我叫什么呢?"

这个小孩才不管蒂蒂的好奇呢,热情地拥吻着蒂蒂和米蒂,开心地说道:"你们都好吗?快点来亲亲我!米蒂,你也亲亲我。

我刚刚在大厅的另外一边整理一些想法呢,他们才告诉我说你们来这里了,所以这么晚才来。等你们回家后和妈妈说,我马上可以回来了。"

"啊?你怎么知道妈妈的?难道你要到我们家?"蒂蒂惊讶地问道。

"是啊,明年圣棕树节[①]你们就可以看到我啦!不过,我比你们小哦,不要趁着我小就欺负我哟!今天可以提前亲亲你们,我感到好开心啊!不过,要提醒爸爸修修摇篮了,那个都好旧了。对了,我们的家住起来舒适吗?"

"喔,都很好的,而且妈妈也很爱我们。"蒂蒂回答道。

"那家里的食物好吃吗?"

"这个要看情况的,有的时候非常好吃,我们偶尔还能吃到蛋糕呢,是吧,米蒂?"

提到蛋糕,米蒂最兴奋了,舔舔了嘴唇,说:"是啊是啊,妈妈总是会在过年还有七月十四日的时候做蛋糕给我们吃呢,好好吃喔!"

蒂蒂见这个青衣小孩口袋里装着鼓鼓的东西,好奇地问道:"你兜里鼓鼓的,是什么东西啊?是带给我们的礼物吗?"

这个小孩摸了摸口袋,说:"是三种疾病,猩红热、百日咳

---

① palm Sunday,即复活节前的星期日,是基督进入耶路撒冷的纪念日。

还有麻疹。"

"啊？这三个东西啊？然后呢？你要用它们来做什么啊？"

"然后？哦，我就要离你们而去了。"

"没有其他的了吗？这也太没意义了！"蒂蒂略带失望地说道。

这个青衣小孩无奈地说："我们也没有其他的选择了，而且，也不能有太多要求啊。"

突然，人群中闹哄哄的，所有的小孩都停下了手中的工作，朝着大门跑去。睡着的小孩也被吵醒了，朝着那个玛瑙大门望了一眼，就立刻蹦起来了，往那边跑去。

看到这个场景，光像是明白了什么。立刻朝蒂蒂和米蒂走过来，说："快，我们得藏起来，躲到那个廊柱后面，不要让'时间'看到我们。"

正说着，一种很奇特的声音从门那边传过来。蒂蒂边躲到廊柱后面，边小声问挤在旁边的一个小孩道："怎么会有这种声音呢？从哪发出来的啊？"

那个小孩踮起脚尖看着门口，头也没回地说："因为'晨光'出来啦，马上就会有个小孩子要到世上了。"

"啊？那他们从哪里下去呢？用梯子爬下去吗？"

"马上你就会知道了。'时间'就快要开门了。"

"你们一直在说的'时间'是什么人啊？"蒂蒂继续问道。

第八章 未来之国

"他呀,是个满头白发的老公公,他专门负责叫快要出生的小孩下去的。"

"那他是个坏人吗?"

"倒也不是。只是他从来不会答应别人的要求。只要还没到时间,无论怎么样求他,他都不会答应的。"

"是不是你们都喜欢到世界那里去啊?"

"也不是,只是如果没有轮到自己的话,会觉得非常的遗憾,不过如果真的要离开的话,还是会很难过呢。快看,他过来了,马上就要开门了!"那个小孩眼睛直盯着门口说道。

这时,只见那扇散发着乳白色光芒的大门在大家的注视下,缓缓地自动打开,真实世界的声音顿时也从门的那边传来,好像来自远方的音乐般美妙。一个身材非常魁梧,满头白色长发的老头也出现在门口,只见他手里拿出一把大镰刀和一个计时用的沙漏,环视着周围的小孩。这个老人就是大家口中的"时间"。他的身后模模糊糊的可以看到一艘大船,大船的帆是金色的,正顺着风扬起来了,船停靠在朝霞簇拥而成的码头边,非常的壮观耀眼。

看了一遍周围的小孩,老人终于开口了:"时间到了的人,你们都做好准备了吗?"

"时间"一开口,所有的青衣小孩都向他涌了过去,并自觉排成一列列歪歪扭扭的队伍,同时嘴里大声喊道:"这儿,我们在这儿!"

老人看着混乱的现场,皱着眉头用粗哑的声音喊道:"不是说过了吗?一次只能一个,这么多人,你们每次都是这样!谁也不要想骗我!"

边说着边走到队伍面前,推开这个,拉出那个,嘴里还一直不停地说着:"你,还没轮到你呢!回去,还有一天时间呢!你也回去,再等个十年再来!牧羊人有三个?不需要了,十二个已经够了!特奥克里托斯[①]和维吉尔[②]的时代已经一去不复返了!"

突然,他停住脚步,向人群中问道:"还有医生没有?"

他的话一说,人群中顿时哗一下又有许多小孩站到他面前。"时间"指了几个站到他身后,对其他的挥挥手说:"已经够了,世上不需要那么多了!"

"工程师呢?"老人又望向人群。几个小孩便迅速走到他面前。

老人看了看身后的人,又问:"我还需要一个有诚实品质的人,只需一个就够了,他在人间来说实在太稀少了!诚实的人在哪里?"

一个瘦弱的小孩挤出了人群。老人看了他一眼,好像不太相信地问:"你?"

[①] 公元前三世纪希腊诗人。
[②] 公元前一世纪罗马诗人。

这个小孩害羞地点点头,说:"是我。"

老人又上下打量了他一下说:"你倒是怪可怜的,反而不像个老实人。"

这时,有一个小孩跌跌撞撞地往门边跑去,老人立刻厉声阻止道:"你,就是你呢!不要跑那么快!"

说完,又对一个两手空空的小孩说:"你呢?带的是什么东西?"

这个小孩好像是犯错被人现场逮到了似的,低下头,怯怯地说:"没有什么东西。"

"什么都没有?两手空空是不能过去的,无论是谁,都必须要有东西带过去,即使是一桩罪行或是疾病,只要你们愿意,任何东西都可以,但一定要有东西,你还是回去吧!"老人大声说道,还把他往回推了一把。

忽然,他看见角落里有一个小孩正用力推着另一个小孩到门口那边去,但被推的那个小孩显然是十分不情愿的,用力挣扎着往回走。

"时间"立刻认出了他,于是大步走上前去,说:"你怎么还不走啦?你是消除人间不公的那个英雄,人们需要你,你必须走啦!"

其他小孩见他不愿去,都说:"他不想走呢,让我们去吧!"

"他不想去,这里的一切都早已注定,不是他能决定的,快点,我们没有时间耽误了!"老人说着,拉着他就走。

被拉走的那个小孩大声哭喊道:"不要呢,我想留在这里,我不要降生!"

"这可由不得你,时间到了,谁都要走,你也不例外,快点过去吧!"老人边说边拖着他往前走。

旁边一个小孩眼里充满乞求地看着老人说:"既然他不愿意,我愿意去,听人说,我爸妈已经等我好久了,而且他们也快老了,就让我代他去好了!"

老人看了他一眼,毫不犹豫地拒绝了他,并严肃地说道:"不行!你的时间还没到呢,要等到那天才行。如果一切都按你们说的算,就要乱套了,我也什么都做不好了。这个要走,那个又要留,不管早晚,都是不行!"

说着,他又用手推开几个往门边上挤过来的小孩说:"喂,你们离远点,不要靠得太近了!"

"还有你,总是爱问这个问那个,现在也还没轮到你!"边说着,又边推了他们一把,气喘吁吁地说:"你们现在急着下去,等到了时候又都吓得不敢去。瞧瞧他们,个个抖得像树叶似的。"

忽然,他瞥见有个要穿过大门的小孩忽的退回来了,问道:"怎么不过去呢?发生什么事了?"

"我装东西的盒子忘带了,我的两桩罪行都在里面呢!"

另一个小孩也趁机说道:"我的小瓶子也不在身上,里面装的是怎么引导群众的思想呢！"

旁边一小孩也急着说："我的树苗也忘带了，上面都结好多梨子了！"

"时间"见这些孩子忘记带东西了，非常生气，大声喊道："你们快跑过去拿啊！时间已经不多了，只有六百二十秒了，黎明的帆都已经扬起了！如果你们不快点的话，就来不及出生了！"

说完，又把其他的小孩往船上推，嘴里大声说道："你赶紧过来，上船去！"

这时候，一个小孩一溜烟跑到门边，企图跨上码头。

老人一看，立刻大跨步走过来把他推开，非常生气地教训道："怎么又是你，已经三次了！说了你的时间还没有到呢！再让我逮到你，就把你带到我姐姐那里待着，永远都别再想出来，那儿可不是什么好地方！"

说完，准备出生的小孩子差不多都已经登上了大船，不愿离开的小孩却还赖在码头上。"时间"满意地看了一眼，问道："都准备好了吧？"

环视一周，发现人好像还少了一个，便急躁地说道："还少一个呢！我已经看到了，他休想躲掉的！"

说完，径直走向那对"恋人"，对那个男孩说："你就是大家所说的'恋人'是吧？快点过来，和你的宝贝道个别就走吧！"

只见那对"恋人"亲吻着彼此，眼睛里充满了不舍和绝望，双手颤抖着,苍白着脸。见老人走过来了,他们跪在了他的面前求情。

其中一个哭泣着说道:"'时间'老人,请让我和她一起留下吧!"

另一个啜泣着说:"让我和他一起出生吧!"

"时间"丝毫不为他们所感动,毫不犹豫地抓起那个男孩的手,说:"不行!快点,还只有三百九十四秒了!"

那个男孩拼命挣扎,嘴里大声喊道:"我不想出去!"

"你可没有选择的余地了!"老人对他说道。

另一个小孩哭得更伤心了,她边哭边求道:"'时间'老人,让我现在就走吧,不然,等我出生的时候,就太晚了!"

听了她的话,男孩痛心地说道:"是啊,她还没出生,我就死了。"

"我,我们就再也不能见面了!"女孩终于忍不住,大声哭了起来。

"对啊,我们俩从此就再也见不到彼此,只能孤单单地活着了!"

"时间"还是丝毫不为所动,抓着男孩就走了,嘴里说道:"这个我可管不了,你们要说,也应该去对'生命'说,我只是按要求行事。不要再拖延了,走吧!"

男孩用力挣开老人的手,大声叫道:"我不要,我要她也一起去！"

女孩哭着跑过来紧紧抓住男孩，脸因伤心而涨得通红，哭泣道："不要啊，不要带走他！"

"时间"老人大声喊道："他这是去'出生'，又不是去'死'。不要再抓着他了，你们赶紧把她拉走。"老人对其他小孩叫道。

被拉走的女孩疯狂地挥着她瘦弱的手臂，说道："给我一个标记啊，告诉我以后怎么去找你啊！"说完，又饱含深情地对他说："我爱你，永远！"

男孩一直回头看着女孩，伤心欲绝地说："你是知道我的，以后，世界上最伤心的那个人就是我！"

女孩终于支撑不住，瘫在了地上，可是手臂却仍在不停地挥舞着，希望让男孩子能够多看她一眼。

"时间"安慰男孩道："不要绝望，要充满希望去世界上。好了，一切都准备妥当了！"

说完，他低头看了看手中的计时器说道："只有六十三秒了！"

要出生的小孩，都拉着其他的小孩的手，彼此话别，眼里充满了不舍。

终于，要出生的孩子们都登上了船，他们站在船上，还是挥着手向其他的孩子道别，道别声此起彼伏。这个说："皮耶，再见了！吉思，再见了！"那个又喊道："东西都拿了吗？要帮我宣布我的计划啊！"有的说："那把新螺丝起子没忘记带吧？"有的说："记得帮我宣传我的甜瓜啊！"有的问道："没有忘记带什么吧？"

吵闹的人群中传来那个"恋人"的对话，男孩说："请原谅我！"

女孩坚定地说道："我一定会去找你的！"

其他小孩子也继续大声告别。

一个小孩说："你要坐好来哇，不要掉到太空里去了！"

另一个又冲着船上的一个小孩说："到了那里给我捎个消息啊！"

船上的小孩为难地说道："好像不可以这样做哎！"

"你先试一下嘛，一定记得要试试啊！"

"如果那里很不错的话，一定要想尽一切办法告诉我们哦！"另一个小孩也附和着说道。

还有一个小孩大声叫道："我会到那里和你相聚的！"

船上的另一个小孩回应道："好哇，我会在王座那里降生。"

"时间"被吵闹的声音吵得头昏脑涨，低头又看了看时间，对孩子们叫道："好啦，好啦，起锚了，开船了！"说完，就从船上走了下来。

立刻，大船就往海洋中间驶去，慢慢地从码头上孩子们的视线里消失。隐隐约约还传来船上孩子们欢呼的声音："我看到地球了，我看到地球了，好大好明亮啊！"

第八章 未来之国

孩子们欢呼声中,还隐约夹杂着一阵从地底下传来的歌舞声,声音充满了欢快与期盼。

蒂蒂侧耳听了一阵,好奇地问光:"这是什么声音啊,孩子们的歌声吗?好像又不像。"

光显然也听到了这种声音,便答道:"对,这不是孩子们的声音呢!是妈妈们在用她们甜美的歌喉欢迎孩子们的到来呢!"

这时,"时间"转身又走向门口,把大门关上了,并检查了一下大厅里面剩下的人。忽然,他发现了三个陌生的小孩,噌的一下就发怒了,暴怒道:"你们是什么人?怎么不是青色的呢?你们怎么来这儿的?想干什么?"

蒂蒂和米蒂被暴怒的老人吓呆了。

光小声对蒂蒂说:"别吭声,青鸟我已经抓到了,在我的斗篷里呢。你转一下钻石,我们要快走,不让他看到我们。"

蒂蒂点了点头,转动了下帽子上的钻石,顿时,整个大厅散发出一阵耀眼的光芒,光明亮得让人睁不开眼睛,蒂蒂和米蒂趁机跟着光从一个廊柱中间跑了出去。

第九章　离别

蒂蒂和米蒂跑出来后,就什么都不记得了。等他们醒过来的时候,发现光、面包、水、糖、火和牛奶都在。

蒂蒂从地上坐了起来,看了看四周,发现周围是一堵墙,上面还有一扇小斗门,黎明的光线从门里照了进来。

光看着蒂蒂和米蒂一脸迷茫的样子,说:"你们肯定不知道这是哪儿吧?"

蒂蒂用手搓了搓眼睛,说:"是啊,不认识这个地方。"

"你不记得这堵墙和门了吗?"光问道。

"什么?这是绿色的墙和门?"蒂蒂盯着光指着的方向问道。

"是啊,想到什么了没有?"

蒂蒂想了想,突然,拍了拍脑袋,说:"哦,我想起来了,就是'时间'开的那扇门。"

"人做梦时好奇怪啊,他们梦一醒就什么都不记得了。"光说道。

"你指的是我吗?"蒂蒂问。

"不知道,说不定我自己也是这样呢!反正这墙里有一座房子,从你出生到现在,肯定见过好几次了。"

"见过好几次?"蒂蒂张大着嘴巴问。

"对啊,小糊涂。你忘了,我们就是一年前的一个晚上离开那栋房子的啊。"

"一年前?那……"蒂蒂的眼睛瞪得大大地问道。

"好了好了,别把眼睛瞪得那么大,你瞧,这就是你爸妈最爱的那栋房子啊。"光打断了蒂蒂的好奇,把蒂蒂带到门口。

蒂蒂好奇地走到门口,心里又紧张又期待,结结巴巴地说:"我,哦,是这扇门,我还记得这个门闩呢。难道我爸爸在房子里吗?那我妈妈也在这儿吗?啊,我要马上过去亲亲她!"

"等一等,不要急呢!"光拉住正要推开门的蒂蒂说,"他们正睡得香呢,你不要吵醒他们。而且啊,要是时间没到,你是打不开这扇门的。"

"时间?什么时间啊?要多久啊?"蒂蒂停止了开门。

"不会啦,只要再过几分钟就好啦!"光故作轻松地说道,可是脸上却异常苍白。

蒂蒂看着光,紧张地问道:"怎么啦你?不舒服还是怎么啦?我们回到家里了,难道你不开心吗?"

光结结巴巴地说:"没,只是有点难过,因为我马上就要和你们告别了。"

"和我们告别？难道你要离开我们？"蒂蒂更惊讶了。

光垂下头来，又抬起头幽幽地说："是啊，我也没有办法。一年的时间已经过去了，而我也没有什么可以帮忙的了，神仙也该过来要回青鸟了。"蒂蒂听到青鸟，紧张地说："青鸟？可是我并没有找到它啊，怎么办？本来在记忆之乡有一只，可是一被我们抓到就变成黑色的了；未来之国的那只也变成粉红色的了；夜之宫的那只呢，也死了；森林里的那只却飞了。那些鸟儿，要不就是变色，要不就是死了，要不就是飞了，难道是我做错了什么事情吗？我没抓到青鸟，蓓丽吕神仙会不会生我的气啊？"

蒂蒂越说越害怕，都快哭出来了。

光安慰他道："不用担心，我们都尽力了。也许，这世上根本就没有青鸟，也许他们只存在天空中，一旦被抓住就会改变颜色。"

蒂蒂听着光的安慰，忽然想起了鸟笼，便对动物们问道："鸟笼呢，在哪里？"面包正了正颜色，故作严肃地说道："主人，在这儿呢！一直以来，我都小心翼翼地看着这只鸟笼。今天，我的任务终于完成了，让我亲手把它完整地交给您。"

说完，他又顿了顿，继续说道："请让我代表全体成员，再说几句话……"

火看着面包装腔作势的样子，实在耐不下性子了，打断面包的话，说："谁要求你说了？我们都没有要求啊！"

水在一旁劝解道："遵守纪律，不要吵了。"

面包睥睨了火一眼，傲慢地说道："哼，只有卑鄙的敌人和喜欢嫉妒的对手，才会一直打断我的话呢！"

火更愤怒了，大声叫道："喜欢嫉妒的对手？你怎么这样说我？如果不是我，你还不知道会成什么样子呢，一块又硬又让人难以消化的面团而已！"

水继续在一旁劝和道："注意秩序。"

火扯着脖子对面包喊道："我才不怕你呢！"

面包也不示弱，他们两个你说一句，我回敬一句，相互威胁恐吓，就差扭打在一起了。

光举起魔杖，对他们大声叫道："好了，不要再闹了！"

可是面包丝毫不以为意，继续说道："这种行为不端正，暴力得让人害怕东西，就知道侮辱别人，摆出自负的样子实在可笑！"

火本来脾气就火爆，实在忍无可忍，大骂道："你是个大胖子！"

面包丝毫不在意他的话，清了清嗓子，大声说道："不要在这妨碍我了，我还要说完呢！"

于是，他接着说道："所以，我代表全体成员的名义，希望……"

火打断他的话道："不要扯到我这里来，我自己有嘴巴，有话我自己会说！"

面包一心想在众人面前表现一番，于是继续说道："我代表所有成员,还有强烈压抑住的深厚又纯洁的感情,和两位高贵的孩子说一声再见了!无论过去还是现在,你们总是品德高尚、举止文明,一想到要和你们说再见,我心里非常非常的难过,向我尊敬的……"

"啊?你为什么要和我们说再见,难道你也要走吗?"蒂蒂惊讶地问道。

面包叹了口气说:"哎,人们马上就都要醒过来了,我也必须这样,只能和你们分离了,以后,你们就再也不能听到我的声音了。"

火对此嗤之以鼻,说:"这又没损失什么!"

水继续用那单调的词语,面无表情地说:"安静点,遵守秩序!"

火噌地一下转过头对水叫道:"你能不能不要老在水壶、井、小溪、瀑布还有水龙头那里啰啰唆唆说个不停,只要你不唠叨了,我也会一直保持安静的。"

光见他们俩又抬起杠来了,便用魔杖在空中上下挥舞了两下,大声说道:"好了,听到没有!因为分别的时间到了,所以你们才会这样烦躁吵个不停的。"

面包抬起头来,脸上带着掩藏不住的得意说:"才不是这样呢!不过,分别以后,你们就再也不能听到我说话的声音,也不能看到我活着的样子了,因为真正的面包是不会这样的。但是,我会一直陪伴在你们身边的,无论在面包盆里、食物架上还是餐桌上,或是汤盘旁,你们都可以看到我的。我、水还有火,都是你们人类最真诚的朋友呢!"

糖听了,就不乐意了,嚷嚷道:"我呢?难道我不是吗?"

光见时间不多了,立刻制止了他们的吵闹,说:"好了,时间已经不多了,我们马上就都要变回原来沉默安静的样子,快抓紧时间亲亲他们两个,和他们道别吧!"

火火急火燎地冲到两个孩子面前,嘴里还嘟囔着:"我先,我第一个来。"

说完,就猛地抱着蒂蒂和米蒂亲起来。嘴里含混不清地说道:"再见了,蒂蒂,还有米蒂,我爱你们!以后你们要是想要放火的话,一定要记得找我哈!"

火实在太热情了,紧紧地把蒂蒂和米蒂抱在怀里。

米蒂受不了火的热情,说道:"喔,好烫啊,他烧到我了!"边说边挣开火的拥抱。

蒂蒂也实在受不了了,用手推开火,大声叫道:"我的鼻子,快要被烤焦啦!"

光看着火急火燎的火,扑哧一声笑了,说道:"火,动作可别那么粗鲁,你又不是在烟囱里。"

水继续毫无表情地骂道:"真是个笨蛋。"

面包也附和道:"就是,粗人一个。"

火继续和孩子们道别,说:"好了,我的手已经掏进口袋里了。你们一定要记得我哦,我是你们的好朋友,无论什么时候,我都在炉灶里面,你们要是寒冷或是伤心,我就会伸出舌头来温暖你们的。尤其是冬天的时候,我会把你们的房子烘得暖暖的,或是把栗子烤得香喷喷的。"

水轻轻地走到蒂蒂和米蒂面前,说:"我会很轻柔地吻你们的,放心,我不会让你们受伤的。"

火不屑地在旁边说道:"小心点,可不要弄湿了他们!"

水反驳道:"我一直对人类很友好的,又文雅还可爱!"

"你不是还淹死过人吗?"火在旁边揭露道。

水不再搭理火了,对着孩子们说:"你们热爱井吧,倾听小溪欢快的歌声,我就在那里。"

火继续不依不饶地在一边泼冷水:"她呀,流得满地都是。"

"每当傍晚的时候,你们可以到泉水边坐一坐,听听他们的轻声细语。这里可是有好几处森林呢!"水边亲吻着孩子们边说道。

"好啦好啦,跑到那里去,我又不知道游泳!"火继续在一旁奚落水。

水伤感地继续道别:"我爱你们!以后,可能我再也不能这样清楚地说出来了。但是你们记住,只要你们听到水的声音,那就是我在告诉你们——我爱你们……"

"我，我说不下去了，心里的伤感和眼里的泪水让我一句话也说不出来。"水哽咽道。

火还在嘲讽道："我倒没听出来你有这么难过。"

水用手抹了抹眼泪，沙哑着声音说："当你们看到水壶的时候，一定要想起我啊，虽然我在壶里一句话也不能说，但我却在默默地思念你们。当然，你们还能在水罐、水槽还有水龙头等一切有水的地方看到我的身影。"

牛奶害羞地走到蒂蒂和米蒂的面前，说："还有我哦，我在奶瓶里。"

蒂蒂只知道光、水还有火要离开，不想连牛奶都要道别，便惊讶地看着牛奶说："亲爱的牛奶，你也要离开吗？你这么善良害羞，我真的好喜欢你啊。不会你们全都要离开吧？"

糖走过去，故意把声音压得很沉重，说道："我要说的是，如果你们口袋里还有一点点钱的话，一定要记得我哦，我会给你们带来甜蜜和幸福。眼泪并不是我的风格，而且还会让我变得不甜美了呢，所以我不哭，但心里却是非常的难过。"

面包看着糖果说："真是虚伪！"

火在一旁吹着口哨，叫着糖果的各种外号："糖果球！棒棒糖！焦糖！"

蒂蒂看了一下四周，发现狗和猫都不在，便问道："蒂鲁他们哪里去了？"

正说着，猫发出的一阵刺耳的声音传来了。

听到猫咪凄惨的叫声，米蒂吓得失声道："啊？那是蒂莱特的声音啊，他好像受伤了。"

只见猫浑身的毛都乱糟糟，身上穿着的衣服也被撕扯得不成样子了，用手帕半遮住脸颊，好像牙齿也受伤了，嘴里发出呜呜的、愤怒的叫声，出现在大家面前。而蒂鲁则在后面追赶着他，并不停地用手脚踢打他，甚至用嘴巴狠狠地咬他。

蒂鲁一手压住蒂莱特，一手用力打着他，嘴里还生气地说道："给你一拳，还要吗？打你，打你！"

光赶紧叫蒂蒂和米蒂过去劝架。

蒂蒂和米蒂跑过来，用力拉开蒂鲁，嘴里大声训道："蒂鲁，你在干什么？赶紧住手，不然我可饶不了你！"

可是蒂鲁还是不停地用手打着猫，丝毫没有停下来的样子。

蒂蒂非常生气，嘴里大声叫道："你竟然这个样子！"

见蒂蒂和米蒂两个人拉不动蒂鲁，光还有火他们都跑过来帮忙了，好一阵用力拉扯，才把他们两个拉开了。

光问道："到底怎么啦？怎么打起来了呢？"

见有人帮忙，蒂莱特边大声哭着，边说道："光，狗他欺负我。我什么都没做，真的！可是蒂鲁他，不仅把大头铃放在我食物里，还用力扯我的尾巴，还打我呢！你看，我身上全是伤。"

蒂鲁尖着声音学着猫的嗓音，嘲讽地重复着蒂莱特刚才的话

第九章　离别

说:"我什么都没做,真的!"说完,他又挤眉弄眼地说道:"你那点小把戏我还不知道啊,你不但做了,还做好多好多呢!"

米蒂充满怜意地把猫抱在了怀里,柔声说道:"蒂莱特真是可怜,他打你哪了?快告诉我,我都忍不住要哭了。"

光黑着脸对蒂鲁说道:"不要这样了,你真不应该在这个时候这么粗鲁地打他。我们就要和这两个孩子分离了,你还这样。"

听到"分离"两个字,蒂鲁顿时冷静下来了,问道:"和这两个孩子分离了?"

"是啊,你也知道的。现在时间马上就要到了,我们就要回到原来的样子,再也不能和他们说话、玩耍了。"

听到光的话,狗似乎特别不能接受。嘴里发出一阵呜咽,然后就扑到孩子们的身上不停地、热烈地吻着他们。嘴里还语无伦次地说个不停:"我不要这样,我不要啊,我一定可以一直说话的!你们懂我的,对吗,小主人?是这样的,就是这样,我们一直都在交谈,谈论各种各样的事情。我会很守规矩的,还要学怎么读书写字、玩纸牌。当然,我也会注意时刻保持整洁干净的,而且也不会去厨房偷东西了。你们想我做一件很意外的事吗?喜欢我吻一吻猫吗?"

米蒂眼睛看着猫,问道:"蒂莱特,你呢?有什么要对我们说的吗?"

猫眨了眨眼睛,故作神秘地说道:"我爱你们,你们应得多少爱,我的爱就有多少。"

光忧愁地走到蒂蒂和米蒂的面前,注视着他们说:"该我了,孩子们,让我最后吻吻你们。"

蒂蒂和米蒂伤心地抓住光的衣裳,哭喊道:"不要啊光,你留下来吧,和我们在一起。爸爸不会介意的,我们也会和妈妈说你的好,她一定不会反对的。"

光抱着蒂蒂和米蒂,伤心地说:"不行啊,这扇门是不会为我打开的,我必须要离开你们了。"

"你一个人要去哪儿啊?"蒂蒂忧心地问道。

光用衣服擦拭了一下眼角的泪水,用手指着一个方向说:"就在这不远的地方,那边,一个叫'静物之乡'的地方。"

蒂蒂看光走的决心非常坚决,用手死死地抓住光,哭着说:"我不要,我不许你走!要不我们也和你一起到那里去吧,只要我们和妈妈说一下就好啦。"

光摸摸蒂蒂和米蒂的头,说道:"不要伤心,不要哭了,我最爱的孩子们!我没有水那般动人的声音,有的只是光明,人们还不懂得这个。但是,只要时间没有停止,我会照顾你们每一个人的。不要忘记了,在遍野的月光、耀眼的星星、清晨的光辉还有明亮的灯盏那里,我会和你们的心灵交流的……"

"当、当……"身后的钟敲了八下,门也缓缓地自动打开了一半。

　　光伤心地说："听,已经八点了。门也开了,你们进去吧,再见了,再见!"边说边把蒂蒂和米蒂推进门里,然后用尽全身的力气把门重重地关上了。面包在一旁低头悄悄地擦拭脸上的泪水,糖和水也情不自禁地哭了出来。

　　忽然,光、面包、糖、水、牛奶、火、猫和狗都不见了,只听见从远处传来几声狗的吠叫,然后就一切都安静下来了,好像什么都没有发生过一般。

第十章　梦醒

清晨，第一束阳光欢快地越过窗户，照进了蒂蒂和米蒂的家。蒂蒂和米蒂正躺在各自的小床上甜甜地睡着，狗和猫也分别在房间的两个角落里趴着。

米蒂的妈妈推开门，走到房间里面，见蒂蒂和米蒂还在睡觉，便走到床前，拉开了窗帘，嘴里欢快地说道："起床了，懒虫！都已经八点了，太阳都晒屁股了，你们都不害羞吗？"

可是妈妈温柔的话语没有丝毫作用，两个小孩还在做着美梦呢！

妈妈笑着惊呼道："天哪，看看他们都睡成什么样子了！"说着，走到他们床前低头吻了吻他们，幸福地说："好香啊，蒂蒂像薰衣草，米蒂像百合那样香甜。"接着，还意犹未尽地又分别吻了吻他们，赞叹道："他们是多么甜蜜啊！"

忽然，妈妈像是想起了什么，自言自语道："可不能让他们睡到太晚，不然都会宠成懒虫了，而且，睡太多也不是好事。"

说完，用手轻轻地推了推蒂蒂，嘴里轻呼道："蒂蒂，醒醒，起来了！"

蒂蒂被妈妈摇醒了，睁开眼睛看了看四周，嘴里喊道："光到哪儿了？不要啊，不要和我们分开！"

妈妈愣了愣，说："光？啊，是啊，对呀。光每天都会有哇，现在窗户虽然关着，但天都亮堂得像是到了中午呢！让我打开窗户你看看。"

说完，她走到窗前把窗户打开，顿时，耀眼的光线瀑布般涌了进来。她转身对蒂蒂说道："看，这光多亮堂啊？咦，蒂蒂你怎么了？怎么迷迷糊糊的？"

蒂蒂用小手揉揉眼睛，又眨了眨眼睛，看了看，说道："妈妈，是您啊妈妈。"

妈妈迷惑地看着蒂蒂说："是啊，不然呢？"

蒂蒂由惊讶又转欣喜地说："是您？哦，是呀，真的是您啊妈妈！"

妈妈摸了摸脸说："对啊，是我啊。怎么啦？我脸上没有什么吧？怎么你这么惊讶地看着我呢？难道我的鼻子放错位置了？"

蒂蒂开心地说道："妈妈，好久没看到您了，见到您我真开心！我现在就要亲一下您！"

蒂蒂亲了亲妈妈，又向妈妈撒娇道："再亲一个嘛，再亲一个。"

亲完，他躺在床上打着滚说道："躺在家里的床上真舒服，我终于回来了,好舒服啊!"

妈妈看着蒂蒂一连串反常的动作,说道:"你这是怎么了?还没醒过来吧?可不要是生病了。"

说完,妈妈伸手摸了摸蒂蒂的额头,发现并没有发烧,便催促蒂蒂起床了:"快点起来,衣服还没穿呢!"

"哈哈,我已经穿好啦!"蒂蒂开心地说道。

"你是穿衣服了,但还没穿完呢。你看,外套和裤子都还在椅子上呢,这些也要穿啊!"

蒂蒂看了看椅子上的衣服,又看了看自己身上,说道:"难道我在旅行的时候也是穿着这身衣服?"

妈妈更困惑了,问道:"旅行?什么时候啊?"

"去年啊,你不记得啦?"蒂蒂坐起来问道。

"去年?"妈妈更不解了。

"对呀,刚好是圣诞节那天。"

"说什么呢!不会还在做梦吧?你一直都在这个房间啊,什么时候离开过了?昨天晚上我还抱你上床睡觉呢,今天早上你们也都在这儿啊?"

"不,妈妈,你不知道。去年,我和米蒂都不在家里。我们和神仙、光、喔,她对我们真是好,还有面包、糖、水还有火,他们在路上总是不停地吵架。对了,妈妈,您不会生气、难过吧?爸爸有没有说什么呢?我也没有办法不去,不过我写了张纸条向你们解释了。"

妈妈皱了皱眉头,轻声对蒂蒂说:"我不明白你在说些什么。你是不是生病了?还是没有睡醒呢?"边说还边轻轻地摇了摇蒂蒂,继续温柔地说道:"蒂蒂,醒醒,感觉好些了吗?"

蒂蒂大声对妈妈说道:"妈妈,我没说谎!应该是您没有睡醒吧?"

"我?我六点就早早起来了,都生好火,打扫好房间了呢,怎么可能还没睡醒!"

蒂蒂无奈地说道:"你要不信去问米蒂好了。"

说完,他又在床上打了个滚,自言自语道:"真好玩,我们的历险可有趣了!"

"米蒂?你到底在说些什么啊?"妈妈问道。

蒂蒂说:"因为她和我一起去的啊。我们还看到了爷爷奶奶呢!"

妈妈被蒂蒂的话弄得更糊涂了,问:"爷爷奶奶?"

蒂蒂说:"是啊,在'记忆之乡',我们旅行的一个地方。虽然爷爷奶奶已经死了,但他们在那里生活得很幸福。奶奶还做了一个葡萄干馅饼给我们吃呢,那个馅饼好漂亮,好好吃喔!对了,妈妈,罗伯、吉恩、梅黛玲、派蕾娣、宝琳和瑞格蒂也都在那里呢!"

这时,米蒂被蒂蒂的声音吵醒了,接过蒂蒂的话,说道:"是啊是啊，瑞格蒂还是只会在地上爬呢！"

"还有宝琳她鼻子上那个疙瘩，到现在还没消呢！"蒂蒂说道。

妈妈听着蒂蒂和米蒂毫无头绪的话，问道："你们是不是拿了爸爸藏的钥匙？放在食橱酒瓶里的那把。"

蒂蒂不解地问道："爸爸还藏了酒瓶啊？"

妈妈回道："是啊。尤其是像你们这样不懂事的孩子，所有的东西都要藏起来呢！好了，你们现在老老实实告诉妈妈，是不是把那把钥匙拿走了？如果是这样的话，只要你们告诉妈妈，我不会告诉爸爸的，当然也不会责罚你们的。"

蒂蒂一脸委屈地说："但是妈妈，我没有拿那串钥匙，我连它在哪都不知道呢！"

妈妈看了看蒂蒂和米蒂，说道："好吧，那你们下来到前面走走，让我看看你们。"

蒂蒂听话地从床上走了下来，来妈妈面前走了几步，还疑惑地看着妈妈。

忽然，妈妈像是受到了什么刺激，掩嘴失声叫道："啊！他们这是怎么了？不会又是和以前那样，不能长久地和我们生活在一起？"

说完，妈妈像是疯了般，大声喊叫着："蒂蒂他爸，进来看看，快！孩子们生病了！"

第十章 梦醒

蒂蒂的爸爸听到了妈妈的叫喊声，手里拿着一把锋利的斧头，平静地走了进来，问道："什么事？"

蒂蒂和米蒂看到爸爸走进来了，都开心地跑到爸爸身边，开心地亲着爸爸，说道："爸爸，喔，是爸爸呢！早上好爸爸！这一年来，您忙不忙啊？"

爸爸看着活蹦乱跳的孩子，对妈妈说："到底发生什么事了？他们不都好好的吗？不像生病了呀？"

在一旁的妈妈早已痛苦地哭起来了，呜咽着说："他们表面上看起来是没事，可是我担心他们会像之前的几个孩子那样。他们之前不都没事，可是上帝还是突然带走了他们，我到现在都不明白到底为什么。昨晚是我抱得蒂蒂和米蒂到床上去睡觉，可是，今天醒来后，他们就一直不对劲，还说着一些很奇怪的话，说他们去冒险了，看到了'光'，还有'爷爷奶奶'，说什么爷爷奶奶虽然死了，但现在还生活得很好。"

"是啊，爷爷还是像以前那样，装着木腿呢！"蒂蒂说。

"还有奶奶，她还是有风湿病。"米蒂接口说。

妈妈痛苦地扭曲着脸庞，对爸爸说："你听，是不是不对劲？你快点去请医生来看看吧！"

爸爸连忙放下斧头，紧张地说道："现在还不用呢！他们不都还好好的嘛，先让我看看！"

这时，门口传来了一阵敲门声，爸爸大声说道："请进来！"

邻居柏林考脱太太推开门走进来了，她是个慈祥的老妇人。只见她矮小身材，手里挂着一根拐杖，模样倒有点像蓓丽吕神仙。

她边走边向大家问好："早上好，祝你们圣诞愉快！"

蒂蒂看到她走进来，冲口叫道："神仙蓓丽吕！"

老妇人不明白蒂蒂在说什么，便说道："今天早上真是好冷啊！我想来向你们借个火，来热一下昨晚喝剩下的汤。孩子们，早啊，你们还好吗？"

蒂蒂对柏林考脱太太说道："蓓丽吕神仙，那只青鸟，我没有找到。"

柏林考脱太太疑惑地对妈妈问道："他说的是什么意思啊？"

"我也不知道啊！"妈妈痛苦地说道，"柏林考脱太太，从今天早上起来，他们就一直在说这些莫名其妙的话，肯定是吃坏了什么东西。"

柏林考脱太太拉着蒂蒂的手，关切地问道："蒂蒂，我是隔壁家的柏林考脱婆婆啊，你还记得我吗？"

"啊,哦,对呀,婆婆。哦,神仙蓓丽吕,您不会生我们的气吧？"蒂蒂急切地问道。

柏林考脱太太被惊吓到了，紧张地问道："啊？你说什么？蓓丽什么？哦，老天！"

"蓓丽吕。"

"柏林考脱！"柏林考脱太太说道。

"都可以啦，随便你怎么叫。不过，米蒂她也知道这回事呢！"

妈妈在一旁说道："是啊，最糟糕的是连米蒂也……"

不等妈妈说完，爸爸打断道："有什么问题，我打他们一两个耳光，就什么问题都解决了。"

柏林考脱太太连忙阻拦道："别，别在今天这样！我清楚，他们不过是还没睡醒而已，肯定是在月亮下睡觉了，我那个病着的小女儿也经常会这样呢！"

"那她现在好些了吗？"妈妈问道。

"哎……"柏林考脱太太叹了口气说，"还是不见好，老在床上躺着。请了医生过来，医生说是过于神经质了。就早上，还向我吵着要圣诞礼物呢，说要……"

妈妈不等她说完，就说道："是蒂蒂的那只小鸟吧？蒂蒂，你还是不愿意把你的小鸟送给她吗？"

"你说什么，妈妈？"蒂蒂看着妈妈，不解地问。

"就是你的那只小鸟啊！你又不喜欢它，看都不看它一眼，婆婆的小女儿可是非常喜欢呢！"

"哦。"蒂蒂若有所思地说道："小鸟，它在哪呢？对了，鸟笼就在那边挂着。米蒂，你看到了吗？就是面包手里的那个呢！对，对，就是那个。可是，只有一只了，不会是它把另外一只给吃了吧？看着好奇怪啊。"

突然，蒂蒂指着鸟笼大叫道："哇，快看，快看，我的这只斑鸠，它居然是青色的！以前都不是啊。它不就是我们一直在找的青鸟吗？害我们跑了这么远，原来它一直都在这啊，真是太好啦！米蒂，你看到了吧？要是光看到了，不知她会说些什么呢！我来把它取下来吧。"

说完，蒂蒂爬到窗口的椅子上，伸出手把鸟笼取了下来，拿到柏林考脱太太手中，说："婆婆，给。虽然它的羽毛还不是非常青，但一定会越来越青的，你放心好啦！快，拿去给你小女儿吧！"

"真的？你确定吗？真的就送给我，不用拿其他的东西来换吗？哦，我那可怜的小女儿肯定要开心坏了！"柏林考脱太太欣喜地说道。

她俯身吻了吻蒂蒂，说道："我一定要亲亲你！好啦，我要赶紧回家了，赶紧回去！"

"是啊婆婆，快回去，不然它的颜色会变了的。"

柏林考脱太太边走边回头说道："下次，我会过来告诉你她说了些什么的。"

见婆婆走了，蒂蒂看了看房间，说："爸爸妈妈，你们把屋子整理得真好，尽管还是那些东西，但是看起来更好看了。"

"什么？更好看了？"爸爸惊讶地问道。

"是啊，爸爸。所有的东西一粉刷，就好像是新的，特别的干净明亮，和去年完全不同了。"

"啊，去年？"

蒂蒂不理会爸爸的惊讶，径直走到窗户前，开心地说道："哇，那树林好大好漂亮啊，好像也是新建的，我真是好开心啊！"

说完，他又走到面包盆前，打开盖子，说："面包在哪里啊？哦，原来在这安静地睡着呢。"

说完，他看到角落一旁的狗，蹲下来摸着它的头，开心地说道："蒂鲁，你在这儿啊。你还记得在森林里吗？你打得好好喔！"

米蒂抱着猫走过来说："还有它呢，它还记得我，可惜已经不会说话了。"

蒂蒂转身叫了声面包，伸手摸了摸额头，惊呼道："我的钻石呢？还有小绿帽呢？谁拿走了？"

说完，他又叹了口气，喃喃说道："哎……算了，反正也不需要它了。"

看到壁炉里的火，蒂蒂跑到那儿说道："哦，火，它就喜欢不停地嘲笑水，弄得她好生气。"

说完，又跑到水龙头那里，说道："水，你好啊！"然后侧耳听了听水声，又道："她是在说话，可是我却再也听不懂她在说什么了！"

米蒂跟着跑出来说:"我没有看到糖。"

蒂蒂欢呼道:"啊,我好开心,好开心啊!"

米蒂跳起来拍着手道:"对呀对呀,我也是呢!"

妈妈急忙跟在他们后面,大声对他们喊道:"怎么又不停地跑来跑去了?"

爸爸在后面说道:"好啦,由着他们吧,他们在玩一个很开心的游戏呢,你就别多操心啦!"

蒂蒂看着天空,说:"光是我最喜欢的啦!灯呢?妈妈,我们现在可以点灯吗?"说完,他又把整个家看了一遍,兴奋地说:"我好开心啊,这房子里一切东西都好有趣啊!"

"为什么呢?"妈妈问道。

"我也说不上来,反正就是喜欢。"

突然,又传来一阵敲门声。爸爸连声在里面应道:"请进来,请进来!"

门一开,只见柏林考脱太太牵着自己的小女儿走进来了。那是个非常漂亮的小女孩,金色的长发披在肩上,手里正抱着蒂蒂的那只鸟儿,可爱极了。

柏林考脱太太满脸笑容地说道:"快来看,真的是好神奇啊!"

妈妈盯着小女孩看了一会儿,说道:"怎么会呢?她真的会走啦?"

柏林考脱太太笑着说道:"走?她不仅会走,还会跑和跳呢!我把小鸟提回家的时候,她一看到小鸟,就立刻从床上跳下来了,还不放心地把小鸟提到窗户前,说借着光仔细看着小鸟,确认下是不是蒂蒂的那只呢。等她确定了后,就欢快地跑到了大街上,美得好像天使!我跑了好久才追上她呢!"

蒂蒂朝小女孩那儿走去,突然吃了一惊,停下脚步惊呼道:"哦,她和光好像啊!"

米蒂说道:"不过更小些。"

"嗯,是,更小,但是她也会长到那么大的。"

柏林考脱太太好奇地问:"什么意思啊?难道他们还没清醒过来吗?"

妈妈说:"比早上更好了,至少更正常些了,或许吃完早饭就好啦。"

柏林考脱太太推着小女孩向前,说道:"孩子,去,过去谢谢蒂蒂。"

蒂蒂却忽地往后退了退,好像很害怕的样子。

妈妈奇怪地问道:"蒂蒂,怎么啦?难道你怕她吗?没事,去亲亲她。"

蒂蒂低着头,飞快地亲了一下小女孩。

妈妈说:"咦?怎么一下这么害羞啊?再亲一个嘛!"

忽然,妈妈发现蒂蒂的眼睛红红的,关心地问道:"怎么了?

怎么要哭了似的呢?"

蒂蒂又扭扭捏捏地亲了下小女孩,就呆愣愣地停在那里。好一会儿,才摸摸小鸟的头说:"怎么样,它的羽毛颜色很青了吧?"

小女孩点点头,甜甜地说道:"是啊,我很喜欢。"

"我还看到过比这只更青的鸟,可是,你明白,那种是特别难抓的。"

"不要紧的,我就喜欢它,真的是非常的可爱!"小女孩微笑着说。

蒂蒂像是突然想起了什么,问道:"它有吃东西吗?"

"哦,还没有呢,不过,它喜欢吃什么呢?"

"它什么都吃的,比如说,玉米、面包还有蚱蜢,都可以的!"

"那怎么喂它啊?"小女孩问道。

"从它那尖尖的嘴巴里喂。我给你示范一遍。"

蒂蒂伸手从小女孩的手中想要把小鸟抓过来,可是小女孩却迟迟不愿松手。就在这时,小鸟忽地一下趁他们不注意,飞走了。

小女孩看着飞走的小鸟,大哭着叫道:"妈妈,小鸟飞了!"小女孩的哭声是那么的绝望和伤心。

蒂蒂忙安慰她道:"没事的,你不要哭啦,我一定会再把它抓回来的!"

花的学校
The Flower-school

[印度] 罗宾德拉纳特·泰戈尔 著
郑明生 译

北京理工大学出版社
BEIJING INSTITUTE OF TECHNOLOGY PRESS

版权专有　侵权必究

图书在版编目（CIP）数据

花的学校 /（印）罗宾德拉纳特·泰戈尔著；郑明生译. —北京：北京理工大学出版社，2021.5
（诺奖少年：插图版）
ISBN 978-7-5682-9717-2

Ⅰ. ①花… Ⅱ. ①罗… ②郑… Ⅲ. ①童话—作品集—印度—现代 Ⅳ. ①I351.88

中国版本图书馆 CIP 数据核字（2021）第 062668 号

出版发行 /	北京理工大学出版社有限责任公司
社　　址 /	北京市海淀区中关村南大街 5 号
邮　　编 /	100081
电　　话 /	（010）68914775（总编室）
	（010）82562903（教材售后服务热线）
	（010）68948351（其他图书服务热线）
网　　址 /	http：//www.bitpress.com.cn
经　　销 /	全国各地新华书店
印　　刷 /	三河市华骏印务包装有限公司
开　　本 /	880 毫米 ×1230 毫米　1/32
彩　　插 /	5
印　　张 /	5.5
字　　数 /	96 千字
版　　次 /	2021 年 5 月第 1 版　2021 年 5 月第 1 次印刷
总 定 价 /	150.00 元（全 5 册）

责任编辑 / 朱　喜
文案编辑 / 朱　喜
责任校对 / 刘亚男
责任印制 / 李志强

图书出现印装质量问题，请拨打售后服务热线，本社负责调换

目　录

1　童话新语　/ 1

2　不同的童年　/ 14

3　山茶花　/ 20

4　一个历史悠久的小故事　/ 27

5　喀布尔人　/ 31

6　报答　/ 44

7　笔记本　/ 54

8　素芭　/ 64

9　履行诺言　/ 75

10　偷来的财宝　/ 116

11　破裂　/ 131

12　河边台阶的诉说　/ 139

13　小媳妇　/ 152

14　胜与败　/ 158

1　童话新语

仙人世界

如果有人想试着去搜寻传说中国王的宫殿,就会发现不知道什么时候,那座宫殿突然不见了。

传说中国王的宫殿,墙壁如同银子一样雪白,屋顶如同金子一样闪亮。

传说中,国王的妻子住的宫殿有七个大院子,她身上戴着的珠宝十分华丽,比七个国王的全部财产还要昂贵。

国王的宫殿到底在哪里呢?我的朋友,我将靠近你的耳畔,小声地告诉你。

宫殿啊,就在我们一不小心就可以瞥见的地方——它在我们的阳台上,那上面还有一盆杜尔茜花。

国王的女儿还在熟睡,她睡在大海的另外一边,就在七个大海洋外面,无法触碰。

这个世界,只有我,才可以找到国王的女儿沉睡的地方。

她的手腕上有一只精致的镯子，耳朵上是嵌有圆润珍珠的耳环，她有一头非常长的头发，慵懒地散在肩头，发梢都可以触碰地面。

我只需将魔杖轻点，公主就会面带笑容地苏醒。在她微笑的时候，嘴唇如同美丽的宝石。

她待在阳台某个地方，我的朋友，她住在有着一盆杜尔茜花的位置。

你去河边洗澡时一定会路过的那条路，就在我们家房顶的阳台上。

现在，我正蹲在蒙有阴影的角落里。

我只和小猫待在一起，因为只有小猫清楚传说里的理发师住哪儿。

我的朋友，你把耳朵凑过来，我会小声跟你说传说里的理发师在哪儿。

他呀，待在我们家阳台的某个地方，住在那摆有一盆杜尔茜花的位置。

花的学校

黑云跟上雷鸣轰轰地从空中路过，一场来自六月的大雨紧随而来。

东风湿漉漉地，从荒芜的田野狂奔而过，竹林也欢快地吹起了口哨。

漂亮的小花一下子冒出地面，风吹过来，绿草们在狂舞。

我猜测，小花们应该在地底的学校上课。

他们呀，常常被关在教室里，认真地写作业，等到下课也没有办法到地面上来玩。因为如果出来玩，老师会罚他们站墙角。

只有下雨了，他们才可以出来玩。

树枝相互地交叉，抱在一起，翠绿的叶子被风吹得沙沙地响。

黑云与雷鸣路过，小花们则穿好紫色、黄色以及白色的衣裳冒出地面。

你明白吗？小花们在天空住着，它们呀，和星星们在一起住着。

你猜小花们为什么这样匆忙，他们是去哪里？

因为呀，花儿有妈妈，跟我有妈妈是相同的。所以，花儿举起两只手臂朝远方赶去。

小大人

我的年龄十分小，因为我现在还是个孩子，等我长得跟爸爸差不多高大时，我才算长大了。

如果那时，老师跟我说"时间到了，快将你的石板和书交上来"，我将跟他说："难道你还不晓得我跟我爸爸的年龄差不多了吗?"

于是,我毅然退学了。

老师非常惊讶地说道:"你的爸爸现在肯定不需要学习了,因为他现在是个大人。"

我穿好自己的衣裳,来到有很多人走动的大街上。

我的叔叔发现了我,他对我说:"我的侄子,你会找不到回去的路,我领你走吧?"

我跟他说:"叔叔,你没发现吗?我跟我的爸爸同样高大了。我要一个人去大街。"

叔叔十分地感叹,他跟我说:"没错,你的爸爸能决定自己以后去的地方,因为他现在是个大人。"

等我付给保姆工钱时,我用钥匙开启装钱的箱子,妈妈急急地走出浴室,说:"真是个调皮的小孩,你想干什么?"

我跟妈妈说:"妈妈,你没发现吗?我跟我的爸爸同样的高大,我付工钱给保姆。"

于是,妈妈感叹一声,跟我说:"你的爸爸能决定付钱给谁,因为他现在是个大人。"

十月的假期到来,爸爸回到家。他还认为我现在是个小孩儿,所以他从城市里面带回了小小的鞋子与小小的衣服。

我跟他说:"爸爸,你把这些全部给哥哥吧,因为我现在跟你同样的高大。"

爸爸思考了一下,才跟我说:"你的哥哥能决定喜欢的衣服,因为他现在是个大人。"

英雄

妈妈,你可以想到吗,我俩一起前进在旅行的路途中,会路过一片不熟悉且十分危险的地方。

那时你待在轿子中,我骑上一匹大红马紧跟在轿子旁边。

傍晚来临,太阳缓缓地从天边沉下。

我和你的不远处就是约拉地希的田野。一眼看过去,田野十分阴沉,看起来又荒凉又冷清。

你的心里十分担忧,就紧张地问我道:"这是哪里?"

我安慰地向你微笑:"妈妈,不用担忧。"

这个地方的草根针尖一般倒向一边,狭窄又弯曲的小道从脚下蔓延到深处。

一眼看不到边的田野上,连牛的身影都没有。我猜,它们是回村子了。

渐渐地,天终于全部沉了下来,周围的大地与天空被朝霞所吞没,我和你几乎分不清楚方向。

忽然，你将我叫到身旁，小声跟我道："发现没，河那边有火。"

你说话的声音还没停下，就听见大声地呐喊——深夜里，有一群人朝着我们冲来。

你受到惊吓，躲进轿子里，还不断地跟上帝祷告。

为你抬轿子的那些轿夫发现了跑过来的人影，全部开始颤抖，马上朝着荆棘林里跑去，并躲在里面。

我向你呼喊："母亲，你别害怕，我不会离开你。"

那群人的手里面举着非常长的棒子，头发披散着跑到我们面前。

我吼道："当心点！你们这群坏蛋！如果再朝我靠近，当心死在我手下。"

那些人没听我的吼叫，一起大声呐喊，跑了过来。

你十分紧张地抓住我的手，道："我的乖孩子，上帝会保护我们，我们先躲躲。"

我跟你说："母亲，我会处理好的！"

我踢了踢身下骑着的大红马，朝人群跑去，我挥舞着长剑和盾牌，跟他们长长的棒子撞在一起，传来砰砰的声音。

这实在是一场激烈的厮杀，母亲，要是你探头看轿子外，肯定会被吓到。

这些人里面有很多被我赶跑，另外的则当场被我打死。

我心说，你一个人在轿子里面肯定很害怕。你心里肯定在说，你的孩子是不是死在战场上了。

我一身是血地走到你的身旁，跟你说："母亲，他们都被我赶走了。"

你从轿子里出来，激动地抱住我，吻上我的额头，口中还自言自语："我都不知道该怎么办了，幸亏你在保护我。"

一整天，没有很多惊险的事发生在我的四周，但是这件事忽然之间发生了，如同小说一般。

我的兄长听说了这件事后，跟我说："怎么会这样呢？我一直都还以为，弟弟跟以前一样的柔弱！"

整个村子里的人都知道这件事了，他们十分惊讶："这个孩子居然跟他的母亲安然无恙地归来，真幸运啊！"

旅伴

长得不好看的人在这个世上十分多，我曾经看过一个旅伴，他跟那些人比起来，好看算不上，更多的是丑陋。但是，他周围的某些故事却令我十分赞叹。

他的年龄没有多大，但头顶已经没多少头发了，脑袋上残留的几根头发都是白的。他的双眼十分小，小到没有睫毛。而他的鼻子又高又大，几乎占走了大半张脸。他的额头十分宽阔，左边的头发一根不剩，右眼睛上面连根眉毛都没有。总的来说，他的面孔如同上帝匆忙赶制出来的。

我跟他相识在一艘航行在大海的船上。他不仅样子十分奇怪，就连性格都十分独特。

要是有个人不小心掉了一颗暗扣在餐桌上面，他发现以后就会马上拾起，然后钉在他身上的西装上，旁边有两三个同行的旅客发现他的行为，就别过脑袋小声地笑。如果发现有人将捆绑包裹的绳子丢了，他就捡起搓成一团自己留着。有的人随意扔掉不用的报纸，他同样会捡起，并折叠得十分整齐，摆在桌上。

他在用餐时同样仔细。在他衣服的口袋中，常常带有一瓶碾成粉末的开胃药，等该用餐了，他就将粉末倒入水中融化并喝掉，之后才仔细地咀嚼食物。就算是吃完饭，他也吞下一颗帮助他消化食物的药。

他很少说话，说话有点结巴，一开口就有人以为他是个傻子。有人在他面前谈论关于政治的话题时，他经常只默默地听别人说，而别人根本不能从他的面孔上推测他是否听得明白。

我跟他在船上相处了七天。这段时间里，不知道是因为什么原因，有的人偏偏厌恶他。这些人用夸张的图画嘲笑他，将他看作逗乐大家的笑话，和他说玩笑话也没有什么顾忌。他们整天都会找到不同的、奇特的词语描述他，将他看作一个充满想象力的东西，用十分荒谬的语言评论并完善他的形象，好像这么做是在修正上帝的错误，能使他某些缺少的部位获得改善。这些人肯定以为他们的讥讽是永远不会改变的真理。

他的怪异令所有人讨论不断，有的人猜想他可能是一名股票经纪人，还有的人猜想他是橡胶公司的总经理。不断的猜想刺激了大家对他的兴趣，有些人还因为这件事开始赌博，还有的人认为要远离他，将他看作妖怪一样警惕地疏远他。幸好，他自己似乎习惯他人的目光，这些事他都没有放在心上。

每到大家聚在吸烟室内打牌赌博时，他就自己在旁边随意坐着，好像看不起他们一样。而打牌的旅客则会小声骂他："一毛不拔的铁公鸡！没志气！"

尽管跟旅客的关系不怎么样，但是他与船上水手的关系却十分的好。不过水手和他不能顺利地对话，水手的话他不明白，而他的口音带点荷兰人的味道，水手也听不明白。

每日清晨，水手们用橡皮管冲刷着甲板，他就跟着水手帮忙清理。他迟钝的举动令所有人哄笑不断，但是水手对他笑得十分友善。

在船上有一位年龄较小的水手，他的皮肤颜色很黑，两只眼睛看上去十分有精神，可是身材却十分瘦小。他知道以后，常常送苹果、橘子和画报给他。别人都认为他的做法伤害了欧洲人的面子，因此感到十分不高兴。

等船停靠在新加坡码头后，他给了水手们烟，还送给每个水手十美元，送了那个小水手一只金光闪闪的手杖。

最后他跟水手和船长说再见，急急地跑下船，去了新加坡的码头。

人们到后来才晓得他叫什么名字，吸烟室里赌博的那些人十分惊讶。

玩具的自由

穆尼小姐的房间里面摆放着一个从日本来的小玩偶，她的名字叫哈娜桑。它身上穿着一件豆子绿的长长的裙子，裙子上有漂亮的金色花朵。而小玩偶的丈夫，是从英国的商店来的，都说不清楚它是什么年代的王子。王子的腰间插有一把长剑，它的王冠上飞有傲然的羽毛。

黄昏来临，屋里的电灯啪嗒一下亮了，哈娜桑正坐在床上。窗外忽然飞入一只蝙蝠，它围着屋子不停地飞啊飞，影子就在地板上面盘旋。

哈娜桑对蝙蝠说："蝙蝠，亲爱的朋友，我请求你带上我，去云朵上面吧。因为我不过是一只玩偶，我希望去美丽的天国里自由地玩耍。"蝙蝠听了它的话，带上它飞了出去。

这时，穆尼小姐回来了，她看到哈娜桑消失了，就着急地呼唤："哈娜桑！你在哪里？"窗户外的大树上刚好落下一只鸟，那是神鸟邦迦摩，邦迦摩说："她与蝙蝠飞走了。"

"邦迦摩！"穆尼恳求道，"你可以带我去找哈娜桑吗？"邦迦摩展开了翅膀，让穆尼骑在它背上，他们一整晚都在寻找哈娜桑。直到第二天上午，她们抵达了摩罗山上云朵住的地方。穆尼又开始喊："哈娜桑，你在这里吗？我是过来找你的！我们回去玩游戏吧！"一朵蓝色的云飞来，跟穆尼说："你们人类能玩哪些游戏？你们就会约束哈娜桑，把它看成游戏的道具。"

穆尼说："请问你们又是怎样玩的？"

黑色的云在轰轰雷声里哈哈笑着飞来："你瞧，它能够变成很多块碎片，变化出不同的颜色，在凉快的风与美丽的霞光里，去所有的地方，用任意的模样玩耍。"

穆尼对于云朵怎样玩游戏一点也不在意，她表情着急地说道："邦迦摩，房里为哈娜桑准备好结婚了，如果丈夫没看到妻子一定会伤心的。"

邦迦摩微笑道："那就拜托蝙蝠将丈夫也带到这里，让他们在云朵里结婚好了。"

"但没有哈娜桑,我在凡间就无法开心地玩了。"穆尼十分地哀伤,她哭出声来。

"穆尼小姐,"邦迦摩跟她说,"等夜晚离开,天边慢慢升起太阳,在掉过雨滴的花瓣上面也能发现游戏的脚印,但你从来都没看到。"

染衣女

桑格尔的知识十分渊博,他说话的本事在整个国家里都十分出名。他的思维仿佛老鹰坚硬的嘴一般尖锐,多次如同闪电一样瞬间打败对方,让对方输得一败涂地。

在南印度,有一个人名叫奈亚伊克,他十分景仰桑格尔的大名,于是提议跟他举行一次辩论。而进行辩论的地方定在国王的皇宫中,赢得辩论赛的人可以赢得国王的奖赏。

桑格尔立即答应,但他看到自己的头巾脏了,就急急地去了查希姆的染衣房。染衣房的位置是在一个用篱笆包围的菜地旁。染坊的主人有一个女儿,她的名字是阿米娜,十七岁,她正坐在菜地边唱歌边磨碎等下染衣服用的调料。她的头发用一根红绳扎起,漂亮的棕发落在肩头。她身穿的纱丽服,是漂亮的天蓝色。

等她将弄好的调料给她的爸爸时,桑格尔正巧也来了。他跟染坊主说:"查希姆,我将在国王的皇宫里进行一场辩论,麻烦你将我的头巾漂染成金黄色吧。"然后他将头巾留下,急急地走了。

清澈明亮的水从水渠慢慢地注入菜地,阿米娜则在距离水渠不远的一棵桑树下面清洗桑格尔的头巾。春天的阳光照在水面上,发出莹莹的水光,斑鸠站在离水渠有段距离的杧果树上欢快地唱。阿米娜将头巾洗完,就想把头巾晒在草坪上,她发现头巾上面绣有一句话:我的额头上,留下了你的小巧细足。这句话感动了她,她认真地想了想,就连在树上叫着的斑鸠都不记得。

然后,她去染衣房里翻出了针线,又在那句话的下面绣上另一行:可是我的心却无法感到你的爱抚。不久,桑格尔取回了头巾。过了不久,桑格尔再次来到了染衣房,问染坊主:"你知道谁往头巾上绣了这句话?"查希姆慌张地跟他说对不起:"先生,是我不懂事的女儿。希望你谅解她无知的举动。您现在先前往皇宫参加辩论吧,到时候即使有人发现了这句话也不会知道是什么含义的。"

桑格尔朝染坊主的女儿看去,说道:"染衣女,你小巧细足的爱抚离我高傲的额头远去,跟你的针线一起渗透到我的灵魂深处,我将不再去皇宫了,从此不会再去。"

2　不同的童年

希罗娜阿姨正欢快地在厨房里做事。别人常常遇见她手捧两只铜罐，到池塘边打水。池塘离她的厨房没多远，路上还铺有石阶。

她有一个外甥，外甥的妈妈很早以前就去世了，所以他成了一个没人教的小孩。他每天都露出上身，并且不理别人说什么。他整天捉弄别人，仿佛他才是池塘的拥有者。他开心时喜欢蹦到池塘里玩耍，然后从水里露出脑袋，骄傲地冲天空吐出嘴里的水。没事儿做的时候，他就站在池塘旁的石阶上面，冲水面丢碎瓦片，注视碎瓦片从水上刷过，觉得很高兴。偶尔他寻来一根长长的竿子，装成渔翁待在水旁钓鱼。他还爱爬树，经常去摘黑浆果吃，不过他没吃多少，反而还丢掉许多。

有人说，池塘真正的拥有者是个头顶没头发的胖地主。每到十点钟，他会去池塘洗澡，在洗澡前，他将涂一层油在身上，然后忽地一下蹦入池塘里。他将全身都没在池塘里，没多久就回到池塘边，嘴里不断地发出祈祷声，好像是为没淹死而十分高兴。

之后他就穿好衣裳，穿过一片竹林回自己的房子了。可是听别人说，这段时间他一直在忙着跟人上法庭，所以尽管田契写明这座池塘的所有权是他的，可事实上他从来没管过。

树林、沼泽、荒地、沉船、破庙和罗望子树这些全是希罗娜外甥的地盘。有人去池塘洗衣服时，就将驴的绳子绑在果园的一棵树上，希罗娜的外甥会悄悄溜进来，跳在驴背上，拍拍驴屁股就飞奔而去，他哈哈笑出声来，好像骑在一匹雄伟的战马上。虽然驴有事儿要做，可他没有事儿做，于是这头驴仿佛变成他的东西，法官也无可奈何。

每个爸爸妈妈都期待自己的孩子用心学习，读出成就后全家都十分光荣。于是，他也被希罗娜带去学校学习，但他常常逃学。有的老师甚至会叫一个学生将他拖下驴背，再拽着他路过一片竹林，最后带入教室。他讨厌读书和做作业，他爱去集市、河边和野外玩，但他没有办法，只能被困在教室，将心思都放到学习上。

我以前也年轻过，河流、田野和天空好像是上帝专门给我创造的一样，但我没来得及去享用，它们就失去了原本的作用。

破旧楼房的角落，是我住的地方，一般没有机会出去。我天天都可以在阳台上看见仆人们唱着小曲子，手忙碌地做着酱包，又任意往墙上涂起鲜红的汁水。

楼上铺满大理石的地板,看上去既明亮又光滑,百叶窗上悬着漂亮的窗帘。而离楼下不远的地方则是那一条前往池塘的石阶,还有一排椰子树长在墙边。池塘右边还有一棵长得十分茂盛的老榕树,看上去如同一个披散头发的人沉默地立在那里。

到了早上,附近的人全部要去池塘旁洗澡。等到下午,有阳光落在池塘的水面,还有一些鸭子慢悠悠地在池塘中玩耍,时不时还用它们的嘴清理羽毛。

日复一日,我一直被关在小楼阳台上,注视这一切。

老鹰傲然地在天上飞翔,十分自由地在天空飞翔。我猜,它们能看见比这里要多得多的美丽景色。大街上有人在叫,时不时传来敲铜盘的声音,我不看都能猜出是个有些苍老的布贩子在吆喝。人声喧哗,水渠里的水悄悄流进池塘,水渠的水是恒河那里流来的。

这个世界太过宽广,小孩子才是广阔世界的帝王。但我太穷,无法自由去楼下玩耍。我默默地渴望着,用双眼眺望着,波光闪闪的水面有阳光照射,榕树的树顶罩出一块阴凉的地方,椰子树的枝条跟着风摇摆。现在,我离它们太远,只能一个人在阳台上玩着。

周围的楼房高高耸立,只露出一片窄小的天空,仿佛是一张看不出表情的脸愣愣地注视我。只不过脸的另一面暗潮涌动,连天空都变了颜色。黑云翻滚,好像双眼满含怒气的狮子,从榕树上方扑了过来，吓得池塘里的水不停发抖。

大风和树林之间，隐隐地露出孩子们渴望自由生活的想法。从东方的海边飞过来的一片云朵，飘来这里当我的朋友吧。

大雨瞬间倾盆而下，池塘边的石阶都被雨水淹没。雨下得很大了，我还趴在床上睡觉，草木的清香从窗外涌入我的鼻子。我从梦中醒来，站在窗前，默默注视窗外犹如从盆里倾倒出来的大雨，我看见院子里的雨水已经有膝盖那么高了，而且还不停地从屋檐上往下流，最后又与地上的雨水汇集在一起。

上午，我从后面的窗户看外面的时候，发现池塘里满是水。这个池塘太小，装不了那么多的水，结果都溢了出去，最后全部流进果园去了，果园里的苹果树都被水淹得只能冒出头来。

附近的邻居们高兴地边叫边跑出来，快乐地用毛巾和披肩在池塘中抓鱼。

在昨天以前，我跟池塘是相同的，都被束缚着。不管是白天还是夜晚，我只可以看着池塘独自想事情。水面上映出榕树摇晃的影子，踱步行走的黑云只会在水面上逗留片刻。阳光从榕树重叠的枝叶间投射到水面上，仿佛向水面丢了很多金子一样。池塘双眼满含泪水，瞻望着天空。

而现在，池塘得到了自由，它如同一个到处游走的和尚，远离自己开始待的地方。但我却一如既往,得留在那个小小的地方,看我的几位哥哥坐在停在池塘不远处的小舟上,顺着池塘抵达小巷,再顺着小巷去了大街,再然后我什么都看不到了。然而,我的灵魂仿佛也随着那只小木舟晃荡着去向很远很远的地方。

白天一下子就过去了。

天空的云朵和傍晚的天色相互交融,又跟池塘里那棵榕树的倒影接在一起。

路上的灯一个个都亮了起来,暗淡的灯光投射在地面,而路上早就没人了。家里的灯光欢快地在玻璃罩子中跳跃。窗外是一片黝黑黝黑的布景,隐隐约约还可以发现椰子树的枝条,幽灵似的从窗户外面向里面挥手。小巷两边的房屋门紧闭,偶尔还能从几扇窗户的间隙里,看到里面泄露出来的几缕暗淡的光芒,如同一只只即将睡过去的眼睛。

不知道从什么时候起,所有的事物都陷入睡眠。

夜深人静,四周听不到一丁点儿声音。只不过时不时会听到更夫从楼外路过的动静。

不管是哪一年下雨的季节,我都觉得心情十分好,我的心不由得跟着雨唱起欢快的歌。

娑罗树在小声地说话,棕榈树叶啪啪地拍起双手,翠绿的竹子悄悄摇摆起纤细的身体,七叶树和豆蔻树齐刷刷地往下抖落花瓣。

如今的小孩子与我儿时差不多,都喜欢往风筝线上面涂上一层特别的胶水。

那种渴望自由的心情只有自己清楚。

3　山茶花

我不经意间,遇见一位名叫卡梅拉的女孩,我是从她的练习本上注意到她叫什么的。那一天,她与弟弟共同上了电车,似乎是要去学校上课。

那时我正坐在她后面的一个位置上,我看到她漂亮的长发散落在肩头,美丽的脸被阳光照得十分白皙。她紧紧抱着上课用的课本和练习本。

我想多看她一下,所以到站了我故意没有下车,等注视着她下车之后才下去。

从那一天起,我更换了出门的时间,并不是我的上班时间有变化,只不过是她的上学时间让我的上班时间得到了改变。这样,我上电车后就可以常常发现她。并且,每一次我都会坐在她后面的座位。因为这样子我不仅能仔细看她,还可以不尴尬。

我在心里说,就算我们现在都不认识对方,可我们也能说是同路的人。她的身上弥漫着聪明的气息。她额头上的头发往头顶上梳去，一根刘海都没有落下，我完全可以看见她眼里的神色。而她的双眼里拥有的色彩是如此的纯洁，我好像永远都不会看厌。

慢慢地，我开始向这个世界抱怨，怎么就不发生点什么意外的事儿呢？如果发生了，那我就能来一出英雄救美，向她展露我的作用了！好比说街头有什么混乱出现，要不然就是出现横行的恶人。对于现在，这种事不是十分普通吗？为什么不可以发生在我身边？

但不管我是在祈祷还是在埋怨，我的生活仿佛一汪死去的水，不会有波澜壮阔的一天。时间如同一只蠢蠢欲动的青蛙，在沉默的蹲守中慢慢流逝，既不会有鲨鱼、鳄鱼过来转转，更不可能会有优雅的天鹅在这里停留一会儿。

某日，电车上面挤满了乘客，连空气都变得污浊起来。我发现卡梅拉的旁边站着一个青年，他说话的口音是孟加拉国语，里面不断地又掺上几句英语。我一看到他的样子，心里就蓦然生出一种抓下他的帽子，然后将他举起来从车里扔到外面去的冲动。但我没有合理的借口，只能压抑住自己战栗的双手。

这个时候，那名青年在他的口袋里抽出一根很粗的雪茄，点起火以后开始抽烟。我突然觉得幸运女神终于为我赐福，我表现自己的时机到来了。所以，我马上从座位上站起，向他走去，义正词严地跟他说道："请灭掉你的烟！"但那青年装成一个聋人没听见我的声音，自顾自地继续抽烟，嘴里吐出烟雾。四周的乘客都远远地观看，没有一丝站出来责怪他的想法。

我并不在乎旁边人的反应，我需要的正是一个冒头的时机。我突然将烟从那名青年嘴里抽出，顺手从车窗丢了出去，然后两只手握紧，瞪大双眼看着他。他盯了我好一会儿，一句话也没说，转身离开了。我想，可能他明白我有多厉害了，因为足球场上，人人都赞我勇猛。

卡梅拉的脸色变得通红，她低下头假装在看书，但她的手还不停地在发抖，她一眼都没看我见义勇为的行为，反倒是车上其他有正义感的乘客不约而同地跟我说："先生，你做得好！"但卡梅拉一点儿反应都没有，我只能装作淡定地坐回我的位置。

又过了一会儿，卡梅拉连站都没到就下车了，然后她打了一辆出租车离开。之后两天的时间，我都没能再发现她的身影。

到了第三天的时候，我发现她正坐在一辆黄包车上。我突然明白自己的行为太过莽撞了。遇到这种事，她会自己解决，我根本不用多嘴。

我不由得再次感叹自己的一生仿佛一汪死去的水，仗义的行为如同一只蠢蠢欲动的青蛙，这些想法不停地折磨我，令我感到很后悔。

我下定决心要纠正自己的失误。没多长时间，机遇来了，我探听到卡梅拉全家人都会去大吉岭那里避暑。我心说，这一年我得去外面透透气，所以下定决心要去大吉岭。卡梅拉家有一幢别墅，名字是"摩迪亚"，别墅建在大吉岭山路不远处的林子里，在那里能看见远处山峰顶上的积雪。

　　等我赶去大吉岭，却得知她们一家人取消了去大吉岭避暑的想法。我正想返程时，又遇到一位名字是汉拉尔的球迷。他又高又瘦，鼻子上架有一副眼镜，看上去很斯文。从与他的谈话里，我知道他的消化系统不是很好，之所以来这儿，是因为大吉岭清新的空气也许可以给他一点儿帮助。等到后面，他才将接近我的目的说了出来："我的妹妹泰努卡很想与你见面。"

　　尽管我对汉拉尔的妹妹没有什么想法，但我又无法拒绝这位忠诚的球迷。所以，我去看了那位名字是泰努卡的小姐，她看上去比她哥哥还要单薄，就跟影子差不多，瘦得不能再瘦。但她对我这个踢足球有名的人很是仰慕，这令我的心里得到一点儿安慰。她以为我答应跟她出来相见还谈话，算默许我对她有特别的想法。

　　唉，老天爷总是捉弄人！

　　等我要离开大吉岭回家时，泰努卡对我暗示道："有一件礼物我想送予你，这是一盆随时都能让你想起我的花。"

真是八卦！我没有说话，以此表达我心里的厌烦。

"这是一种很名贵的花。"泰努卡接着说，"这可是在恒河平原好不容易种出来的。"

"那是什么花？"

"山茶花。"

我吃了一惊，突然间念到一个跟山茶花发音差不多的单词，这个单词仿佛一道闪电割开我阴郁的心。我轻轻地笑，自己对自己说："山茶花，要得到你的心可真不容易！"

我并不明白她是怎么想我的话，但是她的脸忽然红了起来，高兴得几乎浑身发抖。我没有多想，就收下了她的山茶花，心说要是花开了，我就把它送给卡梅拉。

所以，我捧上山茶花往回家的路走去。到火车上，我原本要将山茶花小心放在安全的地方，但之后我明白安顿好这位"旅伴"真让人费心思。最后，我把山茶花藏到车厢的盥洗室里面。

去大吉岭透气的日子如此完结。之后的几个月里没有事可以说一说。我的人生仿佛一汪死去的水，时间如同蠢蠢欲动的青蛙……

等祭神节放假，在绍塔尔族聚居区发生了一件让我十分尴尬的闹剧。聚居区处于一个位置偏远的小山里面，具体的名字我不想说出来，反正是个有钱人都不可能去的地方。

卡梅拉的舅舅家是在这里，他是一名铁路工程师，他的家位于一片娑罗树后的名字是"松鼠的村庄"里面，在那里能望见很远很远处不停起伏的山脉。

村庄不远的沙地里朝外涌出泉水，帕拉斯树上满满的都挂着野蚕茧，甚至有赤裸身体的绍塔尔族牧童坐在水牛背上四处游走。

村庄没有住的地方，我则在离河不远的地方搭了一个帐篷，晚上就睡在那里，陪伴我的只有山茶花。

卡梅拉跟她的妈妈一起到了村庄。在太阳还没冒出脑袋时，卡梅拉撑起一把漂亮的花伞，姗姗行走在娑罗树林里，凉爽的微风温柔地摸过她的脸，小花们在她的脚下一起弯腰，虽然她并没有发现这些。之后她路过一条干净的小河，到河另一边的树下面看书。

虽然她依然没看我一眼，不过我明白，她早就发现我了。

某日，我发现她正坐在河边用餐，那个时候我十分想朝她走去，然后跟她说道："我可以帮你干些什么吗？我能为你打水、砍柴，不远的林子里也许还有脾气很好的狗熊。"

这个时候，我看见她的旁边还有一位身穿英国丝绦做成的衬衫的青年，他坐在那边，伸直了腿，嘴里还叼有一根哈瓦那雪茄。卡梅拉就在旁边漫不经心地玩着蔷薇花，她的旁边还摆有一本英国文学月刊,我看到她的双眼注视着她身旁的青年。

我突然之间什么都明白了,我不应该出现在这安静的小河边,甚至多管闲事到令她没有办法再忍下去了。原来,她一直在躲着我。我应该早点识趣地离开。不过我现在并不想离开,我想在这里再待一些日子,直到山茶花绽放,我再拜托别人帮我送去,完成我一直想做的事。

在等花开的日子里,白天我在外面打猎,傍晚一到帐篷就为山茶花浇水,并仔细地注视山茶花每个小小的变化。

终于,花开的那一刻到来了,我叫为我生火的绍塔尔族姑娘过来,让她进帐篷,并拜托她将这盆山茶花用娑罗的树叶仔细包好,送给卡梅拉。

那时,我手捧一本侦探小说一边看,一边等那位姑娘到来。但那位姑娘没进来,只在帐篷外,我听见她柔软的嗓音:"先生,有什么事需要帮忙吗?"我走出帐篷,却发现一朵漂亮的山茶花正戴在她的耳朵上,肤色黝黑的脸现在看起来十分精神。我突然呆住。

她耐心地再一次问我:"先生,有什么事需要我帮忙吗?"

"我不过想看你戴花是什么样子。"话一说完,我马上开始收拾东西。

4　一个历史悠久的小故事

又想听我说故事吗？不，我现在是说不了故事啦。因为我太劳累了，所以没什么心思说。请让我歇息一下吧！

说不清楚，究竟是哪个人让我达到现在的境界，我实在不懂，你们为什么老是这样子一大群人和我在一起，还鼓励我并对我有所期待。大概是因为天生的性格，你们突然之间对我产生偏爱，并一直想办法维持这种偏爱。

不过，你们莫名其妙地将工作交给我，我是很难接受的。我不会看轻自己的能力，也不会为自己的才能感到骄傲。上天将我做成不懂人性的生物，也没有给予我适合别人赞扬的性子。上天的信仰是：要是你想明哲保身，那么你就在一个没有人的地方生活好了！我的灵魂，也经常渴望能去一个人很少的生活安逸的地方。但是，我不明白是上天故意玩弄我，又或者是它无意安排，非要将我弄到这个人山人海的社会。此时，上天一定捂着嘴偷笑。原本我也想要嗤笑它，但我做不到。

我从没想过，逃离是可用的办法。在军队里，经常有很多逃跑的人：这些人热爱和平，讨厌战争。不过，不管是自己软弱，还是别人诱惑。只要成为军人，到了战场，总想着离开这里，就是可耻的。命运之神对人的安排，其实都没有经过认真思考，所以不是一点儿错误都没有。但是只要命运之神作出决定，人类能做的只有服从。人们自以为清高，自己以自己为中心，即使这样也不算太迟。人世间，这样的事情是屡见不鲜的。所以，一个平凡的、品德又不高尚的并且顽皮的国王，即使仆人也不是完全信任他。没错，太注重荣誉与耻辱，只会做不成大事。只有摒弃自己的欲望，才能获得赞许。

要是你们想听我说故事，那你们过来吧！我应该会说些什么。

不管是疲惫还是灵感，我才懒得理呢！

此时，我记起一个历史悠久的故事。这个故事不是很精彩，不过我猜你们一定很有耐心地听我说完。

很久以前，有一条很大的河，离河不远的地方有一片长得很茂盛的林子，而林子跟河边，则住有啄木鸟与田鹬。那个时候，这片土地的虫蛹很多，所以它俩完全不懂什么叫饥饿，每次都吃得很饱，长得十分肥胖。它俩歌颂大地的恩赐，它们游荡在大地身上。

时间慢慢地流逝，这片土地上的虫蛹渐渐变得罕见起来。

此时，住在河边的田鹬跟住在树上的啄木鸟道："啄木鸟朋友，

世界上有很多人一直以为这个地方又年轻又肥沃,风姿绰约,不过,我现在觉得它既衰老又贫瘠,简直无法入眼。"

"田鹬朋友,"啄木鸟跟着说,"很多人都想,这片林子很有活力,还很优美迷人。可是在我眼里,它死气沉沉的,也只有外表很好而已。"

所以,它俩决定一起证明自己的观点。田鹬飞到河边,用嘴去啄湿软的脏泥,想证实土地是多么的腐朽。啄木鸟也不停地用嘴去啄硬邦邦的树干,以此表现林子有多的空虚。

这两只偏执的小鸟,一点儿都不会唱歌这门艺术。所以,等杜鹃再一次向它们报告土地快要百花齐放,云雀不停歌颂林子重新苏醒时,饥饿的两只鸟一肚子埋怨,坚信自己的看法,不停地埋怨。

你们喜不喜欢这个故事?大概你们并不觉得很喜欢。这个故事唯一的好处就是言语简单。

大概你们从不以为这个故事有多么的历史悠久,但实际上,它的确是世界上最古老的,并且永远都是崭新的故事。这么长的一段日子,知恩不报的啄木鸟,对土地坚定不移的崇高品质,一直都在埋怨。而田鹬对于土地富有丰盛的美德也不停地责怪。一直到现在,它俩都还不停地抱怨呢!

你们大概会问,这个故事里面有悲哀或好笑的事情吗?当然!

不仅有悲哀的，也有好笑的！悲哀的事情是，不管大地有多么的慷慨，树林有多么的宽广，只因一张小小的嘴巴无法找到美味的东西，就狠毒地去中伤与诽谤。好笑的是，虽然经过亿万年的时间，大地一直都这么年轻，树林也依旧枝繁叶茂，要是哪个死掉了，不用猜都知道是那两只心里有妒忌的不走运鸟儿，并且这个世界上再也不会有人想起它们。

到现在，你们知道这个故事想说明什么吗？这个故事不难理解！大概要等你们的年纪大一点，应该会明白的。

5　喀布尔人

我的女儿米妮在她五岁那一年，性格十分开朗，每一天的话好像都说不完。只不过，这不是事情的起点，从一开始她就是这样。她大概在一岁时就学会怎么讲话，从此后，她几乎没有一会儿不说话。她妈妈常常为了这事责怪她，不过就算是这样她也不曾收敛。

但我认为她这样也不错，如果她一下子不说话，我倒还有点不适应。等她不说话的时间再长一点，我甚至感到很不舒服。就这样，我很爱跟她说话，她也爱与我聊天，并且不会觉得厌烦。只要一说话，她的小脸就充满快乐的光芒。

某天早上，我还坐在书桌前写故事。米妮来到我的旁边："爸爸，看门人罗摩多亚将'乌鸦'说成是'老鸹'。他是什么都不明白吗？"我刚想跟她说明这个世界有许多东西的叫法都不一样，她却没有再去纠结这个问题，反而向我问起新的问题："爸爸，博拉说，下雨是大象用鼻子在天上喷水。你看，她老是乱说，不分白天夜晚地乱说。"

我刚准备要跟她说明下雨是怎么一回事，她却问出一个古怪的问题："爸爸，你跟妈妈是什么关系？"我在心里说，你妈妈当然是我心里爱着的人啊，但是我嘴里跟她说道："米妮，我还有事情要做，你跟博拉去玩。"

米妮却不听我的话，而是在书桌边的地上坐下，两只手敲起了自己的膝盖，之后她自己跟自己说起了绕口令，我知道，这是她自己玩的游戏，所以我就将心思放在小说上面去了。

我的故事正好写到第十七章，那是一个月黑风高的夜晚，故事的男主角抱起女主角从监狱的高窗上面猛地跳进河里。紧接着，米妮忽然之间停止玩游戏，而是跑到窗户前，用手指向对面的大街高声喊："爸爸你看！那里有个喀布尔人！你看！是喀布尔人！"

我向她指的位置看了过去，有一个身材十分高大的喀布尔人刚好路过我们门前。他看起来十分萎靡，走路的速度很慢。他身上有一件宽松的衣服，看上去既邋遢又肮脏。他的头巾绑得老高，肩上还扛有大布袋，另一只手里面则拿有几盒葡萄干，在街上吆喝。

我清楚女儿发现这样的喀布尔人会有怎样的想法，但我只见她很高兴地高声叫出来。我觉得这位背有大布袋的喀布尔人今天很有可能面临一场灾难，我的故事的第十七章，看样子今天是完成不了了。

米妮的大声叫唤总算是引来喀布尔人的目光,他发现了我的女儿,并面带笑容地走近。但米妮发现他朝她走近,就猛然冲进里头的屋子躲起来。我在心里想,米妮大概认为喀布尔人的大布袋里面装有几个跟她差不多年龄的孩子。

喀布尔人走到我的面前冲我挥手,他的脸上依然带有微笑。尽管我认为将故事的男主角跟女主角一直放在水里泡着也不是办法,不过既然我撞见了这位喀布尔商贩,怎么说也得买几样东西意思下。

所以我在喀布尔人那里买了点东西,东西买完没多久,我跟他开始聊起天来,我和他从阿富汗人一直谈到英国人,最后我们还谈论一下有关国家的政策。等他快要走时,似乎忽然想起什么一样,他问:"之前向我打招呼的小女孩在哪儿?"

我在心里说,米妮既然把喀布尔人叫过来了,怎么说也得跟他见个面。所以,我去了里面的屋子,耐心地跟米妮解释很久,她才消除了对喀布尔人的恐惧,去了他的跟前。但米妮一直紧紧站在我身边,两眼十分奇怪地看着他,以及他那看起来很大的布袋。喀布尔小贩一见她,马上从布袋里面拿出一些干果递给米妮。可米妮不愿意接,看来她好像越来越觉得喀布尔人很可疑,她朝我靠得更加紧了。

喀布尔人毫不在意地笑笑，什么话都没说，转身走了。这是米妮跟喀布尔人的首次相见。

又过了几日，那天上午，我刚要离开，忽然发现米妮坐在门口的板凳上，她的旁边坐着之前的喀布尔小贩，他们两个人十分愉快地在说话。事实上喀布尔人只是听众，间断地用他说起来并不顺口的孟加拉国语表达自己的几点看法罢了。也许在米妮的一生里，喀布尔小贩是她遇见的第一位这么用心听她说话的陌生人。

小贩一脸笑容，米妮侃侃而谈，她的口袋里兜满一堆的干果。所以我跟那喀布尔人说道："请你别给她那么多的东西。"话说完后，我掏出一枚硬币递给他。喀布尔人并没有客气，毫不在意地接过硬币并丢入自己的布袋子里面。

当我到家的时候，我看到我给的一枚硬币换来比硬币原本的价值要高出一倍的东西。等我发现米妮母亲的手里面举起的那枚硬币时，我开始认为这件事真的是太麻烦了。米妮母亲又开始问她："这枚硬币你从哪里得到的？"

"是喀布尔人给我的。"米妮纯真地回答。

"你怎么可以跟他要钱呢？"

"不是我向他要钱，是他硬要给我。"米妮感到十分委屈。

我正巧到家，又遇到这件事，所以我将米妮从她母亲的数落里解救出来，并向米妮问了一遍才知道，这已经不是米妮第一次跟喀布尔人见面了。每次见面，喀布尔人都会送很多干果来满足这位贪吃的小女孩。

所以没有多长的时间，喀布尔人就跟米妮混得相当熟了。我同样也跟喀布尔人熟了起来，并晓得他叫罗赫莫特。我常常会看见他跟米妮俩人开心地在一起玩，要不然就是说几个逗趣的笑话。

某次，米妮问他："喀布尔人，你大大的布袋子里面到底有什么东西啊？"罗赫莫特微笑起来，他跟她说："布袋子里面有一头大象。"我以为就算他的布袋里面真的有一头大象，这听起来也并不好笑。但他俩却为了这听上去十分一般的话而十分开心。在这个十分萧瑟的秋天，我听着大人跟女孩纯真而又十分爽朗的大笑，心里也觉得很温暖。

他俩也有很天真的对话。有某次，罗赫莫特问米妮："可爱的小姑娘，你准备哪天去你的公公家呢？"

在孟加拉国一般的家庭里，女孩子都明白去公公家的意思是什么。但在我家，米妮从来都没听别人讲过"去公公家"之类的话。因此当米妮听见这个问题时，她犹豫了很久。但她从来都不是简单不说话的人，所以她反问道："你又准备什么时候去公公家里？"

罗赫莫特挥动他的双手道："我过去会将公公打一顿。"米妮并不明"公公"以及警察代表的含义,她隐约察觉到公公要被人打了,感到很可笑,就快乐地笑了起来。

在如此美好的秋天里,很多时间我都待在自己的房间里。尽管对于古代的国王来说,这是为国家扩建国土的好机会,但是对于我来说,去外面玩几乎是一件异常痛苦的事。我如同一株植物,更爱有规律的日子。

尽管我大部分的时间都待在屋子里,但我的心早就环游世界。只要听见什么外国有名的景色,我的心就似乎已经到达那里,看到那里的高山流水,感受那儿自由而开心的生活。

每日早上,在跟喀布尔人罗赫莫特一起坐在书桌前讨论时,我的心就处于游离的状态。喀布尔人向我提到他的故乡,我的眼前马上出现了一幅美丽异国的景象:高到无法攀爬的高山顶端,傍晚的太阳好像从这里沉下;在落日残留的阳光里,有一支驼队驮着货物在弯弯曲曲的山路间前进;驼队中有许多绑上头巾的商人跟旅行的朋友,这些人有的骑上骆驼,有的则在后面走路,还有的手握长矛,也有的手里捧着猎枪……

虽然罗赫莫特现在差不多是家里的熟客,但米妮的妈妈对喀布尔人表示出忧心。她一直都这样的警惕与小心,就算是听见街上有人们热闹的呼喊,她都认为是坏人们聚集在一起闹事,可能会马上冲进家里。她认为这个世界上几乎都是小偷、强盗、醉酒的人和毒蛇猛兽,还有疾病、毛毛虫和蟑螂。尽管她自己生活在这个世界上许多年,可忧虑还是常常盘旋在她的心里。

她经常提醒我,你一定要小心喀布尔人。但我以为她不过是庸人自扰,所以对她的提醒也没放在心上。不过从不愿放弃她的观点,所以她接着说:"你是没听别人谈过小孩儿被人拐卖的事件吗?你不清楚喀布尔到现在也有奴隶买卖?这个喀布尔人已经成年了,一个小女孩跟这样的人相处难道不会遇到危险吗?"

尽管我在心里肯定这种事不会发生,可不管我怎么说,她都不想相信。我很想让妻子的这种顾虑消失,我试图跟她说明白,但她从来不听,心里自始至终都有顾虑。但就算这样,我也不应该莫名其妙地拒绝罗赫莫特的接近吧?

每年的第一个月,罗赫莫特都会回喀布尔看望亲人。在他走之前,他会沿着街道向住在这里的人催收他们欠下的钱。不过就算他很忙,也会抽出时间过来看米妮,别人发现这样的事情,都觉得他俩是不是有什么不为人知的关系。一般罗赫莫特若是上午没来,那么他在下午的时候一定会来。有时我会在黄昏的时候忽然看到罗赫莫特背上他的大布袋待在房间里,心里面都有点紧张,但当我看见米妮笑着去迎接他,冲他叫"喀布尔人!喀布尔人",

然后两个人跟以前一样相处十分开心的时候,我突然感到我是不是太过于紧张了。

某天上午,我正坐在书桌前审阅稿件。那天天气很凉快,隐隐可以察觉到一丝寒意。不过温暖的阳光从窗户射进来,照在我的脚上,让我觉得很舒服。

这原本是清早起床做生意的小贩们顶住寒风回家的时间,但忽然间,街上一阵吵闹的声响传入我的耳中。我往窗户外面看了过去,就看到两个警察困住罗赫莫特从对面的街头走过,身后有来回跑的一群孩子在看热闹。一个警察手里正握着一把沾血的刀子。我匆匆起身,走到门外,问警察事情的情况。

在街坊沸沸扬扬的讨论声里,我认真地问警察与罗赫莫特,最后明白事情的经过:原来是罗赫莫特的某个顾客欠罗赫莫特的钱不愿意还,罗赫莫特因此跟他吵了起来,再后面争吵就演变成口不择言。罗赫莫特突然一冲动,一刀将那人给刺伤了。

罗赫莫特还不断地斥责那欠钱不还的顾客时,米妮小跑过来向罗赫莫特叫:"喀布尔人!喀布尔人!"罗赫莫特一瞬间平静下来,并向她露出一抹笑容。但因为现在的情况,他没有办法再跟米妮愉快地聊天,于是他什么话都没说。

米妮忽然问:"喀布尔人,你是去公公那里吗?"罗赫莫特微笑着回答："对呀，我刚想过那边去！"但这次米妮没笑出来。罗赫莫特向米妮扬起他那双被手铐铐住的手，跟她说："瞧，我的手变成这样子，我没有办法去揍公公了……"米妮从头到尾都没笑，她似乎可以感觉到去公公那里不是件好事。罗赫莫特也没再说话，他被警察押送离开了。

我将米妮带回家里面，安慰她很长一段时间才令她逐渐地将这件事忘记。之后我听别人说罗赫莫特因故意伤人罪，被罚关在牢里几年。我和米妮就这样一点点地淡忘了他。不过我依旧每日都待在书桌前面，做着我一直在做的事。

时间过得真快啊，我很快就将那在牢狱经受苦难的喀布尔人给忘了，米妮也交了新的伙伴，她也同样地将她那位老朋友忘掉了。我并不是很喜欢米妮有了新朋友就忘了旧朋友。但看着她慢慢地长大，她几乎再也没与男孩子做游戏，却只跟玩得好的女孩子相处。同样地，她来我的书房缠住我的情况也越来越少，跟我的关系也变得有些疏远。

过了几年，又是一个神清气爽的秋天，米妮订婚了。结婚的时间就定在最近的节日。只要想起亲爱的女儿就快从我身边离开，而去她公公家住时，我的心里感到十分的失落。

结婚的那天，上午才下了一场秋天的雨，空气顿时变得异常清新，就连阳光也被这场雨洗得干干净净，将整个城市照得五光十色。喜庆的乐曲在天还没全部亮时就在我家里奏起。我听着这首乐曲，却感觉心里在不断地痛哭。喜庆的音乐带上我的哀伤，又掺上耀眼的阳光，响彻了整个天空。这一天，米妮将从我的身边离开，去她的公公家了。

热闹的人们在我家来来回回地做事，庭院中搭上招呼客人的棚子。屋子被装扮得十分华丽，不管是哪个地方都充斥着快乐的笑声。

我一直都待在书桌前翻看从前的一些小物件，忽然，罗赫莫特进来了。他朝我道声好，不过我一时间没反应过来是谁在向我打招呼。因为他现在跟以前不太一样，他高大的身材看不出以前的精神，更何况连那只大布袋也没背上。但是，我依然从笑容中将他认了出来。我跟他道："罗赫莫特，你是怎么过来的？有什么事吗？"

他跟我说："就在昨晚，我从牢狱里出来了。"他说出来的话令我感到并不适合现在这种情况，如今我竟跟一个动手刺伤我的同胞的人距离这么近，现在再一次看见他，我并不觉得有多高兴。我希望他在今天这个我女儿结婚的日子里，能够马上离开，对于我来讲这更令我高兴。

所以我跟他道："你也看见了，现在家里有事，请你马上离开！"

他听见了我说的话，转过身向门口走去，忽然之间，他面带犹豫地停下来："我可不可以再跟你的小姑娘见一次面？"

大概是他的记忆里一直都留有米妮小时候的样子，他大概希望米妮再一次看到他并冲向他叫"喀布尔人！喀布尔人！"，大概他又希望他跟米妮可以像从前那样子开心地谈话。我发现他带着一小包用纸包住的干果，这是罗赫莫特对于他们之间友情的一种纪念。我想这包干果应该是他向他的同胞那边要来的，因为他在之前就失去了大布袋。

"家里今天要办一件十分重要的事，"我跟他说，"米妮不见任何人。"他听完我跟他说的话，脸上露出很失望的表情，他愣愣地待在原地想了很久的事。之后，他用看起来很没精神的双眼看了我一眼，跟我道："再见，先生。"然后转过身要离开。

我突然感到很抱歉，正想将他叫回来时，他却转回身，来到我面前，将那包有干果的小纸包递在我面前说："请你将这些干果交给她。"

我接过干果，又想取些钱递给他，忽然，他用力地抓紧我的手："先生，请你别给钱。我知道你是个好心的人，我一辈子都不会将你忘记。我之所以来你们家并不是想赚钱，而是在家里，我也有一个年纪跟你的女儿差不多的女孩，一旦我思念她，就带上干果送给你女儿。"

他边说边伸手在他的衣服里找了很久,才掏出一张又皱又脏的纸。他小心翼翼地将纸敞开,我发现那张纸上面是一个很小的手指印。这让我感到一点儿意外,因为上面并不是我想的相片或者是一幅画,而是看起来十分清楚的手指印。

罗赫莫特一年里大部分时间都在加尔各答做生意,但他常常将他对女儿的记忆揣在怀里。这手指印仿佛是他女儿小小的手,可以抚慰他思念家乡的难过。

看见这小小的手指印,泪水突然从我的眼里流了出来。我将我跟他的隔阂完全忽略掉,他是从喀布尔来的小商贩,我是孟加拉国高贵的人。我和他两个人的相同点是我跟他都牵挂着自己的女儿。

我马上派人将米妮叫进书房,虽然大多数亲人朋友不赞同,但我依然这样做了。米妮来了,她身上是一件美丽的嫁衣。新娘米妮一脸羞涩地站在我的旁边。

罗赫莫特一见到她,脸上顿时露出惊讶的表情。他明白,他现在再也没办法像以前那样跟她愉快地聊天了。所以他面带微笑地说:"小姑娘,你现在是要去你公公家吗?"

米妮一听他的话,脸颊突然红通通的,并背过身去。我突然回想起从前,他俩相处的场景,心里默默地感到哀伤。

最后，米妮一言不发地走了。罗赫莫特长长地叹息一声，然后坐在地上。也许他是记起他的女儿，现在，她应该也到结婚的年龄了吧。

温暖的秋阳里，罗赫莫特伴随着喜庆的乐曲，孤独地坐在加尔各答一条小小的巷里，他怀念远在阿富汗的故乡。我走到他的身边，将一张支票递在他面前说："罗赫莫特，将这个带回去吧！去探望你的女儿！我祝你跟你的女儿能一起共同享受生活的乐趣，你的幸福也能让米妮感到幸福。"

6　报答

  大嫂今天又对拉什莫妮说了很多难听的话,不仅仅污蔑了拉什莫妮,还将她的丈夫拉塔木孔德也给骂了进去。大嫂在她的眼里已经没有形象可言,她在拉什莫妮的眼里根本就是个又刻薄、又狠毒的人。

  不过,她的丈夫晓得这件事后,几乎没有什么反应。他表情平静地将晚饭吃完,并很有兴致地开始抽烟,嘴里面还不停地咀嚼可以助消化的枸酱叶。从头到尾,他一直都是从容的样子。那根烟抽光之后,跟平时一样,到了一定的时间就上床睡觉了。

  但拉什莫妮心里始终赌着这口气,所以那个夜晚她的行为跟平常不大相同。拉塔木孔德看在眼里,可是一句话都没说。快睡觉的时候,她终于按捺不住,几步闯进睡觉的房间,也没看拉塔木孔德,将头埋在床边就开始痛哭。床都因她的痛哭而颤抖。

  拉塔木孔德依旧一句话都没有说,并且他还用枕头堵住耳朵。但是拉什莫妮哭号的声音实在令他睡不下去。他明白,妻子之所以哭,是因为他漠然的对待态度,所以他小声地跟她说:"明天我得早起,做一件十分严肃的事,现在,我们应该睡觉。"

拉什莫妮没有因为他的话而平静,她哭得被子上都是泪水。拉塔木孔德问:"因为什么事情而哭?"

"今天大嫂说的话你是没听到吗?"她抽泣着说。

"因为这件小事?大嫂其实并没说错什么。我从小都是哥哥带着长大的,你身上穿的、戴的,的确都是用哥哥的钱买下来的。既然我们接受了哥哥的帮助,你为什么又不可以跟接受衣服首饰一样去接受大嫂对你说的话呢?"

"这能跟吃穿比较吗?"

"不管怎么说,生活总得接着过啊!"

"再继续这样的日子我还不如死了的好!"

"你如今不还活着嘛,我请求你在我快要死之前能先睡下觉吗?哭了这么久,应该停一下别哭了。"话音刚落,拉塔木孔德就先做了个榜样——他一下子就睡着了。

他们口中提到的哥哥,名字是绍什布松,他不是拉塔木孔德的同胞哥哥,准确地说,他们之间没有一点血缘关系。他们只不过是来自同一个地方的好朋友罢了。也正因为他俩相处得比一般人要好得多,甚至比亲生的兄弟还要好,因此大嫂布罗久逊多莉感到十分地厌恶。

绍什布松对他的好朋友拉塔木孔德夫妻真的照顾得太好了，他去街上买东西的时候第一个想到的是他弟弟的妻子。要是他无法买到两个一模一样的东西，那么就会将买到的东西送给他弟弟的妻子。

除此之外，绍什布松十分相信他的弟弟拉塔木孔德，不管什么事都跟他的弟弟讨论，对于弟弟说的话从不反对。在这里大嫂又没有了立足的地方。

因为绍什布松不会处理家务，两户人家发生的所有事情全部都是拉塔木孔德在处理。所以大嫂经常猜测拉塔木孔德是不是在暗地里欺骗她的丈夫，但是她从来都没有找到证明她观点的依据，所以她越来越讨厌拉塔木孔德。由于没找到证明她观点的依据，所以她常常很生气。她的怒火跟火山里的岩浆一样，沉默的时间长了，火山当然会喷发，所以大嫂时不时会给拉塔木孔德的家里人脸色看。

次日上午，拉塔木孔德一从床上起来，就一脸不高兴地去找绍什布松。哥哥发现拉塔木孔德的脸色很不好，关怀地问他："弟弟，你看上去似乎不是很好，你生病了吗？"

拉塔木孔德有些犹豫，他小声地说："哥哥，我想从今以后不跟你们来往了。"之后，他跟绍什布松说出之前大嫂说拉什莫妮坏话的事。

绍什布松听他说完，不由地哈哈大笑："这种事情又不是第一次发生。大嫂的出身跟我们不一样，所以才爱唠叨几句。要是所有人都因为亲人骂了几句就想分家，那岂不是所有的家庭都得分？我时不时也会听见她向我说些什么，要是按你的说法，我是不是也应该离开这个家？"

拉塔木孔德说："并不是我无法忍耐大嫂说些什么，因为我是一个男人，我的心胸当然要比女人宽阔，所以我是不会计较的。我只不过为你担忧，要是我跟哥哥你还住在一起，那你就不好做人了。"

绍什布松道："难道你认为你离开这里我就好做人了？"

拉塔木孔德就没有再说话了，只能叹着气走了，他感觉总有点东西堵在他心里。

之后的几天，大嫂对他们越来越不好，说话的语气也越来越可恶，时不时都会说拉塔木孔德几句。大嫂尖锐的话语如同一把尖刀，不断地刺伤拉什莫妮的心。拉塔木孔德一如既往地抽烟没有说话，看到拉什莫妮又向他哭闹时，他索性倒在床上装成他在睡觉的样子，可实际上他感到十分的难受，几乎承受不了了。

拉塔木孔德与绍什布松相处得实在是太好了，很小的时候他们两个人就一起玩，一起读书，一起欺骗老师，一起离开学校去外面，一起听大人跟他们说故事。拉塔木孔德到现在都记得儿时有一次他俩夜晚悄悄从家里溜出来，到其他的村子看马戏团节目，没有想到在次日上午家人发现了他们两个，所以他们受到了家人十分残酷的处罚。那个时候，他们都还没有娶妻。

拉塔木孔德眼睁睁地看着他跟哥哥坚固的友情慢慢地被粉碎，甚至在心里质疑他跟绍什布松的关系：难道他们两个人背后也藏有人类的自私吗？是不是要继续他们的友谊，就得将他们妻子的幸福给牺牲掉？他经常被这两个问题折磨，同时他的心也被这两个问题伤害到了。他不明白，如果他们继续这样的生活会有怎样的后果。但是日子没过多久，有一件改变两家人的事情发生了。

那天，拉塔木孔德听到绍什布松没有纳税，所以他仅剩的田产都被国家给收回去了，拉塔木孔德很淡定地道："这都是我的错！"绍什布松也跟他道："这不关你的事，我要交的税在送去国家的路途中遭人抢劫，就算是你也没有办法解决。"

绍什布松认为没有必要再浪费时间专门讨论这件事的经过，因为他们的日子要继续过下去。但绍什布松已经没有钱财去维持家庭正常的开支，他顿时掉进了人生的低谷。

绍什布松原本是想将妻子的首饰送去典当，这样好过日子，但是拉塔木孔德拦住了他,并给他们送上许多的钱。原来,拉塔木孔德在知道这件事情之后果断地将妻子的首饰拿去典当了,这才凑够了绍什布松家过日子需要的钱。

从这以后,他俩的关系变得不太一样了。要是之前,大嫂一定巴不得马上将拉塔木孔德一家人都赶走,但是现在,她只能依靠拉塔木孔德一家过日子。她明白自己如今需要拉塔木孔德的帮忙,于是她就没再说拉塔木孔德一家的坏话了。

拉塔木孔德通过自己的努力,最终在离家不远的地方找到一份律师的工作养家,并且收入也不错。得到这份工作之后,由于他出色的才能与稳重的性格,很快获得了不少名气客户的关注。

拉什莫妮的地位也因此有了很大的变化,如今是她用自己的钱养着绍什布松一家人,所以她现在当然能得意了。虽然她并没有在大嫂面前刻意表现得有多么的嘚瑟,可从她的眼里还是可以看到一点傲慢。有一次,她在大嫂眼前小小地表达了一点她对大嫂的不满,拉塔木孔德马上就将她驱逐到她的娘家了。最终还是在大嫂的请求下,拉塔木孔德才让她回去。于是,她在大嫂跟前显得比之前还要温和与谦卑,对待大嫂也很是尊重与关怀,几乎像是一名女仆。

家里管钱的办法也有所变化,拉塔木孔德将所需要的花费首先交给大嫂。而拉什莫妮如果要花费时,必须要去大嫂那边领取。

但是大嫂跟之前几乎没什么不同，她的地位得到保障。不过绍什布松跟从前也没什么不同，他一如既往地偏爱他的弟妹。

所有的努力好像并没有让绍什布松遭遇的事情变得好一点，尽管可以从他的脸上看到微笑，但他的身体像是被病魔缠上了一样变得越来越差。细心的拉塔木孔德知道这件事后，几乎每个晚上都睡不着。拉什莫妮经常发现她的丈夫一直在床上叹气，翻来覆去地不睡觉。

拉塔木孔德安慰绍什布松道："哥哥，你别担忧家里的事。我会将你的田产赎回来，这是我的责任，再过不久这件事就会变成现实。"过了没多久，拉塔木孔德将他哥哥的田地给赎了回来。花费的时间虽然说是不久，但事实上用了十年。在这十年的时间里，绍什布松变得越来越老，等再一次获得了他的田地，他的脸上却没有露出一丝笑容。他的心如同破旧的钢琴，不管你怎么去调试，钢琴的音色都无法像之前那样好听了。

村庄的人因为这件事感到很开心，所以他们希望绍什布松能够办一个宴会好好庆祝一下。绍什布松与拉塔木孔德提起这件事时，拉塔木孔德很赞同："这么好的一件事是要跟村里的人一起开心。"

所以，村里不管是老的还是小的，所有的人都获得了他们的开心，祭司们也得到十分丰盛的报答，贫穷的人都得到一些钱财的帮助，宴会的主人公绍什布松赢得村子里所有人的祝福。

宴会用了三天的时间才弄完，绍什布松的身体也累坏了。现在刚巧到了冬天，他告诉别人他之所以会病倒在床上，是天气不好和太过劳累的原因。他的高烧几乎没有退下来，中途还伴随着呕吐跟其他的症状。拉塔木孔德马上请来了医生为绍什布松诊治。

但医生在看完之后表示没有办法："他的病严重到没得救的地步了。"

那天深夜刚过去没多久，绍什布松的床前只有拉塔木孔德了。拉塔木孔德对绍什布松道："哥哥，你去世之后，家产应该怎么处置？"

绍什布松的嗓音变得异常的虚弱，他跟他的弟弟说："我最好的弟弟，现在我几乎没家产可说了。"

拉塔木孔德的声音变得小了起来："我的家产，这些全部都是你的！"

绍什布松道："大概吧，要是以前的话可能还是我的，只不过如今我无法拥有。"拉塔木孔德什么话都说不出来，他不断地为绍什布松盖好被子。这个时候，他哥哥的呼吸变得更加的微弱。

拉塔木孔德似乎下了很大的决心，忽然将这份沉默打破，他坐在绍什布松旁边，抱住了他的兄长："对不起，我的好兄长，我之前做出一件非常大的错事,如今,我想将它告诉你。"

不清楚绍什布松的力气全部都流失了,所以无法问拉塔木孔德,还是他的心里在想着什么,反正他依旧一句话都没有说。

拉塔木孔德深深地叹了口气:"哥哥,我从小到大都不善说谎话,这件事你也明白。但是除了你,其他人都无法理解我在想些什么。从小到大我们两个都是好朋友,我跟你的心里对对方都抱着相同的诚挚感情。但我的心里一直有一道跨不过去的坎——我跟你的出身,你是富贵家庭的孩子,但是我来自一个十分贫穷的家庭。这道坎我不仅没有办法跨过去,而且它将我跟你的关系拉得越来越远。最后我想将它克服,所以,我……就是我要别人将你的税款给劫去,害得你失去你的财产。"

绍什布松并没露出一点惊讶的表情,他甚至向拉塔木孔德露出一个笑容,他的嗓音还是那么的虚弱,慢慢道:"我最好的伙伴,我当然明白你做的事。但是,你的心愿现在是否得到满足?在这里面,你获得什么了?希望上帝能够保护你!"话音刚落,泪水从他的眼里流了出来,可是他的表情依然十分的平静。

拉塔木孔德将绍什布松的身体紧紧地搂住说:"我亲爱的兄长,我恳求你原谅我的错误。"

绍什布松道:"我最好的伙伴,在很早之前我就明白你做的事了,跟你一起做这件事的人将它告诉了我。但在我知道这件事的第一秒我就原谅你了。"

拉塔木孔德哭了出来,他脸上满是后悔:"我最爱的兄长,请你将我的财产全部接手吧,请你别生我的气好吗?"

绍什布松这个时候没有一点力气回答他的话,他平静地注视着他的弟弟,慢吞吞地将他的右手举了起来。大概,他做出的手势也就只有拉塔木孔德一个人才知道是什么意思。

7　笔记本

　　小乌玛自从知道怎么写字之后，就将她的"墨宝"痕迹留在屋里所有能写字的地方，就算家里的人都以为她不过是在恶作剧，她也觉得十分开心。

　　屋子的四面墙上满满的都是她用木炭写的字：水一直在流，树叶缓缓落下；甚至她嫂子枕头底下藏着的那本书上面，也都是她的字迹：花是黑色的，水是红色的；屋里的一本日历也没能逃过这一劫，她写的东西把日历上所有的地方都盖住；她父亲记账的本子上也是她写的语句：要是有人会读书写字，那么他就会骑马乘轿。

　　对于写字，她一直都保持着极大的兴趣，不管是什么时候都不会因为别人说些什么而受到打击。直到之后发生的那件事，让她明白了"学海无涯苦作舟"这句话到底是什么意思。

　　小乌玛的哥哥名叫戈宾德拉尔，尽管他看上去不是一个精明的人，但他写出来的文章差不多每次都会出现在报刊亭的报纸第一面上。他说话有条理，听上去也蛮有道理，别人对他很是佩服。

某次，戈宾德拉尔看到解剖学书上面有一处错误，就写出一篇批判的文章。但是他的文章一不小心让小乌玛给发现了，趁着哥哥不在家，她用哥哥的笔，在那张纸上面写下一句话"葛巴尔是一个十分听话的好孩子，他吃饭总不会挑剔"。

等哥哥从外面回到家，看见自己写的东西后面有小乌玛的一句话，他认为这简直就是对读这篇文章的人的嘲讽，所以他很气愤地将小乌玛打了一顿，还将小乌玛创作用的铅笔与钢笔给没收了。小乌玛为此很不开心，她不明白自己做错了什么事情，为什么哥哥要这么对待她，所以她藏在角落里呜呜地哭了起来。

没有多久，戈宾德拉尔觉得自己错了，他认为这样对小乌玛是不对的，所以他将她的两支笔还给小乌玛，并且买了一本漂亮的笔记本送给她，希望妹妹不要再伤心了。

小乌玛再一次变得开心起来。从此以后，她的身上每天都带着这本笔记本，就算是她在睡觉，也会十分谨慎地将笔记本藏在枕头下。

这一年，小乌玛刚好七岁，她被爸爸妈妈送到了女子小学去上学。但是，那一本笔记本，她依然好好地带在身边，周围的小朋友们看到了十分的羡慕。

小乌玛去学校读书的第一年，在笔记本的一张纸上面留下一句话:"小鸟们在唱歌,嘹亮的歌声将黑夜从黎明的身边驱逐。"之后的日子,她独自藏在自己的房间里,不断地在笔记本上面写些什么东西,在家里,原本能够看到她"墨宝"的地方已经没有再出现她的字了。她写得越多,就觉得越高兴,时不时地,还能听到她在大声地朗诵自己写出来的东西。没有过多久,她的那本笔记本上面就写了非常多的诗歌与散文。

等到第二年,她写出了她的第一篇文章——依然是在她的笔记本上,尽管只有几句话,但是可读性非常强,不过遗憾的是,那篇文章没有开头与结尾。

那本笔记本上面还抄了一些在别的地方看到的寓言小故事,小乌玛还在故事的结局那里添上一句话:"我很爱乔什。"但无论在哪一本已知的书里面,都无法找到这句话的踪迹。

可是就算发生了这样的事情,也不足以说明小乌玛喜欢上了某个名字是乔什的男孩,实际上,乔什是小乌玛家的一名女仆的姓名简称。通过这一句话,我们也无法推测小乌玛到底是不是真的喜欢乔什。要是有人希望能把这句话看成是中心思想写出一篇故事,那么你可能还得在小乌玛的笔记本里找创作的材料。但是,你所寻到的材料将令你十分惊讶,因为,论点居然变得不一样了。

像这种句子,可以常在她的笔记本中看见。从她写出来的作文里，也时不时地能发现这种句子。比如说，在笔记本某一页上面还有一句话："我跟霍里将永远不再是朋友了。"这句话之后的一些文字会让别人更加的吃惊，因为这一页写的全都是那个叫霍里的人对待友谊是怎样忠诚，这个人几乎是前无古人，后无来者的好朋友。

等小乌玛九岁的时候，家中有唢呐的声音传出来。原来，小乌玛要结婚了，她要嫁的人，是她哥哥的一个朋友，叫彼力莫宏。彼力莫宏的年龄同样不大，同样也喜欢阅读书籍与写字，只是他的想法却如同封建社会的人，十分保守。但是他在保守旧习俗的街坊里有着非常好的声望，就算是戈宾德拉尔，都希望变成他的样子，只不过他觉得变成他那样很不容易。

小乌玛换上漂亮的纱丽服，脸上蒙着面纱，头上也装饰着精美的首饰，眼中含有点点泪水，之后她就得嫁出去了。母亲跟她说："我可爱的女儿，你嫁到那边去之后记得一定要听婆婆的话。勤劳地做家务事，以后不可以继续看书与写字了。"她的哥哥也走过来嘱咐她："你千万要记得我说的话，千万不可以往他家的墙壁上面乱写乱画，就算是彼力莫宏写出来的文章，同样不行。"

小乌玛的心里变得很紧张，她突然察觉到她即将到达的地方将会是一个跟家里完全不同的地方。在那个地方，没有原谅，全是缺点、错误、罪过，甚至要承受对方骂她的话语，可悲的是她必须要适应那个地方。

唢呐声十分响亮,她从门口离开了。这个时候她在思考些什么东西,她眼中流出的泪水到底含有怎样的感情,我们不能明白,这只有她自己才清楚。

在笔记本中,小乌玛写出来的那一位让她既爱又恨的仆人乔什也跟随小乌玛一起去公公家。但是她只在那边待不长的时间,一阵子之后她还得从小乌玛身边离开,所以,剩余的时光小乌玛只能自己面对。乔什进行了很长一段时间的心理挣扎,她最终还是将那写有"诽谤"她的语句的笔记本给小乌玛带到那边去了。

而那本笔记本可不只是小乌玛的嫁妆这么简单,里面还有她对于之前美好日子的记录,更是饱含爸爸妈妈的爱的史书。尽管她在上面留下的字迹看起来很不好看,但对于即将成为别人妻子、承担起家庭责任的小乌玛来讲,这本笔记本令她在休息时间里,能勉强怀念之前那种既自由又美好的日子。

小乌玛去公公家那里没过多久,所以她的笔记本上还是十分干净。

过了一段日子,乔什从她的身边离开了。这是一个上午,小乌玛回到卧室,把门关紧,之后从盒子里取出她藏起来的笔记本,她的眼中全是泪水,并写下:"乔什离开了我,我也希望能够离开这里。"

小乌玛在这里每天都要做很多的家务事,所以她几乎没有一丁点的空闲时间可以在笔记本上面抄寓言故事之类的了,也可能是她不再喜欢这样。所以这段日子,她在笔记本里留下的都是十分简短的话。她在乔什走的那天写的语句之后添上一句:"要是哥哥马上过来带我离开这里,我就不会再在他的文章上乱写了。"

据说,小乌玛的爸爸也想把她带回家。但戈宾德拉尔跟彼力莫宏想法一致,即不让小乌玛实现她想离开这里的愿望。

戈宾德拉尔说:"小乌玛如今正在学习该怎么对待她的丈夫。要是将她带回来,爸爸妈妈对她的宠爱将让她变得更任性。"小乌玛的哥哥为了向他的父母证明他说的没错还专门写出一篇文章,在文章中不仅有严厉的说教,还有尖锐的嘲讽。这篇文章写出来之后,受到许多跟他有相同想法的读者的追捧。

当小乌玛听说了这篇文章后,她又接着在她的笔记本上写下一句话:"哥哥,我恳求你,求你快带我离开这里吧,从此以后我不会让你不高兴了。"

那天,小乌玛再一次将卧室门关上,藏在屋中,在笔记本上面留下几句随笔。可是,她丈夫的妹妹迪洛克梦久无意间看到了小乌玛的这个异于平常的动作,她对嫂子在房里偷偷摸摸的举动感到十分奇怪,所以想过去看下嫂子在干什么。她透过细细的门缝往屋内看去，看见小乌玛用笔在笔记本上面写些什么东西。这幅画面令她非常吃惊，现在的女孩子，有文化的还真是不常见。

所以她不动声色地继续待在原地看小乌玛，没过多久，她的妹妹诺克梦久同样被她姐姐的举动给吸引了，所以她也伸出头来学着她的姐姐，透过门缝往里面看。又过了一会儿，最小的妹妹奥伊戈梦久跟着到了卧室外面，只不过小妹妹的个头真的是太小了，只有踮起脚尖才可以勉强看清楚里面发生了什么。小乌玛随意地在笔记本上写些什么，忽然，她隐隐约约地听到门外有声响传了过来。她马上明白，外面一定有人在偷看她，所以她小心地将笔记本给藏了起来，之后她往床上一躺，又用被子蒙住脸。似乎这样别人就看不到她之前做过的事。

当彼力莫宏知道这件事情之后，心里有些担忧：要是女人接触到了书籍与知识，那在后面就会将许许多多的剧本跟小说引入，而剧本与小说这样的东西会影响女人的思考方式，让她们不再遵守家里的规定，到那个时候要想令他的家庭变得安宁会十分困难。

所以他马上思考该怎样解决这个问题，最后，他终于想出一个很好的办法。他甚至连借口都想好了：婚礼是阴和阳在一起的产物，需要阴阳互补与协调。一个女人，她要是碰到书里面的思想，那么她的阴性将变得十分的虚弱，到时候阳性会变得十分强大。而最后

的结局是阴阳失去平衡,婚姻不复存在,女人因此变成一个寡妇。

想到这里,他不禁露出一个笑容,他觉得他的借口很棒,这个世界上没几个人能反驳。

所以一到夜晚,彼力莫宏一边说着自己的借口一边狠狠地骂小乌玛,之后他又道:"你觉得戴上律师的头巾就真的是个律师了?你觉得手里握支笔你就有一份工作了?"

小乌玛听不懂他说些什么,因为她根本没读过彼力莫宏写的文章,所以她还没有办法理解他特别的笑话。但是她的心里感到非常的难过,她甚至在想,要是这个世界上有两个她就好了,这样她就可以不管别人的想法,自由自在地做她想做的事。

之后很长的一段时间里,她再也没在她的笔记本上面写下新的文字。直到一个秋天的上午,小乌玛忽然听到一阵优美的歌声,那是来自外面一个正在乞讨的女人的歌声。她唱出来的歌是关于一位女神的。小乌玛忍不住将耳朵贴上窗户的玻璃,安静地听那个女人唱歌,这令她想起了小时候的事情,她感到十分怀念。

小乌玛并不会唱什么歌,不过她有一个将别人的歌词记录在笔记本上的习惯,仿佛是她在用笔唱歌似的。

那个乞讨女人的歌声让她感到一阵伤感,泪水都流了下来,所以她将乞讨的女人叫到家中,让女歌手重新再唱一遍,而她则把歌词记了下来。

不幸的是，迪洛克梦久、诺克梦久与奥伊戈梦久再一次看到了她的动作，她们三人一起悄悄地在门外看了很久，最后三人齐拍手掌喊："嫂子，你干的事我们看到了！"

小乌玛一听见她们的叫喊，匆匆忙忙跑去将房间的门打开了，又跟那三姐妹道："我的好妹妹们，我请求你们千万别将这件事情跟别人说啊！我求求你们，从此以后我不会再做这种事了，我不会再写笔记了。"

但迪洛克梦久的目光紧紧地盯住小乌玛的笔记本，压根没把小乌玛的话听进去。小乌玛一看到她的目光，马上冲进屋里，双手用力地将笔记本护在怀里。三姐妹很奇怪，她们都闯进来争夺小乌玛的笔记本，但小乌玛用尽全力地保护，所以三姐妹们并没抢到笔记本。最后，哥哥被她们喊来了——那是小乌玛的丈夫彼力莫宏。

她的丈夫一进卧室，就一脸冷漠地坐在床头，忽然之间，他朝小乌玛吼道："快将那本笔记本拿出来！"小乌玛一如既往地抱紧她的笔记本，待在那里一步都没动。彼力莫宏见小乌玛没有交出笔记本，声音变得更大："快拿出来！"

小乌玛在原地没动，但她看向她的丈夫的目光里，满满的都是无助的悲伤。彼力莫宏没有再等小乌玛交出笔记本，而是上前争夺。小乌玛被他吓得猛地将笔记本扔了出去,最后无力地瘫软在地。

彼力莫宏得到笔记本之后,就当着三姐妹和小乌玛的面,高声地将笔记本里面的内容读了出来。每听他读出一句话,小乌玛就深深地将脸向地面靠近,她几乎希望自己能够陷入地下。但三姐妹听彼力莫宏每念出一句话就哈哈地笑,她们笑到连腰都直不起来了。

直到所有人笑够之后,彼力莫宏称心如意地走了,只留下小乌玛自己倒在地上。他在走之前顺手拿走了她的笔记本。

从这天开始,小乌玛就没再看到她的笔记本。但彼力莫宏却拥有一本笔记本,笔记本上写着一些文笔非常好的文章,还带有几句带刺又刻薄的话,并且一直都没人去争抢或者销毁这本笔记本。

8　素芭

一

这个女孩降临到这个世上的时候,大家都没有料到她居然是一个哑巴。她还有两个姐姐,名字分别是素岂细妮和素哈细妮。她的父亲便给了她一个相似的名字,叫素芭细妮,大家都喊她素芭。

当她两个姐姐出嫁的时候,依据当地的习俗,她们首先是被人再三地观看,之后又送上了大量的陪嫁之物。现如今,父母又开始担忧这个说不了话的小女儿素芭的婚事,那就好像是在他们的心里压上了一块沉甸甸的巨石。

大家都认为哑巴是不会有自己的感受的,所以就算当着她的面也会丝毫不加掩饰地表示自己的担忧。其实在她很小的时候,她已经感受到了这些,她认为自己是带着诅咒来到这个世界上的。她常常回避着别人的目光,独自一个人孤寂地待着,把自己和外面的世界隔离。她时常在心里想:倘使大家能把我忘记,我的感受反而会更好。

但是不会有人会忘记她,特别是她的父母,他们为了她的未来没日没夜地忧心。在她母亲看来,这个小女儿没有能够完整地完成对自己血脉的继承,认为小孩子是父母身体里的一部分,小女儿的残缺让她觉得非常的羞耻和惭愧。

素芭的父亲对她十分疼爱,给予这个小女儿的疼爱超过了她的两个姐姐,但是她的母亲对她的残缺却一直耿耿于怀,一直认为这是一种羞耻,所以非常讨厌素芭。

素芭有一双又黑又大的眼睛,并且有着很长的睫毛。她的嘴唇是如此漂亮,如花瓣般的美丽,但是无论她如何张着嘴,用尽力气地叫喊,都没有能说出话来。哪怕是一个正常人,要用语言来表述自己内心的想法也不是那么轻易地就能做到,甚至有的时候还需要别人的翻译;就算完完整整地表述出了自己的观点,还常常会因为表述方法的不一样而产生错误的理解。但是素芭的那双大眼睛就像一张灵活巧妙的嘴一样,准确而清楚地表述着自己的情感。她眼睛的光芒能将所有的情感完全地表达出来了。

她的眼睛有时候大大地睁着,有时候紧紧地闭着,有时候散发出奇异的光彩,有时候黯然无光;有时就像空中的月亮,干净温柔;有时又像是快速的闪电,光芒乍现。先天的哑巴只有依靠自己多变的脸部神情来表达自己,但是人们却能在他们的眼睛里找到更深沉、丰富的含义，就好似那无边无际的天空，既有晨光也有暮色，光明和黑暗在其中自由地翱翔。

即使素芭是个哑巴，她也具有与大自然相同的品行，孤独而广博。但是，一般的小孩都发现不了她身上的优点，甚至有一些惧怕她，都故意躲避她，不想和她一起玩乐。她就如同那骄阳似火的晌午，寂静而孤独。

二

这个村庄在孟加拉邦，有一条小河从这个村庄穿过，它并没有很长，只是非常地苗条优美，每天它都不停歇地努力朝着自己的河道蜿蜒前进，也因为这样，它与河岸的村庄有了很深的感情。

小河的两岸分散着很多的房子，高高的河堤上有很多树木。小河每天从这个村庄匆匆流过，欢乐的河水给村民送来了许多美妙的东西，因此，它就像是村民眼里的幸福女神一样。

巴尼康托的房子就修建在这条小河的岸边，每天都能够看到划着小船在小河上自由来往的船夫。巴尼康托的家周围有一圈竹篱笆围绕着，篱笆里面有七间草棚，还有牛棚、仓库和草堆，另外还有一片果园，里面种了合欢树、杧果树、木棉树和香蕉树。

巴尼康托家的小女儿就是素芭，她每天完成自己手里的事情，就会独自来到河边聆听大自然的声音。这仿佛像是造物主因为她的缺陷而补偿给她的一项特殊的本领，使她能够从大自然中发现别人看不到的美景。淙淙的水流卷着岸边的熙熙攘攘，鸟儿的啼叫和渔民吟唱的小曲儿相映生辉。一阵微风把这里所有的声音全部融合在了一起，这位少女宁静的心岸像被大海里那此起彼伏的波涛拍打着。

大自然中各式各样的声音和不同的运动，都变成了这个拥有一双漂亮眼睛的哑女的语言，同时这也是属于大自然自己的语言。所有的一切，从地面到天空，都好似一句句生动的语言，里面包含着身体的诉说、脸上的神态、唱歌的声音、哭泣和叹息的声音。

到了中午，船夫和渔民们都回去吃午饭了，小河上也没有了船只往来。所有的人都开始了中午的休息，连小鸟也暂停了歌唱。整个世界都好像静止了，成了一座孤寂的雕像。就在这广阔无垠的天空下，默默无语的大自然和这个根本就不能说话的哑女静静地互相聆听着对方心里的声音。他们安静地面对面坐着。二者唯一不一样的是，大自然在烈日下暴晒着，而哑女则在树木的影子里坐着。

素芭家牛棚里的两头牛——绍尔波西和班古力，其实是素芭的两个贴心朋友，虽然它们听不懂素芭喊它们的名字，但是它们能分辨出素芭向它们走来的脚步声。这是一种不是语言却胜似语言的声音，让它们毫不困难地就能从中领会到她内心世界的不同。

它们能够从中知道素芭会在什么时候来轻抚它们，斥责它们，又或者安慰它们。

对于这种语言，两头牛早就已经非常熟悉了，素芭一进入牛棚，就会张开双手去拥抱绍尔波西，用她的脸在它的耳旁来回地抚摸，而班古力就站在旁边用它那双大而圆的眼睛静静地看着她，还不时地用舌头去舔她、讨好她。

素芭每天最少要来牛棚三次，这还不算上其他时间的随意到访。每当素芭听到一些令她伤心的话时，就会马上来到两位朋友这里。它们也能够从她坚毅而忧愁的眼神中，感受到素芭心里的悲伤。它们理解似的靠近素芭，用它们的角轻轻抚摸素芭的胳膊，用这样的方法来抚慰她。

除了这两头牛是素芭的朋友外，还有一头山羊和一只小猫，只是对于素芭来说，和它们的友情是不一样的。它们十分乐意跟素芭亲昵地待在一起，特别是那只小猫，不管是白天还是晚上，老是喜欢在素芭暖和的怀里左顾右盼地打着瞌睡。每当它跳到素芭怀里时，素芭就用自己的小手在它的脖子和后背处轻柔地挠着，这让它很舒服。小猫非常喜欢她这么做，并且对此乐此不疲，甚至想要得到更多。

三

其实素芭还有个朋友，一个人类朋友，一个不是哑巴的人类朋友。不知道他们两个之间的不同会不会对她们的友谊有所影响，不过有一点能够确定的是，他们之间是没有共同语言的。这个人就是贡赛家里一个叫普罗达普的小男孩。

普罗达普是个很懒的小男孩，即使他的父母很多次绞尽脑汁想改变他，但是最后，这种努力却只能使他的父母知道了一件事——不要期望他能为这个家庭作出什么贡献。因此，他的亲人们都很不喜欢他，但是那些孤独的人却愿意和他在一起，自然也包括素芭。因为他整天都没事情做，所以他就成了娱乐大众的人物，就好像是城里那些不归任何人拥有的公园一样。在这个村子里，也要有他这样游手好闲的人来把工作和娱乐方面的空缺补上。

事实上，钓鱼是普罗达普最乐意做的事情，这样就能让他的时间在不经意间马上过去。他基本上每天下午都会拿着一根钓鱼竿，在他那个固定的位置上出现，坐在河边打发时间。

普罗达普也想有一个伙伴能够陪在自己身边，对于钓鱼这项工作来说，素芭这个说不了话的哑女，确实是最适合不过的伙伴了。因此普罗达普非常喜欢素芭，还亲热地叫她"素"。当普罗达普钓鱼时，素芭就在他附近的一棵树下安静地坐着，和他一起看着水面，帮忙调配普罗达普带过来的枸酱汁。

素芭待在河边陪普罗达普，帮着他做些简单的事，并不是因为自己的兴趣或是同情，仅仅是要向他证明：并不能因为她是哑巴就认为她没有任何用处。但是事实上这里真的也没什么事情是需要做的，只需要一点点的时间就能做完了。

　　于是，她就默默地在心里向上帝请求，期望上帝能够赐予她一些奇异的力量，让她能够制造出一些玄妙的东西，之后再见到普罗达普时，他应该就会非常惊讶地说："啊！原来我们亲爱的素是如此的有能力。"

　　让我们发挥一下想象，水神的公主如果是素芭，她就会从水下把一颗宝石带到河岸边。当普罗达普见到这么漂亮的宝石，那无聊的钓鱼工作就会被他马上放弃掉，丢掉鱼竿，拿着宝石跳到河里去寻找水神的宝殿。等他找到之后，他就会无比惊奇地发现：上帝哪！这宝殿里的公主竟然是我们亲爱的素芭。

　　但是素芭只是巴尼康托家的一个不能说话的哑巴，她没有办法能让这个贡赛家里的小男孩普罗达普对她另眼相看。

四

　　时间如同小河的流水一样慢慢地流逝，随着素芭去河边的次数越来越多，她渐渐长大了，成了一个美丽的姑娘。尽管她仍然说不了话，可是她似乎在这一刻感觉到了自己的存在。她感受到有一种巨大的意识向她的内心涌来，就如同月圆时那汹涌的潮水。

可是在她细细体味之后，却没能明白这到底是什么，不清楚自己到底希望得到什么。

这一天晚上，一轮圆月爬上了夜空，但素芭却难以入睡。她把卧室的门小心地打开，露出自己的脑袋紧张地看向外面。这个时候的月亮恰好是这一个月里面最圆的时候，但是这么美丽的月亮，在素芭看来却是那么的孤单。她静静地在这宁静的大自然中站立，感到自己已经没有办法承受这种满含着如此多忧伤，却只能压制在心中没有办法表述出来的生活状态。

这个时候，素芭的父母心里的压力也更加大了。村子里的人也都在议论，甚至还有人声称要把素芭从这个村子里驱逐出去。或许是巴尼康托家太富有了，因此引来了太多人的敌视。

于是，素芭的父母在反复思考之后，父亲巴尼康托离开村庄去了外地一趟。在他回到村庄的时候，他在家里宣布："离开吧，我们到加尔各答去。"接着全家人都开始整理行李准备离开。素芭很想知道为什么要离开这里去加尔各答。

可是父母由头到尾都没有说一句话。这些使素芭感到十分害怕，常常泪流满面。她每天静静地随着父母一起忙碌着，用渴求的目光看着他们，想从中获得一些信息，可是对于她的目光父母好像没有看到。

这天下午,素芭又和平常一样去了小河边。恰好普罗达普也出现在了他的工作岗位上,他对素芭笑着说道:"素,我听别人说你的家人已经为你找好婆家了。你嫁人以后可不要把我们忘了啊!"说完,他就一心一意地开始了他今天的工作。

素芭听了他的话后,感觉自己被伤害了,她紧张地看着普罗达普,就像是要对他说:"我有什么地方得罪你了吗?你难道这么想要我离开这里吗?"

素芭没有和平常一样坐到树下,而是在原地站了一下午就跑回了家。她呆呆地走到父亲面前,看着父亲开始哭了起来。巴尼康托也知道小女儿不愿离开,但是他也不知道该如何向女儿说明这一切,于是他也哭了。

父母的这个决定是没有办法改变的。因此素芭只能去和她的朋友们告别。她最后一次为两头牛加满了干草,然后抱着它们的脖子,深情地注视着它们,好像有千言万语,最终所有的话都化成了眼泪,不断地从眼里流了出来。

又是一个月圆之夜,素芭辗转反侧无法入睡,她起床从屋里走了出去,来到了那条伴随着她成长的小河边。她张开双臂扑到河边的草地上面,双手把地上的草紧紧地抓着,就好像希望大地开口将她留下,想要大地能够把她紧紧地抱住,不让她走。但是大地总是这么沉默，就好像是它对此也无可奈何。

过了没多久，素芭的父母还是把她带到了加尔各答。这天，在他们住的地方，母亲为素芭扎起了辫子，还把彩色的丝带系在了上面，之后又让她戴上了首饰。所有的这些都让素芭觉是这好像是不幸的预兆，于是她又流泪了。她流眼泪的次数太多了，母亲并没有因此就照顾她的感受，反而大声地责骂她，说她这样会使眼睛肿起来的，她的眼泪也就流得更多。

一会儿之后，新郎就在一个朋友的陪伴下来到素芭的住处。素芭的父母马上就开始忙了起来，并且匆匆忙忙地准备即将发生的事情。在素芭离开房子前，父母又在那里对着她大喊大叫，要她不要哭了，但是忘了这反而会让她哭得更厉害，她带着眼泪离开了。

新郎过来了，他仔细地打量着素芭，就好像是神来选择自己的贡品一样，素芭的父母紧张到了极点，差点晕了过去。

新郎看到素芭满脸的泪水，觉得她应该是个好心的姑娘，他很看重一颗这样的心，而且这颗心是因为要离开父母而感到难受，也许在以后也会有好处。就这样，她的眼泪反而赢得了新郎的喜爱，新郎跟她父母说："我很满意。" 素芭的父母感到很高兴，嘴里还不停地念叨着感谢神的话。

他们挑选了一个黄道吉日，为这对新人举行婚礼。素芭的父母把她嫁给新郎之后就马上回到以前的村子里去了。他们觉得自己的女儿应该得到了幸福。

新郎在国外工作,所以把素芭也带了过去,结婚没多久,大家都知道她原来是个哑巴。她只能通过眼睛来告诉大家一切,但是没有人能懂得她的意思,她只能呆呆地盯着别人,连那双眼睛也不会讲话了。

她非常想念那个熟悉的村庄,还有那些懂自己的人,但是他们离自己实在太远了,她只能在沉默中哭着,最后连哭都没有声音了。

慢慢地,她的丈夫开始讨厌她,不过也不能说她没有一点作用,毕竟,她让她丈夫明白了,以后选妻子的时候,要看她会不会说话,而且这个"以后"即将成为现在了。

9　履行诺言

一

　　在村子里,最受娇惯的孩子非罗希克莫属了,他的哥哥邦什博栋宠爱他甚至到了娇纵溺爱的地步,这种宠爱,就算是一般母亲对自己的孩子都做不到。罗希克还在读书,邦什博栋非常在意他的弟弟,只要罗希克放学回家迟了一会儿,他就会放下手里的活,去寻找罗希克,问他为什么会回来迟了。罗希克的食量很大,倘若他没有把饭吃饱,邦什博栋是不会去吃的,因此他每次吃饭都要等到弟弟吃饱了之后。并且如果罗希克有什么头疼脑热的,每次他都会急得直流泪,飞奔着去把最厉害的医生请来。

　　罗希克和邦什博栋之间整整相差了十六个年头,刚开始他的母亲给邦什博栋也生了几个弟弟妹妹,不过除了罗希克都由于一些意外而没能活下来。当罗希克一岁时,母亲因病逝世了。罗希克三岁时,父亲也跟着去世了。因此照顾罗希克的重担就落在了邦什博栋的肩上,在这个世上他的亲人就只有罗希克了,而且是在连续失去了好几个弟弟妹妹之后唯一活下来的，因此邦什博栋非常地溺爱他。

邦什博栋的工作是一名织布工匠，他织布时使用的是手工织布机。他的家庭一度十分富有，在手工织布机的鼎盛时期，邦什博栋家是很有钱的。他的曾祖父奥毗拉摩·博沙克靠这种手艺曾在村子里修建了一座庙宇，直到现在黑天的像还被供奉在那座庙里。不过，当机器织布这项技术在这个国家出现的时候，继续用手工织布就显得势单力薄了。试想一下，能使用这样既科技又简便还速度快的机器，还会有哪个人使用手工织布机呢？就这样，机器织布的逐渐兴盛使那些依靠手工织布谋生的人体验到了饥饿以及愤怒！

不过有着很多年历史的手工织布，并没有因为机器织布时代的到来就这样消亡，它没有放弃，它仍然在抗争，纱线在它的使用下仍旧发出笃哒笃哒的声音，只是它那陈旧的织布方式已经得不到人们的喜爱了；因为他们察觉，机器织的布比手工织的更加整齐漂亮，并且更加节省时间！

但是，当织布工匠们将要全部失去工作时，邦什博栋的买卖却依旧非常好，原因是他拥有一个很有优势的筹码，对于手工织布他非常擅长，他织出的布料比其他织布匠织出来的都要更加漂亮，因此一些塔纳戈尔的官员和有钱人都喜欢光顾他的生意，邦什博栋一次也没有由于机器织布的到来而遭到他们的放弃。他们家里的那些精致华美的布料全是邦什博栋织出来的,他们都很满意,但是邦什博栋真的有点忙不过来,就请了几个伙计帮忙。

邦什博栋还是单身,尽管在他们的那个生活圈子,如果想要讨一个老婆,要给非常多卢比作聘礼,不过以邦什博栋的努力,勤奋做几年工作的话,还是可以结婚生孩子的。但是他没有那么做,他认为自己弟弟的生活还需要他来操心。

邦什博栋对他的罗希克弟弟非常好,罗希克身上的衣服全部都是他做出来的最好看最华丽的样式,每次杜尔迦大祭节的时候,去加尔各答走一圈是他固定的行程,为罗希克增添一些华美的衣服,这些衣服精致美丽,上面有着好看的图案,就和来回演出的剧团里王子的饰演者的衣服差不了多少,甚至比王子的衣服还好。邦什博栋还经常给罗希克购买一些他认为派得上用场而罗希克一点也不想要的东西。以至于他自己就只能很节省地过日子了,但是他从不曾因此后悔,因为他所做的这些事情都是为了他的弟弟罗希克。

当罗希克还非常小的时候,邦什博栋想到过传宗接代的问题,就悄悄地给自己物色了一个门户相当的女孩,想着等攒够了300卢比的聘礼,再加上购买首饰的100卢比之后,就能娶她进门了!他把这件事情想清楚了之后,就开始攒钱了。首先就是把自己的生活开支降低，因为他并没有多少钱，但是留给他存钱的时间是很充裕的，因为那个女孩现在还只有四岁，从此刻着手估计四五年的时间就够了。

但是，倘若他没有弟弟的话，也许继续这样的日子大概五年之后，他就能存够钱，之后就能结婚，然后就会有一个快乐而简单的生活。只不过在他的生命中，他存下的那些钱肯定要成为罗希克关注窥视的东西。

邦什博栋的弟弟罗希克，他每天在村子里到处玩耍。在年龄差不多的孩子中间，他是他们的老大，原因是他在非常快乐的环境中长大，他的哥哥邦什博栋非常溺爱他，这些让他想要什么就有什么。在孩子们看来，罗希克有一种非常大的诱惑力，原因是他事事如意，他总能心想事成，而那些孩子，没有他这么自在快乐，靠近罗希克让孩子们觉得像是获得了自己以前没有办法得到的东西。孩子们与罗希克在一起玩，在与他的来往中能够感受到自己的愿望得到了实现，因为他是如此完美快乐的男孩。

如果你们以为吸引村子里孩子们的注意力的是罗希克华美的着装的话，那么就彻底的错了。原因是罗希克的头脑非常灵敏，尽管他对书本上的知识没有多大兴趣，但他在许多地方都显现出一种让人惊讶的才能，但凡是引起他兴趣的东西，他都会去学，所有他见到的东西,他都晓得做,因此即使是家庭条件比他好的那些孩子,也非常崇拜他。

由于他具有这样的才干,孩子们非常喜爱他,常常请求罗希克帮忙做一些东西。不单只是孩子们,连孩子们的父母,有琢磨不明白的东西时也会去请教他。但是罗希克有个毛病,那就是不管他做任何事,他都不会保有太长时间的兴趣,也正是我们经常讲的三分钟热度。他在初步开始学习的时候,是兴致盎然的,不过一旦他学会了这些技术之后,就会感觉无趣。在他感觉到无趣时,一旦有谁称赞他的技术,他就会感觉非常不高兴。

举个例子,在某一年的灯火节,某些有钱人从加尔各答雇佣了几个做烟花爆竹的人,烟花爆竹引起了罗希克的兴趣,他想尽各种办法从他们那掌握了制造烟花爆竹的技术。这样得到好处的不仅仅只有他,因为在之后有两年的杜尔迦大祭节,烟花爆竹都是由罗希克制作,并给村子里的人们观看。但是也只是制作了两年,在第三年就没有烟花爆竹可供观赏了,而且今后也没有机会再次看到。

因为罗希克改变了兴趣,他被一个年轻的乐师所吸引,那个乐师的身上穿着一件大黑袍子,脖子上还戴着奖章,看上去非常帅。罗希克对乐器产生了很大兴趣,接着他开始仿照乐师的模样,手里拿着手风琴,练习着弹奏一些民间歌曲,他上手很快。

不能否认的是，罗希克在有些方面确实天赋异禀，但是遗憾的是他对每样事物的兴趣保持的时间太短，因此他有的时候会获得成效，有的时候也会什么都学不到。起初引起人们注意的也正是罗希克的这种怪癖，而他的哥哥邦什博栋就更没必要讲了，他的哥哥是这么疼爱他，当然察觉到了他的不同。他常常想："罗希克是那么与众不同啊！与其他孩子相比他要更加聪明，我必须要把他抚育成材，光耀门楣！"

每当邦什博栋想到这里时，他就会控制不住地流泪。有时他又担心弟弟不能活得比他更久，他无法承受这种苦痛，因此他时常来到黑天神像的面前，跪着祈求道："请神灵让我在弟弟的前面死去吧！"

罗希克的兴趣非常多，每当他对某样东西表示出兴趣时，邦什博栋常常会尽一切力量满足他，例如为他购买制作烟花的材料，还有像乐器这类的物件。如此一来，本来邦什博栋计划的结婚日期，只能往后推延，因为罗希克他没有办法再把钱存下来。

随着时间的流逝，邦什博栋的年龄已经30多岁，可是连100卢比他都没有能够存下来，因为钱都用来为罗希克购置那些花费巨大的东西了。以前计划中他选择的那个姑娘，已经被外地的一户富有人家娶走了。见到那个姑娘已嫁作人妇，邦什博栋自暴自弃地想：罢了，我中意的女孩都已经结婚了，我再不也不会有什么别的想法了，我的希望是罗希克，他应该为家族延续下一代。

至于罗希克的婚事，假如说这个时代选择丈夫的权利在村子里的姑娘手上，那么邦什博栋没有任何必要为罗希克结婚的事情烦恼，因为罗希克是一个非常受喜爱的男孩，村里的女孩，比如碧图、达拉、诺妮、绍希、苏塔——不管是哪个姑娘，毫无疑问都十分喜爱罗希克。

再举个例子，之前有一阵子，罗希克很喜欢捏泥人，他捏出的泥人就像真人一样，他捏的泥人受到了姑娘们的热捧，为抢泥人她们还曾经出现过争抢。在她们中间，有一个名叫绍罗碧的姑娘，她看上去非常美丽，有着温婉、乖巧的性格。在罗希克制作泥人之时，她会安静地待在旁边用仰慕和敬佩的目光注视着，每当罗希克要用到什么的时候，绍罗碧就会急忙把他要用的东西拿过去给他，她从罗希克那里能够感受到自己的存在，这是因为罗希克时常需要她的帮忙，更重要的是她从不吵闹。渐渐地，绍罗碧对罗希克就非常熟悉了，她知道罗希克喜好吃枸酱叶，因此当他在做事情的时候，她会把家里鲜嫩的枸酱叶带过来给他吃。

罗希克也同样认为绍罗碧对自己的意义跟别人是不一样的，因此每次他做好泥人之后，常常会把所有的泥人都放在她前面，笑着跟她讲："绍罗碧，你随意拿一个。"绍罗碧一脸红霞地望着摆在她面前的泥人，说实话她非常想要选择一个，不过她过于害羞了，因为害羞，她没有选择任何一个泥人。罗希克发现了她的腼腆，有一点厌烦，接着就把一个做得最合自己心意的泥人拿给了她。但是，我们在之前就讲过，罗希克的兴趣非常短，他很快就失去了对捏泥人的兴趣，罗希克开始对手风琴兴起了非常大的兴趣，而且他在很短的时间内就拥有了一把属于他的手风琴。这东西，村子里的孩子以前从来没有看见过，都希望能弹一弹手风琴，这时罗希克老是会气愤地朝他们大喊，把他们赶走。但是对绍罗碧，他却是非常喜欢的，绍罗碧的模样很招人喜欢，并且性格也非常好。她喜欢在身上穿条格纱丽，在那个时候，只有一些大户人家才能承担得起穿纱丽的费用。罗希克演奏时，她就安静地待在旁边，用左手撑着头，睁着眼睛惊奇地注视着他。罗希克演奏到半路，常常会朝她大声地说："绍罗碧，你也来弹一下！"

但是绍罗碧仍然非常害羞，她仅仅是笑着摆了摆头，害怕走过去，因此罗希克没有任何顾忌地拽着她的手强行让她去按琴键。

不只是女生喜欢罗希克，就连戈巴尔——绍罗碧的哥哥，对罗希克的才能也十分欣赏。他非常羡慕罗希克，但是与那些女孩子不一样的是，那些女孩喜欢什么东西，就会去问别人要。而对于他喜欢的东西，他更愿意自己亲自去做，假如失败了的话，他的心里就会很不安。每当戈巴尔见到什么东西，他都想自己也能拥有，罗希克认为戈巴尔的这种性格是非常任性的，不过由于戈巴尔是绍罗碧的哥哥，他对戈巴尔的感觉很好。

见到罗希克和绍罗碧这两个人之间的互动，邦什博栋已经下定决心，他要让罗希克与绍罗碧结婚，但是绍罗碧家非常富有，如果要和绍罗碧结婚的话，最少也要有500卢比的聘礼。

二

在邦什博栋与罗希克共同生活的这么多年里，邦什博栋一次也没有要罗希克做过织布这种活。罗希克喜欢做的那些事情，全部是一些只会取悦别人而没有任何实际用处的东西。邦什博栋却不这样认为，他依然认为罗希克是他的骄傲。

不过罗希克非常不理解哥哥怎么能天天这样辛苦地织布，在他看来，天天做同样的事情简直是一种酷刑。

为了让罗希克得到他想要的东西，邦什博栋没有办法，只能尽量减少自己的开销，罗希克却因为哥哥的这种小气行为觉得羞耻。自从他记事后，他从来没有思考过他日常的花费是怎么来的，他总是认为自己是上层社会的人，与他哥哥是两个社会的人。他的哥哥邦什博栋对于他这种奇怪的想法选择了放纵和无视。

邦什博栋没有了为自己娶妻的想法，却想着让罗希克结婚，只不过他非常担忧，因为直到现在，他的存钱计划都没能实现。他已经忍受不了了，他一定要见到罗希克结婚，就像画饼充饥一样。以至于他做的梦都是罗希克娶妻时的喧闹情景，处处人头攒动，热闹非凡，还有正在等待着美丽新娘的身着新郎装的罗希克。

想法总归是想法，他的钱仍然没有攒下来，他感觉自己已经没有用了，如此努力地工作，钱却越来越少。他因为太过疲劳而病倒过许多次，病好了之后他又马上开始工作，过不了多久，他又再一次生病。如此反复，身体状况越来越差。

在静谧的深夜，村子里的人都进入了梦乡，只能听到山上豺狼嗥叫的声音。这样的深夜，邦什博栋依然在努力地劳作，在昏暗的油灯下，织布机机械地"笃哒笃哒"地响着，已经不知道他这样整夜整夜的工作了多少天了。他的身体变得越来越虚弱，他唯一的家人也不会过来阻止他这种拼命的行为。他吃的也是一些没有营养的东西，渐渐地，他的脸色就变得非常不好。邦什博栋对自己真的非常小气，他仅有的能够抵挡严寒的衣服已经非常破了，但是他还是不愿意把它丢掉，每当天气很冷的时候，他就冻得瑟瑟发抖。这几年冬天，他总是在为罗希克购置了非常贵的衣服之后，就自我安慰道："今年冬天就这样吧，等明年的钱存得再多一点儿，再为自己买新衣服吧。"

他经常这样自我安慰，但是他的身体却已经无法支撑了，他觉得自己就要没有办法工作下去了。终于有一天他对罗希克说："我的身体已经不允许我继续一个人织布了，你过来帮我吧。"罗希克听后沉默不语，只是他的脸色很不好看。邦什博栋见到他这个样子，发了火，责骂他："如果你连祖上传下的技术都不学，每天游手好闲，将来你独自一个人怎么过啊？"

这些是有一定道理的，也算不上刻薄，但是从小在溺爱中长大的罗希克却受不了这样的斥责。他生气地跑了出去，邦什博栋没能拉住他。

罗希克跑去钓鱼，在水流湍急的河边，他非常生气，钓了好久都没能钓到鱼。他跑出来的时候没有吃任何食物，冬天的中午，工作了半天的人们都回去吃饭了，河边变得非常冷清，有一只鸽子在罗希克身后杧果园的树枝上，不时地叫着，这让他感觉更加烦躁。没事做的戈巴尔待在他的身旁，一起看着河边的景色，一只蜻蜓停在河边的水草上，在阳光下，它的翅膀显得非常的透明漂亮。本来之前罗希克答应了要告诉戈巴尔玩棍棒的，不过他现在没那个心情教他了。觉得没事做的戈巴尔从瓦罐里拿出一条蚯蚓，跑去吓唬绍罗碧时，被罗希克很凶地扇了一巴掌。绍罗碧待在河边的草地上等着罗希克向她要枸酱叶吃。到了中午的这个时候，罗希克感觉饿了，接着他说："绍罗碧，你能帮拿些吃的来吗？"

绍罗碧听了之后很高兴，她一直在等着呢！接着她就急忙地跑回家里弄了些炒米饭给罗希克。于是罗希克一天都没有与哥哥见面。

因为罗希克的不懂事，邦什博栋现在不仅是身体非常不好，他的心情也非常糟糕。他在晚上做梦的时候见到了他的父亲，梦醒后情绪更加低落。他想肯定是因为父亲忧心他们家的香火才托梦给他的。

他不再动摇了，次日，邦什博栋强迫罗希克去做织布的活儿。他认为这并不是罗希克不愿意就能够不去做的事，这关系到一个家族的延续。罗希克被强迫着开始织布，只不过织布时线头老是会断，这让他非常不习惯。因为这样，布还没织多少，接线就用了他非常多的时间，而且他的手指不灵活。但是邦什博栋认为，多做几天，这种情况就不会发生了，头一次织布都会这样的。

但是，邦什博栋这种想法是错误的。天生就非常聪明的罗希克，根本就不需要和别人一样，通过训练来提高他手指的灵活度，他的手指之所以会不灵活，完全是因为他不愿意干这个，尤其是当他的伙伴们找他玩时，坐在那织布让他觉得更加羞耻。

邦什博栋认为有必要改善一下自己与罗希克现在的关系,接着他便通过自己的朋友告诉罗希克,说自己决定让他娶绍罗碧。邦什博栋想,罗希克一定会非常欢喜的,如果他知道了这个事,他们之间的关系也会得到改善。但是,罗希克并没有像他哥哥所想的那样高兴,他想:如果哥哥以为我娶了绍罗碧,我就会满意了,那他就想错了。

罗希克不愿意按照哥哥的想法去做,他有自己的意愿。于是他对绍罗碧这个小姑娘的态度跟从前完全不一样了,由于罗希克态度的改变,这个讨人喜欢的姑娘再也不能给罗希克枸酱叶吃了。罗希克开始不和她说话,看见她就躲开她,处处躲避她,这些让绍罗碧觉得很伤心。当她一个人在家的时候,只要一想到罗希克,就会非常伤心。

再也听不到罗希克弹奏手风琴的声音了。绍罗碧不明白罗希克的想法,这些让她非常绝望,她的整个世界都崩塌了。

突然间,罗希克觉得自己不再是小孩子了,但是这个村子是如此的小,直到现在,只要他想,他就能够一个人霸占村里的树丛、小河、渡口、沼泽等所有地方。有的时候他只愿意独自一个人,有时候也会跟他的伙伴们一起,他可以无所顾忌地到处玩。

当他还是小孩子的时候,以为这个他生活的村庄就是整个世界,但是现在他知道了在村子以外还有更加广阔的世界,这个村庄对他来说太小了,已经装不下他想自由飞翔的心了。

三

有一天,他发现了一辆自行车,是村里的一户有钱人家买给他们的孩子的,当那个男孩正在不太熟练地练习时,罗希克向他借了骑,他是这么聪明,很快他就能把自行车骑得很好了。他骑着车到了非常远的地方,他感觉自己像是在飞翔,风在为他伴舞。

他非常喜欢骑车的这种感觉,他认为骑着自行车能够很快到达任何他想去的地方。甚至他觉得,自行车有着能让自己的愿望实现的魔力。

罗希克把自行车还了之后,他也想要拥有一辆属于自己的自行车,甚至他觉得假如他这一辈子如果没能拥有一辆自行车,那他就算是在这世上白活了。而且,在他看来125卢比也不是太贵,只需要付出125卢比就能够拥有自由,那是非常值得的!

罗希克没有钱,只能向哥哥借钱,他考虑了很长的时间,因为他之前发过誓再也不跟哥哥开口要什么东西了,只不过如今他想拥有一辆自行车的愿望是如此的强烈,他只能违背自己的誓言了,于是他对他哥哥说:"借给我125卢比。"

听到罗希克跟他说话,邦什博栋非常高兴,因他已经很长一段时间没有听到罗希克说话和索要过任何东西，弟弟的这种行为让他宁愿自己生病。因此此时他感觉很开心，他心想：我再也不要抠着钱过日子，再也不要过这样日子了！我要给予他想要的所有东西！他已经很久没有和我说话啦！ 但是他又想：如果罗希克把钱拿走了，要怎么延续香火呢？他虽然是说借，但是125个卢比啊！他还得起吗？否则，他一定会借给他的。

邦什博栋板着脸狠心对罗希克说道："我没有125卢比，我也弄不了这么多钱来。"

本来满怀希望的罗希克听了后很生气。之后，他对他的伙伴说："我是绝对不会成家的，如果没有125卢比。"

邦什博栋觉得无法理喻，因为一直来的习俗都是只要为新娘准备聘礼，从没有新郎也需要聘礼的。

罗希克非常恨他哥哥，他不再做织布的活儿了。当有人问他为什么不干活时，他就回答说自己身体不舒服，但是很显然他的脸色非常好，看不出一点不好的地方。

邦什博栋只能伤心地自我安慰："罢了，我再也不会要他干活了。" 只是他仍然非常的愤怒，接着就开始糟蹋自己。有一年，因为全国抵制洋货的行动，手织布的价钱比之前贵了许多倍，就连那些本来已经放弃了手工织布的织布匠，也都重新开始了手工织布。邦什博栋更加不知疲倦地干活,织布机织布的声音从来没有停过,如果没有织布机的工作声响,他就会感到焦躁。

他想去挣很多的钱,他觉得,假如罗希克能够帮忙的话,那他半年就能挣到两年时间才能挣到的钱,那他就能买一辆自行车给罗希克了。但是罗希克却没有给哥哥帮一点儿忙,可怜的邦什博栋不得不拖着带病的身子昏天暗地地干活。

到最后,邦什博栋的双手都快失去知觉了,长期不停地工作让他的手酸麻得不听使唤,有时候感觉那手都不是自己的了,因为工作时很长时间都没有动弹,他的背好像裂开了口子一样痛。但就算是这样,罗希克还是不会待在家里,他一直在外边玩耍。

一天晚上,邦什博栋正在织布机前拼命地干活,但是织布机又出了问题,无法使用,他不得不停下来去修理它。他的心里非常着急,因为他觉得时间在一分一秒地被浪费掉。

就在那时,一阵悠扬的手风琴声传了进来,他听得出那是弟弟罗希克在弹奏民间乐曲,他已经很久没有听到这样美妙的声音了。

以前的他常常一边织布一边听弟弟的弹奏,但是现在的他很暴躁,已经没有那种雅兴了。于是他放下手中的活,走到门口看看,他发现弟弟正在一个陌生人的面前为那人演奏手风琴,他顿时火气就冒上来,抱怨了他几句,没想到弟弟反唇相讥说:"我不会再吃你做的饭了!我要依靠自己的力量活下去!"

邦什博栋感到很气愤,浑身发抖,他说:"吹牛是不能当饭吃的,你现在有什么能耐我很清楚!你一心想做个有钱的老爷,都是些不靠谱的鬼点子,只想着弹琴,那有什么用呢,连最起码的生计都无法保证。"说完这些话以后,他的心情更差了,走进屋子里躺着睡觉,他的身体已经不允许他做任何事情了。

但是他不了解事实,刚刚弟弟是在给一个马戏团的团长演奏曲子,因为有个马戏团会来塔纳戈尔表演,罗希克知道后就想去那找点事做,于是他把自己能演奏的曲子给团长展示一遍,让他看看自己的能力。

在以前,邦什博栋是从不会这样和弟弟讲话的,后来邦什博栋自己想起这个事情都觉得很后悔,因为自己竟然对弟弟说这么伤人的话。事情发生后,他非常讨厌那笔钱,就是因为这个事才让自己和弟弟之间的关系闹僵,他决定放弃存那笔钱了。因为自己存了这么久,却没有得到任何的快乐。

他觉得这笔钱应当交给最需要它的人。罗希克可是他最亲的人了,他躺在床上时会想着过去,很多记忆中的画面开始一一浮现在眼前。在罗希克还很小的时候,他还不能很清晰地叫他"哥哥",还只能咿咿呀呀地讲一些自己也听不懂的话,他那时候喜欢用自己那胖乎乎的小手去抓织布机上的线。当时邦什博栋还要做事，就不得不抱起他，于是弟弟又会在他的怀里抓邦什博栋那一头乱蓬蓬的头发。小时候的罗希克非常的俏皮可爱，他还喜欢用那没长牙齿的嘴去咬邦什博栋的鼻子或嘴巴。邦什博栋将这些往事一一回想了一遍，更加伤心，因为那时候的弟弟和现在比起来简直是两个样，那时的他是这么可爱！

他在屋内呼唤了几声弟弟，但是没有得到任何答复，此时他的嗓子都快哑得不能说话了。他只能拖着重病的身子去屋外看看情况，外边暮色已经覆盖一切，他看到罗希克正一个人坐在门边的台阶上，手风琴摆在身边，他用手支着下巴，好像在那思考什么。邦什博栋掏出钱袋，朝着他慢慢地走了过去，用一种带着哭腔的语调说："你拿这些钱去买辆自行车吧，不要生气了，我这些钱都是为你准备的，现在你需要的话，你就拿走吧！希望你能开心一点！"

但是弟弟的反应完全出乎他的意料，没有出现感人的一幕，反而看到罗希克非常气愤地站起来，跟他一字一字地讲："我自己会买自行车，我也会自己娶媳妇，只是请你清楚，我不会再花你一分钱，我会用自己的钱去办好这一切。"

他一说完就不再理会哥哥的反应，匆匆忙忙地跑开了。邦什博栋从弟弟那坚定的态度中明白了，他俩算是彻底决裂了。不可

能再讨论关于钱的问题，而其他的一些问题，估计也不会有讨论的机会了。

四

戈巴尔一个人去河边钓鱼去了，他现在也和以前不一样了，以前他常常会叫上罗希克一起去钓鱼，但是最近罗希克总是对他不冷不热的，他觉得自己受了委屈，得给罗希克一点惩罚作为提示。同时现在绍罗碧也和他彻底决裂了，她也不想再见到他，还常常躲着他。她不明白罗希克怎么会变成这个样子，她也没有得到罗希克的解释，所以她只能够默默地流泪面对这一切。

这天中午的时候，罗希克去了一趟戈巴尔的家里，戈巴尔满脸不悦地看着他。但是罗希克却像以前那样和他亲近，还很亲热地揪着他的耳朵问东问西的，见戈巴尔都不想理他，罗希克就挠他胳肢窝，刚开始戈巴尔还是很冷漠，心想这个人怎么这么善变呢，在前几天还对自己不理不睬的，没几天就来捉弄自己。戈巴尔看到他那嬉皮笑脸的样子，感到非常反感，但是没有坚持多久就投降了，因为他还是很喜欢罗希克这个人的，于是他们又嘻嘻哈哈地玩在一起了。

罗希克对戈巴尔说："你想要我的手风琴吗？"

戈巴尔感到很奇怪，他没想到他会说这样的话！那把手风琴其实自己很喜欢，假如罗希克真把它送给自己的话，那可真是件贵重的礼物啊！怎么会有这么好的事降临在自己头上啊！难道罗希克发生了什么事吗？他为什么要把这贵重的手风琴送给自己呢？不过戈巴尔实在抵抗不了那手风琴的诱惑，他马上就回答说自己想要。于是，罗希克就把那手风琴送给了戈巴尔。

戈巴尔拿到这个手风琴之后，就向它的原主人发誓说会好好保管它，只是如果罗希克还想要回去的话，那就门都没有。

罗希克朝周边看了下，没有看到绍罗碧的影子，他觉得自己已经有很久没有见到她了，于是他问戈巴尔："你妹妹呢？最近怎么没看到她啊？你去把她叫来玩吧。"

戈巴尔点了点头，去里面叫她，没多久他就一个人回来了，他说："绍罗碧现在没时间见你，她在那干活。"

罗希克明白她是在生自己的气，所以就说道："走，我们一起去看看绍罗碧在哪，看她在哪儿干活。"

这时戈巴尔和罗希克一起走到院子里面，罗希克看到绍罗碧根本就没有在那干活，她正面对着牛棚站着，肩膀一直在那抽抽搭搭的，罗希克走了过去轻轻地问道："绍罗碧，你是不是生我的气了？"

绍罗碧没有回答，罗希克就用手抓住她的手臂，绍罗碧很生气地将他的手甩掉，仍然站在那一动不动，没有转过身来。

记得在很久以前，罗希克有段时间迷上了绣在被子面上的花，姑娘们绣花一般都是参考那些老人家们留下的花样，但是罗希克从来不看那些东西，他自己的脑袋里总是能蹦出许多的新想法来，他就是靠自己的想象力绣花。当然绍罗碧也懂得绣，但是她绣出来的东西很普通。所以罗希克在绣花的时候，她总是在一旁安静地看着，充满了惊奇，她很崇拜罗希克，她不知道罗希克的脑袋里怎么装了这么多有趣的东西，她甚至觉得他绣的被子面在这个世界上无人能比。可惜的是，罗希克总是那三分钟热度的性格，他在兴趣消失之后就不再绣了，而且他还差一点点就能绣好一个完整的被面，只要他再坐着认真地绣几个小时就好了，但是他已经对绣花感到厌恶了，所以他甚至都懒得去碰一下那个被面。尽管绍罗碧一直求着他完成那副绣作，他还是无动于衷。而且他的脾气很固执。虽然过去了这么久，但是就在前一天的半夜，罗希克起身把那个被面绣好了。

所以这时候，罗希克轻轻地跟她说："绍罗碧，昨晚我将那幅被面绣完了，现在我就把它送给你，你看看怎么样吧。"

绍罗碧一声不吭，一直在摇着头，之后他又说了一大堆好听的话，绍罗碧才转过身来，但是她用纱丽把脸遮住了一半，他知道她是在那哭泣，所以不好意思让人看到她的脸和那带着泪水的眼睛。

罗希克的举动给绍罗碧带来了很大的伤害，但是他花了很多的心思和时间来弥补，最后他俩又和好如初了，并且感情也更加深厚。罗希克天天都会吃到绍罗碧从家里带来的枸酱叶,绍罗碧还帮助罗希克把那绣好的被面晒在他家的院子里,非常好看,好看到让绍罗碧就要落泪了。

这时,罗希克跟她说:"绍罗碧,这是我特意为你绣的,我希望你能喜欢。"但是绍罗碧怎么也不肯收。她觉得这花了罗希克太多的心血,它太珍贵了。

她和她哥哥一点都不一样,她从来不会向人们索要任何东西,就算是别人的赠予。于是戈巴尔把这个妹妹好好地教训了一顿,说别人送给你的礼物,你应该欣然接受并珍惜它,没必要这么虚伪。戈巴尔觉得一个人拒绝接受自己心爱的物品是一种虚伪的表现,但是绍罗碧怎么也接受不了。于是戈巴尔对她失去了耐心,他自己去把被面整理好,拿回了家里。

他们几个能够和好如初是多么快乐的事情啊!这是他们一直期盼的,当时罗希克对他们的态度就像是坚冰一样,现在总算融化了。

罗希克虽然和朋友们和好了,但是他还是不回家,没有去见哥哥,他还在和哥哥赌气。

到了第二天的早上,邦什博栋家的用人来问邦什博栋今天吃什么。

邦什博栋当时很虚弱,他有气无力地回答说:"我什么都不想吃,你去找罗希克吧,看他想吃什么。"

刚好,这个女佣在回来的路上碰到了罗希克,她友好地问他怎么不回家,他说自己有地方吃饭。女佣把他的话又讲给他哥哥邦什博栋听,邦什博栋微微地叹了口气,他为这已经破裂而无法修补好的感情感到无奈且痛心,他又昏沉沉地睡了。

邦什博栋睡了差不多一整天,当一天过去之后,他还不知道,就在那天晚上,罗希克离开了这个村子,他跟着那流动表演的马戏团一起走了,罗希克一直在盼望着这一天的到来。

在冬天的寒夜里,天边挂着一轮冷幽幽的新月,街道上没有一个人影,这时候所有的人都睡觉了。他想,自己终于能离开这里了。他们在那林间小道上慢慢地走着,那里的雾气很重,他还看到在远处有些人影一闪一闪地走着,那些应该是住在很远的地方的人在赶路吧。他还看到有两头牛在那慢慢地迈着步子,后面套了一辆牛车,上面还坐着一个赶车人,他将自己用棉大衣裹得严严实实的,一副迷迷糊糊的样子,好像要睡着一样,但还是得赶着牛。

他朝远处一看,发现黑夜已包围一切,远处村子里很多人家的牛棚里不断地散发出浓烟,他知道那是有些人家在烧干草。罗希克就这样慢慢地走着,一直到自己看不到那个村子,还有那片高大的树林都开始模糊起来。他的心里有一种离愁开始萦绕,难以挥散开来,这时他如果选择回家,还来得及,但是他没有这么做,他自己发誓要去闯一片属于自己的天地。

他想:我现在没有什么能力,还要靠哥哥来养活自己,不管如何我都感到羞耻,我一定要自己赚大钱,去买自行车,去娶绍罗碧为妻。

他坚决地朝前走着,离开了家乡熟悉的河流,离开那蛙声阵阵的池塘,离开那洋溢着野花香味的原野,他把这些抛得远远的。此时的他就像是一头脱缰的小马,朝着那个陌生而新鲜的世界狂奔,就算他自己无法预料未来会如何,还是那么的向往。

五

罗希克在以前一直很反感哥哥为自己安排这安排那,他不想做哥哥安排的织布工作,他觉得那非常无趣,那时他觉得任何一件工作都要比织布好玩。他是这样想的,以为自己一旦离开了那个村子,来到这个广阔的世界里,他就会自由自在地过自己想要的日子,所以他义无反顾地和马戏团一起离开了家乡的小村庄,就算有一点点的不舍,也马上被那种激动的心情冲走了。

但是,毕竟他的年纪还太小,没有经历过什么人生的磨砺,也还没有遭受过挫折,他几乎没有考虑到自己离开后会遇到什么困难，自己又应该怎么去解决这些困难。他都没有想过，也没有想过自己通过什么样的方式来取得自己想要的成功，他没有和任何人说，就这么偷偷地离开了村子，他想要等将来自己发了财再回来，想要让整个村子的人及哥哥对自己刮目相看！

就这样，罗希克去马戏团工作了一天，他发现自己很累，并且发现自己做的工作也得不到别人的尊重。他现在明白了，自己以前做的事能够得到别人的尊敬，那是因为自己是不计报酬的，但是现在为了挣钱而干活，就算是自己劳心劳力也顶多得到几下掌声而已，并不会有人真正地关心他。罗希克现在又感到很厌倦了，以前当他做着那种不要报酬的工作时，他能够随心所欲地把工作做好，但是现在他只能听从别人的安排来做好工作。他感到很不舒服，因为没有自由可言。

罗希克以前看马戏的时候觉得很好玩，觉得那些演员都很了不起，但现在自己亲身体验这些的时候，就没有这种感觉了。罗希克对这种工作感到了厌烦，但又不得不每天都去做，时间长了之后，他就觉得在马戏团做事是这个世界上最没意思的工作。

他觉得自己是一只被人关押在笼子里的小鸟，原本自己是非常快乐的，能够飞往更高的蓝天，但是现在却被囚禁了。在夜里，他常常梦到和哥哥在一起，还梦见家里，但是在醒了之后就发现这只不过是个梦而已,他还是待在这令人讨厌的马戏团里,而且哥哥现在也没有陪伴自己,他已经离开家很久了。

在以前,天气很冷的时候,自己在睡觉时,总是能迷迷糊糊地感觉到有人在给自己把被子盖好,还会有只手摸摸自己的额头看是不是着凉了。现在,罗希克突然感受到了哥哥的许多好,但是自己却没有好好珍惜,何必来这些地方受苦呢!

现在,晚上就是再冷,也不会有人给自己添被子了,而没有被子盖的时候,自己只能用衣服裹紧身子缩在墙角里面。

他这时开始很想念哥哥,想起哥哥为了自己都这么大了还没娶妻,他为了自己受了这么多的苦,他这次没有和哥哥说就偷偷离开了,他肯定会非常难过,肯定会四处寻找自己,他可能会更加自责,然后更加疯狂地去工作。罗希克真的很想念哥哥,他打算过一天就回家去。

但是有一个强烈的想法冒出来阻止了他,那个想法告诉他:"你当初不是说要发了财才回去的吗?你不想自己买自行车了吗?你赚够了娶老婆的钱了吗?一切都没有吧?你现在这个样子回去,就算是别人没有耻笑你,我都会瞧不起你的!"

于是他又改变了主意,他在心里暗暗发誓,说:"我一定要去赚很多的钱,然后才回去,否则我就不是男子汉罗希克!"

罗希克在马戏团做事的时候，有一次把音阶弹错了，被团长恶狠狠地训斥了一顿，当时团长用最恶毒的话骂他，说他是不争气的织布匠，叫他马上消失。罗希克当时气冲冲地拿上几件衣服就走了，把自己当时带去的水杯和吃饭的家伙都丢下了，两手空空地离开了那里。

他饿着肚子在路上游荡，一整天地瞎逛，根本不知道未来该如何走。在将近黄昏的时候，他看到河边有一群牛在吃草，它们温驯地低着头，那里有吃不完的新鲜绿草，它们不时地抬起头来高兴地叫几声，显得快乐极了。

罗希克非常羡慕这些牛，他看着看着就感到很伤心，他觉得："上帝为什么这么善待这些动物啊！让它们不仅有鲜嫩的草，还有这么多甜美的水，而且这些东西就摆在它们的嘴边，稍微动动脖子就行，但是对我们人类却这么残忍，在这些地方我得不到任何吃的东西。"最后，罗希克独自待在河边，用手舀了一些水喝，但是这根本就无法充饥，他站在那望着河水流过，他又觉得："这河流也多么好啊，它没有生命，既不会有饥饿口渴的感觉，也不会有我这样的担忧，它甚至没有追求，它自由自在地想去哪里就去哪里，可以去小溪，也可以去大海，总是能够找到自己安家的位置。"

罗希克静静地看着这些河水，他想，假如自己能够变成这河水的一部分，融入这清澈的水流之中，那自己就彻底自由了。

就在这时，一个小伙子来到他身边，他把身上背着的大包放在地上，从里边掏出一个米饭团，罗希克在以前很痛恨吃这个东西，但是此时的他却控制不住地抽动着喉结，满肚子的饥虫在蠢蠢欲动。

那个小伙子从水壶里倒了一些水放到那个米饭团里去，随便搅拌了几下就开吃了。那个小伙子的穿着很华丽，虽然他没有穿鞋子，但是从他的举止中可以看出他的出身应该是高贵的，只是罗希克不知道他为什么不穿鞋子，而且他还背着一个这么重的包裹，于是，两个人开始聊起来。

经过几轮交谈之后，罗希克知道他原来是加尔各答的一名大学生，名叫苏博特，自己开办了一家买卖手工织布的店铺。只不过现在的手工织布很少，所以他不得不去那些小镇及乡村里购买一些手工制造的布。所以罗希克才会在这个地方看到他。苏博特是个大度而有修养的人，他说自己不怕苦，不怕累，每天去那些市集上转转，看能不能买一些新的手工织品，下午就来这个地方吃饭。

听了他的故事之后，罗希克感到很羞愧，他受了启发而领悟到："既然眼前的这个小伙子不怕苦累，那自己又有什么可怕的呢？我不是也可以给人做背夫吗？"

当他这样想之后，顿时觉得前途一片光明，他想：我可以去做任何工作，只要能养活我自己，就算是低贱也不可怕，我不能再饿肚子了。

于是，在苏博特要走的时候，罗希克赶紧起身说："假如您不嫌弃的话，可以要我帮您背包吗，可以吗？"

苏博特摇了摇头，他坚持说自己能背，没必要麻烦罗希克了。

这时罗希克把自己的计划说了出来，他说："其实我就是一个织布匠的儿子，让我来帮您吧，我只有一个要求，就是您把我带到加尔各答去。"

罗希克在以前可从来没有说过这么谦逊的话，说什么"织布匠的儿子"，这些话可是他以前想都不想的，但是现在他还是为了自己能够开始一种新的生活而兴奋不已。

苏博特听到他的话之后，兴奋地蹦得老高，他紧紧地拉着罗希克的手说："你竟然是织布匠！还真看不出来啊！我现在很需要手工织布匠呢！你不知道，现在的手工织布匠很值钱的，我们学校花很多的钱都请不到合适的手工织布匠来教学啊！"

罗希克从来没有想过成为一名教师，于是他就跟着苏博特一起去了加尔各答，在一家纺织学校里做一名教师。他在那教了一段时间之后就领到了一份薪水，在支付了自己的房租之后，他就只剩下一点钱了，能存着的钱实在太少了，少到根本就不可能买得起自行车以及娶妻。

在他上班的那段时期，因为整个国家在抵制洋货，提倡用手工织布，所以学校一时间很红火，但是好景不长，之后就一直衰败了下去。罗希克在那里上班还是比较高兴的，只不过他那时候发现一些教书的同事都是只懂得空谈不懂实践的理论派，他们在如何去制作的方法上讲得头头是道，但是把材料给他们让他们去织布的话，那就简直不堪入目，他们使用昂贵的织布机器，但是织出来的布却不尽如人意，他们还专门为了这个事开会讨论如何处理这一堆废品！

罗希克实在受不了这无边无尽的争吵，他一门心思都想着回去，家乡的很多细节都在脑海里一一浮现，让自己深深地着迷。就是那些以前根本没有注意到的细节也开始记起来，比如会想起祭司家那个疯儿子，他常常出来欺负他们，但是罗希克有一次揍了他一顿。还有邻居家的黄牛，它们在夜幕降临的时候喜欢"哞哞"地叫着。

他还记起了那根鱼竿，他已经把它送给了戈巴尔，他现在想起了自己使用那根鱼竿的细节，他那时候用它来钓鱼，装填诱饵，还用它钓到满筐的鱼儿。除了这些，罗希克还非常地想念那些一起长大的朋友们，他们是那么的尊敬他，现在他已经不知道尊敬是什么滋味了。他想念活泼的戈巴尔，不知道他现在会不会演奏手风琴，他更加想念那个常常睁着一对大眼睛，充满好奇地望着自己的那个绍罗碧，还有她给自己带来的好吃的新鲜枸酱叶。

家乡的风景、友谊、亲人、爱情还有痛苦，都紧紧地包裹在罗希克身边，罗希克在少时就拥有过人天赋，但在这些地方却全部被搁置了，这里并不需要他。还去手工织布吗？他觉得这已经是即将过时的东西，机器生产的产品覆盖了商店、杂货店以及各类市场，就算是布匹也是如此情形，而且他必须承认，机器纺织的效率比手工的效率要高很多。

而且现在的纺织学校已经是一个乱七八糟的地方，来这里的人不可能学到什么东西，因为这里的老师只会空谈而不会实践。他开始感到绝望，回家的欲望又一次强烈起来，他太想回去了，甚至只要一想到回去，整个人就像飞一样的高兴。现在，只有家对他有一点吸引力。刚开始他还对学校有一定的好感，但是当学校拖欠他两个月工资的时候，他就无法忍受这里了，他最后的希望也破灭了，他只想回家去，早点回到哥哥的身边，他要勇敢地向哥哥认错，请求他的原谅。当然他自己也要接受失败这个事实，承认自己是个失败者。

住在隔壁的人结婚了，那天早上整个街上都是吹吹打打的声音，吸引了很多人来看热闹，他们相互打闹着。他非常不喜欢这种喧嚣的声音，他甚至感到烦躁，但是这种声音一直持续到傍晚还没有停止。

罗希克睡着了，在梦里，他看到自己穿着红色的喜庆衣服，头上包着围巾站在树林里，不知道他在那里等待谁，但是他好像听到了有人在说："绍罗碧，你的新郎来啦！快点去吧！"

他看到了绍罗碧那羞得通红的脸蛋，他想朝绍罗碧走去，想去牵着她的手，但是发现自己既不能动弹，好像被粘在那里一样，也不能喊叫，因为无论用多大的力气都喊不出声音来，好像被人掐住脖子一样。后来，他在挣扎中醒来，发现自己一无所有，绍罗碧不见了。他感到很痛苦，他已经有了心上人，但是却没有本事把她迎娶回家，他曾发誓要做个真正的男子汉，但是自己是个失败者。

他想到这里，就告诉自己，千万不能回去，不能回去被他们嘲笑，他必须成功才行！

六

月有阴晴圆缺，天气也有阴晴变化，本来是好好的晴天，可能在眨眼间就会倾盆大雨，罗希克的命运也和这天气一样，陡然发生了巨大的转变。

有一天，有一个叫贾诺基·农迪的富人把罗希克接走了，他很有钱，因为他听说在纺织学校里有一名手工织布方面的天才，并且出身很不错，于是他就去了纺织学校，在和校长简单沟通之后，花了一点钱就用马车把罗希克接走了!

罗希克在离开纺织学校之后,马上搬进了农迪先生家那豪华气派的三层楼别墅中,那里有一间专属他的房子,那里吃的穿的用的要比纺织学校好上几十倍。

农迪先生是个大富豪,他做着很大的生意。罗希克想不明白的是他在过去那么拼命地干活都得不到好的回报,但是到了农迪先生的家里之后,不做一点事就能享受到豪华的生活,穿着华丽的衣服,拿着丰厚的报酬,而且得到了富翁的青睐,所以,罗希克感到很诧异,但是真的要解释的话,还不是件容易的事,简单地说就是"苦尽甘来"。

不过,一切事情的发生还是会有原因的,否则罗希克也太幸运了,幸运得让人摸不着头脑。所以,原因到底是什么呢。

原来,农迪先生在以前是穷人家的孩子,远远不如现在这么富有,他在读大学时还是穷光蛋一个,但是他找了一个非常好的朋友,他的朋友叫霍罗莫洪·薄苏。他朋友的父亲是做大生意的人,是一个英国商行的经理,他是一个非常聪明的商人,所以有很多的大老板喜欢他。后来,贾诺基毕业后,他朋友看到贾诺基这么贫穷,于是介绍他一起去做自己父亲的那一行工作。

贾诺基虽然很穷,但是志向远大,他工作非常地拼命,一点也不比朋友做得差，所以取得了很好的业绩，得到了很多老板的青睐。他慢慢有了存款，所以就算是父亲去世了，他也有能力一直资助自己的妹妹完成学业。

他的妹妹比她的一些同龄人读了更多的书，所以那个时候她的同龄人都结婚了，但是她却没有找到婆家。不过，后来有一个卡亚斯特种姓的人来上门迎亲，给了1 000卢比的聘礼，把他的妹妹娶走了，于是他觉得这辈子已经没有什么可值得担心的了。

很多年过去了，霍罗莫洪·薄苏因病过世了，之后他的妻子因为思念丈夫也跟着去世了。霍罗莫洪没有子嗣继承，于是这么多年积累下的大生意就被贾诺基接手了，这样一来，贾诺基先生的产业就变得非常的大了，他开始变得富有。于是他不用再租房子过日子了，全家人住进了新买的漂亮的三层别墅里。他把那块一直戴着的已经磨得破旧不堪的表毫不犹豫地扔掉了，去买了一块崭新的金表，把它挂在脖子上，就好像是温柔的妻子一样依偎着他的胸膛，跟随着自己的心跳一起"扑通扑通"地响着。

他就这样成了当地有名的富贵人家。但是就算拥有越来越多的钱，他还是觉得自己年轻时因为贫穷而表现出来的那种努力让自己觉得是一种耻辱，他要把这种过去丢掉。

所以，他想自己一定要将女儿嫁给那种织布种田的人家。有过两个织布种田人家的穷孩子提亲，说愿意娶他的女儿，但是他们却是贪图他们家的财产而作出这个决定的，贾诺基在刚开始也不清楚。只是在后面办婚庆酒时，贾诺基的一些亲戚来现场大吵大闹，这样，两次婚礼都是以闹剧收场，到现在也没把女儿嫁出去。

贾诺基的那些亲戚觉得他要把女儿嫁给那些目不识丁的文盲，这是对他们整个家族的侮辱，而且怪他太不把女儿的幸福当一回事了。

就在他和别人闲聊的时候，偶然一次听到有人说在纺织学校有一个穷得叮当响的纺织教师，他叫罗希克，出身不错，他的祖上曾是奥巴拉摩·沙克，那可是当年的名门望族，不过现在家道中落。但就算是这样，贾诺基也觉得沙克家族的门第和声望远远比自己的家族强。

罗希克来到贾诺基的家里，女主人非常喜欢这个小伙子，但是她还是问丈夫："他有没有读书？他能配上我们的女儿吗？"贾诺基满不在乎地说："那又有什么关系呢！难道你不知道吗？越是那些有文化的人，越喜欢以自我为中心，并且藐视教规。"

"那他富有吗？"女主人不甘心地问道。

"他一无所有，但是这对我们来说是个优势，我们无须关心这个。"贾诺基说。

他妻子对他点点头说:"那很不错,只是我们还需要请一些亲戚来吧,否则太没面子了,这毕竟是嫁女儿啊!"

贾诺基使劲地摇头反对说:"为什么请他们来啊?千万不要有这种想法!你难道还没有被他们害惨吗?他们已经破坏了我们女儿的两场婚礼了,要是亲戚们都来了,又把婚礼弄砸了怎么办呢?没必要!我早就想好了,这次我们谁也不通知,等举行完婚礼再通知亲戚们吧。"

贾诺基很快就和罗希克说了这个事,罗希克当时想了一下就满口应允了。因为这对他来说是个好事,他日日夜夜地想着回家,但是又赚不了自己想象中的钱,但是现在答应贾诺基的话,他马上就能回家乡去威风威风了,而且还能向哥哥炫耀一番。所以,现在对他来说,贾诺基的提议简直就是沙漠中的泉水那么及时、珍贵,他几乎没有思考就答应了。

贾诺基问道:"需不需要通知一声你哥哥?"

罗希克摇头说:"没必要的,没必要通知他。"

他其实有自己的计划,他想在结婚以后,自己有了钱,就能骑着自行车回到自己的村里,让那些孩子们及哥哥好好看看自己的成就,他罗希克不是懦夫,他有本事养活自己,那样的话,对他来说不是更有吸引力吗?

婚礼如期举行，罗希克几乎还没和新娘见上几次面。贾诺基问他有什么要求的时候，他说自己除了想要一辆自行车之外，没其他的要求了。

七

在玛克月的月末，罗希克决定回去看一看。

那个时节，花香扑鼻，田野中的花朵都已开放，一阵阵浓郁的香味从四处涌起。人们在收割已经熟了的甘蔗，然后他们会榨出甘蔗糖水，这种活能够帮助大家赚到钱，是一种比较流行的方法。甜美的甘蔗香味在阳光的暴晒下变得更加浓郁了，他闻到这些小时候熟悉的味道，感到很放松。

罗希克的穿着打扮花费了他很多的心思，他在镜子前挑了又挑，选了很久才弄好，他的上身穿着一件非常华丽且熨得整整齐齐的翻领衬衫，下面穿的是名牌裤子公司——达卡制作的围裤，是很亮的黑色，看起来简直酷极了；因为天气还比较冷，所以他在衬衫的外边穿了一件黑色的西装上衣；脚上蹬着一双油光发亮的黑色皮鞋。

他骑着那辆富翁送的自行车，在乡下的土路上颠簸着，骑起来很累，还必须慢慢地骑，因为那些凹凸不平的路面会让他摔跤的。在土路的两旁有很多农民在田里干活，他们看到罗希克，觉得很眼熟，但是又觉得这是个高贵的人，不敢靠近他去认他。

当他骑着自行车来到家门口的时候，马上有孩子认出了他，并且叫出了他的名字，他们现在都已经很大了。绍罗碧的家也在附近，当孩子们认出他以后，赶紧跑到了绍罗碧的家门口大喊着："绍罗碧姐姐的未婚夫回家啦！绍罗碧姐姐的未婚夫回家啦！"

戈巴尔刚好在院子里晒豆子，听到有人在外边喊着说罗希克回来了，正准备出去看看，刚好碰到罗希克走了进来。

天都快全黑了，孩子们围着他问东问西地吵闹着，然后都回去吃饭去了。罗希克在戈巴尔家坐了一会儿之后就说要回去，戈巴尔脸色很不好，想要他不要去，但是发现他都快到了他们家门口。但是罗希克看到大门都没有锁，好像是很久没有人住的房子一样，显得空荡荡的，又有点冷冷清清，院子里长满了高高的杂草，看上去有很久没人清理了。房子里没有灯，罗希克坐在空荡荡的屋子中间，好像听到了一阵轻微的哭泣声："人去楼空了，人去楼空了。"

罗希克感到非常难过，他以前还从没有过这种难受，就算是饿肚子没饭吃时，也没有这么难受。他在不停地流泪，一直停不下来，他使劲地捂住自己的脸颊，身体因为过度伤心而颤抖着。没多久，他靠着门站在屋子里，看着这里边那熟悉的一切，远处的庙里传来晚钟的声音，这沉重的钟声让他的心情更加的悲凉。

好像这就是哥哥临死前的告别之声。

这个自己魂牵梦绕的地方,现在自己真的回来了,但是却没有一丝的高兴。

戈巴尔慢慢地靠近他,脸色也很苍白,他望着罗希克,没多久,他就拍了下罗希克的肩膀,戈巴尔还没有开口,罗希克已经哭着先说:"我知道了,我知道了,我哥哥他已经过世了。"

罗希克刚说完,感到自己像泄了气的皮球,一下子瘫倒在地上。戈巴尔赶紧把他搀扶起来,跟他说:"罗希克,跟我走吧,去我们家,绍罗碧想见你。"

罗希克突然号啕大哭起来,他像愤怒的小孩一样挣脱戈巴尔的手,他在门口跪着,大声地呼喊着:"哥哥啊!哥哥啊!哥哥……"

他多么希望能再见哥哥一面,在他小的时候,每次在外边受了什么委屈、伤害,或者想哥哥的时候,他只要叫一声,哥哥就会马上出现在他的身边,但是现在邦什博栋已经听不到他的声音了,回应罗希克的是一片寂静,一片绝望。

戈巴尔也跟着他哭了起来,因为他还从没见过罗希克这么伤心,他也为他感到心痛。

过了一会儿,戈巴尔的爸爸也过来了,他在罗希克的身边跟他讲了很久,说了很多劝他的话,过了很久之后,罗希克才同意去他们家。

罗希克又一次看到了绍罗碧,这个曾经让自己日夜思念的女孩。他看到她正把什么东西往墙边放,罗希克走了过去想看清是什么,他看到了以前自己绣的被面,而绍罗碧看到他来了之后,就躲进屋子里去了。

他走过去,抚摸着那熟悉的被面,把它掀开以后,一辆崭新的自行车躺在那里。

他马上就明白了这一切,在开始的时候他还不敢相信自己看到的景象。他的情绪开始不受控制,赶紧跑出了屋子,一种万箭穿心的痛苦让他几乎晕厥过去,他撕心裂肺地喊叫着,但是眼泪都流不出来,就好像被压抑住的感情一样,都郁积在了心口。

戈巴尔把事情和罗希克说了一遍,原来罗希克离家出走之后,邦什博栋更加卖命地干活,因为他觉得罗希克是因为暂时的赌气才走的,所以自己要赶紧赚足够多的钱,这样等罗希克一回来,自己就能送一辆自行车给绍罗碧作为嫁妆了。如果自己把这些事都做好了,就没有什么好担心的了。当绍罗碧家收到聘礼之后,就算罗希克没在这里,他们也会把绍罗碧当作是罗希克的未婚妻。又过了几天之后,他们家收到一辆自行车,这是邦什博栋给自己弟弟准备的礼物。

9 履行诺言

邦什博栋当时觉得自己已经耗尽了生命的能量,他叫来了罗希克的好朋友戈巴尔,跟他说:"戈巴尔啊,请你们家再等罗希克一年,我想他一定会回来的。当他回来以后,请将这辆自行车送给他,这是他一直渴求的,但是我一直没有给他买,因为我太穷了,请你替我跟他说声对不起。"

罗希克看着那辆自行车,又听着戈巴尔的话,整个人悲伤到说不说话来,他想起了自己当年的誓言,他说不会再吃邦什博栋的饭,也不会要他的任何礼物。

但是自己今天回来了,哥哥为自己准备的礼物就摆着这里,这是自己当年多么渴求的啊!他甚至为了这个而和哥哥翻脸,但是到了如今,接受馈赠和回报的大门已永远关闭,自己将受到一辈子的谴责与愧疚,这件礼物实在太贵重了,他的哥哥邦什博栋将自己的一生都献给了织布机,用生命织出布来给他买了这件礼物。罗希克觉得自己也爱上了织布机,他也想像哥哥那样将自己余下的一生献给织布机,但是这只不过是个想法而已,因为这是不可能的,他早就把自己的一生都献给了加尔各答的财富,拜倒在金钱的脚下了。

10　偷来的财宝

一

所有男人都知道一件事：只有勇武的人才配得上年轻贤惠的妻子。可是我偏偏是一个很怯懦的人，而我偏偏又娶到了一个十分贤惠的妻子。这让怯懦的我很是满意。不过我的妻子她并不认为我是个怯懦的人，她认为我是个十分勇武的家伙。或者说，她是在我们结婚之后才发现我并不勇武的。

我很珍惜我的妻子，因为她就好像是我从别人那里偷来的财宝一样。

夫妻们应该都清楚，体谅和付出是二人关系的最好证明。

一般而言，男人们婚前都是百般殷勤的，而结了婚以后就和恋爱时完全不同，什么激情、甜蜜统统抛到一边。就像那些和海关员熟悉了的取货人一样，并不需要什么证件，只需要和海关员们点头打个招呼，他们的脸就是证件。

不过，这样的熟悉，一旦换了陌生海关员，就什么都没有啦！

10 偷来的财宝

对我来说,婚姻是一首单调而没有起伏的歌儿。虽然说它的重唱部分只有一段,可歌词却每天翻新,每天都有种种新样式。

哦?我为什么会知道?我怎么会知道呢?那是因为我的妻子苏奈特拉啊!她那时就每天表现出这样的新内涵。

她身上隐藏着很多还未发掘的新能量:她活泼开朗,她善于取悦丈夫,她能变着法儿地让我们的日子变得开心。

我们从来不会像其他夫妻那样每天过同样的、干瘪的日子,她每天都能给我带来新的愉悦。她简直像一位会魔法的仙女一样,她每天都有新的想法和"发明"。是的,只属于她的"发明"!

每天晚上下了班,妻子都准备了不同的惊喜:有时候是她亲自做得精致的提拉米苏,有时候是蓝色的闪着优雅光芒的加冰果汁,有时是盛在光洁银盘子里的冰激凌——啊,那美妙的巧克力味道远远地散发出来,我一进门就可以闻到它的香气。这些看似简单的事情对于那时的我来说简直就是一天最大的惊喜和期待了。快回家时,我甚至会想:我的妻子又在用什么办法来给我一天的惊喜呢?

我们有一个今天刚满 17 岁的女儿奥鲁娜。哦,我和妻子苏奈特拉就是在 17 岁结婚的,我们已经结婚 21 年了。可是她还是在打扮自己方面很用心。她很怕老,总是担心地问我自己有没有皱纹。每当这时候,我总是微笑着回答她:"没有。"

苏奈特拉十分喜欢穿白色镶着黑边的沙丽，我也觉得她穿这个很漂亮。有一些提倡穿着手织土布的家伙们就经常指责她，他们认为，只有穿着手织土布的印度人才称得上是真正的爱国者。面对这些指责，苏奈特拉从来都是默默接受。不过她也没有什么改变。她还是十分喜欢穿白色镶黑边的沙丽。

我很喜欢她穿镶黑边的白色沙丽，一穿上白色的沙丽，再稍微和其他颜色搭配一下，她就有一种令人感到新奇的魅力。她知道我喜欢她这么穿。是的，她的这身打扮让我觉得赏心悦目！

每个人年轻的时候都能从造物主那里感受到：有种情感只有爱情的秤能够称量出她的价值，她是那么的真实而幽微，又是那么的沉甸甸。高傲自负、自私冷漠的人的情感在爱情的秤上是无法称量的。我妻子把她全部的重量都放在爱情的秤上。我什么都不用做，只要我还活着就好了。我想，我有责任维护这样一位妻子的尊严，让她不受任何伤害。

有位圣贤有句话是这样说的："人啊，认识你自己吧！"我就从自己平凡的生活中认识了自己的爱情。

妻子的爱情让我认识了自己，而有人则从恋爱中认识了我。

二

父亲是一家著名银行的董事。我是这家银行的股东之一。办公室的活儿多并且繁杂，大有做也做不完的趋势。这份工作已经损害了我的健康，使我不得不考虑换一份工作。我本来是打算去林业部门当林业巡视员来着，每天在林间一边巡视一边打猎。我认为这对身体健康很有好处。可是父亲似乎不大乐意，因为他总是说："你要知道，管理阶层的工作，对于我们孟加拉人来说可是再体面不过的了。"

我只能让步了：因为对于女人来说，丈夫的声誉更加重要。就像我的妻子苏奈特拉，她的妹夫，是一个由帝国聘任的教授，每次家庭聚会的时候，他们家的女眷们就会格外的骄傲些。

如果我当了林业巡视员的话，每天带着遮阳帽跑来跑去，虽然身体得到了锻炼，人也得到了自由，家中铺的都是老虎皮地毯，我的体重会因此而减少，但一定会使我家中的女眷，尤其是我的妻子蒙羞。这也太轻率了些。我绝对不会使我家女眷的名誉受损。

就像前面说的，一个银行的股东有许多杂事儿要做，这让我感觉到无比厌烦。更加让我厌烦的是，无休止的办公室工作正一点点消耗着我的青春和活力，使我渐渐成为一个老气横秋的家伙。不但如此，我的啤酒肚也一天天鼓起来。我说过，我的妻子苏奈特拉十分爱我，我想，她爱的不仅仅是我的才华，还有我英俊的仪态。

和苏奈特拉的依旧年轻相比，除了银行里的存款，我什么都没有留下。渐渐显现的衰老征兆令我十分恐慌：我怕失去我的苏奈特拉！

这个时候，我们的女儿奥鲁娜恋爱了。这让我十分欣喜，看着她和她喜欢的小伙子寒林在卿卿我我的样子，就好像看到了年轻时的自己。寒林这个小伙子充满活力，说话风趣幽默。不过，就像我当年一样，他的爱情之路也很艰辛。他远聪明于我，却没有我那么好的"狗屎运"，他依旧在绞尽脑汁地讨好他的未来岳母，也就是我的妻子苏奈特拉。

不过他似乎并不怎么重视我这个准岳父，可能认为要先讨好心上人的母亲吧。不过我真的是很喜欢这个小伙子，他很像年轻时的我。奥鲁娜的母亲并不同意他们交往，这使奥鲁娜十分懊丧。有时她会为此哭泣，有时她坐在我脚边的藤椅上，向我诉说着他们的交往过程，我真的十分心疼，我做不到像苏奈特拉那样对女儿的事情不闻不问。

苏奈特拉其实很开明，只不过她低估了爱情的力量。她简单地认为，只要能够让两个年轻人隔一段时间不见面，他们的感情就会烟消云散了。

我并不赞同苏奈特拉的想法。就像一个人一直吃不饱的话，那么他就会对食物有一种病态的追求，正处于热恋期的孩子们，

10　偷来的财宝

如果一旦被强行压制，也会对爱情产生一种病态的追求，这种病态的炽热会使两个孩子发疯的。

只是苏奈特拉她一定要这么做。

雨季来临了，被雨泡过的加尔各答，那些并不结实的砖木结构的楼房这时就越发显得脆弱不堪，就像我女儿奥鲁娜的心一样。雨停了，市内恢复了往常的闷热潮湿，在一片嘈杂声中，我隐约听到好像有人在哭泣。

苏奈特拉就像什么也没听见，继续缝一件衬衣。我悄悄走近女儿的房间，透过门缝，我看到了奥鲁娜：她恍恍惚惚地坐在开着的窗前，身体处在浓重的阴影里面。她没有梳头洗脸，所以看起来头发凌乱、面容憔悴。雨点儿透过窗棂打进来，奥鲁娜伴着雨声轻轻啜泣着。

我无法再继续忍受女儿的相思病，我立即坐下来写了一封长信用本城快递发给寒林，邀请他到家里来喝茶。对于这件事情，我事先丝毫没有让苏奈特拉知道。

对于寒林的突然造访，苏奈特拉十分吃惊，不过出于待客礼貌地接待了他。他一进门我就立即走上去和他热情握手："哎呀，欢迎你的到来。我一直想请你来，一起讨论一下现代的一些新生事物。我以前所学的知识简直是太老旧了！"

研究学问并不需要花费太久，我想，我的女儿奥鲁娜一定看出了我的用意，她一定会在心里感激她有一个别人都没有的开明父亲。

在我们刚开始讨论量子理论还不到一分钟的时候，电话铃就响了起来。我急忙站起来解释："啊，真抱歉，可能是有什么急事儿找我吧！你们先慢慢聊着，或者一起去运动运动也好。等我闲下来就回来，咱们接着讨论。"

"喂，请问这里是 1200 号吗？"

"不是，这里是 700 号。"我摇摇头，答道。

我挂掉电话之后下了楼，拿起一份报纸看起来。我想，奥鲁娜这个时候一定会很高兴的。

天渐渐黑了，我打开电灯。苏奈特拉走进来，阴沉着脸。我故意调皮地冲着她说道："嘿，我说，要是气象学家们见到你现在的脸色，一定会做出暴雨预报，让大家少出门为妙！"

她冲我翻了翻眼，质问："你为什么总是这样？这么辜负我的好意？"

"我始终认为他们应该在一起。"我回答。

苏奈特拉叹口气："如果按我的意思办，把他们分开一段时间，这样用不了多久他们自然就会分开了。"

"可是我们为什么一定要扼杀他们的孩子气呢？我倒是认为他们这点儿孩子气大可以永久保留，如果扼杀掉他们的孩子气，对他们的将来是一种遗憾。"

"你不相信本命星，对不对？可是我相信啊，本命星告诉我，他们不能结婚。"

"我压根就不知道那颗该死的本命星在哪里！我也不想知道！也许它从来就没有存在过呢？我不清楚本命星是怎么告诉你孩子们的本命的，可是他们的心早就结合在一起了，这一点我想我们都看得很清楚了！"

"哼！又是吵架！我和你就说不到一起去！你知不知道，在我们每个人一出生的时候我们的婚姻就已经由本命星注定好了！如果爱一个人又不能和他结合，这得是多大的痛苦啊，我可不愿意让我的女儿也受这种苦。"

"那，亲爱的，请你告诉我，该怎么知悉一对儿情侣能不能结合？"

"他们会有本命星亲笔签署的文件的。"

三

这该死的本命星！

我想我再也没有什么隐瞒的必要了，因为这该死的本命星差点儿毁了两段姻缘,还仅仅是就我知道的而言!

我想还是先从我和我的妻子苏奈特拉说起比较好。

苏奈特拉的父亲名叫奥吉特库马尔·帕达恰里亚。他出身于一个名门望族。不过,我想,我的这位岳父老爷子的童年过得应该也不算太开心,因为他是在教授吠陀经典的私塾里发的蒙,并且在那间私塾里待了很久。

后来他考进了一所农学院,至于是哪一所我就不清楚了,他最终获得了硕士学位。并且,除了农学之外,他还对占星学颇有研究。我亲爱的妻子苏奈特拉的爷爷是一位心理学家,因为他自己不能证明造物主和诸神的存在,于是他就哪个神也不信。至于他的儿子,也就是我的岳父大人奥吉特库马尔·帕达恰里亚老先生,就更不相信诸神的存在了:这一点在他对本命星的痴迷上得到了充分的印证。本命星就等于他的最高信仰,一切赞美都归于本命星。苏奈特拉有这么一个爷爷和这么一个老爹,她如此执迷于本命星,也就没什么好奇怪的了。我和她一向在本命星的问题上说不到一起,不过这丝毫没有影响我和她一向相处和睦。

我的岳父在还没有成为我的岳父之前是我的老师。也同样是苏奈特拉的老师。因为是同学,我和苏奈特拉接触很多。再后来,我就对她产生了爱情。再后来,通过某种机会,我认识了我现在的岳

母碧帕博蒂。她是位标准的老派女性，不过由于长期和她的丈夫一起生活，她身上的迂阔之气并不严重。不过，她也有和她丈夫话不投机的时候，这也就是为什么我能在某些方面和她聊得来了。

在有一点上我和她高度一致：我们都不相信什么本命星。她相信她自己的保护神。她的丈夫总是取笑她："哼哼，你生病的时候，你的保护神可没有保护你。"

她翻翻眼。她的丈夫又说："哼，别不信我，总有一天，你会上当的，就算没有国王，但是他的卫士身上是一定会带有刀枪棍棒的。"

我的岳母回敬道："哼，我才不管什么上当不上当的呢，总之我有我自己的信仰，在生病的时候，一想到自己的保护神，疼痛都会减轻许多呢。"

在很多观点上我们取得了高度的一致，所以她很喜欢我，我也因此可以放心地把自己的心里话讲给她听。

渐渐地，我发觉自己越来越喜欢苏奈特拉，已经到了不能离开她、一定要娶她为妻的程度了——可是我又怕她爸爸会把我们的八字拿出来问本命星，于是我就只好先试着讨好她妈。终于有一天，我鼓足勇气，说："您看，我从小就失去了母亲，而您一直就只有苏奈特拉一个女儿，没有儿子，要是您也觉得我不错，我就去跟老师说说，求他把苏奈特拉嫁给我，然后您也就是我的母亲了，您看怎么样？"

"嗯，我的好孩子，你是个好小伙子，我很乐意你做我的女婿，不过，保险起见，你先把你的生辰八字拿来我瞧瞧。"我的岳母大人这样对我说。

我很快就把自己的生辰八字拿给了她。她看完以后直摇头："这不可能，小伙子，你们的生辰八字如此不合，你老师是绝对不可能同意把苏奈特拉嫁给你的，她不仅是他的女儿，还是他的学生。"

"可是，您也是苏奈特拉的母亲不是吗？"我焦急地问。

"孩子，我了解你，也了解我的女儿，不过，我不可能跑到什么本命星那里去问这件事情。"

我十分沮丧，又心怀忐忑。本命星这个玩意儿本来就十分虚幻，我没法和虚幻的东西斗智斗勇，就更别提把它奉若神主、坚信不疑的准岳父了。

我和苏奈特拉的婚事就此告一段落。在此期间，去她家提亲的一波接着一波，把她们家的门槛都踩矮了一截儿。可是苏奈特拉一个都没有答应。我知道她是知道我们的婚事黄了才这个样子的，她是为了我呀！我的苏奈特拉公开表示，她将要终身不嫁，成为一名女博士，致力于学术研究。

苏奈特拉的母亲也就是我的岳母看到自己的女儿这个样子，

十分担心,暗地里也掉了不少的眼泪,终于有一天,她把我叫出来,手里拿着一张纸:"孩子啊,这是苏奈特拉的生辰八字,你拿去,对着这个把你自己的生辰八字改一改再来提亲不就成了?我的苏奈特拉再这个样子下去会疯的!"

再后来,我顺利地和苏奈特拉结了婚,我的岳母不止一次拉着我们的手,一边掉眼泪一边说:"孩子,你在这件事情上做得太正确了。你是个好孩子,把苏奈特拉交给你,我很放心!"

事情距离现在,已经有 21 年了。

四

风越刮越大,渐渐地窗户被刮得"咣咣"直响,声音很是刺耳。我站起来关上窗户,然后对苏奈特拉说:"你把灯也关了,好吗?"

我在说一些话的时候坚持关着灯,尤其在说一些重要的话的时候更是这样。

尤其是现在。

因为我知道,一会儿,我的表情会是虚伪的、内疚的、痛苦的,我不想让苏奈特拉看见。

昏黄的街灯照进屋子里,在黑暗中,我觉得安心了很多。

我定了定心,让苏奈特拉坐在我旁边的沙发上,我伸出手臂环住她:"苏妮,你认为我们在一起合适吗?"

"你怎么这么问？我们在一起都这么久了，有什么问题吗？"

"嗯，如果，我是说，如果你的本命星其实并不同意我们俩在一起呢？"

"哈！我的本命星它怎么会不同意！它怎么可能不同意？它当然同意啦！"

"苏妮！你听我说完好吗？我们在一起 21 年了，有过无数次的争吵、无数次的相互抱怨，你难道一丁点儿都没有怀疑其实这是本命星不同意我们俩在一起吗？"

"你要是继续逼着我回答你的这些无聊问题，我可真的要生气啦！"

"苏妮！我们的第一个儿子在八个月大的时候就夭折了；我哥哥伪造了我父亲的遗嘱，偷走了应该由我继承的那份遗产。起先我的收入低微，甚至都不够我们糊口，可是即使是这样，你的母亲还是非常疼爱我们。只是不幸又发生了，你的父亲和母亲在大祭节的时候，因为意外而同时离世了。在他们死后，我们发现老两口还欠着一笔债。于是我们又承担起了偿还这笔债务的责任。我们在一起遭受了这么多的苦难，你难道真的就从来都没有怀疑过这是你的本命星并不同意我们在一起的表现吗？如果你可以提前知道会和我一起经历这些悲惨的命运，你会不会不想和我在一起了呀？"

10 偷来的财宝

苏奈特拉紧紧抱着我，一句话也没说，忽然间，我感到有炙热的眼泪掉进我的脖颈。

我紧紧地搂着她，叹了口气："可是，苏妮，这些和爱情相比都不重要不是吗？我们在一起，拥有爱情，我们一起走过了这些苦难，不是吗？"

"是的，我知道，亲爱的，我知道。"

"苏妮，你再想想，即使你的本命星因为我曾经的冒犯而立刻就让我死在你的面前，在我死之前，我已经弥补好了这些损失，不是吗？"

"好了，你不要再说下去了，我不想听！"

"那关于我们女儿奥鲁娜爱上寒林这个小伙子的事，我们只需要了解这一点，其他就都不要再多管了，你说是不是，苏妮？"

苏奈特拉依然沉默着，不过我知道，她应该想通了。

"当时我爱上了你，我就默默告诉自己，无论遇到什么样的困难，我最终都会顺利地跨过去，也无论本命星上怎么说我们的八字不合，我就是要娶你做我的妻子。我那时就已经暗暗发誓，以后有了孩子，绝不让他们为本命星所苦。"

我们正说着话，突然间楼上传来下楼的脚步声，寒林从楼上急匆匆走了下来。

"对不起,我忘记戴手表了,我不知道已经过去了这么长时间。"寒林有点胆怯地看着苏奈特拉说。

"不,孩子,在我看来一点儿也不晚,你一定要在这儿吃晚饭。"

哈哈,我亲爱的苏奈特拉现在就开始纵容她的女婿了。这一点她可真像我那可爱的岳母大人!

那天夜里寒林走后,我还是忍不住向苏奈特拉坦白了当年听从岳母的话,改了自己的生辰八字的事情。

她沉默了一会儿,说:"我觉得你还是应该隐瞒我一辈子,可惜……"

"为什么?"

"因为现在我开始担惊受怕了。"

"怕什么?现在开始就怕当寡妇了?"

苏奈特拉又一次沉默了,过了一会儿,她说:"不是害怕这个。我是在害怕你抛下我一个人走在我的前头——这样对于我来说就等于经历了两次死亡啊!"

11　破裂

　　博诺马利和喜曼舒两人是远房亲戚，不过他们两家的关系并不算太远。这是因为两家已经当邻居很久了。两家之间就隔着一个花园。可说博诺马利和喜曼舒两个人的关系非常好。

　　博诺马利年长喜曼舒很多。在喜曼舒还是个婴儿的时候，博诺马利就常常在早晨和晚上抱着他到花园里呼吸新鲜空气，带着他玩耍。当他哭闹的时候，博诺马利就会安慰他，拍着他，直到他睡着为止。

　　博诺马利并不在乎他自己的学业。因为在他看来他的弟弟加邻居喜曼舒才是真正值得在乎和关心的。对于博诺马利来说，喜曼舒就像是一株藤蔓植物。他竭尽自己全部的能力去爱、去培育这株藤蔓。他自己就像——他也心甘情愿地做一棵树，任由藤蔓爬满自己全身的枝干。也只有这个时候，博诺马利由衷地感到了欣慰和满足。他觉得自己是世界上最大的富翁。

　　喜曼舒渐渐长大了，他和博诺马利成了知心朋友，他们俩之间的年龄差距似乎就像不存在一般。

这种状态得益于喜曼舒已经开始读书习字了,在旺盛的求知欲和强烈的好奇心的驱使下,他会拼命地读他抓得到的每一本书。虽然也读了不少没营养的书,但他的素养还是得到了很大的提高。每当他在博诺马利面前念出某本书里的一段话,或者表达一些自己的看法的时候,博诺马利都是很用心地听着,哪怕博诺马利手头还有事情要做。博诺马利从不把他当小孩子。他十分满意眼前的状态,毕竟这个小家伙是自己从小看着长大的呀!

喜曼舒也很喜欢花园里的一切。不过细细比较之下,会发现他的喜好和博诺马利的喜好大不相同:博诺马利喜欢的是植物本身,他用心地栽培着这些匍匐在大地上的柔弱植物,他爱植物本身,爱栽培它们。而喜曼舒则喜欢一切和植物相关的知识性特点:他感兴趣的是种子如何发芽、出苗、开花、结果。

渐渐地,喜曼舒把自己关于花园的想法,比如如何布局、如何栽种、如何剪枝、如何施肥等想法都告诉了博诺马利,而博诺马利像往常一样愉快地接受了喜曼舒的这些建议,他们一同对花园进行了大改装,花园的样貌立刻焕然一新了。

博诺马利每天下午四点钟都会披着一条披肩,坐在花园正对面的凉亭里面乘凉。那座凉亭十分典雅,像极了祭祀用的亭子。

博诺马利待在亭子里,无精打采地半躺半靠着。通常他还会抽着一袋水烟。一般地,他不看报纸也不看书。他的情绪就像燃烧的烟圈一样,慢慢地飞散、飞散、飞到空中,最终没有留下任何痕迹。不过,他好像在等待着什么。

不久,喜曼舒就回来了。博诺马利兴奋起来,他开始仔仔细细地洗脸、洗手,然后匆匆忙忙地喝了杯水。从他的神情中就可以看出来,他早前的左顾右盼、无精打采,原来就是为了等待他的小朋友放学。

接下来,他们会手牵手在他们的花园里散步。天色暗下来的时候他们会坐在石凳上休息一会儿。晚风吹着花园里的植物们,叶子发出"哗哗"的声响,在他们的头顶上,繁星泛着闪闪的光。他们就这样并肩坐着,除了植物和繁星,只有他们俩。

这时候,喜曼舒就会滔滔不绝地讲述他的想法和见闻。博诺马利虽听不懂他的小朋友在说些什么,不过他绝对不会打断喜舒曼。如果换了其他人的话,他一定会非常厌烦,只是这些话从喜曼舒嘴里说出来,他就会觉得十分有趣儿。

在博诺马利这位令人尊敬的成年听众的陪伴下,喜曼舒的记忆力、演说才华、想象力都得到了极大的提高和展示。喜曼舒通常是想到什么就说什么。这些知识有的是他从书本上看来的,有的是他听来的，有的则是他自己编出来的。他说的话自然也就有的可信，有的荒诞。不过博诺马利从不打断他。就算是他问问题，博诺马利也用一两句话就回答完，好使他接着说下去。

到了第二天，喜曼舒去上学了，博诺马利就独自坐在树下，思考着他的小朋友头天晚上告诉他的事情。他十分喜欢这种思考，他认为这是个打发多余时光的好办法。

在两人美好的友谊当中，两家人却发生了激烈的争吵。原因是在两家的住房之间有一条水渠。在水渠的一侧，长着一棵柠檬树。当博诺马利家的仆人想要去采摘这棵柠檬树上的柠檬时，喜曼舒家的仆人却阻止了他们。于是两家发生了激烈的争吵，以至对骂。如果骂声可以用物质来衡量的话，两家人的骂声足以把这条水渠填平。

在这次争吵之后，博诺马利的父亲霍尔琼德罗和喜舒曼的父亲高库尔琼德罗两位家长又大吵了一架，最后两家人都向法院递交了诉状，主张自己家对水渠的所有权。

两家都花了大价钱请来了最好的律师，好在法庭上代表自己阐述主张。这是一场极其耗费时间和精力的口水大战。双方为争夺水渠的所有权所花费的金钱，堆积起来，足可以把那条窄窄的水渠填满。

最后，霍尔琼德罗家打赢了官司，法庭正式宣判，这条水渠的所有权是属于霍尔琼德罗家的，那棵长在水渠一侧的柠檬树也是。尽管如此，对方还是都去法庭提出了上诉，但是上级法院依旧把那水渠及那棵长在水渠一侧的柠檬树判给了霍尔琼德罗家。

在法院审理这起案件期间，博诺马利和喜曼舒这两位远房亲戚外加忘年交的友谊并没有受到太大的影响。博诺马利甚至在想办法尽量长时间地把喜曼舒留在自己身边一会儿。对此，喜曼舒也没有表现出任何的不满。看起来，这对兄弟的感情是经得起利益考验的。

在法院判决霍尔琼德罗家胜诉的那天，博诺马利一夜没有合眼。而霍尔琼德罗家里到处都充满了喜悦气氛，第二天下午博诺马利满面愁容地走进花园，在他平时和喜曼舒一起坐的漂亮凉亭里坐了下来。这时，他觉得自己是这个世界上仅存的失败者，还是遭到一次大败的那个。

在这样的心情中，时间一分一秒地静静流逝了。时间早就过了六点钟，可是他可爱的小朋友喜舒曼还是没有出现。他无精打采地望了喜曼舒家的房子一眼：灯开着，喜曼舒的校服和书包已经挂在了衣架上，还有很多他熟悉得不能再熟悉的东西。这说明喜舒曼已经放学回家了。

博诺马利放下了烟袋，闷闷不乐，他在花园中走来走去，他无数次地望向相邻的喜舒曼家的窗子，他以十分热切的心情期待着喜曼舒的到来，可是喜曼舒始终没像往常一样走到他们俩的花园里来。

时间还是一分一秒地流逝了，博诺马利一直等着。他一直等，一直等。一直等到了晚上，等到远近的房屋都亮起了灯光的时候。他终于下定决心，朝着喜曼舒家的方向慢慢走去。

此时，喜曼舒的父亲高库尔琼德罗正坐在大门口。他看到博诺马利，就大声地问道："是谁？"

博诺马利正在想着，待会儿见到他的小朋友喜曼舒，他该如何向他诉说，诉说他自己是多么盼望他的到来，诉说自己今天下午一直在他们俩的花园里等他。可是高库尔琼德罗冰冷的声音打断了他的思考。这使他觉得自己就像偷东西被当场抓住的贼一样。

"是你啊，你来找谁？屋里没有人。"高库尔琼德罗声音冰冷。

博诺马利知道了高库尔琼德罗并不欢迎自己这次造访，他垂头丧气地走进花园，默默地坐着。

夜幕降临，博诺马利看着喜曼舒家的窗户一扇扇关上，看着喜曼舒家的灯一盏盏熄灭，他就这么眼睁睁看着这一切在他眼前发生。

在这漆黑的夜晚，这些对于博诺马利来说，似乎正预示着喜曼舒一家的所有门户都已对他关闭，只有他一个人，孤独地置身于这黑暗之中。

第二天，博诺马利又来到他和喜曼舒的花园里坐下来。他想：嗯，大概今天喜曼舒会来的吧，他每天都会来我们俩的花园的呀！可是，或许喜曼舒从今以后再也不会来了呢？博诺马利的心里越来越冷，他怎么也想不到喜曼舒这位小朋友会和他决裂。他开始觉得自己把全部生活的重心都放在和喜曼舒的友谊上是件很轻率的事情。他突然明白，从今天开始，他们之间友谊的纽带被拉断了，虽然他在内心里还根本不能接受这一点。

从那天以后，博诺马利每天都会到花园里来等着，他在等喜曼舒。他盼望着喜曼舒像以前一样，能到花园——他们的花园里来，哪怕来一次。可是，喜曼舒没来过，一次也没来过。

又是一个阳光明媚的星期天，博诺马利在心里暗想：嗯，又是一个星期天了，没准儿今天上午喜曼舒就会来的。并且还会像以前和我们家人在一起吃午饭呢！不过，连他自己也不太相信自己这个想法了。不过，他还是不愿意放弃。

眼看着上午就要过去，博诺马利又一次开始自我安慰："嗯，喜曼舒也是要吃午饭的，没准儿他吃完午饭就会来的。"

午饭时间过去很久了，喜曼舒还是没有到花园里来。博诺马利又开始自我安慰:"嗯,今天天气么好,我的朋友或许会睡个午觉再来?"其实,他并不知道喜曼舒是不是在睡觉,所以更不知道他什么时候睡醒。喜曼舒还是没有来。

就这样,一天又过去了。黑夜再次降临大地。博诺马利又一次眼睁睁地看着喜曼舒家的窗户一扇扇关上,眼睁睁地看着喜曼舒家的灯一盏盏暗下去。博诺马利不知如何形容这一切。

残酷的命运就这样又从博诺马利手里夺走了一周七天的时光。博诺马利没有实现自己的夙愿。他那含着泪水和委屈的大眼睛就那样看着喜曼舒家的大门、窗、灯光。所有的难受仅仅凝成了一句极为凄凉的话:"友谊啊!破裂了!"

12　河边台阶的诉说

如果石头有记忆的话，你一定可以在我的石阶上找到很多关于过去的记忆。现在，这些记忆被人们称作"故事"。如果，你想听故事的话，就请你坐到我身上的石阶上来吧，和这潺潺的流水一起倾听我的讲述。

到现在我还清楚地记得这个故事，就像现在，这个故事发生在还有三四天就到九月的日子里。

清晨，大自然刚刚从昨夜的黑暗中苏醒。和煦的晨风吹拂着树叶，树叶轻轻摇动着，一切都那么的生机勃勃。

恒河的水涨满了，只剩下四个台阶。河水和陆地像一对亲密的恋人，手牵着手每一刻都舍不得分开。在长满了杧果树的河滩上有一片水藻，恒河水已经浸润到了那儿。河湾处的三堆破旧砖头也已经完全浸泡在水里。系在河边的渔船，它们随着潮水飘摇着舞动着。那充满活力的潮水拍打着船舷，好像情侣们牵着自己爱人的鼻子，开着亲密的玩笑一样。

晨光！晨光！像赤金一样橙黄耀眼的晨光！我还从来没有见过这样耀眼的颜色呢。芦花也才刚刚绽蕾，还没有完全开放！

念诵着"罗摩、罗摩"，船夫们解缆开船了。小船儿扬着小小的风帆，迎着恒河上赤金一样的阳光启航，就像鸟儿在阳光下欢快地展翅飞向蓝天。这些小船像极了天鹅，不过它们的翅膀在天空翱翔，身子在水中。对你们来说，这件事已经是来自过于久远的年代，但是对我来说，它就像昨天才刚刚发生的一样。长久以来，我看着时光像恒河水一样在我面前静静流淌而去，似乎静止，又似乎如此飞速。白昼和黑夜就那么一个又一个地过去，没有留下什么踪影。

所以，尽管我看上去老态龙钟，可是我的心态依旧十分年轻。虽然我的记忆上面漂浮着一层厚厚的干草，但是并不影响干草下面河水的光辉。偶尔也会有折断的水草突出来，扎在我的心里，所以，你们不能说我的心里什么都没有留下。

在我身体的缝隙里面，长满着青苔和水草。长久以来，是它们呵护着恒河和关于恒河的记忆。而我，随着恒河水一个台阶一个台阶地涨落，也一个台阶一个台阶地渐渐老去。

丘克罗波尔迪家里的老太太，刚刚洗过了澡，穿着漂亮的衣服，捻着念珠回家去。她看起来已经和我一样老态龙钟，可是在我看来，她还是那个小姑娘，和当年在恒河里欢快戏水时的那个没有任何区别。她已经有了女儿,她制止过女儿们相互用水打着玩儿。她的女儿们现在也已经长大成人。我还记得呢,她当年最喜欢用芦叶卷成小船的样子然后站在我的台阶上把它们推到恒河里去,然后看着它们一点点漂走。

每当我看到这一切,我就想起恒河上漂浮的芦签之舟,那是一个个漂亮的小姑娘们站在我的石阶上推进河里的。我感到很有趣味。我就这样静静地看着人们一天天长大、一点点衰老。

重复的故事太多,可是我下面讲述的这个故事,应该不会重复发生了。

每当我讲述一个故事的时候,另一个芦签做的故事之舟就会也顺流漂过来。我因此记不得太多的故事。今天那一个几次都险些沉没的故事之舟再次漂了回来。除了叶子上载着的两朵小小的花,也没有什么了。不过要是哪个善心的小姑娘看到了,一定会叹着气把它拿回家去。

曾经,我还没有这么衰老,在我的左手附近也没有这两堆碎砖头。在那里有过一个洞穴,洞穴栖息过一只燕子。每当早晨它一醒来,就会舞动着那鱼尾似的尾巴,鸣叫着向天空飞去。这时候我就知道,我的小姑娘库苏姆该到河边来了。

我现在要说的这个善心的小姑娘,她的伙伴们管她叫库苏姆。

我想，这应该就是她的名字了吧。当她在恒河边戏水的时候，她站在我的身上，她的倒影映在恒河光滑的河面上，简直就像一幅美丽的图画。每当这个时候，我都希望恒河可以把她的身影留住。

她戴着四只脚镯。每当她在河边戏水或是踩在我的身体上的时候，她的脚镯就会叮当作响，声音十分动听。她其实并不十分爱打闹，她只是喜欢水，就像我喜欢她一样喜欢。但是她还是拥有很多朋友。她的女伴一点儿也不比其他姑娘少。她们会经常喊她的名字："库苏姆——""库苏姆——"不过她的妈妈管她叫库士米。通常她都是安安静静地坐在河边，就好像她跟河水结下了某种特殊的缘分。

后来的一段时间我并没有再看到库苏姆。倒是她的女伴们经常到河边来哭泣。她们说，库苏姆嫁人了。她嫁去的地方没有河流和石阶。那里的街道、小路、风景、人群，甚至她嫁给的那个人，对她来说都十分陌生。可怜的库苏姆，好一朵荷花，被人硬生生移植到了陆地上！

时光渐渐流逝，我已经不太记得库苏姆了，来到河边的姑娘们也不再谈论她了，就好像其他的人或者故事即将过去。可是，多年以后的一天，我感觉到了一双熟悉的脚又踩上了我的身体，我抬起头：啊，那是库苏姆啊！

只是，我没有听到她叮当的脚镯声了。

长久以来，我总是同时感觉到库苏姆双脚的触摸和她那脚镯的响声。可是，今天却突然听不到她脚镯的声响。而且，库苏姆再也不笑了，虽然她还是像往常那么安静。因此，在我看来，在这黄昏时刻，河水好像在呜咽，风在拂弄着杧果树叶，悲悲切切，凄凄惨惨。

我听说她已经成了寡妇。她和她的丈夫刚刚结婚两天，她的丈夫就到外地去工作了。后来，她收到了一封来自远方的信，说她的丈夫已经死去了。于是她擦掉了代表新婚的朱砂发缝线，摘掉了首饰，又回到了恒河边的故乡。

但是，库苏姆再也见不到她的女伴儿们了，她们都已经出嫁。现在只有库苏姆一个人了。她还是像往常一样，静静地坐在我的台阶上。我多想向她呼唤啊："库苏姆！库苏姆！"

库苏姆就像恒河那一天天涨起来的河水，一天天充满了青春活力——但是她那朴素的着装、忧伤的神情遮蔽了这些，使人们不容易看到她的青春活力。

村里的人谁也没有发现库苏姆已经长大了——就像我还是一直认为她还是那个小小的姑娘，只是她的脚镯真的不见了。不过，就像往常一样，每次当她站在石阶上的时候，我还是听得到那叮当的脚镯声。一晃，十年过去了。

那年九月的最后一天,一切就像今天一样平常:你们的妈妈洗完澡还是穿着漂亮的衣服回家,你们的曾祖母还是拿着铜壶到河边来打水,阳光也还是像今天一样和煦温暖。所有的人都像往常一样,谈笑风生地从我身边走过。

唯一不同的是就在那天早晨,来了一位苦行者。他身材细瘦,面容白皙。他就住在恒河岸边的一座湿婆庙里。

苦行者到来的消息很快传遍了村庄,姑娘们纷纷放下水罐,到庙里向这位贤者致敬。

到庙里去的人越来越多。这位苦行者礼数十分周到:他会抱起女人怀里的孩子,会询问她们家务做得如何;见到男人就关心地问他们的工作。很快地,他赢得了女人们的一致尊重,男人们也喜欢到庙里去。他有时候宣讲《薄伽梵书》,有时候诵读《薄伽梵歌》。遇到请教经典的人,他就耐心地和他们讨论。有时有人会去求符咒,也有时候会有穷苦人去求药方。他无论身份贵贱,一律真心相待。于是,姑娘们去河边打水的时候会经常说起他。女人们提起他,常常会这样说:"你们看,他有多么的端庄呐!他简直就是湿婆神亲自下凡来到我们这间庙里!"

他起得很早,在每天太阳升起之前,这位虔诚的苦行者都会站在恒河水中,面向日出的方向,以他特有的深沉缓慢的语调来进行晨祷。每当这时候,我就听不到恒河的絮语,只听到他那使人心灵宁静的声音。我就这样每天听着他的晨祷,看着恒河东岸的天边慢慢升起红日,看着黑夜的花蕾慢慢绽开出鲜红的霞光,看着这鲜红的霞光一点点映红整条恒河。

我觉得,这位伟大的苦行者每天面对东方所念诵的,其实是一种伟大的咒语,随着咒语每个字的念出,黑暗这个女巫就渐渐无计可施。月亮星星这些黑暗的标志也会随之西沉、落下。

在晨祷之后,他会进行仔细的沐浴。当他颀长的、白皙的、瘦削的身躯挂着闪光的河水从恒河中站立起来的时候,霞光打在他的身上脸上,水珠儿也闪着光滴下来,他在晨光的照耀下,浑身散发着圣徒般的光芒。

几个月的时间很快过去,有一天发生了日食。人们纷纷到恒河进行沐浴,在河岸边的合欢树下也开了大集。人们也想借此机会看看这位尊贵的苦行者。从库苏姆家所在的那个村子也来了很多姑娘。

早晨,当苦行者一如既往地用他那特有的、使人心情平静的舒缓语调诵读经典的时候,一个姑娘看见了他,然后用手拍着另一个姑娘的肩膀:"嗨,你看,这不是我们村里库苏姆的丈夫吗?"

被拍肩膀的姑娘透过面纱的缝隙观察了他一会儿,吃惊地说:"我的天啊,真是他!他是我们村察杜久家的少爷呀!他成了苦行者！"

第三个姑娘没有过多显摆她自己的漂亮面纱,她说:"没错!这前额、这鼻梁、这嘴唇、这眼睛!的确就是他呀!"

第四个姑娘继续打她的水,连看都没看这位苦行者一眼:"怎么可能是他?他不是死了吗?他怎么可能复活?"

"唉,我们库苏姆姑娘的命真苦!"

"他没有这么长的胡子呀!"

"他也没有这么瘦呀!"

"好像他也没有这么高吧?"

她们议论着,始终没有达成一致,也绝不可能达成一致。

整个村子的人都看见了这位苦行者,只有我善良的小姑娘库苏姆除外。因为当时人太多了,她没有来——她一向喜欢一个人来。果然,几天之后,她一个人过来了,坐在石阶上,怀念着我们旧日的友情。

石阶上一个人也没有,河旁寺庙的晚钟刚刚敲过。晚钟的余音还和鲜红的晚霞一起渐渐消散。晚钟的余波也传到了河岸边的杧果林里,在树林中回荡、减弱。月亮出来了,河水平和如镜。

库苏姆一个人静静地坐在石阶上,安静如常。她把自己的身影洒在我的身上。库苏姆的面前是恒河,头顶是如水的月光,身后是无边的黑暗和寂静。偶尔,在树林里会传来几声豺狼的嗥叫,但很快也恢复了平静。

苦行者正慢慢地从庙里面走出来。突然他看到石阶上坐着一个女子,他一转身想要走回到庙里。这时,库苏姆突然抬起头来,定定地望向他。

沙丽从库苏姆的头上滑落,月光照着她。他和她的目光相遇了:他们好像彼此相识,又好像在相互辨认。似乎,他们在前世里见过吧。

猫头鹰的叫声使库苏姆感到十分恐惧。不过她在竭力克制自己的情绪。她把沙丽捡起来,用一端蒙住了头,随后站起来,向苦行者行了触脚礼。

苦行者接受了库苏姆的触脚礼,祝福了她,并问道:"你叫什么名字?"

"我叫库苏姆。"库苏姆静静地答道。

在那一夜,除了这些,苦行者和库苏姆再也没有说其他话了。库苏姆自己一个人走回了家。她的家离寺庙并不远。我们的苦行者就这样坐在我的石阶上,从黑夜一直坐到黎明,坐到他自己的影子落到他自己面前,他才从石阶上站起来,慢慢走回庙里。

从第二天开始,库苏姆每天就会向苦行者行触脚礼。每当他诵读经典的时候,库苏姆都会在一旁肃立聆听。当他做完晨祷的时候，他甚至会让库苏姆到庙里去，他会为她宣讲宗教经典。我不知道库苏姆是否听得懂那些。但是，当苦行者宣讲的时候她就会肃立在旁静静聆听。或者苦行者让她做什么事情，她都会麻利地完成。在敬神方面，她一丝不苟。

库苏姆会来恒河打水为庙堂做清洁，她还会采集鲜花供神。她还是会坐在石阶上。不过我知道，她这是在思考，开始思考苦行者告诉她的一切。她静静地看着河面，眼神静谧深远。她又恢复了微笑。她的心胸开阔了。

她沉静的脸上笼罩的忧郁开始消失。

每天清晨，当库苏姆向苦行者行触脚礼的时候，她的脸上闪过虔敬的光芒。她自己就像是她经常用来供神的洗净的鲜花一样，她周身散发着优美的光华。库苏姆那尘封已久的心灵又开始重新散发光亮。

时间一天一天地过去，在冬季即将离去的时候，冷风还在劲吹。一天傍晚，忽然从南方吹来了一股春风，天际中的寒意完全消失。在过了很多天之后，村里又响起了竹笛，还可以听到歌声。船夫们驾船顺流而下，他们停下桨，唱起了黑天的赞歌。鸟儿在树枝间跳来跳去，突然欢快地互相呼叫起来。春天就这样降临。

在春风的吹拂下，我的石头心也开始散发青春了。

不过，这段时间，我没有见过库苏姆。

庙里没有她的身影，石阶上也没有，她也没有在苦行者身边。

终于，有一天，他们在傍晚在石阶上相见了。

"师尊，是您叫我来的吗？"库苏姆低着头，恭敬地问苦行者。

"是我叫你来的，你最近怎么了，怎么这么不热心敬神了？"苦行者问道。

库苏姆沉默着，没有回答。

"请诚实告诉我你的心事。"看到库苏姆沉默了，苦行者这么说。

"师尊，我是个罪人啊，我怕我越像以前那么虔诚地敬神，我就越会亵渎神灵。"库苏姆把脸偏到一边。

"库苏姆，我知道你心里很苦恼。"苦行者语调温柔。

库苏姆心里很吃惊。她或许没想到苦行者会这么说。她用纱丽擦了擦眼睛，坐在苦行者脚边大哭起来。

"那么请你把你所有的不安都告诉我，我会指给你一条走向安静的路。"

"您既然吩咐，那我就告诉您。不过，我可能说不太清楚。一天夜里，我做了一个梦：仿佛梦见他是我心灵的主人。他坐在一个薄古尔树林里，用左手拉着我的右手，向我倾诉爱情。我当时并没感到这是不可能的，也不觉得惊奇。我醒了之后，梦境却深深地印在我的脑子里。第二天,当我看见他的时候,就觉得他已不像以前那个样子。我的心幕上经常出现那次梦境。由于恐惧,我就远远地避开他,可是那个梦境却总是缠着我。从此我的心就再也不得宁静,我的一切都变得暗淡无光。"库苏姆语调虔敬低沉,不过由于内心激动,有时候语调有些不清楚。

在库苏姆一边擦着眼泪,一边讲述这些话的时候,我感觉到苦行者在使劲用他的右脚踩石阶。我想,他的内心也一定在翻江倒海吧。

"你应当告诉我,你梦见的那个人是谁。"

"请您原谅我,师尊,这我不能说。"库苏姆双手合十。

"库苏姆,我是为了你才问你。你要明确地告诉我他是谁。"

"一定要说出他是谁吗?"库苏姆搓着手,好像下了很大的决心。

"是的,你一定要告诉我他是谁。"

"尊师啊,我梦到的那个人,他就是你呀。"库苏姆好像迫不及待地说。

库苏姆鼓足勇气,终于说出了自己的心里话,她好像用尽了一生的力气。当她说完之后,她就立刻失去了知觉,倒在了我坚硬的怀里。

当库苏姆恢复知觉后,她看见苦行者还站在原地。她马上坐了起来,他对着刚刚苏醒的她悠悠地说:"我吩咐你的一切,你都做到了,我还要吩咐你一件事,你也应当做到。我今天就要离开这里了,马上动身。我们不应当再见面了。你应当把我忘记。告诉我,你能做到吗?"库苏姆站起来,她望着苦行者的脸,"师尊,我能做到。"她用缓慢的语调回答道。

"那么,我就走了。"

她沉默着,向苦行者深深地鞠了一躬,抓起他脚上的尘土放在自己的头上。

苦行者走了。

"他吩咐我把他忘记。"库苏姆喃喃道。

说完,她就慢慢地、慢慢地、慢慢地走进恒河的水里。

库苏姆从小就生活在这河岸上,如果不是这河水伸出手来,把她拉入自己的怀抱,那么还有谁来拉她呢?

此时月亮已经下山,天一片漆黑。我听到了河水在絮语,可是我一句也听不懂。风在黑暗中呼呼地刮着,为了不让人们看见任何东西。他像吹蜡烛一样吹灭了天上的星辰。

经常在我的怀里玩耍的库苏姆啊,我心爱的善良的小姑娘啊,她在那天结束了玩耍,离开我的怀抱走了。至于她走到哪里去了,我至今也无法知道。

13　小媳妇

石博纳特是一位小学老师。他胡须刮得很干净，头发也留得不长，他的脑勺上留有一撮毛。学生们一看到他的外表就紧张。

在世间有这样一种动物，它们身上都是刺，嘴里却没有牙齿。可在我们的这位老师身上，这两样却都有。一方面，他那巴掌、拳头、耳光会犹如风暴一般光临这些小幼苗们，另一方面，他那种尖酸刻薄的话语就如同熊熊烈火，会烧得学生们灵魂出窍。

他常常说，现在已经没有从前的那种师生关系了，学生们对老师并不如天神一般的尊敬。所以他也就把那副并不存在的威严如狂风骤雨般地向学生们抛去，朝他们发出夹杂着污言秽语的恐吓性的吼叫。说他的吼叫犹如泼妇的疯狂咆哮毫不过分，在咆哮中，将这家伙的丑陋小人嘴脸暴露得清清楚楚。

换句话说，把石博纳特这位小学低年级教师比作一位凶神并不是对他有所贬损；而且，进一步说他是个魔鬼也没错。回想下跟他相处的那些年，我认为我们当初对他的评价一点都不为过。

尽管那段令人终日胆战心惊的日子已经成为过去了，但那时候，我们巴不得从他所营造的地狱中逃离。

不过回头想想，魔鬼本来就是凶残的，不凶残又如何会被称为魔鬼呢？仁慈的神仙们可不会像他那样，只要我们按时供奉，他们就会给我们很多赏赐并保佑我们幸福平安。就算我们一无所有，哪怕采摘一朵野花给他们奉上，他们也会欣欣然。而魔鬼就不同了，他之所以成为魔鬼就是因为他和那些好心的神仙们不同，他频繁地出入人间，凶残地对待我们每一个人，所以魔鬼就是魔鬼。

我们当年的那位石博纳特老师就是这样的一个魔鬼，他有一样看上去毫不起眼却又极为恐怖的招数，令我们直到现在想起来都后怕。这个招数就是给我们起外号，给所有他不喜欢的学生起外号。虽说我们当时都只是小孩子，可是作为人，谁又不爱惜自己的声名呢？名字的作用对于一个人而言就是一个被用来呼唤的符号，可是他却连这个符号都剥夺了，反而给人一个感觉到羞耻的称号，这对于爱惜良好名声的人而言，不啻谋杀。对于那种爱惜自己名誉的人而言，遭受此种侮辱简直比杀了他们还难受，试问被那样呼来唤去，即使人还活着，可心灵上又会遭受多大的伤害啊！

这么说吧，在许多人看来，来自精神层面的打击远远要比物质的失去要重得多，因为人生并不能用物质的多寡来衡量，人的尊严要远远高于自己的生命，人的声名更远远比生命宝贵得多。

正因为人们在心中往往这么想，所以大家的感情极容易会因此而受到严重的影响。也正因为如此，我们的一个同学绍什舍科尔被老师"赠与"了一个"歪嘴鱼"外号的时候，他感觉到了巨大的痛苦。当他得知这个外号是缘于老师对他五官的印象之后，他的痛苦加剧了。

不过，绍什舍科尔是个坚强的人，他用坚强的意志挺过了这个羞辱，并且依然旁若无人般地坐在教室里。

阿舒在班级里的年龄最小，生性腼腆，不好意思和别人说话，大家都很同情他。每当别人和他说话的时候，他只是微笑不开口。他的学习很优秀，大家都喜欢和他交朋友，可是他却不习惯和别人一块玩儿；他很乖巧，放了学就立即回家，绝不在学校多待一分钟。

有段时间，阿舒家的女仆经常带着用莎罗树叶包着的甜食和一小铜罐水给他。每当那时候他就显得极为难堪，直到女仆走了之后他才恢复常态，作为一个小学优等生，他有许多优点，可是他却从不向其他学生显露这些。他也更不向同学们透露自己的家庭条件、父母、兄弟姐妹们的情况，好似这些都是秘密一般。

阿舒在学习方面近乎完美，只是偶尔会迟到而已。每当遇到这种情况，石博纳特老师就会不怀好意地对他进行询问，而他却每每没有一个让人感觉合理的回答。于是老师就会让失魂落魄的他把手放到膝盖上弓着腰到走廊边的楼梯去罚站。自然而然，整个年级的学生都会看到他在受到这种侮辱性的惩罚。

那天学校放了一天的假，第二天早晨，石博纳特老师坐在教室里的椅子上，眼睛死盯着门口，这时候阿舒走进了门，他比平日里更腼腆了，手里拿着一块石板和一个包着几本书的染了墨的旧书包。

石博纳特先生冷笑着嘲讽道："啊哈，小媳妇来了。"

下课后，石博纳特老师对我们说："注意了，大家都听着！"

这时候，阿舒好像是被一块巨大的磁石吸住了一般，但他依然面对着全班同学好奇的目光，只是有一条纤细的小腿在有意无意地晃荡着。是啊，随着时间的增长他也会不断长大，在将来的人生中也会遭遇许多的屈辱与不幸，可是或许没有哪天的不幸能与今天相比了，他今天遭遇了一场莫大的屈辱，这烙印会伴随他的一生。

不过，这事并不难以描述，几句话就可以说清楚。

阿舒只有一个小妹妹，那是个很小的女孩子，没有其他的姐妹，邻居中也没有同龄的女伴，所以她平时只好跟阿舒一起玩儿。

阿舒家的停车场就在阳台的下面，旁边围满了栏杆，只有一扇小门。放假的那天下着大雨，天上阴云密布，街上只有三两个行人打着雨伞匆忙行走，他们无暇顾及身边的一切，只是茫然地望着雨中的前方。在这个阴雨绵绵百无聊赖的日子里学校放了假，于是阿舒和她的小妹妹就一同坐在停车场的台阶上玩耍。

当时他们兄妹俩玩儿的是给洋娃娃结婚的游戏，小阿舒一边煞有介事的为洋娃娃布置"婚礼"，一边指导着妹妹。

这时候他们忽然发现原来这游戏还缺少一个主持婚礼的祭司，于是小姑娘跑到雨中拉住一个行人摇动他的胳膊说道："好心的先生啊，您能来当我们婚礼的祭司吗？"

这时候，小阿舒看到石博纳特老师站在停车场边上，因为雨大了，他收起了雨伞，浑身已经被雨水淋透了，他原本只是想来到停车场避雨，没想到却被一个小姑娘给拉住去做游戏。

阿舒看到了石博纳特老师后立即丢下了小妹妹躲到屋里，这个原本美好的假日就这么给糟蹋了。

第二天，当石博纳特老师当着全班同学的面用嘲讽的语气将这件事说了出来，并且给阿舒取了一个"小媳妇"的外号。小阿舒听到之后仍是以微笑来回应老师的叙述，并且试着用微笑来面对同学们的取笑。

就在这时候，下课铃响了，同学们鱼贯而出，阿舒家的女仆又带着莎罗树叶包裹着的甜点和盛水的小铜罐立在教室的门旁。

尽管阿舒依然带着微笑，可是他的脸却从下巴红到了耳根，

脑门上也是青筋暴跳，他再也控制不住自己的情绪，眼泪吧嗒吧嗒地落了下来。

下课后，石博纳特先生在办公室里喝了一杯水后慢条斯理地抽起了烟，而同学们则围着小阿舒起哄、嘲笑，喊他的新绰号"小媳妇"。小阿舒哭着在想：和妹妹在假日里玩耍居然成了自己最大的耻辱，他不敢想象，究竟要到哪一天，大家才会忘记这件事！

14　胜与败

国王乌多耶纳拉扬有位公主叫奥波拉吉塔。在宫廷里有位叫谢科尔的诗人却从来都没有见过她。

但是，每当诗人谢科尔创作出了新的诗篇并为国王朗读的时候，他总是提高了嗓门，希望后宫里的女听众也能听到他的作品。在他看来，他的诗篇已经随着他曼妙的朗读声穿越了浩瀚的星空，而有一位从未谋面的女神此刻正陶醉于他的朗读声中，因他的诗篇而沉醉、幸福。

谢科尔时常陷入沉思，陷入那对公主的美妙幻想，幻想听到她那叮当作响的首饰，幻想她的玉臂红唇，幻想着她那涂了红的莲足上的黄金叶会随着公主的走动而发出歌唱般的声响。那白皙的足踝配着那歌唱是多么和谐的诗歌共鸣啊！

公主的女仆蒙乔丽每天到河边洗东西的时候都会从谢科尔的房门前经过，次次都会和他聊天。每当清晨和傍晚她都会打扮得漂漂亮亮到谢科尔的房间里去坐坐，这么频繁地到河边，并且穿着漂亮的服饰，戴着精致的首饰，这显然毫无必要，究竟是为什么呢？真让人难以理解。

人们对于这件事津津乐道，纷纷嘲笑起哄。这议论绝非毫无根据，因为谢科尔见到蒙乔丽总是笑得很开心，显得特别高兴，谢科尔也并不回避这一点。

虽然蒙乔丽的意思是"蓓蕾"，但对老百姓来说，那不过是个女仆的名字罢了。但谢科尔不那么看，他给这个名字添加了许多诗意，把她称为"博尚托蒙乔丽"——"春天的蓓蕾"。几乎所有人知道后都在叹息："哎，不幸开始了！"

后来，诗人进一步美化了这个名字，称之为"美妙春天的蓓蕾"。人们的议论最后终于传到国王的耳中。

国王知道了谢科尔的这种情思，感觉很有趣味，时常借此与他逗趣，诗人也毫不在乎地跟着一起笑。

有天，国王笑呵呵地问谢科尔："蜜蜂是不是只有在春天的王宫里才会歌唱？"

"非也非也，如果花蜜丰盛得足够采集，在任何一个季节蜜蜂也会歌唱啊。"谢科尔答道。

大家都哈哈笑了起来，也同样为诗人的妙答感到开心。

在后宫深处，奥波拉吉塔公主也因此经常拿女仆蒙乔丽开心，但蒙乔丽并不会生气。

人生往往如此，真实与虚构相互混杂，这种虚构有的是上天所赐，当然也有一些是因为自己或自己周边的人胡来。生活本来就是一个夹杂着各种矛盾的混合体，有些源自天然有些始于人为，既有想象所生也有现实所发。

然而唯有诗人所吟诵之诗歌才是真实与完美的相结合。在他的作品中，有古代的先贤大哲也有无穷的痛苦与无尽的乐趣。但是其中，有他真实的自我。任何一个读过他作品的人，上自国王陛下，下至贫穷的乞丐，都能用自己的心灵去感受诗歌的真实性。人们纷纷传诵谢科尔的诗歌。

月落长河，乘风破浪，在全国的每一片树林，每一条道路，每一艘船舶，每一驾马车，每一个院落中都能听到谢科尔的诗篇被高声诵读，诗人早已名扬天下。

诗人继续创作他的诗篇，时不时聆听他的朗读，蒙乔丽继续来往于河边，王宫里诗人期待的那个身影依然发出首饰碰撞所带来的醉人声响……

某天，来自德干高原的诗人蓬多里克来到宫中，这位闻名遐迩、才高八斗的诗人为国王写下了一首雄壮的赞歌。

国王极为尊敬地将诗人请进王宫。

蓬多里克傲气十足地对国王说:"好啊!让我与贵国诗人进行一次赛诗会吧!"

国王欣然应允,尽管谢科尔并不乐意,可却不得不遵从国王的要求而参加赛诗会。可什么是赛诗会,究竟该如何进行赛事他却全然无所了解。而蓬多里克那些声名显赫的大头衔以及传世巨作又令他感觉担忧、苦恼。

清晨,谢科尔战战兢兢地来到了会场上,从黎明的时候这儿已经人潮涌动热闹非凡。仅仅因为这场赛诗会,城里的所有活动全都停止了。

谢科尔尽量控制着自己的情绪,面露微笑向对手蓬多里克问安。而对方却态度倨傲,只是以手势草草回应,但是对自己的拥护者们却报以夫子般的莞尔。

谢科尔朝后宫望了又望,他在想,有无数双眼睛在盯着他并期待他的胜利,如果这场赛诗会能赢的话,我伟大的公主!美的化身奥波拉吉塔,那难道不是蒙你所赐吗?

大赛开始了,鼓角争鸣,乐曲悠扬。会场上的人们纷纷站起来为自己的诗人祝福。国王陛下一袭素装飘飘然来到会场坐到了宝座上。

蓬多里克赫然出列走到了国王面前,以深沉的嗓音吟诵起赞美乌多耶纳拉扬的诗歌。那洪亮的嗓音犹如滔天巨浪一般冲击着会场，爆发出壮烈的回响，在场的所有人都感觉到心在颤抖。

是技巧吗？是艺术吗？太伟大了！他居然对国王的名字做出了多个颂扬的解释，这是人们前所未闻的，原来国王名字的每个字母都是如此优美，如此押韵！

国王听后便醉了，仿佛酒杯仍在手中。他转而将目光投向谢科尔。诗人以一贯忠诚的目光回应国王继而起身。可是他却难以掩饰住自己的不自信，任何人都能看出他强作的镇定。

诗人想用眼神告诉国王："我的王啊，我是您的诗人，如果您需要，我可以为您做任何事情，可是……"他的头低了下来。

蓬多里克如同狮子一般站立，而谢科尔却好似雄狮爪下的羔羊。他显得苍白无助、虚弱不堪，好像一阵风就能吹倒的样子。

谢科尔试图开始吟诵，可是那微弱的声音几乎没人可以听清。之后，他似乎开始无视身边的一切，他那甜脆清亮的吟诵犹如烈焰腾空！他在吟诵，他在吟诵国王那显赫的家族，他在吟诵国王在历次征战中的英勇以及丰功伟业，没有任何人能像他一般表达出对国王那深厚的爱。

在吐露出最后的诗句后，谢科尔感觉自己除了对国王的一片赤心之外身体里空荡荡的，他说道："伟大的王啊！也许我的诗歌不能像蓬多里克那样将您完美地赞颂，也许我会落败，可是，只要有忠诚，名望又算得了什么！"

谢科尔颓然退下，王宫中此刻呼声雷动，"胜利属于谢科尔！"而蓬多里克对于这近乎狂热的欢呼则仅仅是轻蔑的一笑，他不可一世地向人们问道："哦？忠诚？难道可以超过言词吗？"会场上又沉寂了。

蓬多里克以各种各样的方式来向大家展示自己杰出的学识，从《吠陀》和《吠檀多》等文献中引经据典，证明世界上只有言词高于一切。言词即是真理，言词等同于知识。梵天、毗湿奴和湿婆三大神祇都从属于言词，因此，就算他们也不如言词伟大。

蓬多里克雷鸣一般的大声质问："你如何能证明有什么比言词更伟大？难道谁能超越言词吗？"然后他高傲而自信地环视四周，看到无人能应答后便满意地坐下了。

国王和学者们都在因他的言论而惊叹，即便是博学多才、能说善辩的谢科尔也感觉到了自己在蓬多里克面前的渺小，第一天的赛事就这样结束了。

第二天，谢科尔重新振作起来，上台后他就唱了一首情歌，那仿佛是布林达森林中首次被吹奏的牧笛，好似仙乐般飘飘，又好似这声音是从天上送来的一般。没人知道应该以什么心情来回应这仙乐。听到此曲的人无不双眼充盈着泪花，头脑中仿佛空了一般。

谢科尔此时忘记了一切，无论是国王、对手还是其他听众。他独自一人矗立在自己心中的竹林里吟唱着这首牧笛之歌。他心中只有那美妙的形象，只有那莲足带来的叮当声响……他唱完后浑浑噩噩地跌坐下来。

蓬多里克等听众的情绪略微平静后才从国王宝座前站了起来，问道："谁是拉达？谁是克里希纳？"

问过之后，蓬多里克环顾一下听众，并对自己的追随者微笑一下，再次问道："拉达是什么人？克里希纳是什么人？"接着，蓬多里克以博览群书的学识，自己回答刚才那些问题，说："拉达这是一组神秘的音节，克里希纳是一种思考洞察，而布林达森林则是眉宇之间的一个斑点。"

蓬多里克绞尽脑汁，动员了每根神经，每根血管，绞尽脑汁，回答问题。他详细地解释了"拉"和"达"的含义，对"克"直至"纳"的每一个字做了各种各样的解释。一会儿，解释说"拉达"就是火，"克里希纳"是献给火的祭品；一会儿，解释说"克里希纳"是《吠陀》经，"拉达是哲理书"；后来，又解释说"克里希纳"是一种学习，"拉达"是一种教导；"拉达"是争执，"克里希纳"是结论；"拉达"是辩论，"克里希纳"则是胜利……

蓬多里克讲完后，带着讥讽的微笑，朝国王和学者们，最后朝谢科尔看了一眼，就坐下了。他的意思很明显，即使在音乐方面，他也是最博学多识的。

果然，国王被蓬多里克罕见的才能所震惊，学者们也惊奇地茫然若失。在"拉达""克里希纳"的各种新颖解释之中，牧笛的歌声、贾木纳河的波浪以及爱情的迷恋，统统都冰消瓦解得无影无踪了，仿佛是有人从地球上抹去了春意盎然的嫩绿颜色，而将他里里外外涂上了神圣的牛粪。而谢科尔也开始感到自己近日来创作的诗歌惘然无用，他失去了再唱诵它们的信心。第二天的赛诗会就这样结束了。

第三天的时候，蓬多里克更加情绪激昂，精神抖擞。他旁征博引，以各种构词和写诗方法，以成语、俗语、俚语、格言、比喻、谜语等等手段，施展了语言艺术大师的那手绝招和看家本领。与会者听了后，惊讶得目瞪口呆，他们从没听过这么好的语言艺术。

他们现在才感觉到大开眼界，原来谢科尔的那些诗歌都太过单纯浅薄，只是表现了最一般的悲欢离合，并没有什么高深的文艺修养。他们感到：只要想写，谁都可以写出来，谁都可以当诗人，只不过因为不习惯，不愿意，无兴趣，才没有写出来而已。他的诗歌没有什么新意和难以理解的地方，没有给人以教育和启发。而今天蓬多里克所带来的则是另一回事。听过之后，使人浮想联翩，教育深刻。他们从蓬多里克的渊博知识和高超技艺中看到，而本国的诗人太幼稚，太普通了，就如同树叶能感觉到清风吹过一样，谢科尔也很清楚听众们心中的想法，而且比他们所想的要多得多。

这天是赛诗会的最后一天，这天决定着最终的胜负。国王饱含深情地对着自己的诗人望了望，他用眼神告诉他——这是最后的一天，关键的一天，你应该尽全力进行反击。

谢科尔筋疲力尽地与国王相对视了一下，然后站了起来。他如此说道："冰肌玉骨的沙罗斯瓦蒂女神！如果你离开那莲花宝座来到这生死搏斗的战场，请告诉我，拜倒在你脚下，渴求长生不老赶路的虔诚信仰者，会有什么样的结局呢？"

谢科尔微微抬头，悲伤地诉说着，仿佛那冰肌玉骨的沙罗斯瓦蒂女神此时就在楼上，就在闺阁窗前，凝视着他似的。

当看到这一幕，蓬多里克突然狂笑起来。他当场以谢科尔名字的最后两个字母写了一首韵律诗，还说："蠢驴怎么能与莲花相比呢？驴子学唱歌虽然很努力，但什么收获也不会有的。沙罗斯瓦蒂女神的安身之所本在莲花丛中。在伟大国王的管辖之内，女神有什么过错，硬要她屈尊去骑驴子呢？"

学者们听到这种语意双关的俏皮话，尽管并非所有人都明白其双关的含义，但也都放声大笑起来。

国王急切地等待自己的诗人谢科尔作出有力的反击,再三用急不可耐的目光,向他示意。可是,谢科尔却视而不见,置若罔闻,仍然一动也不动地坐在那里。这使国王非常气愤,国王对谢科尔暗暗生气,但谢科尔仍然无动于衷。

气愤的国王从宝座上走下,摘下了自己的珍珠项链戴到了蓬多里克的颈上。全场爆发出一阵叫好声。

就在这时候,从后宫传来了叮当的首饰响声,谢科尔听后立即起身,失神地离开了会场大厅。

在这无月的黑夜,不爽约的晚风将诱人的花香吹送到人们敞开的窗户里。

谢科尔从书架上取下自己的书堆在面前,从中挑出自己的作品,单独放在一处。这是他多年的心血。其中有不少作品连他自己也都差不多忘记了。他把这些书随手打开浏览起来。这时候,他觉得自己所有的作品都浅薄幼稚得不值一读。

他深深地叹了口气说道:"这可是我整整一生的心血啊!就这么些诗词,就这么些诗律,就这么些诗韵!可是今天,我的这些作品中,却看不到任何美感,见不到任何人生永久的乐趣,感觉不到任何宇宙歌声的回响,也发现不了内心任何深刻的自我表现!"

他像厌食症病人厌弃食品一样,把手头所有的书籍都推开扔掉,与国王的友谊,人世间的声誉,心灵里的幻影,理想中的奇景,这一切,在这漆黑的夜晚,都统统化为乌有,像泡影一样幻灭了。

面对着燃烧着的火堆,谢科尔把自己的作品一页一页地撕下来,扔到了火堆中。他忽然想起了一个笑话,不免苦中作乐地自言自语道:"伟大的国王举行隆重的马祭,今天,我却举行诗祭。"当然,他也想到,这一比喻也并不恰当。"举行马祭的马,是得胜回朝的马。但我诗祭的诗,却是已经败北的诗。要是在许多天之前,举行这样的诗祭,那该多好呀!"

一页又一页,一本又一本,谢科尔把所有的作品都烧掉了,烈火在熊熊地燃烧着,诗人很快就两手空空。他把手朝天一举,说道:"献给你,献给你!献给你!啊!艳丽的火苗!献给你!许久以来我就为你献供。今天,我把一切都献给你。火神!好久以前,你就以绝代佳人的形象在我心中燃烧。即使我是黄金铸造而成的,也要被你融化。何况,我只是一株卑微的小草,今天,当然要化为灰烬的。"

夜已经很深了,谢科尔把房间的窗子全都打开。黄昏时分,他就把自己喜爱的花朵,从花园里采集来了。有茉莉花,也有苹果花和栀子花,全都洁白素雅。他把花撒在干净的床上,屋里四周点着灯。

后来,谢科尔把毒药调在蜂蜜里,面色平静地喝了下去。然后慢慢走到床前，躺了下去。此时，他的身体已经不听使唤，眼睛也缓缓闭上了。

风中忽然传来了首饰的响声。一股头发的芳香，随着南风飘了进来。

诗人紧闭着眼睛说："女神啊！你对崇拜你的人，终于大发慈悲了！这么多天之后，今天，你终于来了！"

他听到了一句亲切甜蜜的回答："我的诗人，我来了。"谢科尔惊奇不已，睁开了眼睛。床前站着一位婀娜多姿的美人。

谢科尔已经临近死亡，他那双充满泪水的眼睛，是很难看得真切的。但他觉得蕴藏在心中的形象，终于在自己弥留之际出现了。而且她此刻就站在自己的面前，聚精会神地注视着自己。

美人说："我就是奥波拉吉塔公主。"

谢科尔挣扎着坐了起来。

"诗人，国王对你的判决并不公正！"公主说着就把自己脖子上的花环戴到了诗人的脖子上，"诗人，你取得了胜利，我今天来为你献上胜利的花环。"

谢科尔脖子上戴着花环倒在床上，咽下了他胸腔里的最后一口气。

蜜蜂公主

Bee: The Princess of the Dwarfs

[法] 阿纳托尔·法朗士 ◎ 著
郑明生 ◎ 译

版权专有　侵权必究

图书在版编目（CIP）数据

蜜蜂公主 /（法）阿纳托尔·法朗士著；郑明生译. —北京：北京理工大学出版社，2021.5

（诺奖少年：插图版）

ISBN 978-7-5682-9717-2

Ⅰ. ①蜜… Ⅱ. ①阿… ②郑… Ⅲ. ①童话—法国—现代 Ⅳ. ①I565.88

中国版本图书馆 CIP 数据核字（2021）第 062663 号

出版发行 / 北京理工大学出版社有限责任公司	
社　　址 / 北京市海淀区中关村南大街 5 号	
邮　　编 / 100081	
电　　话 /（010）68914775（总编室）	
（010）82562903（教材售后服务热线）	
（010）68948351（其他图书服务热线）	
网　　址 / http：//www.bitpress.com.cn	
经　　销 / 全国各地新华书店	
印　　刷 / 三河市华骏印务包装有限公司	
开　　本 / 880 毫米 ×1230 毫米　1/32	
彩　　插 / 4	
印　　张 / 4.5	责任编辑 / 朱　喜
字　　数 / 55 千字	文案编辑 / 朱　喜
版　　次 / 2021 年 5 月第 1 版　2021 年 5 月第 1 次印刷	责任校对 / 刘亚男
总 定 价 / 150.00 元（全 5 册）	责任印制 / 李志强

图书出现印装质量问题，请拨打售后服务热线，本社负责调换

目　录

一　白玫瑰　／1

二　友情　／6

三　马仆　／11

四　在教堂　／15

五　登高望远　／23

六　探险去　／29

七　水妖湖畔　／41

八　矮人国的"俘虏"　／45

九　盛情　／54

十　在矮人国的日子里　／60

十一　公主的金冠　／65

十二　洛克王与蜜蜂　／71

十三　梦中到现实　／74

十四　洛克王的单相思　／79

十五　奴尔的启示　/83

十六　乔治的遭遇　/92

十七　远征　/102

十八　约翰师傅的奇遇　/111

十九　小缎子鞋的故事　/118

二十　解救　/125

二十一　洛克王的胸怀　/135

一　白玫瑰

很久很久以前，白色王国的国王在和一个爱尔兰巨人搏斗的时候壮烈牺牲了，只剩下仁慈宽厚的王后。国王去世之后，王后非常伤心难过，她养成了一个习惯，就是坚持每天为丈夫的亡灵祈祷。

日子一天天过去，白头发已经悄悄爬到王后头上了，有一天，她戴着那顶铺满珍珠的黑风帽，系着那条守寡人的腰带，又来到了小教堂祈祷。突然间，她脸色变得像白纸一样苍白，眼睛里写满了忧愁，她紧紧地握住双臂抬头看着天空哀叹。这是为什么呢？原来她在祈祷的时候看见了一朵白色的玫瑰摆放在那张凳子上。这是一个凶兆,据说,只要凳子上出现白玫瑰，王后就走到生命的尽头了，必须离开这个世界。

她想起自己从当上了王后，成为了母亲，之后又变成了寡妇，才那么短时间，她还有很多心愿没完成呢！这时候，她猛然想起自己真的是时候离开这个世界了，便急急忙忙地走进儿子乔治的房间。小乔治在女仆的照顾下正在甜甜地睡着，他的睫毛很长很长，小脸长得特别可爱，小嘴嘟起来仿佛在说着什么。王后看着这么粉嫩可爱的孩子，感到十分难过，非常舍不得他，忍不住就落下了眼泪。

她用颤抖的声音小声地对乔治说："我亲爱的小宝贝，你很快就不能再见到妈妈了，我马上就会从你的世界里消失了。你知不知道，妈妈含辛茹苦地养育了你，而且在你爸爸去世以后，还婉拒了很多威武的骑士们的示爱，就是为了可以全心全意地待在你身边看着你长大。你就是妈妈的全部啊！"

然后，她亲了亲胸前的圆圆的小盒子，把它取下来戴到了孩子的脖子上。这并不是一个平凡的盒子——圆盒里面装着王后的照片和她的一束头发。这个时候，王后难过的泪珠滴落在小乔治的小脸上，他下意识地在摇篮里晃了一下，伸出小手，揉一下眼睛。王后没勇气继续看下去，她猛地站起来，迅速往外跑出去。她很难过，因为她那双马上就永远闭合的眼睛再也看不见小乔治那双可爱、澄明的眼睛了。

王后命令马仆弗朗科准备好马匹，然后带着他一起奔向了克拉丽德城堡。

克拉丽德王后是她非常要好的朋友，看见她行色仓皇地赶来，便紧紧抱着她说：

"我亲爱的朋友，是不是有什么好事把你带过来了呢？"

"朋友，我来并不是因为什么好事。我有非常多的话想要对你讲。你看我们两个的遭遇那么相似：我们都在差不多的时间结婚，丈夫也都去世了，在狼烟四起的动乱时代，他们都是最了不起的英雄，打仗总是赴汤蹈火，一马当先。

而我们为了他们的后代，为了自己的孩子也一样无所不至。在你刚当妈妈的时候，我的小乔治已经两岁了。我能看出来，你的女儿蜜蜂的美貌简直可以与日月媲美，而我的小乔治也是一个非常优秀的好孩子。我们两姐妹那么亲密，乔治和蜜蜂理所当然也应当亲如兄妹吧。但亲爱的好朋友，我已经在祈祷的凳子上看到白玫瑰了，死神正在召唤我离开，临走之前我打算把乔治——我的宝贝托付给你。"

克拉丽德王后当然也清楚那白玫瑰意味着什么，于是忍不住哭了起来。流着眼泪，她许诺一定会把乔治当成是自己亲生的儿子一样来抚养，肯定不会偏心蜜蜂，让白国王后安心离开。

她们两个人相互搀扶地来到摇篮跟前。小蜜蜂在摇篮里睡得正香。她闭着眼睛，小胳膊在不由自主地摇摆，五个小手指微微打开，仿佛是在向未来招手……

"我相信乔治一定会很疼爱蜜蜂的。"白国王后满载柔情地说。

"当然，我的蜜蜂也一定会很喜欢乔治的。"蜜蜂的母亲很有把握地说。

回到家里之后，白国王后把全部首饰分发给了她的女仆们，然后，放上一些香薰开始洗澡，然后穿上了她最美丽的衣服，她把自己收拾得干干净净的，好等待上帝下一次的安排，期待下一次的重生。她静静地躺在床上，就像等待着去一个很遥远的地方，就这样祥和入睡，永远都没有再醒来。

二　友情

　　克拉丽德王后的确跟别人很不一样，她不但长着漂亮的脸蛋，而且心肠很好很善良。她跟那些普遍的要么只有漂亮的脸蛋却有一副恶毒的心肠，要么只有善良的心肠却长得奇丑无比的人完全不一样。所以，她总是让人一见倾心，很多王子只见过她一次就对她一见钟情，不断有人前来向她求婚。可是每次王后都会很坚定地回答说：

　　"很抱歉，我很钟情于我去世了的丈夫，我这辈子就只可以有他一个丈夫。"

　　不过，为了不让身边的人太绝望，服丧满五年之后，王后把面罩取下来了，也不再穿黑丧服了。人们在她面前能够想说什么就说什么，想玩什么就玩什么，能够开怀大笑。

她的国家占地面积非常大,有布满灌木的荒郊野岭;有很多各种各样的鱼儿游来游去的湖泊,经常有渔民在上面捕鱼;还有一种小矮人住在偏僻的大山里。

辅助王后统治国家的是一个很老的修道士。人们的花言巧语很难让他信服,他也从不去看人们的表面功夫,他已经受够了人世间的明争暗斗,所以他在土耳其人侵占君士坦丁堡的时候逃亡出来了。现在他一个人住在宝塔里面,只有小鸟和书本陪着他。就在这里,他根据一条条已经编制好的条文来统领克拉丽德的国家。他坚持着以前定下来的规条,不愿意改变传统,坚信让老百姓安居乐业是防止暴乱的最有效措施。王后很信任老修道士,她很放心把所有国家大事都交给他去处理,而她从来都不参与其中。王后非常好心肠和仁慈。尽管她很清楚人是有好坏善恶之分的,可她非常可怜那些因为遭遇到某些不幸的变故才走上歧途的人。她总是力所能及地去帮助那些有困难的人们,她经常去探望那些卧病在床的病人,陪那些失去了丈夫儿女、无依无靠的寡妇聊天，还收养那些没有亲人孤零零的孩子。

至于她的女儿蜜蜂，王后总是耐心地指导她学习，告诉她行善为乐的道理，让她明白帮助了别人的同时也会让自己心情愉悦。所以只要是孩子为了帮助有需要的人，不管是什么事，她都应许。

而且这位好心肠的王后谨记着她答应白国王后的事，把乔治当作自己的亲生骨肉抚养。不管是乔治还是蜜蜂，王后都一样那么关心爱护，从来没有偏心。日复一日年复一年，这两个孩子一同健康成长起来。尽管蜜蜂年纪比乔治小，可是乔治还是经常跟她一起玩，感情非常好。有一天，乔治找到蜜蜂，对她说：

"我们一起玩好不好啊？"

"好啊。"蜜蜂开心地回答。

然后，他们就一起玩泥巴，用泥巴做成馅饼。因为蜜蜂做得不好，乔治就用小铲子打了她的手。蜜蜂觉得很委

屈就哭了起来。碰巧马仆弗朗科散步来到花园,当他了解了前因后果之后就责怪乔治说:

"小伙子,作为白国王子应该仁厚,不可以随便欺侮小妹妹啊!"

乔治被批评了之后也觉得很委屈,他想把手里的铲子用力扔在地上发泄,但他最后还是没有这么做,他想了想,把鼻子对准大树用力撞过去,然后哭了起来。

蜜蜂看到之后,拼命用小手揉眼睛,想流出更多的眼泪来。然而她并没有如愿,于是她也把鼻子往旁边的树上撞去,终于成功把眼泪挤了出来。天慢慢黑了下来,一直到克拉丽德王后过来之后,这两个小家伙依然站在大树前面哇哇大哭,王后温柔地牵着蜜蜂和乔治,把他们带回城堡里去。他们的眼睛都哭得通红,满脸都是泪水。不过在王后的安慰和开导下他们终于露出笑脸来了。那天的晚饭,他们吃得香香甜甜的。而且吃完饭之后他们就马上跳上床去睡觉了。谁知道,刚刚把蜡烛弄熄灭,这两个小家伙就把今天发生的不愉快忘记得一干二净了,不停在床上跳来跳去的,打打闹闹,又玩了起来。

就这样,白国王子乔治和克拉丽德的女儿蜜蜂,展开了他们天真烂漫的友情之旅。

三　马仆

虽然乔治和蜜蜂从小到大都待在一起，不过渐渐地乔治还是发现了蜜蜂和他并没有血缘关系，但他依然跟蜜蜂相处得非常愉快，把她当成是自己的亲妹妹，甚至比亲妹妹还亲。

与此同时，克拉丽德王后为乔治请了很多老师，分别教他击剑、骑术、游泳、体操、跳舞、训练猎犬、训练猎鹰、打网球，还有书法。他的书法老师是一位很老的表面上看很谦逊的学者，但事实上这位老师非常自负。他让乔治学习各种各样的书法。不过乔治并不喜欢上书法课，他认为单单学书法根本学不到什么有用的东西，而且越是漂亮的字就越难辨认。另外，乔治也很不喜欢上语法课，教这门课的老师是个修道士，可是他说的词语乔治完全听不明白。

他想不通，人明明就会说话，干吗还要花那么多功夫去学什么语法和词汇呢？

在乔治心里，只有马仆弗朗科才配得上当他的老师。尽管弗朗科认识的字不多，可是他以前去过很多地方，对王国外面的世界很了解，知道很多各种各样的奇珍异兽；他出口成章，可以像讲故事那样把那些山山水水形容得让人由如身临其境的样子；而且他还可以随时随地编出很多好听又有趣的歌谣。跟马仆弗朗科在一起的时候，乔治觉得很放松和开心。重点是在这么多老师当中，只有弗朗科是全心全意对乔治好，会教乔治真本事。我们都知道只有很有爱心的人才可以教育好天真烂漫的孩子。可是，弗朗科的这些行为却引起了其他老师的记恨。教书法和教语法的老师尤其不满意弗朗科，尽管他们两个在平日里都是明争暗斗个你死我活的，现在却相互勾结，联手对付马仆弗朗科，陷害他，说他经常喝得烂醉不可以为人师表。

三　马仆

弗朗科确实经常去附近的锡壶酒店，也确实没少喝酒。他可以在那里放松自己，编唱歌曲和忘记一些不愉快的事情。这可能真的是他的缺点，可是这世上谁不会不开心呀？只是酒入愁肠愁更愁。真正能够解愁的是无私而不是酒。

古希腊有一个叫荷马的大诗人，他写出来的诗比弗朗科的歌更加可以安抚人和振奋人心，但是荷马他平时喝的都是泉水。所以在帮别人争取幸福的时候可以很好地忘掉自己的痛苦！

弗朗科在王后身边做了一辈子的马夫，他忠心不贰，劳苦功高。书法老师和语法老师却不但不谅解他、关照他，反而还经常去王后那里打小报告冤枉他。书法老师告状："王后，弗朗科经常喝得烂醉，怎么可以教好乔治呢？他这辈子就这样浑浑噩噩地过了。"然后语法老师接着添油加醋："王后陛下，那还算小事呢，我看见弗朗科经常在路上走得左摇右晃的，还唱着一些乱七八糟的曲子，这也太没有规矩了，他什么都不懂就胡乱编唱和比喻！"

一开始，王后对于学者们在背后指手画脚很是厌恶，所以并没有理会他们。不过，久而久之，他们一直坚持在王后面前恶意中伤弗朗科，以致王后也开始渐渐对他们的谗言信以为真，打算让老弗朗科离开。当然，她还是体谅到他把一辈子都贡献给了王国，没有功劳也有苦劳，便给了他一个很体面的出远门的差事，让他亲自去罗马把教皇的祝福辞拿回来。虽然克拉丽德王国到教廷的路途非常遥远，不过途中会有好多酒馆，这些酒馆里面都有琴师，这对爱酒爱歌的弗朗科来说，离开也并不是一件坏事。

只是，后来我们都清楚，王后这是做了一个错误的决定，因为她使蜜蜂和乔治失去了一个忠心的战士和一个最能够依赖的人。

四　在教堂

　　复活节之后的那个星期天，王后一大早就骑着一匹枣红色的高头壮马离开了城堡。在她左手边是骑着一匹黑得发亮的大马的俊朗潇洒的乔治。大马的前额上面有一撮白毛，感觉好像是戴着一颗星星。而右手边是漂亮秀丽的蜜蜂，她手里拽着浅红色的缰绳骑在马上，她今天穿的是浅红色的长裙。他们三个就像往常那样到教堂去感恩祈祷。他们的身边有手持长矛的士兵负责保护他们。老百姓一个个拼命涌上去，挤在过道上想要目睹王后、公主和白国王子的风采。他们三人气宇轩昂，神采奕奕的，非常神气。王后披着随风飘扬的斗篷，她那镶着珍珠的凤冠上反射出柔和而耀眼的光芒，她的面纱上面有一层银花，看上去很让人着迷却不失庄严。王后的穿衣打扮与她的美貌和心灵一样充满魅力。在她身边的乔治的头发随着风飘扬了起来,他的眼神非常有威严,帅气逼人。而蜜蜂骑着马在另外一边慢慢走过。她看上去非常单纯和美丽,看过她的人都觉得心里非常舒畅。不得不提的是蜜蜂那一头金黄金黄的秀发。她绑着一根有三朵金花的发带,秀发像波浪一样地散落在身上,非常清纯和漂亮。看到她的人都觉得她就是上帝派到凡间的天使。

有一个叫老约翰的裁缝师傅也带着他的小孙子皮埃尔来一睹蜜蜂的美貌。皮埃尔完全没想到这个蜜蜂公主是个真人,还以为她就是上帝派下来的天使呢。与蜜蜂比起来,小皮埃尔的脸蛋胖胖黑黑的,而且穿的布衫也非常老土,他简直不敢相信这位像仙女一样美丽的公主居然跟他一样是真真实实的人。

一路上,王后不断地向过道上的老百姓点头示意并接受他们的致敬。蜜蜂和乔治也非常自豪和开心。乔治的脸通红通红的，蜜蜂的笑容甜丝丝的。王后看在眼里，然后对他们说：

"乔治，你知道为什么那么多善良的老百姓向我们招手表达敬意吗？蜜蜂，你看到之后想到什么呢？"

蜜蜂想了想说："他们真好。"

乔治也回答说："可能他们本来就应该这样做啊。"

王后就问："为什么这是他们应该做的呢？"

蜜蜂和乔治都答不出来，她就说："你们知道吗，三百多年以来，你们的祖先——克拉丽德的国王，他们个个都手持长枪，世代相传，为了保护这些贫苦的百姓不惜流血牺牲。也是因为国王，他们才可以在这里安居乐业，耕地种田。还有，这三百多年来，每一代的克拉丽德王后都会纺毛织布送给穷人，而且免费帮他们行医治病，做了很多很多好事。所以这里的孩子都把王后当作是自己的教母。就因为你们的祖先做了那么多好事种下了善果，那些老百姓才会向你们招手表示敬意啊。"

乔治听了之后很有感触,暗暗地想道:我长大成人之后也一定要好好保护这些老百姓。蜜蜂也很受感动,心想:我以后也要像那些祖先王后那样帮助有需要的穷人,为他们纺毛织布,行医治病。

想着想着,他们已经来到了遍地布满鲜花的草地上。向远方望过去,青山在地平线上像波浪线一样弯弯曲曲。乔治指着朦胧的东方问道:

"看,那边有一块盾牌呀!"

"你看错了,那应该是跟月亮一般大小的银纽扣啊。"蜜蜂猜道。

"亲爱的宝贝们,你们都错了,那不是盾牌或者纽扣。"王后跟他们说,"那是一个被阳光照得闪闪发光的湖泊。看,从远处看过去,湖面一点波澜都没有,平静得就好像是一面镜子,实际上它却每时每刻都在波涛翻滚着。你们别看湖水周围表面上看好像整整齐齐的,其实那里布满了芦花的菖蒲;那些芦花松松垮垮的,菖蒲就像树丛中那些一眨一眨的眼睛。每天早上,都会有一层白雾覆盖在湖面上。在阳光的照耀下,中午的时候,湖水就闪闪发光,从远处看就好像乔治看到的盾牌闪光一样。不过你们切记不可以到那边去啊,因为那里有很多水妖埋伏着,只要有人靠近湖边,它们就会把那些人拖回水晶宫里去!"

聊着聊着就听到教堂的钟响起来了。

王后说:"我们下马步行去教堂吧。记得当年三位圣人到耶稣诞生的马棚朝拜时也是步行的哦,他们都没有骑大象,更没有骑骆驼或马。"

在他们三个开始默默地听着牧师做感恩祈祷时,王后的身边出现了一位长得很丑陋而且穿得很破烂的老妇人。在做完祈祷走出教堂的时候,王后马上端起圣水,为那位老妇人祈祷,她说:"老大妈,祝福您,请喝吧。"

乔治觉得非常奇怪而且很迷惑:"王后认识她吗?"

王后看穿了他的迷惑，对他说："宝贝，你知道吗，基督对穷苦的人们是最关怀备至的，我们也应该尊重和理解穷人。你要知道你的教母也是一个落魄贫困的乞丐，连你的妹妹蜜蜂，她的教父也是一个穷人。"在一旁的老妇人也读懂了乔治的心思，她转过身来，对他笑了一笑，说："俊朗的王子啊，我真希望有一天你可以帮我收回失去的王国。曾经我也是黄金山和珍珠岛的王后。我的饭桌上有数不胜数的美食，就说鱼吧，每一顿都会吃好几种，而且还有一个仆人专门服侍我，在我走路的时候帮我提着裙子的下摆。"

"大妈，你一定是遇到什么不幸了吧，才让你沦落到这样的地步？"王后问道。

"唉，都怪我得罪了那些小矮人，才被他们害得要流浪。"

"那些小矮人为什么要害你呢？"乔治想不通。

老妇答："他们基本上都生活在地底下，于是有了埋藏在地下的丰饶的灵性，并且还懂得运用矿石来引水。"

王后也问："大妈，他们为什么要害你呢？"

老妇人答道："记得在十二月的一个夜晚，小矮人找到了我，他们想办一个很大型的团年饭，所以想借用一下城堡里的厨房。要知道，我们的厨房非常大，比大客厅还要大，而且里面的锅碗盆勺、酒具模子、火炉、大铁锅等都非常齐全。虽然他们一再向我保证肯定不会弄坏任何东西，也会把厨房收拾干净。但我还是没答应他们。于是在回去的时候，那个小矮人说要我等着看。然后过了两天之后，在圣诞节的那个晚上，那个小矮人居然带着一大群小矮人来到了我的城堡。他们把穿着睡衣正在睡觉的我抬了起来，把我带到了一个我不知道是哪里的地方。

"他们把我丢在荒野，然后扔下一句'你们这些富人根本就没想过要把你们的财富分一小部分给我们这些兢兢业业努力工作的小矮人，你想一下要是没有我们帮你们工作,你们可以这么富有吗?这是你罪有应得!'就走了。"

仔细一看才发现这个老大妈已经没有牙齿了。听她唠叨完她的故事之后,王后安抚了她一下,给了她一点钱,就带着乔治和蜜蜂回去了。

五　登高望远

过了不久，有一天蜜蜂和乔治趁王后不在，偷偷地来到屹立在克拉丽德城堡中央的塔楼。这座主塔非常高，他们顺着楼梯一直往上爬，当他们登上了塔顶的平台的时候心情非常的激动，忍不住地拍手欢呼。

乔治说："妹妹，快来，我们终于看到了地球的全部啦！"

蜜蜂说："是啊，地球真大啊！"

乔治说："老师和女管家都说过，地球是非常非常大的，那时候我还不相信他们呢。如果不是亲眼见到，真的很难让人去相信啊。"

他们沿着平台不停地转圈。

突然间蜜蜂好像发现了新大陆一样尖叫起来说："哥

哥，你快看，城堡在地球的中心，塔楼在城堡的中心，而我们站在塔楼的上面，那我们现在不就是站在了世界的中心啦！这实在太有趣了。"

"我们是不是已经站在了世界的中心啊？"乔治也跟着开怀大笑了起来，兄妹俩沉浸在世界宽广的怀抱中。

接着他们开始了各种天马行空的想象。

蜜蜂说道："地球这么大，肯定会有很多的不幸发生，可能会有人找不到前进的方向，会有人跟家里人失去联系，也可能会有人遇到灾难……"

乔治不以为然地说："地球大不是很好吗？我们还可以去冒险呀。我跟你讲哦，等我长大成人之后，我要登上最远处的那些大山。我知道月亮就是从那边升起来的，到时候我路过那就把月亮抓下来送给你，蜜蜂，你相信我吗？"

蜜蜂听到之后非常高兴地说："如果你把月亮送给我，我就用它做我的头饰。"

说完，他们就像看地图一样，看看能不能找到熟悉的地方。

其实，蜜蜂什么都认不出来，可她却说："我全部都认得出来，只是不知道该怎么说出来，那山坡上左一块右一块的大石头究竟是什么东西啊？"

乔治回答说："妹妹，是房子！那些都是房子呀，难道你看不出那是我们克拉丽德王国的首府吗？那里有三条大街，其中一条街还可以让大马车经过呢。我们上星期去教堂祈祷的时候还经过那条路呢，那个城市真的很大啊！你不记得了？"

"哦，我记起来了，那这条转了很多弯的小水沟呢？"

"这可不是什么小水沟啊，那是一条很宽的河。你仔细看一下，那河上还有座老石桥呀！"

"是不是我们在那下面垂钓过的桥啊？"

"没错！桥上的小洞里不是还有一个石头做的没有脑袋的女人呢？只是那个石头人太小了，从这里看不见。"

"啊！我还记得那时候我就想问，为什么她没有头呢？"

"大概是她自己把头藏了起来吧。"

蜜蜂又看向远方。

"哥哥，大山那边一闪一闪的是一个大湖，对吗？"

"没错，是一个大湖。"

望着那个看上去很诡秘的湖泊，他们想起了王后之前跟他们讲的事情，不禁怀疑，那里是不是真的有很多水妖呢？

"我们要不要去那里看看那个大湖啊？"蜜蜂很好奇地问。

乔治听了之后吃了一惊，他睁大眼睛对蜜蜂说：

"王后肯定不会让我们独自跑出去的，更别说去那么远的地方看大湖了！"

"我也没想到要怎么去哦。可是你是男子汉大丈夫啊,你肯定会想到办法的不是吗,再说你还有这么多老师呢。"

乔治有点生气了,他说:"只要是男的都可以是一个男子汉大丈夫啊,可是却不是全部男子汉大丈夫都清楚每一条路该怎么走哦。"

蜜蜂听了之后脸上摆出一副很不屑的表情,让乔治羞得满脸通红。然后,蜜蜂又接着说:

"虽然我没打算去登上那些世界上最远最高的大山,也没打算要去把天上的月亮摘下来,但我却不畏惧去寻找通向大湖的路,并且我相信我肯定可以找到大湖的。你相信我吗?"

听到蜜蜂的这些话之后,乔治就越发羞愧难当,有点不知所措。

"哥哥,你现在的样子就像小黄瓜一样酸溜溜的了。"

"怎么可能呢,我也想当小黄瓜呢,永远都不需要笑或者哭。"

"好吧，事到如今，我就一个人出发去寻找那个远方的大湖，去找那个有很多水妖但是很漂亮的大湖了。而你呢，就乖乖地待在城堡里。我把我那些没做完的事和我最喜欢的布娃娃都留给你，你就像个小姑娘那样乖乖地留在这吧！"

蜜蜂的这些话刺痛了乔治，也燃起了他心中那股自尊自强的烈火，他终于鼓起勇气说：

"好吧！我们出发吧！"

六　探险去

在做好决定之后,他们就准备启程了,但他们还是怕会被王后发现了。

第二天吃完饭之后王后才刚刚回到她自己的屋里,乔治就马上拉着蜜蜂,说:

"快点跟我走呀。"

"去哪里呢?"

"嘘!跟着我就行了。"

他们迅速地走下楼梯,穿过庭院不停地向外面走。

途径城堡下面的暗道的时候,蜜蜂再一次问乔治到底要去哪里。

"你不记得了吗,你昨天说要去找大湖呀!"乔治果断地说。

其实蜜蜂已经完全忘记这件事了,现在真的要出发她反而手足无措了。她根本没有做好任何准备,而且脚上穿的是一双缎子布鞋,怎么能出门呢?

来不及犹豫,乔治就在催促她了。

蜜蜂整个人都呆住了,昨天她才让乔治羞得满脸通红,想不到现在他反而那么意志坚定了。看来乔治应该把布娃娃回敬给蜜蜂了。乔治认为女孩子们都是热衷于激起别人去冒险的斗志,到真枪实干的时候自己却退缩了,应该每个女孩子都是这样的吧。事到如今,就让她自己留在城堡吧!他还是想去找那个大湖。

不料,蜜蜂回过神之后马上抱着乔治的胳膊,乔治甩开了她。蜜蜂又双手用力地抱住乔治的脖子。虽然她很怕探险会遇到危险,可是她更加不愿意乔治离开她身边。

她哭丧着脸说:"你去哪里我都要跟着你,哥哥。"

看着蜜蜂真诚的眼神,乔治很感动。

"好吧，我们走吧。"他说，"为了不让我们被发现，我们不可以走城里面哦。我看我们只能沿着墙脚，走小路，然后到大道上去了。"就这样，他们手拉手地开始了他们的探险之路。

在路上，乔治跟蜜蜂讲了他的计划。"先往去教堂的那个方向走，因为上次就是在那里发现那个湖的。接着再越过田野，跟着蜜蜂飞行的路线走，就可以找到大湖。""跟着蜜蜂飞行的路线走"就是笔直地走的意思，是那些乡下人很喜欢用的比喻，他俩因为蜜蜂的名字被用在了这个比喻中而开怀大笑起来。

在沟边都是各种野生的花花草草。蜜蜂摘了一些野花弄成一束，捧在手中，可惜的是，这些花很快就凋谢在蜜蜂的小手里了。路过石板桥的时候，她让乔治把自己抱起来，这样她就可以碰到那个没有头的石头人了，然后她把那束野花插到了石头女人的手掌中。

没走多远，她回头看了一下，看到有一只小鸽子停在了石头人的肩上。然后他们继续往前走，不知道走了多久，蜜蜂很不高兴了，说：

"我想喝水。"

"我也口渴了。"乔治说，"但是我们已经过了河好久了，这附近也找不到小溪或者泉水，我们唯有多忍耐一下。"

"阳光这么灿烂，小溪和泉水都被晒干了，我们该怎么办呢？"

说到这里，他们不自觉地看着太阳长吁短叹。就在这个时候有一个老农妇往这边走来，乔治看见她手里提着一篮子樱桃，非常开心地说："很多樱桃！但是我身上没钱啊买不到，真让人着急。"

"我口袋里有钱呢。"蜜蜂告诉他说。

蜜蜂出来之前把钱包也带上了，里面装了五块金币。

"老大妈，可以卖一点樱桃给我们吗？你可以把它们放到我的裙子上。"

老农妇收下蜜蜂递给她的那块金币。她很清楚那块金币很值钱,不仅能够把篮子里全部的樱桃都买下来,也足够买下那些长出这些樱桃的果树,甚至能够买下那个种樱桃树的果园。可是那个老农妇非常会算计,她说:

"我不可以让你吃亏呀,我的小宝贝。"

然后,她叫蜜蜂把裙子围成一个兜,可是她却只在里面放了两三只樱桃。蜜蜂用一只手抓着裙子,空出另一只手又把一块金币递给了农妇:

"我多给你一块金币,请你再放一些在我哥哥的帽子里吧。"蜜蜂又说。农妇把那两块金币紧紧地握在手里,卖完樱桃就高兴地走了。

乔治和蜜蜂一边吃樱桃,一边往前走,然后把樱桃核扔在路边。乔治特意挑了一些漂亮的樱桃出来,做成耳环送给蜜蜂。看着蜜蜂耳朵上的果核耳环,乔治高兴地笑了起来。

途中，蜜蜂的脚被一块小石头割伤了，疼得她走路一拐一拐的。最后她实在受不了了，就在路边的斜坡上停了下来。蜜蜂坐在石头上，乔治在她脚边蹲下，帮她把缎子布鞋脱下来甩了一下，就看到有一粒白色小石子被甩了出来。

蜜蜂观察了一下自己的脚，振作起来，说：

"哥哥，帮我把鞋子穿上吧。"

太阳高高挂在天空，天气非常晴朗。迎面扑来一阵微风，使这两位小冒险家瞬间又打起了精神来，然后他们就一鼓作气继续往前走。他们手牵着手愉快地走着，还情不自禁地哼起了歌。

"我的鞋不见了，我的缎子鞋掉了！"

蜜蜂的歌声突然打住了，她喊道。

原来，刚才在半路上，蜜蜂的鞋带就松了，那双精致的小鞋子被丢在大路上。他们只好坐下来。

天渐渐黑下来了,克拉丽德城堡越来越看不清楚了。蜜蜂转过头去看了看,有一种说不出的感觉在心里,突然就鼻子一酸,泪水在眼眶里直打转。

"天黑了就会有狼来把我们吃掉的。"蜜蜂说,"妈妈以后都不可以再看见我们了,她肯定会很伤心的啊。"乔治帮她把鞋子捡回来,给她穿上,对她说:

"我们应该可以赶在城堡里敲晚钟之前回去的,好不好?"

就在这时不知道从哪里传来一阵清脆的歌声。

乔治越听越惊喜,突然他眼睛一亮,大叫:

"啊,蜜蜂你看,我们找到大湖了!"

"真的是啊,乔治,真的是我们要找的大湖啊。"

乔治高兴得不得了,他把帽子用力抛向半空。蜜蜂是个讲究穿戴整齐的淑女,她不想丢掉她的帽子,但她仍然高兴得把已经不能再穿的鞋子脱下来往空中抛去。

一眼看过去,湖泊的水面平静得像一面镜子。湖泊的周围都环绕着高山,就好像是一道用绿叶红花捆绑成的屏障密密麻麻地围在了湖的周围。乔治和蜜蜂在森林里走了很久都找不到可以到那个湖泊的路。

他们不停地找来找去,忽然有一个放鹅姑娘赶着一群鹅向他们走来,她披着羊皮,拿着竹竿。乔治走到她跟前,很绅士地问她叫什么名字,她回答说:

"吉蓓特。"

"吉蓓特,你可不可以告诉我应该怎么走才能走到湖边呢?"

"你们不能去那里。"

"为什么?"

"因为……"

"要是有人必须要去呢?"

"要是有人必须要去,就沿着这个方向一直走。"

他们不愿意跟放鹅姑娘多说了,便抓紧时间朝她说的那个方向走去。

"走吧。"乔治说,"应该不用走多远就可以找到去往大湖的路了。"

蜜蜂也赞成,说:

"我们待会儿在路上摘一些榛子吃吧,我肚子很饿!如果以后还去探险,一定要带上一个箱子,里面要准备好多好吃的东西。"

乔治说:

"没错,以后必须要做好准备再出发,妹妹。我终于明白马仆弗朗科为什么要带那么多火腿和酒去罗马了,这样他路上就不会饿着了。我们走快点吧,虽然不知道现在的时间,不过我想应该已经很晚了。"

"牧羊人只需要看一下太阳就知道几点了。"蜜蜂说,"虽然我没有牧羊人那么厉害,可是我想了想,我们逃出城堡的时候太阳就已经爬过头顶了,但是现在你看,太阳跑到了西边,到了一个离克拉丽德城堡后边很远很远的地方。是不是今天的太阳很特别啊？还是本来天天都这样子的？"

他俩看着太阳讨论的时候，突然有一队军人骑着马向他们这边飞奔过来，弄得路上沙尘滚滚，他们手里的长矛发出阵阵寒光。这阵势把他们俩吓呆了，两人赶紧躲到树丛里面。他们以为是碰上了盗贼或者是杀人的魔鬼。其实，那些都是王后派出来的，专门去找这两个小冒险家的军队。

乔治和蜜蜂在树丛里找到了一条九曲十八弯的小道。这条路非常的窄小，根本不可以使两个人同时经过。一个人走也是很勉强，完全没办法手牵手、肩并肩地走。而且这条小路上有很多的小爪印。可是这明明是一条没有人走过的路，这些爪印是谁留下来的呢？

"可能是什么小鬼从上面走过。"蜜蜂猜道。

"也有可能是梅花鹿之前来过这里。"乔治也猜道。

最后他们谁都没有想明白到底这些脚印是什么东西

留下的,可是他们总算看清楚了这条小路都是稍微往下倾斜的,能够一直延伸到湖边。他们一鼓作气地往下走,终于看清楚了平静而美丽的湖泊。那些柳枝一排一排齐齐整整地包裹在湖岸周围。轻飘飘的苇叶在湖面上随着风飘荡起来,一丛丛的芦苇看上去就像是一座又一座"小岛"一样,这些"小岛"的四周,是一片片大荷叶,开着很多白色的荷花。还有很多红翅膀和绿翅膀的小蜻蜓在小岛上面的花草上自由飞翔,勾出一道道绚丽夺目的弧线。

终于成功找到了大湖,乔治和蜜蜂都非常开心。他们把已经磨出了水泡的小脚踩在湿湿的凉凉的石头地上。地上有很多水藻,另外还有一些细长叶片的香蒲草。在平静深沉的湖边,菖蒲的细枝叶不断向他们招手,扬起了一股浓郁的芳香,车前草在微风的吹拂下,向他们传来了问候,还有小紫花零零星星地散落在这些翠绿的小草上。

啊，多么美丽的大湖！乔治和蜜蜂顿时把一路上的辛酸和泪水抛诸脑后，更加忘记了他们的脚已经酸痛难忍了。

七　水妖湖畔

乔治和蜜蜂完全被眼前的美景吸引住了,他们放松了自己,欣赏着湖边的景色。

蜜蜂走到了沙地上,突然,前面的一只小青蛙跳到了湖中,水面上马上掀起了一圈圈波纹,从一开始的越来越大,到最后完全消失。他们根本不知道,其实这只青蛙就是负责守护大湖的水妖哨兵。

周围安静得连一根针掉在地上都能听见。湖面上被微风激起的每一个涟漪都好像在对他们招手示意。

"这个湖真的很漂亮啊!"蜜蜂说,等她欣赏完这些美景之后,她才意识到她的鞋已经破了,脚也在滴血了,而且她又开始饿了,于是她再一次想回城堡里去了。

乔治耐心地哄着妹妹,扶她在草地上坐着,找来了树叶给她敷脚,她马上感觉到她的脚冰冰凉凉的很舒服。然后,乔治就动身去找吃的东西。他发现对面路边有好多结满桑葚的野桑树。乔治便挑了一些又大又甜的桑葚装到帽子里带回去给蜜蜂吃,并对她说:"你把手绢也给我吧,我用它来放桑葚,我看见这附近的小路边的那些树荫下长了很多榛子。我去给你再装一口袋榛子。"

说完乔治在柳树下面给蜜蜂用草铺了一张床,就急急忙忙离开了。

蜜蜂把乔治的话记在心里,她合起双手,平躺在草床上。睁开眼睛就可以看见天空中一闪一闪的星星,因为劳累了一天,她的眼皮很快就打起架来了。

半睡半醒间,蜜蜂好像看见有一个骑着乌鸦的小矮人从天上飞了下来。

原来她不是在做梦!那个小矮人驾着乌鸦在蜜蜂的头顶上方环绕了几圈,不停地观察着她,好像想弄清楚她的来历一样,然后勒了一下衔在乌鸦嘴里的缰绳,向空中飞去了。蜜蜂朦朦胧胧地看着这一切,不过马上就睡过去了。

乔治摘完榛子回来的时候蜜蜂还睡得很香。他不打算吵醒蜜蜂,于是把榛子轻轻地放在草床旁边,自己走到湖边坐下来等蜜蜂睡醒。湖水似乎也在一堆堆水草的包绕下入睡了,湖面荡漾着一层薄薄的月光。突然,月亮跃到了高高的枝头上,湖水马上波光粼粼,变得越发活泼。

事实上,那一闪一闪的亮光不是全部都由月亮发出来的。一团团蓝色的亮光跃动起来,轻轻地飘过,似乎还带有舞曲的节拍。乔治顿时发现,跃动着的亮光底下有一群女人的额头,没过多久,那些漂亮的人头一个个地从翻滚的波浪中伸了出来,她们头上都有用水草和贝壳做成的发冠。不一会儿,她们披着绿发的肩膀还有戴满了亮晶晶的珍珠、包着纱巾的胸脯也逐渐浮出水面。乔治这时才想起来，这就是水妖！他撒腿就要跑，但是，那些雪白冰凉的手臂马上用力地抓住了他。无论乔治怎样反抗，怎样求救，都不管用，他就这样无助地被水妖拖到了水底，带到由水晶和岩石组成的大厅里去了。

八　矮人国的"俘虏"

　　在乔治被水妖抓走的时候，蜜蜂还在香甜的睡梦中，湖水上有因荡漾而残缺不全的月亮的倒影。这个时候，刚才蜜蜂朦胧中看到的那个小矮人又骑着乌鸦飞回来了，而且他这次还带着一大群小矮人。

　　他们的个子很矮小，可是胡子却很长，白白的胡子可以垂到膝盖上。他们虽然只有小孩那么高，但看上去就像小老头一样。他们就像铁匠一样身上都围着皮腰围裙，腰里还挂着铁锤，而且他们的走路姿势非常有趣，先是跳得很高很高，接着再向前翻几个跟斗，动作非常敏捷。他们的行为举止完全不像是人类，反而像是一群小精灵。虽然他们翻跟斗的样子很令人忍俊不禁，但是他们脸上的表情都很严肃，没有人知道他们到底在想什么,到底会干什么。

小矮人把熟睡的蜜蜂团团包围。

"你们看,"嘴上留着浓密的大胡子的那个最矮的小矮人得意地对其他矮人说,"我都说了湖边睡着一个世界上最漂亮的公主了,这下你们知道我没说谎了吧,我带你们来看这么漂亮的公主,你们应该好好感谢我啊。"

一个长得很像诗人的小矮人说:"对啊,这位年轻的公主真的长得非常美丽,谢谢你,博巴,她的皮肤犹如天上的朝霞一样白嫩,头发犹如地下的黄金一样金灿灿。不是吗?"

"没错。皮克,你形容得太恰当了。"其他小矮人们欢呼起来,"但是我们应该如何安置这位美丽的公主呢?"

老诗人皮克也语塞了,因为他也实在想不到应该如何安置这位漂亮的公主。

一个叫路格的小矮人第一个提出建议说:

"不如我们先弄一个大笼子过来,把她关在里面再从长计议。"

另一个叫弟格的善良小矮人马上就否决了路格的主意。他说:"笼子是准备给野兽的,怎么可以把这位漂亮的公主当成野兽那样关进笼子里呢?"

虽然弟格说得很对,可是一时半刻他们也没想出更好的主意。所以路格继续坚持自己的主意,他灵活地换了一种说法:"没错,她现在还不是野兽,但要是我们让她一个人游荡在人烟稀少的山野她不就渐渐地变野了吗?到时候,就要永远把她关在笼子里了。"

那些小矮人听到之后都不赞成。其中一个叫泰德的善良的小矮人很生气地责骂了路格。他建议把这位漂亮的姑娘送回她家里去。她的父母肯定很着急了。可是,善良的泰德的建议并不是矮人国一贯的作风。所以他的建议并没有被采纳。

"我们要坚持正义的做法,不可以一成不变。"泰德说。

但是没有人理会他。大家七嘴八舌地还是讨论不出个结果。就在这时候，有个叫巴奥的小矮人说话了。大伙儿都觉得他说得很有道理。他说：

"不如我们先把她叫醒吧，一时半刻她肯定醒不来的。要是由着她这样睡下去，醒来的时候眼皮肯定肿了，那就没这么美丽了。要知道睡在湖边的树林里，对身体和容貌都不好的呀！"

大家都同意了他的这个建议，觉得非常有道理。

那个像诗人的皮克，走到蜜蜂身边，很严肃地盯着她，想用自己尖锐的目光把她叫醒。可惜蜜蜂仍然纹丝不动，还是睡得很香。

善良的泰德看那样做不管用，唯有用手轻轻地拉了一下她的衣袖。这时蜜蜂醒来了，她稍稍坐了起来。发现自己还是躺在草床上，但是周围围着很多小矮人，她一开始以为自己在做梦，便揉了揉双眼，再睁大眼睛，想甩去幻影，看到清晨的阳光,她还以为自己睡在家里的床上呢。昨天睡得太沉了,她完全不记得自己昨天到湖边探险还没有回城堡呢。然而,揉了半天的眼睛,小矮人们还是没有消失。她才不得不相信,眼前的一切都不是幻觉。蜜蜂觉得非常害怕,她看了一下周围,终于想起了眼前的一切,她突然很害怕地大喊起来:

"哥哥!乔治哥哥!"

小矮人们把她团团围住,蜜蜂不敢直视他们,用手把脸捂住,哭得稀里哗啦。

"乔治!乔治!"

小矮人们根本不知道乔治是谁,当然也不可能告诉她答案。蜜蜂一遍遍地呼唤妈妈和哥哥,止不住地哭。

巴奥也很替她难过,差一点就跟着她哭起来了,不过他认为还是先安慰一下她,让她平静下来,于是跟她讲:"不要伤心了,美丽的公主,再哭下去会对眼睛不好的,不如你跟我们讲一下你是怎样来到这里的吧。那肯定会是一个挺有趣的故事,我们很想知道呢。"

他说的话蜜蜂完全听不进去,她站起来想逃走,可是双脚又肿又痛,很快就摔倒了。这会儿她更加伤心难过了。泰德小心地把她扶起来,巴奥也绅士地亲了亲她的手。他们都那么善良,蜜蜂这才敢直视他们,看上去他们都很善良,都不像是坏人。小矮人们对她似乎都很友好。这时,蜜蜂才敢告诉他们:

"很抱歉,你们的样子吓到我了,所以我才想要逃跑,不过现在不会了,因为你们都对我很好。可是,我现在很饿,如果你们可以给我一点吃的东西,我会很感恩的。"

"博巴,"小矮人们异口同声地叫道,"赶紧去弄些吃的回来。"

于是博巴立刻骑着乌鸦出发了。但是,刚刚蜜蜂说的话使小矮人们心里很不舒服,她竟然嫌弃他们长得丑。路格非常生气,皮克也埋怨地说:"她真是不谙世事的孩子,她没发现我们眼睛里的智慧，更没发现我们同心协力凝聚的力量和善良迷人的魅力。"巴奥心想：哼，她居然这么嫌弃我们的相貌，早知道就不把她叫醒，让她睡到变丑就算了。

这时，泰德微笑着说：

"公主，要是你认识我们、了解我们，肯定再也不会认为我们长得丑了。"

在他们说话的时候，博巴带着吃的东西回来了。他连续翻了好几个跟斗，才把饭菜放在蜜蜂的旁边。他带回来的是一个金盘子，里面装了一只烤山鸡、一些白面包和一瓶果酒。

蜜蜂已经饿得前胸贴后背了，于是不顾形象地吃起来。一边吃，一边说："小矮人们，你们的食物真的很美味啊！我叫蜜蜂。我是跟一个叫乔治的哥哥一起来的，你们可以帮我找到哥哥，让我们一起回到克拉丽德城堡去吗？"

小矮人不约而同地看着蜜蜂的脚想,她走不了路了。更何况,她哥哥比她大,一定可以找到回家的路的。而且在这里,她哥哥一定会安全的,要知道这里的猛兽都被他们消灭了。善良的弟格还说:

"我们会用树叶和青苔做担架,把你抬进山里,我们国家规定,你必须去见我们这里的国王。"

大家都同意弟格的话。蜜蜂也觉得自己那双剧痛的脚,确实走不了路,就不说话了。她知道这里没有猛兽也安心了,但对以后该怎么办却毫无头绪,只好听从这群小矮人的了。

小矮人们分工明确地开始做担架了。拿斧子的,很轻松地就砍倒了两棵松树。

路格突然想出了个点子。他说:

"我们不如不做担架,做个大笼子吧!"

当然,还没等他说完就被反对了。每个人都教训他:

"路格,我们小矮人要比地面上的大人善良得多。你不是坏人,但你算得上是最笨的小矮人,真是丢尽我们矮人国的脸了。"

小矮人们又继续干活,他们飞得跟树枝同高,接着在空中就把树枝砍断,灵巧地完成一副担架,把青苔和树叶铺在上面,然后轻轻地将蜜蜂抬了上去。一下子,他们扶起把手,又一下子,极快地向山里跑去。

九　盛情

穿过一条很难走的路，小矮人们登上长满高树的山冈。在深色的小橡树林里，很多铁锈色的光石头参差分布，棕红色的山脉和深蓝色的峡谷也错落地分布，像极了一幅美丽的画。

小矮人抬着蜜蜂钻进满是荆棘的山缝。博巴坐着乌鸦带领着他们。看到全副武装、埋伏在各块岩石后面的武士，小姑娘觉得很害怕，又哭了起来。

士兵们用兽皮、大刀、弓矛武装自己，纹丝不动，叫人不寒而栗。一旁是他们猎来的飞禽走兽。蜜蜂仔细地望着他们，她突然发现，他们就像树林里那些小矮人那样温和但严肃。

一位威严的小矮人站在他们中间。他头上被羽毛和宝石装饰得很华丽，斗篷穿在肩上，两条胳膊满是金环，在他的腰上还有一只用象牙和白银雕成的号角。他左手握着一支矛，目不转睛地望着阳光透进的方向。

一个在队伍前面的小矮人报告说：

"洛克王，我们在树林里发现了一位非常美丽的公主，她叫蜜蜂。"

洛克王说："快让她来见我，按照我们这里的规定，以后她就必须永远留在矮人国。"

矮人们把蜜蜂抬了进来，洛克王见了她感到眼前一亮，赶紧走近对蜜蜂说：

"欢迎你，漂亮的公主。"

他踮起脚，亲了一下蜜蜂的手，并告诉蜜蜂这里是安全的，而且她要什么就会有什么。矮人国有世上所有美好的东西：项链、镜子、毛线、中国丝绸，应有尽有。他对蜜蜂说话的语气非常温柔，因为他喜欢上了蜜蜂。

"我能要一双鞋吗？"蜜蜂说。

洛克王立刻用长矛敲了一下岩壁上的一个铜盘，声音一停，不知是什么东西，飞快地从洞里出来，慢慢变大，一看原来他是一个小矮人。他长着一张画中士兵的脸，但他的皮围裙却让人们一看就知道他是一个鞋匠。

他就是这个国家最好的鞋匠。

"特吕克，"洛克王说，"到库房里选一块最上等的皮料，用一块金银织的布，叫我的库房卫兵给你一颗最好的珍珠。然后帮这位小姐做一双合适的鞋。"

还没等他说完，特吕克就已经在仔细打量着蜜蜂的脚，量起尺码来。但蜜蜂却说：

"谢谢你，洛克王，可不可以把做的鞋子尽快给我？有了鞋，我就可以回克拉丽德城，回到我妈妈身边。"

洛克王说："你可以马上得到鞋子。但是，你不可以回去，这双鞋是让你留在山里散步的，我们国家规定，你进来就不可以再离开了。再说，你自己也不可能走出矮人国。你觉得这里不好吗？在这儿，你可以学到你本来学不到的知识。你应该为能受到小矮人的款待而感到荣幸。"

"不，我宁愿不要这种荣幸。"蜜蜂说，"洛克王，就算我穿着破旧的草鞋也请你一定让我回克拉丽德城。"

国王说绝对不行。蜜蜂又继续哀求：

"如果你让我走，我会报答你的。"

"我不相信，蜜蜂，只要你回到满是阳光的地面上，你马上就会把我忘掉的。"

"洛克王，我发誓我一定会记得你，我肯定会像喜欢'啸啸'一样喜欢你的。"

"'啸啸'是谁？"

"啸啸是一匹马，它叫依莎白。在我很小的时候，每天早上，马仆弗朗科都会带它来我屋里，让我亲它和喂它吃东西。只是后来，弗朗科去了罗马，'啸啸'也因为老了上不了楼梯了。可是我还是很想他们！"

洛克王笑了。他说："你是一个拥有丰富感情的人，你以后肯定会很喜欢我吧,是不是?"

"可能吧。"

"那好,就让时间来证明吧。"

"可是我会恨你的,因为你不允许我跟妈妈和乔治团聚,小洛克王。"

"乔治又是谁?"洛克王突然问道。

"乔治就是乔治,我非常喜欢他。"

蜜蜂坦率的话语使洛克王更喜欢她了。他心里想,如果蜜蜂成年了就能嫁给他,这该多么幸福啊!并且能在她的帮助下,让小矮人国和地上的大人世界和谐共处。但是,很明显,蜜蜂如此深爱的乔治必定会跟他争夺蜜蜂的,使他不能与蜜蜂在一起。想到这里他垂着头,紧锁着眉,满怀心事地走了。

蜜蜂看到洛克王不高兴了,害怕不能回到地上,于是马上又轻轻地拽了拽他的衣角,轻柔地说:

"洛克王,我们不要生对方的气了,可以吗?"

洛克王说:"你说得没错,这不是我们的错。我虽要按照规矩来,不能让你回到妈妈身边,但允许你给你妈妈托个梦,让她知道你在这里使她放心。不用怀疑,这个梦一定会使她安心的。"

　　蜜蜂听后,终于开心起来,说:"小洛克王,如果能像你说的那样真是太好了。我要每晚在梦里见到妈妈。每晚,也让她给我托梦,让我见到妈妈,那不就像我在家一样吗?"

　　洛克王一诺千金,践行了诺言。每晚,蜜蜂在梦里都能见到妈妈,王后每晚在梦中与女儿相会。通过这个办法,母女两个终于可以在情感上得到了少许慰藉。

十　在矮人国的日子里

　　蜜蜂继续留在矮人国,她慢慢地有兴趣来看看周边环境了。矮人国的国土很大,在很深的地下。虽然只可以借着石缝一点一点地看见天空,但在这广袤的地方里,广场、街道、宫殿、大厅应有尽有,而且光明并不缺乏。除了几间房子和几个山洞是黑暗的,其他的地方都很亮。矮人国不是用火把和油灯照亮的,而是用日月星辰透进的不同寻常的光,这种光照亮了整个国家。宏伟的建筑都是在山岩上根据地势打造出来的。花岗岩上的宫殿造得很高,屋子和山都各自连在一起。照亮着山洞的小星星虽然只可以散发橘黄色的光,比不上月亮,但楼房的轮廓和石屋的屋檐都依稀可见。

　　在这里,除了高大的堡垒,还有扇形结构的石阶梯大

剧场，剧场一望无际。宽广的石井墙上，雕刻着不同图案，想下去的话，是不可能到达井底的。这么大型的建筑似乎和小矮人的体型不相称。但是，唯有小矮人中的这些手工灵巧的人才能建出这样的地下建筑来。

他们每个人都穿着树叶做成的斗篷，从这间房灵敏地跳到那间房。他们能从三层楼高的地方跳到石做的路上，然后又如皮球般地跳起。在跳起时，他们表现得总是那么正经，就像古人雕塑的表情。

这里每个人都有自己忙碌的工作，没有人是没事干的。矿工、铁匠、珠宝匠、石匠等每个人对工作的要求都很高，他们舞动着镐头、钳子和锉刀做自己的事。哪里都能听到锤子的击打声和机器在洞顶上传出的响声。看着他们忙而有序地工作，就如在观看好看的演出。整个国家里，唯有一个角落没有什么声音，那便是洛克王的宫殿。

在那里，不平的岩石没有规律地堆在一起，其中有的如威严的人像，有的如各种各样的柱子，就像古代的艺术品。洛克王的宫殿是一座不高但宽阔的宫殿。大门却又很低矮。洛克王在靠近王宫的地方，给蜜蜂造了个家。实际上，那只是一座仅有一间屋子宽度的小房间。屋子的墙壁上挂着用白纱做成帘子，屋内的木家具散发出淡雅的香味。通过一条石缝，照进一道自上射进的光线。于晴朗的夜空，还能通过石缝见到外面世界的星辰。

即使蜜蜂没有专门的仆人伺候，但几乎每个矮人都争着为她服务，为她带去用得到的东西。每个人都很听她的话，但就是不让她回家。

小矮人们很聪明，他们掌握了很多自然界规律，都不吝教给蜜蜂。但他们不是通过书籍来教，原因是他们没有造字。他们教蜜蜂分辨自然界里生长着的各种动植物和不同的矿石宝石，每个石头都是他们从各个地方挖掘收集的。他们叫蜜蜂到实践中去感受，很容易地就教会她大自然中有趣的事物和规律。

十　在矮人国的日子里

每个小矮人都很了不起,发明了很多实用的机器。他们担心蜜蜂会无聊,就帮她做了很多玩具,这些玩具甚至连地面上富有的孩子都没玩过。他们还给蜜蜂做了很多玩具娃娃,每个都长得很好看,不只能动起来跳舞,而且还能说出优美的语言。如果将它们一个个放到小剧院里,舞台背景一搭好,它们就能自己表演新奇的节目。虽然玩具娃娃们比一条胳膊还短,但是表演起来却像真的一样。有的扮成年事已高的老人,有的饰演魁梧的男子汉,有的饰演美丽清秀的姑娘,有的白裙飘飘,也有的像温柔的妈妈在给可爱的婴儿哺乳。

这些玩具娃娃都很能说,好像都有感情,有爱有恨。它们不时开心,不时悲伤,随意变化,就像真的一样,让人看了大为感动。看着它们的表演,蜜蜂激动地为它们喝彩。那些扮成暴君的玩具娃娃让她厌恶,她可怜那个曾经是公主,如今成了寡妇和囚犯的玩具娃娃。这个玩具娃娃为丈夫守孝,为了救回儿子,她只得嫁给别人,和那个让她失去丈夫的恶人结婚。多不幸的情景啊！玩具娃娃的表演各不相同，看了很多次，蜜蜂还是很喜欢。

而且，小矮人也开音乐会。他们教她学提琴、月琴、竖琴和一些不知名的乐器。在他们的帮助下，蜜蜂掌握了演奏技巧，一场场好看又有意义的表演还让她学会怎样为人处世。洛克王也不时跟着她去看表演，欣赏音乐会。但是，他总是不自觉地目不转睛地看着蜜蜂，有时入了神，连耳朵也听不清蜜蜂讲的话。慢慢地，他已经被蜜蜂迷住了，情不自禁地把自己的全部爱情都放在蜜蜂那里了。

日复一日，年复一年，一下子几年过去了。蜜蜂一天天在矮人国中快乐地生活。但是不管这一切怎么让她快活和沉醉，她还是日夜思念着地上的事物。现在，她更是亭亭玉立，出落成一位迷人的姑娘了。奇特的经历，让她表现得更加端庄稳重、不同寻常，自然就更让人着迷了。

十一　公主的金冠

就这样，蜜蜂在矮人国住了六年。突然有一天，洛克王让她到王宫，并要下属挪开墙壁上的一块大石头。这块石头看起来似乎与墙壁连为一体，实际上，它仅是镶在墙上。蜜蜂同他们一起进到石头后的洞里。这个岩洞其实是一条狭长的石缝，一片漆黑又窄，两个人不可以并排进去。洛克王领头，蜜蜂害怕，就抓着他的衣服，跟他走。他们走了很长时间。每向前走一段，岩石就又多一块，路就一点一点变得窄了起来。蜜蜂很担心会让石头夹住，不能进出，眼睁睁困死在里头。于是她又用力抓住洛克王的大衣角，但是小路又暗又窄，大衣角每次都从蜜蜂的手中滑落。走了很久，洛克王终于找到了一扇铜门。他打开门，只听见很响的轰隆声,从大门照进一道刺眼的光。

"小洛克王,我从前真是不知道惜福,没想到外面的光亮美极了。"蜜蜂感叹道。

洛克王没有回应,依旧抓着蜜蜂的手,走进了硕大的大厅。这时他对蜜蜂说:

"你看。"

撑起这个大厅的是很多根高大的大理石柱,从上到下,整根柱子金光耀眼。蜜蜂霎时觉得应接不暇,看不清东西。在大厅的尽处,建造着用宝石制成的台阶,上面有很厚的地毯,上面的纹饰引人入胜。台阶顶层有一个点缀了象牙和黄金的宝座,宝座的华盖是透明的珐琅。宝座的两端,各自放着两个硕大的花坛,那里生长着两株古老的棕榈树,花坛是古代最有名的小矮人艺术家雕刻的。接着,洛克王坐上宝座,让蜜蜂站在他的旁边,说道:

"蜜蜂呀,现在我带你来看我的宝库,你要什么就拿什么吧。"

石柱上嵌着很多硕大的金盾,在阳光的作用下,盾牌发出耀眼的光芒。大厅里放满了刀枪、刀锋和枪尖,令人胆寒。大厅四周很规矩地放着很多桌子。桌子上面摆满了不同的美丽并且价格不菲的镜子、雕盘、烛台和杯盏,都是用金和银做的。其中一张桌子上还摆着一副用月亮上的石头制成的棋。

"蜜蜂公主,你挑吧。"洛克王又真诚地说了一次。

但是,这些宝物蜜蜂没有放在心里,她仅是仰头,看着天窗外面清晰可见的天空发呆。使她入神的不是宝物而是外面的世界,她懂得,只有太阳的光线,才能使地底下这些金银财宝光彩夺目。她终于说:

"小洛克王,我仍旧希望回到克拉丽德城。"

洛克王没有回答她,只对管宝物的人比了个手势,叫他拿走地上一块很厚的地毯,下面现出了一只硕大的箱子,它的表面满是铁锈。但是,满是铁锈的盖子一掀开,却发出无数金光。原来,条条光芒都是由巧夺天工的一颗宝石发出来的。洛克王站起来,将手伸进箱子,鼓捣了一下子。霎时,不同宝石晶莹闪烁,发出哗哗的声音。各种款式的宝石,看了让人爱不释手。洛克王告诉蜜蜂,它们都是由泉水和阳光互相作用很长时间形成的,夺目多彩,非常的好看。

"请你挑选吧。"洛克王催道。

蜜蜂却摇摇头说:

"小洛克王,我懂得,它们确实很漂亮。但我更爱照耀在克拉丽德城堡的石屋顶上的阳光啊。"

洛克王连忙又叫人掀开第二个箱子。里面有圆润、纯度很高的珍珠。那变幻的光芒把天上、海里的各种颜色融合在一起。珍珠的光泽非常柔和,让人看了就如处于柔和的宇宙中。

"你选吧。"洛克王说。

然而蜜蜂依旧回答说:

"小洛克王,它们让我更加回想起一个人的眼睛,我喜欢这些珍珠,但我更爱那个人的眼睛。"

蜜蜂的话伤透了洛克王,他转过头,赶紧又命人开启了第三只箱子,这回呈现在蜜蜂眼前的是一块水晶石。水晶石里有一滴水珠,晃动一下水晶石,能看见水珠在里面运动。这滴水是古时就已经在里面的。洛克王还让蜜蜂看了一块金黄色的琥珀,里面有比宝石更新奇的小虫子,虫子的小爪和小须角都可以清楚地看见,如果水晶石可以被化开,那么小虫子必定能扇动翅膀逃离这里。

"它们都是难得的宝物,我诚心赠给你,蜜蜂。"

蜜蜂仍旧回答:

"小洛克王,我不想收你的琥珀和水晶石,因为我既不可以将里面的小虫子放出来,也不可以让水珠流出来,至少我不用看到它们被困在这些东西里。看着它们我就想起了自己的处境。"

小洛克王呆望着她,然后说:

"蜜蜂,你多傻啊,伸手就能拥有价值连城的珍宝,伸手就能得到数不尽的金银。但想不到这些也不能让你心动。你们地面上很多的吝啬鬼眼里只有金银,哪个会跟你一样?呵,唯有那些不被金银牵着鼻子走的人,才能成为最富裕的人。因为他们自己总是高于他们的财富。"

说完,他对司库比了个手势,司库捧出一顶金冠,放在座垫上。

"这样的话,不管怎么样也希望你接受这个礼物,以表达我们对你的敬意。"洛克王说,"从这一刻起,你就是我们矮人国的公主了。"

说完,洛克王亲自把金冠戴到了蜜蜂的头上。

十二　洛克王与蜜蜂

小矮人们身穿斗篷,高兴、隆重地为首位公主举办了加冕典礼。他们在大厅里不停地玩着天真活泼的游戏。在地下街道里,每个人又蹦又跳,整整狂欢了三十个昼夜。皮克喝醉了,但看上去还是很有心眼;在快乐的氛围里善良的泰德陶醉了;温柔的弟格高兴得满脸泪水;曾经提议要把蜜蜂关起来的路格兴奋得又想把蜜蜂装进笼子,他说这样最保险,他们就不用害怕失去这个美丽的公主了。博巴仍旧架着乌鸦,在天上飞到这又飞到那,快乐地喊叫,连乌鸦也不停发出呱呱的声音。

大家都很高兴,唯有洛克王独自在那里伤心。

第三十天,洛克王为国民开了一个盛大的宴会。这是一个特别的宴会。他坐在自己的宝座上,柔和的脸变得一本正经，他对着蜜蜂郑重地说：

"蜜蜂公主，请允许我对你提出一个请求，你能答应，也能拒绝。克拉丽德的蜜蜂，矮人国的公主，请问，你愿不愿意做我的王后？"

洛克王是那样的俊俏，他的语气充满温情又不失威严。蜜蜂情不自禁地摸了摸洛克王的胡子，对他说：

"小洛克王，"她说，"我爱你，然而我只可以把你当成洛克王来爱。我不能嫁给你。当你对我说要我成为你的妻子时，地面上慈爱宽厚的弗朗科在我脑海中浮现，你如果像弗朗科那样该多好啊！给我讲笑话、说故事，我就会一直开心了。弗朗科能唱歌，他一直那么乐观，如果没有灰头发和那个大红鼻子，他也会很俊美。"

蜜蜂的话使洛克王难过得落泪，他失望地转身。但还是被蜜蜂看到了他睫毛上的泪花。蜜蜂也很伤心，她不想让他难过。过了一会儿，洛克王没有刚才那么激动了，他说：

"克拉丽德的蜜蜂,矮人国的公主,我爱你,也想你会变得爱我。就算没有这一天,我也还是一直爱你。可是为了回报我的友好,我只要求你,不要对我说谎。"

"小洛克王,我必定永远对你忠诚!"

"蜜蜂,那么请你回答我,你是不是深爱另一个人,并且想做他的妻子?"

"小洛克王,我现在不想嫁给任何人,我只希望……"

还没等她说完,洛克王大度地笑了,拿起金酒杯,他高声祝福矮人国的公主健康快乐。一下子祝酒声、欢呼声在整个地下宫殿回荡,矮人国一片欢腾。

十三　梦中到现实

尽管蜜蜂拥有了矮人国的金冠，然而心事却更多了，并且变得十分忧愁。从前，她满头柔顺的金发，总是那样的天真活泼，不时跑到铁匠铺去玩，扯一扯好朋友皮克、泰德和弟格的胡子，与他们随意开玩笑。他们每个人的脸都被炉火烤得红彤彤的，一见蜜蜂来了，就开心地笑了。从前，善良的小矮人把她叫作"我们的蜜蜂"，他们还在蜜蜂的膝盖上翩翩起舞。他们之间没有约束，但自从蜜蜂当了公主之后，他们见到她的时候，便恭恭敬敬，不说一句话。她失去了如孩子般的自由，她觉得当初不应该当这个公主的，和可爱的矮人们不再像朋友一样了。

但是，蜜蜂仍旧爱洛克王，因为他的善良。自从见到洛克王因为她伤心后,蜜蜂就不知道怎么面对他了。而且洛克王现在心情又有点差。但她总是想帮助他好过点。

一次,蜜蜂牵着洛克王的手,跟他走到一条岩石缝旁。有一束阳光从石缝里透进来,金色的尘埃出现在阳光中。

"小洛克王,"蜜蜂对他说,"你是国王,我很高兴你保护我,但我也感到很烦恼。"

听到公主这样说之后,洛克王说:

"克拉丽德的蜜蜂,矮人国的公主,我的心里都是你,所以我不愿让你走,并告诉你我所有的秘密。这些是地面上的大人不会教你的,坦白说,小矮人灵巧、博学胜过大人。对吗?"

"我赞同你。"蜜蜂说,"但是,我跟他们更相似,所以现在我更怀念他们。小洛克王,你如果不愿让我因为见不到他们而死,就赶紧让我与妈妈相见吧。"

洛克王不说话,转身就走了。

蜜蜂一个人立在那里,呆呆地看着那一束光线,很是忧伤。大地被阳光铺满,地上的人都受到太阳的恩泽,也让流浪者感到温暖。过了一会儿,这一缕金黄色的光线慢慢变白了,接着又变成了浅蓝色。此刻,黑夜降临。通过石缝,只见一颗明亮的星星一闪一闪,发出光芒。

蜜蜂此刻在呆望着那一点光明的天,这时有人轻柔地拍了拍她的肩膀。她转过去看,原来是洛克王。他穿着一件黑大衣,手上拿着另一件大衣,轻轻地帮蜜蜂披上,担心她生病。

"跟我走。"他对蜜蜂说。蜜蜂听话地跟着他走。

啊,原来洛克王把她带出了地下世界!

蜜蜂又重新看到风吹动树枝,月亮下漂浮着云,久违的夜空是那么让人心旷神怡。她重回人间,她重新嗅到小草的香味,久违的气息,不断地涌进她的心里。她深深地呼吸,一下子欣喜若狂。

洛克王虽然矮小,但用手把蜜蜂抱起,却如托起一个洋娃娃那样自如。他们轻轻地走上了草地，细长的影子映在地面上。

"你很快就能见到妈妈了，蜜蜂。你知道，每晚我都让你们母女相见。你们说笑相拥。今天晚上，发生的一切不再是梦。我要把真正的你带到她身边。但你要注意，你能见她，却一定不要接触到她，也不要同她说话，不然魔力将不会奏效，你自此就再也回不到她身边了。因为即使你活生生站在她的面前，她也会以为你是幻影。"

"好吧，小洛克王，我一定会当心。……哦，看见了！我看见了！"

果不其然，克拉丽德城堡的影子立刻就出现在前面，它仍旧高耸在久违的山上。熟悉的场景让蜜蜂目不暇接，她亲吻可爱的石头，满是野花的城墙立刻从她身旁飞驰而过。一下子，她已经在山上了。山坡上，萤火虫这里一只，那里一只地一闪一闪。他们直接走到一扇暗门旁。小矮人都是能工巧匠，不管什么铁锁和栅栏都不能挡住他们。洛克王很轻松就打开了那扇门。

　　进去之后，蜜蜂爬上螺旋形的楼梯，一下子就到了妈妈的卧室。她停了下来，努力控制自己过快的心跳。四周静得连针掉下也能听见声音。门终于慢慢地打开了，借着天花板上那些吊灯微弱的亮光，蜜蜂看见了睡在床上的妈妈。妈妈明显消瘦和老了许多。王后被惊醒，看到了女儿，她激动地喊着："蜜蜂，我的女儿，你可算回来了！"展开双臂就要拥抱她。蜜蜂激动万分，想要投入母亲的双臂中。这时洛克王立即把她拉住，很轻巧地带着蜜蜂飞快地经过蓝色的田野，一下子又回到了矮人国。

十四　洛克王的单相思

　　自从又回到地下世界之后，在矮人国里，蜜蜂越来越不开心，她经常坐在那些台阶上发呆，透过那一线窄窄的石缝，呆望着那一线蓝天。还有那些石缝内的小树，和蜜蜂一样，努力地朝着外边的世界生长，向外望着阳光，看着看着，蜜蜂默默地流下眼泪，陪在她身边的洛克王轻轻地拍拍她的手，安慰她：

　　"蜜蜂，你为何又哭了起来？"

　　蜜蜂接下来的几天都没有一丝的笑意，小矮人们围在她的四周，给她演奏歌曲，弹琴助兴，但是这些都无法打动她。为了让她高兴一点，还有很多的矮人翻着跟头，玩杂耍给她看：他们都戴着漂亮的宽檐帽（帽上面有用树叶做成的帽徽），一个接一个在她的面前翻过，很多小矮人的帽子尖都扎进地里边去了。看到这些开心又善良的小矮人们这么盛情地款待自己，为自己表演节目，这么真诚又热情地为她而唱歌跳舞，这时她才稍稍开心一点点；看到善良的泰德，还有温柔的弟格，他们从在湖边第一眼看到她的模样就开始喜欢上她。有着一副诗人模样的皮克带着喜欢谈论道德的巴奥给她摘来一篮葡萄。大家都拉着蜜蜂的裙角，和洛克王一同问她：

"美丽的公主啊，是什么常常使你流泪啊？"

蜜蜂终于还是控制不住，一股脑地全部说了出来，

"尊敬的小洛克王，亲爱的小矮人们，你们对我越好，我反而越伤心，但是我一哭，就让你们也哭，只是你们还是不懂我的心思啊。你们不会明白的，我对于乔治的那种思念之情，我们已经很久没有相见了，现在的他应该已经长成了一位高大威武的骑士了，但是我们却无法相见，我不只是爱他，我还想成为他的妻子。"

十四　洛克王的单相思

听到她的话，洛克王赶紧把握着蜜蜂的那只手抽了回来，大声吼道：

"蜜蜂，你不是在筵席上说不会爱上任何人吗？你为什么要骗我呢？"

蜜蜂说：

"真的对不起，小洛克王，我并不是故意欺骗你，只是我当时还没有下决定要嫁给乔治。但是现在，我也不明白我为什么想和他结婚。也许，这是永远也无法实现的，因为我并不知道他在何方，他也不知道我在何处，只要一想起这些，我就忍不住想哭。"

听到蜜蜂的这些话，洛克王把脸紧紧地藏在手心里，他伤心得快死了。但是他还是沉默着离开了，也不理会自己那长长的王袍在身后拖在地上，好像卷起一股伤心的浪花。

其他的那些小矮人也停止了演奏，他们感到不可思议，也没有翻跟头，大家都默默地站着。泰德和弟格的眼泪悄悄地流了出来，泪水还飞溅到了蜜蜂的衣服上。单纯的巴奥还把那一篮子葡萄打翻在地上，整个场面都乱了，大家惊叫着四处散开了。

十五　奴尔的启示

洛克王孤独地坐在地上，用手抱住双脚，整个人都沉浸在痛苦的海洋之中。他可不愿意让人看到自己。他是君王，是一个顶天立地的男子汉。

但是那团嫉妒的熊熊烈焰在他的心里燃烧着，他想不明白这到底是怎么回事。

"她恋爱了，但她爱的对象不是我，我是一个国王，我知识渊博、能言善辩，我拥有数不清的金银财宝，我知晓这个世界上最神奇的魔法口诀，我比所有的小矮人都要优秀，而他们可比地上的任何人都要优秀。但是在她的心目中，我比不上乔治。她爱的为什么不是我，却要去爱一个对小矮人的学问一窍不通的大人，那个人也许还是个平平庸庸的人。当然！她不是用功勋来衡量是不是应该爱那个人，因为她根本就不在乎什么功勋。对啊，她的见识也非常浅陋，但为什么我却如此爱她。假如没有得到她的爱，我真的不知道我活在这个世界上还会有什么意义呢？"

洛克王就这样孤孤单单地过了好几天，他在那些最偏僻的山谷里徘徊着，他对于这个问题越想越烦躁，有时候甚至还有一些邪恶的想法，想用囚禁或折磨的方法来逼蜜蜂嫁给他，但是他还是为自己的这些念头感到羞愧。然而要他跪在蜜蜂的脚下请求她嫁给自己，那也是不可能的！他已经感到无计可施了。因为，蜜蜂是否爱他，不是他能左右的。于是，他将所有的怒火都转移到了乔治的身上。他祈求魔鬼能让这个乔治永远在那些无人知晓的角落里流浪，或者，让乔治忘掉蜜蜂的一切吧，就算他知道了蜜蜂的爱也不会给她任何的机会。

洛克王想：

"虽然我还那么的年轻，我活了这么久，也吃了不少的苦，但是我之前所遭受的从没有像现在这样让我难受。以前就算我痛苦，因为我有一种高尚感，有一颗善良而又慈悲的心，所以我不会感到痛苦；但是现在我却痛苦不已，因为我感到了绝望的恐惧而伤心，这种绝望会让人变得冷酷而绝情。我的眼睛已经被这滚烫而无情的泪水浸泡着，就好像被硫酸炙烤过一样，让我疼痛难熬。"

洛克王带着这样的想法，很担心自己哪天会因为这嫉妒而变得不通情理，于是他小心翼翼地避开蜜蜂，生怕自己会在她的面前失态，说一些软弱无能或者粗暴无理的话出来。

但是，蜜蜂对于乔治的爱一直萦绕在他的心头，有一天，他的心情比任何一天都要差，于是他决定去奴尔那里请教一下。奴尔是小矮人中最具有学识的人，他住在一口很深的井里。

这个家非常的神奇，一年四季都是恒温的，而且在那井里面有两个小星球轮流照明,一个是明亮的小太阳,还有一个是温柔的小月亮。洛克王来到他的房子里,看到奴尔在实验室里。奴尔的头上戴着一顶风帽,那帽子上插着一朵叫不出名字的花。他长着一副小老头的慈祥面孔,虽然满肚子的学问,但他还是保留着小矮人们那纯真而又朴实本分的气质。

"奴尔!你好啊!"洛克王激动地拥抱着他,对他讲,"我是来向你打听一件事的,我想只有你才知道。"

"洛克王,"奴尔说道,"也许我的确很聪明,但我也就是一个蠢人。只是我的确有一种独特的本领,就是我能找到办法来了解那些我不了解的东西,也许就是因为这个才让大家都认为我是博学多才的人吧!"

"你知道有个叫乔治的年轻人吗?"

"乔治?是谁啊!真不好意思,我对他一无所知,我也根本不想知道他是谁。"奴尔说,"你难道不知道地上的那些大人们都愚昧无知,残忍而又凶恶,我可没工夫去研究他们的想法和所作所为！哦，尊敬的国王，如果要说那些傲慢无礼而又自高自大的大人世界里还有什么可说的话，那就是还有很多勇敢的男人，也有些美丽的女人，还有很多活泼的孩子，除了这些，整个大人的世界都是假恶丑的并且显得非常的可笑。而且他们和小矮人们一样，如果不劳动的话就不能活着，但是他们却很讨厌劳动，他们的双手远远没有我们的灵活，他们看不起勤劳的人，爱好战争，并且常常互相残杀，不愿意互帮互助。不过，说真的，我们还是得认同，地上人类的生命太短暂，他们还来不及认清自己，也来不及充实自己，就是因为这样，人类才会如此无知和残忍。他们在世上活着的时间太短，还没来得及明白如何去生活，只能够为了生存而战战兢兢。但是地下的小矮人是多么的幸福啊。虽然我们小矮人也不是长生不老的，但是我们的寿命至少也能和地球一样长。我们生活在地球的怀抱里边，它用无穷无尽的热量温暖着我们，但是，生活在地面上的人类却一直要忍受着风吹雨打，还要遭受暑气的炙烤，还要受到冷风的侵扰，还有一些人要忍受严寒，还有些人在春风中出生。不过，地上的大人在水深火热中生活着，历经了一切善恶美丑以后，也产生了一种高尚的品德，让人们的灵魂显得高贵起来，有些人的灵魂比小矮人的灵魂还要高尚。我的国王，这种高尚的品德就是同情，这种品德就像是黑夜中发光的明珠一样，照亮着人类的眼睛，净化着人类的思想。但是大人们承受着的苦难还是给予他们一些启发，让他们中的一些人成为了善良纯洁的人。但是这些是小矮人们体会不到的，因为小矮人没有遭受过这种苦难，我们没有经历过大人们的那种战争和思想上的仇恨，所以没有他们的那种同情，这样的话，我们小矮人难道不显得很单纯天真吗？所以，我们小矮人们也应该到地洞外去看看，到严酷的地面上去体验大人们的生活，和他们一起生活，去走近他们，关心他们，和他们同甘共苦，感受人类的情感，这些情感是我们小矮人们需要的。我的国王，刚刚就和您讲了大人们的秘密。哦，我的国王，您刚刚不是在问我一个大人的命运吗？"

洛克王又把刚刚的话说了一遍，老奴尔走进了一间摆着许多望远镜的房间里，站在一架特别的望远镜前面，在这个矮人国里，小矮人们是没有书籍的，就算有几本，也是从地面上的大人们那里弄回来的，他们把那些书当作是玩具。而望远镜就是他们的书本。他们也会学习，但是他们不是靠读书来学习，而是靠观察望远镜来学习。如果它们想要了解什么，他们就会去选择一架合适的望远镜，去观察一番之后就能得到答案了。

他们的望远镜都是用一片片的水晶做成的，有的望远镜是白水晶做成的，有的使用黄水晶，有的使用乳白石，其中，有一种用钻石做成的望远镜是最厉害的，通过它可以看到很远之外的东西。

小矮人们还有一种非常特别的望远镜，这种望远镜的镜片是透明的，地上的人类是见不到的，通过这种望远镜，人就可以看透一切东西，就算是城墙和岩石也会变得像透明的玻璃一样；更神奇的是还有一种望远镜和镜子一样，能将过去发生的事情一点不落地全部回放出来。在很久以前，小矮人们从无边无际的宇宙中，把很久以前的各种各样的光线收集起来，他们通过这些光线就能了解过去发生的一切。因为这些光在过去曾经照耀过人类，也照耀过动物，还照耀了世间的一切花草和万事万物。在千百年后，它们都反射到太空，最后却成了小矮人们获得知识的一种来源。

老奴尔非常擅长观察人类。他甚至还能看到很久很久以前的事，认识那些谁也不知晓的人类。所以，要想找到乔治，对于奴尔来说只是小菜一碟。

他只是动用了一架非常普通的望远镜，没花费多少时间就找到了，他对洛克王说：

"我的国王，您想找的那个乔治在水妖国里，他被囚禁在一座水晶宫内，并且这个水晶宫和我们矮人国挨在一起。"

"实在是太好了，他原来在那儿啊。那就让他永远这样关着吧！"洛克王兴奋地说道，"就让他在那里老老实实地过完一辈子吧。"

他与老奴尔拥抱道别，满脸笑容地离开了深井。

一路上，他蹦蹦跳跳，很久没有这么高兴过了，胡子也在胸前激动地颤动着。他捧腹大笑，其他的一些小矮人看见国王这么开心，也情不自禁地跟着他一起手舞足蹈起来。另外的一些小矮人看到他们在笑着，也不问缘由地笑着，一阵连着一阵，整个笑声在地下宫殿里传递着，地底下是笑声的海洋。

十六　乔治的遭遇

但是洛克王的快乐并不长久,因为在深夜里,当他一个人躺在床上想起这件事情的时候,他一直想着那个被水妖抓住的乔治。他开始设身处地地想乔治的处境——他会如何想呢?他过得如何呢?一想到这些他就感到很羞愧。他那晚失眠了,很痛苦地将自己那张小脸藏在被子里面。于是,他想还不如去深井里向奴尔问个究竟。

"奴尔,"他问道,"我很想知道,那个叫乔治的人为什么被水妖们关在那里?"

老奴尔看到洛克王在这深夜又来拜访,以为他神志不清。不过他很放心,因为他们都知道,就算洛克王失去了理智,也不会是凶巴巴的人。他们矮人就算是发疯,也是

很平和的,和平时没什么两样,而洛克王就更加的平易近人,而且很善解人意。他们矮人发疯的时候也只是因为大脑里有很多稀奇古怪的幻想。而且看上去,洛克王也只是有一点点反常,他不是很疯狂的样子。

老头儿这个时候早就把乔治的事抛之脑后了。

"我想向您再问问关于乔治的事情。"没想到洛克王又问了一遍。

于是,奴尔就去把那架望远镜拨弄了很久,调整好观察的角度。很多的动作非常复杂,让人眼皮都来不及眨一下。过了一会儿,奴尔就把洛克王叫了过去,要他自己去看乔治的事情。于是,洛克王看到了乔治是怎样被水妖抢走的。好心的老头还调出了几个特别的镜头给国王看,让他看到了乔治的身世,知道了乔治是白国的王子,知道了白玫瑰的事情,还看到了乔治和蜜蜂小时候两小无猜的镜头。而且两个小矮人还看到了乔治被水妖抓走的全部经过。

那时，乔治被水妖们拉下水去，他感到湖水压住了自己的胸膛，他快要窒息了，以为自己这次是非死不可了，但是没过多久，他听到了一阵美妙的歌声，感觉很舒坦，他慢慢地睁开眼睛，发现自己躺在一个陌生的山洞里面，而且山洞的四周有很多的水晶柱，反射出五彩斑斓的彩虹来。他看到了水妖国的女王坐在高高的王座上，她那用珊瑚及海草做成的宝座上镶嵌了一颗光泽柔和的大珍珠。但是和女王的脸色相比的话，那些珍珠和水晶都黯淡了，水妖们把乔治抓了过来，女王瞪着那双绿色的眼睛，死死地盯着乔治盯了很久。

"朋友啊！"她对乔治微笑着，终于说道，"无比荣幸地迎接你的到来，在我们这个水底世界里，你可以无忧无虑地生活着，没有必要去读那些没有一点乐趣的书本，也不要上那些一堂又一堂的无聊的课程，不要去解答那些百思不得其解的难题，你也无须去劳作，你只需唱唱歌、跳跳舞就好了，能够和我们的水妖们相安无

十六 乔治的遭遇

事就万事大吉了。"

长着满头绿发的水妖们教乔治唱歌跳舞,还教他做很多的游戏。她们将贝壳密密麻麻地缠在额头上,每个人都能歌善舞,不过乔治对这一切都不感兴趣,更不想去学她们的舞蹈和歌曲。他的心里装着自己的王国。

时间一下子就过去了很多年,乔治无时无刻不在找机会回到地上去。虽然在那个世界里有严冬酷暑,有人世的酸甜苦辣,但是人们却相亲相爱,在那里有自己的亲人和自己的朋友,还有那最亲密的蜜蜂,他这么多年来,是多么渴望能再看她一眼啊!现在的乔治已经是一个男子汉了,他的嘴唇上长出了一层淡淡的茸须,脸腮上也开始长出胡子,他浑身是劲。这一天,他又来参见水妖女王,鼓足了勇气客气地说:

"尊敬的女王阁下,我请求您开恩,我想和您道别,回到我那离别多年的克拉丽德城堡。"

"帅气的小伙子,"女王说,"我绝不会答应你的请求，因为我要你永远在这水晶宫里陪伴着我，一辈子都陪着我。"

"女王阁下，"乔治很着急，又说道，"卑贱的我不能承受您的如此厚爱和恩惠。"

"你不要说这些客气的话，对于真正的骑士来说，他们从来不会因为主人的爱而满足，更不会说承受不起。更何况，你还很年轻，你能在我的国家发挥自己的聪明才智呢？帅气的小伙，你记住，你尊重自己的主人就行了，请你相信我也是为了你好。"

"女王阁下，你也许还不知道，我和克拉丽德城堡的蜜蜂公主相爱了，除了她，我这辈子不会爱上任何其他的女人。"

女王的脸一下子气得苍白，但看上去反而更加美丽了。她大声地说："这个叫作蜜蜂的姑娘迟早会死的，而且还是一个庸俗的大人国的姑娘，你怎么会爱上这种女孩呢？"

十六 乔治的遭遇

"我也不知道为什么。也许我们从小青梅竹马,我们是一起长大的,我清楚地知道我是爱她的。"

"不要讲了,我有办法让你遗忘她。"

接下来,女王让乔治整天都待在那快乐的水晶宫内,想让他能够乐不思蜀而忘掉那地面上的爱人。

但是乔治对任何姑娘都无动于衷,他对女人的感情还是一窍不通,他就像是古代的勇士阿西勒那样,常常在巨大的宫殿外转圈,找逃走的机会。但是不管他走到什么地方,总是找不到出口,因为总是有一些静静的但是无法逾越的浪涛挡住了他的去路。他感到自己已经被软禁在这明亮的水下世界了。透过那透明的墙壁,他能够看到海葵在舒展着身体,珊瑚吐艳;在这神奇的海底世界里,他看到很多从来没见过的鱼儿,那些鱼儿有红的、绿的、黄的、蓝的,在那些精致美丽的珊瑚石及晶莹剔透的贝壳中穿行着,游来游去。有的鱼的尾巴还一飘一甩的,有的尾巴左右摆动着,还闪着点点的火花。乔治在一开始对这周边的一切神奇的东西也没有兴趣，但是随着时间的消磨，他天天在水妖们的靡靡歌声中生活，那股逃走的欲望慢慢消退了，他也慢慢地安下心来。

乔治就这样无精打采地过着日子，一天又一天，整日无所事事。

有一天，乔治在宫殿里随便转悠，忽然捡到了一本书。那本书已经十分破烂了，装订的铁针都掉了。这本书是水妖们从一艘发生事故掉进湖里的船上找到的。书里边讲了一个美丽的公主和一个勇敢的骑士的故事。书里的骑士非常的勇敢，行侠仗义，最后赢得了公主的欢心，那骑士劫富济贫，帮助弱小，照顾孤儿，保护寡妇，是一个十足的铁骨铮铮的男子汉，也是一个匡扶正义的英雄好汉。乔治心情激动地读着这些惊心动魄的故事，充满了敬佩之情，但是又为自己的行为感到羞愧，他的脸色很差，随着心情的变化而一阵白一阵红，他无法安心地坐着了。

"我也要成为一个这样的骑士。"他大喊着,"我要去闯荡,去为那些世上的好人、诚实的人,为了我的蜜蜂公主,我要去勇敢战斗、去搏击。我不能再在这个安逸的地方停留片刻了!"

陡然间,他觉得自己热血沸腾、浑身都是力量,他拿过一把宝剑快步地闯进了水晶宫。那些绿发女妖们被他吓得四处逃窜,就好像一道道的绿光闪过一样,还有些胆子小的水妖直接被吓晕了。只有水妖女王仍然安之若素。等着乔治走近,女王那绿森森的眼珠盯着他。

乔治很快就跑到她面前,大吼道:

"万恶的女妖,你不要想这些花招来蒙骗我了。赶紧把通往外边的路给我打开吧,我要回到那阳光灿烂的地面上,成为一名勇敢的骑士,我无法忍受在这种安乐窝里过这种与世隔绝的日子,我需要见到那些亲爱的人,我还要到那些遭受困难的人们当中去,我需要到前线去抗击敌人。我已经被你囚禁了这么多年,请让我过上真正的生活,让我拥有自由,让我能够拥有光明,否则,我今天就杀了你。"

女王微微一笑,坚定地摇了摇头。她如同一座高山一样在那稳稳地坐着,静定自若。乔治抓紧宝剑用尽力气朝她劈去,但是宝剑碰到她的那一瞬间竟然断成了两截。

"毕竟是个孩子啊!"女王淡淡地感叹了一声说。

结果,乔治被囚禁在了水晶城堡里最底端的一座水晶地牢内,在那地牢周边游荡着一群群的鲨鱼,它们长着白森森的牙齿,那些锋利的牙齿好像能将玻璃墙瞬间咬破一样,然后冲进去将他撕碎。看到这些凶恶的场面,乔治无法入睡。

非常巧的事情是,囚禁乔治的那间水晶地牢下面有一块岩石,而矮人国最遥远的最偏僻的一个山洞就和这块岩石连在一起。

这些情景都被洛克王及奴尔在一个小时内了解得清清

十六　乔治的遭遇

楚楚，他们知道了乔治的遭遇。通过这架望远镜，他们好像就和乔治生活在一起一样地清楚他的情况。他们看到乔治在水妖的牢房内受苦，心里很不是滋味，两个人都沉默着。过了很久，奴尔好像一个老人为孩子讲完一个故事之后抒发一番感慨一样，他跟国王说：

"我的国王，我已经把您想看的东西都给您看了。您对这件事的前前后后都了解了。我也不想多说什么了。我不知道您看完这些之后是什么心情，您是高兴，还是伤心呢？但只要这件事是真实发生的就行了。科学是无情的，它客观公正，它既不会讨人开心，也不会让人不快，它不像诗歌那样充满想象力和描述，可以给予人快乐，给人安慰，这是无情的科学所不能比的。所以，我觉得诗歌比科学更受人欢迎。我的国王，先忘掉这件事，让人唱几首好听的歌给您开开怀吧！"

洛克王一声不吭地走了，他的心情像灌了铅那样凝重。

十七　远征

洛克王沉默地离开了科学之井，一个人漫步到了自己的宝库里面。他打开一个箱子，箱子只有他自己有钥匙，他从里面拿出一枚戒指戴上，这不是一枚普通的戒指，上面的宝石发出耀眼的光芒。这枚戒指是用一块有魔力的宝石打造的。只有在主人最危险的时候，它才会放射出巨大的魔力，过一会儿我们就知道它的威力了。接着，洛克王又去了宫殿，披上一件远行时穿的风衣，又穿了一双结实的靴子。他握着一根棍子独自出发了，他健步如飞，悬崖峭壁对他来说如履平地，跋山涉水之后，又穿过那些长长的石廊，穿过储油的岩层及一座座水晶城，他没有停歇。在水晶洞之间那些狭窄的缝隙里穿行，非常的灵巧。

十七 远征

洛克王感觉有点迷迷糊糊了,他一路上只能对自己讲话,说些不着边际的话,但是他还是坚定地马不停蹄地赶路。翻过那一座座的高山,又翻过悬崖,那些大江大河在他的脚下如同小溪流一样温驯。他横穿险滩和湍流,经过那些恐怖阴森的地方,常常还有浓浓的烟雾。他又从滚烫的熔岩上走过,他每走一步,就会留下一个足迹。但他没有犹豫,一直前进着,他又穿过黑乎乎的山洞,里面还有很多海水一滴滴地渗了进来,然后顺着那些海藻流到地面上,于是在那凹凸不平的地面上积成一个个小水潭,一些奇怪的乌龟和土鳖就在那些地方爬行,洛克王经过时常常踩得它们咯吱咯吱响,赶紧四散逃命。这样就打扰了那些上了百岁还没死的老章鱼,还有一些很丑的水鲨鱼,它们龇牙咧嘴地游过来,用那尖嘴喷着黑乎乎又奇臭的毒汁,想挡住洛克王,但是对于这周边的一切,洛克王都没放在心上,他勇敢地前进着。到达山洞尽头的时候,他遇见了一群怪物。它们有厚厚的铠甲，在那铠甲上还有很多的尖刺，它们挥舞着像锯齿一样的锋利钳手，瞪着小小的眼睛，感觉阴森森的，让人望而生畏，并且它们沿着洛克王的脖子往上爬。洛克王根本就不想理会这些家伙，他用身子紧紧地靠着那粗糙的悬岩，靠着山洞壁费力地一步一步地前进。那些披着厚甲的怪物也紧随其后。他爬呀爬呀，终于一口气爬到了洞顶，他摸到了一块巨大的凸出来的岩石，便停下脚步。这时他掏出那枚魔法戒指，往石头上一碰，只听见轰的一声巨响，那块石头掉了下来，就在那瞬间，一道耀眼的光像闪电一样划破黑幕，那些黑暗中的怪物们纷纷逃跑了。

原来，在老奴尔的帮助下，洛克王通过一条秘密通道从水妖国的海底下横穿了过去，赶到了关押乔治的水晶地牢。洛克王朝着那个打开的明亮的口子探头一望，一眼就看到了乔治。这时的乔治正在那间水晶牢房里唉声叹气，他非常想念蜜蜂，想念克拉丽德王国，但是现实却让他无比的绝望和无可奈何。

历经艰难险阻的洛克王一直在地下进行着长途的跋涉，就是为了来这里救出被关押的乔治。

但是乔治一开始被地下冒出的这个满脸胡子、披头散发的头给吓到了。皱着眉头盯着他，还以为他是从地底下冒出的怪物呢，赶紧去拔那把随身的佩剑，但是他忘了那把剑早就在刺杀女妖王的时候被折断成两截儿了。洛克王满脸好奇地将乔治看了又看。

"哦，原来还是个小孩而已！"他喃喃自语道。

乔治看上去的确很小，还只是一个纯洁的孩子。也就是他有一颗这样纯洁的心，所以才没有被那些窈窕迷人的水妖姑娘给迷惑住；才没有去接受水妖女王那甜蜜但是能置人于死地的亲吻。就像古希腊那伟大的科学家亚里士多德，那么的博学多识，可不一定能经受这种美色的诱惑呢。但是年轻的乔治却能控制住自己的感情。洛克王对他有了几分敬佩之情。

乔治此时虽然赤手空拳,但一点都没有慌乱,而是很冷静地问:

"请问毛头地怪,我和你有什么过节,你想干什么?"

洛克王显得又想笑又伤心,他很和气地对他说:

"孩子啊,你肯定不知道你刚刚的话会给我带来多大的伤害!因为你自始至终都不知道到底是怎么一回事。当然也就不明白会有什么样的结局了,但是,这一切都表明,你对人生还一点都不了解,而且现在也不是谈论这些的时候,如果你想离开这里的话,就赶紧和我走。"

听到这些肺腑之言,乔治没有任何的犹豫,赶紧跟着洛克王的脚步,一下子就滑到了地下的山洞里,并且顺着岩石一直往下滑,一直滑到洞底,这时他喘着粗气对洛克王说:

"您可真是一个好心肠的小矮人啊,我将永远记住您今日的恩惠。不过,我想向您打听个事。请问您认识克拉丽德王国的蜜蜂公主吗?"

"我知道很多关于她的故事。"洛克王的脸色陡然一变，回答道，"但是我这个人最不喜欢别人向我问东问西的。"

乔治感到很抱歉，之后就一直默默地跟在洛克王的身后，穿过那厚厚的雾霭，还要避开在那些浓雾中飞来飞去的小章鱼和小鲨鱼，没想到洛克王笑着对他说：

"这一路上可不容易啊，小王子！不知你可受得了？"

"恩人！"乔治回答道，"我知道寻找自由的路是美好的，但是美好的东西一直就没那么容易得到。我现在跟着您，我可不担心迷路，更不会在乎苦和累。"

洛克王听到他的话之后点了点头，抿了抿嘴。他把乔治带到一条长长的岩石过道上，然后他指着一条建造在岩石上的阶梯小心翼翼地说："这个阶梯是我们矮人们以前修建的，这条栈道可以帮助你走到地面上。"

"这就是你要的出路，现在你自由了，我们就此作别吧。"洛克王说。

"请您不要和我说永别。"乔治赶紧说道,"我很希望我们能再次相见,那是多么好的一件事啊。你和我无亲无故,但是你却帮了我这么大的忙,我愿意将自己的生命献给你。我今后一定会报答你的!"

洛克王却显得非常的平静,他说:

"其实我做这些事可不是完全为了你,而是为了另一个人。小伙子,我觉得我们今后还是不要见面的好,因为我觉得我们是不可能和平相处的。"

乔治还不是很懂事,他感到非常的不解,问道:

"我可真不明白,我这次获救了,但是却无法和我的恩人好好相处,甚至还不能再见面,这可是一种折磨。不过,我还是会遵照您的意思。那就永别了吧,我的恩人。"

"祝你一路顺风!"洛克王漫不经心地说。

乔治通过的这条栈道一直通到地面上的一个已经废弃

了的采石场内,这个采石场离克拉丽德王国非常的近。乔治早已将一身的疲惫忘记得干干净净,他迫不及待地朝着阳光扑去!

洛克王也一边赶路一边喃喃自语地说:

"真是弄不懂为什么蜜蜂会爱上这个小伙子,他不仅没有我们小矮人博学,也没有我们小矮人那么富有。她也许爱他的年轻、英俊、勇敢吧。"

洛克王好像抛下了压在心口的一个大包袱,感觉整个人都轻松了许多,他又开始咧开那张被胡子遮住的嘴,露出快乐的笑容。很快他就赶到了城内,当他经过蜜蜂住的房子时,好像在水晶牢房那看乔治一样小心翼翼地把那大脑壳朝着窗户凑过去。这时蜜蜂刚好在绣花,看到洛克王把头伸进来看她,她非常温柔地一笑。

"期待您把自己打扮得漂漂亮亮的,亲爱的蜜蜂公主。"洛克王对她说。

"尊敬的小洛克王,"蜜蜂说道,"我也祝愿您天天开心，万事无忧。"

虽然谈不上事事顺心了，不过这次洛克王倒还真的自由自在地过了一段时间。这几天来，他的胃口很好，每一餐都吃得饱饱的，还吃了不少的山珍海味。在一次盛宴之后，他叫博巴过去，和他说：

"博巴啊，我希望你骑着你的乌鸦去告诉亲爱的蜜蜂姑娘——我们那尊敬的矮人国的公主。你告诉她，乔治一直以来都被关押在水妖的地牢内，现在他已经被解救了，他已经自由地生活在克拉丽德城堡里了。"

博巴听了他的话就骑着乌鸦飞走了。

十八　约翰师傅的奇遇

乔治在回来的路上碰见了老裁缝师傅约翰。老约翰当时正拿着城堡总管的衣服，老远就看见了小王子，他当时眼睛瞪得大大的，大声叫了起来："天啊！您不是七年前在大湖淹死的白国王子乔治吗？假如您不是的话，难道是他的魂魄或他的灵魂回来了？"

"我的老约翰师傅，我可不是鬼魂，也不是妖怪，我是真的乔治。我以前还常常去您的铺子里找您要一些小布头，用它们来给蜜蜂的娃娃们做裙子呢。难道您不记得了吗？"

约翰非常惊奇地说：

"我记得呀！我的小王子，您真的没有被淹死啊！那真是让人太高兴了！您看您的脸色多好啊！您还记得我那顽皮的小孙子皮埃尔吗！很多年以前的一个周末早晨，他还坐在我的肩膀上观看您和王后的出行，现在的他已经长成了一个小伙子了。他非常能干，还长得非常的英俊呢。上帝真好，他的确和我刚刚说的是一模一样的，我可没有添油加醋呢，王子啊。自从您那时候失踪后，整个城堡的人都以为您掉进大湖淹死了，被水妖吃掉了呢。如果我的孙子知道您现在活着回来了，他肯定会高兴得忘乎所以的。当时有人说您被淹死了，但是他灵机一动，说了很多世界上最好的话来安慰大家。您还不知道，当时整个城里的人都为您感到伤心。打小时候起，我就发现您不是个普通的孩子，关于您的一个小故事，我一直记在心里。那时候，您来我这说要借一根缝衣服的钢针。我当时觉得您太小了，怕扎着您的手，就没有给您，当时您却说可以去森林里，到一棵松树上采下最好看的绿针来代替它。直到现在我一想起这个事都觉得很想笑呢。当时您的话一直在我耳边回响。到现在，我的小孙子皮埃尔，他也口齿伶俐。他还是一个优秀的木匠师傅，他已经能为您效力了，我的王子。"

"那么以后我需要修理什么家具的话，我就去找他，而不是去找别人。约翰老师傅啊，请问您，蜜蜂公主和王后这些年过得怎么样呢？"

"啊！您还不知道吧？在七年前，也就是您掉进大湖的那一天，蜜蜂公主就不见了，有人看到小矮人把她抬走了。整个城堡里的人都这么认为，就在那一天，克拉丽德城堡里最美丽、耀眼的两朵花儿凋谢了。从此以后，王后就再也没有露出过笑容来。就算是世界上最有地位的人，也会有我们这些普通百姓那样的感情，他也会痛苦伤心啊！我们可都是天主的孩子，难道人有高低贵贱之分吗？王后每天就是眼巴巴地等待着你们归来，她现在头发都急白了，整天愁眉苦脸的。就算是春天，她还是穿得一身黑，常常一个人在林间小路上孤零零地走着，虽然她感到伤心和难受，但是她一直抱着希望，王子。虽然她四处找不到你们的消息,但是她能一直梦见女儿,她知道蜜蜂公主还活着。"

好心的约翰对着乔治讲了一大堆话,但当乔治一听到蜜蜂被小矮人抓走了,他就不想再听了。

他在想:

"难道小矮人们把蜜蜂抓到地底下去了吗?但是为什么会有小矮人把我救走了呢?我想这肯定不是同一群小矮人,看来小矮人中间有好的小矮人,也有坏的小矮人。我的恩人和抓走蜜蜂的肯定不是同一种小矮人。"

他跟约翰告别之后,边走边想着怎么去把蜜蜂救回来。

他一路匆匆地穿过城堡,在路上,很多的女人们开始聚集在一起交头接耳,她们在议论这个突然出现的年轻小伙子。她们都觉得这个小伙子实在太英俊了,但还是有些胆小的人认出他就是当年在大湖淹死了的白国的小王子,她们以为是他的魂魄回来了,吓得拔腿就跑,还不停地在胸口画着十字，祈祷得到上帝的庇护。

一个长得很怪的老婆子说："用圣水泼他。把他那亡灵的霉气冲洗掉，他就会昏过去的。快去把裁缝师傅约翰叫过来，要他躲避一下，如果他不想被亡灵带到地狱去的话。"

"你看清点吧！老巫婆！"一个男人说，"我们的王子不是和我们一样是活着的吗？看上去比以前更加有活力呢。你们看他就像是雨后的春笋那般，可不像是从地狱跑出来的游魂野鬼，我怎么看都觉得他像从哪个高贵的宫殿内跑出来的。他肯定是从很远的地方赶来的，老巫婆，弗朗科不也是如此吗，他也应该是从遥远的罗马赶过来的。"

有一个做头盔的女工，她叫玛格丽特，当她看到如此俊美的乔治王子时，赶紧扔掉手中的活儿去闺房里向圣母玛利亚祈祷："圣母啊，请您也赐予我一个像王子这么俊美的人做丈夫吧！"

乔治回城的消息一下子就传开了，一传十，十传百，很快就被王后听见了。她刚好在花园里散步，还是像以前那样独自徘徊着，她一听到消息，那颗心就怦怦地跳起来。这时，小路旁的树丛中有鸟儿在唱着歌：

回家了，回家了，

白国的王子今日归；

今日归，今日归，

儿女离不开母亲喂；

母亲喂，母亲愁，

乔治离去王后忧。

这时弗朗科也飞奔过来，跑到皇后面前恭恭敬敬地说：

"王后，白国的乔治王子没有死，他现在回城了。我刚刚在想把这件事编成歌曲来传诵。"还没等弗朗科说完，很多鸟儿又开唱了：

回家了，回家了，

乔治王子今日回……

当王后看到这个自己当作亲生儿子一样哺育的孩子在离开七年后又重新回来时，她激动地张开双臂，惊讶得不知道说什么好。

十九　小缎子鞋的故事

当乔治回家之后，整个克拉丽德王国的人都相信了蜜蜂是被矮人抢走的事实，现在王后也非常相信。但是，从蜜蜂托的那些梦来看，蜜蜂没有告诉她这个秘密。

"我非找到她不可。"乔治说。

"我一定会全力以赴地帮王子找她。"弗朗科说。

"我非把她带到母亲身边不可。"乔治说。

"我一定会帮王子把她找回来。"弗朗科说。

"世界上没有一个姑娘能和她相比，我一定要她做我的妻子。"乔治说。

"对，你们一定会成为夫妻的。"弗朗科说。

王后看到乔治是这么的真诚和这么有勇气，她只能含泪让乔治与弗朗科一起去寻找蜜蜂的下落，救回蜜蜂。

于是他们开始向老百姓们打听关于矮人国的情况,打听七年前发生的事情,看蜜蜂是怎么被抢走的。

首先,他们来到了老妈妈莫丽叶的家里。她是王后的奶妈。现在的莫丽叶已经很老了,也无法哺育小孩子了,她现在独自在饲养场里养些小鸡、小鸭。

弗朗科带着王子去饲养场里找她。当时她正在给小鸡、小鸭们喂米。

"王子,真的是你啊,真不知道你已经长这么高大了。你看看,你多么英俊啊!可恶的大公鸡,它把别人的食物都抢走了。哦,哦!在人世间不也如此吗,王子啊。那些金钱不是都被富人装进钱包了吗?那些贫穷的人越发穷困,富有的人越发富有。这世上根本就没有正义和道德可言啊!噢,真对不起!王子,您是要我为您效劳吗?你们俩先来点什么喝的吧?"

"我们要喝,老奶奶。我们不仅仅要喝,还要好好地抱抱您，就是您那甜美的乳汁哺育了王后，而现在她的女儿蜜蜂就是我的心上人啊！"

"这话没错，王子。我当时费尽全力地哺育那个孩子，她在六个月大的时候就长出了第一颗牙齿。当时她的母亲——那位过世的皇太后还给了我一件礼物。"

"那您记得吗，老奶奶，到底是什么样的小矮人把蜜蜂抢走了？"

"天啊！可惜的是我什么都记不清了。我现在老了，我又能去了解什么呢？而且我以前知道的东西都快忘光了，甚至我有时候还想不起眼镜放哪了。得花半天工夫才找得到，其实眼镜就架在鼻梁上，可我却在四周翻找着。快来喝点这个美酒吧，还是刚刚酿造的。"

"谢谢您，老奶奶。但是听说您丈夫知道蜜蜂被抢走的事情，是吗？"

"也许吧，王子。虽然他没读过什么书，但是他从那些小饭店及小酒馆里听了很多的故事，他都记得很清楚。

十九 小缎子鞋的故事

如果他还活着的话,他一定会在你们的对面跟你们讲那些故事,可以从晚上一直讲到第二天早上。他无所不知,也无话不谈,只是这些故事一进了我的脑袋,我就犯迷糊,弄不清那些故事的开头及脉络,也弄不清故事的结尾,不过,还是让我想一下吧……"

老奶奶脑袋里面的那些故事果然是乱七八糟的,乔治和弗朗科花费了很大的功夫才得到一点点关于蜜蜂的信息。最后总算搞清了事情的来龙去脉。大概的情况是这样的:

在七年前,当时乔治和蜜蜂一起溜出城堡去湖边玩,但从此之后就再也没了他们的消息。就在同一天,莫丽叶的丈夫刚好到山里去卖马。在出发前,他给那匹马喂了些饲料,还给它喝了点果酒,马儿吃了这混着酒的饲料会变得很有力气,眼睛也会炯炯有神。后来,他就把马赶到靠近山脚的一个集市上。马也和人一样,买马的人往往凭借马的长相来选择它。那些燕麦和果酒没有白费，这匹马以一个很好的价钱成交了。她的丈夫做完这笔生意以后，非常的高兴，拉来一些朋友庆祝，大家喝着酒，拿着酒杯相互敬酒，他开始说天说地，和那些朋友们有一搭没一搭地聊着。大伙都知道，只要莫丽叶的丈夫一沾上酒，在整个克拉丽德王国里就没有人比他还能侃。到头来，大伙你敬我一杯，我敬你一杯，一直喝到天黑才知道回去。他喝得有点高了，迷迷糊糊地在路上走着，还走错了路，恰好走到了一个山洞前面，当时他开始清醒了一点，加上天也不是很黑，所以还能模模糊糊地看清周边的情况，他就看到有一群小矮人走了过来，他们还抬着一个担架，上面好像躺着一个孩子，不是姑娘就是个小伙子，他怕小矮人们发现自己，赶紧躲了起来，不要看他当时快醉了，头脑还是很清醒的，他躲在离山洞不远的地方看着，但是一不小心把自己的烟斗掉在地上了，当他俯下身子去捡起来的时候，发现在草丛中有一只漂亮的小缎子鞋。于是他把鞋子捡了起来。

他一高兴就又开始唠叨起来，说自己的运气真好，丢了烟斗，得到鞋子。只是这鞋子是姑娘的鞋子。事后他一琢磨，想这鞋子肯定是被小矮人抓走的姑娘留下的，他们肯定在抢人啊！因为当他准备把鞋子装进袋子里的时候，一群披着风衣的小矮人朝着他冲了过来，还恶狠狠地打了他几个耳光，把他打得弄不清楚方向了，他只能忍着痛跑了回来。

"莫丽叶！"乔治非常着急地说，"那肯定就是蜜蜂的鞋子了！赶紧把它给我吧！我要用小香袋把它装起来，我要天天挂着胸前，如果我永远都找不到蜜蜂的话，那么在我死了之后，也会把它带进坟墓中的。"

"王子，那鞋子不在我这里，不是告诉您了啊，小矮人后来把我丈夫揍了一顿之后把鞋子抢回去了……"

"好了！好了！那么您还记得那个山洞叫什么名字吗？"

"王子，那山洞很有名气的，我们都管它叫矮人洞！"

"莫丽叶,真的很感谢您。弗朗科,你知道那个矮人洞在什么地方吗?"

弗朗科刚好将坛子里的最后一滴酒喝了下去,他答道:"如果您认真听一下我唱的歌,应该就不会这样问我了,我写了很多歌来唱这事情,有很多歌里面将这个山洞描述得很清楚。"

"弗朗科,我们出发吧!"乔治喊道,"我们现在就去矮人洞,赶紧把蜜蜂救出来吧!"

"请放心,我们一定能救回蜜蜂公主的。"弗朗科给乔治打气。

二十　解救

夜幕从天边垂落，整个城堡里的人都已安睡，年老体衰的王后也睡着了。这时候乔治和弗朗科两人悄悄地去了地下室，他们找到武器。在兵器架上摆着的武器都蒙了一层灰尘，有长矛、利刃、宝剑、狩猎弯刀、七寸匕首，各种兵器都陈列于此，照得周边一片寒光。在周边的柱子上，挂着一套套威武的盔甲。那些盔甲的式样还是当年勇士们征战时的风采。护手甲的十个指套紧紧地抓住长矛，还有一面盾牌靠着护腿甲。这矛和盾的搭配究竟是要告诉后人，战争需要有勇有谋。真正的勇士在准备好之后，不仅仅能巧妙地自卫，还能够勇猛地进攻。

乔治从这些盔甲中选中了克拉丽德王国已故国王曾经

南征北战的那一套，当年，蜜蜂的父亲披着这套铠甲，一直征战到瓦隆岛和蒂雷岛。同时乔治还拿着他的盾牌。那面盾牌上有象征着克拉丽德王国的太阳，那个太阳和天空中的太阳很像。弗朗科在帮乔治装束完毕之后，自己也穿上当年爷爷的一身旧铠甲，还戴了一顶简直不能使用的破头盔，在那上面还插着几根歪歪的羽毛，感觉就像是个鸡毛掸子。他自己匠心独具地把自己打扮得很滑稽，因为他觉得在生死关头，幽默和风趣能够帮他克服面对大风大浪时的紧张。

一切准备就绪，他们乘着月光走进了漆黑的田野里，骑上弗朗科之前就准备好了的马出发了。这两匹良驹跑得非常的快，没过多久，他们就来到了神秘的矮人洞前面，那洞口漆黑一片，里面闪着磷火，看不到底。

"没错，这就是我们要找的洞。"弗朗科肯定地说。

乔治和弗朗科从马上一跃而下，紧紧地握着宝剑，义无反顾地踏进了黑暗的洞内，瞬间就像消失了一样。

"爱情总是能唤醒沉睡在人内心的勇气而让人无所畏惧。"就好像哪位诗人说的那样,此时的他们早已将危险抛诸脑后,一门心思地想早点见到蜜蜂,救出蜜蜂。乔治是这样的痴情,弗朗科是这么的忠诚。

在黑暗的山洞内,王子和马仆小心翼翼地摸索了差不多一小时。突然,洞内一片明亮的灯火照耀,他们非常地吃惊,原来是一群明亮的小星星在扑闪着眼睛呢。在地面上的人类依靠太阳来照明,而生活在地底下的矮人们就是依靠这些小星星们来照明。他们借助这些星光,发现自己已经到了一个古老的地下城堡前面。

乔治说:"应该是这儿了,我要攻占这座城堡。"

"没错,就是这儿!"弗朗科回答道,"先不要急,让我们先喝上几口再行动吧,我带来了美酒,它们就像是武器一样,能够让我们变得更加勇猛。酒助神力,神力无敌。"

四周一片寂静,看不到任何的人,乔治开始用宝剑用力地敲击城堡的大门。突然,他们听到有一个细小的声音在怠倦地说话,他们抬起头看见一个胡子老长的小老头,他探着身子在扇窗那询问道:

"请问你们是谁啊?"

"我是白国的乔治王子。"

"你们想干什么?"

"我就是来找你们这群生活在地底下的老鼠的!你们莫名其妙地把我的蜜蜂抓走了,一直关押到现在,我们现在要救出她!"

那个小矮人没有理会他,走了回去,城堡下只剩下乔治和弗朗科了。弗朗科这时和乔治说:

"王子,我有句话和想您讲一下,就是刚刚您在和小矮人对话时有没有觉得他们在先礼后兵,我们得小心点啊!"

其实弗朗科也不是胆小的人,但是他毕竟对人情世故比较了解。而且他的心胸已经因为岁月的磨炼而

变得非常的圆通了,他不会轻易因为一件事而发火。但是,年轻气盛的乔治却不是这样的,他在那大吵大闹地骂道:

"你们这些可耻的地精,见不得阳光的小人们,你们就是老鼠,是可恶的小耗子,你们给我开门,否则,我发誓将你们的耳朵全部给割掉!"

他的话音未落,那扇巨大的由铜做的城门慢慢打开了。还不知道是谁打开了这扇大门。

刚开始乔治感到有点突然,心里开始有点害怕,但是他还是鼓足勇气,将胆怯驱赶走,勇敢地冲进了城堡之内,刚一踏进这扇神秘的大门,他发现自己周边的窗子内、走廊过道上,甚至在那房顶及烟囱上都是全副武装的、手持弓箭的小矮人。

与此同时,那扇沉重的铜门又轰的一声紧闭了,一阵像暴雨一样的利箭从四面八方扑过来,覆盖了他们的头和肩膀。一股恐惧包裹了乔治,但是只要一想起蜜蜂,他就克服了那种恐惧，拔剑将那些飞箭挡开。

他看到在台阶的最高处有一个威武的小矮人。他在那稳稳当当地站着，威严而霸气，手里拿着金杖，戴着金色的王冠，身披朱红色的风衣。乔治一手举着盾牌，一手紧握长剑，朝着他冲了过去。但是他忽然发现认识这个人，他就是当时救出自己的那个小矮人。他赶紧停手，猛地跪在地上，激动地和他说：

"不会吧，我尊敬的恩人，我不知道您会在这里，您是什么人？难道您和那些抢走蜜蜂的小矮人是一伙儿的吗？"

"我是矮人国的洛克王。"小矮人很平静地说，"我们把蜜蜂留在矮人国里，是想教会她一些矮人国的本领。孩子，我真不知道你今天会这么粗鲁地闯进我们的国度，就好像是一场冰雹摧残果园里的鲜花一样。但是，你要明白，我们小矮人并不是懦弱的人，一点也不像你们大人那样蛮横无理、没有礼貌。请你放心，我对你们了如指掌，所以，我并不会因为你的无理取闹而生气，虽然我们的很多本领超越你们，但是我们还是坚守一条原则，我们永远坚守着它，那就是公正。这样吧，我现在就去把蜜蜂叫过来，问问她自己的意见，如果她愿意和你走，那你就带走她，如果她不愿意的话，你不能胡来，这就是公正的做法了，不过，我们这样做可不是因为怕你的武力示威，而是我觉得这是正确的做法。"

四周安静得能听到一根针掉下来的声音，大家凝神屏气，过了一会儿，穿着白色裙子的蜜蜂走了过来，她还披散着一头浓密的金发。当她一见到乔治，马上就冲了过去，扑进乔治的怀里，拼命地抓着乔治那骑士一样强壮的胸膛。

看到这个场景，洛克王心里非常不好受，他感到很尴尬，但他还是调整好了情绪，很冷静地说：

"蜜蜂，这就是你想嫁的人吗？他是那个你日思夜想的人吗？"

"是的,小洛克王,就是他呀!"蜜蜂笑着回答道,"你们都看到了吗,亲爱的小矮人们,我现在多么幸福啊!"

她幸福地哭了起来,眼泪滴落在乔治身上。她一边笑着,又一边擦拭着幸福的眼泪。她说话的声音是那么的迷人,而且断断续续的,谁也听不明白,她幸福得不知道说些什么好。但一直没停下讲话,她也许没想到,自己现在越幸福甜蜜,洛克王就感到越难受啊!

"亲爱的蜜蜂,"乔治说,"我终于见到你了。你一如我想象中那般的美丽动人,出色而善良。并且还一直爱着我!请上帝作证,你一直爱着我啊!但是,蜜蜂啊,在这么久远的岁月里,你没有一丝爱洛克王吗?我被水妖们关在地下的水晶牢房内,离你很遥远,就是洛克王解救了我。"

蜜蜂这时才想起来,赶紧转过身,对洛克王说:

"小洛克王,真的是你救了乔治吗?"她吃惊地说道,"你是因为爱我,才去解救我爱的人吗,是这样吗?"

二十 解救

她此时感到有一种说不出的激动之情,中间又夹杂着几丝难受,她跪在地上,不知道说什么好,她用手紧紧地捂住自己的脸。

在场的所有小矮人都被感动得流下了眼泪。泪水都滴落在他们的弓箭上。但是,洛克王还是很淡定地站在那,好像是一个雕塑一样。这时候,蜜蜂觉得原来洛克王是这么的伟大和无私,她对洛克王的爱像一种女儿对待父亲,妹妹对待哥哥,对待自己的知心朋友一样,洋溢在心头。她不知道说什么好。她突然一把抓住了乔治的手,说道:

"乔治,我真的很爱你。但是乔治,上帝可以作证,我是多么爱你。但是我也舍不得离开洛克王啊!我无论如何也不能离开他啊!"

没想到在这个时候,洛克王突然大声地喊道:"哈哈哈,你们现在都成了我的俘虏!"

在场的人都被吓了一跳,但是他实际上没有真的生气。

他只是和他们开个玩笑。弗朗科这时候走了过去,跪在洛克王的脚下说道:

"尊敬的国王陛下,假如您不嫌弃的话,让我也留下来陪伴我的主人一起当您的俘虏吧!"

洛克王看到弗朗科很认真的样子,这时豪迈地笑道:"我是说,让你们都成为我这盛大宴会的俘虏。"大家听他这么说,都开心地笑了。

蜜蜂非常感激弗朗科,对他说:

"原来你也来了啊!弗朗科,看到你我很高兴。我觉得你顶着的那把破鸡毛掸子真的不错耶!请问你又编写了一些什么好听的歌曲呢?"

这时候,洛克王潇洒地邀约他们几位一同赴宴,为了庆祝蜜蜂和乔治的重逢。

二十一　洛克王的胸怀

第二天，在地下王国内举办了更加隆重、让人难以忘怀的庆典。就好像是过节一样，蜜蜂、乔治及弗朗科都穿着矮人国的裁缝们为他们量身制作的华丽礼服出现在大厅里。洛克王此时正穿着国王的盛装等候着他们的到来，一群矮人国的文臣武将簇拥在他的身后，他们有的手握兵器，有的身着兽皮大衣，头盔上插着天鹅翎，威风凛凛，走起路来也一摇一摆的。其他的小矮人们也纷纷从各处走出来，悄悄地找到长椅坐下。

洛克王站在一张高高的石桌上。那上面摆着一排排美丽的蜡烛、精致的酒杯及一些金光闪闪的杯子。他把蜜蜂和乔治请到前面，大声地宣布：

"蜜蜂公主,按照我们矮人国的法律,在我国待满七年的外国姑娘能够自动获得自由,你现在在我国刚好有七年了。如果我还强行留下你的话,那么我就不是个守法的公民,也不是一个公正的国王了。我今生最大的遗憾是不能和你结为夫妻,但是在你离开我之前,我要亲自为你和你选择的爱人举办一场盛大的婚礼。我很愿意这样做,因为你知道,我爱你胜过爱我自己。

"我明白,爱一个人的话不一定要得到那个人,我爱上一个人的目的也不是一定要和她结婚,假如我还会有忧伤,那它也会只是一摊积雪而已,会在你那幸福的阳光下融化得无影无踪的。尊敬的克拉丽德王国的蜜蜂,你同样是我们矮人国的公主,现在,请将你的手递给我。还有你,白国的乔治王子,请把你的手也给我。"

洛克王握住他们的手,合在一起,高高地举起来,然后转向大厅,高声地向大家宣布道:

"矮人国的孩子们,现在请大家一起作证,这两位有情人在分离七年后决定回到自己的国度去结为夫妻,但愿他们回去之后能够像勤劳的园丁培植鲜艳的花朵一样,培植他们的坚强、谦和和真诚。"

说到这儿,小矮人们一起欢呼。不知道他们是抱怨还是高兴,不知是为蜜蜂及乔治的幸福而喜悦,还是为了洛克王的失落与无私而感到可惜。他们的心情很复杂,不可言表。洛克王此时转过身,指着桌子上的那些蜡烛、金银器皿及酒杯,对这对幸福的恋人说道:

"请你们收下吧,蜜蜂。这些都是我们小矮人们给你们准备的礼物,通过这些礼物,你就会记得我们这些小矮人。这是他们的心意。等一会儿,你们就会知道我给你们准备了什么礼物。"洛克王非常温情地盯着蜜蜂。过了很久,大家都沉默着。此时的蜜蜂那张美丽的脸庞熠熠发光,头上戴着一顶玫瑰色的花冠,她很温柔地倚靠在未婚夫的胸前,深情款款地盯着洛克王,很久都没有离去。

过了一会儿，洛克王又说道：

"我的孩子们，伟大的真爱是美好的，美好的爱情是理想中的。但是仅仅只是相爱是远远不行的，还需要知道怎样去爱。但愿你们的爱情不仅仅有真情，还有强大的爱的力量，这些都不能缺少。当然，你们还需要有一颗宽容的心，让你们的爱情拥有一点怜悯。你们如此的年轻、美好、善良，但你们毕竟是地面上的大人，所以注定你们的爱情会经历磨难。所以，在你们的爱情里，更加要有一颗同甘共苦的怜悯之心，这样的话，你们的爱情才能经受这些生活中出现的各种各样的考验。如果做不到这样，你们的爱情就只能像节日的礼服一样，不能遮风挡雨。只有那些能同甘苦、共患难的爱人，才能受人爱戴。坚忍、宽厚和善解人意，这都是爱情的精华。"

洛克王停顿了一下，整个人散发出一种火热而又温柔的感情，他又说：

"我的孩子们，请你们珍惜这份来之不易的爱情吧。

我衷心祝你们幸福,愿幸福永伴你们左右。"

在洛克王讲话的时候,小矮人皮克、泰德、弟格、博巴、特吕克和巴奥都跑过来在蜜蜂的耳边说悄悄话,他们依依不舍地亲吻蜜蜂的胳膊和手。他们还希望蜜蜂能留下来。这时,洛克王从口袋里掏出一枚戒指,它散发着神奇的光芒,这就是那只能够打开水晶地牢的魔戒。洛克王这时将它深情款款地戴在蜜蜂手上,嘱咐她:

"蜜蜂,请你接受我的这份礼物,就好像我对你的感情一样,它也是我最珍贵的宝物,不管什么时候,在它的帮助下你能和你的丈夫随时回到矮人世界,你们将永远是我们最欢迎的朋友,我们将为你们提供各种帮助。你们回去了以后,请告诉那些生活在阳光下及大地上的大人们,千万不要瞧不起我们这些生活在地底下的善良勤劳的小矮人们。假如你们哪一天厌倦了那充满苦难与无奈的地面世界,你们可以随时回到我们这个充满真情实意的矮人国来。

期待下次的见面吧!孩子们!"

"期待与你再见,我亲爱的小洛克王……"蜜蜂的双眼里泪珠在打滚,她的手久久地抓住洛克王的手。

丛林故事

The Jungle Book

[英]拉迪亚德·吉卜林 著
郭耀先 译

北京理工大学出版社
BEIJING INSTITUTE OF TECHNOLOGY PRESS

版权专有　侵权必究

图书在版编目（CIP）数据

丛林故事 /（英）拉迪亚德·吉卜林著；郭耀先译. —北京：北京理工大学出版社，2021.5
（诺奖少年：插图版）
ISBN 978-7-5682-9717-2

Ⅰ.①丛… Ⅱ.①拉…②郭… Ⅲ.①儿童故事—作品集—英国—现代 Ⅳ.①I561.85

中国版本图书馆CIP数据核字（2021）第062672号

出版发行 / 北京理工大学出版社有限责任公司
社　　址 / 北京市海淀区中关村南大街5号
邮　　编 / 100081
电　　话 / (010) 68914775（总编室）
　　　　　 (010) 82562903（教材售后服务热线）
　　　　　 (010) 68948351（其他图书服务热线）
网　　址 / http://www.bitpress.com.cn
经　　销 / 全国各地新华书店
印　　刷 / 三河市华骏印务包装有限公司
开　　本 / 880毫米×1230毫米　1/32
印　　张 / 6.375　　　　　　　　　　　　　　　责任编辑 / 朱　喜
字　　数 / 106千字　　　　　　　　　　　　　　文案编辑 / 朱　喜
版　　次 / 2021年5月第1版　2021年5月第1次印刷　责任校对 / 刘亚男
总 定 价 / 150.00元（全5册）　　　　　　　　　 责任印制 / 李志强

图书出现印装质量问题，请拨打售后服务热线，本社负责调换

目 录

1. 莫格里的兄弟们　/ 1
2. 蟒蛇卡阿捕猎　/ 32
3. 老虎！老虎！　/ 68
4. 白海豹　/ 94
5. "里基·蒂基·塔维"　/ 121
6. 大象们的图梅　/ 144
7. 女王陛下的仆人们　/ 172

1. 莫格里的兄弟们

蝙蝠蒙放走了黑夜,

鸢鹰朗恩又把它带了回来——

牛群吓得都躲进了茅舍,

因为我们要肆无忌惮直到天亮

这是炫耀武力与尊严的时刻,

请看我的尖牙、利爪和巨钳。

听那呼唤声——祝大家狩猎成功,

遵守丛林法律的全体生灵!

——《丛林夜歌》

在西奥尼山上一个暖和的傍晚,狼爸爸刚睡了一天,睁眼一看,已经七点钟了。他挠了挠痒,打了个哈欠,依次伸展开四只爪子,试图赶走残余在爪尖上的睡意。狼妈妈还继续躺在窝里,她那大灰鼻子埋在狼崽子中间,四个小家伙滚来滚去,互相打闹。月儿很亮,照进他们家居住的山洞。"哦呜!"狼爸爸说,"又该去打猎了。"当他正要纵身跳出山洞时,一个有着蓬松大尾巴的小个子的影子挡住了洞口,而且用一种幽怨、哀求的声音说:"大王,祝您好运。祝您高贵的孩子们好运,祝他们有一口又白又结实的牙齿,好让他们一辈子也不会忘记这世界上还有我这样忍饥挨饿的豺。"

这个小个子叫塔巴克,是一头专门捡拾残羹剩饭的豺。全印度的狼都鄙视这个塔巴克,因为他爱耍小聪明,搬弄是非,常常在村里的垃圾堆里寻找破布及烂果子吃。但是他们也害怕塔巴克,因为塔巴克比丛林的任何生物都容易犯病,而且是疯病。一旦犯病,他什么都不怕,横冲直撞,见谁咬谁。就连老虎在遇到塔巴克发疯的时候也要赶紧躲开,因为发疯是野兽们最丢脸的事儿。这种病人类称之为"狂犬病",野兽叫"狄沃尼",遇上了得赶紧跑。

"哦,你啊!"狼爸冷冷地说,"可惜这里没有什么好吃的。"

"对一头狼来说,的确是没有什么好吃的。"塔巴克说,"可是对我这一个小家伙来说,一块骨头就是一顿大餐了。我们是豺族,

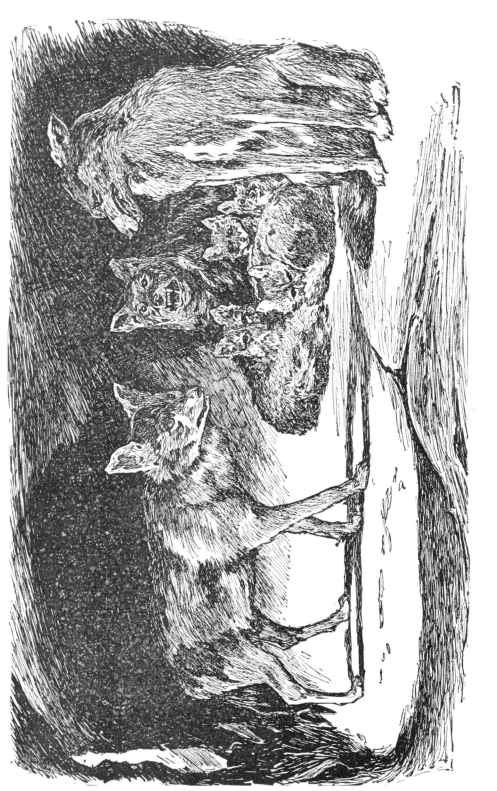

还有什么可挑剔的？"说完，塔巴克一溜烟钻进洞里，在那里他找到一根带着肉丝的鹿骨头，便坐在那里美滋滋地啃了起来。

"谢谢您的款待！"塔巴克舔着嘴唇恭维道，"大王，您的孩子多高贵、多漂亮呀。看，眼睛多大啊。哎哟，这么年轻就长得这么英俊。说真的，我早就知道您家的孩子，从小就是男子汉。"其实，他完全明白，当面恭维别人的小孩是很不吉利的事，可是当看到狼爸和狼妈被他弄得浑身不自在，他心里可高兴啦。

塔巴克稳稳地坐在那里，为自己的聪明而得意。接着又别有用心地说："谢尔汗大王要换狩猎场了，他告诉我，从下月开始他要在这一带打猎了。"

谢尔汗是二十英里[①]外韦根加河畔的一只老虎。

"他没这个权利，"狼爸愤怒地吼道，"按照'丛林法律'，在没有预先通知的情况下，谁都无权改变狩猎场。他这样做会吓跑方圆十英里以内的猎物。我……我这阵子一个人得打两个人的猎物呢。"

"他妈叫他瘸子是有原因的，"狼妈平静地说，"他一生下来就瘸着一条腿，所以他只能把耕牛当猎物。现在韦根加河附近的老百姓都恨透了他，他只好跑到这里来讨生活。他一惹下麻烦就躲得远远的，这里的老百姓一定会来丛林里找他算账，一旦点

---

① 1英里≈1.61千米。

起火来，咱们和孩子便无处藏身，只好背井离乡。哼，我们真得感谢谢尔汗大王啊！"

"需要我向谢尔汗大王转达你们的意思吗？我很乐意为你们效劳的。"塔巴克说。

"滚出去，"狼爸怒吼一声，"滚出去和你的主子打猎吧，今天你干的好事够多了。"

"我这就走，"塔巴克不紧不慢地说，"其实不用我给你们捎信，听吧，谢尔汗大王这会儿正在下面的丛林里呢。"

狼爸侧耳细听，他听到一只怒气冲冲的老虎在小河的河谷里发出粗鲁而单调的吼声。这个笨老虎什么也没逮到，而且，哪怕全丛林都知道这一点，他也不在乎。

"傻瓜！"狼爸说，"一开始打猎就吵吵嚷嚷的，他以为这儿的公鹿像韦根加河的肥牛似的？""嘘，他今晚要抓的不是肥牛，也不是公鹿，"狼妈说，"是人。"谢尔汗捕猎的哼哼声变成了低沉的呜呜声，仿佛从四面八方一起围拢过来。这种声音经常把露宿的樵夫和吉卜赛人吓得迷失方向，有时还会有人撞到老虎嘴里。

"人！"狼爸瞪大眼睛露出尖牙，"哼，池塘里的甲壳虫和青蛙还不够多，非得吃人不可？这可是在咱们的地盘上。""丛林法律"的每一条规定都是有原因的，它禁止任何野兽吃人，除非那野兽是为了教自己的孩子学习打猎。即使那样，他也必须是在自己兽群或者是部落势力范围以外的地方。这条规定的真正原因是：一旦杀了人，就意味着一定会遭到人类的报复，那时就会有骑着大象、带着枪支的白人，还有手持铜锣、火箭、火把的棕褐色皮肤的老百姓来这里。到那时，丛林里的野兽都得遭殃。兽类对这条规定是这样理解的：由于人是所有动物中最软弱、最缺乏自卫能力的，所以攻击人是不公正的。他们还说野兽不能吃人，一旦吃了人，他们的身上会长癞疮、褪毛，而且牙齿也会掉光。

呜呜声越来越响，最后是老虎扑食的吼叫："嗷呜！"紧接着谢尔汗发出一声哀嚎，痛苦的哀嚎。"没抓住，"狼妈说，"他怎么搞的？"狼爸跑出几步，想看看到底怎么回事。结果只听见谢尔汗在树林里撞来撞去，嘴里嘟嘟嚷嚷骂个不停。

"这傻瓜居然蠢得跳到樵夫的篝火里，活该把脚烫伤了，"狼爸不屑地说，"塔巴克和他一起。""什么东西上山了，"狼妈的耳朵忽闪了一下，"准备战斗。"树林里唰唰作响，狼爸伏下身子，准备捕猎。接着，你会看到世界上最了不起的一幕——狼爸向空中一跃，在半空中又收住了身子。原来他没看清目标就跳了起来，等看清目标后又设法让自己迅速停住，结果是他跳到四五尺高后几乎又落回原地。

"人！是人的小娃娃，快看哪！"狼爸惊讶地告诉狼妈。

这是一个全身赤裸、棕色皮肤，刚刚学会走路的小孩子。他拿着一根短短的树枝，微笑着站在狼爸面前。狼爸从没想到会有这么一个可爱的小生命在夜晚来到自己的家。"那就是人的小娃娃？我还从来没见过呢！把它叼过来让我看看。"狼妈说。

狼善于用嘴叼自己的小狼，他可以叼一只鸡蛋而不将其咬破。所以，当狼爸用嘴把小娃娃叼到四只狼崽中的时候，小娃娃的皮一点都没破。

"多小啊，多光溜啊，他可真大胆。"狼妈温柔地看着小娃娃，小娃娃从狼崽中间挤过去，靠近狼妈暖和的肚皮。"哎，你看他跟咱们的狼崽一块吃起来了！这就是人的娃娃？谁听说狼崽子中间会有个小娃娃？"

"我听说过这种事，可是在我们的狼群里，在我们这一辈里，还真没有这种事发生过。"狼爸说，"你看他身上没有毛，我一脚就能把他踢死，可是你看他还直愣愣看着咱们，一点也不害怕。"

山洞里暗了下来，原来是谢尔汗那方方正正的大脑袋和宽肩膀塞满了洞口。塔巴克在外面尖声尖气地嚷道："大王，他是从这儿进去的。"

"欢迎大驾光临，"狼爸嘴里说着客气话，眼里却满是怒火，

"谢尔汗，你想要干什么？"

"我来拿回属于我的猎物，一个人类的小娃娃跑到这来了，他的爸妈都跑掉了。"谢尔汗说，"赶紧把他交给我。"

狼爸说得很对，谢尔汗刚才为了抓人娃娃而扑到了樵夫的篝火里，本来腿就瘸，又把脚烫伤了，气得他要发疯。狼爸知道，自家的洞口很窄，大老虎谢尔汗根本进不来，所以一点也不怕。谢尔汗虽然想冲进洞去夺回人娃娃，可是肩膀和前爪已经挤得没法动弹，就像一个人塞在木桶里和人打架，那滋味，别提多难受了。

"我们是自由的狼，"狼爸说道，"我们只听从狼群头领的命令，你这个身上带条纹的、专门宰杀牲口的家伙，别在这里指手画脚。人娃是我们的，我们有权力决定他的命运。"

"人娃是我的，你们有什么权力？少说废话？凭我杀死的公牛起誓，你们敢要我把鼻子伸进你们的狼窝来找回我的人娃吗？听着，我是大王谢尔汗！"

老虎的咆哮像打雷一样，震得山洞嗡嗡作响。狼妈生气了，抛下狼崽跑到前面，她的眼睛绿莹莹的，就像山洞里的两个小灯笼，直瞪着谢尔汗闪闪发亮的眼睛。

"我是拉克夏（魔鬼），这个人娃是我的，你休想杀死他！我要让他活下去，成为我们狼群的一员，跟我们一起奔跑，一起打猎。你，你这个连这么点的小娃娃都要吃的家伙，你这个吃青蛙的家伙，你这个杀鱼的家伙，等着瞧吧，总有一天，你会成为他的猎物！你现在马上给我滚开，否则，凭我杀掉的公鹿起誓（我可不吃挨饿死的耕牛），我会让你比出生时瘸得更厉害，找你妈去吧，你这个在丛林里挨火烧的笨蛋！滚！"

狼爸吃惊地看着狼妈。他似乎想起了过去的时光，那时，他很勇敢，和五头狼决斗之后得到了狼妈的爱。狼妈被狼群称为"魔鬼"，那可不是轻易就能得到的称号。谢尔汗也许能和狼爸干一仗，然而他没法对付狼妈。他很清楚，狼妈占据了有利地形，一旦打起来，一定会和他拼个你死我活。谢尔汗狠狠地低声咆哮，慢慢地退到了洞外，可他不甘心，于是又大声嚷嚷："每一条狗都只会在自家院里汪汪叫，咱们走着瞧，你们狼群不会同意收养人娃的。这个人娃迟早是我的，早晚有一天他会是我的点心，哼，大尾巴狼！"

狼妈气呼呼地回到孩子们中间，躺下看着小人娃娃。狼爸有点为难了，对她说："谢尔汗说得有点道理。你打算收留人娃吗，那一定得带去让狼群看看。"

"收留他！"狼妈肯定地说，"他是在黑夜里，光着身子、饿着肚子、孤零零一个人来的，可是他竟然一点都不害怕！瞧，他把我的小四挤到一边去了。如果不收留他，那个瘸腿的屠夫会杀了他，然后逃回韦根加,然后村里的人会来报仇,把我们的家翻个底朝天!我一定要收留他!好好躺着,不要动,小青蛙。哦,你就像个小青蛙。现在谢尔汗追杀你,将来有一天你会追杀谢尔汗。"

"可是,我们的狼群会同意吗?"狼爸问道。

"丛林法律"明确规定:两头狼决定结婚成家的时候,可以退出他们原先所在的狼群,等到他们的孩子长到会跑的时候,他们就必须把孩子带到狼群大会上去,让别的狼认识他们的孩子。这样的大会一般是在每个月的月圆之夜举行。经过相互认识之后,孩子们就可以自由自在地在狼群的领地里玩耍。在孩子们第一次猎杀野兽之前,狼群里的大狼绝不能以任何理由杀死一只小狼,否则等待他的就是狼群把他处死。因为,狼群要想发展、延续下去,必须爱护小狼,这是一个很简单的道理。

狼爸等到他的四个孩子开始能跑的时候,决定带着他们和莫格里以及狼妈参加月圆之夜的狼群大会。那天晚上,他们一家来到举行狼群大会的会议岩。这是一个乱石层生的小山头,足能容纳一百头狼。大灰狼阿克拉,独身,无论是比武艺还是比智慧,都是狼群第一,所以他做了狼群的首领。这会儿他正悠闲地躺在他的岩石上。四十多头大小不一、毛色各异的狼围坐在他的周围,有猎杀过一只公鹿、长着獾色毛皮的老狼,也有自以为能杀死公鹿的年轻黑狼，他才三岁。阿克拉做他们的首领已有一年了。他在年轻时曾经两次掉进猎人设下的陷阱，还有一次他被人狠揍了一顿，然后当作死狼扔在一边。所以，他非常了解附近村民的手段。在会议岩上，一般的成年狼都很少吭声，小狼崽们在他们父母围成的圈子里玩耍、打闹，滚来滚去。一头头老狼悄悄地走到小狼崽跟前，仔细地打量他，记下他的模样、气味，然后再悄悄地回到自己的位置。有时也会有狼妈把她的孩子推到月光下面，让大家都看看，免得以后发生误会。阿克拉在他的岩石上不停地喊着："大家都知道咱们的法律——大家都知道咱们的法律。仔细瞧瞧吧，各位！"有些狼妈也跟着叫嚷："仔细瞧瞧啊——仔细瞧瞧，各位！"

轮到莫格里一家了，狼妈紧张得脖颈上的鬃毛都竖了起来，狼爸把莫格里——狼爸和狼妈都这样叫他——推到圈子中间，莫格里自由自在地坐在那里，一边笑着，一边玩着几颗闪闪发光的石子。

阿克拉趴在自己的爪子上，头也不抬，只是不停地喊着："大家都知道咱们的法律。仔细瞧瞧吧，各位！"就在这时，传来一阵瓮声瓮气的咆哮。原来是谢尔汗在叫嚷："那人娃是我的，把他还给我！狼是自由的兽民，要一个人娃算什么事？"阿克拉却无动于衷，连耳朵也没有动一下，继续说："好好瞧瞧吧，诸位。自由的兽民只听自己的命令，谁也管不着。好好瞧瞧吧！"

这时，狼群中传来几声嗥叫，一头四岁的年轻狼重复谢尔汗的问题："自由的兽民要一个人娃算什么事？""丛林法律"有规定：如果因为某个孩子想加入狼群而产生争议，那么，仅他的爸爸妈妈要求还不够，至少还得有其他两个成年狼同意，他才能加入狼群。

"谁来替这个人娃辩护？"阿克拉说，"自由的兽民们，谁愿意为他辩护？"群狼默不作声，没有人回答。狼妈早已经做好了战斗的准备，她知道，如果这件事非得决斗的话，这将是她这辈子最后一次的战斗。

终于，褐熊巴卢说话了，他是唯一被允许参加狼群大会的另类。他后脚直立起来，咕咕哝哝的。老巴卢爱打瞌睡，只吃坚果、植物块根和蜂蜜，专门教小狼崽学习"丛林法律"。所以，他可以随意出入狼群。

"人娃！人娃！"他说道，"我来替人娃辩护。人娃不会伤害我们。我笨嘴拙舌的，不善言辞，但我说的是事实。让他跟其他狼孩一块儿玩好了。我来教他学东西。"这时，一道黑影矫健地跳进圈子里，站在莫格里身边，他是黑豹巴希拉。巴希拉虽有一身黑色的皮毛，但在亮光下面就会显出波纹般的斑点。狼群里狼都认识巴希拉，而且都知道他是个厉害角色：他集塔巴克的狡猾和水牛的凶猛于一身，他还会像受伤的大象一样拼命。可是他的嗓音又像蜂蜜那么甜润，他的皮毛比绒毛还要柔软。

"嗨，阿克拉，诸位自由的兽民，你们好。"他温柔地说道，"本来，我无权参加你们的大会，但是，'丛林法律'也有规定：如果对如何处理一个孩子有争议，而又不必把他杀死，那么这个孩子是可以被赎买的。法律并没有规定谁可以买，谁不可以买。对吗？"

"好啊！好啊！"几个经常饿肚子的年轻狼来劲了，"让巴希拉说说，这人娃可以赎买，这是法律规定的。"

"我知道，我无权在此发言，所以，我请求你们的允许。"

"你说吧！"二十头狼一齐喊了起来。

"杀死这样一个光溜溜的人娃是可耻的。何况，等他长大了也许会给你们带来更多的猎物。巴卢已经帮他辩护了。现在，除了巴卢，我再加上一头公牛，一头刚刚杀死的、肥肥的大公牛，离这儿不到半英里，只要你们能按法律规定让这个人娃加入狼群。你们愿意吗？"

几十头狼都心动了："让他加入狼群和我们有什么关系？他能躲过冬天的雨吗？他经得起太阳晒吗？一只小青蛙能把我们带得怎么样呢？让他跟孩子们一起玩吧。公牛在哪里呢？巴希拉？我们同意啦。" 阿克拉看到这情景，又喊道："仔细瞧瞧吧——仔细瞧瞧，诸位！"

大家为莫格里争论了半天，可是莫格里一点都不在乎，他还在自由自在地玩鹅卵石，一头接着一头的狼跑过来端详他。然后只剩下阿克拉、巴希拉、巴卢和莫格里一家了，其他的狼都去吃巴希拉的肥牛去了。谢尔汗十分恼怒，在黑暗中不停地咆哮，因为他没有得到莫格里。

"哼，笨家伙，你先吼吧，"巴希拉甩甩胡子，低声说，"会有那一天的，这个柔弱的人娃会让你换一种吼叫的，人，我可是太了解啦。"

"这样做很好，不错，"阿克拉说，"人和他们的孩子非常聪明。将来他可能是我们的好帮手。"

"当然，到了必要的时候，他一定是个好帮手。因为，没有永远的头领。"巴希拉说。

阿克拉没有说话。他在想，每个狼群的头领都是这样的：从一头小狼长成大狼，打败原先的头领，坐上几年头领，衰老，被别的狼打败，杀死。新头领产生后，过了几年，又会更换新的狼群头领。想到这里，他对狼爸说："把他带走吧，像对你的孩子一样对待他。"就这样，莫格里靠巴卢的好话和巴希拉的一头公牛加入了西奥尼的狼群。

现在，请你们跨越十年左右的时间，自己也可以去猜想一下，在这十年里，莫格里在狼群中是如何生活的。因为，如果把这十年

的生活都写出来，那得写好几本书啊。莫格里和狼爸家的四个狼弟弟们一块儿长大，当然，当莫格里还是个孩子的时候，狼弟弟就长成大狼了。狼爸传授莫格里各种本领，让他认识丛林里所有事物的含义，比如草丛的每一丝响动，夜里的每一股暖风，头顶猫头鹰的每一声啼叫，甚至暂时在树上栖息的蝙蝠的脚爪的抓搔、小鱼在池塘里跳跃发出的声音，他都能分辨清楚，就像商人熟悉自己办公室里的事务一样。不用去学习的时候，莫格里就待在阳光下睡觉，吃饭，接着睡。身上脏了或者热了的时候，莫格里就跳到丛林里的池塘去游泳。想吃蜂蜜了（巴卢说，蜂蜜和坚果的滋味不次于生肉），他就爬到树上去取。他是跟着巴希拉学会取蜂蜜的。巴希拉经常躺在树枝上叫他："快来吧，小兄弟。"一开始，莫格里只能死死搂住树枝不放，不敢动弹。后来，他能在树枝间蹿蹦跳跃，像猿猴一样灵活。猿群开大会的时候，他也参加。他发现一个有趣的现象：如果他死死地盯着一头狼看，那头狼一会儿就会低下头，不敢与他对视。所以他常常一个又一个地盯着他们，以此取乐。可是他也经常帮助他的朋友们，因为狼经常被荆棘扎到，那滋味非常痛苦，而他能够从他们脚掌心里或是其他地方拔出长长的刺。黑夜里，莫格里也会偷偷下山，走进耕地，走进村庄，好奇地看着小屋里的村民。然而他并不信任村民，有一次，他差点走进一个方闸子，那个东西装着活门，非常巧妙地隐蔽在丛林里。巴希拉告诉他，那是陷阱。他最喜欢的事就是和巴希拉一块儿，在幽暗温暖的丛林里懒洋洋地睡上一整天觉，到了晚上跟巴希拉学习捕猎。巴希拉饥饿的时候，不管遇到什么猎物都杀，莫格里也和他一样。只有牛是例外的，莫格里刚刚懂事的时候，巴希拉就告诫他，永远不要猎杀耕牛，因为，他的命是以一头公牛为代价换来的。"整个丛林都是你的，"巴希拉说，"只要你有本事，想杀什么都行，但是，看在那头公牛的份上，你绝对不能杀牛或是吃牛，不管它是小牛犊还是老公牛。"这也是"丛林法律"，莫格里也就不折不扣地执行了。莫格里像村里的男孩一样长大了，而且比他们长得更结实。一个人活在世上，除了吃东西以外，不用为别的事操心，当然会越来越壮了。

狼妈曾经对他说过几次，一定要小心谢尔汗，她还说，他迟早有一天得杀死谢尔汗。如果他是一只年轻的狼，一定会时刻记住狼妈的忠告，可是莫格里不是狼，他只是个小男孩，所以他很快就把狼妈的话给忘了。如果他会说人的语言的话，不管是哪一种，他都会把自己叫作狼孩的。

莫格里经常在丛林里遇见谢尔汗。因为，阿克拉越来越衰老，对狼群的威慑力越来越小，一些年轻的狼便成了瘸腿老虎的朋友，他们跟在谢尔汗的后面，吃他剩下的食物。在以前，阿克拉绝不允许他们这么做。不仅如此,谢尔汗还不断地挑拨离间:"我感到很奇怪,你们这么出色的年轻猎手怎么会让一只垂死的老狼和一个人娃来做首领呢?我还听说,你们都不敢正眼看他,真的吗?"那帮家伙都气得竖起鬃毛,嗷嗷直叫。巴希拉由于耳目众多,所以多次听说这些事。他认真地告诉莫格里:"谢尔汗一直想杀死你,你要小心点。""我有狼群,有你,还有巴卢。他虽然懒点儿,但肯定会帮我的。我还害怕什么呢?" 巴希拉说过几回,可莫格里总是不在乎。

这一天,太阳暖暖的,巴希拉有了一个新主意,他是从豪猪伊基告诉他的一件事想起来的。当他和莫格里又来到了丛林深处,莫格里枕着巴希拉漂亮的豹纹衣服正要睡觉的时候,他说:"小兄弟,我对你说谢尔汗要吃掉你,说过多少回了?"

"哎哟,得跟那棵棕榈树上的果实一样多了吧。"莫格里还是漫不经心地回答道,他才不会管他说过多少回呢。"怎么啦?我想睡了,巴希拉。谢尔汗也就是尾巴长点,说话喜欢吹牛,跟孔雀莫奥一个样,没啥了不起。"

"现在可不是睡大觉的时候。这事儿巴卢知道,我知道,狼群知道,就连那傻得要命的鹿也知道。整个丛林没有谁不知道。塔巴克也跟你说过。"

"哈哈！"莫格里笑着说，"前一阵子塔巴克还来找过我呢，他竟然敢说我是个赤身露体的人娃，连挖花生也不配；可是我一把抓住他的尾巴，在树上只摔了两下，他马上就懂规矩了。"

"你可真笨，塔巴克虽然是个爱搬弄是非的家伙，可是他也能告诉你一些重要的事。瞪大眼睛仔细瞧着，小兄弟。谢尔汗不敢在森林里杀死你，是因为他怕你的朋友。但是，你瞧瞧，阿克拉已经老了，杀不死公鹿的日子就要到来了，到那时，他就不再是狼群的头领了。在你第一次参加狼群大会的时候，同意你加入狼群的那些狼也都老了。并且年轻的狼听了谢尔汗的挑拨后，都认为狼群里不该有你的位置。你，也该长大了。"

"长大了又怎么样，难道长大了就不能和兄弟们一块儿捕猎吗？"莫格里说，"我生活在丛林里，遵守'丛林法律'，不管是哪一只狼，我都帮过他，谁没找我拔过爪子上的刺？他们都是我的兄弟。"

巴希拉伸了伸懒腰，摇摇头，眯上了眼睛。"小兄弟，"他说，"摸摸我的脖子下面。"

莫格里伸出他的手，强壮的、棕色的手，这是丛林生活的结果。他摸到了巴希拉光滑的下巴底下，在厚厚毛皮那里，有一小块光秃秃的、没有毛的地方。"这片丛林里谁也不知道我身上有这个记号——戴过颈圈的记号。小兄弟，我自小生活在人群中，在人群中出生、长大。我的母亲也死在人群中，死在奥德普尔王宫的笼子里。因为这个缘故，在当年的狼群大会上，当我看到你还是一个光溜溜的小孩时，就用一头牛保住了你。以前我没有见过森林，我被人关在铁笼子里，他们用一只铁盘子喂我，隔着笼子看我。直到有一天，我认为我是黑豹，我是巴希拉，不是他们的玩物。我砸开了铁锁，离开了笼子，来到了丛林。因为我在人群中长大，懂得人的那一套，所以，我比谢尔汗更可怕。你说是不是？"

"是啊，"莫格里说，"森林里谁都怕你。就是我莫格里不怕你。"

"嗯，你是人的小娃娃呀，"黑豹温柔地说，"我终于回到了森林，你也一样，只要没有被杀死，最后也一定会回到人群当中，找到你人群中的兄弟。"

"那，那为什么他们想杀死我呀？"莫格里迷惑不解地问道。

"看着我，"巴希拉说，莫格里死死地盯住了巴希拉的眼睛。然而才过了半分钟，巴希拉就把头转开了。

"原因就在这里，"巴希拉挪动了一下爪子，"我都没法和你对视，我那么爱护你，还在人群中生活了几年，小兄弟。其他兽民恨你，是因为他们不敢正面看着你的眼睛，因为你太聪明，因为你能替他们拔出脚上的刺，因为你是人。"

"我根本就不懂得这些事情。"莫格里紧锁双眉,很不开心。

"'丛林法律'怎么规定的?先做了再说。他们都看出你是个人了,你不能再大大咧咧的了,可得聪明点啊。我知道,现在每一次打猎,阿克拉都要费很大的劲才能逮住一头公鹿了,只要哪一次阿克拉失手了,狼群就有理由反对他和你了。他们就会在会议岩那儿召开丛林大会,那时……那时就有了……"巴希拉高兴地跳起来说,"你赶快下山,到山谷中的小屋里取一点人种在那儿的红花,那样你就会有一个比我、比巴卢、比所有爱你的伙伴们更有力量的朋友了。快去取红花吧!"

巴希拉说的红花,其实就是火。丛林兽民都怕火,而且怕得要命,于是创造了几百种方式来描绘它。它们不直接说"火"。

"红花?"莫格里说,"就是黑天的时候他们在小屋外面种的花吗?我去弄一些回来种着。"

"这样说话才是个人娃。"巴希拉觉得莫格里变明白了,"红花是种在花盆里的。赶快去弄一盆红花回来,就放在你身边,看好了,到时候有用。"

"好!我马上去。"莫格里说,"巴希拉,真是这样吗?你有把握吗?"莫格里伸出胳膊,抱住巴希拉的脖子,有点不敢相信地盯着他的眼睛,"你确定这一切都是谢尔汗搞的鬼?"

"我以我得到自由的那把锁起誓,我确信是他干的,小兄弟。"

"好吧,我以赎买我的公牛发誓,我一定要跟谢尔汗算总账,他得为此付出代价!"莫格里说完就纵身下山了。"这才像个人呢,是个真正的大人了。"巴希拉躺了下来,又告诉自己:"哼,谢尔汗,十年前捕猎青蛙,带给你的厄运就快要降临了!"

莫格里飞快地奔跑着,越跑越远,他穿过了森林,他,心情急切。当傍晚的薄雾刚刚升起的时候,他回到了狼穴。他长出了一口气,向山谷下面看了看。几个狼兄弟都出去了。只有狼妈待在山洞里面。听到喘气声她就知道,她的青蛙有了愁事。

"怎么啦,莫格里?"

"谢尔汗说了些疯话,"他说,"我今晚要到山下耕地那儿去打猎。"说完他就冲了出去,他穿过灌木丛,来到山谷底部的一条小河边。忽然,他听到了狼群围猎的喊叫声,于是他就停住了脚步,想看看什么情况。他听到一头公鹿的吼叫,这头公鹿已经陷入困境,他喘着粗气,准备做最后的抗争。"阿克拉,我们的首领,该你一显身手了。""让开,让开,让我们见识一下头领的威风。""冲啊,阿克拉!"这是一群不怀好意的狼在嚎叫。

接着,莫格里听到了阿克拉的牙齿咯咯作响和痛苦的哀嚎。他一定是扑向了公鹿,但扑空了,并且被公鹿踢翻了。他再也听不下去了，继续向前赶路。背后的喊叫声越来越远，他来到了村民的耕地里，找到了一间小屋。

"巴希拉说的没错，"他在离小屋不远的草堆上躺下，先休息会，寻找弄红花的机会。他长吁一口气："明天，是我和阿克拉最重要的日子。"

夜里，他靠近窗户，看着炉子里的红花。他看见农夫的妻子夜里起床，往红花里添上几块黑乎乎的东西。早晨，大地笼罩在一片白茫茫之中，寒气逼人。他看到那家村民的孩子拿起一个里面抹了泥的柳条罐儿，放上几块通红的红花，裹在毯子里面，披在身上，然后去牛圈里喂养母牛。"就这么简单啊！"莫格里心里说，"那么点的一个小孩子都能摆弄红花，那我又有什么可怕的？于是他迈开大步，转过屋角，冲着男孩子跑过去，夺过红花，转身就跑。男孩儿吓得哇哇大哭，可是莫格里已经消失得无影无踪。

"唉，他们长得挺像我啊！"莫格里一边学那女人的样子吹火，一边想，"是不是我不喂点东西给它吃，这红花就会死啊？"于是他就往火红的东西上加了几根树枝和几块干树皮。到半山腰上，他就遇见了巴希拉，巴希拉正在找他。露珠在巴希拉的身上闪闪发光，仿佛一颗颗月亮宝石。巴希拉说："阿克拉没有抓住猎物，他们昨晚就想杀死他的，可是他们又想连你一块处理掉。刚才他们正在山上到处找你呢。"

"我去村子里找红花了。瞧，已经准备好了！瞧！"莫格里说着举起了装火的罐子。

"好！我见过人怎么用它，把一根干树枝扔进去，一会儿干树枝的一头就会开出红花来。你怕不怕？"

"我干吗要怕？噢，我想起来了——这是不是一场梦？我记得在我变成狼以前，我常常躺在红花旁边，那儿可真好，又暖和又舒服。"一整天，莫格里都坐在狼洞里研究他的红花儿，他一根根往柳条罐里扔干树枝，看红花是如何开放的，最后他找到了一根使他非常满意的树枝。天黑了，塔巴克又来了，傲慢地通知他去会议岩参加狼群大会。但他毫不畏惧，哈哈大笑，塔巴克吃了一惊，吓得赶紧溜了。接着莫格里一路笑着来到了会议岩。

孤狼阿克拉趴在象征着狼群首领的那块岩石旁边，这就是说，首领的位置现在是空的。谢尔汗和他的追随者——吃他的残羹剩饭的狼——得意扬扬，晃来晃去。巴希拉也来了，他紧挨着莫格里坐着。莫格里把柳条罐放在两腿中间，稳稳地坐着。狼群都到齐了，第一个发言的居然是谢尔汗——以前他从来不敢这么做的。

"他无权发言，"巴希拉悄声地告诉莫格里，"你来说，你骂他是个狗崽子。他就不敢捣乱了。"

于是，莫格里跳了起来："自由的兽民们，难道是谢尔汗率领狼群吗？我们选头领，关他一个狗崽子什么事？"

"因为头领的位置现在空着，而我是被请来发言的……"谢尔汗傲慢地回应。

"谁请你来的？"莫格里说，"难道狼群里都是豺狗，非得巴结你这个屠杀耕牛的家伙吗？狼群的头领，应当由狼群自己来决定。"

同时，吵吵嚷嚷，一片嘈杂。"闭嘴，你这人类的小孩儿！"

"让死狼说吧，他一直是遵纪守法的好公民。"最终，几头老狼大声地嚷嚷起来，让"死狼"开口。（如果狼群的首领杀不死捕捉的猎物时，就算他还活着，大家也叫他"死狼"，因为这只狼命不久矣。）

阿克拉老了，他有点困难地抬头说："自由的兽民们和谢尔汗的豺狗们，这些年，我带领你们进出捕猎，在我还是你们头领的时候，没有一只狼被困陷阱，也从没有一只狼受伤残废。是谁设了圈套让我没有逮到猎物？你们都明白。是你们！是你们存心让我出丑，把我引到那头风华正茂的公鹿那里。这真是个绝妙的主意！现在，你们在会议岩上杀了我，这是你们的权利。所以，我想知道,是谁要取走我这头孤狼的性命?'法律'赋予我权利,我可以让你们一个个地过来跟我单打独斗。"好长时间,大家都不说话了。谁也不想与阿克拉进行殊死的决斗。于是谢尔汗啐了一口,怒吼:"不要理这个老掉牙的笨蛋!反正他活不了了。反而那个人孩儿一直活得好好的。自由的兽民们,原本他就是我的猎物,还给我吧,他不仅是人,也是狼,我太看不惯这事了!他已经给丛林惹了十多年的麻烦。把这个人孩儿还给我,否则,我会一直待在这里。要是这样的话,你们连一根骨头都捞不着!他是一个人,是个人孩儿,我对他恨之入骨!"

他的话音刚落,半数以上的狼都开始叫嚷:"他是一个人!一个人!人和我们没有什么关系,让他滚回去!""他会招来所有的村民来对付我们的!"谢尔汗咆哮着说:"别那么做,把他交给我!你们都不敢跟他正视!" 阿克拉又一次抬起头来说:"他跟我们同吃同睡。他帮我们围捕猎物,他没有触犯'丛林法律'。"这时,巴希拉说:"哦!对了,当初为了让狼群接受他,我还付出了一头公牛的代价!一头公牛倒无所谓,关键是我巴希拉的荣誉,说不定我应该为荣誉而战!"巴希拉的嗓音很温柔。"十年前的一头公牛?"狼群中有呼声,"十年前的牛骨头跟我们有什么关系?""那么十年前你们发的誓呢?"巴希拉张张嘴巴,露出了一口白牙,"怪不得你们被叫做'自由的兽民'呢！""人崽子没法跟丛林的兽民一同生活！"谢尔汗吼叫着，"把他交给我！""虽然他和我们不是一个种族，但是我们是兄弟！"阿克拉又张嘴了："你们却想杀了他，在这儿！说真的，我确实够老了。你们中间，有的成了吃牲口的狼。我还听说，谢尔汗怂恿一些狼，趁着天黑到村民家门口偷走小孩子。所以，我知道你们胆小，我在对着胆小鬼说话，所以我躲不过去，肯定早晚是要死的。我的命不值钱，否则，我会替他去死！可是，这关乎狼群的荣耀，这件事情很小，你们没有领导者，好像已经把它抛之脑后了，我答应你们，如果你们放这个小孩回去，那么，到时候，我保证不动你们一个手指头，别的，我就没办法了。可是，如果你们听我的，我就能让你们不至于因为杀害一个无辜的兄弟而颜面扫地。因为有人为他求情，并且付出了代价将其赎买到狼群来，这符合'丛林法律'。"

"他是一个人，一个人，一个人！"狼群里有咆哮声。很多狼向谢尔汗聚集，他的尾巴开始摇晃。"轮到你表态了！"巴希拉冲着莫格里说。"好像除了开打，我们无计可施。"莫格里说。莫格里在那里站得笔直，双手捧着火罐。他伸了伸胳膊，冲着大会打了个哈欠。然而，他心里却满是怒火和忧伤，因为那些狼从没跟他说过，他们多么地仇恨他，他们太狡猾了。

"听着。"他喊着,"你们闹够了没有?今天晚上,你们一直在重复我是一个人——事实上,要是你们不说,我真想一直跟你们在一起,一辈子做狼——你们说对了,所以,从现在开始,你们再也不是我的兄弟了。我应该像人那么做,叫你们狗东西!你们想做什么,不想做什么,可由不得你们了!这事全由我决定!为了让你们知道我的厉害,我,一个人,带来了你们害怕的红花!"火罐被他扔到地上,一簇干苔藓被烧红的炭块点着了,一下子烧了起来,火焰在跳动,所有在场的狼都惊慌地后退。莫格里点燃了手里的那根枯树枝,枝条燃着了,噼里啪啦响着。他高举树枝,在头顶上摇晃,周围的狼被吓得胆战心惊。

巴希拉压低了嗓门跟他说:"你现在征服了他们,救救阿克拉吧,他一直是你的朋友。"老狼阿克拉坚强了一辈子,从没向谁服过软,此时,他也乞怜地看向莫格里。莫格里全身赤裸地站着,黑黑的长发披散在背后。树枝在熊熊燃烧着,许多黑黑的影子映照在火光中,随着火光颤抖。"好吧。"莫格里沉着地环视四周,说:"看得出,你们的确是狗。我要走了,离开你们,到人那里去。这个丛林再也容不下我了,你们的话语和友谊已经不复存在,但是,我比你们更宽宏大量!既然我除了血统,其他还算得上是你们的兄弟,那么我向你们承诺——在我回到人群成为一个人之前，我不会像你们出卖我一样把你们出卖。"他用脚踢了一下火，迸出了几颗火星。

"我们人绝对不会和狼群交火。但是，在我离开之前要清算这笔账。"他大步流星走到正对着火焰发蒙的眨巴着眼睛的谢尔汗身边，抓起他下巴上的一簇虎须。巴希拉以防不测，紧紧跟着莫格里。"站起来，你这只狗！"莫格里大喊，"我说话的时候，你必须站起来，否则，我烧掉你这身皮毛！"

熊熊燃烧的树枝离谢尔汗太近了，他的两只耳朵平贴在脑袋上，眼睛都不敢睁开。"这个专门吃牛的刽子手说，因为他没有在我小时候杀死我，就要在大会上杀我。看吧，吃我一记，再吃我一记，我们人就是这样打狗的。你要是敢动一下，我就把红花塞到你的嘴里。"他抄起树枝抽打谢尔汗，老虎吓坏了，呜呜哀叫。"去，烧掉毛的野猫——滚！不过你给我记住，下一次，当我作为人再来的时候，我一定披着谢尔汗的皮！至于其他的，阿克拉可以自由自在，随意出入，我不允许你们杀他，我也不想看见你们，不要伸着脖子，像是什么了不起的人物，你们是我想要撵走的一群狗，看吧，就这么撵，你们都给我滚！"树枝燃烧得很旺，莫格里拿着燃着的树枝绕圈挥舞。火星燎到狼的毛皮并点燃了，他们哀嚎着逃离了。只剩下阿克拉和巴希拉还在，还有一头狼站在莫格里身边。

此时,莫格里心里痛了起来,说不上到底是哪里。他从没这么痛苦过。他哽咽了,抽泣起来,泪珠也滑落了下来。

"这是什么?这是什么?"他问巴希拉,"我不想离开这里,我不知道我怎么了,我是要死了吗?""不会的,小兄弟。这是眼泪,是人的东西。"巴希拉说,"你确实长大了,不再是个孩子了。从今往后,你确实不再属于丛林了。尽情哭泣吧,莫格里,这只不过是泪水而已。"莫格里听了之后一屁股坐下来放声痛哭,他还从来没哭过呢。

"好吧,我要走了。"他说,"但是我得先跟妈妈告别。"他来到狼妈妈和狼爸爸的洞穴, 痛痛快快哭了一场。四个小狼崽也跟着悲戚地哭了起来。

"你们不会把我忘了吧?"莫格里问。

"只要有你的足迹,我们是绝不会把你忘记的。"狼崽们说,"你做了人以后,也要经常到山脚下来啊,我们可以跟你聊天。要是夜里,我们还可以到庄稼地里找你一起玩。"

"早点回来吧。"狼爸爸说,"我聪明的小青蛙,我和你妈妈都老了。"

"早点回来吧。"狼妈妈说,"我的光屁股的小儿子,听我说,小孩,我对你比我的小狼崽还疼爱。"

"我一定会回来的。"莫格里说,"等我再回来的时候,一定要把谢尔汗的皮铺在会议岩上,一定要记得我,也转告我那些丛林的小伙伴们,不要忘记我啊!"天将破晓,莫格里独自上路,去见那些被称为人的神秘动物。

2. 蟒蛇卡阿捕猎

豹子拥有一身斑点，水牛对自己的犄角引以为傲。

要遵守规则，因为那光亮平滑的兽皮告诉他。

猎手诡计多端。

如果你发现，犀牛能把你扔起来，大黑鹿能用犄角伤到你。

你不必跟我们说，因为十年之前，

我们就都知道。

你只要继续奔跑向前。不许欺负陌生的小动物。

要相互怜爱，就像兄弟姐妹、亲手足一般。

主动跟他们打招呼，

他们娇小可爱，他们是熊妈妈的宝贝。

谁能比得上我？人娃首战告捷，扬扬自得。

丛林很大，人娃还小，他需要多多思索。

保持沉默。

——巴卢格言

2. 蟒蛇卡阿捕猎

下面讲述的故事发生在莫格里离开西奥尼的狼群找老虎谢尔汗报仇之前,也就是跟巴卢学习"丛林法律"的日子。认真得有点刻板的大块头巴卢收了这么聪明的人娃做徒弟,高兴极了。狼孩子们只愿意学"丛林法律"中与自己的种群有关的东西,只要能把捕猎谣背下来,他们就不想学了:"四脚落地细无声,双眼夜里放光明;颗颗牙齿白又尖,大耳能听穴中风;以上种种我特征,鬣狗与豺不在中。"但莫格里可不一样,他是个人娃,他要学的东西可比这多了去了。黑豹巴希拉经常会懒洋洋地穿过丛林来看他,看看他救下的宝贝学习进展如何。巴卢在检查莫格里一天的课程的时候,他会满意地靠在树上,发出咕噜咕噜的声音。莫格里爬树跟巴希拉游泳一样快,游泳又和他奔跑一样快。于是老黑熊巴卢就教给莫格里有关树林里和水里的法律;腐朽的树枝和结实的树枝该怎么区分;遇到一个离地五十英尺①高的蜂巢时如何有礼貌地对野蜂说话;中午,他惊扰了睡觉的蝙蝠蒙时,该如何道歉;跳进水里游泳前,怎样预先跟水里的动物打个招呼。丛林中的兽民都喜欢自由自在的日子,没有谁愿意被别人打扰,他们时刻准备好,一旦发现入侵者就立刻隐藏起来或者是发动攻击。后来,莫格里又学会了在陌生的地方捕猎的方法。不论是谁,在

---

① 1英尺=0.304 8米。

自己领地之外捕食，必须一遍遍地大声喊叫，得到回应的允许后才可以开始捕食。那喊叫的意思是我饿了，请允许我在这儿捕食；回答是因为饥饿而捕猎可以，但绝不允许为了好玩而捕猎。这一切都说明莫格里得在心里记住很多很多的东西。可是，简单的重复很容易使人心烦，莫格里也不例外，终于他学够了，不耐烦了，对着巴卢耍脾气，气得巴卢赏他一记耳光，莫格里委屈地跑开了。巴卢对巴希拉说："人娃就是人娃，他必须学会全部的'丛林法律'。"

"哎呀，他才多大啊？"黑豹说，"他那小脑袋瓜，怎么能装得进你那些长篇大论呢？""要是由着他的性子，一定会把他宠坏了，在这片丛林里，有没有什么东西因为太小而不会被杀死？没有！我为什么教他那么多东西？为什么他记不住的时候要打他？还不是为他好？再说，我打得多轻。"

"轻？那还叫轻？老狗熊，"巴希拉不乐意了，"他的脸今天全都是青的了，还轻呢。哼！"

"我宁可让他从头到脚都被我打青了，也不让他因为无知而受到别人的伤害。"巴卢很认真地说，"我现在正教他丛林密语。那密语能够让他从飞鸟、游蛇族和所有四条腿的猎手那儿得到保护，当然，狼群除外。要想得到丛林中所有兽民的保护，就必须记住那些密语。难道那一巴掌，不该打吗？"

"好吧，好吧，你可当心点，他太小，还是个人娃，不是你磨爪子的大树干，别打死他。唉，密语是什么？我来帮他学。"巴希拉没办法，他也希望莫格里早点学会丛林密语。

"我来教莫格里，只要他愿意，他能学会的。来吧，莫格里，小兄弟。""我的头嗡嗡直响，就像一棵有蜂巢的空心树。"莫格里在巴卢和巴希拉的头顶上闷闷不乐地说，接着他顺着树干滑落下来，看得出他还是气呼呼的，一肚子火，很不情愿。来到巴希拉面前时还说："我来找巴希拉，不找巴卢，老胖子。""都一样，你把今天学的丛林密语告诉巴希拉。"打了莫格里一记耳光，巴卢也很心疼。"先说哪一种啊？丛林里有好多种密语呢，我全知道。"能在巴希拉面前炫耀一下，他还是很高兴的。

"刚刚知道一点点就这么骄傲，看看吧，巴希拉，狼崽子从来不会感激自己的老师，没有哪一个小崽子回来感谢我老巴卢的教诲。先说说狩猎居民的密语，我的大学者。"

"我们流着同样的血，你们和我，"莫格里学着巴卢的腔调说出了这句话，所有的猎手都用这种腔调说话。

"好。再背背鸟族的。"

莫格里不仅背了一遍鸟族的密语，最后还像鸢鹰那样长啸一声。

"背蛇群的。"巴希拉高兴地说。

莫格里的回答是惟妙惟肖、难以挑剔的咝咝声。背完以后莫格里得意地一跺脚，为自己鼓掌。接着噌的一声跳到了巴希拉的背上，侧身坐着，双脚轻轻叩打巴希拉那漂亮的毛皮，又对着巴卢做了一个最难看的鬼脸。

"看看，看看。这一巴掌多值啊。"巴卢满意地说，"总有一天你会感激我的。"然后他告诉巴希拉，教这些密语他费了多大的力气：先是向无所不知的大象哈蒂求教，又请哈蒂带着莫格里下到池塘中，跟一条水蛇学习发音，因为巴卢不是万能的，有些声音发不出来；他还说："现在莫格里在丛林里一般是不会发生意外的，因为不论是蛇族、鸟族还是走兽，都不会伤害他啦。没什么可怕的啦。"说完他得意地拍了拍自己的胸脯。

"他自己的种群还是很危险的，"巴希拉低声地跟巴卢说。然后又大声对莫格里说，"轻点，我的肋骨要断了，小兄弟！你折腾什么？"莫格里抓住巴希拉的肩膀使劲地踢，他是想让巴卢和巴希拉听他说话。他大声喊："所以我要有自己的族群，带领他们在这丛林中间穿行。""这是什么蠢话？想入非非，你做梦吧？"巴希拉问。"我们还要把树枝和泥巴扔到老巴卢身上，他们已经答应我了。"莫格里继续说。

巴卢生气了，他把莫格里从巴希拉的背上抓起来，抱在自己的胸前，莫格里躺在巴卢的两只巨大的爪子上，看到那头熊满脸地不高兴。

"莫格里，巴卢说你经常和那些猴民混在一块？"

莫格里看了看巴希拉，他想知道黑豹是不是也生气了，他看到巴希拉的目光冰冷而又犀利。

"你跟猴民一起玩儿了，那些灰猿，那些没有法律，那些吃杂食的家伙。你可真够丢人的。"

"巴卢打伤我头的时候，我就走了，而那些灰猿从树上下来安慰我，他们挺同情我的。没有谁比他们更关心我了。"说着，他委屈地吸了吸鼻子。

"猴民会同情你？"巴卢大吼起来，"真是天大的笑话，难道山涧的小溪不流了，夏天的太阳变凉了！然后呢，小崽子？"

"然后，然后他们就给我坚果和一些好吃的东西；而且他们还抱着我爬上了树顶，他们说我和他们是同胞兄弟，我没尾巴，有一天我会成为他们的首领。"

"做他们的首领？他们在骗你！他们总是撒谎。"巴希拉忍不住了。

"他们很善良，还要我再去玩呢。你们为什么从来不把我带到猴民那里去呢？他们跟我多像啊，都是用两只脚站立，整天玩耍，也不用大爪子打我。让我站起来！坏巴卢，我要去和他们一块儿玩。"

"你给我听好了，莫格里，"巴卢真的发火了，声音就像夏天的闷雷。"我给你讲完了所有的丛林法律，在这片丛林里，除了生活在树上的猴民，所有的兽民都有法律，而他们却没有，为什么？因为他们被丛林抛弃了。他们没有自己的语言，只能用偷来的语言，他们只会待在树枝上偷听、偷看。他们和我们不一样。他们没有首领，没有记忆，爱吹牛皮，喜欢搬弄是非，还自以为是了不起的种群。他们想在丛林里干件大事情，可是，即便树上掉下一个果子，也会让他们兴奋得忘乎所以，甚至把想要什么全都忘记了。有法律的丛林兽民从来不和猴民打交道。他们猴子喝水的地方我们不喝，他们去的地方我们不去；我们从不在他们捕猎的地方捕猎，甚至我们都不死在他们死的地方。想一想，我什么时候和你说起过猴民？"

"哦，还真的没有说起过呢。"莫格里害怕了，他小声地说。这个时候谁都不说话了，森林里鸦雀无声。

"丛林兽民从不提起他们，也不去想他们。他们数量多，他们又坏又脏，还不要脸。他们有一个愿望，那就是渴望受到丛林兽民的关注。但是，就算他们往我们头上扔石头，扔粪便，我们也坚决不去搭理他们……"

没等巴卢说完，雨点般的坚果和小树枝从树上落了下来。高高的树枝上不断传来猴民的咳嗽声和哀叫声。

"记住了莫格里，不准，不准和那帮猴民来往。"巴卢不理会头顶的"细雨"，继续对他说。

"对，就得这样。"巴希拉说，"巴卢，你怎么不早告诉他呢？我还以为莫格里知道呢。"

"早告诉他？我怎么能想到他会和那些猴民玩呢？臭东西，呸！"

话没说完，又一阵雨点似的杂物落到他们的头上、身上。巴卢和巴希拉不再说话，带着莫格里赶紧跑，离开他们厌恶的猴民。巴卢说得没错，由于猴子是树顶上的居民，而且地上的走兽们很少抬头看树上有什么，所以猴子和丛林兽民很少见面。可是猴子看见单个受伤的兽民，比如狼、老虎，或是黑熊，就会想尽办法折磨他。还经常拿小树枝、坚果和泥巴什么的往丛林兽民身上扔着玩儿，以引起兽民的注意。然后他们会嗷嗷怪叫着唱些稀奇古怪的歌儿，逗引兽民上树，和他们打斗一番。有时候，他们也会因为一点小事彼此之间展开一场激烈争斗，并且把死猴子留在丛林兽民看得见的地方，这是为了引起兽民的注意。他们也希望有个首领，给他们建立自己的法律，形成自己的风俗习惯，可惜他们从来没做成这件事，因为他们的记性太差，什么事不到一天就忘得一干二净。可是他们还编了句话当格言："猴民此刻所思，兽民日后所想。"这句话给了他们很大的安慰。没有任何走兽能抓得着他们，反过来说，也没有任何走兽愿意注意他们。这也是莫格里和他们玩的时候，他们高兴得忘乎所以的原因。他们也听到了巴卢因为莫格里跟他们玩有多么生气的事。

他们从来没有什么长远打算，因为他们本来也算不了什么，但终究猴民当中的一位还是想出了一个了不起的主意。他告诉众猴，莫格里是个很有用的人，他能把小棍子编织成挡风遮雨的东西。我们把他捉住，留在这个群体当中，就可以让他教我们大家学习这个技术。莫格里是樵夫的孩子，当然继承了樵夫的天赋，有时候他还喜欢用小木棍做小房子，只是从来没有想过自己为什么会做这些东西。在树上偷看的那些猴民可看呆了：太棒了，这就是天才啊。他们商议说，这一次猴民一定要他做首领，而且猴民将要变成丛林中最聪明的居民，这么聪明的首领会让所有的猴民都聪明起来，那时候会使得每个丛林居民注意和羡慕他们。因此，猴民一直悄悄地跟随着巴卢、巴希拉和莫格里。听了巴卢和巴希拉的话后，莫格里很羞愧，一直到午睡的时候，他还觉得不好意思，他决心再也不跟猴民打交道了，这才在巴卢和巴希拉中间睡了。

忽然，莫格里觉得有好多只硬硬的、结实的小手在他的腿和胳膊上抚摸，然后是一些小树枝划过他的脸。他睁开眼睛，发现自己身在树梢，透过晃动的树枝往地下看，只见巴卢一会儿仰头看他在哪里，一会儿朝他所在的大树奔跑。巴卢过于笨重，所以爬不高，什么树枝经得起他啊，只见他急得发出低沉的吼叫。巴希拉龇着尖牙，也在追赶莫格里，他比巴卢轻巧，可是也赶不上猴子，只得直往树干上蹿。猴民这时兴奋极了，高声喊叫着："瞧，巴卢和巴希拉注意到我们啦！他们在追我们！所有的兽民都羡慕我们，他们都没有我们有本事，更比不上我们机敏。"接着，他们彼此之间不知为了什么又打了起来。猴民在树上的厮打，谁也看不清楚，也描述不出来。在离地五十到一百英尺高的地方，他们居然有自己固定的道路和交叉路口，就是黑夜里他们也能沿着这些道路奔走。两只最强壮的猴子抓着莫格里的胳膊，和他一起在树梢上飞奔，一下子就能越过二十英尺远的空当。要不是带着莫格里，他们会荡得更远，速度能快上两倍。莫格里吓得要命，看到地面远离自己，树梢在耳边吹着哨子，自己忽上忽下，感到头晕恶心，但奇怪的是居然还有点喜欢。这种惊心动魄的空中飘荡突然猛地一颠，停了下来，他的心一下子提到了嗓子眼。那两个强壮的挟持者想把他推到一棵树上，他觉得纤细的树枝咔吧吧响着朝他们弯下来，随着两个挟持者的咳嗽和高兴的喊叫，他们又离开了刚才的树枝，把手脚悬在旁边一棵低一点的枝条上，接着再向上飞奔。莫格里穿过绿色的丛林，能看到很远很远的地方，就像一个待在桅杆上远眺的人一样，能看到好几英里远的地方。接着又会有树枝、树叶打在他的脸上，他和那两个猴子眼看又要落到地上，接着再次飞起来。就这样，一路不断地冲高、碰撞、降落、欢呼、嚎叫，猴群带着他们的俘虏——莫格里，顺着他们的树道奔跑。

　　有一阵子，莫格里害怕会掉到地上。他生气了，可是他也知道挣扎会更危险。他得想办法，首先得给巴卢和巴希拉捎个话回去，好让他们能够找到自己。以猴子们这个速度，巴卢和巴希拉肯定落得好远好远了。往下看只能看到树梢，没用。于是莫格里就往天上看，终于，他看见了鸢鹰朗恩在远远的蓝天上盘旋，一直盯着丛林，寻找自己的猎物。朗恩也看见猴子们挟着个什么东西在树梢上飞奔，于是他下降了几百码，想要仔细看个究竟，看看猴民是不是带着什么好吃的。这一看不要紧，朗恩吃惊地叫了起来，他看见一个小男孩被两只猴子带到了一棵树的树顶，而小男孩焦急地对他喊："我们流淌着的是相同的血液，你和我。"树枝此起彼伏紧紧地围着小男孩，虽然鸢鹰看不清他的模样，但好在鸢鹰跟得上他们，他在第二棵树上正好看见那张又仰起来的棕色小脸。"请记住我走的路，告诉西奥尼兽群的巴卢和巴希拉。"莫格里继续喊着。

"以谁的名义啊,兄弟?"鸢鹰朗恩没见过莫格里,他只是听说过,所以不认识他。

"青蛙莫格里。他们叫我人娃!请记住我的路——线!"说到最后,莫格里尖叫起来。那时候他恰好又被荡到了空中。鸢鹰点了点头,往上飞去,再低头的时候,莫格里看上去像个小黑点。鸢鹰就停在了那个地方,当猴民带着莫格里飞速前进的时候,鸢鹰紧紧盯住那摇晃的树梢,他的眼睛,可比望远镜还好用。

"这帮猴子走不远,"他自忖道,"他们从来都是虎头蛇尾,不知道打算做什么,总是不停地去找新鲜事儿。这一回,如果我没看错的话,他们摊上事了,自讨苦吃。巴卢可不是好惹的;巴希拉,也不是只会猎杀山羊啊!"

朗恩忽闪忽闪翅膀,落到一棵大树上等着。这时候,巴卢和巴希拉又生气又伤心,简直要发疯了。巴希拉以前不喜欢爬树,现在也爬了,但是他太重了,细细的树枝一压就断了,他掉到地上,一双爪子满满地抓了一大把树皮。

巴卢笨手笨脚地跑上来,还希望能追上那群猴子。"你为什么不早点警告人娃娃呢?"巴希拉一看到巴卢就吼起来。"你要是没警告过他,就是打死他又有什么用?"

"快!快!咱们——咱们快追,还能赶上他们!"巴卢呼哧呼哧喘着粗气说。

"就你这个速度！受伤的母牛都追不上。教法律的老师——打娃娃的高手——就这样下去，不用一英里就会把你晃散了架。先坐下好好地想想吧！先订个计划。现在不用急着追了。真要是追得太急了，猴子把他丢下来怎么办？"

"哎呀！呜！那帮猴子可能已经把他给丢了，挟着他太累了。谁敢相信那些猴子呀？把死蝙蝠扔在我头上！给我吃黑骨头，把我推到蜂巢里，把我给蜇死，把我和鬣狗一块儿埋了。我是最最最倒霉的笨熊啊！哎呀！呜！莫格里！为什么我不警告你要提防着点儿猴子，还去打你的脑袋呢？我要是把一天的功课都从他脑袋里打没了，没有了那些丛林密语，他在丛林中就危险了。"

可怜的巴卢双手抱头，晃来晃去地大哭起来。

"好了好了！他今天不是准确地说出了一些丛林密语吗？"巴希拉不耐烦地说，"巴卢啊，你不光没脑子，还不尊重自己。要是咱们都像豪猪伊基那样把自己蜷缩起来嚎叫，丛林兽民会怎么想？有用吗？"

"我还在乎丛林兽民怎么想？他这会儿可能已经死啦！"

"死不了，除非猴民从树枝上把他摔着玩，或是因为懒惰而把他杀了，不用替人娃娃担心。他那么聪明，你又教了他那么多东西，而且，他有一双让全体丛林兽民害怕的眼睛。但是（这可是个最大的不幸），他落在了猴民的手里。猴民是住在树上的，咱们中间的任何人都拿他们没办法。"说到这里，巴希拉舔了舔前掌，满脸的担心。

"哎呀，我可真笨！真是一头只会挖树根的傻胖子，野象哈蒂说过：'一物降一物。'一点没错！猴民最害怕大蟒蛇卡阿。"巴卢一下子想起来了，"卡阿爬得像猴民一样快，他会在夜里去偷小猴崽子。说出他的名字就能把那些猴孩子吓得手脚冰凉。咱们去找卡阿帮忙。"

"他会帮我们吗？他又不是咱们种群的，他没有脚，关键是他有一双邪恶的眼睛！"巴希拉不相信地说。

"没关系，他已经很老了，而且非常狡猾。最重要的是，他总是饿。"巴卢信心满满地说，"只要我们许诺多给他几只山羊就行。"

"他吃完一顿饭就要睡上整整一个月。他也许正在睡觉呢。就算他醒着，要是他宁可自己去捕杀山羊也不愿意帮忙呢？"巴希拉由于不了解卡阿，还是将信将疑。

"如果真是那样的话，咱们俩一起，两个老猎手，会让他明白该怎么做的。"巴卢用他那浅棕色的肩膀碰了一下黑豹，他俩就出发去找大蟒蛇卡阿了。

巴卢和巴希拉找到卡阿时，卡阿正在沐浴着午后的阳光，欣赏着自己美丽的新外衣。在过去的十天里，他一直隐蔽着，因为每隔一段时间他都得蜕皮。蜕完皮的卡阿可真是光彩夺目。他的大脑袋顺着地面快速地移动着，因为他的鼻子嗅觉迟钝，三十英尺①长的身体盘成几个奇形怪状的结和不可思议的曲线。他舔着嘴唇，想象着下一顿美餐。

"还好，他还没吃饭，"巴卢看到卡阿正在欣赏色彩斑驳的美丽外衣，松了一口气，接着说，"小心啦，巴希拉！卡阿刚蜕完皮，眼睛有点不好使，警惕性高，爱攻击。"

卡阿不是毒蛇，也看不起毒蛇。卡阿认为毒蛇都是胆小鬼，而他的力量在于他的怀抱，一旦谁被他盘到圈里，那就不用多说了。"打猎顺利！"巴卢远远地喊道，和所有蛇一样，卡阿的耳朵相当聋，几乎听不见巴卢的招呼。但是他感觉到了有谁来到他面前，于是他蜷起身子，低下头，准备应付突发事件。

"祝咱们大家伙都打猎顺利。"他回答说，"喂，巴卢，你来这儿做什么？哦，巴希拉，希望你成功打到猎物。我们大家当中有人饿肚子了。谁听说哪里有什么猎物可以捕捉到吗？比如一只小母兔，要么一头小公鹿也行？我太饿了，跟那枯井差不多。"

巴卢漫不经地说："我们正在打猎捕食。"虽然他想督促卡阿，

---

① 1英尺=0.3048米。

可是对于卡阿的大块头体格，他还是有所忌惮。

"把我也算上吧，跟你们一起！"卡阿开口道，"哦，巴希拉，巴卢……对于你们来说，这实在是太轻而易举的事情了，可是，一次出击对我而言，哪怕只是为了一只小猿猴，我也需要耗费好几天的时间在林地小道上等待它的出现，有时候还要爬上大半宿。我年轻的时候，这些树的枝条可不像现在这样是些腐朽的细枝子、干枯的粗树枝。"

"可能另一方面是因为你太重了。"巴卢说。

"我身子确实是长——相当长。"卡阿扬扬得意地说，"可是就算是这样，要不是这些新长出来的树木，我就能抓到我最后的猎物了，真的就差一点儿！因为我的尾巴没有缠紧树木，爬行起来发出的动静被猴子听见了，他们就邪恶地喊我。

"没腿的，黄地虫。"巴希拉的话从胡子下面冒出来，他好像在尽力想着什么。

"哟——他们真那么叫我吗？"卡阿问。

"这段时间他们就冲着我们说那种话，即使我们一开始就没放在心上。他们甚至会说，你的牙已经掉光了，甚至都打不过小山羊，因为——因为公山羊有犄角——这群不知羞耻的猴民！"巴希拉仍旧很亲切地说着。

卡阿是一条如此小心谨慎、老迈沉着的蟒蛇，他很少发火，可是他喉咙两边的吞咽肌肉凸了出来，鼓起来了，这被巴卢和巴希拉看到了。

"猴民已经搬家了。"他很云淡风轻地说，"今天我出门的时候，听见他们在那些树梢里喊叫的声音了。"

"他们——他们就是我们现在跟着的猴民。"巴卢的话没有说出口，因为他记得：丛林兽民以前从来不承认对猴子们的行为感兴趣，这是第一次。

卡阿特别好奇，所以很有礼貌地说："如果这样的话，我敢确信，让这样两位猎手——自己丛林中的头儿——去跟着这些猴民，这事儿就小不了！"

"就是就是。"巴卢发话了，"我只是西奥尼狼群里的一个老糊涂的法律老师，但是这位巴希瑞——"

"是巴希拉。"那头黑豹很不谦卑地说完，嘴巴一下子就合上了。在他看来，那没用。"事情是这样的，卡阿，那些家伙——偷坚果和摘棕榈树叶的——把我们的人娃娃偷走了，可能你听说过。"

"伊基——以那身刺为骄傲的豪猪——曾经说过一点关于一个到了狼群中的人什么的，但是我不相信他的话。因为他的故事都是小道消息，而且讲得也特别糟糕。"

2. 蟒蛇卡阿捕猎

"然而这是千真万确的,从来没有见过他这样的人娃娃。"巴卢说,"他是最棒、最聪明、最勇敢的一个人,他是我的学生,他会让巴卢这个名字在整个丛林中声名鹊起。再说,我——我们——都爱他,卡阿。"

"啧!啧!"卡阿边说边摇晃着脑袋,"我也听到过什么是爱。我这里有很多这样的故事呢……"

"等我们全都吃饱了的时候,在宁静的晚上,我们尽情地吹。"巴希拉语速很快,"但是现在,我们的人娃娃还在猴民那里呢,要知道,在所有的丛林兽民中,他们单单怕的是卡阿。"

"他们只害怕我,那是因为——"卡阿说,"猴子们既爱叫唤、愚笨,又贪慕虚荣、爱面子、笨,还喜欢乱叫唤。但是一个人(东西),要是落到他们手里,那可就有的受了。如果他们对自己摘到的坚果不喜欢,就会扔下去。抱着一根大树枝,打算用它有所作为,却又弃之若履。那个人(东西)没有什么可以羡慕的。难道他们没有给我取名——黄鱼,是吗?"

"长虫,地龙,巴希拉说还有别的什么绰号,不过太难听了,我都说不出口。"

"我们一定得让他们知道——要尊敬他们的首领。啊——咝。我们得好好帮他们整理一下他们的大脑,那么,他们和那个人娃娃现在去哪了？"

"丛林知道。不过，我想，朝太阳落下去的方向去了。"巴卢说，"卡阿，我们还以为你知道呢！"

"我怎么会知道？要是他们遇到我了，我就会逮他们的。只不过，我不想捕捉这些猴子们，或者青蛙，我不想为了他们去钻水洞，会沾一身绿浮藻。"

"天上，天上，天上，天上，哎，哎，哎，西奥尼狼群的巴卢，抬头向上看！"

巴卢循着声音抬头望去，原来是鸢鹰朗恩，他正俯冲下来，太阳的光辉照在他那正在挥动的翅膀上。原本这个时间，鸢鹰应该休息了，但是他一直在找那头狗熊，他找遍了整个丛林，只是，茂盛的树叶遮挡了视线，什么都看不到。

巴卢问："发生什么事情了？"

"我看到莫格里了，他就在那群猴子里。他向我求助，让我告诉你。我一直跟着他们。猴民们带着他一起过了河，去了猴子的根据地——'寒穴'。他们在那里到底是待上一晚上、十晚上，或者一个小时，都有可能。我告诉蝙蝠，天黑之后，就由他们看着。这就是我要告诉你们的，希望你们一切顺利！"

"祝你吃得好，睡得香！朗恩。"巴希拉嚷道，"下一次捕猎时，我会把猎物的头专门留出来犒劳你,你是最棒的鸢鹰!"

"不用谢,你太客气了。我不得不这么做,因为那个小男孩用的是丛林密语。"说完,朗恩又盘旋着飞回他的巢里去了。

"他还记得用他的舌头说话。"巴卢很骄傲地咯咯笑了,"看吧,这么个小不点,甚至被迫穿越树林的时候,他还记得鸟儿们的暗语!"

"他牢牢地记住了那些话!"巴希拉说,"我为他感到万分骄傲,我们得立刻出发赶往'寒穴'。"

至于"寒穴"那个地方,他们都知道位置,但是几乎都没到过那儿。因为,那个被他们称为"寒穴"的地方,是一座荒无人烟的老城,一座在丛林中消失和湮没的城市。野兽们一般不会占用一座有着人类居住痕迹的城市,野猪除外。捕猎者也不会。另外,猴子们住哪都一样,包括"寒穴"。那个地方不容易被发现,只有闹旱灾的时候,那里几乎成为废墟的贮水池和水库。

"我们得拼命赶路,即使这样也还需要大半夜的时间。"巴希拉说。

"我会尽最大努力快走!"巴卢非常严肃而急切地说。

"我们不能等你了,加快速度跟上,巴卢。卡阿和我,得快走。"

"就算没有脚,我也能跟得上你的四只脚。"卡阿立马说道。

巴卢加把劲追赶，但还是不得不停下来喘口气。于是他们就允许他可以晚点到。与此同时，巴希拉轻松地向前奔跑。卡阿不说话，即使豹子加足马力，大蟒蛇还是追上了他，与之并驾齐驱。当他们来到一条小河边时，因为巴希拉是跳过去的，所以快了一步。而卡阿是从水里蹚过去的，他的脖子露出水面两英尺。尽管如此，到了地面上，卡阿又追了上去。

"我以那把被砸开，使我获得自由的锁发誓，你的速度可不慢。"巴希拉说这话的时候，天已经开始蒙蒙亮了。

卡阿说："我想吃东西，再说，他们还给我起过一个绰号，叫长斑点的青蛙。"

"长虫……地龙……还有黄鱼……"

"一个意思。我们继续前行吧！"卡阿镇定地找寻最近的路。他顺路前行，像把自己当作泼到地上的水。

在"寒穴"，猴民们压根就没想到过莫格里的朋友们。当他们把莫格里带到废城的时候，真是得意极了。在这之前，莫格里从未见到任何一座印度城市。尽管这座城池已经荒废了，但是仍旧能够看出它的辉煌和巧夺天工。它坐落在一座小山上，这是历史上某位国王建造的。现在，依然能看到通向大门处的砌道，那是用石子铺就的；大门已经被毁坏了，磨损的链条锈迹斑斑，上面挂着残存的木片；城垛被毁，倒塌了，丛生的杂木长得比墙头还高。茂密的野草藤从塔楼的窗子里爬出来，一簇簇地挂在墙上。

整个山顶却被这座巨大的宫殿覆盖。宫殿的屋顶已经不复存在。院里的大理石和喷泉都已破碎不堪，上面沾满了各色污迹。院落里，大象们曾经住过，青草和小树隔开了那些凸出来的大圆石。宫殿里，那一排排没有屋顶的房子，使这座城市看上去像是黑洞洞的蜂巢。在一个四路汇集的广场上，有一个没有形状的石块，它的前身是一座雕像。从前的公共水池，现在成了街角大大小小的坑。庙宇的屋顶也已经被破坏了。一些野生的无花果树生长在庙宇旁边。这个地方成了猴子们的城市，因为兽民们是生活在丛林中的，因此，猴子们看不起他们。

可是，猴子们不知道这些建筑的用途，也不知道怎么用。他们要么在国王会议室的大厅里围坐，抓抓跳蚤或者扮人的样子；要么，上蹿下跳，跑进跑出，收集破碎泥块旧砖头，可是转眼就忘记放在了什么地方。然后他们就乱作一团，打架、嚷嚷，或者突然就停手了，跑去国王花园的露台上玩耍。那里的玫瑰花和橘子树可遭了殃，被他们摇来晃去。他们想试试能不能把果子和花朵摇下来。

他们走遍了王宫里的所有走廊，甚至黑乎乎的坑道也不放过，去过数百个小黑屋子，至于他们看见了什么，没看见什么，从来都不知道。

他们就这样三三两两、单枪匹马或者成群结队，到处乱跑，相互交谈，他们在做人类做过的事。他们在贮水池边喝完水，就把水搅浑，在池边厮打。接着又集体出动，聚到一起大喊大叫——丛林里，就这群猴民如此聪明、优秀、机灵、健壮、温和，接着周而复始，直到他们厌倦了这里，就再回到树的最高处，以赢得兽民的注意。

莫格里不喜欢这样的生活，他也无法理解，因为，他是按照"丛林法律"被训练出来的。黄昏，猴子们拉他进了"寒穴"，长途跋涉，莫格里累了，要休息，可是猴民们不，他们手拉手跳着可笑的舞蹈，唱着无聊的歌曲。一只猴子进行演讲，告诉同伴们说，抓住莫格里是猴史上的里程碑，因为莫格里将给他们展示如何把小棍和甘蔗加工编织到一起来遮风挡雨。莫格里捡起一些爬山虎，它们在他手上跳跃。猴子们模仿着，但是没多久，他们就失去了兴趣。又开始上蹿下跳，互相拉扯尾巴，一边发出咔嚓的声音。

"我饿了！"莫格里说，"在这个地方，我是个陌生来客，给我点吃的，不然就让我去打猎！"

二十只猴子又蹦又跳地去给他摘坚果和野木瓜，但是在路上他们又闹了起来，再说，带着剩下来的果子太麻烦。莫格里又气又饿，于是，他穿过这座空荡荡的城池，时不时发出陌生人的捕猎呼叫信号，只是无人应答。莫格里接受事实，自己来到了一个特别糟糕的地方。

"关于猴民的那些话,巴卢一点没说错!"他默默地想,"他们没有法律,没有捕猎的呼喊,连领袖也没有,什么都没有,除了愚蠢的言语和习惯偷东西、采摘东西的手。要是我在这被饿死,或者被杀死,可真怨不得别人。我一定得想方设法回去,就算巴卢打我,那也比在这和这群猴民找玫瑰花瓣好!"

他才走到城墙处,那些猴子就发现了他,一边拉他回去,一边说他不知道自己有多幸福。他们还拧他,让他感恩,但是他就是不松口,什么都不说,跟着那些猴子们来到一个平台上。这个平台在红砂石蓄水池的上方,水池里有半池雨水。

平台中央是一幢白色大理石的夏季别墅,那是为生活在一百多年前的王后们建造的,但是现在已经破败不堪了。圆屋顶塌下去了一半,挡住了通往王宫的当时王后们进出的地上通道。那些墙壁是由大理石窗花格屏风构成的,上面有漂亮的乳色浮雕,做工精细,镶着玛瑙、红玉、水苍玉和天青石。当月亮爬到山后面的时候,月光穿过镂雕屏风,投在地上的影子,像黑色天鹅绒的绣品一样。

莫格里很恼火,他饥寒交迫,可是这几十只猴子同时对他说,他们是多么伟大、多么聪明、多么健壮、多么温柔,所以他想要离开他们无疑是一种愚蠢的举动,这让他忍俊不禁,哈哈大笑。

"我们是伟大的！我们自由自在！我们非凡超群！我们是丛林中最伟大的种群！因为我们都这么说，所以这一定是真的！"猴子们喊叫道，"你是一个新人，而且能将我们的话带回去，那他们将来就会注意到我们了，这样的话，我们就要把我们所有最优秀的地方都让你知道！"

莫格里没有表示反对，于是，这些猴子聚集在平台上，倾听着他们自己的演说家对自己种群的高歌赞扬。每一个发表演说的猴子停下来的时候，他们就一起喊"这是真的，我们全都这么说"。这些声音让他头晕脑涨，猴子们每问他一个问题，他都说"是"。他自言自语："一定是豺狗塔巴克咬过这些猴子，所以他们现在得了疯病，他们都疯了，他们从来不睡觉吗？现在有云彩遮住了月亮，要是这云彩够大的话，我就能想办法趁着黑逃跑了。不过，我又饿又累！"

与此同时，他那两个好朋友也正待在城墙下面废弃的地沟里盯着这同一片云彩呢。巴希拉和卡阿都很明白：不能冒险，猴民聚众，十分危险。猴子们能以多对少，十比一开打，而且丛林中几乎没人注意过这种数量上的差异。

卡阿轻轻地说，然后快速冲了下去："我去西面那堵墙，地面的那个斜坡非常利于我的发挥。他们不会几百只一起扑到我的背上，只不过——"

"这我知道,要是巴卢在这就更好了,"巴希拉说,"不过咱们必须做点什么。等那云彩遮住月亮,我就到那平台上去。他们正在那里开会,讨论那个男孩的事儿。"

"祝你顺利。"卡阿不带情绪地说完就往西边溜走了。所有的墙壁中,就那里遭受破坏最少,那条大蟒蛇耽搁了一段时间才找到一条道路爬上石头。月亮被云彩挡住了,莫格里心想:接下来会发生什么呢?就在这时,巴希拉在平台上发出了轻轻的脚步声。黑豹几乎悄无声息地跑上了斜坡,在猴子中间大打出手。因为他知道,猴子们把莫格里团团围住,有五六十圈,撕咬只是浪费时间。这时候,一阵阵惊恐、一声声怒吼不断地响起,巴希拉打倒了一片。当他轻捷跃过身下那些来回打滚的身体时,一只猴子叫喊起来:"把他杀了,这儿只有这一个!杀!"这群猴子乱成一锅粥,跟巴希拉又抓又咬,互相撕扯扭打。与此同时,几只猴子抓住了莫格里,把他拽上了夏季别墅的高墙,找了一个破屋顶,把他推进一个窟窿里。如果掉下去足有十五英尺,要是没被训练过的孩子,很有可能会摔得鼻青脸肿。但是莫格里不会,因为巴卢教过他,他落下去的时候双脚着地,安然无恙。

猴子们冲他嚷嚷:"你乖乖等着,我们先杀了你的朋友再跟你玩会儿——如果那些毒民还愿意让你活下来。"

"我们流着同样的血,你们和我……"莫格里用蛇的语言发出呼喊。他四周的垃圾废弃物中传来了沙沙咝咝的声音。他想证实一下,于是又发出那样的呼唤。

"就这么做!都盖上头兜!"有六个低沉的声音说,"站着不要动,小兄弟,不然,你可能会踩着我们。"(在印度,蛇们早晚都会占据废墟作为他们的栖身之所。这里,被眼镜蛇占领了。)

莫格里尽可能一动不动地站着,从镂雕的空隙里偷偷看着,黑豹那边正在激烈地搏斗,叫喊声、尖叫声、扭打声不断传过来,而巴希拉有生以来第一次为生存而战,他从一大群敌人身下后退、弓背、跳跃、扭身、猛冲,不时发出沉闷和沙哑的喀喀声。

"巴希拉不会独自来的,巴卢肯定也来了。"莫格里想,于是他大声喊叫,"巴希拉,到水池那边去,翻转,接着猛冲!到水那边去!"

巴希拉听见了他的喊声,那喊叫声证明了莫格里很平安,这让他很宽慰。他一边拼命地一点点径直挪向贮水池,一边默不作声地进行攻击。接着,巴卢隆隆的战斗呼喊声也传来了,就在丛林近处倒塌的墙那儿。那头老熊有些力不从心了。"嘿,巴希拉。"他嚷道,"我在这儿,我使劲爬啊,使劲赶啊,哇呜,石头都被我踩滑了!你们这些无名猴辈,我来啦!"他喘着粗气爬上平台,露了下脸,但是他猛地用后脚站起来,稳稳当当地,他伸出前掌尽可能多地搂住猴子，然后就很有节奏地啪啪地猛打，就像船桨快速地抽打。哗啦——扑通——莫格里听到巴希拉杀出了通往贮水池的血路，猴子们不可能跟到那里。那头黑豹躺着，喘着粗气，他的脑袋恰好露出水面。猴子们站成了三排，在红台阶上疯了一样上蹿下跳，准备着一等他出来，就从各个方向跳到他身上。这时候，巴希拉抬起他湿漉漉的下巴，在绝望中用蛇语发出呼唤，请求保护——"你和我，我们流着同样的血"。他以为，卡阿临阵退缩了。在平台边上，被猴子们压得喘不上气来的巴卢，听见黑豹的求救，也忍俊不禁。

卡阿刚刚越过西边的墙，碰倒了一块压顶石之后，猛地到了地上。他不想失去任何地面上的优势。为了保证他那长身体的每一个细胞都处于备战状态，他几次将其蜷起来又松开。那个时间段里，巴卢一直在搏斗，猴子们在贮水池边围攻巴希拉。蝙蝠蒙盘旋飞行，把消息带到整个丛林。甚至连处于遥远的地方的野象哈蒂也知道了，一群群分散的猴子们攀缘而来，支援他们"寒穴"的伙伴。方圆几英里的所有在白天活动的鸟儿也被这场战争惊动了。这时候，卡阿径直快速爬行而来要进行捕杀。一条蟒蛇的攻击力主要靠他全身的力量和重量，这种威力集中在他的头部一击。如果你想知道卡阿进行攻击的样子，那么你就想象是一支长矛，或者是一头公羊在猛烈冲撞，又或者是一个沉着冷静的人手里挥舞着半吨的大锤子。一条四五英尺长的蟒蛇要是正好能够攻击一个人的胸部，他就能把这个人打倒！但是需要注意的是，卡阿身长三十英尺，他朝向巴卢周围的那群家伙的重心发动第一次进攻，他沉默着打中了猴子的要害，只这一下。

"卡阿，卡阿来了，快跑，快跑啊！"那群猴子四散而逃。

猴子们代代相传对卡阿的畏惧：夜盗卡阿，能够一声不响地顺着树枝爬上来，偷走最强壮的猴子；老卡阿会把自己伪装成一段枯树枝或者腐朽的树桩，这能够骗过最聪明的猴子，直到被他捉住。在丛林里，猴子最怕的就是卡阿，因为他的力量无法估量，谁都不敢与他正视，也不能从他紧紧的搂抱中挣脱。所以，他们被吓得语不成声，逃向墙壁房顶。巴卢长长舒了一口气，虽然他的皮毛比巴希拉的厚，但是仍旧伤得很重。

这时候，卡阿第一次张开大嘴，咝咝吐了一口气。

远处，那匆忙赶回保卫"寒穴"的猴子们也僵滞不动。他们弓腰曲背，直到压得他们身下的树枝嘎嘎作响。墙上和空房子上的猴子们不喊了。城镇笼罩在一片寂静之中。此刻，莫格里听见巴希拉从水里出来了，巴希拉抖了抖湿漉漉的身子。接着，猴子们从墙头向着更高处跳去，这让猴群又爆发出一阵喧闹。当他们顺着城垛蹦跳时，他们尖叫着紧紧抱住了石雕的脖子。而此时，莫格里在夏季别墅里跳跃着，一只眼对着网格孔，嘴里发出猫头鹰般的声音，他对他们充满嘲弄和蔑视。

"去那个陷阱里把那个人娃娃弄上来，我能做的就这么些了。"巴希拉喘着粗气说，"他们可能还会攻击我们的，我们带上人娃娃走吧？"

"没有我的允许，他们不会动的，就待在那里！"卡阿咝咝地说，城市又变得寂静起来。"我没能早来，兄弟，但是我听见了你的呼唤！"这话是说给巴希拉听的。

"我知道，我可能是在搏斗的时候喊的。"巴希拉问，"巴卢，你怎么样？受伤没？"

"我也不太清楚，他们差点把我撕成了碎片！"巴卢很严肃，抖抖两条腿检查了一下，"哦，好痛！卡阿，我们——巴希拉和我，要不是你，我们就死定了。"

"不客气。小人娃娃在哪儿？"

"我在这儿，陷阱里，我出不去。"莫格里喊道。他在坍塌了的圆屋顶的穹窿底下。

"带他走吧，他如果像只孔雀那样跳，会踩死我们的小蛇的。"眼镜蛇在里面说。

卡阿嗤一声轻笑："这个小人娃娃，到处都是他的朋友。往后点，小人娃娃，毒民们，我要推倒这墙，你们躲好，不要伤到了！"

卡阿细心地发现，大理石的窗花格上有一块裂缝已经变了颜色，这说明，这里不结实。他轻轻用脑袋撞了几下，量了一下距离。接着，他把自己六英尺长的身体完全离地腾起，鼻子在前，使出吃奶的劲猛击了六下，撞开了窗花格屏风墙，墙顿时变成了一阵烟尘和碎片。

裂口处，莫格里跳了出来，他扑到巴卢和巴希拉中间，搂住他们的粗脖子。

"他们伤到你了吗？"巴卢轻轻地搂着莫格里问道。

"我一点也没磕着碰着，只是有点生气，有点饿。只是，噢，我的兄弟们，你们流血了，他们可把你们抓坏了！"

"那些家伙也没捞到什么好处！"巴希拉舔舔嘴唇，看着横陈在平台和水池四周的猴子尸体说。

"没事，没事，只要你没事就好！你是我的骄傲！"巴卢哽咽了。

"以后我们再讨论这个。"巴希拉冷冷地说，那冰冷的语调，令莫格里很反感，"这位是卡阿，这场战斗要谢谢他，要是没有他，你可活不到现在。按照我们的规矩，谢谢他，莫格里。"莫格里回转身子，看见一条大蟒蛇的头在比他的头高出一英尺的地方摆动。

"这样看来，你就是那个人类小娃娃了。"卡阿说，"你的皮肤水灵灵的，可不太像那些猴民。一切小心，孩子。等哪天，我蜕皮后，我可不希望错把你当一只猴子。"

"你和我，我们流着一样的血液。"莫格里说，"今天晚上，你救了我，你什么时候饿了，我为你捕猎。老卡阿。"

"谢谢你，小兄弟。"卡阿眨着眼睛说，"你这么勇敢，我能猎杀到什么？只要每次出去的时候，我跟着就行了。"

"我什么都不猎杀，因为我太小了。但是，我会把山羊赶到圈子里。你有空来我这，看看我有没有说谎。我在这方面还是有点本领的（他向他们展示了他的双手），如果你们不慎落入陷阱，我定当赴汤蹈火，在所不辞。祝你们打猎顺利，老师们！"

"很好！"巴卢吼道。因为莫格里表示感激做得恰到好处。蟒蛇把头搁在莫格里的肩膀上大概一分钟。"你不仅有一颗勇敢的心，你还说话有礼貌。孩子，你和你的朋友快点走吧，去休息。月亮已经落下去了。接下来发生的并不是什么好事。"

月亮落下去了，猴子们在墙上、城垛上挤着，看上去参差不齐、摇摇摆摆，像是什么东西的穗子。巴卢走到水池边去喝水，而巴希拉开始梳理皮毛，这时候，卡阿溜到平台中央，啪的一声合起自己的下巴。这吸引了所有猴子的注意。

"月亮下山了。"他问，"还有光亮，能看见吗？"

像树梢间的萧瑟的风声一样的呻吟从墙上传来:"能看见,老卡阿!"

"好的,现在开始跳舞,名字叫——猎手卡阿之舞。你们在那坐着别动!看好啦!"

他转了几圈。左右摇晃着脑袋前行,接着,他把自己绕成圆形和八字形以及很多软泥一样的三角形。那些三角形又转换成正方形和五边形,又一圈圈往上摞。不紧不慢,也不停止。他嗡嗡地哼唱着一首低沉的歌曲。天越来越黑,当那种因缓慢拖动而变换的盘卷形状都变小时,却仍听得见皮脱落的窸窸窣窣的声音。

巴卢和巴希拉站着一动不动,像石头一样,喉咙里的吼声隆隆作响,他们脖子上的毛都竖了起来,莫格里看了不知道他在干什么,心里犯嘀咕。

"猴民们。"卡阿终于开口了,"没有我的命令,你们能动手动脚吗?说!"

"没有你的命令我们不能动,老卡阿!"

"好!都往前走一步,靠近我一点!"

猴子们无法控制自己地向前晃动。巴卢和巴希拉也跟他们一起,僵直地向前走了一步。

"近一点!"卡阿又咝咝开口了。于是,他们又全都向前动了动。莫格里双手拉动巴卢和巴希拉,那两只大野兽好像被唤醒似的,出发了。

"拉住我,"巴希拉轻声说,"把你的手放在我肩膀上,不然我一定会走回去,回到卡阿那里了,啊……"

"老卡阿还只是在转圈子。"莫格里说,"咱们走吧。"说完,他们三个穿过墙上的豁口,悄悄朝丛林走去。

"呜噗!"巴卢重新站到那些宁静的树下说,"我可不想再和卡阿结盟了。"他浑身发抖。

"他比我们知道得多。"巴希拉颤抖着说,"如果我留下来,不一会儿,我就会被他给吃了。"

"很多猴民在月亮再升起来之前就会走上那条路的。"巴卢说,"他会顺利捕食的——以他的方式。"

"不过,所有的这一切又以表示什么呢?"莫格里问,对于这条大蟒蛇的魔力,他什么都不知道。"除了傻转圈子一直到天黑,我什么都看不出来,而且他的鼻子都流血了。呵呵。"

"莫格里!"巴希拉生气了,"他鼻子破了是为了救你。我的耳朵、身体两侧、爪子,巴卢的脖子和肩膀被咬破了,也是因为你!不管是谁,好多天都不能痛痛快快打猎了!"

"这不重要。"巴卢说,"因为莫格里回来了。"

"你说得没错。但是我们为了他付出了很多时间。本来这些时间是可以用来打猎的。我们受了好多伤,掉了好多毛——我背上一半的毛都丢了——最重要的是我们的尊严被践踏了。记住,莫格里,我是只黑豹,却被迫向卡阿求助,而巴卢和我就像饿得乱蹦乱跳的小鸟一样被弄得不知所措。一切的一切,莫格里,都是因为你要和那些猴子玩耍。"

"没错,你没说错。"莫格里很懊恼,"我给大家带来了灾难。心里难受极了。"

"知错就好,'丛林法律'怎么讲的,巴卢?"

巴卢不愿意给莫格里招惹更多麻烦,但是他又无权篡改法律,所以他含糊其词:"懊恼永远不能为惩罚求情!但是,巴希拉,他还小!"

"我知道。但是他捅了娄子,现在必须接受挨打的惩罚。莫格里,你还有没有什么想说的话?"

"没有。我做错了,你们都受伤了,公平点来说,我应该接受挨打。"巴希拉爱怜地拍打了他六下。从一只豹子来看,这几下拍打很轻,甚至都拍不醒正在做梦的豹崽子。但是对这个小男孩来说——他只有七岁——这几下子可是一顿痛打。打完了之后,莫格里打了个喷嚏,一声不响地站起身来。

"行了，就这样吧！"巴希拉说，"跳到我的背上，小兄弟。我们要回家了。""丛林法律"的一个妙处就是：惩罚了却一切恩怨，过往不咎！

莫格里靠着巴希拉的背睡着了，他睡得真香，甚至连巴希拉到了狼穴，把他放到狼妈妈身边时，他还在睡。

3. 老虎！老虎！

打猎顺利吗？胆子大的猎手？

兄弟，天很冷，我久久地守候猎物。

你捕捉的猎物在哪里？

兄弟，他还躲藏在<u>丛</u>林里。

你引以为傲的威风呢？

兄弟，它已经消逝而去。

你匆匆忙忙要去哪？

兄弟，我回我的老窝！在那里终结我的生命！

3. 老虎！老虎！

我们回头继续讲上一个故事。莫格里在和狼群在会议岩一战之后，他离开了狼穴，下山来到村民居住的耕地里。但是他没留在这里，因为这儿离丛林很近，他也很明白，在大会上，至少为自己树了一个死敌。他急匆匆地继续赶路。沿着顺山谷而下的大路，即使这路崎岖不平，他也健步如飞。赶了将近二十英里路，他来到一块自己并不熟悉的地方。山谷变得开阔起来。这里是一片广袤的平原，零星散布着块块岩石，一条条沟涧穿流其中。平原的尽头是一座小小的村庄，另一头是茂密的丛林，黑压压一片，一直延伸到牧场旁边。牧场和丛林边缘十分清晰，好像有人用一把锄头砍掉了森林。平原上，牛群和水牛群遍山遍野在吃草。放牛的小孩们看见了莫格里，拔脚就走，一边走一边喊叫。在每个印度村庄周围徘徊的黄毛野狗在汪汪狂吠。莫格里继续前行，因为他饿了。当他来到村庄大门的时候，看见了已经被挪至一旁的一棵大荆棘丛，这是傍晚用来挡住大门的。

"哼！"他说。因为他夜间出来找食物的时候，经常看见这样的障碍物，想必这里的人也害怕丛林里的兽民。他在大路边坐下了。等到有个男人走过来的时候，他就站了起来，指了指自己张大的嘴巴，意思是饿了。那个男人盯着他看了一会儿，然后跑回村里，在唯一的那条街上，大声叫着祭司——那个穿着白衣服、额头上涂着红黄色记号的高高的胖子。祭司来到大门前，跟着他来的还有百十多个人。他们聚精会神地看着，说着，喊着，对莫格里指指点点。

"这是些没礼貌的人。"莫格里自言自语，"只有灰猿才这样。"他把黑黑的长头发甩到脑后，看着这些人，禁不住皱起了眉头。

"你们不要害怕。"祭司说，"看看他胳膊上和腿上被狼咬的伤疤。他只是个从丛林里逃出来的狼孩而已。"

事实上，和狼崽子们在一起玩耍，他们一不留神，就会对莫格里下口重了点，所以他的胳膊上和腿上会有很多浅色的伤疤，可是他明白，这根本不是咬，真正意义上的被咬他非常清楚是什么感觉。

"哎哟！哎哟！"几个妇人异口同声，"被狼咬成那个样儿！可怜的孩子，他那么漂亮。他的眼睛真有神！我对天起誓，米苏阿，他长得很像你那个被老虎叼走的儿子！"

"让我看看。"一个女人说，她的手腕和脚踝上都戴了很多沉甸甸的铜镯子。她仔细地看了看莫格里，"确实有点像。他比我的孩子要瘦一点，但是相貌一个样。"

祭司很聪明。他知道米苏阿家里是当地最富有的，于是他仰起头向天空望了片刻，然后一本正经地说："被丛林夺去的，丛林又归还了。我的姐妹，把这个孩子带回家去吧。别忘了谢谢祭司，因为他能看透人的命运。"

"我以赎买我的那头公牛起誓,"莫格里心想,"这样跟当初被狼群接纳入伙的仪式真像!罢了,既然我是人,我就必须变成人。"

妇人向莫格里招手,让他跟她去她的小屋。人群渐渐散开了。小屋里有一张床架,刷了红漆;一个大柜子,是陶土制成的,用来收藏粮食,上面有很多奇特的凸出的花纹;六口铜锅;一面真正的镜子在墙上挂着,是农村集市上卖的那种。

她给他一大杯牛奶和几块面包,伸手抚摸他的脑袋,凝视着他的眼睛。她真的把他当成了自己的儿子。老虎当初拖他进了森林,现在老天又把他送回来了。于是她喊道:"纳索。哦,纳索。"但是莫格里没有一点反应。"你不记得那天我给你穿上了新鞋子?"她碰了碰他的脚,可是这只脚很坚硬,像鹿角一样。"不。"她很悲伤,"这脚从没穿过鞋子,可是你跟我的纳索非常像,你就做我的儿子吧!"

莫格里心里有点慌,因为他以前从来没有在这些地方待过。但是他看了看茅草屋发现,如果他想逃走,随时可以撕开茅草屋顶,窗户也没有上闩。"如果听不懂人话,做人又有什么用呢?"他终于对自己说,"我现在像个哑巴,什么都不懂,就像人来到森林里跟我们待在一起一样。我应该学会他们的话。"

他在狼群里,学过森林里大公鹿的挑战声,也学过小野猪的哼哼声，那是正儿八经地学。因此，只要米苏阿一张嘴，他就马上跟着学，说得一点也不错。没多久，他就已经学会说小屋里很多东西的名字。

到了该睡觉的时候，又出现问题了。因为莫格里不肯睡在这个像捕杀豹子的陷阱的小屋里。他们一关上房门，他立马就从窗子跳了出去。"随他高兴吧。"米苏阿的丈夫说，"你要知道，以前他从没在床上睡过觉。如果他真的是老天派来替代我们儿子的，就一定不会离开的。"

莫格里伸直了身子，在一片长在耕地边上的高高的洁净草地上躺下了。但是还没等他闭上眼睛，一只软软的灰鼻子就凑了过来，拱他的下巴："醒醒吧，小兄弟。"

"嚄！"灰兄弟是狼妈妈最年长的一个孩子，他说，"跟着你跑了几十里路，你就这么招待我？实在是太不值得了。你身上沾满了篝火和牛群的气味，完全像个人。醒醒，兄弟，我有消息要告诉你！"

"丛林里一切都好吗？"莫格里抱住了他，问道。

"都好！除了那些被火烫伤的狼。哎，听说，谢尔汗去了很远的地方，要等重新长出皮毛他才回来。他的那些皮毛烧焦得很厉害。他发誓回来之后要把你埋葬在韦根加。"

"那可不一定,我也保证过。不过,听到有消息感觉真不错。我现在累了。那些新鲜的东西让我疲惫不堪。不过,灰兄弟,你一定要经常给我通风报信啊!"

"那些人不会让你忘了你是一头狼吧?"灰兄弟很焦急。

"永远不会,我永远记得我爱你,爱我们全家。可是我也会永远记得,我是被赶出狼群的。"

"你要记住,这一群人也有可能把你赶出去的。人总归还是人,小兄弟,他们说话像池塘里的青蛙,呜哩哇啦的。下次下山,你去牧场边上的竹林里找我。"

从那天晚上开始,莫格里几乎三个月没有出过村庄。他正忙着学习人们的生活方式和习惯:首先,他得穿衣服,这让他很不舒服;其次,他得学会钱的事,可是他一点也弄不明白;另外,他还得学习耕作,但是他不知道耕种有什么用。他常常对村里的小娃娃们火冒三丈。幸亏有"丛林法律",这让他学会了按捺火气。因为在丛林里,保持冷静可以维持生命和寻找食物。但是当他们奚落他不会做游戏,也不会放风筝,或者取笑他发音不正确的时候,他真想伸手抓起他们,并把他们撕碎,只是,他知道杀死这些赤手空拳的小孩是不公平的,所以他没动手。

莫格里也不清楚人和人之间的种姓差别。有一次,卖陶器的小贩的驴子摔了一跤掉进了土坑。莫格里拉住驴子尾巴，把它拽了上来，还帮助小贩码陶罐，以便他能够运到卡里瓦拉集市上去卖。这事震惊了所有的人。因为卖陶器的小贩种族卑微，至于驴子，就更卑贱了。可是当祭司责怪莫格里的时候，莫格里却恐吓他说要把他也放到驴背上。祭司就把这事告诉了米苏阿的丈夫，还说最好让莫格里去干活，越快越好。村子里的首领告诉莫格里，第二天就得赶着水牛去放牧。莫格里很高兴。那天晚上，因为他已经被指派做村里的雇工，他便有资格去参加村里的晚会，每天晚上，人们都在一棵巨大的无花果树底下，围坐在一块石头砌成的台子四周。这儿是村里的俱乐部。首领、守夜人、剃头师傅（他是村里的消息通）以及村里的猎人老布尔迪阿，他有一支陶尔牌老式步枪，他们都来这儿集会吸烟。在枝头高处叽叽喳喳说个不停的是一群猴子。石台里面的洞里有一条眼镜蛇，人们每天晚上给他供奉一小盘牛奶，因为他是蛇神，老人们围坐一团，聊着天，抽着水烟袋，直到深夜。他们净讲一些关于神啊、人啊以及鬼啊的美妙动听的故事，布尔迪阿还经常讲一些更耸人听闻的丛林兽类的生活方式的故事，听得那些坐在圈子外的小孩子一愣一愣的。大部分的故事是关于动物的，因为他们就住在丛林边上。鹿和野猪经常来吃庄稼，有时候在傍晚，老虎公然在村口逮走一个男人。

莫格里对他们谈论的东西是了解一些的。他不得不遮住脸,不让他们发现他在笑。于是,当布尔迪阿把枪放在膝盖上,兴致勃勃地讲着一个比一个神奇的故事的时候,莫格里的双肩就一直在抖。

现在布尔迪阿正在解释,那只拖走米苏阿儿子的老虎是一只鬼虎。"这只老虎被几年前去世的狠毒的老放债人的鬼魂附体了。我说的是实话。"他说,"因为有一回暴动,烧掉了普朗·达斯的账本,他也被打了,从此,他走路就是一瘸一拐的了,我刚才说的那只老虎,也是个瘸子。因为他的脚印总是深浅不一。"

"是的,是的,你说的肯定是事实。"那些白胡子老头一起点头称是。

"难道那些故事全部都不是谎言吗?"莫格里开口了,"那只老虎一瘸一拐的,是因为那是天生的。这是众人皆知的事实啊。说什么放债人的魂附到一只比豺的胆子还小的野兽身上,胡说八道!"布尔迪阿大吃一惊,半天说不出话来。首领也瞪大了眼睛:"嗬,难道这是那个丛林的小东西?"布尔迪阿说:"既然你这么聪明,为什么不把他送到卡里瓦拉去?政府出一百卢比(卢比和下文中的安都是印度的货币单位)悬赏。否则,大人说话,小孩别插嘴。"

莫格里起身想要离开:"我在这儿躺着听了一晚上!"他回头喊道,"布尔迪阿的故事里有那么多关于丛林的,可是几乎全是捏造的。丛林离他家一步之遥,既然如此,我怎么能相信他讲的那些所谓的他亲眼见过的鬼啊、神啊、妖怪啊之类的故事呢?"

"确实应该让这个孩子去放牛了。"首领发话了。他被莫格里气得火冒三丈。

很多印度的村子习惯于大清早让几个孩子赶着牛群和水牛群出去放牧,晚上再赶它们回来。那些牛群甚至能把一个人踩成肉泥,却任由一些还够不着他们鼻子的孩子们嬉闹。这些孩子只要跟牛群在一起,就不会有危险,因为连老虎都不敢袭击一大群牛。可要是孩子们跑开去摘花,或者捕捉蜥蜴,有时候就会被老虎叼走。大公牛拉玛是这群牛群的头领,莫格里骑在它的背上,穿越村庄;那些长着向后弯曲的长角和凶猛的眼睛的蓝灰色水牛,一头头地从它们的牛棚中走出来,一路跟着。莫格里非常明确地告诉跟他一同放牧的孩子,他是头领,他用一根长竹竿敲打水牛,这根竹竿被磨得光溜溜的。他又告诉小男孩卡米阿,叫他们自己去放牧牛群,要多加小心,不要到处乱跑。他要继续赶着水牛走。

印度人的牧场到处是岩石、低矮的树丛、杂草和条条小溪。牛群一到了这里,就分散开来,消失不见了。水牛习惯待在池塘和泥沼里,他们经常躺在温暖的烂泥坑里打滚、晒太阳。莫格里把水牛赶到草原边上——韦根加河流流出丛林的地方,他从拉玛的脖子上跳了下来,直接跑到一丛竹子那里去寻找灰兄弟。

"喂!"灰兄弟发话了,"我在这里等你很久了。你怎么开始放牛了?"

"这是命令,"莫格里说,"我只是暂时做。关于谢尔汗,你有没有什么消息?"

"他已经回来了。他在这个地区等了你很久。当下,他走了,因为他能吃到的猎物太少了。但是,他想要杀的是你。"

莫格里说:"这样很好。他不在的时候,你或者其他兄弟有一个坐在岩石上,方便我一出村就能见到你们。他一回来,你们就待在平原中央那棵达克树(印度东部的一种树,它的花叶能作黄色燃料)下。我们不用自己送上门去。"莫格里找了一块阴凉地,躺下睡着了。他四周有很多水牛在吃草。在印度,牧牛是天下最逍遥自在的活儿。牛群一边走一边嚼着草,躺下,然后又爬起来继续前行。它们甚至不哞哞叫,而只是哼哼。水牛们几乎不出声。只是陆陆续续地走进烂泥潭,它们一点点钻进污泥里面。最后只剩下鼻孔和青瓷色的眼睛露出水面。它们呆呆地瞪着,就像一根根木头。烈日晒得石头迸开。牧牛的孩子听见一只鸢鹰(总是只有一只)在天空中几乎看不见的地方发出叫声。他们知道,如果他们或者是一头母牛死了,那只鸢鹰就会俯冲下来。而在远处,另一只看见它下落,就会跟着飞下来，结果来了一只又一只，几乎在他们断气之前，就会出现二十只饥饿的鸢鹰。孩子们睡了又醒了，又接着睡了。他们用干枯的草叶编成了小篮子，逮几只蚂蚱放里面；或者捉几只蛐蛐，看它们打架。要么他们就摘些黑色和红色的坚果编成项链，或者观察一只在岩石上趴着晒太阳的蜥蜴或是一条在水坑旁边抓青蛙的蛇。然后他们唱起了冗长的歌曲，结尾的地方都带着特色口音。这样的白天好像比很多人的一生还要长。他们或者用泥巴捏一座城堡，一些泥人、泥马、泥水牛，在泥人手里插上芦苇，他们自己当国王，捏几个泥人当作军队；或者，他们假装自己是神，受人膜拜。天色渐渐晚了，孩子们呼唤着，水牛不紧不慢地爬出黏糊糊的烂泥，发出枪声一样响亮的声音，一声又一声，然后一个接一个地穿过平原，回到村子里，那里有闪亮的灯火。

莫格里每天都带着水牛们来到属于它们的池塘里，每天他都能看到灰兄弟，那一英里半以外的平原上的脊背告诉他，谢尔汗还没有回来。每天他都躺在草地上，倾听着周围的声音。梦想回忆在丛林里度过的时光。在那些既漫长又寂静的早晨，哪怕谢尔汗在韦根加河的丛林里伸错了瘸腿、迈错了步，莫格里也能够听见。

终于有一天，他没有看见灰兄弟出现在老地方。他笑了，领着水牛们来到达克树旁边的小溪里。金红色的花朵开满了一树。

灰兄弟就坐在那里,身上的毛都竖起来了。

"他躲了一个月,是为了让你放松警惕。昨晚他和塔巴克一起翻过山了,正紧紧地追踪你呢!"灰狼气喘吁吁。

莫格里皱起了眉头:"我倒是不怕谢尔汗,但是塔巴克太狡猾了!""不用担心。"灰狼舔了舔嘴唇说,"黎明时分,我遇到了他——塔巴克。现在他正在向鸢鹰卖弄聪明呢!但是,在我折断他的脊梁骨之前,他全都招了。谢尔汗打算今天傍晚在村庄大门口等你——特意等你!他现在正躺在韦根加的干涸的大河谷里。"

"他吃过了吗?他是不是什么都没吃就出来打猎?"莫格里问。这个答案对他来说可是关乎性命的。

"天刚刚亮的时候他杀了猎物——一头猪,他也喝过水了。记住,谢尔汗从来不肯饿着肚子的,哪怕是为了报仇!

"笨蛋,笨蛋,简直什么都不懂!他吃吃喝喝,还以为我等他吃饱喝足睡好之后再动手?哎,他现在躺在什么地方?如果我们有十个,我们就可以在他躺着的地方除掉他。只要嗅到他的气味,这些水牛就都会冲上去。我们不会说他们的语言,是不是我们可以转到他们脚印后面,好让他们闻出来!"

他跳进韦根加河,游了一段,来消除他的踪迹。"这肯定是塔巴克教给他的,他自己是绝对不会想到这个办法的。"莫格里咬着手指头思考着,"韦根加河的大河谷通向不远处的平原,连半英里都没有。我带着牛群,从丛林里绕过去,一直把他们带到出口,然后杀过去!不过,他会溜走的。我们必须堵住另一头的出口。灰兄弟,你能帮我把牛群分成两部分吗?"

"我可能不行,但是我带了一个好帮手!"灰兄弟跳进一个洞里,然后,洞里有个灰色的大脑袋伸了出来,那是莫格里十分熟悉的。

"阿克拉!阿克拉!"莫格里拍起了手掌,叫道,"我早就知道,你是不会忘记我的。我们手里有要紧的工作要做。阿克拉,把牛群分成两半。让母牛和小牛待在一起,公牛和水牛待在一起。"

两只狼在牛群里穿进穿出,牛群呼哧呼哧昂起脑袋喷着鼻息,分成了两队:母牛站在一起,把她们的小牛夹在中间,她们眼睛圆睁,前蹄擦地,只要哪只狼速度稍慢,她们就会冲上去踩死他;在另一群里,成年公牛和青年公牛也喷着鼻息,跺着蹄子。虽然看上去挺吓人的,但是事实上并没那么凶恶,因为小牛不需要他们保护,就算是六个猎人,也不太可能把牛群分开得这么利索。

"还需要做什么?"阿克拉气喘吁吁,"他们又要跑到一起去了!" 莫格里跨上拉玛:"阿克拉,把公牛赶到左边去,灰兄弟,等我们走了以后,你把母牛集中到一起,把她们赶进河谷!"

"赶进去多远？"灰兄弟一边喘着粗气问，一边又咬又扑。

"赶到谢尔汗跳不上的高高的河岸上！"莫格里喊道，"一直留在那里。直到我们下来！"阿克拉吼着，公牛像一阵风似的开始狂奔，灰兄弟拦住了母牛。母牛向灰兄弟冲过去，灰兄弟稍稍比她们快一点，引着她们跑向河谷底。而阿克拉这时候已经把公牛赶到左边很远的地方了。

"干得漂亮！再冲一下，他们就开始跑了。小心！现在要小心一些！阿克拉你再扑一下，他们就会向前冲过去了。哎哟，这可比赶黑公鹿要带劲！这些家伙跑得快得出乎你的意料！"莫格里叫道。

"想当年……我也猎捕过这些家伙！"阿克拉在尘土飞扬中喘着粗气说道，"要我把他们赶进丛林里去吗？"

"哎，好吧，赶吧！快点赶他们吧！拉玛已经狂躁不安了。唉，要是他能知道我需要他帮什么忙该有多好！"

这回，公牛被赶往右边。他们横冲直撞，闯进了高高的灌木丛。在半英里外，其他那些放牛孩子已不再带着牛群观望，他们拼命地跑回村里，喊叫着说水牛全都疯了，都跑掉了。

其实，莫格里的计划十分简单。他只不过想绕个大圆圈，绕到河谷出口，然后带着公牛下山，把谢尔汗困在公牛和母牛群之间，然后擒住他。因为他知道，谢尔汗吃过食物、喝过大量的水之后，是没有力气战斗的，也爬不上河谷两岸。他现在安慰着公牛。阿克拉已经退到牛群的后面，只是偶尔哼哼几声，催促着落后的水牛快点走。他们绕了个很大很大的圆圈，因为他们不愿意离河谷太近，以免谢尔汗警觉到什么。最后，莫格里终于把已经被绕糊涂了的牛群带到了河谷出口，来到一块草地上，这草地急转直下，斜插入河谷。站在那块高地上，可以透过树梢的缝隙俯瞰平原，但是莫格里却只看着河谷两岸。

当他看到两岸十分陡峭，几乎直上直下的时候，他非常满意。因为岸边长满了藤蔓和爬山虎，就算老虎想要逃出去，他也找不到站脚的地方。

"让他们喘口气，阿克拉。"他抬起一只手说，"他们还没有闻到他的气味呢！让他们喘口气。我得告诉谢尔汗谁来了，他已经掉进了我们的陷阱。"

他把手围在嘴边呈喇叭形，冲着下面的河谷大声喊叫，这就像是冲着一条隧洞喊叫，回声在岩石间弹跳。

过了很久，传来一头刚刚吃饱喝足醒来的老虎慢吞吞的咆哮声，倦意仍在。

"是谁在那里叫？"谢尔汗说。这时候，一只华丽的孔雀从河谷里拍拍翅膀，惊叫着飞出来。

"是我,莫格里。偷牛贼,现在是审判你的时候了!下去。赶他们下去。快点,阿克拉!下去。拉玛。下去!"

牛群在斜坡边稍微停顿了片刻。但是当阿克拉放开喉咙发出狩猎的吼叫声的时候,牛便像轮船穿越激流似的飞奔而下,砂石飞溅,他们只要奔跑起来,就无法阻挡。他们还没有进入峡谷的河床,拉玛就嗅到了谢尔汗的气味,大声吼叫起来。

"哈哈!"莫格里骑在拉玛背上说,"现在你知道了吧?"只见很多乌黑的牛角、喷着白沫的牛鼻子、鼓起的眼睛像洪流一样冲下河谷,如同山洪暴发时滚下山的大圆石头。体弱的水牛都被挤到河谷两边了。他们冲进了爬山虎里。他们知道接下来要做什么。水牛群要是疯狂地冲锋陷阵,什么都阻挡不了。谢尔汗由于听见了他们雷鸣般的蹄声,就想站起来,只见他拖着笨笨的身子走下河谷,左瞧右看,想要找一条生路。但是河谷两边的高坡都是笔直的,他只能朝前走。谢尔汗肚子里满满当当全是食物和水。现在让他干什么别的都行,除了战斗!牛群踩到了他刚才离开的泥沼,不停地吼叫,直到回声充满了狭窄的河沟。莫格里听见了谷底传来的回声,看见谢尔汗转身,直到生死攸关的时候,老虎面对公牛比对着带了小牛的母牛要好一点,接着,拉玛不小心被绊了一下,差点摔倒。踩着什么软乎乎的东西过去了。那些公牛都跟在他身后,他们迎头冲进了另一群牛中。那些不算强壮的水牛挨着这些冲撞，都被掀翻了。这次冲刺让两群牛都涌进了平原，他们角抵，蹄踩，喷着鼻息。莫格里瞅准时机，从拉玛脖子上溜下来，拿着他的棍子四周挥舞。

"快点，阿克拉，得把他们分开，不然他们会彼此斗起来！把他们赶开，阿克拉。嗨，拉玛。嗨嗨嗨，我的孩子们，慢点，慢点，现在没事了。"

阿克拉和灰兄弟跑来跑去，咬着水牛腿。牛群虽说想回过头冲进河谷，但是莫格里却设法让拉玛掉转方向，其他的牛便跟着他来到牛群打滚的泥沼。

谢尔汗不需要牛群的践踏了，因为他死了，鸢鹰们已经飞下来开始啄食了。

"弟兄们，他死得像一条狗！"莫格里边说边摸着他的刀。自从他和人一起生活之后。这把刀就一直挂在他脖子上的一个刀鞘里。"不过，反正他是压根不想战斗，把他的毛皮放在会议岩上一定很漂亮，我们得抓紧时间动手了！"

一个在人们中间长大的孩子，做梦都不会想到自己去剥掉一只十英尺长的老虎的皮。但是莫格里做到了。他比谁都了解一头动物的皮是怎么长的，也知道怎么把它剥下来。然而这是件很费力气的活儿，莫格里用刀又砍又撕，累的直哼哼，干了一个钟头。

两头狼在一边懒洋洋地看着。只有当他命令他们的时候，他们才去帮忙拽拽。

不一会儿，一只手搭在了他的肩膀上，他抬头一看，是那个有支陶尔步枪的布尔迪阿。孩子们告诉村里人，水牛全惊跑了。布尔迪阿便怒气冲冲跑来，一心想要给莫格里一顿教训，因为他没有照顾好牛群。狼一看有人来了，就马上溜走了。

"这是谁的蠢主意？"布尔迪阿很生气，"你以为你能剥下老虎皮？水牛是在哪里踩死他的？哦，这还是那只瘸腿虎呢！他还值一百卢比的赏金。好吧好吧，把牛群吓跑的事情，我们就不予计较了。等我把这虎皮拿到卡里瓦拉去，也许还会把赏金分你一卢比。"他从围腰布里取出打火石和火镰，蹲下身子烧了谢尔汗的虎须，当地很多猎人总是这么做，以免老虎的鬼魂缠上自己。

"哼！"莫格里好像是对自己说的，与此同时撕下了老虎前爪上的皮，"原来你想把老虎皮拿到卡里瓦拉去领赏钱啊？也许还会给我一个卢比？可是我有我自己的主意，我要留下虎皮自己用！喂，老头儿，把火拿开。"

"你就这么对村里的猎人头领说话吗？你杀死这头老虎，凭的是你的运气和那水牛的蛮劲儿，这只老虎刚刚吃饱了，不然，这时候他早就跑到二十英里开外去了。你连怎么好好剥皮都不会，小叫花子。好哇，你确实应该教训我不要烧他的胡须，莫格里，现在你连那一个卢比的赏钱也捞不着了，我还要好好揍你一顿！离这尸体远点！"

"凭着赎买我的公牛起誓，"莫格里说，他正千方百计地剥下老虎的肩胛皮，"难道整个中午我都要听这么一位老人唠唠叨叨没完吗？喂，阿克拉，这人真烦！"

布尔迪阿正弯腰朝向老虎脑袋，突然发现自己被脸朝上掀翻在草地上，一头灰狼站在他身边，而莫格里继续剥着老虎皮，仿佛整个世界只有他一个人。

"好吧，"他低声说道，"你说得完全对，布尔迪阿，你永远也不会给我那一份赏钱，这头瘸腿老虎过去跟我有摩擦——是很久之前的过节了，而最后的胜利者是我！"

平心而论，如果时光倒退十年，布尔迪阿在森林里遇见阿克拉，一定会跟他较量一番的。但是一头听命于这孩子的狼——而这个孩子又和吃人的老虎很久以前有过私人冲突，那么这头狼就不是一头普普通通的野兽了。布尔迪阿认为这是巫术，是最厉害的妖术。他很想知道，他脖子上的护身符是不是能够保护他。他躺在那里，一动也不敢动。他害怕莫格里也变成一只老虎。

"国王，伟大的国王！"他终于屈服了，嘶哑着嗓子低声叫道。

"嗯。"莫格里没有扭头,但是他抿着嘴笑了。

"我已经老了,我有眼不识泰山,不知道你非同一般。你能让我站起来离开吗?你的仆人会把我撕碎吗?"

"去吧,祝你一路顺风。只不过下一次再也别插手我的猎物了。放他走,阿克拉。"

布尔迪阿一瘸一拐地拼命跑向村子。他不住地回头看,害怕莫格里会变成什么可怕的东西。他一到村里,就讲了一个全都是关于魔法、妖术和巫术的故事。祭司听了,脸色变得非常阴沉。

莫格里继续做他的事情,但直到将近傍晚,他和狼才把那张巨大的花斑皮从老虎身上剥下来。

"我们先把它藏起来。把水牛赶回去。来,帮我把他们赶到一块吧,阿克拉。"

在雾蒙蒙的暮色中,牛群被汇聚在一起。当他们走进村子时,莫格里看见了火光,听见海螺呜呜作响,铃儿叮叮当当地摇来摇去,村里一半的人几乎都在那里等着他。"这是因为我杀死了谢尔汗!"他告诉自己说。但是一阵石子像雨点一样密集地在他耳边呼啸而过,村民们喊着:"巫师、狼崽子、丛林魔鬼!滚,快点滚!不然祭司会把你重新变成一头狼!开枪!布尔迪阿,快点开枪!"

砰的一声,那只旧陶尔步枪开火了,一头年轻的水牛中了枪,痛得吼叫起来。"巫术，这也是巫术！"村民们叫喊，"他会让子弹拐弯，布尔迪阿，那是水牛！"

"这是怎么回事？"石头越来越密集，莫格里丈二和尚摸不着头脑了。

"你这些兄弟跟狼群没什么不一样。"阿克拉镇定自若，坐了下来，"我看，如果那子弹能说明什么的话，应该是他们想把你驱逐出去。"

"狼，狼崽子，滚，滚开！"祭司摇晃着一根神圣的罗勒树枝叫喊。

"又是叫我滚吗？上次让我滚，因为我是一个人；现在却因为我是只狼！我们走，阿克拉。"

一个妇人——米苏阿——跑到牛群这边来了。她边跑边喊："啊，我的儿子，我的儿子，他们说你是个巫师，会把自己变成野兽，我不相信，但是你还是赶紧走吧，否则，他们会杀了你的。布尔迪阿说你会巫术，但是我明白，你替纳索报了仇！"

"回来，米苏阿！"人们喊着，"回来，不然我们连你一起扔！"

莫格里恶狠狠地笑了一下，时间很短，因为一块石头恰巧打在他的嘴巴上："快点跑回去吧，米苏阿。这是他们傍晚时分在大树底下编织的荒诞的故事。我给你儿子报了仇，再见。快点跑吧，因为我要赶牛群回去，他们跑得太快了！我不是巫师，米苏阿，再会！"

"好啦,就再赶一次。阿克拉。"他叫道,"把牛群赶回去!"水牛也急于回去。他们几乎不需要阿克拉的咆哮。旋风一样地冲进大门,把人群冲得七零八落。

"仔细数数吧!"莫格里很轻蔑地说,"说不定我偷了一头牛呢。仔细数数吧,因为我再也不会给你们放牛了!再见,人的孩子们,你们得好好感谢米苏阿,要不是她,我会带着我的狼沿着你们的街道追捕你们。"他转身离去,带着孤狼阿克拉。当他仰望星空的时候,心里是满满的幸福:我再也不用待在陷阱里睡觉了,阿克拉,我们去拿谢尔汗的皮,离开这里。不,我们不能伤害这个村庄,因为米苏阿对我特别好!

当月亮在平原上空升起的时候,整个世界变成了乳白色。惊恐的村民看见了莫格里,他身后跟着两头狼。他的头上顶着一包东西,狼一样地小跑着赶路。狼的小跑就像大火一样!把拉长的距离一下子就消除了。于是他们更加惊慌,使劲敲响了庙宇里的大钟,吹起了海螺。米苏阿痛哭不已。布尔迪阿把他在丛林里的历险故事添油加醋,讲了又讲,最后的版本竟然变成阿克拉用后脚直立起来,像人一样说话。

莫格里带着两头狼来到会议岩,月亮就要落下去了。他们先来到狼妈妈的山洞。

"他们把我从人群里赶出来了,妈妈。"莫格里喊着,"可是我兑现了自己的承诺,带来了谢尔汗的皮!"狼妈妈费力地从洞里走了出来,后面跟着狼崽们。她一看见虎皮,眼睛就变亮了。

"那天他把脑袋和肩膀塞进洞口,想要吃了你,小青蛙,我就对他说:捕猎别人的,总归是要被人捕猎的,干得漂亮!"

"小兄弟,干得好!"灌木丛里传来一个低沉的声音,"自从你离开了丛林,我们都觉得孤单了好多。"巴希拉跑到莫格里的光脚板下,他们一起爬上会议岩,莫格里把虎皮铺在阿克拉常坐的那块又扁又平的石头上,用四根竹钉把它固定好。阿克拉躺在上面,发出了召集大会时的召唤声。"瞧啊,仔细看看,狼群诸君。"那声音,跟莫格里初次被带到这里时他的呼叫一模一样。

自从阿克拉被赶下台后,狼群就群龙无首了。他们可以随心所欲地打猎,殴斗。习惯的力量真大,他们还是回答了召唤,他们中间,有的跌进了陷阱,变成了瘸子;有的中了枪弹,走起路来一瘸一拐;有些吃了不干净的东西,浑身的毛变得癞巴巴的;还有很多头狼下落不明。但是能来的全都来了。他们来到会议岩,看见摊在岩石上的谢尔汗的花斑毛皮,大大的虎爪连着空荡荡的虎脚,在空中摇来晃去。

就在这个时候,莫格里灵感乍现,编了一首不怎么押韵的诗歌。他高声喊叫了出来，一边喊，一边在那张毛皮上蹦跳。皮毛让他踩得嘎嘎作响。他用脚后跟打着拍子，直到累得喘不过气来。灰兄弟和阿克拉也在他的诗节中间吼叫。

"好好看看，哦，狼群诸位，我是不是兑现了我的承诺？"莫格里作诗结束以后问。狼群一起叫道："是的！"

一头毛皮凌乱的狼嚎叫："还是你来做我们的领袖吧，啊，阿克拉，再来领导我们吧；啊，人娃娃，我们讨厌这样没有法律的生活，我们想要重新获得自由，做自由的兽民！"

"不，"巴希拉温柔地说，"不行。等你们酒足饭饱之后，就又会发疯。叫你们自由的兽民，是有原因的。你们已经为了自由而战了，现在你们已经自由了，尽情享受吧，狼群诸位仁兄。"

"人群和狼群都驱逐了我，"莫格里说，"从今往后，我要独自打猎了！"

四只小狼说："我们和你一起！"

于是，从那天开始，莫格里离开了那里，四只小狼一起陪着他在丛林打猎。但是他并不是一生一直孤独的。因为过了好多年，他长大了，结婚成家了。

不过，那个故事应该讲给成年人听了。

4. 白海豹

啊,听话,我的孩子。天色已晚,

黑漆漆的海面上,闪烁着墨绿色的光芒。

波涛滚滚,如絮絮低语般起伏。

月亮正低头看我们入眠。

你枕着柔软的浪花,随波浪起伏。

啊,长着鳍的小家伙累了,睡吧,

没有风暴的侵扰,没有鲨鱼的追赶,

在柔软的大海怀抱里安然入睡吧!

4. 白海豹

事情发生在几年前的诺瓦斯托西纳。这个地方在遥远的白令海上的圣保罗岛上,又叫东北岬。故事讲述者的是一只名叫利默欣的冬鹪鹩,一阵风把它刮到了一艘开往日本的轮船的帆缆上。我当时在那艘船上,把它救了下来,并把它带回我的船舱,给它取暖,喂它进食,直到它恢复体力飞回圣保罗岛。它脾气很古怪,但却是一只诚实的小鸟。

不到万不得已,人们是不会去诺瓦斯托西纳的。但,因为那里的海滩是世界上最适合海豹居住的地方,因此夏天里,从寒冷的灰蒙蒙的大海去那里的海豹一下子就有几十万只,那里是海豹们的天堂。

西卡奇也知道这一点,因此,每年春天,无论他在什么地方,总是径直游向那里,像一艘鱼雷艇那样。为了占领离海最近的岩石——那是一块绝佳的地盘——他不惜耗费一个月与他的同伴通过打架夺取。

西卡奇是一头超过十五岁的巨大的灰色海豹,肩胛上长着又长又密的鬃毛,露着长长的恶狠狠的犬牙。他能用前肢的阔鳍支撑着身子站直,离地面能有四英尺高;如果有人敢而且能称他的体重,估计他能有七百磅。他浑身布满了伤疤,那是多次恶战的勋章。可他还是蠢蠢欲动,随时发动新的战斗。

他经常存心歪着头，做出一副不敢正眼看他的对手的样子，接着他就会迅速发动袭击，如同闪电。他用长牙狠狠咬住另一头海豹的脖子。就算那头海豹拼命想逃，西卡奇也不会轻易松口。

但是，西卡奇从来不追击被打败了的海豹，因为那是违反海滩上的规则的。他只想在海边找个地方做窝去喂养小海豹。但是，每年春天，至少有四五万头海豹来这找地方做窝，所以，尖叫声、咆哮声、怒吼声和撞击声充斥着这片海滩。

在一个名叫哈钦森的小山头上，你可以眺望到方圆三英里半的地方。这里密密麻麻全是正在打架的海豹。浅海滩边，到处可见在海水中攒动的海豹，他们争前恐后地登陆，想要占领地盘。他们在水里打，在沙滩上打，甚至连做海豹窝的玄武岩也被他们打架给磨得光溜溜的，他们像男人一样愚蠢和倔强。他们的妻子来到岛上不会太早，大概要到五月底或者六月初才来，因为她们可不想受到荼毒。那些两三岁、三四岁的没有成家的年轻海豹，则三个一群五个一伙，穿过正在打架的斗士们，进入离大海一英里半的内陆，在沙丘上玩耍。那些在地上长出来的绿油油的小草、小树什么的，全被蹭得精光。人们把这样的海豹叫做"霍卢斯契基"，译为"单身汉"，仅仅在那个地方，这样的海豹数目就达二三十万头。

一年春天，西卡奇刚刚结束自己的第四十五场战争。这时候，他的妻子玛特卡刚爬出海。她的皮毛又软又滑,如同绸缎,她的眼神温柔如水。他一口咬住她颈背上的皮,把她提起来放到自己的地盘里,没好气地说:"你又来晚了,去哪了?"

通常,西卡奇会在海滩上停留四个月,在这段时间里,他几乎不吃任何东西,因此,他总是臭着一张脸,玛特卡很识趣地没还嘴,她看了看四周,温柔地说:"还是你想得周到,这是我们的老地方。"

"当然要找老地方!"西卡奇说,"看看我!"他身上遍体鳞伤,有的伤口还在流血,一只眼睛受了伤,几乎要失明,腰侧伤痕累累。

"唉,你们这些男人啊,你们这些男人!"玛特卡给自己扇着风,说,"你们为什么不能静下心来,和和气气地协商一下地盘的归属呢?看你这样儿!仿佛跟逆戟鲸打了一仗!"

"从五月中旬开始,我就一直在打架。今年的竞争太激烈了,至少有上百头海豹从卢坎龙海滩来这儿找地方做窝,他们为什么不待在自己的地方呢?"

"我总是想,要是换个地方,比如水獭岛,而不到这块拥挤得不像话的地方来,我们会过得更快活!"玛特卡说。

"呸!只有'单身汉'才去水獭岛!我们要是去的话,他们会说我们是胆小鬼。亲爱的,我们的面子没处放啊!"西卡奇骄傲地把脑袋埋进他胖胖的双肩里假寐,待了几分钟。其实他一直很警惕，随时备战。现在，所有的海豹，包括他们的伴侣都已上岸，很远的海上都能听见他们的喧闹声，这声音比最猛烈的风暴的呼啸还要强。在这片海滩上，少说也有一百多万头海豹——男的女的、老的少的，还有那些单身汉：他们打架斗殴，一片混战，"咩咩"地爬来爬去，一起嬉闹——他们成群结队，进出海面。放眼望去，海滩上密密麻麻全是躺着的海豹，他们在氤氲的雾气中，一小队一小队地战斗。在诺瓦斯托西纳，几乎天天有雾，然而一旦太阳出来，刹那间就会到处银光闪闪，五彩缤纷。

在混乱中，玛特卡的孩子柯蒂克出生了。跟所有的小海豹一样，他的头部肩部很大，眼睛呈浅蓝色，水汪汪的，但是皮毛却有点与众不同。这让他的妈妈禁不住笑嘻嘻打量："西卡奇，我们的孩子将来会是白色的。"

"瞎说。"西卡奇喷着鼻息说，"你见过世界上的海豹有白色的吗？"

"我也没办法。"玛特卡说，"不过从今往后就会有了。"于是，她低声吟唱着温柔的海豹歌曲。所有的海豹妈妈都这么唱给宝宝听：

如果你不满六个星期，千万不要去游泳，

否则，你会头重脚轻沉到水底。

海豹娃娃，夏天的风暴和逆戟鲸都是我们的死对头啊！都是死对头。

亲爱的小豹子，是最凶最凶的死对头，

但是你们可以玩水啊，让自己慢慢强壮起来。

如此便会诸事顺心，

你们是大海的孩子！

那只小海豹刚开始当然听不懂。他在母亲身边爬来爬去。当他的父亲吼叫着在滑溜溜的岩石上滚上滚下跟别的海豹打架的时候，他知道要爬到一边去。玛特卡经常下海捕食，两天才喂一次孩子。但是在喂他的时候，他总是能敞开肚皮美美地饱餐一顿，所以长得倒也特别壮实。

他自己做的第一件事，是向内陆爬。他在那里看到了成千上万只跟自己一样的小海豹。他们像小狗一样，一起玩耍，睡在干净的沙子上，睡醒了继续玩。在海豹窝那边的老海豹们不屑于搭理他们。"单身汉"们只在自己的地盘上玩，所以，海豹娃娃们可以随心所欲地玩。

玛特卡去深海捕鱼，回来后马上就来到他们的游乐场。她像母羊叫自己的小羊羔一样呼唤，除非她听见柯蒂克的回应，否则不会停止。然后她用前鳍开路，径直走向他，把小海豹们左右推开，掀翻在地。其他的海豹妈妈也这样找自己的孩子，因此这个游戏场上的小海豹们总是得不到安宁。玛特卡跟柯蒂克这样说："孩子，这里没有什么能伤害你，除非你躺在泥水里，把皮毛弄得癞巴巴的；或者伤口破了，把硬砂子揉了进去；还有就是在风浪里游泳。"

小海豹跟孩子一样，刚出生的时候也不会游泳，但是又总是蠢蠢欲动。柯蒂克第一次下海，一个浪头过来，就把他卷进了没顶的深水里。就像妈妈的歌谣里唱的那样——大脑袋沉下去，小小的后鳍浮了起来。要不是又有一个浪头把他打了回来，他就被淹死了。

于是，他躺在海滩边的水坑里，波浪正好没过他的身体，他学习划动双鳍让自己的身体漂浮起来。当然，他会小心翼翼地躲开那些能把他卷走的大浪头。两个星期后，他终于学会了用鳍划水。在这段时间，他反反复复地在水里练习沉浮，不知道被呛了多少次。有时候他太累了，就爬上海滩，在沙堆里小憩一会儿。然后再次下海练习，直到他自己感觉如鱼得水。

于是，你想象一下，他和他的伙伴们是多么高兴！他们要么对着大浪迎头而上扎个猛子；要么，跨着高高的海浪，随浪涌向遥远的海滩，只听得"扑通"一声，水花四溅，他们也落到地上；要么，就像老海豹一样，用尾巴支撑着身体站起来，挠着自己的脑袋；或者，爬上伸出浅海湾的长满杂草的滑溜溜的岩石顶做游戏。有时候，水里会有一条薄薄的像大鲨鱼鱼翅的东西正紧贴着海岸漂过来，他认识，这是逆戟鲸格兰普斯的鳍。格兰普斯很凶恶，他要是抓住年轻的海豹，就会毫不犹豫地吞下去。所以，柯蒂克会像离弦的箭一样逃向海滩。那只鱼翅便会慢慢地若无其事地扭摆开去。

一进入十月，海豹们便三三两两地离开圣保罗岛。此时，这里不再有为争夺喂养小海豹的窝而起的战争了，"单身汉"们也可以随意地自由玩耍了。玛特卡对柯蒂克说："明年开始，你就长大了，但是你得先学会捕鱼。"

柯蒂克和妈妈一起出发横渡太平洋，他跟妈妈学习怎样仰天躺着睡觉：把鳍紧贴身子收拢，小鼻子露出水面一丁点。什么样的摇篮也比不上太平洋上的波浪舒服，因为漫长的波浪摇荡起伏，柯蒂克全身的皮肤都被冲得痒酥酥的。玛特卡说，这是他正品尝海水的味道。那种感觉是有点刺痛，又有点酸麻，这说明坏天气就要来了，他应该赶紧离开这，所以要快点游。

"不用多久，"她说，"你就知道该游向哪里了，不过我们现在最好跟着波帕斯，他是一只聪明的海豚。"一群海豚在海底飞快地游着，小柯蒂克使出吃奶的劲儿紧跟。"你们怎么知道往哪游呢？"他气喘吁吁地问。海豚的头领翻了翻白眼，一头扎了下去。"我的尾巴觉得有点刺痛，小家伙。"他说，"那就是说，一场风暴马上就要来了。跟上，如果你在'黏糊糊的海水'（他指的是赤道）的

南边,你的尾巴有点刺痛的感觉,那就说明你前面有风暴,那么你就得往北游。快点游吧,我觉得这儿的海水有点不对劲。"

柯蒂克时时刻刻都在学习。这只是他学会的很多很多事情中的一件,玛特卡教给他怎么沿着海底的沙洲追鳕鱼和比目鱼;从海草丛中的洞穴里挖出黑贝;还有怎么绕过海底一百英寻①深的地方的沉船残骸;在鱼群中间,像一颗射出的子弹一样,掠进这边的舷窗,又从另一边游出来。当电闪雷鸣的时候,玛特卡教他如何在浪尖起舞,有礼貌地向短尾巴的信天翁和战舰鹰晃动自己的鳍问候他们,怎么样让鳍紧贴身子、弯起尾巴,一下子跃出水面三四英尺高。她还告诉他,不要搭理飞鱼,因为他们身上没有肉。她教他在海底十英寻深的地方开足马力前进的时候,怎样一口咬下鳕鱼的肩胛肉;还教他坚决不要被小船或者渔船,尤其是划艇诱惑。不到半年时间,他对于深海捕鱼已经相当娴熟了。这段时间,他一直待在水里。

忽然有一天,在胡安·费尔南德斯岛附近,当他正半睡半醒躺在温暖的海水里时,觉得全身晕乎乎、懒洋洋的,就像人类感觉春天要来了一样,他的脑海里又浮现起七千英里外的诺瓦斯托西纳的海滩,那里既舒服又结实,他和同伴们在那里玩游戏,他

---

① 英寻,海洋测量中的深度单位,1 英寻 = 1.829 米。

仿佛又闻到了海草的气味，听见了海豹的咆哮。看见了海豹们扭成一团。霎时间，他掉转方向，不停地游向北方。一路上，他遇到了几十个同伴，他们都游向一个地方。他们对他说："柯蒂克，你好！今年我们都长大了，可以在卢坎龙那边的激浪上跳舞了，还可以在嫩草地上玩了，不过，你这身毛皮是从哪弄来的？"

柯蒂克的皮毛现在几乎成了纯白色的了，这可是他引以为傲的，但是他只是说了句"快点游吧，我太想念那里的陆地了！"于是他们全都回到了那片故土。他们出生在那里，他们听见他们的长辈在雾气里战斗。

那天晚上，柯蒂克和一岁的海豹们一起跳起了火焰舞。在那个夏天的夜晚，从诺瓦斯托西纳一直到卢坎龙，大海里到处都是熠熠发光的火焰。每头海豹都像是燃烧着的油，在身后留下了一道亮痕。当他们跳跃的时候，波浪被他们迸发出的闪亮的火光击碎成无数片发着粼光的条纹和漩涡。后来他们上了岸，来到"单身汉"的地盘，他们在青嫩的麦子地里肆意翻滚，互相聊着他们在海里的经历。他们讲起太平洋，就像男孩子们讲起他们去采摘干果的那个树林。要是有人能听懂他们的话，那么他回去一定可以描绘出一幅从来没有人画过的大洋地图。一群成年的"单身汉"从哈钦森山上蹦跳而下，喊道："小家伙们，让开道！海水深着呢，你们才知道多少东西？等你们绕过合恩角再说吧！喂，你这个一岁的小家伙，你这身白外套从哪弄来的？"

"不是弄来的，"柯蒂克说，"是自己长出来的。"他正想跟说话的那家伙干一仗，突然从沙丘后面出来两个长着黑头发和扁平红脸庞的人。柯蒂克从来没见过人，于是他低下了头。而那些霍卢斯契基只是慌慌张张往旁边躲，然后呆呆地坐在那里干瞪眼，这两个人是岛上捕海豹的猎人首领克里克·布特林和他的儿子帕塔拉蒙。他们来自于一个离小海豹窝不到半英里远的小村庄，他们正在考虑把哪些海豹赶到屠场去（海豹和羊一个样，是被赶着走的）以便能套上海豹皮外套。

帕塔拉蒙说："嘀，快看，这里有只白海豹！"

尽管皮肤上沾满了油腻和煤烟，克里克·布特林的脸色还是瞬间变得苍白。他是阿留申岛民，那里的人一般都很讲究。接着他念叨起祷词。"别碰他，帕塔拉蒙。从——从我出生开始，我还从没见过一只白海豹。也许，他是老扎哈罗夫的鬼魂，去年那场大风暴把他带走了。"

"我也没打算到他跟前去。"帕塔拉蒙说，"他是不吉利的。不过，你确定这真的是老扎哈罗夫吗？我还欠他几个海鸥蛋。"

"别看他。"克里克说，"赶那群四岁的海豹吧，虽然工人们今天应该剥二百张海豹皮。不过，季节才刚开始，他们还不太熟练，一百张也就够了，快点！"

帕塔拉蒙在他们面前敲起了一对海豹肩胛骨。他们都呆住了，只是呼哧呼哧喘气。他往前走了几步，海豹们便开始移动，于是，克里克就领着他们往内陆走。他们根本就没有想过掉头回去。好几十万只海豹眼睁睁看着同伴们被赶走，却充耳不闻，只是各自玩各自的。只有柯蒂克提出为什么，只是没有谁、也没办法告诉他。他们只知道，每年有一个半月到两个月的时间，人们总是这样来赶走海豹。

"我要跟着他们。"他说。他果真跟着那群海豹爬了过去，眼珠子都要掉出来了。

"那只白海豹跟来了！"帕塔拉蒙喊了起来，"有史以来第一次有海豹自己独自去屠宰场！"

"咝——别往后看！"克里克说，"那是扎罗哈夫的鬼魂，一定是的，我一定得告诉神父。"

到屠宰场的这半英里路，他们要走上一个小时。因为克里克知道，要是海豹们走得太快，他们就会发热，剥了皮后，上面的毛会一簇簇脱落。于是，他们慢吞吞地向前走，经过海狮颈、韦伯斯特府邸，直到他们来到海豹们看不见的撒尔特邸宅。柯蒂克气喘吁吁，仍旧好奇地跟在后面。他以为他已经到了世界的尽头，可是身后海豹营地的吼声仍然响亮，像火车隆隆地穿过隧道。接着，克里克坐在苔藓上，掏出一只笨重的锡锻怀表。半个小时过去了，这群海豹也凉快了下来。柯蒂克甚至听见了清晨的露珠从他的帽檐上滴落的声音。接着，十来个人走了过来，他们手里都拿着一根包着铁皮的三四英尺长的木棒。克里克把海豹群里的几只伤员或者赶路赶得太热的海豹指给他们看。他们脚上穿着海象脖颈皮制成的厚靴子。抬脚便把那几只海豹踢一边去了。接着，克里克说："干吧！"于是那些人便举起了棍棒。

十分钟后，小柯蒂克就认不出他的朋友们了，因为人们已经把他们的皮从鼻尖一直撕到后鳍，猛地扯了下来，扔到地上。那儿已经堆了一大堆。

看到这一幕，柯蒂克感到十分恐惧，于是他转身就一路疯狂地奔回到大海里，这时，他的小胡须也已经一根根地竖了起来，在叫"海狮颈"的浅海滩上，坐着巨大的海狮，这些海狮通常情况下会一起待在这里，很少和外人来往。所以当柯蒂克跳进清凉的海里，不停地在海里摇晃着并痛苦地喘着粗气时，有一只海狮就好奇地问他："那里发生了什么事情？"

"斯库奇尼！我已经感到孤独来到我这里了，"柯蒂克说，"那群人太可怕了,他们把海滩上的成年同伴们——霍卢斯契基们都杀死了。"

海狮扭头看了看,"胡说八道!"海狮说,"你听,你的朋友们还在那里大声嚷嚷呢,跟往常一样。一定是老克里克杀了一群海豹,被你看见了吧?三十年来,他一直那么做。"

"太恐怖了。"柯蒂克说。正说着,打来一个浪头,他一边往后退,一边划动双鳍打了个转,停住了身体。这时候,他距离一块齿形岩石边只有三英寸。

"漂亮!小伙子,你真的只有一岁吗?"海狮十分欣赏他的游泳技术,很高超,"我想,在你看来,这确实挺可怕的。但是,你们海豹每年总是来这。人们理所当然不会不晓得。除非你能找到一个无人岛,不然他们总会来赶走你们的!"

"世界上真的存在这样的岛吗?"柯蒂克问。

"二十年来,我一直跟着大比目鱼波尔图,反正我没找到过这样的岛屿。你好像很喜欢跟长者交谈。你可以去海象小岛上找西威奇,说不定他知道。别跑那么快啊,那里离这有六海里呢!小家伙,我要是你,我会先上岸去打个盹儿。"

柯蒂克表示赞同这个建议,所以他先游回自己的海滩,睡了半个小时。他睡觉的时候跟其他海豹一样全身抽动。海象小岛低矮多岩，岛上全是岩石台阶和海鸥窝，海象们成群结队地在那里生活。这小岛位于诺瓦斯托西纳的东北方向。柯蒂克睡醒了就直接出发了。

他上了岸，那个地方离老西威奇很近。西威奇是一只北太平洋的丑陋的大海象，因为他长着粗粗的脖子和长长的牙齿，有肥胖的身躯，而且满是疙瘩。他除了睡觉的时候外，是一只没有礼貌的海象。柯蒂克到那时，恰巧他在睡觉，身体半浸在海水里。

"该醒醒了。"柯蒂克大声喊道。因为海鸥此时的叫声让人感到震耳欲聋。

"嗨！哨！哼！发生了什么事情？"西威奇问道。他用长长的牙齿只敲了一下就把旁边的海象敲醒了，而其余的海象也用同样的方法把所有的同伴都敲醒了。醒来的海象向周围看来看去，可就是不看传来那个声音的地方。

"你好！看到我了吗？"这时海象看到白色的柯蒂克就像鼻涕虫一样在水面上漂来漂去。

"哦，让上帝……把我的皮剥了吧。"西威奇说道。海象们一起紧紧地盯着柯蒂克，就像在俱乐部里本来绅士们都在打瞌睡忽然来了一个小男孩，大家都在盯着他看一样。可是柯蒂克已经看够了剥皮的事情，所以他已经不想再听到有关剥皮的事情了。于是他喊道：

"请问你们知道有可以让海豹去住而人却从没有到过的地方吗？"

西威奇闭上眼睛说："你去找找吧，我们都忙着呢，快离开这儿。"

柯蒂克知道虽然西威奇看起来很吓人，可他从来不吃一条鱼，他只会吃用鼻子挖来的蛤蜊和海草。于是，柯蒂克就学海豚那样腾空跳起，用尽最大的力气使劲喊道："你这个吃蛤蜊的家伙！吃蛤蜊的家伙！"后来，利默欣告诉我，几乎有五分钟的时间，那些总爱欺辱人的市长鸥、三趾鸥和海鹦们都在响应这句话，他们在不停地喊着："你这个爱吃蛤蜊的老头。"那时候就算朝岛上开炮，大家也听不到炮声。但是西威奇在那里却只是一边哼唧着，一边翻动着身体。

因为大声喊叫而喘不上气的柯蒂克问："现在你该告诉我了吧？"

西威奇回答道："去问海牛吧。只要他还活着就会告诉你。"

柯蒂克一面转身一面说道："可是我不认识海牛啊。"

"海牛是大海里唯一比西威奇长得丑的，"一只市长鸥一边在西威奇鼻子底下盘旋一边尖叫，"不仅丑，而且是更不讲礼貌的老头。"

海鸥还在尖叫着，而柯蒂克却已经回到了诺瓦斯托西纳。他觉得，虽然自己尽全力想帮海豹找个不被打扰的地方，没有一只海豹对他的行为表示赞同。海豹们跟他说，霍卢斯契基总是会被人们赶走的事情一点都不奇怪，他看不惯这样的事情，只能怪他去过屠宰场。但是因为没有一只海豹亲眼看见过屠杀的惨烈场面，所以他们和他无法达成一致意见。更何况，柯蒂克肤色是与众不同的白色。

"快点长吧孩子，长成跟你爸爸一样大的海豹。到那个时候，你也在海滩上有了一个小窝哺育小海豹。他们就不招惹你了。再过五年，你也就能独立战斗了。"老西卡奇听了儿子的冒险经历之后对他说。就连他那温柔的母亲玛特卡也说："屠杀，你永远也制止不了，去玩吧，柯蒂克。"于是，小小的柯蒂克，怀着十分沉重的心情去跳火焰舞。

那一年的秋季，他早早地离开了海滩，独自上路。他做了一个顽固的决定：如果海里真的有海牛，他就一定要找到他。他还要找一个海豹的天堂，那里有结实的海滩，是个安静的、人们找不到的海岛。于是他一个人从北太平洋找到南太平洋。有时候，他二十四小时内游了三百英里。他的冒险经历数也数不清：差点被筛鲨、斑点鲨和双窨鲨抓到；遇到了所有在海洋里游荡的无赖；遇到了那些身体笨重但又彬彬有礼的鱼，甚至还有红色斑点的扇贝。他们居住在一个地方已经几百年了，所以他们引以为豪。然而他从来没有遇到过海牛，也没有找到一个中意的海岛。

就算他找到了一处结实的海滩，后面还有让海豹们在上面玩耍的海滩，只要远处的天边能看到冒着黑烟煮着鲸油的捕鲸船，他就完全懂得这意味着什么。有时候他能看出某个海岛上有海豹的痕迹，但是后来被捕杀了。柯蒂克完全有理由相信，只要人类来过一次，那么就会不得安宁。

有一次，他偶遇一只尾巴很短的信天翁。信天翁对他说，克圭伦岛是世界上最安全、最清净的地方，可是柯蒂克却在那里遭遇了一场大冻雨，电闪雷鸣。他差点在黑乎乎的、险恶的悬崖上丢了性命。但是当他准备顶着风暴离开的时候，他也看到这里曾经有过一块哺育小海豹的营地，跟其他所有他到过的海岛一样。

利默欣提到了好些海岛的名字。他说，柯蒂克花五个季节的时间来寻找他的理想天堂，而每年只在诺瓦斯托西纳逗留四个月，这个时候，他和他幻想中的岛屿总是遭到霍卢斯契基们的奚落。他去过加拉帕戈斯群岛——赤道线上一块干燥到极点的地方——他在那里差点被烤煳；他去过乔治亚群岛、南奥克尼群岛、埃默腊尔德岛、小南丁格尔岛、果夫岛、布维岛、克罗泽群岛……甚至还到过好望角阴暗的一个小小的岛屿。可是不管到了哪里，海里的居民告诉他的全都是一样的：海豹来过，但是被人们赶尽杀绝了。甚至，当他游了几千英里，到了太平洋以外的海域，在那里有个叫科连特斯角的地方,那里的几百头皮毛脏乱的海豹对他说,人们也来过这里。那时候,他刚从果夫岛回来。

这些经历深深地伤透了他的心,他绕过合恩角北上回家乡的途中见到了一只年纪很大的海豹。他已经没有力气去捕捉食物了,在一座树木翠绿的小岛上住着。柯蒂克为他捉鱼,对他诉说自己的烦恼:"我马上要到诺瓦斯托西纳去了,即使以后和同伴一起被赶到屠宰场去,我也不会反抗了。"

老海豹说:"当人们将我们玛撒弗埃拉海豹灭绝到只剩我时,海滩上有个传说——将来,会有一只从北方来的白海豹带领海豹们去一个安全的地方。我等不到那天了,但别的海豹还有希望,你就再努力一次吧。"

这个说法给了他极大的鼓舞,当夏天他回到诺瓦斯托西纳时,他已经长得像他的父亲一样是个成年海豹了,肩膀上有白色卷曲的毛发,看起来很威武,她的妈妈想让他结婚成家,可他却说:"下个季度吧,就像最靠近海滩的是第七个海浪一样。"

在柯蒂克要进行最后一次探险的前夜,他在卢坎龙海滩上与另一只认为自己也可以在下一年结婚的海豹跳舞,他们一晚都在跳火焰舞。

他跟着一群让他身体保持良好状态的比目鱼向西游去,因为他每天至少需要进食一百磅鱼。最后他累得在熟悉的柯珀岛的巨浪窝里睡着了。当他在午夜被汹涌的海水推着撞向水底长满海草的海床时,他慢慢地醒了。突然,他发现在海滩的浅水里有些巨大的生物在吃海草,柯蒂克从没有见过这种生物,他们身长二十到三十英尺,没有尾鳍,但有一条就像铲子的尾巴。不吃草时,他们会用尾巴支撑身体,互相鞠躬敬礼时还会摇晃着他们的前鳍。

"你们好!找食物顺利吗?"柯蒂克问道。那巨大的生物摆动着前鳍向他鞠躬。柯蒂克看到他们的上嘴唇分成两半,吃食物时可以把上嘴唇扯到一英尺长,在把嘴里装满海草后就把裂口合住,然后就开始咀嚼。

柯蒂克说:"这么吃真不利索。"他们又开始鞠躬,现在柯蒂克有些着急了。他说:"你们不用显摆比别人多一节的前鳍。我知道你们很有礼貌,请问你们尊姓大名是什么?"可是他们只是呆呆地看着他,嘴唇嚅动着却并不说话。

忽然柯蒂克知道他找到海牛了,因为他们就像那只在他是小海豹时遇见的市长鸥说的一样:"他们是唯一比西威奇还丑而且更没有礼貌的动物。"于是他赶紧回到海里。

海牛仍旧在海草丛中撕扯吞咽着海草。柯蒂克尽其所能,用各种他在漫游途中学来的语言向他们提问。海族语种几乎跟人类的一样多。只是，因为海牛脖子上少了一块骨头，所以他们不会说话，无法回答他。据说，他们在海底甚至跟同伴们都无法交流，但是，因为他们的前鳍上多了一块骨头，所以，他们前鳍的上下挥舞也勉强算是一种交谈语言。

到天亮的时候，柯蒂克的耐心几乎已经磨没了。他的克制力已经飞到了九霄云外。这时候，海牛开始向北旅行，还不时用可笑的鞠躬方式商讨什么。所以他们的速度很慢。柯蒂克无奈地跟在他们后面，自言自语："像他们这么愚笨的物种，既然还能存活，说明有安全的栖息地。对他们有好处的地方，对我们来说也足够好。不过，要是他们能快点就更好了！"

这种旅行对柯蒂克来说是一种折磨，海牛们白天不过行进四五十英里。到了晚上就停下来进食，而且离海岸很近。柯蒂克绞尽脑汁，不管是绕圈子还是在他们上面或者下面游，他们都无动于衷。他们过了赤道，每几个小时，就会聚在一起鞠躬商议。柯蒂克差点把自己的胡须咬下来，他实在是忍受不了了。要不是他发现他们是在追随一股暖流，否则，真的对他们不客气了。

有天晚上，他们像石头一样沉进了闪闪发光的海水里，迅速地游了起来。柯蒂克惊讶地跟着他们，自从认识他们以来，这还是第一次见他们速度这么快。在他的印象里，海牛游泳并不出色。

岸边有一处峭壁，底部深深埋在水底，他们朝那游去，他们钻进了水面二十英寻的峭壁底部一个黑沉沉的洞穴。过了很久很久，柯蒂克虽然几乎要窒息了，但还是一直跟着他们。

"我的大脑缺氧了！"他浮出水面，大口大口地喘着粗气，"这段长长的潜游，还是值得的。"

只见海牛四下散开，正悠然自得吃着草。这片海滩，是柯蒂克见过的最出色的：一望无际的岩石，光溜溜地延伸到数英里之外，适合做海豹的哺育场所；岩石后面那片倾斜伸向内陆的坚实的沙地，可以做嬉戏场；还有，可以让海豹在上面起舞的大浪，让海豹打滚的茂密的野草以及爬上爬下的沙丘。最让人拍手叫绝的是，海水的味道告诉他，这里没有人类的脚印。作为一只海豹，他是不会弄错的。

为了弄清楚这儿能不能捕到很多鱼，他沿着海滩游了过去，数了数那在流动的雾气中若隐若现低洼多沙的小岛。一连串的沙洲浅滩和暗礁出现在北边出海的地方，没有船只能开到离海滩六英里以内的范围。小岛群和陆地之间的深水区，延伸到垂直的峭壁脚下，那条隧道的出口就在悬崖下面的某个地方。

"这儿几乎跟诺瓦斯托西纳是一样的，但是要远远好于那里。"柯蒂克说，"海牛远比我想得聪明。就算这里有人，他们也没有办法从峭壁上下来。而且，海边的沙洲会把船撞碎。这儿就是大海里安全的地方。"

他急于要回去,回到诺瓦斯托西纳,他想念留在家里的海豹们。但是为了能够回答所有提出的问题,他还是仔细地考察了一番。

然后,他开始潜水,摸清楚隧道的出口之后,迅速南游。柯蒂克回头望了望悬崖,甚至他自己也很难相信,他曾经来过这里。谁也不会想到这里是海牛和海豹的世外桃源。

即使他飞快地游,也还是用了六天时间才赶回去。当他从海狮颈下面上岸的时候,他看到了那个一直在等他的海豹。他俩对视了一眼,她知道他找到了他想找的岛屿。

但是,大家都嘲笑他,包括那些单身汉和他的父亲。

一头与他年龄相仿的年轻海豹说:"这话听起来挺好,柯蒂克,可是你无权命令我们出发。你要知道,我们曾经为了我们的哺养营地战斗,而你只是在海里游来荡去。"

"可是那时候我不需要战斗啊,我只是想跟你们一起去一个很安全的地方生活,为什么要打架呢?"柯蒂克说。

"哦,既然你愿意当缩头乌龟,我也没什么意见。"那头年轻海豹不安好心地笑着。

"要是我赢了,你愿意跟我一起去吗?"柯蒂克生气地问,因为现在的局势看起来他不得不打一仗,他的眼睛泛着绿油油的光。

"很好。"年轻海豹轻蔑地说,"只要你打赢了,我就跟你去。"他没有时间退缩了,因为柯蒂克已经冲了过来,一口咬向年轻海豹的脖子,接着,他朝后一歪,俯下身来,拽他到海滩上,使劲摇晃,把他打翻在地。接着,柯蒂克吼了起来:"五个季度以来,我费劲全力,找了一个安全的海岛。可要是不给你们点颜色看看,你们就是不相信,那么我们只能比试一下了。小心点。"利默欣每年都能见到数万头海豹战斗。他跟我说在他短短的一生当中,从没见过像柯蒂克那样的攻击:他对着他能找到的个头最大的海豹发动进攻,卡住他的喉咙,让对方呼吸困难,噼里啪啦打一顿,直到对方求饶。然后再转向下一头海豹。你要知道,柯蒂克从没像大海豹那样禁食,而他的深海旅行又锻炼了他的体能。最有意思的是,他从没打过架。他生气的时候,卷曲的白色鬃毛就竖了起来,眼睛满是怒火,大犬牙发着白光,好神气!

他的老父亲西卡奇看着他把那些老海豹像大比目鱼一样推搡,把那些身强力壮的单身汉撞得东倒西歪时,他再也坐不住了,吼了一声:"也许他很傻,但是他很出色,不是吗?儿子。我站在你这边。"柯蒂克大吼着应了一声。于是老西卡奇也参加了战斗。他的胡须竖了起来,吼起来像个火车头。玛特卡和柯蒂克未来的妻子退到一边,为他们加油助威。这场决斗,父子俩得胜。他俩肩并肩,边吼叫边在海滩上神气十足地走来走去。

北极光刚刚在雾气中闪烁的时候,天刚黑。柯蒂克爬上了一块光溜溜的岩石,低头看着受伤的海豹们和凌乱的战场:"你们已经得到了教训。"

老西卡奇也被咬得伤痕累累,费力地站直身说:"逆戟鲸也就把他们教训成这个样子,臭小子,我真为你自豪。不仅如此,我还要跟你一起去那儿,如果这有那个岛的话。"

"你们这群白痴,谁跟我走?说,不然我又要打你们了!"柯蒂克吼叫起来。

长长的海滩,疲倦的喃喃声像潮水拍打海岸般此起彼伏:"我们跟你去。我们愿意跟随白海豹柯蒂克。"

柯蒂克很骄傲,他把脑袋垂到双肩里,闭上了眼睛。他不再是一只白海豹,他全身都红了,可是,他对于他的伤口却不顾一屑。

一周后,他和他那将近一万的大军浩浩荡荡地开往北方海牛的世外桃源隧道,柯蒂克带领着那些被留下的家伙称为白痴的海豹们离开。但是第二年,留下的海豹和跟随科蒂克离开的海豹在太平洋上相遇了。跟随柯蒂克的那群海豹讲了很多有关新家的故事,于是每年都有更多的海豹离开诺瓦斯托西纳。

当然,事情不是一蹴而就的。因为海豹们总是要耗费时间盘算一番。但是，年复一年，每年都有更多的海豹离开那里，离开卢坎龙，离开其他的营地，去往那个安静又隐蔽的世外桃源。每年夏天，柯蒂克都坐在那里，看那些海豹在他周围不受人类干扰地嬉戏玩耍，而他也一年比一年地更高大、肥胖、壮实。

5. "里基·蒂基·塔维"

有一个洞穴,他钻了进去。红红的眼睛,皱巴巴的皮肤。

小红眼睛如此说:

纳格,与死亡共舞吧!

眼对眼,头顶头。

跟上节奏,纳格,

舞蹈不会结束,直到分出胜负。

悉听尊便,纳格,

你一招,我一式 ,互不相让。

快逃吧,纳格!

哈,死神放过了一个。

轮到你了,纳格。

在塞戈利驻屯地，有一幢宽大的平房。在浴室里，里基·蒂基·塔维单枪匹马作战，长尾缝衣莺达尔奇给了他援助，麝鼠丘琼德尔当了回军师，而以往，他从来不敢跑到房屋中间，只是贴着墙根儿走。但是，真正投入战斗的，只是里基·蒂基·塔维自己。

他是一只毛皮和尾巴长得有点像小猫的獴，但是他的脑袋和生活习惯却跟黄鼠狼有点相似。他的眼睛是红色的，他的鼻子不停地嗅来嗅去，那鼻尖也是浅红色的。他可以用任何一条腿去挠身体的任何地方；他能让尾巴鼓起来，上面的毛蓬松得像一只刷瓶子的刷子；他在草丛里奔跑的时候，总是发出这样的喊声：里基——蒂克——蒂基——蒂基——恰克！

有一年夏天，发了一场大洪水，以至于把他从家里冲了出来，冲到了路边的沟里。开始他还能咕咕地挣扎，后来他只能紧紧抓住沟边漂浮的一把青草，直至昏了过去。当他醒来的时候，烈日晴空，他躺在一条花园小路的中间，湿漉漉、脏兮兮的。一个小男孩正在说："这里有只死了的獴，我们为他举行葬礼吧？"

"不要。"他妈妈说，"我们把他带到屋里吧，给他擦擦水，说不定他还活着。"

他们把他搬进了屋里，一个人用拇指和食指把他拎了起来，这是男主人的手。他说："他还活着，只是被水给呛坏了。"他们找了些棉絮，把他包了起来，放在火堆旁边取暖。他慢慢地暖和过来，睁开了眼睛，并打了个喷嚏。

男主人很高大，是个英国人，刚刚搬进这幢平房："现在没事了，别把他吓着。我们看看他打算干点什么。"

要吓唬到一只獴没那么简单，因为他全身都是好奇细胞。所有的獴都信奉一条格言——快去看看是怎么回事。而里基·蒂基是一只货真价实的獴。他看了看棉絮，认为这不是食物，便围着桌子跑了一圈。之后坐下来梳理自己的皮毛，又挠挠痒，然后跳到了小男孩的肩膀上。

"特迪，不要害怕，这表示他喜欢你，想要跟你做朋友！"小男孩的父亲如此说道。

"哎哟，他蹭得我的下巴好痒！"特迪说。

里基·蒂基把他的小脑袋伸到小男孩的衣领和脖子中间看了看，又闻了闻他的耳朵，便爬到了地板上，坐在那里揉鼻子。

"上帝，这是野生动物吗？他看起来好温顺，是因为我们对他好吗？"特迪的妈妈说。

"獴都是这样子，"她的丈夫说，"只要不拎着他的尾巴，也不打算把他关起来，他就会整天跑来跑去的。我们给他点东西吃吧！"

他们给他一小块生肉，里基·蒂基吃得津津有味。吃完后他就跑到外面的门廊上晒太阳。他把他的皮毛蓬松开,让它彻底干透。他觉得那样就舒服多了。

"这幢房子里有那么多我没见过的东西,简直比我全家人看到的东西加起来还要多,我要仔细研究研究。"

那段时间,他整天在屋里游荡,他差点在洗澡盆里被淹死;他把鼻子伸进了墨水瓶里,又把鼻子伸到男主人的雪茄烟头上,把鼻子烫伤了,原因只是他爬到了男主人的膝盖上,想看看字是怎么写出来的;天黑的时候,他跑进特迪的房间,那是儿童室,他去看看煤油灯是怎么点着的;特迪上床的时候,他也爬了上去。只是,他天生活泼好动,只要一听见声音就要起来看个究竟。特迪的父母睡觉之前进来看了看特迪。这时候,里基·蒂基正躺在枕头上,还没睡。特迪的妈妈担忧地说:"我不喜欢这样,说不定他会咬伤特迪。"

"不会的,有那个小野兽看守着,特迪比大猎狗在跟前还要安全。比如,要是有蛇爬进来……"

"别说了,希望不会发生这样可怕的事情。"特迪的母亲打断了父亲的话。

早晨,里基·蒂基坐在特迪肩膀上,在门廊上吃香蕉和煮鸡蛋。他轮流坐在他们的膝盖上,因为他们都希望有一天他能够成为家獴,他可以随意地在房间进进出出。里基·蒂基的母亲以前住在将军的府邸,她曾经小心地教给里基·蒂基,当遇到白人的时候,如何跟他们相处。

后来,里基·蒂基的活动范围扩展到了外面的花园,他的好奇心也跟了出来。外面有一座很大的花园,一丛丛的尼尔元帅玫瑰、酸橙树、橙子树和一簇簇竹林,一块块高大茂盛的草丛才占据了一半的面积,每一丛玫瑰都有一座凉亭那么大。这种玫瑰,是一八六四年培育出来的,以拿破仑麾下的元帅道尔夫·尼尔的名字命名。里基·蒂基咂咂嘴:"在这里打猎绝对棒极了!"他一想到这儿,尾巴就变成了瓶刷。他肆意地在花园里跑来跑去。直到他听到悲恸欲绝的声音,循着声音来到一处荆棘丛,那是长尾巴缝衣莺达尔奇和他妻子的家。他们用植物纤维缝合了两片巨大的树叶,中间铺上柔软的棉花和羽毛,这是一个非常完美的鸟巢。但是现在,他们正坐在边上哭得伤心欲绝。

"发生什么事情了?"里基·蒂基问。

"昨天,我们的一个孩子跌出了巢,纳格把他给吃了,我们太伤心了。"达尔奇解释说。

"天呐,这真是个悲剧。不过我刚刚搬来,冒昧问一下,纳格是谁啊?"里基·蒂基说。

正在这时,荆棘丛下浓密的草丛里传来了低低的咝咝声——

这可怕冰冷的声音，把达尔奇和他的妻子吓得连话也不敢说就缩回了自己的巢里，而里基·蒂基也被吓得一下子跳出去两英尺。接着，大黑眼镜蛇纳格的脑袋和鼓胀的头兜一点点出现在他们的视线中，他的身体足足有五英尺。当他的身体离开地面三分之一时，他会像风中的蒲公英一样左右摇摆来平衡自己。他的蛇眼如此邪恶，死死地盯着里基·蒂基。蛇的表情不会出卖他的内心。

"谁是纳格？"他说，"我就是，当第一条眼镜蛇鼓起头兜，为正在睡觉的大梵天神遮住阳光的时候，大神就在我们身上打下了他的印记。看吧，你不害怕吗？"

他更加卖力地鼓起头兜，背面的眼镜印记在里基·蒂基看来，像是一只搭钩纽扣的孔眼。一分钟之后，里基·蒂基就不再害怕了。虽然他以前根本没见过活的眼镜蛇，但是他的妈妈给他吃过死的。他知道，獴一旦成年，遇到蛇就要战斗，并且吃掉蛇，这是獴们毕生的信条。纳格也知道，所以，其实他内心深处，还是有所忌惮的。

"好吧，"里基·蒂基又竖起了他蓬松的尾巴，"不管有没有印记，你吃掉那只跌出巢的雏鸟，是不对的。"

纳格正在盘算着什么。他看着里基·蒂基身后草丛里极其微小的动静。他知道，只要有了獴，他们一家迟早都得面临死亡。但是，为了放松里基·蒂基的警惕，他微微低下脑袋，偏着脑袋说："我们谈一谈吧，你能吃蛋，我为什么不能吃鸟呢？"

"小心，注意你身后！"达尔奇喊道。

里基·蒂基没有浪费时间去看后面，他用力往空中跳得很高。纳格那个狡猾的妻子——纳吉娜从他身体下面溜过。原本她想趁机杀死他，可他听到了她失败后暴怒的声音。现在他跳在了她的背上，因为还太年轻，他不知道现在是杀死她的有利时机。他咬了一下后，便跳开了。受伤的纳吉娜用她的尾巴进行反击，但被他躲过了。

纳格用力去扫鸟巢，可达尔齐早就把巢筑在了荆棘丛的高处，现在鸟巢来回摇晃，蛇就是够不到它，纳格说："坏极了，达尔齐坏极了。"

里基·蒂基发怒了，他的眼睛发热变红了。他像袋鼠一样坐在自己的尾巴和后腿上观察四周，嘴里喳喳叫个不停。但是纳格和纳吉娜已经躲起来了。蛇进攻受挫之后，往往一言不发，也没有什么迹象能看出他的下一步企图。里基·蒂基对于同时对付两条蛇还没什么把握，也就没有跟踪他们，只是坐在房子附近的碎石小路上思考。这件事对他来说可是十分严肃的。有些自然历史的书上说，蛇獴在战斗时，如果獴被咬伤，就会跑开去寻找一种能够治伤的草药。事实上，这是一种谬论。

有时候输赢只在眨眼之间。蛇出击头部的时候，动作比人的眼睛快得多，蛇獴之争的关键比任何药草还要神奇。里基·蒂基知道，他还很年轻，一想到自己想办法躲开了背后的蛇的攻击，他还是很欣慰的。所以，他的自信开始增多。这时，特迪一路小跑过来，里基·蒂基很享受他的抚爱。但是，还没等特迪弯下腰来，什么东西在尘土里稍微蠕动了一下。他听见有个声音轻声说："小心点，我要杀了你。"他叫克赖特，是一种专门生活在泥土里的棕色小蛇，由于他常常蒙满灰尘，又十分细小，所以人们常常注意不到他。又因为他和眼镜蛇一样有毒，所以，对人们有更大的危害。

里基·蒂基的眼睛又变红了，他用一种传承下来的、特殊的晃动摇摆姿势跳向克赖特。这种姿势看上去有点滑稽。可是就是这种步子，却又巧妙的让身体保持了平衡，以至于他可以随时转向他喜欢和想要去的方向。与蛇对抗，这是他的优势。只是现在的里基·蒂基还体会不到。现在他与克赖特的战斗远比和纳格更危险。因为克赖特身体小，转身快。如果里基·蒂基不能咬到他的命门——背后紧挨脑袋的地方，那么里基·蒂基的眼睛或者嘴唇就会受到反击。只是里基·蒂基不知道的是，他的眼睛全变红了，他前后摇晃，寻找攻击的好时机。克赖特出击了，里基·蒂基往一边闪了一下，准备与他短兵相接。可是那个蒙满尘土的、小小的灰脑袋迅速发动攻击，差一点点就咬到里基·蒂基的肩头了。里基·蒂基不得不闪身躲避，跳过克赖特。可是那个邪恶的脑袋紧追不放。

特迪冲着屋里喊："哦，快来，我们的獴正在跟一条蛇打仗！"里基·蒂基听见了特迪母亲的尖叫声。特迪的父亲跑了出来，手里紧紧拿着一根木棒。但是，等他跑出来的时候，克赖特的攻击过了头，里基·蒂基起身跳到了蛇背上。他低下脑袋，冲着蛇的命门狠狠咬了一大口，一个筋斗翻下来。这一口要了克赖特的命。里基·蒂基正想跑过去美美地吃一顿，忽然想起，吃得太胖会使动作受到影响。于是，他放弃了美食。在特迪父亲捶打死去的克赖特时，他走向荨麻树丛，在泥土里打滚。里基·蒂基心想："我已经杀死了他，你捶打他不是多此一举吗？"而接下来发生的事情让他目瞪口呆：特迪母亲一把把里基·蒂基从土里抱起来，哭着说他是特迪的救命恩人；特迪父亲说他是上帝派来的天使。他觉得，这些激动和忙乱有点滑稽。事实上，他不知道他们在干吗。在他眼里，特迪母亲也可能只是因为他在泥土里玩而抚摸他。他觉得，这里的生活很惬意，很快活。

那天晚上，他在餐桌上的酒杯中间来来回回，可以随意吃任何想吃的东西，他吃了太多的东西，以至于肚子撑得大大的。虽然特迪母亲称赞了他，一直宠爱地抚摸着他，他坐在特迪的肩膀上很舒服,但是他的眼睛仍然时不时变成火红色。因为他想到了纳格和纳吉娜,他发出战斗呐喊:里基——蒂基——蒂克——恰克。

特迪把里基·蒂基抱上床,让他睡在他的下巴颏底下。里基·蒂基从来不咬人也不抓人。但是等特迪睡着,他便跑下来,在屋子的四周游荡。他遇到过麝鼠丘琼德尔,当时他正绕着墙根遛圈子。丘琼德尔是一只胆小的小动物,整夜呜咽吱吱叫。他没有胆子跑到屋子中央。

"别杀我,里基·蒂基,别杀我!"丘琼德尔几乎要哭了。

"你认为杀蛇的我会杀你这只麝鼠?"里基·蒂基高傲起来。

"会游泳的总是会被水淹死。"丘琼德尔悲伤地说,"说不定在哪个漆黑的夜晚,纳格会把我错当作你给杀了……"

"放心吧,绝对不会出现这种状况。"里基·蒂基说,"纳格是在花园活动,而你从来都不去的。"

"我的表哥老鼠乔厄跟我说过……"丘琼德尔话说了一半就没接着说。

"跟你说什么?"

"纳格无处不在,里基·蒂基,我想也许你应该去跟乔厄谈一谈。"

"我不去,所以你得跟我说,快说,丘琼德尔,否则……"

丘琼德尔大哭。泪珠顺着他的胡须滚落。他坐了下来，哽咽地说："我好可怜啊！我从不敢跑到屋子中央去，我什么都不该跟你说，你听不见吗？里基·蒂基？"

里基·蒂基屏住呼吸仔细聆听，一片寂静，但是他觉得他听见了轻微的沙沙声——这大概是世界上最轻微的——像一只黄蜂在窗玻璃上爬。那是蛇的鳞片蹭在砖结构建筑物上的干巴巴的摩擦声。

"那是纳格或者纳吉娜。"他自言自语，"他正在爬浴室的下水道。你说对了，丘琼德尔，我确实应该找乔厄谈一谈。"

他悄悄跑到特迪的浴室，但是没发现什么。他又跑到特迪母亲的浴室，那灰泥墙根下面，撬起了一块砖作为下水道口，以便放洗澡水。里基·蒂基从澡盆旁边溜了过去，听见了纳格和纳吉娜的话。

"等到房子没人住了，他就不得不离开了，到那时，花园就又是我们的啦。悄悄进去，记住，先咬死杀克赖特的大个子男人，然后你出来叫我，我们一起去捕杀里基·蒂基。"

"只是，你能确定，杀死里面的人，对我们来说是有利的吗？"纳格问道。

"那当然！要是这房间里没人住了，那么花园里就不会有獴了。要是平房空了，花园就是我们的天下了，想想瓜地里正在孵化的蛋，说不定明天就有破壳而出的了，我们的孩子需要既宽敞又安静的地方成长。"

纳格说："我没考虑到这个，不过我们好像没有必要去围捕里基·蒂基。我先咬死男女主人，可以的话，再加上那个小孩，然后我们就悄悄走开。只要房子一空出来，里基·蒂基就会离开了。"

里基·蒂基被这些话气得浑身发颤。慢慢地，下水道里露出了纳格的脑袋，接下来是他那冷冰冰的五英尺长的身躯。里基·蒂基虽然生气，但是看到这么大的眼镜蛇，心里也是很害怕的。纳格在黑暗中盘起身体抬起头，向浴室张望，他的眼睛在黑暗中闪闪发亮。

里基·蒂基心想："如果我现在动手，纳吉娜就会知道，但是如果在平地上，我会处于劣势，我该怎么办呢？"

纳格摇晃着，去喝给浴盆添水的最大水罐的水。"很好喝，纳吉娜。克赖特被杀的时候，大个子男人拿着一根木棒，他可能还拿着木棒，但是他早晨洗澡的时候肯定是不会拿着的，我就在这等他来洗澡。你听见了么，亲爱的？我要在这个地方等到早晨。"

外面无人应答，纳吉娜已经离开了。纳格顺着水罐盘成一圈一圈的。里基·蒂基静悄悄地守在那里。一小时以后，他开始慢慢移动。纳格睡着了，里基·蒂基盯着他巨大的背部，考虑从哪下口："如果第一下咬不到脊背，他还会继续打，如果他……哦，里基！"他瞧着头兜下面粗大的脖子，有点发怵。那个地方难度比较大，但是别的地方不能咬死他，之后还会激怒他。

"必须一口咬到头部，头兜附近，而且咬上了就不能松口。"他心想。

接着，他就跳了起来。头部稍微离开水罐，里基一口向水罐弯曲的罐颈下面咬去，用背死死顶住红色的陶罐鼓起来的地方，以便压住蛇的脑袋。这仅仅让他获得了一秒钟。而这一秒钟也为他赢得了时间，接着，他便像一只被狗咬住的老鼠被甩来甩去、来回旋转——上上下下、左左右右、来来回回转起了圈子。但是他的眼睛变红了，嘴巴死死咬住了蛇。蛇像赶车的鞭子，狠狠抽打着地板。他们打翻了勺子、肥皂盒、浴刷，撞上了浴盆边缘。他还是咬住不松口，而且越来越紧。因为他觉得自己要被撞死了，为了家族荣誉，他就是死也要咬紧牙关。他现在头昏脑涨，浑身跟散了架似的。突然，一股热风带着雷鸣般的声音从身后而来，红红的火舌烤焦了皮毛。原来这是那个大男人打的枪，他冲着纳格的头兜开了枪。

里基·蒂基闭着眼睛死死咬住不放，他以为他已经死了，但是蛇已经不动了。大个子男人抱他起来，说："又是那只獴，爱丽斯，这次，他救了孩子。"接着，特迪母亲进来了，她脸色苍白。里基·蒂基看了看纳格，跌跌撞撞地回到特迪的卧室。后半夜，他感觉自己仍旧一直在摇晃，不知道是不是自己碎成了四十块。

早晨醒来，他浑身酸疼，但是他对自己的表现很满意。"现在就剩一个纳吉娜了，她可比纳格要厉害得多。哦，对了，她的卵不知道孵化了没有，不行，我得去找达尔奇。"

里基·蒂基来不及吃早饭就跑去荆棘丛。达尔奇正在放声高歌——凯旋之歌。清洁工打扫了纳格的尸体，所以他的死讯已经遍及整个花园。

里基·蒂基生气地说："哦，你这个笨蛋现在是唱歌的时候吗？"

"纳格死了，死了，死了。"达尔奇大声高歌，"英雄里基·蒂基咬住不放。男人拿来枪，梆梆两声响，纳格就被炸成两半啦！啦啦啦，他再也不能吃掉我的小孩子了。"

"你说的没错。不过，纳吉娜在哪？"里基·蒂基仔细地观察了四周，问。

"她跑到下水道那里，叫着纳格的名字。"达尔奇继续高歌，"纳格却被挑在木棒上扔了出来，清洁工把他扔到了垃圾堆上。让我们一起歌唱英雄吧！"达尔奇深吸一口气，继续放声高歌。

"如果我能爬上你的鸟巢，我一定把你娃娃也扔出去！"里基·蒂基说，"你从不知道什么时候做什么事情。你在自己巢里是安全，可是我还得战斗！闭嘴，别唱了，达尔奇。"

"伟大而美丽的里基·蒂基,我不唱了,你有什么吩咐?英雄里基·蒂基。"

"我第三次问你,纳吉娜去哪儿了?"

"正在牲口棚的垃圾堆上哀悼纳格,长着白牙齿的英雄里基·蒂基。"

"别管我牙齿白不白!不过她的蛇卵在什么地方?"

"瓜地里最靠近围墙的那块地的尽头,那里阳光很好,她把卵藏在那里已经好几个星期了。"

"你从没想过要告诉我?你的意思是,在最靠近围墙的那块地的尽头?"

"里基·蒂基,你该不会是……想吃掉她的卵?"

"准确地说,不是吃掉,达尔奇,你要是有一点脑子的话,你就回到牲口棚去,假装你的一只翅膀折了,诱使纳吉娜追你到荆棘丛这儿。我现在要是去瓜地,她还能看见我,但我必须去瓜地。"

达尔奇的脑子容不下太多东西,傻了吧唧的。刚开始,他认为杀死他们是不公平的,因为纳吉娜和他们一样,也是在孵卵。但是他的妻子很聪明,她知道蛇卵代表着眼镜蛇,于是,就把小娃娃托付给达尔奇,让他继续在那歌唱纳格的死亡。

她飞到垃圾堆旁边的纳吉娜面前,拍拍翅膀说:"啊,我的翅膀断了，小男孩扔了一块石头，砸断了我的翅膀。"她绝望地扑扇着翅膀。

纳吉娜抬起头，说："我本来可以杀死里基·蒂基的，都是因为你的警告！说实话，你是来送死的吗？"她在尘土上滑行，向着达尔奇妻子的方向移动。

"男孩用石头打断了我的翅膀！"达尔奇的妻子尖叫。

"既然如此，我跟你说，我要找那个男孩算账。这样的话，我也算为你报仇了。我的丈夫今天死了，但是，在夜幕降临之前，那个男孩也就死了。你想跑吗？做梦！我一定要抓到你！小傻瓜，看我的！"

达尔奇的妻子心里很亮堂：她绝对不能那么做。因为鸟儿看见蛇的眼睛，就会吓得不敢动。达尔奇妻子继续拍打翅膀，哀戚戚地叫着，不离开地面，纳吉娜加快了脚步。

里基·蒂基听见她们离开了牲口棚，便走上小路，飞快地跑去瓜田。在那里，有二十五枚蛇蛋，个个都有矮脚鸡的蛋那么大，不过有一层灰白色的皮替代了蛋壳。它们被巧妙地藏在西瓜四周温暖的草坑里。

"我来的时间刚刚好。"他说，因为灰白色的皮底下已经能够看见蜷曲着的眼镜蛇娃娃了。他知道，一旦被孵化，每条小蛇都能立刻杀死一只獴，甚至一个男人。他飞快地咬掉蛇蛋的顶端，小心翼翼把小蛇碾碎。他时不时还翻动那窝蛇蛋，看看有没有漏掉的。最后，只剩下三个了，他开心地笑了。

就在这时，达尔奇的妻子的叫声传了过来："里基·蒂基，我把她引到那幢房子了，她进了'U'形走廊。快来吧，她要咬人了！"

里基·蒂基又压碎了两只，把最后一只叼起来，一个倒滚翻便滚出了瓜地。他急匆匆地奔向走廊。特迪和他的父母正在那里吃早饭，但是里基·蒂基看见了，他们没有吃东西，而是脸色苍白，呆坐着。纳吉娜在特迪椅子旁边的垫子上蜷成一圈。她与特迪的距离使她可以轻而易举地突袭特迪赤裸的腿。现在她正在唱着一支胜利的歌曲。

"小家伙，你的爸爸杀了我的纳格。你不要动，我还没做好准备，等会儿，你们三个人都不能动，你们一动，我就会出击。你们不帮忙，我也要出击，哦，杀死我丈夫的那个愚蠢的人！"

特迪看了看他的父亲。他的父亲也没什么好办法，只是说："特迪，你千万不要动，要安静地待着。"

这时候，里基·蒂基来了。他喊着："转过身来，纳吉娜，转过身来我们决斗吧！"

"会的，"她目不斜视地说，"我得跟你算算咱们的账了。

看看你的朋友们,他们脸色苍白,一动也不敢动。他们害怕了。别动,要是再往前走一步,我可就不客气了。"

"那先看看你的蛋吧！在围墙附近的瓜地里。去吧,纳吉娜,去看看吧！"

纳吉娜稍微转了转身,看到了走廊上的蛇蛋:"快把它还给我！"

里基·蒂基用两只前爪捧住蛇蛋,但是眼睛又变红了:"为了一只蛇蛋,你愿意付出什么代价？为了一条小眼镜蛇呢？还是它将来是王？他是最后一只蛋吧？蚂蚁正在瓜地里吃其他所有的蛋。"

为了一只蛇蛋,纳吉娜忘了一切。她猛地转过身。里基·蒂基看见特迪父亲迅速伸出大手,把特迪从小桌子上拽了过去。特迪安然无恙。里基·蒂基欢笑着说:"上当啦,上当啦,蒂克——恰克——恰克。小孩没事啦,昨天是我在浴室里咬住了纳格的脑袋。"

他高兴地四腿并拢,又蹦又跳。脑袋挨着地面,蹿上跳下,蹦个没完:"他想把我甩开,可是没办法。我把他杀了,在大个子男人把他炸成两半之前。里基·蒂基·恰克——恰克。来吧,纳吉娜,我们决斗吧,我送你去跟他团聚。"

纳吉娜发现,她错过了杀死特迪的最好时机,而蛇蛋却还在里基·蒂基的手里。"把蛋还给我,把我最后一个蛋还给我,我就走,再也不回来。"她低下头说。

"是的,你会走的,而且再也不回来:因为你就要跟纳格在地狱相聚了!决斗吧,失去丈夫的纳吉娜。大个子男人拿枪去了,我们决斗吧!"

里基·蒂基围着纳吉娜不停地跳跃,总是刚好处在纳吉娜的攻击死角,他的小眼睛红红的,像燃烧的炭块。纳吉娜强打起精神,不断地扑向里基·蒂基,可是里基·蒂基纵身一跃就躲开了。纳吉娜一次又一次地出击,可是几乎每次她的头都会哐当一声撞在门廊的草垫上,然后她就像弹簧一样的缩回去。后来,里基·蒂基围着她绕圈,想寻找机会从背后偷袭,纳吉娜也紧跟着转圈子,让她的头部总是对着他的脑袋,因此,她的尾巴便噼噼啪啪地打在草垫上,发出像风吹枯叶一样的声音。

里基·蒂基已经忘了那只蛇蛋仍然放在门廊上,可纳吉娜却没有忘记,她朝蛇蛋移动,越移越近,最后她趁着里基·蒂基松口气的时候,一下子把蛇蛋含在嘴里,转身就逃。而里基·蒂基紧追不舍,他知道,必须抓住纳吉娜,否则,所有的问题又得从头再来一遍。眼镜蛇要逃命,那速度可真叫快,就像一鞭抽在马脖子上。纳吉娜直奔荆棘树旁高高的草丛逃去,奔跑中的里基·蒂基希望有谁能拦住纳吉娜,可惜只听见达尔齐还在家里唱着他那支可笑的胜利之歌。好在达尔齐的妻子比较聪明,纳吉娜刚过来,她就飞出来在纳吉娜头顶上拍拍着翅膀。如果达尔齐也来帮忙,纳吉娜可能就跑不了了。受到达尔齐的妻子的干扰,纳吉娜低下头兜,继续前进。就是这一瞬间的耽搁,里基·蒂基追上了纳吉娜。纳吉娜刚钻进自己的洞穴,里基·蒂基就咬住了她的尾巴,他们一起钻进了纳吉娜和纳格过去居住的那个洞。无论多么聪明、勇敢、经验丰富的獴,也不愿意追着一条眼镜蛇进入他的洞穴。洞里很黑,什么也看不清,里基·蒂基不知道洞穴哪里会变得开阔,让纳吉娜有机会转过身来攻打自己。他狠狠地咬住,不敢松口,伸开两脚当作刹车,死死抵在洞穴两边闷热潮湿的泥土上,他们就这样僵持不下。后来,达尔齐看到洞口的草停止了摆动,说道:"里基·蒂基完了!我们要为他的死亡致哀。英勇的里基·蒂基死了!纳吉娜肯定在洞里杀死了他。"

于是达尔齐临时编了一支非常悲伤的歌,并在洞口唱了起来。正当他唱到最感人部分的时候,洞口的草又摇晃起来,里基·蒂基满身泥土,舔着胡须,一步一步,步履蹒跚地爬出了蛇洞。达尔齐惊讶地叫了一声,停止了歌唱。里基·蒂基抖了抖身上的泥土,打了个喷嚏,说道:"好啦,一切都结束了,那个寡妇再也不会出来了。"住在草丛中的红蚂蚁听见了,立刻排起队伍,一个接一个地下到洞里,想看看纳吉娜还在不在,里基·蒂基讲的是不是实话。

里基·蒂基累了,就在草地上躺下,缩起身子,很快就进入了梦乡,他睡呀睡呀,一直睡到天都黑了的时候。辛辛苦苦地干了一天的活,真的要好好休息了。

他醒来以后说:"达尔齐,好啦。我要回家了,你告诉铜匠鸟,让他转告花园里的动物,纳吉娜死了,不要害怕了。"

铜匠鸟是一种能发出和小锤子敲打铜锅的声音一样的鸟。他是印度每一座花园里的街头公告人,他会向每一个愿意听的人通报所有的新闻,这也是他能发出这种声音的原因。里基·蒂基还没回到家呢,就听到铜匠鸟像个小小的就餐铃一样发出了"注意"的声音,然后就用那平稳不变的声调报告主要内容:"叮——咚——当!纳格死了叮咚!纳吉娜死了!叮咚!叮——咚——当!"听到这个消息,花园里的小鸟都高兴得唱起了歌,连池塘里的青蛙也兴奋得呱呱叫起来,那是因为纳格和纳吉娜不光吃小鸟,也经常吃青蛙。

当里基·蒂基回到屋子里的时候,特迪和他的父亲、母亲(她看起来仍然十分苍白,因为她曾经昏了过去)都跑出来迎接他,一家人抱着他都哭了起来。那天晚上,里基·蒂基吃完了特迪一家给他的所有食物,一直吃到再也吃不下了,简直要撑死了。吃完饭他便伏在特迪的肩头睡觉了。晚上很晚的时候,特迪的父母到特迪的房间来看他,他还在特迪的肩头呼呼大睡。

特迪的母亲对特迪的父亲说:"他救了我们的性命,也救了

特迪的性命。想想吧,是他救了我们一家人所有人的性命啊。"

獴的警惕性很高,听到有动静,里基·蒂基耸然一惊,醒了过来。"哦,是你们呀,"他说,"你们还担心什么呢?花园里所有的眼镜蛇都死了。如果他们不死的话,这儿还有我呢。"里基·蒂基有骄傲的资本,但是他并没有得意忘形,他像所有的獴一样,用自己的武器(牙齿)和自己的武艺(跳跃、踢和咬)照料着花园,此后再也没有一条眼镜蛇敢在围墙之内露面了。

6. 大象们的图梅

我永远记得我是谁，我憎恨皮鞭和枷锁，

我记得我的力量和丛林中的故事。

我不会为了一捆甘蔗向人类出卖自己的力量，

我要回到我的同类和兽民中间。

我要离开这儿，直到阳光灿烂的明天，

去迎接和风的轻吻，体味泉水温柔的抚摸，

我要折断木桩，忘掉脚踝上的铁环，

我要重访自由的伙伴，重温失去的爱。

卡拉·纳格的意思是"黑蛇",它是一头大象的名字,他已经为印度政府工作了四十七个年头,这些年来,什么活都干过。大象二十岁刚好成熟,他就在那个时候被捉住了,他和母亲拉达在同一次围猎中被捉住,然后一直为印度政府干活,直到快七十岁才停止。一八四二年,他的力气还没长够,就帮人推陷在烂泥里的大炮,人类在他脑门儿上放了一大块大皮垫子,靠着这个,他能干好多活,那是阿富汗战争以前的事。在它的象牙还没长出来的时候,妈妈就告诉他,胆小的大象总是要受到更多的伤害,卡拉·纳格受益匪浅。

第一次遇到自己驮的一发炮弹爆炸的时候,他尖叫着乱跑,结果跑到了一个堆放着来复枪的台子上,那些尖刀把他扎得遍体鳞伤。经过这件事,他觉得妈妈的话太对了,此后他就不再害怕了。在为印度政府服务的大象中,他是最受人喜欢的,并得到了最好的照顾。在上印度的进军中,他驮过一千二百磅重的帐篷;他还被安置在起重机的吊篮里,被吊到轮船上,经过几天几夜,越过海洋,在离印度很远的地方驮迫击炮。那是一个满眼都是岩石的国家。战争中,他看到西奥多皇帝死去了,埋葬在马格达拉。后来,他又被装到轮船上运到别处。他听士兵们说,那艘轮船获得了阿比西尼亚战争奖章。十年间,他经历了很多,他看到大象伙伴们在寒冷、疾病、饥饿中死去,而他自己也在阿里·木西德中过暑。

后来他又被换了工作，往南走了几十英里，在毛淡棉的一个木材厂里运送柚木。在木材厂，有一头年轻的大象偷懒，逃避干活，卡拉·纳格差点把他弄死。

发生那次事故以后，人们又给他换了一个工作，让他和另外几十头受过专业训练的大象去卡洛山山里抓捕野象。虽然印度政府对大象严格保护，但是有一个专门抓捕野象的部门，这个部门负责抓捕野象、训练野象，让野象学会帮助人类干活，然后再把他们送往全国各地。

卡拉·纳格足有十英尺高，这是到肩膀的高度。他的象牙也被人们整理过，人们把它截成五尺长，截断的地方用铜箍套牢，防止象牙受伤。有了改造过的长牙，他比没受过训练的、长着尖象牙的象能干的事多得多了。

抓捕野象，首先得经过几个星期的驱赶，先把分散在山中的野象往一个预先设置的围栏里赶，等到那四五十头野象都被赶进了围栏，巨大的、用树干捆成的吊门就关上了，野象无路可逃。最后的抓捕一般都是在晚上，捕猎人举着火把，围着栅栏，野象怒气冲冲，大吼大叫，撞来撞去。人们指挥卡拉·纳格进入野象群，教训那些最强壮的家伙，逼迫他们老老实实地待着。与此同时，骑在象背上的人就用绳子套住个子矮小、比较弱小的象，并把他们绑紧。

卡拉·纳格非常聪明，他善于打架。年轻时他在与老虎打斗时积累了一些经验，老虎攻击他时，他把柔软的鼻子卷起来，以免受到伤害，然后又快速甩头把老虎撞飞。把老虎打倒后再把自己的脚踩到老虎身上，直到老虎惨叫一声咽了气，躺在地上软塌塌的，只等着卡拉·纳格去拽他的尾巴。

伴随卡拉·纳格的赶象人是图梅一家。卡拉·纳格被抓捕是很早以前的事，他说："'黑蛇'除了我，谁都不怕。我家三代人轮流喂他，照料他。他会活着看到我们第四代人的。" 大图梅的儿子黑图梅把卡拉·纳格带到阿比西尼亚，现在是大图梅带着他在卡洛山抓捕野象。大图梅的长子小图梅已经十岁了，四英尺高，身上只围了一块布片。按照习俗，长大了就由他接替父亲大图梅的位置，指挥卡拉·纳格，掌管重重的刺棒——那是驯象用的，刺棒已经被他父亲、他祖父和他的曾祖父用得光溜溜的了。小图梅说："'黑蛇'也怕我。"小图梅是在卡拉·纳格的影子下出生的，不会走路时就在象鼻子尖上玩耍了，会走路后就赶到水里。当大图梅把这棕褐色的小娃娃放到卡拉·纳格的象牙下，并告诉他向未来的主人致意时，他就不会幻想着不服从小图梅那尖声尖气的命令了。

小图梅像个大人似的迈着大步慢慢走到卡拉·纳格身边说："哟，你怕我，对不对？把脚一只一只地抬起来。" 卡拉·纳格

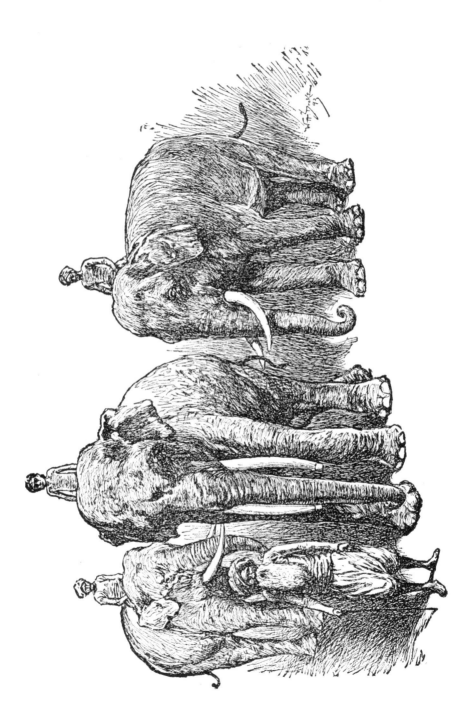

照他说的做了。"哇,好。"小图梅很得意,摇晃着头发蓬松的脑袋,学着爸爸的口气说:"政府为大象付钱,可惜那是我们象夫的。'黑蛇',等你老了,不能给政府干活了,会有一个有钱的邦主把你买走,那时,他会按你的个头和表现付钱。然后你就不用干活了,顶多也就是耳朵上戴上金耳环,背上放一顶金象轿,身上再披一块缀满金子的红布,走在邦主队列的前头。那时,老黑蛇,我坐在你的脖子上,手持一根银象棒。一帮人拿着棍子跑在我们的前面,喊着'邦主驾到,行人闪开',那叫一个美啊。"小图梅转念一想,又说:"唉,还是不如在丛林中打猎好玩。"

"哼!"大图梅说,"你这个孩子,像一头水牛犊子那么野性。在这些山里这么跑上跑下的不是什么好差事。我不喜欢在山上捕猎,等我老了,给我一个砖砌的野象训练地,一头象一个棚,还得有大树桩,把它们拴得结结实实的;再有平坦宽阔的场地,我可以在上面训练那些家伙。我不想住这种暂时的营地。啊,坎普尔的临时棚房还是不错的。离那儿不远就有一个集市,一天只干三个小时的活儿,没事的时候去逛逛。"

小图梅知道坎普尔的象场,什么话也没有说。跟爸爸不一样,他非常愿意过营地的生活,讨厌那些宽阔平坦的大路,讨厌每天要到仓库中去找草料,讨厌只能看着卡拉·纳格在它的尖木桩上焦躁不安地来回走动而无事可做地消耗时光。

小图梅喜欢山里的生活,他喜欢坐在卡拉·纳格的脖子上,穿过只能容一头象走过的马道,来到峡谷里;观看在几英里之外吃草的野象;欣赏惊慌失措的野猪、孔雀在卡拉·纳格的脚下奔跑。山上有使人头晕目眩的暖雨,山峦、峡谷缥缈,早晨雾蒙蒙的,白天驱赶野象,不知道晚上会在哪儿扎营;对待野象,既要坚定,又得小心翼翼,夜里赶猪时那拼命地奔跑,熊熊燃烧的火堆及吵嚷、喧闹,这一切都让他着迷。当那些野象像山崩地裂一样轰隆隆涌进围场时,他们发现再也无路可逃时,就四处寻找出口,往自认为能冲开的地方撞。捕象人就用震天的喊叫、熊熊的火把和空弹壳把他们赶回去。

那个时候,任何一个小男孩都派得上用场,而我们的小图梅能顶得上三个男孩。他拿着火把挥来挥去,拼命大喊。到从围场向外开始赶象时,真正的好时机才来到克达围场。那情景,简直就是世界末日,捕象人用手势代替说话,由于环境太嘈杂,他们听不见自己说话,人也喊累了。这个时候,小图梅会爬到一个围场立柱的顶上,那里高,看得到围场内所有角落,即使立柱颤动他也毫不害怕。一头棕发飘散在他肩膀上,在火光中他就像是一个小妖精。喧闹声稍一平息,他就尖声鼓励卡拉·纳格:"去,去,

6. 大象们的图梅

'黑蛇'！扎它！扎它！当心，当心！抽它，抽它！柱子！啊！啊！嗨！呀！加油！"他的声音压得过愤怒的吼叫声、猛烈的撞击声、绳子的拍打声和那些被拴住的大象的哼哼声。"卡拉·纳格和野象之间的大战不断地在克达围场里进行，那些老捕象人擦去脸上的汗水，朝正在木柱顶上高兴得扭动着的小图梅点头称赞。

在木柱上站得久了，胆子越来越大，他不光扭动，一天夜里，他从木柱上滑下来，钻到两头象中间，把绳套松开的一头扔给一个象夫，那象夫正在努力抓住一头小象的腿，小象乱踢乱动，很难对付，非常危险。忠实的卡拉·纳格发现了小图梅，用鼻子把他绕住，递给了大图梅，大图梅又惊又气，啪地打了他一下，把他又送回到木柱上。

第二天早晨，大图梅骂了小图梅一顿："象场还不好吗？收拾帐篷的活儿还不好吗？非得自己去捕象吗？不知好歹的东西！那些比我挣钱少的傻瓜捕象人已经向彼得森·塞希伯报告了这件事。"看到爸爸这个样子，小图梅吓坏了，他太小，也不了解白人。但是他觉得彼得森·塞希伯是世界上最了不起的白人，彼得森是克达围场抓捕野象行动的总头领，他比任何人都了解大象的习性，为印度政府捕捉了很多野象。

"会——会出什么事吗？"小图梅问。

"出事？要出大事了！彼得森·塞希伯是个疯子，他可能要求你去当个捕象人。他干吗要抓捕这些野家伙呢？这个丛林，到处是热病，捕象人不论在什么地方都可能睡觉，最后会被大象踩死在这里的。幸好这些谣言没事了，没惹出什么乱子。到下个星期捕猎一结束，由于我们是从平原上来的，他们就会送我们到车站，然后我们可以顺顺当当地回家，忘掉这里的一切。儿子，我很生气，你怎么会掺和到那些肮脏的阿萨姆的丛林居民中去呢？卡拉·纳格谁都不怕，只听我的话，为这我才和他一起来到这里。但他只是一头斗象，他不能帮那些捕象人用绳子拴野象。所以我很放心，我是一名称职的象夫——不是一个猎手——我是说一名象夫，一个服役期满就能得到养老金的人。大象图梅家族会在克达的污泥中被踩在脚下吗？坚决不能！你是一个坏孩子！淘气的孩子！没出息的儿子！去给卡拉·纳格洗一洗，护理一下他的耳朵，看看他的脚上有没有扎刺……不然彼得森·塞希伯肯定把你当成一个非法猎人给抓起来。一个偷猎大象的丛林熊。呸！丢人！去！"

小图梅一声也没吭，转身找卡拉·纳格去了。他检查卡拉·纳格的脚时候，把自己所有的委屈都告诉了大象。小图梅一边把卡拉·纳格那硕大的右耳叶翻上去，一边说："没关系，虽然他们把我的名字告诉了彼得森·塞希伯，或许——或许——谁知道呢？

6. 大象们的图梅 | 153

嗨！我拔出来一根大刺！"

接下来的几天很平静：把大象赶到一起，新捕获的野象夹在两头被驯服的大象之间，以防他们在离开丛林前往平原时惹太多的麻烦；再就是清点剩余的物资，像毯子、绳子以及其他一些进山带来的物品。

彼得森·塞希伯乘坐着他的母象普德米尼来了，这是一头非常聪明的大象。捕猎季节就要结束了，他要把各个营地的工钱都付清。他的一个雇员坐在树底下的一张桌子旁，给赶象人付工钱。赶象人拿到钱后就回到自己的大象旁，加入准备出发的队伍中。那些捕象人、狩猎人和捕兽人是彼得森·塞希伯长期雇用的克达人，他们年复一年地留在丛林中，现在或是坐在象背上，那些大象是彼得森·塞希伯的财产，或是挎着枪靠在树上，拿那些赶象人寻开心，看到那些新捕获的大象冲出队列到处跑，他们就哈哈大笑。

大图梅朝发工钱的雇员走过去，小图梅紧跟在他身后。马舒阿·阿巴是追捕人的头儿，他低声对他的一个朋友说："这小家伙是块好材料，可惜他要回到平原去。"

彼得森最了解大象的习性，而大象是最安静的动物，所以他练就了非常灵敏的耳朵，任何一点声音都休想逃过他浑身的耳朵。他一直坐在普德米尼背上，听到了马舒阿的话，转身问："怎么回事？

我还不知道平原象夫中有一个男人聪明到去拴一头死象呢。"

"不是男人，而是个小男孩。在最后一次围捕野象的时候，他进入了克达围场。我们要捉那头肩上有块红斑的小象，把他从他母亲那儿拖走时，他把绳子扔给了巴冒，帮了我们的大忙。"

说着，马舒阿·阿巴用手指了指小图梅，彼得森看了一眼小图梅，有些怀疑："他把绳子扔给了巴冒？他还没有拴马桩高呢！小家伙，你叫什么名字？"

小图梅鞠了个躬，吓得连话都说不出来。卡拉·纳格在他身后，于是小图梅做了个手势，卡拉·纳格就把他卷到自己鼻子上，抬到和普德米尼的额头一样高的地方，这样正对着彼得森·塞希伯这个自命不凡的家伙。小图梅用双手捂着脸，他还是个孩子，虽然知道关于大象一些事，但是面对大人，他也和所有的孩子一样会怕羞。

"啊哈！"彼得森微笑着说，"你为什么训练你的大象让他学会这个技巧？是等晾玉米穗的时候，帮你从屋顶上偷玉米吗？"

"不是偷玉米，穷人的保护人，而是瓜。"小图梅回答说。在场的人全都哈哈大笑起来，当他们是孩子的时候，大多数人都教过自己的大象那个本事。小图梅悬在离地六英尺高的地方，羞得自己好想地上有个缝钻进去。

看到这种情况，大图梅皱着眉说："他叫图梅，是我的儿子，塞希伯,我没有管教好,他是个坏孩子,长大了会坐牢的。""不可能!"彼得森·塞希伯说,"这么点的孩子就能面对整个克达围场,了不起,怎么会下大狱呢。小家伙,给,这儿是四个安那,拿去买糖吃吧。你有勇敢而又聪明的脑袋。早晚你会成为一名出色的猎人的。"大图梅的眉头皱得更紧了,他就怕让儿子去当猎人。"好好记住,不管你是否勇敢,捕象的围场不是孩子们玩的地方,太危险了。"彼得森接着说。

"我永远不能去那儿吗,塞希伯?"小图梅不太相信,喘了口气,大声问。

"对,"彼得森笑着说,"除非你看见大象跳舞,那是最适合的时间。等你看见大象跳舞了,就来见我,那时候我会请你进入所有的围场捕捉野象。"

这回大家笑得更厉害了,大象跳舞是个流传在大象捕捉人中间的一个故事。丛林中隐藏着一些空旷的平地,那些地方被人称为大象舞场,但那些地方只能碰巧找到,关键是没有人见过大象跳舞。当一个赶象人向别人吹嘘自己的技能和勇敢的时候,别人就会打趣他说:"你什么时候看见过大象跳舞?"

卡拉·纳格把小图梅放下来,小图梅又对彼得森·塞希伯深深鞠了个躬,然后就和他父亲走了。回去以后他把那四个银安那给了他的妈妈，妈妈正在喂小弟弟吃奶。他们一家人全都上了卡拉·纳格的背，于是大象队伍开始下山了，直奔平原，一路上大象呼噜着、尖叫着。对那些新加入的大象来说，那不是愉快的旅程，他们在每次过河时都要制造麻烦，赶象人软硬兼施，不时地诱哄或敲打他们。

大图梅很生气，怨恨地戳了戳卡拉·纳格。小图梅却高兴得不得了。那个了不起的白人彼得森·塞希伯注意到了他，还给他钱，那感觉，就像是一个列兵被叫出受到了指挥官的表扬一样。

"妈妈，他说大象跳舞是什么意思？"见父亲脸色难看，他便轻声地问妈妈。

没等妈妈回答，爸爸开口了："意思就是你永远成不了这些追捕人中的一员——喂，前面的，什么把路堵上了？"

原来是前面几头大象不走了，一名叫阿萨姆的赶象人生气地转过身来，喊道："把卡拉·纳格带过来，撞一下我这几头幼象，让他们老实点。为什么彼得森·塞希伯选了我和你们这些稻田里的笨蛋一起赶象？把你的象拉过来和他们一起并着走，让他用象牙戳那些家伙。这些新象都好像着了魔，要不然，就是他们嗅到丛林中他们同伴的气味儿了。"

卡拉·纳格撞击那头新象的肋骨，他老老实实的继续赶路。大图梅说："最后一次捕捉的时候，我们把山上的野象都赶出来了。

围捕的时候只有你粗心。需要我把整个队伍整顿一下吗?"

"听他的!"另一名赶象人说,"都赶出来了!嗬!嗬!你们可真聪明,你们这些平原居民。除了从来没见过丛林的污泥脑袋,谁都明白,他们知道这个季节的围猎结束了。因此,所有的野象今夜都会——我干吗要对牛弹琴?"

"他们会做什么?"小图梅喊道。

"呦,小家伙,是你啊!好吧,我只告诉你,因为你头脑冷静。大象们会跳舞的,你那赶出来了山上的所有野象的父亲,今天夜里可有必要给他的木桩子上双道链子了。"

"这是为什么?"大图梅说,"我们一家照顾大象都四十年了,我祖父、我父亲都照看大象,可是我们从来没听说过这种关于大象跳舞的神话。"

一路上,他们说着话,拌着嘴,蹚过了小河。他们的第一站是去一个为迎接新象而刚设立的营地,在离营地还很远的时候,大象们就发起了脾气。赶象人把这些象的后腿用链子拴在了尖尖的木桩上,用特别粗的绳子拴住那些新捕来的大象,把饲料放在野象面前。山里的赶象人不向山下走了,他们要趁着天亮回到彼得森·塞希伯那儿,他们告诉那些平原赶象人当夜要格外小心。当平原赶象人问他们究竟是为什么的时候,他们哈哈大笑,没有告诉他们。

小图梅喂卡拉·纳格吃饱了晚饭。当夜色慢慢降临到营地的时候，小图梅感觉说不出的高兴，他要去寻找一只手鼓，尽情玩一会儿。当印度男孩儿的内心充满激情的时候，他不会到处乱跑，也不会疯疯癫癫地吵闹。他会坐下来，自己尽情欢乐。小图梅想起彼得森·塞希伯的话啦！他要找到自己想要的东西，不能让自己失望！临时营地卖糖果的小贩借给小图梅一只小手鼓，这是一种用手拍打的鼓。当星星出现在天空的时候，小图梅盘起双腿，坐在卡拉·纳格面前的饲料中间，把手鼓放在腿上，尽情地敲啊敲，对荣誉他想得越多，就越敲得欢。没有伴奏的曲子，没有观众的喝彩，只有他小图梅独自坐在大象卡拉·纳格面前的饲料中间，这就够了，那嘭嘭的鼓声就让他快乐得不得了。

新捕来的大象躁动不安，想要挣脱拴住他们的绳子，尖叫和长鸣此起彼伏。小图梅听见母亲在营地的小屋中哄他的小弟弟睡觉，母亲唱着非常甜美、催人入睡的摇篮曲，那是一支非常古老的、赞美伟大的湿婆神的歌曲，湿婆神告诉世间万物各自应该吃什么。歌曲的第一段是：

湿婆，他给我送来收获，让轻风把我吹拂，

很久很久以前的一天，他坐在门口，

分给我们每人一份食物、命运安排和劳作，

6. 大象们的图梅

从宝座上的国王到路边的乞丐，无一例外，

湿婆——我们的保护神，他创造了一切。

伟大的神啊，伟大的神！他创造了一切，一切，

分给骆驼的是灌木，分给母牛的是饲料，

分给我的小儿子，打瞌睡的小脑袋，是妈妈的怀抱！

听着妈妈的歌，每段末尾小图梅都要拍出一阵快乐的嘭嘭声，他越来越入迷，直到自己也困了才在卡拉·纳格身边的饲料上躺下，打着哈欠，舒展身体。

夜深了，大象们也累了，一个挨一个地趴在地上，最后只剩下卡拉·纳格站在队伍的右边，他慢慢地来回摇晃着鼻子。有风吹过群山来到这里，卡拉·纳格就动动耳朵，尽力去听。夜静悄悄的，空中却充满了各种声响，竹竿碰撞发出的嘎嘎声，灌木丛中小动物的沙沙声，小鸟的咯咯声（鸟儿夜间醒着的时候更多，没想到吧），远处水滴落下的声音，当这些声音一起响的时候，就显得夜晚更加寂静了。小图梅小睡了一会儿，醒来一看，皎洁的月光照着大地，卡拉·纳格仍然站在那里，支起双耳，倾听远处的声音。小图梅翻过身子，看卡拉·纳格巨大的身躯，它挡住了一半的天空。就在这时，小图梅听到"呜——嘟"的叫声，这是从很远的地方传来的大象的声音，听起来比寂静中穿针眼的声音还要小。

好像所有的大象都听到了那个声音，他们一块从地上站起来，就像是听到了发令枪响一样。他们吼叫着、咕噜着，要离开这儿，睡梦中的赶象人被吵醒了，他们走出帐篷，检查大象的情况，用大锤把尖木桩子砸回地里，重新系紧绳子，打好结，直到所有的大象再次安静下来。一头新象特别不安，几乎要把拴他的木桩拔出来，大图梅就把卡拉·纳格的腿链子取下来，拴在那头象的腿上，把那头象的前脚和后脚用链子拴在一起，这样他就使不出自己的力气。然后拿一圈草绳拴在卡拉·纳格的腿上，告诉卡拉·纳格："你要记住，你被拴得很紧，不要乱跑。"这样的事，大图梅的父亲还有大图梅的祖父都干过几百遍了。奇怪的是，卡拉·纳格没有像往常一样发出服从命令的咯咯声。他仍旧站在那里，耳朵像扇子一样展开，捕捉空气中的声音，头微微仰起，朝向莽莽苍苍的卡洛山，透过月光一直在看。

大图梅不放心，就对小图梅说："小心看着点，有什么事就叫我。"然后就进小屋睡觉去了。小图梅看了会，困了，正要睡觉。忽然听见拴着卡拉·纳格的草绳当的一声绷断了，那是椰壳纤维编的绳子，经不住卡拉·纳格的挣脱。就像云彩轻轻地飘出峡谷一样，当的一声绷断了，卡拉·纳格挣脱了木桩走开了，月光下，小图梅光着脚跟在后面一路小跑，他一边跑一边压低声音叫道："'黑蛇'，带上我！老'黑蛇'，带上我！"卡拉·纳格停下脚步，悄无声息地转过身，朝着小图梅走了几步，放下他的鼻子，把小图梅绕到自己的脖子上，不等小图梅坐稳，卡拉·纳格又跑了起来，进入了丛林。

看到卡拉·纳格跑了，象群里又是一阵疯狂的吼叫和咕噜声，然而，接着就安静了下来。卡拉·纳格继续向前走。在丛林中穿行很有趣，高高的青草滑过卡拉·纳格身体两侧，就像波涛拍打船舷，野胡椒的藤蔓擦过他的脊背，就像是母亲的手轻拍自己的孩子入睡，竹子被他的肩膀碰得咔嚓作响，又像是顽皮的孩子折断了树枝。除了这些时候，卡拉·纳格行进时没一点儿声响，他轻松地穿过浓密的卡洛森林，好像那森林根本就不存在。这是在往山上走，尽管小图梅透过树枝间不断地看着星星，但是他还是不知道是在朝什么方向前进。

终于，卡拉·纳格到达了山路的最高处，他站了一会儿。借着明亮的月光，小图梅可以看见那密密麻麻的树梢连成一片，一望无际，山谷中，云雾缭绕。小图梅向前倾着身子仔细看，他忽然觉得自己下面的森林苏醒了——对，是苏醒了，生机勃勃。一只吃水果的棕色大蝙蝠从他耳边飞过，灌木丛中传来一只豪猪的吱吱的尖叫声，他还听到一头小熊在潮湿而又温暖的土地上拼命地扒土，一边扒，一边使劲儿地闻着。卡拉·纳格又走开了，树枝从小图梅头上划了过去。卡拉·纳格往溪谷走下去,这回他可不是静悄悄的了,他像一个被猎手追杀的猎物,一口气走下一个陡直的斜坡。巨大的象腿移动起来像活塞一样稳当,每一步都是八英尺,身体各关节褶皱的皮肤随着脚步的移动发出窸窣的声音。脚下两侧的灌木丛像波浪一样轻轻地起伏,发出刀子划破帆布的声音。卡拉·纳格用肩膀左右顶开的小树又弹了回来,猛击到他的大腿上。当他左右甩着头开辟道路的时候,一串串缠到一起的大簇的藤蔓从他的鼻子上挂了下来。小图梅紧紧地趴在卡拉·纳格的粗脖子上,以免弹回来的树枝会把他抽到地上,好难挨,他真希望自己没有离开象场。

来到谷底了,草地又湿又软,卡拉·纳格的脚一踩,就陷进了泥里,发出扑哧扑哧的声音。溪谷谷底云雾缭绕,小图梅感到浑身寒冷。谷底水流湍急,乱石横生,水花四溅,卡拉·纳格小心地探着路,大步走过河床。流水在大象腿的周围旋转着,哗哗作响。除了流水声外,小图梅还听见远处有大象的吼声,上游下游都有,他们大声的吼叫和愤怒的呼哧呼哧的喘气声,环绕在小图梅四周的雾霭中。小图梅冻得牙齿咯咯作响,几乎要喊出来:"啊!象群今晚都出来了。我能看到大象跳舞啦。"卡拉·纳格咆哮着穿过了谷底的河流,从水里走到岸上,擤干净鼻子,然后开始了另一次攀爬。这次,不光是他自己了,也不用自己开路了。

6. 大象们的图梅

许多大象刚刚从这里经过,他们已经开辟了道路,就在卡拉·纳格和小图梅的面前,足有六英尺宽,路上的野草在慢慢直起身子,恢复原状。小图梅向后看了一眼,紧跟在他们后面有一头巨大的野象,一双小眼睛灼灼放光,他刚从浑浊的水中走出来。这时,被前面的大象分开的树木又慢慢合拢了,大象们走啊,爬啊。一路上吼叫声、撞击声和他们身旁树枝折断的声音不绝于耳。

最后,卡拉·纳格在这座山顶上两棵树的中间站住不动了。他面前是一片有三四英亩大小、形状不规则的空地,有一圈树围着这片空地,这两棵树就在那一圈树当中。小图梅仔细一看,那一片地被踩得像砖地一样结实。空地的中央也有几棵树,但是它们的树皮被蹭掉了,露出白生生的树心,在月光的照射下显得非常光滑,泛着白光。几根蔓藤从树枝上垂下来,开着白色的钟形花朵,空地上没有一片绿叶,除了被踏平的地面之外,空无一物。

月光下,地面一片铁灰,只有大象的影子是漆黑的。小图梅趴在卡拉·纳格的脖子上,屏住呼吸,瞪大眼睛,仔细看着。这时候,越来越多的大象从空地四周树干间晃晃悠悠地进入了空地。小图梅只能从一数到十,他就一遍一遍地扳着手指数,后来,都忘记数了几个十了,他的头开始发晕了。在这片空地周围,你能听到大象往山坡上行进的声音、树枝折断的啪啪声、石块滚动的咕噜声以及大象发出的吼声。但是一旦他们走到空地周围的一圈中，他们就像幽灵一样无声无息地移动。

来这儿的象什么样的都有：有长着白牙的野公象，脖子和耳朵的褶皱处都落上了树叶、坚果和无花果；有步履缓慢、带着小象的肥胖母象，小象只有三四英尺高，长着黑里透红的皮肤，他们在母象的肚子下面钻来钻去；有刚露出象牙的年轻大象，他们很自豪地站在那里；有身体细长、骨瘦如柴、拘谨的老母象，凹陷的脸上挂着焦虑，鼻子像粗糙的树皮；有凶猛的老公象，从肩膀到腰间伤痕累累，这是岁月留下的印记；还有一头象，一根长牙断了，身体的一侧还有一道可怕的抓痕，非常清晰，那是老虎给他留下的。

大象们或是头挨头地站在一起，或是成双成对地在空地上走动，更多的大象自己来回摇摆、晃动。小图梅知道，只要自己稳稳地趴在卡拉·纳格的脖子上，他就不会有事儿的。因为，即使是在克达围场抓捕野象的冲撞和混乱之中，野象也不会用鼻子把人从驯象的脖子上拽下来。而这些象，今天夜里来到这儿，并没想到会有人类出现。忽然，森林里传来脚镣咔嗒咔嗒的响声，他们一起把耳朵竖向前去，倾听是谁来到这里，原来是普德米尼——彼得森·塞希伯的宝贝象，他挣断了链子，呼哧呼哧地上了山坡。这个聪明的母象一定是挣脱了木桩，从彼得森·塞希伯的营地来的。

6. 大象们的图梅

小图梅还看见了另一头从附近山上某个营地跑来的象，虽然他不认识这头象，但是单看这头象的背上和胸部有深深的绳子磨痕，就可以确定他也是挣脱绳索后赶来的。

又过了一会儿，再也没有大象在森林中走动的声音了，卡拉·纳格从他待的地方摇晃着走出来，来到象群中间，发出一阵咯咯的声音，所有的大象都开始行动了，他们用自己的语言交谈，并且开始走来走去。

小图梅仍然趴在卡拉·纳格的脖子上不动，他看到那几十个宽阔的象背，几十双忽闪忽闪摆动的耳朵，几十条上下甩动的鼻子，几十双炯炯有神的小眼睛。他听到大象的长牙偶然碰到一起时发出的咔嚓声，听到两条象鼻子缠在一起时发出的窸窣声，还听到大象巨大的身躯相互之间的摩擦声以及那些小尾巴不停地轻轻拍打和唑唑的响声。后来，一片云彩飘过来遮住了月亮，小图梅待在黑暗之中，什么也看不清。但是，象群并没有停止他们的舞会，仍旧静静地匆匆走动，拥来挤去，以上各种声音仍不时入耳。他知道，所有的大象全都围着卡拉·纳格，自己根本没有机会退出这个聚会。他只能咬紧牙关，趴在卡拉·纳格的脖子上发抖。在克达围场，有火把，有捕象人的叫喊声，在这儿，在黑暗中，只有他独自一人，更可怕的是，一只大象把鼻子甩上来碰到了他的膝盖，还好没有发生别的事。

又过了一会儿，一头大象带头吼了起来，于是全体大象都跟着吼了起来，持续了五到十秒钟，那真是惊天动地。树上的露水像雨一样地洒落下来，接着就响起了一阵低沉的隆隆声，一开始声音并不大，小图梅也分辨不清那是什么声音。后来隆隆的声音越来越大，卡拉·纳格也开始行动了，他先是抬起了一只前脚，接着又抬起了另一只脚，然后又让两脚着地，就像打鼓一样有规律。所有的大象都一起跺脚，听起来就像在洞口敲击战鼓。露水全都从树上落下来，一滴也不剩，而巨大的隆隆声仍在继续，大地都在颤抖，震得小图梅用双手捂住耳朵，他想挡住那声音。然而巨大而又刺耳的声音毫不留情地穿透了他的全身——这可是数百只沉重的大象脚踏在光秃秃的地面上的声音。

有几次，小图梅感觉到卡拉·纳格和其他所有的大象似乎猛地往前冲了几步，而且那重重的捶击声也变调了，好像是绿色植物被踩碎了发出的声音，没过两分钟，坚硬地面上的隆隆的跺脚声又开始了。他觉着在离他不远的某个地方有一棵树在嘎吱嘎吱地响，他伸出手去想触摸那树干，但是卡拉·纳格往前挪动位置，并且一直在跺脚，他没有摸到，他不知道自己究竟是在什么地方。大象们只是跺脚，不出声，只有一次，几头小象一起尖叫起来。接着他听到了一下重重的撞击和蹭地声，于是隆隆声又继续响起来。这样大概持续了两个小时，小图梅趴在卡拉·纳格的脖子上，又累又怕，全身都疼。慢慢地，从空气中他感觉到黎明就要来临了。

清晨的阳光给绿色的山峦镶上了淡黄色的金边。第一缕阳光就像是一道命令，隆隆的跺脚声停止了，没等小图梅从巨大的响声中回过神来，甚至他还没来得及变换自己的姿势，所有的野象都散去了，顺着山坡，没有任何迹象甚至也没有沙沙声响或者絮絮耳语能表明野象去了哪里，空地上只有卡拉·纳格、普德米尼和那头有绳子伤痕的象。

小图梅瞪大眼睛看啊看，只见夜间的那片林中空地变大了，有更多的树木留在了空地中央，但是，周边低矮的灌木丛野草都退了回去。他又仔细看了看地上，现在他才明白夜间的践踏是怎么回事了。那些大象用力跺脚，把灌木和草丛踏在地上，把多汁的植物压成了渣子，把那些渣子又踏成了薄片，薄片又成了细细的纤维，那些纤维成了坚硬的土地，大象们踏出了更多的空地。

"哇！"小图梅双眼疲倦、发困，"卡拉·纳格大王，咱们跟普德米尼走吧，先到彼得森·塞希伯的营地去，不然我就会从你的脖子上掉下去了。"第三头象看着卡拉·纳格和普德米尼都走了，他也呼哧呼哧地喷着气，转了个圈，走上自己回家的路，他可能是几十英里外某个土著小邦主的家产。

两小时后,人们刚开始吃早饭,满身污泥的普德米尼和卡拉·纳格跟跟跄跄地进了彼得森·塞希伯的营地,那些夜间加了两道链子的大象看到他们就开始吼叫。

小图梅面容憔悴,脸更小了,眼更大了,头发中满是树叶,全身都被露水淋透了。他强打精神向彼得森·塞希伯致意,并且有气无力地叫着:"跳舞——大象跳舞!我看见了,可是——我快要死了。"卡拉·纳格卧下的时候,他从他的脖子上滑了下来,晕了过去。

土著人的孩子非常泼辣,两个小时后,小图梅喝了一杯热牛奶、一点白兰地和一点点儿奎宁。他非常满足地躺在彼得森·塞希伯的吊床上,枕着彼得森·塞希伯的猎袋。一群身上带着伤疤、说话粗野的老猎手在他面前坐了三排,一起看着他,听他讲自己的故事,好像他是个精灵。孩子讲故事都很简短,故事最后是这样结尾的:

"好啦,就是这样,如果我有一句谎话,你们就去看看,你们会发现象群把他们的舞场又踏出了更大的一片地方,而且,你们会发现有十条加十条,许许多多个十条的小路通向那个舞场。他们一起用脚踩出了更大的一片地方。我看见了那地方,是卡拉·纳格驮着我我才看到的。你们瞧卡拉·纳格的腿都累坏了!"

小图梅还很累,又躺下继续睡,睡了整整一下午,一直睡到黄昏。在他睡觉的时候,彼得森·塞希伯和马舒阿·阿巴出发了,他们跟着那两头大象的足迹,翻过那些小山,一直走了十五英里。彼得森·塞希伯从事捕象业已经有十八年了,过去他发现过一次大象跳舞的地方。马舒阿·阿巴也是一个经验丰富的老手,所以他们用不着亲自去看那块林中空地到底发生了什么事,或是用他的足尖去扒寻那块板结、坚实的土地了。

"这孩子说的是实话,"马舒阿·阿巴说,"这一切都是昨天夜里干的。我数了一下,有七十条小路穿过河流。看,塞希伯,普德米尼的脚链把那棵树的皮都刮掉了!对,他一定去过那儿。"

他们四目相对,又移开目光,想说什么又没说。大象比任何人都聪明,不管是白人还是黑人都比不上他们。对此他们两人都很吃惊。

马舒阿·阿巴说:"我跟随着我的象王四十五年了,我从来没听说过哪一个孩子看见过大象跳舞,但是这个孩子看到了。以所有山神的名义发誓,但是——我们能说什么呢?"他说不下去,摇了摇头,和彼得森·塞希伯一起返回营地。晚饭时间到了,彼得森单独在自己的帐篷里吃饭,但是他觉得应该在营地举行一次盛宴,庆祝一下,于是令手下人弄来两头羊和几只鸡,还有两倍的米、面和盐。

大图梅早上起来,儿子和卡拉·纳格都不见了,怕出意外,就心急火燎地从平原的营地上山找他的儿子和他的大象,在路上他听说了儿子的事。他一来到彼得森·塞希伯的营地，就看到了自己的儿子和大象。营地正在大象前面为小图梅举行一个盛大的宴会。小图梅在高大的棕色捕象人、追象人、赶象人、拴象人和那些知道所有驯服野象秘密的人手中传递，他们把刚宰杀的丛林公鸡胸脯的血涂在小图梅的额头上，这表明他是一个来自丛林又在整个丛林之外的丛林人了。

宴会的最后，火焰熄灭了，火堆的红光使大象们看上去就好像是浸到了血里。所有克达围场捕象人的头儿——马舒阿·阿巴，他是另一个彼得森·塞希伯，四十年来他没见过一条象踏出来的路，他是克达围场捕象人的偶像，他太伟大了，除了马舒阿·阿巴，他没有别的名字。他一下子站了起来，把小图梅高高举到自己的头顶："我的兄弟们，听着。营地里的大王们，你们也听着。我，马舒阿·阿巴，要说几句话！这个小家伙从此不再叫小图梅了，而要叫，大象们的图梅，就像我们称呼他的曾祖父那样。从来没人见过的情景，却被他看见了，并且是在那漫长的黑夜里。他得到了象民的宠爱和丛林之神的宠爱。他将会成为一名伟大的捕象人，他会比我更伟大，比我马舒阿·阿巴更伟大！他将用他明亮的眼睛去追寻着新的足迹、旧的足迹和混合的足迹！在克达围场，当他在野象的肚子下面奔跑去拴住他们的时候，他没有受到伤害；即使他跌倒在一头奔跑的公象脚下，公象也知道他是谁，不会踩到他。啊嗨！我的锁链下的大王们，"马舒阿·阿巴一边说一边沿着那排拴象的木桩快步行走，"这就是那小家伙，他看见了你们在秘密的地方跳舞，而从来没人见过那景象！给他荣誉吧，我的大王们！敬礼，我的孩子们！向大象们的图梅致敬！恒河·普萨德，啊哈！希拉·古伊，伯契·古伊，库塔·古伊，啊哈！普德米尼，在舞会上你看见他了，还有你也看见了，卡拉·纳格，你是大象群中的珍珠！啊哈！起来！向大象的图梅致敬。"

随着马舒阿·阿巴最后一声发狂的尖叫，营地里所有的大象都甩起鼻子，鼻尖碰到前额，发出象群最高级的致敬——惊人的、响亮的、持久的吼声。那是只有印度总督听过的克达围场的致意。然而这一次是为了小图梅，因为他单独在卡洛山的中心地带看见了从来没有人见过的景象——象群在深夜跳舞。

7. 女王陛下的仆人们

你能够用数学里的计算方法得出它,
只不过特威德尔德姆和特威德尔迪①却使用了不一样的方法。
你能够用手捏它,转动它,你也能够把它编起来,直到结束,
只不过彼利·温基和温齐·波普使用了不一样的方法。

---

① 这是英国作家卡洛尔所著《爱丽丝镜中游》中的一对兄弟。这两个形象最早为约翰·拜伦(1692—1763年)创造,用以讽刺两派作曲家。

7. 女王陛下的仆人们

几乎下了整整一个月的大雨,一个住着三万多人,成百上千头的骆驼、大象、马匹、公牛和骡子的营地没休止地在下雨,在一个叫做罗沃尔·平迪①的地方聚集了所有的人,他们为了准备迎接来自印度总督的亲自检阅。然而这次检阅是因为总督要接待一个国家的君主埃米尔的访问。有趣的是一个规模有八百多的人和马,随身保护着埃米尔的卫队,他们来自中亚后面的某个地方,一辈子也难得见识到一个营地或者一辆火车。每当太阳下山后,马群中总会有一些马脱掉绑着他们的绳子,在夜幕中穿过泥泞的营地跑来跑去;还有几只骆驼会挣松绳子四处乱窜,有的被绑帐篷的绳子绊倒。你能够想得到这么喧闹的动静对于那些在床上极力想睡觉的人们是多么的烦恼,因为我所住的帐篷搭在距离骆驼队很远的地方,所以我以为骆驼群并不会对我带来危险。但在一个夜晚里,有人来我的帐篷大喊道:"赶快出来!你的帐篷被它们弄走了!快!"

我知道他所说的"它们"是谁,所以我穿上了水鞋、雨衣,赶紧跑出帐篷,来到了泥泞地里。我用来猎狐的猎狗小维克森也从另外一边跑出来。然后传来了一阵吵闹和嘟囔声、笑声,我亲眼看到自己的帐篷的木杆断裂,然后整个帐篷坍塌了,呼啦啦地乱晃起来,好似一个着了魔的鬼魂。原来是一头笨拙的骆驼莽撞地撞了进去。

---

① 罗沃尔·平迪,旁遮普的两大军事基地之一,现在巴基斯坦境内。

尽管我全身湿透了,也很不高兴,但还是禁不住地笑了起来。然后我就向前跑去,我想去看清楚到底一共有多少头骆驼跑了出来,所以我在烂泥地里向前走,不一会儿就看不到了营地。

最后,我被一门大炮的尾部绊倒,这时候我才发现自己已经在一个离炮兵部队很近的地方,在晚上就有大炮停放的地方。为了不再在伸手不见五指的黑夜还淋着毛毛细雨,并且还在泥泞的土地里跑来跑去,我干脆把身上的雨衣披在一门炮的炮口上,再用在附近找到的几根推弹杆组合搭成了一个像帐篷样的小棚子,顺着另一门炮的末端躺下身子,而心里正在想着我的小维克森到底跑到哪儿去了,我所在的地方又是哪儿。

正当我想闭上眼睛的时候,耳边传来了马具叮当作响的声音和一下咕噜声,然后一头正在抖掉它耳朵上的水分的骡子从小棚子旁跑过。从我所听到的鞍部上那些绳子、铁环、链子和杂物互相碰撞的响声,可以判断出这是一只属于一个螺式炮炮兵连的骡子。螺式炮是一种特别袖珍的炮,主要由两部分构成,在使用的时候需要把这两部分结合在一起。这些螺式炮被骡子运到一个骡子自己能找出路来走的任何地方,特别是在石头很多的地方,打仗的时候,这些炮能够派得上用场,并且十分有效果。

一头骆驼在骡子的身后跟着,那柔软的骆驼脚唰唰地陷入泥水里，它的脖子好比一只闲逛的母鸡的脖子一样上下晃动着。好在我精通这些动物们的语言——但不是那些野生动物的语言，而是在军营里的那些动物的语言——我是在土著人那里学的。

它肯定就是那只闯进我帐篷的骆驼了，因为它正在对那头骡子大喊着："完蛋了，我怎么办？能够跑去哪里？我刚刚和一些晃来晃去的白色物体打了一仗，然而我的脖子被它的一根棍子打伤了（其实是我刚才帐篷里那被撞断的木杆，听到这里我有点喜悦），我们还得继续往前跑吗？"

"原来是你啊，"骡子说，"刚才在营地捣乱的是你们这群骆驼吗？单单是为了这个，明天一早你们就知道被揍的滋味了。不过，这会儿我也可以赊一点儿东西给你。"

马具的叮当声又响了起来。那一只骡子往后退了几步，往骆驼的胸部踢了两脚，那声音好似两声鼓声一样。"以后，"骡子说，"你一定要知道千万别在三更半夜的时候闯入骡子炮兵连，还在那里喊着'有贼，着火啦！'坐下，别再晃动你的脖子了。"

骆驼笨拙地屈下了双腿，好像一个蹲着的抽泣着的人。在黑暗的不远处响起了一阵有规律的蹄子声，然后一匹身材魁梧的军马踩踏着稳健的步伐奔走过来，就像是它在接受检阅一样。它跃过一门大炮的末端尾部，在骡子旁边站住了。

"面子都丢光了,"它喘着粗气说,"这星期,那些骆驼已经第三次吵闹着横穿了我们的队列。一匹马若没有足够的睡眠,又怎么能够保持最佳的状态。是谁?"

"你好,我是负责第一螺式炮炮兵连里面第二门炮的尾炮骡子,"骡子说,"我旁边的是你的一个朋友。我刚刚被打扰了睡眠,你呢?"

"我是第九枪骑兵团,E 骑兵连,第十五号——迪克·坎利夫的坐骑。请靠边一点。"

"是吗,抱歉,"骡子说,"可能是夜色让我看不清。不过,这些骆驼也太不令人清静了,我是特地离开一下部队跑来这儿图个清静的。"

"两位官兵老爷,"骆驼唉声叹气地说,"晚上做的噩梦令我们心里害怕极了。而我只是第三十九土著兵团的一头普通的驮运辎重的骆驼,因此我并不像你们那么勇敢,老爷们。"

"你为什么不老老实实地在待在第三十九土著步兵团里驮军需品,却跑出兵团到处乱窜?"骡子说。

"实在是因为做的梦太恐怖了,"骆驼说,"非常抱歉。你听!那是什么声音?还要不要继续跑呢?"

"你好好待着,"骡子说,"不然这些大炮会碰断你那大长腿的。"它侧着一边的耳朵仔细听着。"是公牛!"它说,"炮兵营里的公牛。我敢肯定你们这些骆驼吵醒整个军营了。这下可要费大劲儿才能够把炮兵营的公牛聚到一块。"

因为大象们当时不愿意往开火的近处去,就得由一对闷闷不乐的大块头阉牛拉着沉重的攻城炮,他们的一条链子拖在地上的声音传入我的耳朵里,他们并排地走了过来。另一头炮兵连的骡子的脚几乎快踩到那条链子上了,并在拼命地叫着"比利"。

"这是属于一个新人队伍的,"那匹老骡子对着骑兵连里的军马说,"他正在喊的人就是我。唉!年轻人!我就在这里呢,别叫了,黑夜从来不会伤到所有人。"

那两头炮兵连的阉牛一块趴在地上,开始咀嚼胃里反刍的青草,而那一头喊叫比利的年轻骡子朝着老骡子走了过来。

"他们!"他说,"太恐怖了,比利!那些东西闯进了我们队的营地,在我正睡觉的时候。我以为他们会杀了我们。"

"一想到你这么一只训练有素、十四手宽①高的骡子竟在这位绅士面前给炮兵连丢人。"比利说,"我真想漂漂亮亮地踹你一脚。"

"不要紧!不要紧!"军马说,"年轻人起初难免没有经验。我三岁在澳大利亚第一次见到人的时候,我都吓得跑了半天,要

---

① 一手宽等于四英寸,十四手宽约为一百四十二厘米。

是我当时看见的是一头骆驼,也会紧张的。"

我们在印度的英国骑兵所有的马几乎都是来自澳大利亚,而且由骑兵们自己训练。

"这个没错,"比利说,"别怕了,年轻人。在当年,我第一次见到他们把那整套带有全副链子的马具架到我脖子上的时候,我猛地抬起前腿,把整套马具全给踢掉了。其实当时我还从未如此踢过东西呢,不过炮兵连的人都说还未曾见过这样的骡子呢。"

"只是叮当响的并不是马具什么的,"那头年轻的骡子说,"那玩意儿现在已经没法引起我的兴趣了,比利。那些东西像树一样,它们的脖子在营地里起起落落呼啸着呜呜的声音,情急之下我脖子上的绳子忽然断了,一时间又没找着我的主人,也不知道你在哪里,比利,于是我就跟着那些绅士们跑了。"

"呸!"比利说,"我知道那些骆驼四处跑开了后,我自己一个人就离开了。一旦一个在炮兵连里驮螺式炮的骡子竟然叫小公牛绅士的时候,他一定是受了很大的惊吓了。在那边的家伙,你们两个是什么身份?"

那两头炮兵连的牛在嘴里来回嚼着反刍的食物,一齐回答说:"我们是大炮连第一门炮的第七对牛。在营地被骆驼弄得一团糟的时候我们正在睡觉,后来当我们突然被踩着的时候,就赶紧起身走了。在这泥地上舒舒服服地躺着，也比在睡觉的床上突然被打搅要好得多。我们两个对这位年轻的朋友说用不着这么害怕，只是他看见了太多，所以没法改变他的想法。唉！"

两头牛继续咀嚼着。

"这是因为真的受到惊吓了，"比利说，"你看看，都被炮兵连的公牛取笑了。不过我宁愿你喜欢这样，小伙子。"

听到这话后年轻骡子突然停住牙不嚼了，然后我隐隐约约听到它说了些像世上任何肥胖的老阉牛从未害怕过的话。那两头牛听完后只是唰唰地磨了磨犄角，然后继续咀嚼着。

"够了够了，别因为害怕而又恼羞成怒。没有比这种害怕更糟糕了，"军马说，"在我看来，如果在夜里任何人因为看到了自己未知的事物而感到担心，都可以原谅。我们四百五十匹马就曾因为一匹新入伍的马讲了好多关于它在澳大利亚的家里鞭蛇的故事，而一次又一次地挣开拴住自己缰绳的木桩子，听完故事后吓得我们就连突然见到头上的一个松下来的绳子头儿，都紧张得要命。"

"在营地里还好，"比利说，"只是没出去的时候，倒不至于被自己吓跑了，就当是好玩儿的事儿，要是在部队的话，你有办法吗？"

"好吧，这得另当别论了，"军马说，"我所要做的就是当迪克·坎利夫骑在我背上，特别是他的两条大腿使劲儿夹着我的时候集中注意力,脑子里要注意脚下所踩的地方,放好后腿的位置,缰绳的指挥要随时服从。"

"什么是服从缰绳的指挥?"年轻骡子问。

"以在一些没人的空地的黑人之名,"军马哼了哼鼻子说,"是说,你在平时职责的训练中没有随时服从缰绳的指挥吗?"

"听从缰绳指挥就是一旦脖子上的缰绳一拉紧,就马上掉头过来,不然你怎么能有能力做其他事儿?能不能做到,关系到你的骑手的生死安全,当然也关系到你的生死。所以如果系在脖子上的缰绳一紧,就要有意识地挪动后腿,掉头。要是没有转身的余地,可以站起后腿,绕过来。"

"从来没有人这么教过我们,"老骡子惊讶地说,"那些训练我们的人一直要我们服从前面,说往东就得往东,往西就得往西,齐步走就得齐步走。我还以为是同样的结果了。嗯,你说的那种职责和站立可是需要高超技巧的,一定对你的后脚踝关节很不好吧,你是如何做到的?"

"不总是一样的,"军马说,"通常的时候,我要冲进一大群嘴里高声大喊、手中拿着大刀的粗鲁的人群中间——那些闪亮的长刀其实还不如蹄铁工的刀好——我时常还得注意着让我的骑手迪克脚上的靴子能够刚刚好挨到旁边一个人的靴子,而不会靠

得太近。我能够知道迪克手中的长矛就在我右眼的右侧，于是我明白我暂时并没有危险。当我们置身于一团乱糟糟的人群中时，我可不愿意成为那个面对着迪克和我的人或马。"

"难道刀没有危险吗？"年轻骡子问。

"当然有危险了，我的胸前就有一处刀伤，不过这不能责怪迪克。"

"如果的确使人受伤了，我很关心究竟是谁的错！"年轻骡子说。

"你当然要关心，"军马说，"如果你连自己的主人都信不过，自己当然可以马上跑走。我就看过一些马也这样，不过我不会因此而责备他们。而我的刀伤真的不是迪克的错。我看见一个人躺在了地上，经过他时我小心翼翼尽量不踩到他身上，结果却是他反过来朝我砍了一刀。要是再让我非得迈过一个躺在地上的人时，我一定会踩到他身上——拼命地踩上去。"

"嗨！"比利说，"这么想就有点犯傻了。不论什么时候，刀总是很凶狠的。真的需要做的事是安上一个稳稳当当的马鞍子登上山，使用自己的四条腿和耳朵，然后在一个岩脊上静静地、缓慢地、扭摆着向前进，一直到你发现自己已经超出其他人有好几百英尺的时候，脚下的岩脊只能容得下你自己的蹄子。之后你站好脚跟，不做任何声响，永远别要求一个人拉住你的头，然后你就睁开眼睛看着那些小罂粟壳掉进山脚下的树枝间。"

"你有摔过跟头吗？"军马问。

"俗话说，如果一头骡子摔了跟头，那么你就能撕开母鸡的耳朵了①。"比利说，"有时候就算一只放歪了的鞍子会令一头骡子恼火，但也很少会有这种事发生。我很乐意向大家展示一下我们的动作。好极了。没错，为了能够理解那些人类的意思到底是什么，我花了三年的时间。这个技巧还没有鲜明地显示给别人看过，如果真的那么做了，很有可能就被人打枪子儿了。一定要懂得这个道理，年轻人。要一直尽可能地将自己隐藏起来，就算这样做会让你绕到一英里外。刚好要这么登山时，我就会在炮兵连打头阵。"

"还没能够进到人群中间时，就挨了打！"军马一边说，一边认真想着，"这个我可做不到。我得和迪克并肩作战。"

"噢，你不会的。你也知道那些火炮一到位，他们就能够立即全都装上弹药。那技术相当的熟练，而且动作十分利索。不过要是刀的话——呸！"

已经好久了，那一头骆驼总是一上一下地晃动他的头，着急地想要插上一句。然后听见了他清嗓子的声音，支支吾吾地说："我——我——我也有打仗的经历，但我既不是爬山，也不是奔跑。"

---

① 意思是从没有的事（因为母鸡的耳朵不长出来）。

"你也就是这么一提吧,"比利说,"看不出来你像是既能爬山又能奔跑的样子。说说看你是如何打仗的啊,老家伙?"

"像是平常那样就行,"骆驼说,"只要我们都弯脚蹲下。"

"啊?我身上还有铠甲和兜胸皮带呢!"军马低声说,"为什么要蹲下?"

"尽管蹲下,况且我们一共有一百多口子呢,"骆驼继续说,"在一个大操练场上蹲着。人们在操练场外把我们驮的包裹和鞍具放起来,他们躲在我们的背后向外开枪,那些人总是这么做的,向操练场四处开枪。"

"哪些人?什么人都可以吗?"军马说,"我在骑术学校的时候他们也让我这样躺下,还让我们的骑主隔在我们背后开枪,不过我能信得过的这样做的人只有迪克·坎利夫。当枪的一端弄到我的肚子边时感觉痒痒的,另外就是,那样做的话,我的头就得放在地上,这让我什么东西也看不见了。"

"隔着你开枪的人还要讲究吗?"骆驼说,"身边有许许多多的人和许许多多的骆驼,并且烟雾弥漫,什么也不担心。我只是安静地蹲着,等待着结束。"

"那怎么会这样,"比利说,"连个噩梦都能让你在夜里惊动了营地。算了!算了!总之别让我要躺着之前还说要蹲着让人隔着我开枪啦,原本我的后蹄子和他的脑袋要来一次亲密接触的。还有比这更令人可怕的事吗?"

突然安静了许久后,其中一头炮兵连的公牛举起头说:"这些都是很愚蠢的方法。打仗方式只有一种。"

"哦,说说看吧,"比利说,"不用在意我刚才说的。在我看来你们两个家伙不会是并肩站在一块打仗的吧?"

"方式只有一种,"那两头公牛一起说,(它俩肯定是双胞胎)"就是这样的:只要听到'双尾巴'一吼叫,我们全体二十对就都被放到那门大炮旁。"("双尾巴"是在营地里对大象的称呼。)

"'双尾巴'怎么吼叫?"年轻骡子问。

"他们一吼叫就表明他们会停住双脚了。'双尾巴'是真正的胆小鬼。所以我们就一块用力拖起那门大炮——嗨呀——嗬!——嘿呀!嗨嗬!我们没有像猫那样爬,也不像小鹿那样奔跑。我们二十对要一直穿过平原,除非将牛轭卸下来后才能休息。然后我们就可以在附近的野地上吃青草,这时那些大炮在平原上往围着泥墙的城镇里面不断地吼叫,泥墙上的碎块一片片地脱落了下来,一时间尘土飞扬起来,就像是牛群回家时一样。"

"哦!于是你们趁这个时间吃草吗?"年轻骡子说。

"不一定是那个时间。总归能够吃东西便是不错的选择。我们会一直吃到被套上轭具的时候,接着再和那些炮一块回到'双尾巴'等候的地方。有时候城里的大炮也会向外打,有些牛就会因此被打死了,结果活下来的公牛反而有更多的草吃了。这就是命——仅仅是命中注定啊。无论如何,'双尾巴'是个彻底的懦夫。这就是我所说的打仗的唯一方式。哈布尔是我们俩的家乡。我们的父亲是一头希瓦神牛。这个我们已经告诉过你们了。"

"不错,今晚真是让我受益匪浅,"军马说,"我们螺式炮炮兵连的绅士们,当大炮还在向你们开火,且'双尾巴'远远地躲在后面时,你们难道还有想吃东西的念头吗?"

"有啊,就好比我们很想蹲下来一样,看着战士一个个倒在我们眼前,或是闯进手持武器的人群里一样。我可未曾听过刚才那些蠢话,说什么在岩脊上驮放稳当的鞍,要么让你自己拣路走,要么找一个你信得过的马夫,那么我就是你的骡。但是其他的事儿——没门儿!"老骡子比利跺了一下自己的脚。

"我想你说的话没错,"军马说,"每个人都是不一样的,并且我完全可以认为你的家族,特别是你父亲这边,所知道的事情还很有限。"

"你最好别老提起我的父系,"比利不悦地说,对于每头骡子来说,这样提醒它的父亲是一头驴是相当不礼貌的。"我的父亲是南部的一位绅士,他能够把每一匹他遇到的马撂倒,踩踩踏踏,甚至能够把他撕成碎块。你给我记清楚点,棕色的傻大个布伦比!"

布伦比的意思是说那些没有被驯化的野马。设想一下,要是一匹街头拉车的普通马竟然管苏诺尔①叫"没用的老马",她会如何反应,你完全可以知道这匹澳大利亚马心里是什么滋味了。我甚至都能够看到她眼中闪动着的眼白。

"给我闭嘴,来自马拉加②公驴的驴儿子,"他龇着牙说,"让你见识见识, 我和墨尔本杯的获得者卡尔宾在母系方面的关系是怎样的;在我的老家,我们可不习惯被满是玩具枪和射豆枪的炮兵连里的鹦鹉嘴、猪脑袋的骡子粗暴地对待。准备好了吗?"

"给我起来!"比利尖叫道。他俩都用后腿站了起来,面对着面。正当我要看一场热闹的时候,黑暗中传来一个低沉的声音,冲着他俩喊道:"年轻人,你们在干什么啊?别闹了。"

他俩恶狠狠地哼了一声,迅速地低下了身子,不论是对马还是对骡子来说,一头象的话他们一句也听不进去。

"'双尾巴'你最好别管!"军马说,"这种人我可看不惯。可不应该两头都有尾巴!"

---

① 苏诺尔是一匹在澳大利亚传统赛马中获胜的马。
② 马拉加是西班牙南部一港口,而西班牙的驴被认为特别的愚蠢,故这样说。

"这恰恰是我所想的,"比利一边说,一边凑到军马跟前,"咱们在某些地方其实有很大的相似处。"

"我认为咱们都从母亲那遗传了这些地方,"军马说,"不用争论了。嗨!'双尾巴',你被绑住了吗?"

"是啊,""双尾巴"仰起鼻子大笑一声,"在夜里的时候我被绑住了。你们两个家伙刚才说的话我都听到啦。不过没事,我过不去的。"

公牛和骆驼低着嗓子说:"谁会害怕'双尾巴'啊,这简直就是胡扯!"公牛又接着说:"很抱歉让你听到我们说的话了,但我们没有说谎。'双尾巴'在交战中你为什么会害怕?"

"是吗?""双尾巴"说着两条腿互相蹭着,好似一个背课文的小男孩儿,"我不确定你们明不明白。"

"不明白,但是我们得拉那些炮。"公牛们说。

"我知道,就连你们比想象中勇敢我也知道。不过我有特殊的情况。有一次我的炮兵连长说我简直就只是一个皮肤厚、不识时务的家伙。"

"这也许是另一种战斗吧?"比利说,这会儿他又变得有精神了。

"或许你们并不知道这意味着什么意思,但是我很清楚。意思就是非驴非马,而这正是我现在的情况。在我能够清晰地看到一颗炮弹爆炸的时候会发生什么事,但是你们这些阉牛做不到。"

"我可以,"军马说,"反正我能够看到一些。我尽力地不去思考它。"

"我看见的比你多得多,并且我就顺着自己的意思去想它。我懂得对自己好点儿,我也懂得如果我病了,没有懂医术的人能够给我治好。他们不会给我的象夫发工钱,一直到我康复了为止,而我的象夫并不可靠。"

"嘿!"军马说,"这么说显而易见了,我可以信任迪克。"

"你想想,当我背上坐着一大群迪克的时候,我一点点舒服感也没有。我已经受够了这难受的滋味儿,但是没有它我就没有办法生活下去。"

"我们很纳闷。"公牛们说。

"我知道你们不明白。但我不会给你们解释的,你们连血是什么都不知道。"

"我们知道的,"公牛们说,"不就是红色的液体嘛,它会浸湿地面,还有腥味儿。"

军马扬起蹄子踢了一下,扑哧了几下鼻子。

"最好别再说它了,"他说,"一想到这东西都能让我现在闻见它的味儿一样呢。它能够让我想跑,如果迪克没有在我背上的话。"

"这里哪有血啊，"骆驼和公牛们说，"你怎么这么蠢？"

"那个东西不干净啊，"比利说。"虽然我不会想跑，但是一点也没兴趣提到它。"

"你们一直在这儿啊！""双尾巴"摇着自己的尾巴说。

"是的，我们今晚一直都在这儿。"公牛们说。

"双尾巴"踢着自己的脚，让自己脚上的铁环叮叮当地发出声音："噢，我不是在和你们说话。你们什么都看不到。"

"看得到啊，我们有四只眼睛可以看，"公牛们说，"还可以径直地往前方看去。"

"我要是和你们一样的话，就不需要你们去拉那些大炮了。我得像我的首领那样可以在开火前看到别人看不到的，他会全身紧绷着，不过要是知道得太多了也跑不了的。我如果像他一样，就能够去拉炮了。我要是能够像所有人那么聪明的话，今天也不会落到这份地步啦。我原本应该是森林之王的，每天可以自然醒，想洗澡时就洗个澡。我现在都一个月没洗舒服的澡了。"

"想得挺美啊，"比利说，"不过一个东西并不会因为一长串名字而感到舒服的。"

"喔！"军马说，"现在我能够理解'双尾巴'是什么意思啦。"

"等我说完你再明白吧，""双尾巴"不悦地说，"够了，说来听听你们为什么不喜欢这样！"

他开始疯狂地吼叫了起来。

"给我闭上你的嘴！"比利和军马整齐地说，不过我还听得见他俩颤抖着脚的声音。在一个漆黑的夜里，这么一头大象的吼叫的确够恐怖的。

"我不，""双尾巴"说，"你们就不能说说看吗，难道要我求你们吗？哼——啊！哼——啊！哼——啊！"突然它停了下来，在黑暗里传来了一个弱弱的呜咽的声音，是我的那只维克森来找我了。我们两个懂得，没有什么比一只吠叫的小狗更能够让大象害怕了，于是维克森停了下来去威吓那只绑在木桩上的"双尾巴"，并且绕在象的脚下对着它狂吠。"双尾巴"的脚拖着它来回地走，大声地呼哧着鼻子。"给我走开，讨厌的小狗。"它说，"不要在我的脚脖子边乱闻，否则我一脚就可以踢死你。"

"我认为，"比利对军马说，"我们的朋友'双尾巴'真的是个胆小鬼了。你看看，如果是我能踢过一次阅兵场的狗，我就能够得到一顿好吃的,那么我已经能够吃得比'双尾巴'还要胖了。"

接着我吹了声口哨，浑身上下都是污泥的维克森向我跑来，它舔舔我的鼻子，说它在整个营地把我找了个遍。为了不让它为所欲为，我从来没让它知道我懂兽语。于是我只是把它抱到胸前，扣在外衣里面。"双尾巴"还在那里拖着大脚,跺着地,轻声地吼叫着。

"太吓人了,真的很吓人啊!"它说,"我们家族的每头大象都这样的。唉,那只可恶的小狗跑哪儿去了?"

它用鼻子到处闻的声音很大,我都听到了。

"我们都有过被各种各样的方式模仿过的经历,"它继续说着,鼻子里还在喘着粗气。"你们看看,就在我吼叫的时候,你们这些绅士们都被我吓到了。"

"没被吓到,一点也没有,"军马说,"只是这么叫让我有种感觉,就像有些大黄蜂在我放马鞍子的地方飞来飞去的感觉。最好别再嚷嚷了。"

"我被一只小狗吓到了,而那头骆驼是被夜里的噩梦吓坏了。"

"非常幸运的是我们得以用不同的方式打仗。"军马说。

"我有一个疑问,"年轻骡子说,他已经沉默了好久,"我想知道的是,打仗到底是为了什么?"

"因为我们得到了命令,就要去打。"军马轻蔑地哼了一声说。

"得到命令。"骡子比利说,它的牙咔嚓一下咬住了。

"呼哨——嗨!"(这是命令的意思)骆驼咯了一声说。"双尾巴"和公牛们重复道:"呼哨——嗨!"

"也许没错。不过是谁发的命令呢?"那头新入伍的骡子问。

"那些走在前方的人——或是坐在你背上的,或是牵着你走的,或是在你身后揉搓着你的。"先是比利说,然后是军马、骆驼还有公牛,一个个依次说道。

"但他们又是接受谁的命令呢?"

"还有完没完啊,你问那么多想干吗,年轻人,"比利说,"你这是在欠揍吗?你只管做你分内的事,服从在你前边的人,别再问那么多了。"

"他说的一点儿也没错,""双尾巴"说," 因为我在中间,我不会总是做到服从的,但是比利说的也没错。只管服从好你旁边那个人发出的命令,不然你会使得整个炮兵连都乱了套的,甚至还会有一顿毒打等着你。"

炮兵连的公牛起身要离开了。"天快要亮了,"它们说,"我们还得及时赶回到自己的队伍里去。你们说的没错,我们只会用自己的眼睛去看,头脑也不灵光,不过我们仍然是今夜你唯一没有害怕的人。晚上好,各位勇士们。"

没有人回答,于是军马为了换个话题说:"刚才那只小狗去哪儿了?既然有只狗,附近可能就会有人在。"

"我在这里呢,"维克森汪汪叫着喊道,"和我的主人一起在炮的尾端下面了。你这只笨拙的怪兽骆驼,你,你把我们的帐篷弄乱了。让我的主人很愤怒。"

"啊!"公牛们说,"是不是一个白人?"

"那还会是什么人,"维克森说,"你以为我会让一个放牛的黑人照管吗?"

"啊!哦呜!吁唔!"公牛们叫道,"快跑!赶快离开这儿吧。"

它们在泥地上一个劲儿地往前挪动,用尽力气拉动陷在泥地里的弹药车车辕上的牛轭。

"算了吧,你们的力气根本不够,"比利看着热闹说,"别再白费力气了。就算拉到太阳升起来也还在原地动不了。这到底发生了什么事啊?"

两头牛的鼻子里吐着气,顿时发出一阵印度的牛特有的、长长的、嘶嘶的喷气声,它们疯狂地呼噜着往前使劲儿拉,再朝前一点,滑向了一边,然后奋力往下一踩,又滑向另一边了,差点儿就倒在泥地里。

"再这么下去,小心脖子会被弄断的,"军马说,"那些白人有那么可怕吗?我和他们天天都生活在一块。"

"他们——他们——会吃了我们!拉!"靠得比较近的那头牛喘着气说。这时牛轭子忽然嘣的一声折断了,它俩才一起疲惫地停了下来。

以前我一直不清楚为什么英国人会让印度的牛这么害怕他们。

我们乐意吃牛肉——那个东西牧牛的人绝不会吃的——自然我们的牛也不会喜欢的。

"我也得被自己的脚镣子打了!难以想象那两个大块头也会丢了脑袋?"比利说。

"不用担心,我去瞧瞧这位白人。我很了解,很多白人都会在口袋里放点儿东西的。"军马说。

"如果这样的话,我要先走了。我可不会像某些人善于阿谀奉承,说我有多喜欢他们。再说了,在这种地方睡觉的白人更有可能像是别处来的盗贼,何况我的背上还有大量的政府财物。走,年轻人,咱们是时候得回去啦。晚安,亲爱的澳大利亚!我们明天检阅时再见吧。晚安,老草包!别再让你的情绪没管教,好吗?晚安,'双尾巴'!明天在现场的时候,你从我们身边过,别吼叫。那会乱了我们的队伍的。"

这时,军马的头往我胸前的衣服看了看,老骡子比利摆出一个老兵的臭架子,挪动着笨重的步子一瘸一拐地走开了,然后我把自己带来的饼干拿给了马吃。这时维克森,那一只扬扬得意又自以为是的小狗,向它吹牛说是它和我在附近饲养着好几十匹马。

"明天检阅的时候,我会乘坐着我的双轮轻便马车去参加,"维克森说,"到时候你会在哪儿?"

"就在第二骑兵中队的左侧。全体部队速度都要看我的步伐,小姐。"他彬彬有礼地说,"这会儿我得回到我的骑主迪克那儿去了。泥巴沾满了我的尾巴,看来他得花两小时来给我清洗梳理,才好去参加检阅仪式。"

在那天下午举行了全体三万人的大检阅。我带着维克森占了个好位置,离总督和埃米尔的位置很近。埃米尔头上戴着一顶俄国羔羊羊毛制成的黑色高礼帽,有一颗大钻石在帽子中间。在灿烂的阳光下,检阅的第一环节正在进行。步兵团走过去,抬起的腿波浪般一起一落,动作整齐,所有枪支呈现一线,让我们看得眼花缭乱。接着驰来的是骑兵部队,伴随着一曲优美的《邦尼·邓迪》[①]缓缓地跑过,这时候坐在那一辆小马车旁边的维克森竖起了耳朵。持长矛的第二骑兵中队迅速通过,那匹军马在里面,它的尾巴像纺成的丝线,它的头被拉到胸部,一只耳朵朝前,另一只朝后,为全体骑兵中队设定速度,它的腿走起来就像演奏的华尔兹乐曲那样平稳。接着过来的是大炮,于是我看见了"双尾巴"和另外两头大象,它们驾成一排,拉着一门发射四十二磅重炮弹的攻城加农炮,它们后面走着的是二十对同轭牛。第七对有一个新牛轭,它们看上去很不自然而且非常疲倦。最后过来的是螺式炮,骡子比利那架势就像它

[①] 这是大多数英国兵团用的曲子。原歌词为沃·司各待爵士所作。

统帅着所有部队。它的挽具被涂了油,而且擦得锃亮,闪闪发光。我独自为骡子比利欢呼起来,不过它只顾着朝前看。

没多久,雨又开始下起来,蒙蒙的烟雨笼罩着,雾蒙蒙地都看不清部队的样子。他们在平原上铺开一个大半圆形,接着又展开变成一条直线,然后越变越长,直到前前后后足有四分之三英里长——一堵由人、马和大炮构成的坚固的墙。然后他们径直朝着总督和埃米尔走去,当它再靠近一些时,地面开始震动,就像一艘汽船上的蒸汽发动机快速转动时的甲板。

如果没有亲眼看到的话,你很难想象,这样缓慢而稳健地压过来的军队会给目击者一种怎样的壮观的效果,尽管这只是一次普通的阅兵而已。我望了望埃米尔的反应,在此之前,他还一直没显露出丝毫的震惊或其他感情,但现在的他目瞪口呆,睁着大大的眼睛抓紧了手中自己马的缰绳,朝后看了看。刹那间,他好像要拔出剑,从后面坐在马车里的英国男女之间杀出一条路来。整个队伍停了下来,大地也安静了下来,全体部队行礼,三十支乐队同时开始奏乐。检阅到此完毕,全体部队陆陆续续地返回自己的营地。其中一支步兵乐队开始演奏——

丛林的主人们回去了,成双成对①,

---

① 此句引自一首无名氏所作的关于诺亚方舟的老歌。

永恒不变!

丛林的主人们回去了,成双成对,

大象和炮兵连的骡子,共同走进了那个方舟,

只为了一起躲开那阵风雨!

我在这时听到了一位白发苍苍的中亚酋长在向一位军官询问。这位酋长是跟随着埃米尔一同来的。

"请问,"他说,"这样了不起的事情是怎么做到的?"

军官答道:"只要给他们一道命令,他们就会完成的。"

"难道那些动物能够和人类一样智慧吗?"酋长问。

"这些动物和人一样会服从命令。不管是骡子、马、大象,还是阉牛,它们都会服从自己的驾驭者的命令,而它们的驾驭者却服从他们的中士,中士的上司是中尉,中尉的上司是他的上尉,上尉要听从少校的命令,而少校的上头是上校,上校则要服从统帅三个兵团的旅长,旅长的上司是他的将军,将军上面还有总督,而总督则是女王的仆人。就是这么一回事儿。"

"在我们那里我们只服从自己的意愿。"酋长说。

"所以嘛,"那位当地的军官捻搓着胡须说,"你们的埃米尔不服从的话就必须来我们这里,接受我们总督的指令。"

小毛驴与我

Platero and I

[西班牙] 胡安·拉蒙·希梅内斯 ◎ 著
王蝶 ◎ 译

北京理工大学出版社
BEIJING INSTITUTE OF TECHNOLOGY PRESS

版权专有　侵权必究

图书在版编目（CIP）数据

小毛驴与我 /（西）胡安·拉蒙·希梅内斯著；王蝶译.—北京：北京理工大学出版社，2021.5
（诺奖少年：插图版）
ISBN 978-7-5682-9717-2

Ⅰ.①小… Ⅱ.①胡…②王… Ⅲ.①散文诗—诗集—西班牙—现代 Ⅳ.①I551.25

中国版本图书馆 CIP 数据核字（2021）第 062674 号

出版发行 / 北京理工大学出版社有限责任公司
社　　址 / 北京市海淀区中关村南大街 5 号
邮　　编 / 100081
电　　话 /（010）68914775（总编室）
　　　　　（010）82562903（教材售后服务热线）
　　　　　（010）68948351（其他图书服务热线）
网　　址 / http：//www.bitpress.com.cn
经　　销 / 全国各地新华书店
印　　刷 / 三河市华骏印务包装有限公司
开　　本 / 880 毫米 ×1230 毫米　1/32
印　　张 / 6　　　　　　　　　　　　　　责任编辑 / 朱　喜
字　　数 / 102 千字　　　　　　　　　　　文案编辑 / 朱　喜
版　　次 / 2021 年 5 月第 1 版　2021 年 5 月第 1 次印刷　责任校对 / 刘亚男
总 定 价 / 150.00 元（全 5 册）　　　　　　责任印制 / 李志强

图书出现印装质量问题，请拨打售后服务热线，本社负责调换

目录 contents

1 柏拉特罗 / 001
2 白蝴蝶 / 002
3 黄昏的游戏 / 003
4 日食 / 005
5 峭寒 / 007
6 幼儿院 / 008
7 疯子 / 010
8 犹大 / 011
9 奉献祷告 / 013
10 墓地 / 015
11 刺 / 017
12 燕子 / 018
13 马厩 / 020
14 阉马 / 021
15 路对面的房子 / 023
16 傻小孩 / 025
17 鬼怪 / 026
18 橙红的风景 / 028
19 鹦鹉 / 029
20 归来 / 031
21 屋顶的阳台 / 033
22 当·荷西，乡村教士 / 035
23 春天 / 037
24 储水池 / 039
25 癫狗 / 041
26 四月村景 / 043

27　金丝雀逃了 / 044

28　鬼魅 / 046

29　自由 / 048

30　所爱的 / 050

31　三个老妇 / 052

32　小板车 / 054

33　面包 / 056

34　拉·戈伦拿上一株松 / 058

35　达邦 / 060

36　小孩与水 / 062

37　友谊 / 064

38　摇篮曲 / 065

39　肺病者 / 067

40　朝圣罗西奥 / 068

41　隆沙尔 / 071

42　幻灯片老头 / 073

43　路边花 / 075

44　"爵爷" / 076

45　井 / 078

46　踢 / 080

47　驴子学 / 082

48　基督圣体 / 084

49　骑 / 086

50　夜幕将垂 / 088

51　橡皮印 / 089

52　母狗 / 091

53　我们三个 / 093

- 54 麻雀 / 094
- 55 夏 / 096
- 56 星期日 / 097
- 57 蟋蟀之歌 / 098
- 58 斗牛 / 100
- 59 风暴 / 102
- 60 葡萄收获 / 104
- 61 夜曲 / 106
- 62 沙列滔 / 108
- 63 午睡 / 109
- 64 烟火 / 110
- 65 月亮 / 112
- 66 欢乐 / 114
- 67 雁群走过 / 116
- 68 小女孩 / 117
- 69 牧羊人 / 119
- 70 金丝雀死了 / 121
- 71 山 / 123
- 72 十月的下午 / 125
- 73 遗忘了的葡萄 / 126
- 74 秋天 / 128
- 75 阿尔米朗特 / 129
- 76 鱼鳞 / 131
- 77 皮尼图 / 133
- 78 河 / 135
- 79 石榴 / 137
- 80 城堡 / 139

81 旧斗牛场 / 141

82 回声 / 143

83 惊怕 / 145

84 古泉 / 147

85 松果仁 / 149

86 十一月的园诗 / 152

87 白雌马 / 153

88 铁锅小夜曲 / 155

89 吉卜赛人 / 157

90 火焰 / 159

91 老驴子 / 161

92 康复 / 163

93 黎明 / 164

94 堤岸街 / 165

95 圣诞节 / 167

96 冬天 / 169

97 纯净的夜 / 171

98 荷兰芹花冠 / 172

99 三王 / 174

100 酒 / 176

101 嘉年华会 / 177

102 沙贩的驴群 / 179

103 死 / 180

104 忆旧 / 181

105 锯木架 / 182

106 哀伤 / 183

107 致莫圭尔天上的柏拉特罗 / 185

1 柏拉特罗

柏拉特罗娇小可爱,滑溜溜,全身软绵绵的,摸上去像棉花一样,一点也感觉不到骨头。不过它的两颗宝石一样的眼睛却出奇的硬,仿佛两只黑色的水晶甲虫。

我放开它的时候,它便奔到开满水红、天蓝、金黄色小花的草原上撒欢,用鼻子与花儿玩耍。我轻轻唤一声:"柏拉特罗!"它便高兴地奔向我,仿佛还在笑,一副欢快的样子。

我喂它什么,它就吃什么。甜橘子、琥珀色麝香葡萄和滴有水晶蜜的无花果是它的最爱。

它像孩子一样温顺乖巧,但又如石头一般强壮结实。

星期天我骑着它从城边小巷穿过时,那些打扮整洁正在散步的乡下人都注视着它。

"这是钢打的啊!"

它就是钢打的,而且还加了水银呢!

2 白蝴蝶

夜幕降临,世界仿佛蒙上了一层紫色的薄纱。教堂的塔尖上仍有淡紫色的光线缠绕。前去的路被阴影、花草香、歌声、倦意和思念包围着。这时,一个戴着便帽、拿着剑杖的黝黑男人,从放着煤袋的小破屋里走出来。柏拉特罗看到那张不时被燃着的雪茄映红的丑脸时,吓得跳起来。

"装的是什么?"

"看……白蝴蝶。"

男人想用剑杖捅小篮子,我没制止,直接把篮子打开,他什么也没看到。梦的素材原本就自由通过关卡,无须缴费。

3 黄昏的游戏

黄昏时分,柏拉特罗和我踏进了村子。我们穿过小巷紫色的阴影,一直走到干涸的小河边,冻得发抖。穷人家的孩子在做游戏,他们一个用袋子套住头,一个假装自己是盲人,还有一个扮成跛子,假扮乞丐的样子吓唬对方。

不久,他们又扮成了别的样子,孩子总是变化无常。现在只要他们穿着衣服鞋子,吃着妈妈做的饭,即使别人并不认识自己的母亲,他们也觉得自己和王子一样了不起。

"我爹有个银表。"

"我爹有匹马。"

"我爹有支枪。"

表天亮就会起来,枪杀不死饥饿,马走向贫穷。

后来孩子们围成一个圈。有个小女孩在黑夜里像公主一样唱起歌来:

"我是奥里伯爵的小寡妇……"

柔软的声音如泉水般清澈明净。好啊!唱歌吧!做梦吧!孩子们!用不了多久,青春就来了。那个时候,春天将假扮冬天的模样吓唬你们,就像你们刚刚假扮乞丐一样。

"我们走吧,柏拉特罗。"

4 日食

我们无意中把双手插进口袋,额头迎来阴凉的阴影,如同走进茂密的松树林。鸡窝里的母鸡接连歇下了。四周暗淡的田野,犹如祭坛上紫色的帷帐。远处只有泛白的海水和几颗闪烁的星星。屋顶上的白色变幻莫测。我们在上面尽情笑着、闹着,无拘无束。人们在日食中显得越来越小,越来越暗。

我们用尽办法看太阳:有歌剧望远镜,有打猎望远镜,有酒瓶,甚至有烟熏镜。上层露台、牲口栏的台阶、阁楼的天窗、庭院的窗格子以及那些蓝色的、橙红色的窗玻璃边都是看太阳的人。

刚才,太阳用余光把万物变成两倍、三倍、百倍那么宏伟壮观。现在,它消失了,连作为过渡的夕阳都没有了,整个世界只剩下孤单乏味。仿佛阳光把金变成了银,然后换成铜。而此时的镇子就像一枚旧了的铜币,毫无价值。顷刻间,街道、广场、钟楼,还有山上的小路,都变得渺小而凄凉!

柏拉特罗在厩栏里，似乎也变得渺小了、模糊了、陌生了，好像成了另外一匹驴子……

5　峭寒

　　皎洁的月光伴我们前行，月亮又大又圆！透过草地，隐隐约约看见树丛中的黑山羊。我们走过时，有人悄悄躲了起来……篱笆旁边有棵大杏树，树梢上白色的花蕾与月光呼应着，仿佛轻盈的白云，为小路挡住了三月里星星放出的寒光……橘子的清香……潮湿、幽静……女巫的山谷……

　　"柏拉特罗，好……冷啊！"

　　柏拉特罗不知是自己的原因还是感觉到了我的恐惧，竟然飞快地跑进小溪，把月光踩成了碎片。溪水犹如晶莹的玫瑰环绕它，好像要拖住它轻快的脚步……

　　柏拉特罗缩紧屁股跳上斜坡，好像谁在后面追它似的。离村子近了，它便觉得温暖许多。

6 幼儿院

　　柏拉特罗，若你和孩子们一起去初班读书，你就会学习字母，学习写字。你就会像蜡像中的驴子一样聪明伶俐，然后成为美人鱼的朋友。她隔着玻璃看是头上戴着美丽的花冠的肉色、玫瑰色和金色的美人。你会比巴洛斯的医生和神父更聪明。

　　你现在才四岁，就已经长得如此高大、笨拙！我不知道哪把小椅子你可以坐，哪张桌子你可以写字，什么本子和笔才够你用。告诉我，等到大家围在一起唱赞美诗时，你应该坐在哪里？

　　柏拉特罗，别去了！那个穿着耶稣受难时的紫色长袍，系着和卖鱼的李耳一样黄色腰带的多米提拉修女，很可能罚你在院子的角落里跪上两小时，或者用长长的干棕枝打你，或者吃掉你的奶酪午餐。她甚至会在你尾巴下点燃一张纸，就像快下雨时修车匠儿子的耳朵一样，把你的耳朵揪得又红又肿。

柏拉特罗，别去了，别去了！还是跟着我吧，我能教你认识花和星星。它们不会笑话你的粗笨，不会认为你是一头驴子，也不会给你戴上普通驴子戴的帽子。船上那些驴子戴的就是那种帽子，使它们的耳朵看上去比你的大一倍呢！

7　疯子

我戴着窄边帽子,胡子拉碴,穿着丧服,骑在柏拉特罗柔软的背上,看起来一定很奇怪。

我们穿过最后一条街往葡萄园走去,阳光把白墙照得非常耀眼。一群浑身脏兮兮头发乱糟糟的吉卜赛小孩追着我们跑。透过五颜六色的破衣服,可以看见他们绷紧的棕色肚皮。他们边追边扯着嗓子喊:

"疯子!疯子!疯子!"

映入我们眼帘的是一片绿色的田野。仰望辽阔明净的天空,我张开眼睛——耳边的噪音已经很远了!——尽情享受这片刻的宁静,接受那生长在地平线之上神圣而和谐的纯净。

远处,高高耸立的花园里,还有人尖声叫喊着,不时传来几声断断续续、隐隐约约的:

"疯——子!疯——子!"

8 犹大

"孩子,你怎么啦?过来吧……别怕,小傻瓜,他们只不过是在处决犹大而已。"

的确,他们正在处决犹大。蒙大里奥吊着一个,另一个在安密第奥街,还有一个在市政局的井边。昨晚,因为看不见刑台上绑住他们的那根绳子,他们看上去就像是被超自然的力量吊着。这些人头顶老式的帽子,穿着女人的衣裳,戴着国家部长的面具,再加上一个蓬蓬裙,就这样吊在晴朗的天空下,显得很诡异。小狗对着他们狂叫,迟迟不肯离去。马匹因为顾忌,选择了绕道而行。

柏拉特罗,你听,钟声在说话。它说祭坛上的帷幕已经拉开了。火药味似乎已经传来,镇上每支枪都会对着犹大扫射。一枪,又一枪!

柏拉特罗,你知道吗?今天的犹大就是议员、是教师、是律师、是税吏、是市长,甚至是接生婆。在复活节前一天的早晨,每个人似乎都变得像孩子那样为所欲为,拿着枪向仇人发射,就在这乍暖还寒的初春。

9 奉献祷告

柏拉特罗，你看见四周掉下的许多玫瑰了吗？蓝色的、白色的、无色透明的应有尽有……现在整个天空好像都是玫瑰。瞧，玫瑰洒满了我的额头、肩膀、双手……那么多的玫瑰，我该如何处理它们？

我不知道这些花从哪儿来，柏拉特罗，你知道吗？花儿每天装饰着大地，最开始是水红色再是白色然后是蓝色……玫瑰啊，那么多的玫瑰……像是那总是跪着画天的画家的一幅作品——《昼》，他叫法拉·安琪列哥（Fra Angelico）。

这玫瑰总让人以为是从天堂的七道走廊上洒下来的。有些洒落在钟楼上、屋顶上和树枝上，像飞舞的染色雪花。柏拉特罗，快看，在它们的装饰下所有尖锐的东西都变得柔和了。玫瑰啊，更多更多的玫瑰……

柏拉特罗，当祷告的钟声响起时，生命似乎就失去了原有的力量。而另一种更高尚、更纯净、更坚贞的来自内部的力量将统治一切。它就像喷泉一样涌出,冲向天空,冲向闪烁在玫瑰中的星星。更多的玫瑰……柏拉特罗,你是看不见自己望着天空的那双眼睛,就是两朵很美的玫瑰。

10　墓地

　　柏拉特罗，假如你死在我前面，你不会像其他没人疼爱的驴子或可怜的马和狗那样，被抬上差役的板车送去湿漉漉的沼泽地扔掉的。你不会被乌鸦啄得鲜血直流，仿佛亮红的夕阳下一只空无一物的船身那样，连坐六点钟班车前往胡安车站的生意人见了都感到难过。秋天星期日的下午，孩子们来到松树林烤松子吃，正爬上树枝往沟边的斜坡遥望。你也不会僵硬膨胀地躺在水沟中，在蚌蛤的包围下腐烂掉，吓到那些有胆量而且有好奇心的孩子。

　　别担心，柏拉特罗。我会将你葬在你最喜欢的松园里的那棵圆形松树底下。在那儿，生命的静谧与愉悦会一直伴随着你。会有小男孩在你身旁打闹，小女孩把小椅子搬来坐在你旁边刺绣。你会聆听我因寂寞而创作的诗歌。你还会听见浣洗少女在橘子园中的歌声。井绳吱吱作响，会让你永久的安歇变得非常愉悦。一年到头都有梅花雀、小石雀和其他莺类小鸟，在树枝上满满的快乐中,为你织出一个小巧玲珑的音乐屋脊,放在你安静的酣睡和亘古不变的苍穹之间。

11　刺

柏拉特罗踏上草原的时候,走起来一拐一拐的。我从它背上跳下来。

"哪里受伤了,小朋友?"

柏拉特罗把右前腿轻轻抬起,露出蹄掌让我察看,它柔弱的蹄子光秃秃地踩在路上热辣辣的沙子上。

我小心翼翼地翻过它的前脚,细细察看,很显然,这可比它的医生老连邦称职多了。有一根壮实橘子树的绿色长刺扎在蹄子肉上,仿佛一把圆形的翠玉小刀。我为柏拉特罗的疼痛难受,我把刺拔出来,然后把这可怜的小家伙带到黄莺尾草繁茂的小溪里,让流水纯净的长舌头舔净它小小的伤口。

随后,我们继续往白色的海走去,我走在前面,它跟在后面,还是一跛一跛的,偶尔用鼻子温柔地抵着我的肩膀。

12　燕子

　　柏拉特罗，它来了，那个黑色好动的小东西，在圣女蒙德玛雅画像边上的灰色鸟巢里，这是个被人敬仰的巢。这可怜的小鸟似乎被吓着了。我知道这只不幸的燕子肯定是记错了时间，就和上星期午后日食时带着小鸡跑进鸡舍的母鸡们那样。今年春天过早地卖弄风情了。寒意阵阵袭来，它只好再次将娇嫩的身子缩进三月里的云床去。看见橘子园里含苞待放的花蕾还未来得及炫耀自己的美丽就枯萎了，人们该多么惆怅啊！

　　柏拉特罗，燕子已经飞来，不过却没有和往年一样听见它们喜庆的叫声。以前它们一到就会不停地寒暄、祝福，用笛声似的颤音热热闹闹地闲聊。它们会将在非洲旅行的细节告诉花朵，诉说在穿越海洋的两次旅程中，用一只翅膀当作帆停在水面上，或者是扮成船只模样。也诉说了黎明、日落以及与星星共同相伴的夜晚。

　　现在，它们无所适从了，不明白该做什么事情。它们无声无息地飞来飞去,好像被小孩子踏乱了行程的蚂蚁。它们没有胆量排成直线在新街上飞上飞下,随后还以一个非常美丽的花式转身结尾;它们没有胆量住进井里的巢,也没有胆量像以前一样做出邮差的姿态,栖息在被北风刮得呼呼作响的电线杆上。它们会被冻死的,柏拉特罗!

13　马厩

中午我去看柏拉特罗时，正午的一线阳光射在它顺滑柔软的银色背上，反射出金灿灿的颜色。陈旧的屋顶上有如火的金币洒下来，落在了它腹下那块绿斑阴暗的地面上。

原先趴在柏拉特罗双腿之间的黛安娜[①]，蹦蹦跳跳地跑向我，把前腿搭上我的胸口，想用它玫瑰色的舌头舔舐我的嘴巴。那只山羊爬上了马厩的顶端，用女人独有的姿势，好奇地注视着我，柔软的头一会儿转到左边，一会儿又转到右边。

还没等我进到马厩，柏拉特罗已经发出嘶鸣声和我打招呼，此时它快活兴奋得似乎要挣脱系绳。

彩虹色宝藏从天窗上射进来，我沿着这光线爬向天空，暂时远离眼下的田园风光。随后，我踩在一块石头上，朝郊野瞭望。

大地在金灿灿的光辉中昏昏欲睡地起伏，从那断垣残壁间的澄蓝天空中，传来了一阵令人陶醉的慵懒钟声。

---

① 这是一条狗的名字。

14　阉马

　　它是一匹黑色的马,黑色中泛着红、蓝、绿的光泽,后背像甲虫和乌鸦一样光滑顺溜。它那双有活力的眼睛常常发出耀眼的火花,仿佛在马圭斯广场卖栗子的雷孟纳的那个晶亮的锅。它从拉·佛列塞达的沙子路走来时,神采奕奕地踩着新街路面的石板,步子节奏和钟声一样咚咚作响,它长着小巧玲珑的脑袋,四条腿健美修长,看上去非常敏捷、轻快和刚劲有力。

　　它高傲地穿过地窖的低矮通道口,与通道口外城堡照进来的日光一对比,它显得更加黝黑了;这日光,其实是地窖顶上令人眼花缭乱的背景。它步伐轻快,走到哪里玩到哪里。随后,它一下子兴奋地跳过用松树干做成的门槛,向绿色的畜栏飞奔过去,把鸡、鸽和麻雀惊得到处都是。有四个穿花衬衫的男人在那等它。他们把自己毛乎乎的胳膊交叉在胸前。他们领它来到一棵胡椒树下。经过一段简短、辛苦的挣扎,刚开始很温和，随后非常粗暴。他们把它按在粪堆上，四个人都坐到了它身上。之后由达邦动手完成工作，了结了它既悲伤又难以猜测的美丽。就像莎士比亚给他朋友写下的诗句：

你不曾使用的美丽，将会与你同葬，已经使用过的，便会为你留下芬芳。

乖巧听话、流着汗的小马，现在已经变成了一匹大马，正悲伤而无力地躺在一边。只有一个人把它拉起，把毯子盖在它身上，带着它向街道缓缓走去。

孤零零的浮云，昨日还有刚强暴烈的闪电脾气，如今却仿佛一本掉了装订线的书本。它好像已经不再踩着大地；蹄子和石头中间，似乎塞进了新的东西，没有了活下去的理由。在这暴躁、纯洁无瑕、完好无损的春天早晨，它仿佛一株被连根拔起的树，或者是一段回忆。

15 路对面的房子

　　柏拉特罗,路对面的那些房子,小时候看着总会让人新奇不已!最开始是堤岸街水贩阿里布拉的那所小房子,金黄色的阳光总是洒满它朝南的畜栏,我从那里爬上泥砖砌成的围墙就能见到胡尔瓦。家里人偶尔会允许我到那儿玩一会儿,阿里布拉的女儿会拿大柠檬给我吃,还会亲我。那时候我觉得她很成熟,就像她现在结了婚一样。

　　随后是在新街,后更名卡诺瓦街,之后又更名费力·胡安·比利斯街,那是从施维尔城来的糖果商当·荷西的房子。他有一双令我眼花缭乱的金色山羊皮靴子。他将蛋壳挂在院子里的龙舌兰上,给院前的门漆上鲜艳的黄色,中间再搭配以海蓝色的条纹。他偶尔来到我们家里,爸爸就会给他钱。当·荷西每次都会和爸爸说橄榄林子的事情……从当·荷西房子的屋顶看过去,有一株胡椒树,上面有很多的麻雀,那可爱的胡椒树,不知把我送进了多少童年的梦想里!(其实一共有两株胡椒树,我可没有弄混:其中一株从我的阳台看去,就能见到叶子在阳光里或在风中摇曳;另一株长在当·荷西的畜栏里,我可以看见它的树干。)

不管是晴朗的下午还是有雨的午休时间,我都喜欢从前门的栅栏上,从我的窗口或者阳台上,遥望悄无声息的街道——对面的房子。每日,甚至每时都会产生微妙的变化,这是一件非常快乐、非常神奇的事情。

16 傻小孩

我们每次从桑·荷西街走回家时,那傻小孩总是坐在自己家门口边的小凳子上盯着走来走去的行人。世上总有些不幸的孩子,他们永远不会说话也没有别的技能。他便是其中之一。他自己无忧无虑,可别人见着却感叹不已;他是母亲的全部,其他人对他却不屑一顾。

有一天,嚣张跋扈的阴风从白色的街道扫过,那小孩没有出现在他家门口。一只鸟在空无一人的门槛边唱歌。我想起顾罗斯(Curros),他不仅仅是一位诗人,更是一位慈祥的父亲。他在失去自己的孩子时,向卡利西安的蝴蝶打探孩子的音讯:

"长金翅膀的蝴蝶……"

如今春天到了,我想起那个傻小孩,他从桑·荷西街去了天堂。他现在肯定正坐在玫瑰边的小椅子上,重新张开他的眼睛,注视着天堂里光彩夺目的人们。

17　鬼怪

安妮拉最爱把自己打扮成鬼怪的模样,她活泼有朝气的青春就是其源源不断的欢乐之源。她用床单裹住整个身子,用面粉把脸蛋抹得发白,牙齿则粘着大蒜和丁香。晚饭过后,我们在小客厅里打瞌睡时,她就一下子出现在大理石的台阶上,手里提着灯缓缓走过来,虽然悄无声息却令人害怕。打扮成这般模样,看上去似乎她的身体变成了一件外套。黑漆漆的夜里看见这样阴森的情景,让人惊恐万分;不过看着她浑身雪白而丰满,也会觉得非常迷人。

我一辈子也忘不了那个九月的夜晚,柏拉特罗。暴风雨席卷了小镇,整整一个小时,仿佛一颗剧烈跳动的心脏。电闪、雷鸣从未间断,同时伴随着哗啦啦的大雨。水窖里的水已经溢出来了,院子也被淹没了。九点钟的班车、呼唤亡灵的钟声、邮差……这些一直跟我在一起的,熟悉事物的到最后都离我而去了。我浑身都在颤抖地跑去饭厅找东西喝,一道白中带青的闪电划过，我看见了维南拉的斯的桉树——我们把它叫做妖人树，就在那天的晚上倒下——折断了，斜躺在畜棚顶上。

突然"轰"的一声，仿佛一道令人瞎眼的光线，震动了整个屋子。当我们知道自己回到了现实世界时，每个人站的位置都发生了变化，大家似乎都是孤零零的一个人，并不为身边的人着急。有人喊着头痛，有人喊着眼睛不舒服，还有人说心脏难受。慢慢的，我们又回到了原来的位置。

暴风雨缓缓地离开了。大朵的云块充斥在天地间，月光洒下，院子堆积的雨水便成了闪亮亮的白。我们一齐注视着月亮。"爵爷"①在畜棚的台阶上面跑来跑去，发疯似的狂叫着。我们便跟上它，柏拉特罗。从夜里盛开的花朵旁走下去，沾了湿气的花正散发出一阵难闻的气味——不幸的安妮拉，还扮着鬼怪的模样，就倒在那里，没有了生气。她提着的灯笼还抓在被雷劈黑了的手里，独自燃烧。

---

① 这是一条狗的绰号。

18　橙红的风景

落日就在山顶上,被自己如刀刃一样的光芒弄得伤痕累累,全身都在流血。小松林在落日的余晖中显得更加醒目了,渐渐变成了暗红色;娇小的花草像火焰一样熊熊燃烧着,给这宁静的片刻增添了浓烈、灿烂的潮湿香味。

我欣喜不已,在夕阳前面停了下来。柏拉特罗的黑眼珠闪着夕阳的橙红色,乖巧地朝一潭紫红、玫瑰红、紫罗兰色的池水走去;把嘴巴慢慢地伸进水镜中,镜面在被嘴巴接触到的刹那间变成了液体;随后,仿佛如血的水,浩浩荡荡地奔跑着进入它的喉管。

这个地方原来并不陌生,不过时间使它变了模样,变成了一种奇怪的、具有先兆性和纪念性的样子。好像无论哪个时刻我们都可以来到一座废弃的宫殿……黄昏已经延伸到夜晚,和永恒的时光连结,超越了任何声响……

"我们走吧,柏拉特罗。"

19 鹦鹉

有一天，在法国医生朋友的果园中，我们正在逗柏拉特罗和鹦鹉玩。从山坡上急急忙忙走来一个散着头发的年轻女人，离我很远就摆出一副可怜的样子，哀求着问我：

"先生，请问医生去哪里了？"

在她的身后，有几个浑身脏兮兮的孩子，不停地喘气，频频望着来时的路；最后，有几个男人扶着个脸色苍白的跛腿男人走过来。他是一个盗猎者，曾在野生动物保护区打过鹿。

他的鸟枪可笑陈旧——全身都用大提琴的铜线绑着。枪突然失了火，子弹便射进了猎人的胳膊。

我的朋友温柔地走近伤者，解开遮住他伤口的破布，清理好污血，细心地捏捏他的筋骨。不时对我说：

"不要紧的。"

天色渐渐暗下来，由胡尔瓦飘来一股混着咸水、鱼腥和沥青的味道……橙树翠绿色的天鹅绒叶子，在玫瑰红的落日余晖中尽显风采。在一片紫色与绿色重叠的紫丁香林里,那只红绿相间的鹦鹉来回走着,用它圆溜溜的小眼睛好奇地望着。

不幸的猎人,眼里含着泪水,不时把到了嘴边的疼痛咽回去。鹦鹉说:

"不要紧的。"

朋友找来棉花和绷带给伤者包扎。

那倒霉的汉子喊道:"哎呀!"

在紫丁香林中的鹦鹉说:

"不要紧的,不要紧的。"

20　归来

我们从林子归来,收获颇丰。柏拉特罗背着香薄荷,我则拿着黄鸢尾。

四月的夕阳即将消失。黄昏里曾经是金水晶的,此刻都变成了银水晶的,犹如水晶和百合一样光滑灿烂。不一会儿,无垠的天空由一块晶莹剔透的蓝宝石变成了一块翠绿的珍玉。我怀着伤感的心情回来。

在这纯净片刻的庄严里,小镇的钟塔顶上闪着耀眼的瓦冠。我们走近看时,它仿佛一座纪念碑,再走近一些看,它犹如远远看去的施维尔城大教堂钟楼。我对城市的念想,总是在春季里最热烈,望着钟塔,忧愁便找到了慰藉。

回归吧……回到哪里?由哪里起程?为了什么事情?……夜色渐浓,手里的鸢尾花香在温和舒适的环境里越发浓烈;此刻,虽然花的芳香越来越深重,却渐渐地朦胧起来,香味源自花蕊。当花朵在夜色里认不出时,花香从孤零零的阴影里飘出，令人身心都为之陶醉。

"阴影里的鸢尾就是我的灵魂！"我说。

突然，我发觉：虽然坐在柏拉特罗的背上，但我却忘了它的存在。

21　屋顶的阳台

　　你一次也没有到过那平坦的屋顶阳台，柏拉特罗。你理解不了从黑乎乎的木质楼梯走出来的感觉——深呼吸的气体几乎都把胸腔填满了。炙热的阳光烤着自己的身体，整个人都被湛蓝的天空包围着，眼睛都让涂满石灰白的砖地照瞎了；你明白的，给砖地涂上石灰，是让雨水在流进储水池时变得干净。

　　在阳台上心情如此舒畅。塔上的钟声从我们的胸膛里响起来，仿佛位置就挨着怦怦跳动的心脏。远远望去，葡萄园里闪着金色银色光芒的锄头。站在这里，能看见所有的东西：别的屋顶阳台，别的畜栏，人们正在埋头苦干——忙着造椅子的、刷漆的、制桶的；在一个长着繁茂枝叶的大畜栏里，有一只牛或是一只羊；墓地里，偶尔有黑色的送葬队伍急急忙忙走过，队伍人数很少，看不见他们的样子；某个窗口，有身穿衬裙的女孩慢慢地梳头，嘴里还哼着没调的歌曲；河流中，有只船仿佛一直驶不进港口；谷仓，有一个喇叭号手在练习他的孤独奏曲，那是惨烈的爱情——单刀直入地、毫无根据地、无法理解地——最后宣布已经把它占领。

身下的房子消失不见了，似乎它原先仅仅是一个地下室。透过天窗玻璃向下看，平日的生活多么神奇：说话声，噪音，以及花园；从阳台上看那花园真的非常美；柏拉特罗，你一会儿去水槽喝水，一会儿又去和麻雀或乌龟玩耍，并没有发现我。

22　当·荷西,乡村教士

柏拉特罗,你看,他正骑着驴子走过,装出一副虔诚圣洁的样子,满嘴的甜言蜜语。然而真正和天使一样纯洁的,是他的那头母驴,它才是一位率真的女士。

我相信那天你在果园里见过他的模样。他穿着水手裤,头上戴着宽边帽子,朝那些偷橘子的孩子扔石头还骂个不停。每个星期五,你都能看见他的仆人——那位不幸的巴尔达沙困难重重地走在路上,他得了和马戏团皮球一样大的疝气,他要去小镇上把破烂的扫帚卖掉,或是和那些穷人一道为死去的富人做祷告。

我一直没有听说谁使用粗话或者咒语朝上天呼喊过。他清楚天堂在哪里,甚至知道天堂的东西是如何安置的。关于这点,大家没有质疑,毕竟他在五点钟那场弥撒上就是这样描述的。树木、土地、水、风、火:……所有的一切,都充满了恩惠与慈祥,清新与柔和,明净与活泼,如此生机盎然,可到了他嘴边,这一切好像仅仅是混乱不堪,凶残、愚昧、恶毒和颓废。每天即将结束时,他果园里的每一块石头都不在最开始的地方,全部被他用去扔小鸟、洗衣妇女、小孩子和花朵了。

要是在祷告时间,他一切就全部改变了。甚至在田野的寂静里都能听见当·荷西的庄严肃穆。他把教袍、斗篷和宽边的教帽都穿戴好,目不斜视地朝黑暗中的小镇走去,他坐在缓慢前行的驴子背上,速度几乎和救世主耶稣受死时一样慢。

23　春天

啊，如此美丽，如此芳香！
啊，草原笑得如此灿烂！
啊，清早的乐曲如此动人！

——通俗民歌

有一天清晨，我还在睡梦中，一群孩子就吵闹个不停。吵到最后我几乎睡不了，便生气地跳下床来。我从窗口望出去，原来是鸟雀在喧闹。

我从果园中走出来，谢谢上天赐予这湛蓝的一天。数不清的歌喉尽情地唱出美妙的乐曲！燕子来回啼叫，凭借高超的飞翔本领旋入水井深处；山鸟对着掉落的橘子吹口哨；火亮亮的黄鸟在橡树间不停地饶舌；白鸟在桉树的树梢上尖声地笑着；麻雀们则在大松树上争吵不断。

如此美妙的一个早晨啊！太阳把如金似银的欢声笑语洒

向大地；五颜六色的蝴蝶飞来飞去：花丛间，房里屋外，喷泉边都有它们的身影。大地似乎在绽开，一个健康的新生命即将诞生。

我们犹如置身于一个巨大的蜂房中，在一朵庞大的火玫瑰的中心。

24 储水池

你看,柏拉特罗,前一次下的雨已经填满储水池。它听不见回音,也看不见深处里反射出的阳光,就像水位降低时反射的阳光那样——阳光从蓝色黄色的玻璃后面照下来,仿佛五彩缤纷的宝石。

你没有去过储水池深处,柏拉特罗。我已经去过了;在许多年之前,他们清扫水池时我去过一次。你看,从一条长走廊走到一个小房间。当我走进那小房间时,手里举着的蜡烛熄灭了,只剩一条火芯留在手里。两股恐怖的冷气交错在我的胸前,像两柄长剑在撞击,又像膝盖下交叉的骨头……柏拉特罗,整个小镇底下都是储水池和甬道。最大的储水池在古堡卫城广场的狼跃园。最好的就是我家这个,你都看到了,井栏是用同一块大理石的材料筑成的。教堂的储水池甬道一直延伸到罗斯·宾达尔斯的葡萄田,出口光秃秃地露在田野上。还没有谁敢沿着医院的储水池甬道走过,因为怎么走也不会走到它的尽头。

我记得童年时下雨的长夜里，雨水从屋顶蜿蜒地流进储水池，水的哽咽声总是令我睡不着。次日清早，我们兴高采烈地跑去看水升了多少。只要涨到和今天一样的高度，我们就会非常吃惊、非常高兴，觉得不可思议。

好的，柏拉特罗！现在我便让你喝上一桶这清凉、纯净的水。就像维耶卡斯一口就可以喝完的那桶一样。不幸的维耶卡斯整个身子已经被过多的干邑酒和白兰地酒烧坏了。

25 癞狗

它有时会从房子穿过走去果园,瘦骨嶙峋的,还不停地喘气。这个不幸的动物对于人们的恐吓、丢石头早就习以为常,总是东躲西藏的。有时候别的狗也对着它狂叫。它每次都会在正午的阳光下离开,轻轻地、惆怅地走下山坡。

一天下午,它随黛安娜走上来。警卫员立刻愤怒了,举起猎枪便射,当我跑出来时,枪已经响了,我根本来不及制止。不幸的狗被打了一枪,摇晃着挣扎了好一会儿,随后惨叫一声倒在一株金合欢树下。

柏拉特罗把头伸得直直的,盯着死去的狗。黛安娜在我们之间走来走去,看来它吓得不轻。警卫员可能懊悔当初的做法,看到人就要解释一番。不过态度却渐渐激动了,想借此消除心中的愧疚,但是没有起到任何效果。太阳似乎被一层面纱遮住了,好像是在哀悼。一会儿是大的面纱,一会儿又变成了小的面纱,仿佛是遮在被惨遭杀害的狗那双美丽眼睛上的薄膜。此刻是午睡时间,安静得有些沉重,环绕着金黄色的原野和死去的狗,海风把棱树吹得非常低,悲愤地哭泣。

26　四月村景

　　孩子们和柏拉特罗一同去了黑杨树旁的小溪里，现在正领着载满黄花的它，一路欢声笑语地跑回来。刚才一阵小雨把他们淋湿了，那流云仿佛金线银线一样遮住了绿色的原野。在这小傻驴淋透了的背上，湿漉漉的黄花还在滴水。

　　高兴、舒适、热情洋溢的村景啊！载着那浸满了甜蜜雨水的黄花，连柏拉特罗的鸣叫也温柔了许多。它偶尔把头转回去，拽一些花朵来吃。那些雪白、金黄的铃花先是在它白中带绿的口水里逗留了一会儿，随后就被吞进绑着马肚带的肚子。柏拉特罗，就只有你一个，可以吃掉花朵却安然无恙。

　　四月捉摸不定的下午……柏拉特罗透明纯净的双眼映照出一幅有阳光有雨水的景色。在西边田野那头，看见几缕雨丝从另一朵彤云上降下来。

27　金丝雀逃了

有一天,不知道为什么那只绿金丝雀飞出了它的笼子,同时我也不清楚它是如何飞出来的。那是只老金丝雀了,是一位离世朋友留下来的纪念物,看着会令人悲伤。我一直留着它是因为担心它可能饿死、冷死,或是被猫儿逮住。

整整一个早上,它就在果园里的石榴树间,在门边的松林上,在紫丁香花丛中飞来飞去。孩子们也整整一个早上在阳台坐着,被这只游荡的黄鸟迷得团团转。柏拉特罗没有被系着绳子,此时正和一只蝴蝶在玫瑰花旁悠闲自在地嬉闹。

下午的时候,金丝雀飞到了大房子的屋顶上停留了好长时间,在温暖却渐弱的阳光里发抖。突然,回到了笼子里,和原来一样高兴,谁也不知道它是如何飞回去的,也不清楚原因是什么。

花园里响起一阵热烈的欢呼声!孩子们蹦蹦跳跳的,鼓着掌,红彤彤的笑脸仿佛破晓的太阳;黛安娜与他们一起奔跑,冲着自己的小铃铛不停地叫；柏拉特罗也被他们愉悦的氛围感染了，扭动着灰色的小身体，像山羊一样跳上跳下的，用蹄子做旋转，跳出了最原始的华尔兹舞步，随后以前脚站立，后脚伸向明媚温暖的天空。

28　鬼魅

　　突然，有头驴子出现在镇边的城墙周围，踩着孤零零、艰难的步伐跑来，在扬起的尘埃里看着更加黝黑。不一会儿，一群孩子喘着粗气跑出来，一手拉着破旧的裤子，露出黝黑的肚皮，另一只手捡起葡萄枝和石头扔。

　　它个头非常大，又老又黑的，还瘦骨嶙峋。那赤裸裸的皮肤似乎任何地方都可能裂开一样。它站住了脚，朝着天空恶毒地嘶鸣，所用的力气和它的老年龄不相符……它是一头迷路的驴子？你可认识它，柏拉特罗？你觉得它想怎么办呢？踩着如此凌乱的步子，难道它是逃跑出来的？

　　柏拉特罗见到它，先竖起两只耳朵，好似两把号角，随后竖起一只，另一只挂着；它朝我走来，同时又想躲进沟里跑掉。那只黑驴紧挨着它，从身边走过，用力扯它的鞍，闻它，朝着修道院的围墙大叫，接着往城墙外围跑去。

　　在这炙热的天气里，此时此刻使人感到浑身冷飕飕的，不清楚担心的是柏拉特罗还是我自己——所有的事情都异常混乱，犹如一块放在太阳前面的黑布，它矮小的阴影，一下子盖住小巷转弯处夺目的孤寂，令空气瞬间进入死一般的安静，让人难以呼吸。慢慢地，远方的事物一点一点地将我们拉回真实的世界。街道上，能听见从鱼市场传来的一直没有变化的吆喝叫卖声，鱼贩们才从海边归来，正摆上他们捉到的鲽鱼、车扁鱼、鲤鱼、鳁鱼、龙虾；教堂响起的钟声宣告早晨的祷告开始了，同时还听见了磨刀的沙沙声……

柏拉特罗时不时看我一眼，还在颤抖，就这样没有理由的担惊受怕，我们相对无言……

"柏拉特罗，我觉得那应该不是一头真正的驴子……"

柏拉特罗再次颤抖了，甚至通身的骨骼都微微作响，害怕地朝水沟瞥出一眼，哀愁、忧郁。

29　自由

  我的眼神在小路边游离着，突然一只五颜六色的小鸟吸引了我，它不停地拍打彩色的翅膀，在潮湿的绿地上忽飞忽停的。我们缓缓接近它，我走在前面，柏拉特罗跟在后面。附近的树荫下有一个饮水池，淘气的孩子们在那安放了一个鸟网。哀伤的小假鸟被高高升起，叫唤着天空中的伙伴。

  早晨清静而且明媚，蓝得透亮。附近的松树林传来一阵愉快的轻音乐，这是鸟儿婉转的鸣叫声，时而远时而近的，却一直能听见，柔和的金色海风吹在树梢上，沙沙作响……可怜纯洁的音乐，竟然离邪恶的心灵如此接近！

  我骑着柏拉特罗，用我夹紧的双腿催它快点跑上小松树林。马上就要到达树荫遮住的圆屋顶时，我开始拍掌、又唱又叫。柏拉特罗感受到了我浓烈的热情，也不停地大声嘶鸣起来，锐利并且嘹亮的回音不绝于耳，仿佛响声来自一口大井的井底。鸟儿都飞了出来，唱着歌飞去另一个小松林里了。

在离我们不是很远的地方，气愤的孩子们在辱骂，柏拉特罗用毛茸茸的大脑袋蹭着我的胸膛，表达它的感谢，弄得我胸口生疼。

30 所爱的

清凉的海风吹过红土坡,扫过山顶最高处的田野。娇柔的白花笑声阵阵。我们在没有清扫的矮松林里玩耍,让蓝色、蔷薇色、金色的蜘蛛网荡来荡去。整整一个下午海风都在吹。阳光和清风非常轻柔地慰藉人的心灵!

柏拉特罗快乐地、温顺地、笃定地驮着我,仿佛我的重量消失了一样。我们走上坡就像走下坡那样轻松自如。远远望去,松树林像一条颜色模糊的丝带闪闪摇动,犹如海中孤岛。山脚下的青草上有跳来跳去的驴子,从一株灌木跳到另一株灌木。

宛如春天的悸动从峡谷上空飘浮而过。突然,柏拉特罗竖起双耳,凸出的鼻孔一下子张大到眼睛的位置,露出了和豆子一样的黄牙。它对着周围的风深深地吸进一口,把一种神奇、深沉的味道吞进心里。确实,就在另一座山的两旁,有一匹美丽的灰色驴子正在蓝天下跳跃,那便是它所爱的。两重嘶鸣,悠远嘹亮，用小号的声音震破此时明媚的时光，随后像一对双生瀑布倾泻而下。

我要控制住可怜的柏拉特罗本能的温柔。它的可爱甜心在田野里，心中一样充满惆怅，目光跟随它走过的步伐——柏拉特罗黑溜溜的大眼睛映出这些情景。它徒然发出神秘的呼叫，粗鲁地从雏菊中穿过。

柏拉特罗走得非常勉强，不停地把头转过来，用细碎的步伐表达着它的不满：

"非常不公平，非常不公平，非常不公平……"

31　三个老妇

"到岸边来吧，柏拉特罗。来吧，先让三位可怜的老太太过去。"

她们可能来自海滩，不然就是来自山上。她们中间有一个是盲人，另外两个人扶着她走路。她们可能要去医院，不然就是去找当·路易医生。你看看，她们走得那么慢，眼睛好的两人走起路来战战兢兢的！好像三个人都比较怕死。你看见没有，柏拉特罗，她们把双手伸出来，做着奇怪的动作，仿佛要把面前的空气推开，绕过假想的障碍物，连最柔软细小的花枝也会躲开。

小心一点，孩子，不然你就摔倒了。你听一听，她们说的话好刺耳。她们的家乡在吉卜赛。你看看，她们穿着漂亮的花衣服，上面洒满了圆点，衣角还镶着荷叶边。看见了吗？她们没有戴围巾，魁梧柔软的身体，就算上了年纪也不弯曲。肤色发黑、身体肮脏还有汗臭，她们看上去依旧有种粗犷模糊的美丽,犹如一段粗糙、干巴巴的回忆,消逝在正午的尘土和阳光里。

柏拉特罗,你看看她们三个。她们用坚强的信心点燃了晚年的珍贵时光。春天的暖意四处弥漫,黄蓟花在热辣辣的阳光里幸福地摇摆。

32　小板车

　　大雨让宽阔的小溪流一直涨到了葡萄田。我们在小溪旁看见了一辆陈旧的板车，它满载着青草和橘子陷在泥浆里，不能动弹。有一个浑身脏兮兮、穿着破烂衣服的小女孩在车轮边哭泣，使出所有力气去帮驴子推车。那头驴子，噢！它比柏拉特罗还小、还瘦。小女孩一边哭一边使唤驴子，那小驴子用尽全部气力，和大风抵抗着要拉出泥浆里的板车，可是这一切都是徒劳。她的行动和许多充满勇气的孩子一样，没多大用处，仿佛夏天有气无力的清风，消失在花丛里。

　　我轻轻地拍一拍柏拉特罗，给它装好马具，套上板车，让它站在那头瘦小的驴子前边。随后，我温柔地命它前进，给它加油；柏拉特罗用力一拉，便连同驴子和车一起拖离泥浆，来到岸上。

　　小女孩还挂着泪珠的脏脸绽放出美丽的笑容！犹如夕阳碎成滴滴黄水晶，等它落入雨云中时，瞬间被黎明的曙光照亮。

她在满含泪水的喜悦里,把两个精心挑选的橘子送给我。我怀着感激之情接下,把一个给了那头可怜的小驴,当作甜蜜的慰藉。另一个给了柏拉特罗,当作金色的奖励。

33　面包

柏拉特罗,我曾经跟你说,酒是莫圭尔的灵魂,是吗?不是的,面包才是莫圭尔的灵魂。莫圭尔宛如一个小麦面包,里面白白的像松软的面包心,外面是金黄色的——金褐色的太阳——仿佛软绵绵的面包皮。

午间太阳最热时,小镇上就飘浮着松树和热面包浓浓的香气。整个小镇都张着嘴,仿佛在吃一个大面包。面包伴随了所有的东西:橄榄油、番茄冷汤、奶酪和葡萄都搭配它。面包皮可以搭配葡萄酒、肉汤、咸肉,就连它自己本身就是一种美味的食品。它也是寂寞的,犹如希望,或者是加进一些幻想……

送面包的男子骑着马,走到人家半掩的门前停下,拍拍手掌,叫一声:"面包到了!"当"四分之一磅面包"挂上"便士"面包,或是挂上光秃秃手臂上的篮子中,大面包碰到螺旋面包时,人们就能听见清脆的铃声。

这个时刻,穷人家的孩子们有的去按门铃,有的去叩大

门,朝着屋里的人不停地哀求:

"送我们一些面包吧!"

34　拉·戈伦拿上一株松

不管停在哪个地方，柏拉特罗，我感觉都是停在拉·戈伦拿的松树下。不管面对哪种情形——都市、情爱或者荣誉——我都感觉抵达了广阔蓝天白云下它绿色、繁茂的冠顶。它在莫圭尔的水手看来，就是暴风雨来临时的灯塔。在我艰难痛苦的时光里，它就是一个高处的避难所，它就屹立在蜿蜒粗犷的红土坡上，要饭的人就是从那里走去桑·路卡。

只要我想念这棵松树时，便有一股强大的力量油然而生。它是唯一没有因为我长大而停止变大的东西。当看见人们锯下让飓风吹断的树枝时，我觉得似乎我的肉也被挖去了一块；有时候，我莫名地疼痛难忍，仿佛拉·戈伦拿上的松树也有同样的痛感一样。

"伟大"这个词语用来形容它，就像用来形容大海、蓝天、我的心灵一样合适。一个又一个世纪以来，不同民族的人民在它的树荫下休息，望着天上的白云，就像在海上或者在我心里想念的一样。有时候我的心绪飘荡，随意无形的形象经常浮现。有时候心里想着确定的形象，另一些不重要的形象却总是浮现，不过拉·戈伦拿上的松树却一直是一个神奇、永远的景象。在我心绪飘荡的时候，它看着比其他时刻更巨大。它喃喃低语，叫我回到它的平静中休息，仿佛我生命旅途上真正的、最终的目的地一样。

35　达邦

达邦是柏拉特罗的医生,他跟一头牛一样庞大,和西瓜一样红润。他有三百磅那么重。至于年龄,他说自己有六十岁了。

他讲话时,仿佛丢失音符的陈旧钢琴。有时候,他嘴里出来的不是话语,而是喷出的空气。他结结巴巴的,同时还做出一些小动作。比如摇头晃脑,大幅度地挥舞双手,发抖,清清嗓子,对着手帕吐痰等等。能做的动作都做了,像一场晚饭前赏心悦目的音乐会。

他所有的牙齿都掉光了,几乎除了面包屑什么也吃不了。他先把面包放在手里团成小球状,随后扔进嘴里吃下去。有时候他放进嘴里并不咽下,而是在嘴里转来转去。吃完后又一个球一个球地团着吃。在他用牙龈嚼面包时,胡子就会高高翘起,直够到他的鹰钩鼻。

我说了,他和一头牛那般巨大无比。他站在打铁匠的门口，能堵住整间房子。不过他对待柏拉特罗，却像对孩子一样温柔。每一次他看见花儿或小鸟，便会突然发笑，嘴巴张得很大，并久笑不止，直到笑出了眼泪。之后回归平静，朝老旧的墓地看去，自言自语道：

"我的小女儿，我不幸的小女儿啊……"

36 小孩与水

太阳把满是灰尘的大畜棚烤焦了，不管脚步走得多么小心翼翼，细细的白沙都会扬起来，一直飘到人的眼睛里。一个小孩和一泉清水，彼此凭借直白的内心愉悦地交融。即使一棵树也没长，可一到那里，人们心中便只剩一个词：绿洲！这金亮亮的两个字，来自人眼反映的蓝色天空。

清早已经热到和午睡时间一样，桑·弗朗西斯哥畜棚的橄榄树上夏蝉不停地穿梭。炙热的阳光烤着小孩的脑袋，他仿佛没有一点感觉，全神贯注地看着泉水，似乎他已经泡在水里了。他趴在地上，一只手伸进川流不息的溪水中，掌心就出现一座抖动的宫殿，清爽优美，他黑色的眼珠溢满了快乐。他自说自话地深深吸了口气，另一只手在他的破衣服上不停地挠。水晶宫殿一直都是一座，可却不断出现新花样，有时变得不可控制。随后小孩聚精会神，陷入了忘我的境界，沉浸在自己的思绪里，如此，他最开始从水中抓住的那座水晶宫的形状，尽管有脉搏的律动，也改变不了那敏锐的万花筒形象。

柏拉特罗，我不能确定，你能否理解我说的这一切，不过那孩子的手里，捧的是我的灵魂。

37　友谊

我们相互之间非常了解。我由着它去爱去的地方,它也总能载我去我喜欢去的地方。

柏拉特罗清楚,我每一次到达拉·戈伦拿那株松树下时,都爱轻轻抚摸它,透过它巨大疏朗的圆顶仰望天空;它清楚我热爱那条可以通往古溪的绿色小路;也清楚我觉得从长满松树的小山上俯视河水,眺望美丽的景色,是多么的心旷神怡。我本来可以闭上眼睛安心地在它的背上小睡一下,但我却睁着眼睛,只为看看这些称心如意的景色。

我待柏拉特罗犹如孩子。要是山路坎坷,我的重量令它负担过大时,我就会下来,让它轻松一些。我亲吻它,玩弄它,刺激它。它却清楚我是很爱它的,对我总是毫无怨言。它很像我,我甚至觉得,它和我做着同样的梦。

柏拉特罗犹如一位热情洋溢的女子,心甘情愿地为我奉献自己的所有。没有任何不满。我清楚我便是它幸福的归属。它甚至为了我而躲开别的驴子和人。

38 摇篮曲

卖木炭的小女孩长得非常美丽，然而却脏兮兮的像枚铜板一样。她黑溜溜的双眼熠熠生辉，闭紧的嘴唇在煤灰间越发鲜红。她在茅屋门前的瓦片上坐着，哄她的小弟弟入睡。

五月的天气，仿佛太阳的中心那样炙热、绚烂。在明亮的寂静里，能听见陶锅在田野里沸腾的煮食声，草场上牲口的鸣叫，还有桉树丛里海风的愉悦。

小女孩甜蜜地唱着：

"我的好宝宝睡吧，

为了那放羊的女孩……

我的宝宝睡着了，

哄他入睡的人，也睡着了……"

海风吹来……柏拉特罗在炽热的松树林里慢慢走着，渐渐走近了。随后它在黑色土地上躺下，伴着悠长的摇篮曲，像孩子一样入睡了。

39　肺病者

苍白冷清的病房中间，她直挺挺地坐在被丢弃的椅子上，脸色苍白没有一点光泽，仿佛一棵白而无光枯败的甘松。

"才走到桥边，"她跟我说，"你看看，老先生，那就一小段路而已，我就喘不过气了。"

她如孩子般柔弱、断断续续的声音，就像夏天的清风一样疲倦。

我把柏拉特罗给她，让她骑着去外面透透气。当她骑在它上面时，脸上满是快乐，她那张消瘦垂危的脸笑得只剩黑眼珠和白牙齿。

妇女们站在门口，看着我们路过。柏拉特罗缓缓地走着，似乎明白它背的是一朵容易破碎的玻璃百合。小女孩在兴奋和愉悦中脸色变好了许多，再加上一身纯白的衣服，她看着像一位经过小镇的天使，朝南边走去。

40　朝圣罗西奥

"柏拉特罗，"我对小毛驴说，"我们到外面等板车队吧！他们能带来远方当那那树林的呢喃低语，拉斯·安妮玛斯松林的神秘，拉斯·马达拉斯和两个法郎诺斯的清爽气息，罗西拿的芬芳……"

我带着精神抖擞的柏拉特罗出来，满面荣光的它可以讨得女孩们的欢心。我们从卡尔·的拉·甫安特街穿过，逐渐西下的残阳，给整条街刷白的屋檐戴上了一条玫瑰色的丝带。随后我们来到洛·荷尔诺斯有围墙的田地，在那儿能瞧见去往洛·兰诺斯的道路。

板车队早就上了斜坡。细雨从一朵调皮的紫云中降到绿色的葡萄田里。这在罗西奥是常见的情景，人们已经司空见惯。

一对年轻夫妇出现在队伍的最前面，他们骑在挂满摩尔式饰物的驴子和马匹身上。男人们欢欣鼓舞，女人们神清气爽。这些五彩缤纷、美丽活泼的人们走过去了又掉过头来，你争我抢很快就打乱了队伍的秩序。随后是一辆满载醉鬼的板车,暴躁、无礼、吵闹不停;板车后面是挂着白幔的花轿子,青春美丽的黝黑少女在华盖下坐着拍打摇鼓,细声地高唱施维尔的歌曲。越来越多的马匹,越来越多的驴子……带队的大声喊道:

"罗西奥的圣女万岁!万万——岁!"

他满头灰发,人很瘦但脸色红润,背后挂着一顶宽边帽子,金灿灿的权杖插在马镫里。高贵纯洁的圣女登场了。她身着浅银淡紫,在铺满了鲜花的轮翼上端坐着,两头庞大的黑白牛拉着她缓缓上前。两头牛上挂着五颜六色的装饰着意大利金币的头巾,和主教的装扮一模一样;圣女坐的轮翼,仿佛一座繁花盛开的花园。

此刻能听见音乐了,不时给铃铛声、爆竹声、铁蹄踩住石头的巨大声响淹没。

柏拉特罗把它的前腿弯曲着,轻轻跪下,如妇女般谦卑和恭敬。

41　隆沙尔

我把柏拉特罗的缰绳解开,让它在干净的嫩菊丛里吃草。我在一棵松树下躺着,从摩尔式的鞍囊里拿出一本小巧的书,打开放有书签的那页,高声地诵读:

Comme on voitsur la branche au mois de mai

la rose

En sa belle jeunesse, en sa premiere fleur,

Rcndrclccieljaloux dc……

仿佛人们从枝条上见到的,五月里,

玫瑰花

用她艳丽的青春,用她第一朵花儿

让天空羡慕……

在最高的树枝上面,有一只玲珑的小鸟不停地跳着、唱着,太阳把它和翠绿的树梢都照成了金色。只见它在树梢上不停地飞来飞去,啼叫着,还能听见它啄破果仁的声响,那是小鸟在品尝午餐。

jaloux de sa vive couleur……

羡慕她生动的色彩……

一个庞大暖和的物体从我肩膀移过去，仿佛一条有生命的船头……想都不用想，一定是柏拉特罗，它应该是被《奥菲望斯之歌》吸引了，过来和我一起读。我们便一起读道：

Qundl'qube de sespleursan point du jour l'a……

那个流满她眼泪的破晓时分，那天的这个时候，曾经……

然而那小鸟肯定吃得太快了，唱出不和谐的歌曲，盖住了我要读下去的诗词。

隆沙尔[①]肯定在地狱[②]里大笑着。

[①] 隆沙尔（Pierre de Ronsard 1524—1585），法国诗人，喜欢写希腊神话题材诗歌，著有《中桑特拉之恋》《玛利之恋》《海伦之恋》等。

[②] 原文Hades原为希腊死神的名字，这里引申为地狱之意。

42 幻灯片老头

突然,一阵急促的擂鼓声打破了宁静的街道。随后响起一声悠远沙哑的喊叫。接着便听到孩子们争相向街上奔跑的脚步声,他们大声喊着:

"放幻灯片的老头来镇上了,幻灯片!幻灯片!"

街角的椅子上,绿色的盒子早就放好,上面插着四面粉红色的小旗子,透镜口对准了阳光。老头用力擂鼓,一群穷孩子站在盒子边没有出声,把手放进口袋,或者背在后面。没多久,有个小孩手里攥着一个铜钱跑来,把钱递给老头,眼睛对着透镜口。

"此时……你能见到……柏廉将军……正骑在他的白马上。"从外地来的老头疲惫地说,同时还擂着鼓。

"巴塞罗拿的港口!"鼓擂得更促了。别的小孩陆陆续续地来到这里,把铜钱放在老头的掌心,聚精会神地等着去买他的幻想。老头说:

"此时你能见到夏湾拿的城堡！"他又擂起了鼓。

柏拉特罗，小女孩以及从对面走来的狗，都想看幻灯片，它把大头挤进这群孩子中间看看热闹。老头对它幽默地说：

"把你的铜钱拿出来！"

手里没钱的孩子都笑了起来，用羡慕、谦卑、渴望的目光盯着老头。

43　路边花

柏拉特罗，这朵路旁的小花好纯净，好漂亮！各种各样的东西经过它的身边——有牛、有羊、有马、有人——而它，总是非常温柔，非常纤娇，一直挺立在那块脏兮兮的土地上，绽放它淡紫色的娇嫩花瓣，没有被一丝不纯净的东西污染。

每一天我们穿过这条便道爬上斜坡时，都能见到绿地上的它。此刻，有一只小鸟出现在它旁边，我们走近了就往上飞——这是为什么？此刻那朵小花仿佛是一只不大的杯子，夏天的云彩给它灌上了满满的清水；此刻它允许一只蜜蜂来盗窃，或者答应一只蝴蝶来为它装饰。

柏拉特罗，这朵花只能在世间几日，然而记忆里它却是永远开放的。它的生命就像你我春天里的一天。柏拉特罗，如果能换来这朵奇妙的花儿，当作每天平静生活的模范，我愿意给秋天任何的东西。

44 "爵爷"

柏拉特罗，我不清楚你能否看懂照片。有一次，我让几个乡下人看照片，可他们没有看到什么。好吧，我就跟你说实话吧，那是"爵爷"。柏拉特罗，就是我偶尔和你说过的那只小狐狸。你看看——看到了吗？在大理石院子的天竺葵花盆丛中，正在垫子上享受冬日暖阳的就是它。

不幸的"爵爷"。它的家乡在施维尔，那时候我还在那里绘画。它身体洁白，在亮光里简直看不见它的颜色，圆润得仿佛女人的大腿，同时和水龙头喷出的水一样灵敏快速。它的毛发印着几处黑影，犹如落在上面停歇的蝴蝶。它的眼睛闪闪发光，仿佛两个满含尊贵情感的音符。它透着一种灵气。有时候，它会没有来由地旋转，在大理石院子的白百合之间，让人见了头眼昏花。

正是五月的时光，阳光透过五彩的玻璃屋顶洒下来，为白百合上了一层红蓝黄相间的颜色，仿佛当·康米罗（Don

Camilo）画的鸽子一样。有时候，它跑上屋顶，在燕巢中惊出一阵啼叫。玛卡利亚每个早晨拿肥皂帮"爵爷"清洗，因此它一直很干净，光彩照人，柏拉特罗，它就犹如屋顶对着天空的那块圆齿状的阳台一样。我父亲离开人世时，它在灵柩前守了整整一夜。有一回我母亲生病了，它在床脚躺了一个月，什么也没有吃。一天，有人跑来我家告状，说它让疯狗咬了。因此必须把它绑在堡垒旧酒窖的橘树上，与人群隔开。

当那些人把它拎着走下小巷时，它回头望了我一眼，看得我心痛不已。直到现在那种感觉依然隐隐作痛。柏拉特罗，就仿佛坠落的星星一样，它的光芒一直留在我心里。它浓重的愁苦，让自身的消失保留了印迹。后来我只要因为肉体的疼痛而感到哀伤时，"爵爷"深深烙在我心里的一眼，便浮现在眼前。那一眼仿佛是从今生通往永恒的道路——也就是说，从那条小溪通向拉·戈伦拿的那株松的道路。

45 井

　　井！柏拉特罗，这是一个非常深奥的字，非常幽绿，非常凉爽。它的回声如此响亮，犹如这个字自身在黑色土地上辛苦挖掘，一直掘出清凉的水为止。

　　看看！一棵无花果树马上长起来了，它给井作了装饰，但同时也破坏了井栏石。井里面，手能够得着的位置，也就是爬满青苔的砖块间，一朵蓝色的花开了，香味浓烈。再往下一点，是燕子的小窝。随后，是一条长长的清凉走廊，后面还有一个翡翠宫殿和一个湖泊；要是谁朝平静的湖里扔一块石头，它便气愤地动起来。最后，就是一片蓝天。

　　夜深了，月色在里面闪耀，底下还有点点星光作为装饰。好安静！路走到这里，生命远了。井底之下，井的灵魂跑进了最深处。人们能通过井看见落日的另一边。仿佛一个巨人，即掌握全部隐私的主人，会从井口升起。啊，宁静而神奇的迷宫，芳香而阴暗的花园，充满磁性的迷人殿堂！

听清了,柏拉特罗,倘若有一天我跳进井里,你要相信,我不是要自杀,我只是想快点采撷那些闪闪发光的星星。

柏拉特罗叫起来,盼望能喝一口水。从井里飞出一只惊慌失措的燕子,轻轻地盘旋。

46　踢

我们要去蒙德玛雅的农场,那是给牛犊烙印的地方。院子铺满了鹅卵石,即使下午天气炎热,院里也非常清凉。蓝天下,茁壮的马儿在高声鸣叫,女人们清朗的谈笑声,还有狗急躁锐利的尖叫。柏拉特罗站在角落里,渐渐烦躁起来。

"但是,小朋友,"我跟它说,"不要这样,你还小,不能和我们一起去。"

它很沮丧,后来我只能让它载着傻子,和我们同去。

好快乐的马队!从明媚的田野走过。沼泽微笑着,洼地仿佛镜片一样反射金色的阳光,旁边的磨坊在破碎的镜面里也倒映出自己的影子。在那马群稳当、坚定的脚步中间,柏拉特罗急促地踏着碎步,为了与队伍保持一致,它要经常加快速度。突然传来一声响,好像手枪的声音。柏拉特罗的嘴撞到了一匹斑点小马的屁股,那匹小马立刻朝它踢了一脚算是回报。不会有人管这件事,然而我见到柏拉特罗一只前腿正不停地滴血。

我跳下马背，拿小块布和马毛绑住了破裂的血管。随后让傻子领着它回家。他们两个沿着经过村子的干涸河床慢慢地、惆怅地走着，还不时回头望望我们这群引人注目的人马。

一从农场回来，我就去看望柏拉特罗，瞧见它一脸的无精打采。

"这次知道了吧，"我叹了口气说，"有些地方，你是不能跟人们去的。"

47　驴子学

在一本字典中,我看到过:"驴子学:名词。描写驴子,用来挖苦。"

悲哀的驴子!尽管你如此友善、尊贵、机灵!挖苦——为什么啊?你得不到细心的描写?对你做一个细心认真的描写,肯定是一个温暖的春天故事。为什么啊?人们要把好人称为"驴子",把坏驴子称为"人",好讽刺!

就你而言,你是高贵的知识分子,是老人与小孩的朋友,是小溪与蝴蝶,太阳与小狗,花儿与月亮的朋友;你如此耐劳、温柔、忧郁、活泼,就是草地里的马可斯·奥里利亚斯①。

柏拉特罗肯定是理解的,它用明亮的眼睛注视着我,满含温柔和认可,同时有阳光闪过它凸起的眼球。啊!希望它那可爱的毛茸茸的大脑袋清楚,我正在替它打抱不平。清楚我比那

---

① 马可斯·奥里利亚斯:典故不详。

些编写字典的人好许多,清楚我和它一样好心!

接着我在书的空白处写下:"驴子学:名词,应该说是——挖苦地(肯定啦!)——用来描写那些编写字典的傻子。"

48　基督圣体

我们从果园回来刚走进喷泉街时,在小溪边已经听到过三次的钟声又响了起来。那引人注目的青铜呼号,惊动了白色的小镇。它辗转的声响和爆竹热闹的声音、金属乐器的铃声,交织在一起久久回荡着。

街道刚刷了一层石灰,装饰着红赭石。白杨和柏树全是墨绿色的新装。窗户悬挂着石榴红缎子、黄色绸子以及天蓝色的织锦。在死了人的家里,窗户便会悬挂一段带着黑丝带的白羊毛料子。

教堂甬道的角落里,最远住户的屋檐下面,出现了缓慢前行的玻璃十字架,映着夕阳的碎镜片和红烛的光芒闪闪发亮。游行的队伍慢慢地走过。胭脂色的旗子下面,是捧着面包圈的面包领导者桑·洛可;淡绿的旗子下面,是手里握着银质轮船的水手领导者圣·德尔莫;黄色的旗子下面,是拿着小公牛的农民领导者桑·伊士多罗;随后是越来越多的彩色旗子,越来越多的圣人。接着是扮演圣母的桑塔·安娜，她穿着一身棕色的衣服。"圣洁童贞女"是一身蓝色……最后被两个守卫保卫着的，是圣龛，它银色的波纹状表面点缀着一捆捆熟透了的谷穗和一串串生葡萄，在烟香缭绕里缓缓移动。

在将要消逝的午后，响起了用安德路西亚拉丁文唱的圣诗。阳光早已变成了蔷薇色，它的余光投向里奥街，在老旧沉重的镶金教士袍上淡淡闪着。在温暖、安静如卵石的六月里，在嫣红的钟楼顶和周围，一群鸽子正在高空飞舞，编织它们如雪光一样的花冠。

柏拉特罗鸣叫起来。它这一声温柔鸣叫，与教堂的钟声、爆竹、拉丁文和音乐一起，把这天所有的神秘都连在一起变明朗了；它的鸣叫，高傲时变得温顺，平凡时变得神圣。

49 骑

　　夏季的小路，长满了忍冬花，真是一条甜蜜的道路！我冲着天空，读诗、唱诗、吟诗。柏拉特罗闻闻墙上阴影里的疏草、铺着灰尘的锦葵，以及黄色的酢浆草。它停下的时间比走动的时间要长。我由它去。

　　蔚蓝蔚蓝的天空，由硕果累累的杏树顶上抬头看上去，心旷神怡。明朗的田野寂静中带着炎热。一面白色船帆静止在无风的河面上。那边的山岭，有一团浓浓的雾气在野火中升腾，在半空中聚成圆形的黑云。

　　我们的漫步并不长久。就像生命长河中平静明朗的一天——不用膜拜神圣的天堂，不用追逐大海之外的仙山，也不用理会悲剧的火焰！

　　橘子的清香和凉爽的井链笑声交融在一起；柏拉特罗鸣叫着，兴高采烈地跳跃着。这样的平常时光是多么美好啊！此刻水池出现在我们面前，我装了满满一玻璃杯的水，喝下那由白雪化成的液体。柏拉特罗将嘴巴探进阴影下的水面，这里一点、那里一点地挑最干净的地方贪婪地喝下去。

50　夜幕将垂

村庄的夕阳正在慢慢消退,此刻,关于未来的遐想还有关于过去模糊不清的一切,是如此充满诗意!有一种诱人的妖娆环绕在整个镇里,犹如将它钉在一个惆怅而哀思的十字架上。

在明朗的星光下,谷物堆在打谷场上,散发着清香。工人们在睡意蒙眬的疲倦中低声唱着。那些寡妇坐在门口,想念离开人世的亲人,他们就躺在附近,畜棚后面便是。孩子们在阴影之间跑来跑去,仿佛雀鸟在树林之间飞来飞去。

在破旧房子的白墙前,暗淡的光影穿过,偶尔能照出几个模糊不清并且带着尘土的人影,沉默而愁苦:一个新来的乞丐,一个去往已经收获了的田野的葡萄牙人,可能是小偷——他们黝黑、胆怯的外形,和紫红色的夕阳照射熟悉事物的宁静,形成了鲜明的对比。孩子们都散开了,门口昏暗了许多。在这幽静的空气里,听见人们在议论,说有人正在生产一种油膏,拿来救治国王患肺病的女儿……

51 橡皮印

那个印和表的形状一样,柏拉特罗。只要打开小银盒,它就会出现,在一块浸满紫色墨水的布上压一下,仿佛一只小鸟窝在自己的巢里。随后在我白色的手心里压上一分钟,就会出现这样的字样:

法朗西斯高·鲁斯

莫圭尔

这使人非常快乐。

我是多么渴望得到这个印章啊!它是在当·卡罗斯学校时,我一个朋友的。有一次,我从家里一张旧办公桌上找出了一架微型印刷机,我尝试着排出自己的名字。然而总是弄不好。它比不上我朋友的印章便利,能随便印在任何地方,在书上、墙上、皮肤上都可以印出他的名字:

法朗西斯高·鲁斯

莫圭尔

有一天,一个文具推销员和施维尔的制银匠阿里亚斯一起来到我家。他有尺子、圆规、彩色墨水,还有印章,非常好看的一套工具!形状和大小都很齐全。我把钱罐子摔碎,找出五个贝塞达斯币,跟他预定一个刻着我名字和籍贯的印章。那是我觉得最漫长的一周。每当听见邮车的声音,我的心就跳得很快。当邮差走路的声音又消失在雨里时,我感到着急、惆怅。终于在一天晚上,邮差将它带给我。它是一个复杂的工具,有铅笔、钢笔、印火漆用的名字缩写印——应该还有很多我记不得的东西!只要按一下弹簧按钮,崭新的墨色印章就会出现。

整个家里还有什么东西没有盖上印章呢?那一天里,还有哪件东西不是我的呢?如果有人借我的印章去用,我便说:"当心点,别用坏了!"心里非常紧张!次日,我兴冲冲地把这一切都带去学校:我的课本、衬衫、帽子、靴子和两只手,全部都盖上了印章:

胡安·拉蒙·希梅内斯

莫圭尔

52　母狗

我和你说过这条母狗,柏拉特罗,正是射手罗巴韬的那一条。你和它非常熟,因为我们在去罗斯·兰诺斯的路上见过它许多次。你没有忘记吧?它浑身金而白的毛发仿佛五月里的晚霞。它生下四条小狗,可送牛奶的大娘沙鲁将它们全部带去了拉斯·马特拉斯的小屋。因为她的孩子病得很严重,当·刘易斯说要给孩子喝小狗肉汤。你很清楚,从罗巴韬家到拉斯·马特拉斯那座桥路途遥远,中途还要走过拉斯·他勃拉斯。

柏拉特罗,听说在那天,这条狗发疯似的到处奔走,跑进跑出的,爬到墙上,甚至去闻过路的人们。太阳快下山的时候,人们看见它还站在守门人罗斯·汉尔诺斯小屋旁的煤包上,冲着落日哀鸣。

你非常清楚,从安密狄奥街到拉斯·他勃拉斯的人行桥路途遥远。那条狗在夜里总共走了四个来回。柏拉特罗,它每一回嘴里都叼着一条小狗。第二天黎明,罗巴韬打开门时,母狗躺在门槛上,幸福地瞧着主人,那四只小狗全部在哆嗦着吮吸它圆润的粉红色乳房。

53　我们三个

　　柏拉特罗，可能她已经走了——去了哪里呢？坐在阳光烘烤下的黑色火车里，冲破遍布的白云，沿着铁轨向北飞驰而去。

　　我和你一起，正在金黄的麦浪之中。这片田野中，洒满了如血的罂粟花。罂粟花在七月里已经布满了灰色的花蕊。缥缈无方的云烟——你记得吗——从太阳和花朵之间飘过，留下淡淡的阴暗。

　　一个飞舞的金发身影，系着黑面纱！在疾驰的火车窗框中，仿佛一个幻想的肖像。

　　可能她心里想：他们是谁啊，那个穿着丧服的人和那头灰色的小驴？

　　我们还能是谁啊？你也是这样想的对吗，柏拉特罗？

54 麻雀

圣詹姆斯日的清晨，小镇被灰白色的烟雾笼罩着，仿佛包在棉花里。所有的人都做弥撒去了。花园里只剩下麻雀、柏拉特罗和我。

在偶尔落下几滴细雨的一团团云彩下，有好多的麻雀！看它们如何在葡萄藤蔓之间穿来穿去，如何叽叽喳喳地饶舌根，如何相互啄着小嘴！有一只在树枝上歇脚，忽地又飞走了，剩下摇晃的树枝；有一只飞到井栏边，在映有天空倒影的小水坑里喝了口水；还有一只，落在侧屋顶上，那里都是凋零的花朵，只是在今天这样有云的天气里增添了许多色彩。

没有固定节日的小鸟，多么幸福！它们拥有大自然的纯真和自由，钟声对它们而言什么都不是，它们有的，也只是闲适的愉快。它们非常知足，没有任何命运带来的责任，也没有让人激动的巅峰和让人恐惧的深渊，不像人类这种不幸的生物。它们有的，是自己的操守道德；它们是我的兄弟，我最亲爱的兄弟！

　　它们去旅行，没必要带钱也没必要带行装；只要愿意，它们马上就能搬家。它们能察觉到溪流的位置、矮林的位置，如果想去，展开翅膀它们就会找到幸福；它们没有必要知道什么星期一或者星期六。它们随时随地，都能沐浴洗澡；它们的爱情，是不需要知道对方名字的，它们的爱情遍及整个世界。

　　当人们出去做主日弥撒时，它们便会突然欢欣鼓舞地飞到一个关着大门的花园里，在那儿，有一个它们熟悉的诗人，还有一头温顺的小驴子，把它们当兄弟一样看待。

55 夏

柏拉特罗在滴血,那是让牛虻咬的,流出了黏稠的紫红血液。知了躲在松树上没完没了地叫。经过片刻的沉睡后,我睁开眼睛,看到沙面上的景致都成了白色的,在这火辣辣的炙热里,使人一下子觉得神秘冷清。

一丛一丛的石玫瑰上,开满了悠闲的大花朵——烟状玫瑰、轻纱玫瑰、薄纸一样的玫瑰,每一朵都带着四滴红色的眼泪;让人喘不过气的雾气,令平凡没有光泽的松树变成了白色。一只不曾看过的鸟儿,黄色的羽毛上夹着些许黑点,无声无息地站在树枝上。守园人敲响铜薄片,赶走来自天空成群结队的长尾鸢,它们想要吃掉橘子。我们走到胡桃树的树荫里,随着一阵干脆的响声,我把两个西瓜切开,它嫣红的瓜瓤,蒙着一层清凉的玫瑰色霜花。我慢吞吞地吃着我那个,听着远方镇上黄昏时分的钟声。柏拉特罗吞下那甘甜的瓜肉,仿佛喝水那样。

56　星期日

小钟响起了一组协调的声音,时远时近,在这节日的清晨格外透亮的蓝天下飘荡着。田野换上了绿色的新装,愉快而响亮的钟声,给它轻轻地披上了金色的外衣。

所有人都去城里看游行队伍了,甚至连卫兵都去了。只剩下柏拉特罗和我。如此宁静!如此纯净!如此幸福!我将柏拉特罗带到高一层的草地上,自己躺在一棵松树底下读书,那棵松树上落满了鸟雀,它们不会飞走。

钟声响起,在两次钟声之间的宁静里,我感受到了九月清晨内心的宁静与喜悦。金黑色的黄蜂,在挂满串串饱满麝香葡萄的乔木间飞来飞去;蝴蝶在花丛中翩翩起舞,和颜色艳丽的花朵融合在一起。此时,孤独就仿佛一种伟大的思想。

有时候,柏拉特罗会停下吃草,望着我。有时候,我停下读书,望着它。

57　蟋蟀之歌

柏拉特罗和我在夜里散步时,已经非常熟悉蟋蟀的歌声了。

蟋蟀在夕阳西下时唱第一首歌,充满了迟疑、低落和生涩。不过它不断学习,摸索着改变调子,随后逐渐上升到准确的音高,犹如在探寻一个最符合时空的发音。突然,星星出现在明朗的天空,此时,它的歌声已经是和旋律一样悦耳,犹如回荡的钟声。

清新的微风飘来飘去,花朵在夜里任意绽放,一种神圣洁净的浓香顺着草天交会的蓝色田野飘浮。蟋蟀的歌声越来越高兴,传遍了整片村野,仿佛影子的声音。它不再迟疑,不再沉默。似乎发出的每一个音符和另一个音符都是孪生兄弟,有一种血缘关系。

时间就这样静静地消逝。世上没有发生战争,工人们在睡觉,遥远的天空成了他们梦里的地方。在爬山虎和围墙之间,那些可能存在爱情的人们，彼此的眼神正在交融。一小块豆田以其绽放的花朵，给村镇送来柔和芳香的讯息，这讯息，似乎发自一个勇敢自由、情感真挚的年轻男孩。绿色的麦子，在两点、三点、四点的时候，随着月光摆动，伴着微风叹气。蟋蟀那么悦耳的歌声，此时却被淡忘了。

　　我和柏拉特罗觉得好冷，准备回去睡觉。当我们走过露水结霜的小路时，听到蟋蟀又唱了起来，那是它们清晨的歌声！月亮正在下落，散发出朦胧的红光。此刻，蟋蟀的歌声陶醉在月色和星辉之中，非常浪漫、神奇、丰富。接着出现大片忧伤的云彩，还有紫蓝色朦胧的边缘。白天慢慢地从海面拉出来了。

58　斗牛

这些孩子为什么而来？柏拉特罗，我敢肯定你还蒙在鼓里。他们问我，今天下午可不可以带上你一起去观看斗牛？不要害怕，我已经告诉他们，这种事想都别想。

几乎要疯狂了，柏拉特罗。全镇都因为斗牛而兴奋起来。有一个乐队从大清早起就在小旅馆门口演奏，声音沙哑了，调子也跑了；整条新街从上到下，车水马龙，熙熙攘攘。后街那儿，他们正为斗牛士准备"康纳里奥"——这是小孩子非常喜爱的黄色马车。院子里全部的花，都被摘下送给主持斗牛的淑女们了。年轻的小伙子们头上戴着阔边帽，穿着罩衫，嘴里还咬着雪茄，慵懒地走在街道上，浑身是白兰地和牛棚的味道，这样的情景让我感到悲痛。

等到差不多两点钟，柏拉特罗，在那只剩下宁静和阳光的时刻，也就是一天中明媚的空隙处，斗牛士和淑女们还在穿衣服时，你和我便像去年一样，从后门走出小巷，走到田野里去。

在热闹的节日里，田野如此美妙！然而人们都把它忘却了。放眼看去，看不到一个老人弯腰在葡萄藤下或是菜园里干净的小溪边劳作。远处的镇子里，斗牛场上人声鼎沸，鼓掌声以及牛铃的音乐，仿佛小丑头上的帽顶一样升起。我们正安静地朝大海走去，这所有的一切都被丢弃在身后了。可是灵魂，柏拉特罗，它凭借崇高和美感，就能成为世间万物的皇后。大自然只要受到敬重，它就会心甘情愿地奉献自己，让那些知道欣赏永恒、壮丽美景的人尽情享受。

59 风暴

可怕。不敢呼吸。直冒冷汗。恐怖而消沉的天空让早晨喘不过气来。寂静……爱情停止了。罪孽在发抖。悔恨闭上了双眼,越来越沉寂。

雷声轰隆隆地响着,没完没了的,仿佛一堆大石块从天上不停地落到镇里,滚动在这被遗忘的早晨。所有柔弱的东西——花儿、小鸟——都消逝在生命里。

带着惊恐和胆怯,从虚掩的窗户往外看,见到了红得发亮的天空。东边云层的裂缝处,闪着几许阴冷浑浊的淡紫和蔷薇红的细小光线,可依旧抵抗不了黑暗。

被人们遗忘的简单的安格鲁斯[①]在不间断的雷声中哭泣。难道这是人间仅剩的一次安格鲁斯吗?人们盼望钟声早点结束,或者敲得更加密集响亮,以掩盖咆哮的暴风雨。人们不停地走来走去,祈求着,但不知道求的是什么。

---

① 安格鲁斯,三唱"圣安!圣母玛利亚。"的仪式。

人们的心灵都因为害怕僵住了。远处传来孩子们的哭声……

柏拉特罗会有什么感受?它一直孤零零地待在外面,待在毫无防护的马槽里。

60　葡萄收获

　　柏拉特罗，今年来送葡萄的驴子好少啊！牌子上印着大字母：六里亚尔[①]一斤，但没有任何效果。那些来自卢创拿、阿尔蒙特、巴洛斯的驴子都去了哪里？它们运载着如黄金一样流动的液体，就和你驮着我全身的血液一样。这些驴子在等候去榨酒坊卸货，排着长队等了一个又一个小时。葡萄汁流满了整条街，女人和孩子们拿着水瓶、水缸和土罐装。

　　那个时候，酒窖是如此的欢乐，柏拉特罗。特别是那些什一酒窖[②]！在一棵大核桃树压着的屋檐下，酒窖工人用清新、响亮、浑厚的调子唱着歌，清洗大酒桶；专门倒酒的人光着脚从这里走过，抬着大桶大桶的新鲜葡萄汁，摇晃着，还在冒泡；远处的工场底下，桶匠在不停地敲打，能清楚地听见回声。我骑在驴子的背上，从一扇门走进阿尔米朗特，从另外一

[①]　里亚尔，旧时西班牙和拉丁美洲通用的银币。
[②]　这些酒窖所制的酒，以什一形式捐纳给教会或政府，所以得名。

扇门走出来——两扇门高兴地对立着，在造酒工人热情的抚摸下，它们彼此闪着生命的光辉。

二十个作坊不分昼夜地工作着。多么疯狂，多么拼命，多么欢乐啊！可是今年，柏拉特罗，全部作坊都关上了窗户。畜棚那还有两三个工人，就足够了。

柏拉特罗，现在你可以做些活儿了，你总是无所事事的话，很像一个懒汉。

其他载着葡萄的驴子，不停地注视柏拉特罗，它依然那么洒脱，自由自在；为了避免它们讨厌它，或者说它坏话，我带它去附近的榨酒坊，装上葡萄，牵着它缓缓地走到这些驴子中间，和它们一同走去作坊。接着，我偷偷把它带走了。

61　夜曲

节日的镇子，火光映红了天空，温暖的微风送来一阵忧伤怀旧的华尔兹乐曲。教堂徘徊在紫色、天蓝色和黄色的光环之间，看上去显得僵硬、惨白、沉默。酒窖之外，是一片漆黑的田野，低沉的黄月朦胧地沿河边下落。

野外只剩下孤零零的树木和影子。蟋蟀时断时续地鸣叫，隐蔽的水流传出梦呓似的言语，再添上些许柔软和湿润，犹如星星在水底里融化一般。柏拉特罗从马厩里，发出哀伤的鸣叫。

羊睡醒了，不停地走来走去；小铃铛一直在响，开始随便响了几下，之后非常悦耳。最终，不响了……远处，从蒙德玛雅响起一头驴子的嘶鸣……随后，又有另一只在瓦耶胡艾尔罗……一条狗在汪汪大叫……

月色非常明亮，园中的花朵看上去就和白天的颜色一样。在喷泉街最后一间房子前，晃动的红灯笼之下，有个寂寞的男人正向街角拐去。那个男人是我吗？不是的，此时我正在芳香的天际里，在金蓝色涌动的月光、紫丁香、清风、树影中间，聆听着自己几近静止的心跳声。

　　大地在温柔地旋转……

62　沙列滔

在葡萄收获的日子，一个炎热的黄昏，我经过葡萄园中的小溪边时，女人们对我说，一个小黑孩要找我。

我向打谷场走去，瞧见他刚好沿着小路走来。

"沙列滔！"

他是我在布艾尔道·利根的恋人罗沙连娜的佣人。他为了来农村斗牛，逃出了施维尔，身上一分钱也没有，就这么空着肚子从尼艾巴拉走到这里，一条红艳艳的斗牛披风搭在他的肩上。

摘葡萄的男人们斜着眼注视他，眼神里满是轻蔑；女人们大多因为男人的关系，没有看他。他前不久从榨酒坊经过时，和一个把他耳朵咬破了的小男孩打了一架。

我和他笑笑，亲切地跟他说话。柏拉特罗在我们旁边走着，同时吃些葡萄，沙列滔没有勇气对我表达尊敬，他一边拍拍驴子，一边神气十足地看着我。

63 午睡

　　下午，我在无花果树下睡醒，看见了淡黄色的阳光，这是多么忧伤的美丽！

　　一阵带有石玫瑰芳香的干燥轻风，吹过我刚睡醒还流着汗的身子。祥和的老树轻轻晃动着它巨大的叶子，我时而被遮在阴影里，时而被阳光刺痛双眼。我似乎躺在轻轻摇晃的摇篮中，一会儿从阳光摇进树荫，一会儿又从树荫摇进阳光。

　　远方，凄凉的镇子里，晶莹透亮的空气那边，响起了三下晚祷的钟声。钟声传来时，柏拉特罗抢走了我那个蒙着红色甜霜的大西瓜，随后呆呆地在我面前站着，用黑溜溜的大眼睛看着我。

　　看着它困乏的双眼，我的眼睛愈加疲倦……又吹来一阵轻风，我的双眼仿佛一只展翅将飞的蝴蝶，却又一下子收起了双翼……忽然闭上。

64　烟火

九月有节日的夜晚,我们就会跑到房子后面高高的果园里。水池边的晚香玉,散发出一种平静的幽香,我们聆听着镇子里节日的热情。

天很晚时才燃放烟火。刚开始只是几声闷响,随后才是和没有尾巴的火箭一样,带着一声叹息在半空中绽放,仿佛一颗星星的双眼,只在田野上空快速地一闪,就化成了红色、紫色、蓝色的火光;别的烟火在坠落时,就像一个光着身子的少女,又宛如血色的垂柳,滴下光的花朵。啊,烟火就是那发光的孔雀,是天上一束美丽的玫瑰,是在星星的花园里翱翔的雉鸡。

每响起一次爆炸声,柏拉特罗就会颤抖一次。天空中的烟火都化成了蓝色、紫色、红色的光亮,透过闪烁的光亮,我能瞧见,它正张着黑溜溜的大眼睛看向我。

节日迎来了高潮,伴随着远方镇子的喧嚣,天空中升起一顶旋转的金冠，一直飘过城堡，突然爆发出了震耳欲聋的声响。柏拉特罗边逃跑边鸣叫着，似乎魔鬼收了它的灵魂，从葡萄藤中间一直跑到了宁静的松树林，最后消失在黑暗里。

65 月亮

柏拉特罗刚刚把两桶从畜棚井里打上来,还闪着星光的水喝下,随后就糊里糊涂地穿过高大的向日葵,回到马厩去了。我直着身子倚在涂白的门边等它,周围天芥菜柔和的芬芳包围着我。

九月的凉气,把屋顶都打湿了。远处,沉睡的田野里,散发着浓浓的松香味。一朵非常大的黑云,仿佛一只巨大的母鸡下出了一枚金色的蛋,月亮被留在了山顶。

我对着月亮说:

——Ma sola

haguestaluna in ciel, che da nessuno

caderfu vista mai se mon in sogno。

——孤独的,

是这天上的月亮,没有归属,

不曾见过它掉下，除非是在梦里。

柏拉特罗注视着月亮，摇摇一只耳朵，发出温柔的声音。随后一脸迷茫地看着我，又摇摇另一只耳朵。

66　欢乐

柏拉特罗在和漂亮如新月的小白狗黛安娜嬉戏，旁边还有那只灰色的老羊和孩子们。

黛安娜优雅而巧妙地摇着它的小铃铛，在小驴子面前跳跃着，做出一副要咬它鼻子的样子。柏拉特罗则竖起两只仙人掌一样的耳朵，缓缓撞向它，黛安娜顿时就滚进开满花朵的草地里。那只羊走到柏拉特罗身边，蹭着它的腿，用牙撕扯它背上的芦苇。它嘴里含着雏菊和丁香，绕到它前面，用头撞它，接着快乐地跳起来，兴奋地咩咩叫，仿佛一个撒娇的女人。

和孩子们一起时，柏拉特罗就成了一件玩具。它最大限度地耐着性子任由他们戏弄！它慢慢走着，又停下来装作傻子，因为它担心他们会从背上跌下来！有时，它会突然做出一副要跑起来的样子，吓得他们连连尖叫。

莫圭尔秋日的下午非常晴朗！十月明净的空气磨洗了全部

的声音,令它们变得透明清晰。山谷上响起惬意的乡村牧歌:

有咩咩的羊叫,有孩子的笑声,有狗吠声和叮叮作响的铃铛声。

67　雁群走过

我过来给柏拉特罗喝水。在满是白云和星星的寂静夜晚里,在悄无声息的畜棚中,我们听见了从头顶上传来的干脆的口哨呼唤声。

那是雁群。为了不让海上风暴蹂躏,它们要去往陆地。很多时候,好像我们在升高而它们却下降了,我们听见从它们的翅膀和嘴里发出的声音,慢慢减弱了。

一个又一个小时过去了,那口哨的呼唤一直在响,伴随着没完没了的旅途。

柏拉特罗常常停止喝水,和我一起遥望星星,眼里充满了淡淡的思乡之情。

68　小女孩

柏拉特罗非常喜爱那个小女孩。只要她穿着白色的小裙子，戴着草帽，热情地唤一声"柏拉特罗，小柏拉特罗"，由紫丁香花丛中朝它走来时，小傻驴就会试图扯断绳子，跟个小男孩似的，兴奋地鸣叫。

她毫不犹豫地在它身体下面来回地走着，抬起小脚轻轻踢它，她把手中白色的花朵放进它长着巨大黄牙的粉红色大嘴，或者拉着它那双存心低下来让她够到的耳朵，她可以温柔地叫它很多名字："柏拉特罗！大柏拉特罗！好柏拉特罗！坏柏拉特罗！"

在一段长长的时光里，小女孩躺在她白色的小床里，沿着生命的河流走向死亡时，任何人都想不起柏拉特罗。她在神志不清时会悲伤地叫它："小柏拉特罗！"在满是哀叹的黑乎乎的房子里，偶尔可以远远地听见她的朋友哀伤的鸣叫。多么凄凉的夏天！

举行葬礼的那个下午，上帝赐予她好多的光辉荣华！如同现在这般，就要消逝的九月里满是蔷薇和金黄。墓地的钟声久久回荡着，夕阳美好，这是一条送她去幸福天堂的金光大道！我一个人悲伤地沿着围墙走回去，从畜栏的门口回到了家里。因为要躲避人群，我来到马厩，和柏拉特罗坐着一起流泪。

69 牧羊人

山上,紫色已经逐渐转晴,阴暗得有些恐怖。牧羊的小孩长得很黑,在水晶般的斜阳下,在一座闪烁的维纳斯像下,轻轻吹响他的管子。花朵和羊群清脆悦耳的铃铛声交织在一起:花朵此时已经看不见了,不过依然散发出醉人的芳香,可以知道,在厚重的阴影里,还有着看不见的花朵;铃铛声在镇门口熟悉的地方,散落开来。

"先生,倘若那头驴子属于我……"

恍惚间,这小孩看上去更黑,更具乡村气息。他敏锐的眼睛一闪,看上去仿佛来自巴尔托隆美·艾斯的本·穆里罗(Bartolome Esteban Murillo)画里的一个少年。

我将小驴子给他……不过失去了你,我还能去做什么呢,小柏拉特罗?

圆圆的月亮从蒙德马雅修道院缓缓升起。月色温柔地洒在草地上,那儿还残留着朦胧斑驳的日光;地面盛开的花朵如梦境一般——犹如一条神奇的彩带,朴实漂亮;岩石越来越高大,越来越不安分,越来越悲伤;掩藏着的溪水,哭声越来越响亮。

小牧羊人嫉妒地叫道:

"噢,倘若那头驴子属于我!"

此时,喊声已经远离了我们。

70 金丝雀死了

柏拉特罗,你看看,今天早上孩子们的金丝雀在笼子里死了。不幸的鸟儿,它真的很老了。你肯定记得,它把头缩在羽毛内,孤独地度过了生命的最后一个冬天。春天来时,阳光将敞开的地方照成了一座花园,最美的玫瑰花盛开在院子中,金丝雀为了给生机盎然的景色增添一些气息,唱起歌来。不过它的嗓子已经坏了,气喘吁吁的,仿佛一只裂开的笛子。

年龄最长的孩子喂养它,当瞧见它僵硬地躺在笼底时,边跑边喊:

"食物也有,清水也有,什么东西都有……"

确实,什么东西都有,柏拉特罗。"它就要死了。"就和另外一只金丝雀康波摩尔说的一样。柏拉特罗,你觉得鸟雀有自己的天堂吗?天空上面,是否有一座种满了金色玫瑰的绿色花园,那里全是白色的、蓝色的、蔷薇色的和黄色的鸟儿的灵魂?

听好了：夜里，孩子们、你和我要把死了的金丝雀带去花园。圆月惨白的清光下，不幸的歌手躺在洁净的掌心里，仿佛一片凋零的蝴蝶花花瓣。我们会将它埋在玫瑰底下。

柏拉特罗，等到春天，我们就可以看见小鸟从一朵白色玫瑰的花蕊里飞起。那隐蔽的翅膀会在四月的阳光里，陶醉地翱翔，那淡淡的馨香将会变为动听的歌声，那是最纯真的声音。

71 山

柏拉特罗,你没有见过我如此优美浪漫地躺在山上吧?

羊群、狗和乌鸦走过,我全然不理会,看都不看它们。夜幕降临,当黑暗驱逐我时,我才起身离去。我已经忘记了第一次去那里的时间,甚至开始怀疑我有没有去过那里。你肯定清楚我说的是哪座山:就是在戈班诺的老葡萄园上边,宛如一对男女身体的红山。

在那儿,我读了全部的书,思索了全部的思想。在所有的博物馆里,我都见到了我的自画像;我穿了黑色的衣服,在沙地上舒展开,背对着自己,我说的是背对着你或者每个看这幅画像的人;我的思想,自由地飘移在我的双眼和夕阳之间。

从拉·卡纳的房子那边传来呼唤我的声音,问我是不是要吃晚饭或是睡觉。我觉得我应该去,可是又不能确定要不要留在那里。柏拉特罗,我敢确定的是,我永远不会在任何一个我可能在的地方：现在不会在这里和你一起，甚至死了也不会待在坟墓中；我要在那座优美浪漫的红山上，拿一本书，注视着太阳在河面上升起落下……

72　十月的下午

　　当第一片枯黄的叶子落下时,假期结束,孩子们全往学校去了。家里只剩下孤独与寂寞,连照进来的阳光都显得无聊。模糊之中,传来他们远去的笑声。

　　太阳在花朵依旧绽放的玫瑰园上空徐徐落下。落日的余晖洒在最后的玫瑰上花园瞬间散发出芳香的火焰,冲着夕阳燃烧。玫瑰烧焦的香味弥漫了整个花园。死一般的寂静。

　　柏拉特罗跟我一样空虚,无所事事。它一步步走到我身边,迟疑了好一阵,才下定决心,和我一起回到家里。

73 遗忘了的葡萄

十月连绵的雨天过去了。我们趁着天气晴朗，去了葡萄园。那日，湛蓝的天空金光灿烂。柏拉特罗鞍囊的一边放着孩子们的帽子和午餐，为了平衡重量，另一边坐着安静的白朗卡，她宛如一朵白嫩娇红的桃花。

被雨水洗刷过的郊外非常清新迷人。小溪水满到溢出来，土地被浅浅地犁过，附近白杨树的叶子反射着金黄的阳光，树叶之中，能看见雀鸟们黑色的身影。

忽然，一个又一个的孩子奔跑起来。同时高喊道：

"那有一串葡萄！葡萄！"

一棵老葡萄藤，盘结弯曲的枝蔓上挂着一些黑色和红色的干枯叶子，刺眼的阳光下，可以看见一串饱满、光亮、琥珀色的葡萄。维多利亚摘下葡萄，藏在身后。每个孩子都想要它！我让她把葡萄递给我。于是，这个快要成年的少女显示出对异性的温柔，心甘情愿地将葡萄递给我。

这串葡萄总共有五大颗。我给维多利亚、白朗卡、罗拉、佩贝一人发一颗,最后一颗在孩子们的笑声和掌声里,给了柏拉特罗,它张开大牙,粗鲁地接过去。

74　秋天

柏拉特罗，太阳好懒，就是不愿意从床上爬起，连农场的工人都比它起得早。尽管它光着身子，可天气依然严寒。

北风刮得好大！看看掉在地上的小树枝，强劲的风把它们往一个方向吹，最后一枝枝都成列地落在地上，指向南边。

柏拉特罗，那个犁头，仿佛一个粗劣的战争武器，正为和平快乐地忙碌着。潮湿大路两旁的枯黄树木，宛如明净透亮的金色篝火，照亮了我们急行的步伐——等到春天，它们一定又是绿色的。

75 阿尔米朗特

你没有见过它。你来之前,它就被带走了。在它身上,我学会了高贵。你瞧瞧,食槽板上还有它的名字,它的鞍座、嚼子和缰绳。

柏拉特罗,它最初来到厩栏时,非常高兴!它从咸沼泽地来,带给我无穷的活力、朝气和欢乐。它非常威武!每个早晨,我很早就带着它走下河边,任它疾驰在沼泽地上,吓飞一群在关闭的磨坊旁边偷吃的乌鸦。随后我们走上公路,踩着结实紧凑的步子经过新街,前往小镇。

一个冬天的下午,在桑·胡安开酒窖的杜邦先生来到我家,手里还握着一根马鞭。他在客厅的小台柜上放下一沓钞票,便和罗路一同去了厩栏。没多久天就黑了,我在窗边看见阿尔米朗特被绑在杜邦先生的车上,那是一辆便捷的微型马车,踩着雨水驶向新街,这一切似乎在梦里。

不知道过了多少天,我的心还是哀伤不已。他们赶紧请来医生，让我服用溴化物、醚和其他的药物，直至万能的时间慢慢抹去它留在我内心的痕迹。就像抹去"爵爷"和那个小女孩一样，柏拉特罗。

确实，柏拉特罗，你和阿尔米朗特应该可以成为好朋友的！

76 鱼鳞

柏拉特罗，从阿千纳街往下，莫圭尔好像成了另一个市镇。从那条街开始就是海员的住所。那里的人说话是另一种样子，使用航海术语，自由随意。男人们衣着考究，上面挂着粗重的表链，抽极好的雪茄和长烟斗。一个是镇上卡尔列特里阿区严谨谦虚却没有情趣的男人，像拉伯索；另一个是堤岸街皮肤黝黑而纯朴快乐的黄毛男人，像你知道的比贡，两者有好大的不同。

桑·弗朗西斯高教堂器物管理人的女儿格兰狄拉是珊瑚街人，每次她来我们家，她活泼悦耳的声音就会传遍整个厨房。三个女仆，一个是佛列塞打人，一个是蒙他里奥人，还有一个是罗斯·汉诺斯人，全被她讲的故事吸引了。她讲到关于卡狄滋，达里法和那个岛的事情：比如走私烟草，比如英国货，比如银色和金色的丝袜。接着她扭着窈窕轻盈的身子，神气十足地踩着鞋跟，咯噔咯噔往外走，裹着条黑色的精美披巾。

那几个女仆仍在议论她刚才说的话题。我见到蒙德玛雅用手遮在左眼上,一只手拿着鱼鳞,对着阳光看。我问她做什么呢。她跟我说,从鳞上的彩虹能看见披着绣花斗篷的圣女卡门,她是海员的守护神。她说,这是真事,是格兰狄拉跟她说的。

77 皮尼图

"看看他!看看他的样子!简直比皮尼图还疯!"

我简直记不起谁是皮尼图了。柏拉特罗,此时,在这温暖的秋日里,沙墙被阳光洒得像一团火,不过颜色比热气还红。突然,一个小男孩的叫声让我想起了老皮尼图,他走在斜坡上,背一捆黑乎乎的葡萄藤走向我们。

他一下子出现在我脑海里,可又模糊了。有那么一段时间,我可以看见黑瘦而机灵的他还留下来的俊美;不过等我尽力确定他的形象时,所有的感觉又不见了,和被惊醒的梦一样,什么也没有留下。而且,我不能确定看见的到底是不是他。

可能,在一个大雨滂沱的早上,几乎赤身裸体奔跑在新街上,被孩子们用石子丢的,就是他;可能,在一个冬天的落日里,把头压得低低的,路过旧墓地的围墙,走到外乡乞丐那里的,就是他;那是个不用交租的洞穴,对着风车,附近是死狗和垃圾堆。

"……比皮尼图还疯!看看他!"

柏拉特罗,如果可以和皮尼图说上一次话,我愿意献出任何东西!听玛卡利亚说,有一次,这不幸的老人在高拉斯家喝了很多酒后,掉进堡垒附近的水沟死了。不过那都是过去的事了。那时候,我还是个和你一样大的小孩。柏拉特罗。你觉得他是真疯吗?我想知道,他到底是怎样一个人?

柏拉特罗,皮尼图已经死了,我永远也不可能知道他到底是什么样了;不过你清楚,听那个小男孩说(他母亲一定见过皮尼图),我比他还疯。

78 河

　　柏拉特罗，你瞧瞧，仅仅为了那些矿和他们不轨的想法，这条小河就被糟蹋得不成样子。今天傍晚，红红的河水蜿蜒在紫色和黄色的淤泥中间，细小到甚至夕阳也不能照到。河道现在只能承受玩具船的重量，别的功能已经全部丧失。真的好可惜！

　　之前，那些酒商们的巨大船只，单桅小船、双桅船还有别的地中海帆船——艾尔·卢宝号，拉·荷温·艾莱莎号，我父亲的桑·盖逸达诺号，它由可怜的昆特鲁掌管着；还有我叔父的拉·艾斯特列拉号，那艘船的船长是比贡——这些船欢乐而繁杂的桅杆把桑·胡安的上空都遮住了，它们的主桅让孩子们赞叹！这些船上装着很多大箱酒，低低地浮航在水里，可能要驶去马拉卡、卡狄滋或者直布罗陀。除了这些船之外，还有渔船，船上的窗口、画上的保护神，以及用绿、蓝、白、黄和深红画上的船名，在波浪涌动时，和所有河面上的东西交杂在一起。渔夫把捕到的沙甸、大蚝、鳗、鲽、蟹，运回小镇……里奥田图的废铜，杀死了全部的东西。柏拉特罗，如今穷人能够吃到这些恶心的鱼了，因为有钱人都不敢吃了。地中海帆船、单桅小船、双桅船全部走光了。

  如此惨痛的转变！基督的塑像，已经见不到大海的潮起潮落了！见到的，只是柔和细小的河流，颜色仿佛西边的太阳，又仿佛一具干瘦破烂的乞丐尸体上流淌着的小血流，映在拉·艾斯特列拉号上——其船身已经发黑腐烂，支离破碎，犬牙交错的龙骨竖起，烧焦的船壳仿佛大鱼的骨架；边防军的孩子们在船里做游戏，似乎苦闷在我内心做游戏一样。

79　石榴

柏拉特罗，这石榴长得真漂亮！这是阿格狄拉从拉斯·蒙哈斯的小溪边挑了最好的一颗送来的。没有哪一种水果会和它一样，能让我联想起灌溉它的晶莹剔透的水。它非常饱满、强健和鲜美。我们一起来尝尝吧！

柏拉特罗，它苦涩的外皮仿佛是地下生的坚硬的根，好难剥开，不过果子却非常美味！黏着果皮的第一层甜蜜颗粒，仿佛细软的小红宝石。此刻，柏拉特罗，吃到颗粒紧紧挤在一起的核心了——每一粒都饱满无比，蒙着如纱的薄膜，宛如一个小巧美味的水晶宝库。多汁又结实，仿佛一个年轻王后的心。好结实呀，柏拉特罗！你来吃一些，多么美味呀，我们的牙齿已经陶醉在丰盛欢乐的红宝石里了，多么知足和感激！先等等，我已经说不出话了。它在我舌头里的滋味，宛如眼睛迷离在万花筒五彩缤纷的迷宫里一样。噢，我都给吃光啦！

如今我失去了石榴树。柏拉特罗,你没见到在百花街酿酒厂大庭院里的石榴树。傍晚的时候,我们常常走到那里……穿过倒塌的围墙,我们能看见田野、小河,以及珊瑚街上那些房子和院子,每一个都有令人陶醉的景色。我们能听见边防军和斯艾尔拉斯铁厂的拉号声。这是我在镇子的新发现,不过我并不常去,那里的日常生活满是诗情画意。夕阳落下,无花果树上爬着蜥蜴。此刻正掩藏在阴影里的水井,看上去生机盎然,水井旁就是宛如珠宝的石榴树。

石榴,英格尔特产,它的名气令我们骄傲!石榴,盛放在红彤彤的夕阳中!石榴,在拉斯·蒙哈斯山的果园里,在佩拉尔的山谷中,在沙巴里艾戈,在寂静深幽、溪水长流的峡谷之间;在那里,天空是迷人的玫瑰色,仿佛我的思想,直到深夜降临。

80 城堡

柏拉特罗,今天傍晚的天空好迷人!秋日如金属一样的光泽,仿佛纯金打造的大刀。我很乐意来到这里,因为在这荒凉的山坡上,能观看到最壮观的日落,无人打扰,我们也不打扰别人。

这里有一间蓝白相间的房子,就在酒窖的围墙旁边,附近是脏乱不堪的芥菜和荨麻。好像无人居住的样子。这是拉·戈里拉和她的女儿每个晚上约会的地方。这两个清白善良的女人,总是穿着黑衣服,似乎从未改变。皮尼图就是在这壕沟里死掉的,他落在里面两天都没有人发现。炮手曾经来这里安装大炮。你知道的,当·伊纳次奥在这里藏了走私酒。除此之外,来自拉斯·安格斯脱亚斯的公牛也从这里走过;然而这附近没有小孩子。

你看看,透过壕沟上的桥孔,就能看见荒凉暗红的葡萄园,远一点的是砖窑和紫色的河流。 你再看看,那巨大无比的鲜红落日,仿佛一个有形的神,呈现出一种绝对的崇高,吸引了所有的东西。它缓缓下落在胡尔瓦纤细的海平线、寂静的世界——就是莫圭尔,它的郊外,你和我的下面。

81　旧斗牛场

柏拉特罗，斗牛场的形象再次闪现在我的脑海里。那个斗牛场早就在某个下午烧掉了……是的，烧掉了，我忘了是什么时候烧的。

我也忘记了那里面的样子……只在脑海里残留着一点印象——难道是在曼诺尔里图·佛罗列斯经常给我的巧克力包装纸上看见的样子？几只鼻子扁平的灰色小狗，仿佛橡胶一样被一头黑色公牛挑着，在半空中甩来甩去。……那是一个寂静的圆场，长着绿色的蒿草……我现在只记得它外面的样子，就是从上面看去的样子……从圆场之外的地方看去……四周一个人都没有……我在木制的台阶上一圈接一圈地跑着，越跑越高。幻想中，我跑在一个真实的斗牛场里，和那些包装纸上画的一样；傍晚降临，雨正要下，酝酿着风雨的寒云、海面泛起的微弱日光、地平线上的松树林。远方这些绿色浓厚的景色，全部留在我的灵魂之中。

就是这些事情。我留在那儿多长时间？带我出来的是谁？又是在什么时间？我一点也记不得了，柏拉特罗，也没有哪个人可以告诉我。不过我问他们时，他们都这么说：

"确实，那就是卡斯狄罗斗牛场，已经烧掉啦！那时候，很多斗牛士来过莫圭尔。"

82　回声

　　这里好迷人,似乎总有人来。猎人们从山林中回来时,会停在这里,穿过围墙向更远的地方眺望。听说强盗巴拉尔斯在这片地区流窜时,常常睡在这里。高高升起的太阳常常照在耸立的红色岩石上。傍晚时分,岩石上时常有羊儿在走动,黄色的月亮勾勒出了它们的身影。草地上有个小水池,捕捉着天空里几块黄色、绿色与玫瑰红色的云彩。这个小水池只在八月份干涸。不过孩子们为了丢青蛙或者想溅起有声响的水花,一直往里面扔石块,现在几乎填平了。

　　经过拐角的角豆树旁时,我让柏拉特罗停一停。角豆树刚好挡住田地的入口,地上满是干豆,看上去好黑;我把双手放在嘴边,冲着岩石大叫:"柏拉特罗!"

　　岩石尖细地应答,因为旁边池水的作用变得柔软许多:"柏拉特罗!"

　　柏拉特罗一下子伸高了头,全身僵硬地颤抖,想要逃跑。

"柏拉特罗！"我对着岩石又大叫一声。

岩石又应答："柏拉特罗！"

柏拉特罗看看我，又看看岩石，拉开嘴唇，冲着天空不停地鸣叫。最后岩石也鸣叫起来，含糊不清地，与它一同鸣叫，甚至尾音拖得比它还长。

柏拉特罗又鸣叫了。

岩石也又鸣叫了。

后来，柏拉特罗粗暴、倔强地抗议着，脸色阴沉，头扭得和暴风雨一样猛烈，想要挣脱缰绳，想要逃跑，想要抛弃我。直至我温柔地哄它，把它牵走。走到仙人掌丛中，它的叫声才缓缓低下来，最后只剩下它自己的声音。

83　惊怕

孩子们正在吃晚饭。洁白的桌布上，油灯芯散发出慵懒柔和的玫瑰色光焰，照在红菊花和熟透的苹果上，也照在孩子们写满诗意的可爱脸庞上。小女孩和成熟的妇女一样正经吃饭，小男孩和男人一样侃侃而谈。远处，有一个年轻美丽的母亲，正在给小男婴喂奶，面带微笑看着他。从窗户往外看，能瞧见庭院寂静的天空上，繁星点点，非常寒冷。

忽然，白朗卡仿佛一道柔弱的闪电，直往母亲的怀里钻。瞬间就安静了。不久之后，在椅子碰倒声和孩子们的叫声中，全部孩子跟在她后面跑出来，惊恐地盯着窗口。

是小傻瓜柏拉特罗！它白色的大脑袋贴在窗玻璃上，因为影子和玻璃的作用，显得更加巨大无比。它静静地站在窗边，带着淡淡的忧郁，注视着欢乐、明亮的饭厅。

84　古泉

在永恒的绿色小松林里，它是永恒的纯白；在玫瑰红与蓝色的黎明中，也是纯白的；在金色与紫色的傍晚里，它还是纯白的；在绿色与淡蓝的黑夜中，它依然是纯白的。那古老的泉水，常常都是纯白的。柏拉特罗，你经常看见我长时间站在那里，一动不动，仿佛一块拱心石或一座坟墓。这道古泉，容纳了全世界的挽歌，即生命的真正感受。

在这里，我看见了巴特农神殿[①]、金字塔，以及全部的教堂。泉水犹如一座庄严的陵墓或是一个装饰着的廊柱，它绵延不绝的美丽总是让我不能安睡。在半睡半醒间，这些事物的形象和古泉不停地交替出现。

对我而言，这道古泉就是所有事物最初的开始，也是它们最终的归宿。它和周围的景致多么和谐；这纯洁的协调多么靠近永恒，光线与色彩都聚集于此。在这里，人们能够随手捧起

---
① 古希腊祭奠阿西娜女神的神殿。

生命的所有珍宝，就像捧起泉水一样简单。博克林（Bocklin）在希腊风光上画了它；佛里·路易斯（Fray louis）翻译了它；贝多芬欢乐的眼泪沾湿了它；米开朗琪罗将它传授给了罗丹。

它是摇篮，是婚礼，它是歌曲，是十四行诗，是现实，是欢乐，也是死亡。

柏拉特罗，今夜，它如死一般寂静，仿佛是温柔的绿色喧嚣和黑暗中的大理石的身躯。它如死一般寂静，不过我的灵魂已经喷出了永恒的泉水。

85 松果仁

那个卖松果仁的小姑娘，踩着阳光从新街走过来了。她卖生的松果仁，也卖烤熟了的。柏拉特罗，我现在去跟她买一个铜板的烤松果仁，我们一起吃。

在这金光闪闪的蔚蓝的日子里，十一月将夏天和冬天交叠在一起。火辣辣的阳光使人的静脉血管肿胀起来，仿佛一条条圆滚滚的蓝色水蛭。来自拉·曼查的卖布商，从寂静的白色街道走过，肩上担着灰色的行李；来自鲁钱纳的金属器商，挑着的货物闪着黄光，它们发出的每一声叮当响都会反射出一抹阳光。来自阿伦纳的小姑娘，侧身拎着小篮子，紧贴着墙面，用黑炭末在白墙上缓缓地画出一条长长的线，同时扯开嗓子，满怀感情地叫道："烤熟的——松果仁哩！"

恋人坐在门口边吃着彼此细心选出果仁，脸上满是幸福的微笑，孩子们在上学的路上停下，坐在台阶上用石头砸开果

仁。小时候，冬季的下午，我们常常会跑去洛斯·阿来约斯的马利安诺的橘子园里，带上一大包用手帕裹着的烤松果仁。而我最喜欢的就是用带去的小刀砸开果仁。那是一把珠母刀柄上雕刻着小鱼的小刀，上面还有两颗红色的小宝石，就是鱼的双眼，从它里面能看见埃菲尔铁塔[①]。

柏拉特罗，烤松果仁给嘴巴带来了多么甜美的味道啊！它会激发人乐观向上的知觉，给人带来快乐。吃了松果仁，在严寒的冬日里，你就仿佛一座永远的纪念碑一样安稳，甚至连身上厚重的冬衣也已经忘记，能轻松自由地走动了。柏拉特罗，此时，我觉得自己好像可以去和李昂或者马车夫艾尔·曼奎图比比手腕了。

[①] 埃菲尔铁塔又称巴黎铁塔，是法国巴黎最高的建筑物，也是世界建筑史上的技术杰作。

86　十一月的园诗

太阳快下山时,柏拉特罗从郊外背回了松软的松枝,那是用来烧炉子的。它被大捆绿色的松枝覆盖着,简直看不到了。它迈着简短轻快的步伐,可爱地走着,仿佛没有移动的样子。它把两只耳朵竖直,看上去就像一只背着窝壳的蜗牛。

那绿油油的树枝,在它生长的时候,沐浴着阳光和月色,为山雀和乌鸦提供栖息地方——是啊,柏拉特罗,这真是个恐怖的情景,不过树枝已经掉下,一切都成了定局。现在,这悲哀的树枝正在阳光下,在干巴巴的满是尘埃的小路上摇晃。

紫色的冷气温柔地包围着整个世界。田野里,十二月就要来了,背上载着树枝的小驴子,起初温和而恭敬,后来好像慢慢发生了变化。

87 白雌马

柏拉特罗，我满心惆怅地回到家了。事情的经过是：当我走过百花街到波尔他达时，也就是那对双胞胎被雷劈死的位置，看见了艾尔·梭都的白雌马躺着，死在那里了。好几个几乎没穿衣服的孩子悄无声息地站在它旁边。

刚好从那经过的女裁缝珀烈拉跟我说，艾尔·梭都喂烦了这匹雌马，今天早上带它去屠宰场了。你很清楚，那个不幸的东西老得像当·租列安一样愚蠢。它看不见，也听不见，甚至连走路都困难。应该是中午的时候，这匹雌马再度出现在主人的家门口。艾尔·梭发火了，挥着葡萄藤撑它，不过它不走。接着，主人拿镰刀割它。人们一下子围上来，在一阵哄笑和谩骂声中它跑到了街上，跛着脚，摇摇晃晃地走着。一群孩子跟在它后面，大喊大叫的，同时还拿石头扔它。终于，它摔倒在地，就在那里他们弄死了它。一些同情的话语落在它身上，比如"让它平静地死吧！"等等。柏拉特罗，仿佛我们在的话也可以说的一些话。然而这些话语，简直像一只蝴蝶旋转在发狂的海风中那样无力。

　　我在看到它时，那些石子散在它旁边，它的身子仿佛冷冰冰的石子。它有只眼睛睁得大大的，不过它活着时那只眼睛是什么也看不见的，如今死了，却好像可以看见。日落的天空，被最柔软的纤云掩盖着，在严寒中更显孤独高旷。此刻，它眼睛里的白色，是这条黑乎乎的街道上唯一的亮光。

88 铁锅小夜曲

柏拉特罗,他们非常棒。当娜·卡米拉穿上了玫瑰红搭配白色的衣服,手里拿着教鞭和挂画,走来走去地给一头小猪上课。一旁的沙他纳斯,一手抓着个空酒瓶,另一手伸进了她的口袋,要把钱包掏出来。我觉得这些戏服是佩贝·艾尔·普罗和贡查·拉·曼达德拉做的。我看见他们之前在我们家拿走了几件旧衣服。佩皮图·艾尔·列特拉走在队伍的最前面,他骑在一只黑色的驴子上,手里摇着一张旗子,装成牧师的样子。后面跟的是,安密狄奥街,喷泉街,拉·卡列特利阿,巴拉梭列他·的·拉·罗斯·艾斯克里班诺斯和老佩德罗·特罗坊全部的孩子,他们走在洒满月光的街道上,根据一定的节奏,协调地敲击铁罐、铃铛、铁壶、铜盆、铁锅和盘子。

你非常清楚,当娜·卡米拉都六十岁了,守过三次寡,而桑他纳斯,虽然是个老鳏夫,却幸运地喝下了在七十个葡萄收获季节中酿出的新酒。今夜,人们可以去他们紧闭的门窗后面偷听，窥视桑他纳斯和他新妻子的浪漫情史，那可都是和歌舞剧一样的情节。

　　柏拉特罗，闹婚礼的铁锅小夜曲要闹上三天。过后，邻居家的女人们都会去小广场，从祭坛上亮着灯的圣像那里，拿回自己的东西。广场上，还有喝醉的人在跳舞。同时，孩子们玩耍的吵闹声会延续好几夜。再后来，便只有一盏明月和那浪漫的爱情故事……

89 吉卜赛人

柏拉特罗,看看她,她正踩着铜色的阳光沿街走来,昂首挺胸,谁都不看。她仍然维持着往日的风采,和橡树一样健美。冬天,她和平常一样穿条带有白点的蓝色荷叶裙,裹着黄色的披巾。她现在要去镇上,申请在墓地后面的老地方扎营。你肯定记得,吉卜赛人的破烂帐篷、篝火、美丽的女人,以及遍地瘦得要死的驴子。

柏拉特罗,那些来自佛里塞他的驴子,在矮小昏暗的畜栏里,只要听见吉卜赛人走来,就会害怕到发抖——我可不操心柏拉特罗,因为,倘若吉卜赛人想去它的畜栏,还要穿过一半的镇子;还有卫兵伦格尔,他对我很好,对它也很好——不过,我就是想逗它玩玩,吓吓它,我装模作样地说:

"进来吧,柏拉特罗,快进来!我要关门了,他们会来抓走你的!"

柏拉特罗肯定清楚,吉卜赛人是抓不走它的。但是当我把门重重地拉上,发出铁和玻璃的撞击声时,它一下子又蹦又踢的,从大理石的院子穿过,跑到鲜花盛开的园子,随后溜进畜栏了。这个小傻瓜,跑那么快,弄掉了蓝色的牵牛花。

90 火焰

柏拉特罗,来,再靠过来一点。这里没有必须遵守规矩的。你待在卫兵的身边,他会很开心的,他也是你的朋友。你应该清楚,他的小狗阿里非常喜欢你。至于我对你的感情,不用说你也知道的。柏拉特罗!待在橘子园中肯定非常寒冷!你会听见拉朴梭不停地说:"上帝发发慈悲吧!今晚可别把橘子都冻坏了!"

柏拉特罗,难道你也喜欢火吗?我觉得没有哪个女人的裸体可以和火相比较。不论多么柔顺的秀发,多么润滑的臂膀,多么迷人的长腿都比不上这裸露的火热。可能在大自然的赐予中,火是最好的。房子已经关上,屋外夜色浓重、寂静。不过从这小小的窗口里,我们能与大自然更加亲近,并且是比郊外还亲近!这火就是房子里的宇宙。它仿佛是伤口里喷出来的鲜红血液,一直涌动,赐予我们温暖,赐予我们热量,唤醒我们一切关于世间的回忆。

柏拉特罗，好漂亮的火！看看阿里，它瞪着可爱的大眼睛看着火焰，差点烧着自己。多么的愉快啊！飞舞的金光和影子笼罩着我们。房子整个地晃起来，犹如精巧的哥萨克舞，一会儿高高跳起，一会儿又落下来。所有会出现的形象，在这无尽的美妙里尽情显现：树枝和小鸟，狮子和水，山和玫瑰花。你看看，就连我们也漫不经心地飞舞在墙上、地板上和天花板上。

好刺激，好陶醉，好美丽！柏拉特罗，在这里，就连爱情自身和死亡也很相似。

91　老驴子

最后，它走得非常疲惫
走一步就会停顿一下。
"韦列兹市长的灰色战马"

　　　　　　——罗曼次 罗将军

柏拉特罗，我没有办法离开这里。到底是谁将它扔在这里的？不幸的东西，既没有人理睬又没有人帮助。

它可能是从屠杀场里逃出的。我觉得它已经听不见我们的声音，也看不见我们的身影了。今天早上，在相同的围墙里，你见过它一次。它站在白云下，满脸的不幸和痛楚，身上的苍蝇仿佛活动岛屿一样，耀眼的阳光照得它浑身发亮。在亮丽的冬日里，它就像个怪物。缓慢地、毫无方向地转来转去，四条腿都跛了，最后又转到了原来的位置，只是改变了方向。早上它冲着西面，现在是冲着东面。

柏拉特罗，老了就没有用了！这不幸的朋友就在那里，即使春天正向它走来，行动自由的它却待在原地。难道它和贝格尔一样站着死掉了？它一动不动的，站在日落的天空下，任何一个小孩都能勾勒出它的轮廓。

看看，我推它，它动也不动；我叫它，它毫无反应。似乎死亡已经使它植根地上。

柏拉特罗，今晚，在这高墙上吹着的北风会将它冻死的。柏拉特罗，我没有办法离开这里，我也没有办法帮助它。

92　康复

在我休养的房间里,昏黄的灯光、软绵绵的地毯令人非常温暖舒适。夜里,我能听见从田野经过街道,轻快地走回家的驴子的蹄子声,以及孩子们的叫喊声和笑声。所有的一切宛如梦的星星,溶化在露水里。

很容易就能想象到,驴子那黝黑的大脑袋和孩子们纤娇的小脑袋凑在一起孩子们伴着驴子的鸣叫声,唱起了银铃般的圣诞歌曲。镇子弥漫着烤栗子的烟雾、马厩发出的蒸汽和从安静的壁炉里升起的柴烟。

我的灵魂流出了纯净的力量,仿佛一股神奇的圣水,由我心底阴暗的岩石喷出。这是赎罪的明光!这是最真实的时刻,冰冷而暖和,闪着永恒的念想。

外面的钟声,在遥远的星星之间响起。柏拉特罗在它的厩栏里附和着鸣叫,仿佛和我离得很远。我开始在虚弱里痛哭,像浮士德一样。

93　黎明

　　冬天的早晨总是姗姗来迟，机灵的公鸡只要瞧见黎明的第一抹玫瑰红，便会发出欢快的问候。柏拉特罗已经睡醒，发出了长长的鸣叫。远远听见它唤醒我的声音，感觉好甜蜜！那时候，蓝色的光线正透进我卧室，在舒服柔软的床上躺着，我想念着白天，渴望着阳光。我突然想起，柏拉特罗倘若不是被我这个诗人养着，而是成为一个卖炭者或者困苦的吉卜赛人的牲口，那会是怎样的情形？那些卖炭者会在夜里赶着它走过被霜冻住硬邦邦的、孤独的小路去树林里偷松枝；吉卜赛人可能给它刷上油漆，拿砒霜给它吃，还会把针放进它耳朵里，防止耳朵下垂。

　　柏拉特罗又开始鸣叫。难道它知道我正想着它？不过这无关紧要。在太阳初升的时候想念它，就和黎明那样让我开心。谢谢上帝，它有个暖和舒服的厩栏。仿佛小小的摇篮，也仿佛我对它亲切的想念。

94　堤岸街

柏拉特罗，我就出生在这里，就是这座如今已经是防卫所营房的大房子里。小时候，我非常喜欢这简陋但又丰富多彩的阳台。它是摩尔式风格的建筑物，是根据卡尔发亚大师的想法建成的，上面还镶着五彩的玻璃星星。柏拉特罗，透过铁栅栏，你可以瞧见后院白色和紫色的丁香，旧得都发黑的木格子上缠绕着许多蓝色的牵牛花。这都是我童年时最爱的。

柏拉特罗，等到下午，水手们要来这里，他们站在百花街的转角。穿的衣服都是用不同的蓝色料子拼接而成的，仿佛十月份的田野。在我的印象里，他们很高大魁梧；从他们分开站立的双腿间（由于航海习惯，海员们普遍这么站），我可以看见下面的河流，那还有一条干涸的沼泽与明亮的水流平行着；有一只缓缓漂动的船浮在河流另一条美丽的支流上；太阳就要落下，天空的云块仿佛一块块紫红的污迹。后来，父亲把家搬到了新街,因为来往的水手们常常拿着刀,因为孩子们会在晚上弄坏门口全部的铃铛和灯笼,还因为街角的风非常大。

  透过围起来的阳台往外面看,能看见大海。我一辈子也忘不了那天晚上,他们紧张、颤抖地把所有的孩子带上楼,望着在一条沙洲上烧起来的英国船。

95 圣诞节

田野上有一堆篝火！在圣诞节前一天的傍晚，太阳暗淡浑浊的光线，微弱地撒在辽阔生冷的天空里，平时湛蓝的天空，此时变成了灰色。忽然，听见了绿色树枝燃烧时发出啪啪裂开的声音；跟着有一股浓浓的烟雾上升，颜色和白色貂皮一样，后来，冒出的火焰像在空气中伸出了许多灵活的舌头，舔散了烟雾。

啊，火焰在风中飞舞！那些玫瑰色、黄色、淡紫色和蓝色的精灵全部消失了，没有人知道它们去了哪里，可能是藏进了低沉隐秘的天空；焰火给严寒的空气提供了热腾腾的气流。此刻十二月的田野已经暖和了！热情的冬天！欢乐的圣诞节前夜！

周围的石玫瑰凋零了，四处的风景在热烘烘的空气里颤动，仿佛移动的纯净水晶。守门人不幸的孩子们，没有布置圣诞节的东西，只好围在篝火旁，烤烤冻僵的双手，将栗子

和橡子放进炭火里烤,听见啪啪的爆裂声。随后,他们兴奋起来,在火堆上跳来跳去。黑暗里,火光显得越来越红,孩子们唱着:

走吧,玛利,

走吧,约瑟……

我带来了柏拉特罗,让他们和它一起玩耍。

96 冬天

上帝正在他的水晶宫中。这样说的意思是,正下着雨,柏拉特罗。正下着雨。秋天遗留下来的最后的花朵,正紧紧抓着柔弱的枝条。此时,花朵上满是钻石。每一颗钻石都是一片完整的天空,都是一座水晶宫,都会有一个上帝。你看看这朵玫瑰;它里面还包含着另一朵水玫瑰;当你轻轻碰碰它——看到了吗?另一朵发光的花就会坠落,就像它的灵魂;也像我的灵魂,留下了低迷和哀伤。

雨水和阳光一样,能带来欢乐。你要是不信,可以看看孩子们红润润的脸和奔跑在雨水里的光脚板。看看那一群麻雀,一窝蜂似的朝常春藤飞去,柏拉特罗,正如你的医生达邦说的那样,它们跟去上学似的。

下着雨。我们今天就不去郊外了。这是沉思反省的好日子。看看,雨水沿着屋顶的瓦沟在奔流;看看,绿叶是如何被清洗干净的;看看,昨天孩子们还停在草丛中的小船,此刻又开始在水渠中航行了；你再看看，此时微弱的阳光里，那道彩虹如此迷人，它从教堂那边升起来，到我们这边模糊成七种颜色。

97　纯净的夜

突出的屋顶挺立在蓝色的天空里，蒙着霜气，在寒冷的星光下闪闪发亮。明净而沉默的北风凛冽地刮过。

寒冷让所有人都躲进门窗紧闭的房子里。而我们，柏拉特罗，你穿着你的毛皮外套，我披着我的斗篷，带上我的灵魂，缓缓地从洁净而寂寞的小镇中走过。

好像存在一种内部的力量让我的情绪升华，我变成了一座用宝石建造的高塔。尖顶是银色的，直延伸到辽阔的天空——看看，好多的星星！多到看不过来；让人觉得天空可能是在对着大地诵读——闪光的理想和爱情的玫瑰经。

柏拉特罗，柏拉特罗！我将要奉献我全部的生命，希望你也和我一样，把生命献给这独一无二的孤独纯净并且清高冷傲的圆月之夜。

98　荷兰芹花冠

"我们来看看谁先到达终点!"

奖品是我前天晚上收到的,一本从维也纳邮来的画册。

"我们来看看谁先到达那边的紫罗兰丛!一……二……三!"

在昏黄的阳光里,穿着粉红色、白色衣服的女孩们在一阵欢乐的叫声中迅速跑起来。这清晨时刻,她们喘着气,在寂静里不动声色地努力着,有一会儿,能听到镇上钟楼传来的缓缓的响声。满是松树和蓝色蝴蝶花的山上,有只蚊子嗡嗡地飞着。溪涧的泉水不停地流淌。这时,女孩们刚刚到达第一棵橘子树,正在那里玩耍的柏拉特罗被她们的游戏吸引了,立刻参与到这场活力四射的比赛中。她们害怕输掉,不敢提出异议,也不敢笑出来。

我大声喊道:"发生了什么,柏拉特罗就要赢了!柏拉特罗就要赢了!"

确实,柏拉特罗最先跑到了紫罗兰丛,随后躺在那里的沙地上打滚。

女孩子们气喘吁吁地走回来,扯着袜子,打理头发,同时抗议道:"那不算!那不算!发生了什么,不能算数的,不能!不能!"

我对她们说,柏拉特罗跑赢了这场比赛,应该要奖励它。可是柏拉特罗不会读书,所以这本书还会保留着作为她们下一次比赛的奖品;不过,我们还得奖励柏拉特罗。

她们明白了书还是会被她们拿着,便红着脸,又跳又笑地说:"好的!好的!好的!"

我突然想起了自己。我明白,柏拉特罗是凭着自己的努力,赢得了它应该得到的最好的奖品,这和我写诗得到的一样。于是。我从门口女管家的箱子里挑出了一些荷兰芹,编成一个花冠——这是暂时最高的荣耀——戴在了柏拉特罗的头上,似乎它就是斯巴达比赛中的冠军。

99 三王

柏拉特罗,孩子们今晚是如此激动啊!我们似乎无法让他们入睡。最终,睡意还是打败了他们。一个卧在扶手椅上,另一个躺在靠近炉火的地板上;佩普倚在窗台上,头顶着窗户的钉头形饰物,这样当三王从那里走过时,就会被发现。他们活力四射、魔幻似的沉睡,犹如一颗丰满、强健的心。

晚饭前,我和全部人一起走到楼上。他们在楼梯里不停地说话!谈论的内容是在其他夜里会不会吓坏他们。

"我可不怕天窗,佩普,你害怕吗?"白朗卡说着,握紧了我的手。我们将所有孩子的鞋子放到阳台上的柠檬树间。此时,柏拉特罗、蒙得玛雅、狄塔、玛利亚·提舍沙、罗利拉、必里戈,我们一起套上被罩、床单,戴上陈旧的帽子。等到午夜十二点,我们就会举着灯从孩子们的窗边走过,戴上面具,击打着黄铜臼,吹着喇叭和搁置在另一间房里的海螺壳。柏拉特罗,你和我一同走在最前面,我会戴着亚麻做的白胡子装作卡士巴尔亚；你将披上哥伦比亚的国旗，那可是我从做领事的叔叔家中拿来的。孩子们突然醒过来，他们全部穿着睡衣，用充满了疑惑和睡意的眼睛从玻璃窗后看过来。随后，他们会再次踏进凌晨的梦里。次日，太阳升起来了好一会儿，蓝天的光线已经透过窗口照在他们的脸上，还穿着睡衣的他们便都跑去阳台，拥有了全部的珍宝。

去年的时候，我们享受了一段欢乐时光。今晚，你可以看见我们度过更欢乐的时光，柏拉特罗，我可爱的小毛驴！

100 酒

柏拉特罗,我跟你说过,面包是莫圭尔的灵魂。不是的,莫圭尔其实是一只浑厚而明净的水晶酒杯,在蓝天下,耐心等待它如黄金般的佳酒。九月时,倘若魔鬼没有下雨冲走节日的欢庆活动,这个杯子就会装上满满的酒,几乎要溢出来,犹如一颗慷慨大方的心。

到那时,全镇都能闻到上等的或差些的酒香,以及玻璃杯碰撞的声响。此时,为了让这个白色的小镇更加欢乐,太阳似乎把自己献给了这唯美的液体,愿意无条件地融化在它健康的血液里。夕阳下,任何一条街道上的任何一户人家,都像是胡安尼图·米格尔或艾尔·里阿利斯酒架上的一个酒杯。

我想起端纳(Turner)的"懒泉",上面的柠檬黄色好像都是用新酒来画的。莫圭尔的酒泉似乎是它每一个伤口里不停奔流的血液,像四月的太阳那样是一道欢乐与哀伤的源泉。它会在每年春天升起,然而每天又都会落下。

101　嘉年华会

今天，柏拉特罗非常漂亮！这是嘉年华的第一天，孩子们全都穿上了节日的盛装。柏拉特罗披上了摩尔人的马饰，上面绣了复杂的红、蓝、白、黄的花叶样式。

有雨，有阳光，不过依然寒气逼人。下午冷飕飕的寒风顺着人行道，将变形的彩纸，刮成了一条一条的平行线，戴着面具的人恨不得将每一件东西都做成口袋，裹住他们冻僵了的双手。我们走到广场的时候，一群女人打扮成傻子的模样：套着白色的长衬衫，披散的头发上扎着绿叶编织的花环。她们手拉手把柏拉特罗围在中间，高兴地在它周围打转。

柏拉特罗愣住了，竖起双耳，头抬得高高的，仿佛一条被火困住的蝎子，害怕地想要从某个地方跑出去。然而它这么娇小，傻子们根本不怕它，依旧围着它打转、唱歌、嬉闹。孩子们瞧见它被包围了，就学起驴叫来逗它鸣叫。整个广场早就演变成一场盛大的铜管乐音乐会，伴着驴鸣、笑声、歌声、手鼓声、臼炮声。

最终，柏拉特罗仿佛是下狠心一样，冲出了包圈，哭叫着跑向我，它华美的服装也都凌乱不堪了。它和我一样，对嘉年华会没有太大兴趣。我们两个天生对这些事情就不喜欢。

102　沙贩的驴群

　　你看看，柏拉特罗，葛马都的那群驴；它们受到了虐待，正缓慢消沉地载着堆得高高的漏沙，一根绿色的橄榄枝插在上面，犹如插在它们心里一样。那是用来抽打它们的。

103　死

　　我看见柏拉特罗躺在草床上，两眼满是脆弱和悲伤。我轻轻走过去，拍着它，和它说话，想要帮助它站起来。

　　可怜的它抽搐了好一会儿，一条腿还跪在地上。它不能站起来。我把它的前腿伸直放在地上，再次温柔地拍拍它，随后把它的医生找来。老达邦看看它，接着将没牙的大嘴巴贴上它的脖子背面，紧紧搂住它充血的脑袋，像钟摆一样前后摇晃。

　　"不对劲，是吗？"我不知道要怎么回答……这不幸的驴子要离我而去……什么办法都没有用……一阵疼痛……那些有毒的草根……草地上的脏东西……

　　正午，柏拉特罗就死去了。它软绵绵的肚子已经肿得和球一样，僵直的四肢冲着天空。它的身上蜷曲的毛发，仿佛被虫蛀了的破烂洋娃娃的亚麻头发，轻轻碰一下就会掉下来，变成哀伤的尘土。

　　一只美丽的三色蝴蝶，在寂静的马厩里飞着，每一次从小窗洒下的光线中穿过，都会闪烁着光亮。

104　忆旧

柏拉特罗，你可以看见我们，是吗？

你看见了果园里那口井，它清凉的水如何在宁静中微笑；看见了勤劳的蜜蜂，如何在淡紫斑斓的迷迭香四周飞来绕去，在小山上踌躇时，如何让阳光照成金色与玫瑰红。

柏拉特罗，你可以看见我们，是吗？

你看见了洗衣女人那群哀愁、跛脚而劳累的小驴，正从红色的斜坡爬过，它们要去古泉。此时，明朗辽阔的天空和广袤晶莹的大地连成一片。

柏拉特罗，你可以看见我们，是吗？

你可以看见孩子们在石玫瑰丛中跑来跑去，看见树枝上摇摆的花朵，似乎一群群点缀着红点的白蝴蝶，栖息在那儿，不愿飞走。柏拉特罗，你可以看见我们，是吗？

你可以看见我们，是吗？肯定是的，你看见了我。在没有云彩的黄昏，我听见了你轻柔的、哀伤的鸣叫，令整整一大片葡萄园山谷，都温柔了许多……

105　锯木架

我将柏拉特罗的笼头、缰绳放在木制的锯木架上,搁置在阁楼的角落里,那儿存放着不用了的婴儿床。阁楼里宽敞、安静、明亮。从那里能俯视整个莫圭尔的郊野:红色的风磨在左边;蒙得玛雅和掩映在松树林里的教堂在正前面;教堂的后面,隐藏的是拉·卡纳的果园;西边是正值夏日涨潮的海洋,闪闪发光。放假时,孩子们会跑来阁楼玩耍。他们用许多烂椅子做成客车;用涂了红色的报纸做戏院、教堂、学校……

有时候,他们会爬上没有灵魂的锯木架,在上面激动地拍手、撑腿,飞驰在他们想象的草原上:

"跑起来,柏拉特罗,跑起来!"

106　哀伤

今天下午,我和孩子们一同去看望柏拉特罗的墓地,它掩映在拉·卡纳果园中那棵高大繁茂的青松之下。墓地的周围,四月潮湿的土地上盛开着美丽的黄蝴蝶花。

在映染了天空蓝的绿色树冠上,山雀唱着柔和婉转的歌曲,悦耳的声音绽放在午后温暖的金色空气里,犹如情窦初开时的美梦。

孩子们走到墓地时,停止了叫喊。满脸沉默、严肃地站在那里,亮晶晶的眼睛注视着我,令我满心疑惑。

"柏拉特罗,我的好朋友,"我冲着地面说,"倘若你和我想象的一样,此时你正走在天堂里的草原中,毛茸茸的背上还坐着年轻的天使,我想你大概已经忘了我的存在。柏拉特罗,你告诉我,你有没有一直记得我?"

似乎来回答我一样,开始没有见到的一只白色的美丽小蝴蝶,在一朵朵的蝴蝶花之间显眼地飞来飞去,像个灵魂一样。

107　致莫圭尔天上的柏拉特罗

温顺、踩着碎步的柏拉特罗，我最喜爱的小毛驴，经常载着我的灵魂——只有我的灵魂——走过满是仙人掌、锦葵和忍冬花的美丽小路；这本书是写给你、谈论你的，此刻你能理解它了。

这本书，会从莫圭尔风景的灵魂到达你的灵魂——现在正在天堂里吃着草，莫圭尔的灵魂肯定也和你的一样都在天堂里；这本书的每一页纸都将携带着我的灵魂，经过开了花的荆棘丛，朝天堂飞奔，一天又一天，它会变得越来越慈祥，越来越温和，越来越纯净。

是啊，黄昏的时候，每一次我从金莺和橘子花丛中间慢慢地思索着走过，来到哄你长睡的松树下时，我清楚，柏拉特罗——你正高兴地驻足在开满永远也不会凋谢的玫瑰花草原上——可以瞧见站在黄色蝴蝶花面前的我。这些黄色蝴蝶花，是从你破碎了的心里绽放出来的。